# L'EMPIRE DES NUAGES

# DU MÊME AUTEUR

L'EAU GRISE, *roman*, Plon, 1951.

LES ORPHELINS D'AUTEUIL, *roman*, Plon, 1956.

LE CORPS DE DIANE, *roman*, Julliard, 1957, et Livre de Poche (4746).

LES CHIENS À FOUETTER, Julliard, 1957.

PORTRAIT D'UN INDIFFÉRENT, « Libelle », Fasquelle, 1957.

BLEU COMME LA NUIT, Grasset, 1958.

UN PETIT BOURGEOIS, Grasset, 1963, et Livre de Poche (2592).

UNE HISTOIRE FRANÇAISE, Guilde du Livre 1965 ; Grasset 1966 (Grand Prix du Roman de l'Académie française), et Livre de Poche (5251).

LE MAITRE DE MAISON, *roman*, Grasset, 1968, Plume d'Or du Figaro littéraire, et Livre de Poche (3576).

LA CRÈVE, *roman*, Grasset, 1970, (Prix Femina) et Livre de Poche (3420).

ALLEMANDE, *roman*, Grasset, 1973, et Livre de Poche (3983).

LETTRE À MON CHIEN, Gallimard, 1975, et Folio (843).

LETTRE OUVERTE À JACQUES CHIRAC, Albin Michel, 1977.

LE MUSÉE DE L'HOMME, Grasset, 1978, et Livre de Poche (5368).

*Albums* :

HÉBRIDES, avec des photographies de Paul Strand, Guilde du Livre, 1962.

VIVE LA FRANCE, avec des photographies d'Henri Cartier-Bresson, Robert Laffont, 1970.

DU BOIS DONT ON FAIT LES VOSGES, avec des photographies de Patrick et Christine Weisbecker, Le Chêne, 1978

# FRANÇOIS NOURISSIER

*de l'Académie Goncourt*

# L'EMPIRE DES NUAGES

*roman*

BERNARD GRASSET

PARIS

IL A ÉTÉ TIRÉ DE CET OUVRAGE
TRENTE-QUATRE EXEMPLAIRES SUR
VÉLIN CHIFFON DE LANA DONT VINGT
EXEMPLAIRES DE VENTE NUMÉROTÉS
VÉLIN CHIFFON LANA 1 A 20 ET QUA-
TORZE HORS COMMERCE, CONSTI-
TUANT L'ÉDITION ORIGINALE

Toute ressemblance serait fortuite et involontaire, entre des situations ou des personnages réels et ceux de cette histoire. Son titre,
*l'Empire des nuages*, m'a sauté aux yeux alors
que je lisais la belle préface qu'a écrite Michel
Le Bris à la réimpression du *Rhin* , de Victor
Hugo (Bueb et Reumaux éditeurs, Strasbourg,
1980).

F. N.

# I

# L'ÉTÉ

– Natif du Morpion, ascendant Licorne. C'est-il pas un beau ciel, ça ?

Sans doute a-t-on parlé dans mon dos : je ne vois remuer aucune bouche.

Ils sont entrés en silence, et maintenant les voilà assis en rond autour de moi. Un feu de camp dont je serais le feu, eux les scouts. Ont-ils poussé la porte, m'ont-ils jeté à terre ? Si j'étais à terre ils m'ont enjambé.

Je les ai vus se faufiler dans l'atelier et s'y répandre. Combien sont-ils ? Les filles – j'en compte deux – ouvrent sur moi de vastes yeux vides. Les garçons ont tout flairé, tâté. Maintenant ils bâillent, ils se grattent la tête. Parfois l'un d'eux s'accroupit. Puis très vite il se relève, saute quelques marches de l'escalier et là se recroqueville à nouveau, genoux dans le menton.

Une voix dit :

– Le soleil en Morpion : bestialité, odeurs suspectes. La lune en Licorne : prurit de l'âme et vent dans les voiles. La cuisine idéale, quoi !

– C'est le créateur exemplaire, Burgonde...

– Le moule est sûrement cassé.

Un roux au visage flou se saisit des objets et les repose après les avoir examinés d'un air incrédule. Photos encadrées, pots où se dressent pinceaux et crayons, flacons de solvant, bombes de peinture. Puis il commence à retourner une à une les toiles posées contre le mur. Il fait cela, qui me demande efforts et précautions, avec une aisance et dans un silence surprenants. Il émet parfois des sifflements, hoche la tête avec une admiration grandiloquente. Alors les autres rient. Non pas des ricanements

mais de beaux rires clairs : fiançailles, été sur la prairie, etc.
Une des filles a pris la petite terre cuite modelée pour les neuf
ans de Rose et la caresse :
— C'est joli, ça ! C'est poétique. L'artiste est un bon papa ?
Elle tient l'objet entre deux doigts, avec délicatesse. Elle me
regarde, sourit, écarte les doigts et la petite dryade se brise sur
le sol. Des éclats roses roulent jusqu'à mes pieds.
Je veux me dresser mais un des visiteurs — depuis quand est-il
là ? — s'est juché sur le dossier du canapé. D'un geste il me
renfonce dans le creux des coussins.
— Calme, l'artiste, calme ! Regarde...
Le garçon roux tient maintenant à la main un rasoir à demi
plié, à la façon des voyous et des coiffeurs. Il effleure du plat
de la lame, comme pour l'affûter, des toiles de petit format
posées sur la table. Je tends le cou pour mieux voir. Des éclats
de lune brillent sur le sabre. Je sens sur ma nuque le souffle du
garçon perché derrière moi. Énorme oiseau. Parfois le rouquin
redresse la lame, que j'entends alors gratter, accrocher le gru-
meleux de la peinture ; je devine comment elle attaque les
empâtements, écornifle les petits amas de matière qui mettent
tant de mois à durcir. Deux hautes toiles retournées contre un
mur, déséquilibrées, tombent avec un bruit plat en soulevant la
poussière. Les voilà étendues à même le sol. Je ne reconnais pas
la plus sombre, là-bas. La plus proche est le *Grand Juif bleu* de
l'Hommage à Chagall. Quand le conservateur de Tel-Aviv me
l'a-t-il renvoyée ? Deux ou trois des garçons l'entourent, se
penchent. L'un tâte la toile du bout de ses baskets puis, comme
on s'aventure sur la glace fragile d'un étang, il traverse la peinture, ses pieds posés avec précaution. Bientôt il s'enhardit, tam-
bourine, piétine, danse. On entend craquer les entretoises du
châssis. Le garçon s'arrête et contemple curieusement la toile
entre ses pieds :
— T'as déjà chié sur un juif bleu, toi ?
— Un juif ? Je vois pas de juif. Je vois que de la merdouille de
peinture bleue.
— Il est juif, Burgonde ?
Les rires s'arrêtent et tous les visages tournent vers moi leurs
yeux vitreux, presque blancs.
— Faut essayer, décide un barbu.
Il tourne vers moi une face hilare :
— A la turque, l'artiste !
A mon oreille la voix se fait racoleuse, presque tendre :

– Merde sur merde, c'est logique, non ? On ne pense jamais assez au sens des mots. On parle, on parle... En peu de minutes – mais peut-être mes visiteurs sont-ils arrivés depuis très longtemps ? – l'atelier a changé d'aspect. Toutes les toiles en général dérobées aux regards ont été retournées. Il y en a partout. Sur les meubles, aux murs, par terre, sur les marches de l'escalier. Une volière surpeuplée d'oiseaux. Pourquoi sans cesse des oiseaux ? Et les visiteurs, eux aussi, comme autant de corbeaux soupçonneux. Il y a là de grandes machines vendues il y a vingt ans. D'autres sorties des réserves des musées. Familier, tout ça, on dirait peint de la veille, vu de la veille, même la toile que je ne parvenais pas à identifier, sur laquelle il me semble qu'ils se sont couchés, maintenant, une fille et un garçon, je la reconnais : c'est *Breton dixit* – mais comme je vois mal ! Pourquoi la fille fait-elle passer son tee-shirt par-dessus sa tête ? Les autres ne m'entourent plus, ils se sont assis là-bas et ils regardent le garçon retirer à petites secousses le jean de la fille. Elle se soulève sur les coudes, collabore, ondule, facilite la chose, puis à son tour elle s'agenouille, allonge le garçon le dos bien à plat sur *Breton dixit,* fait glisser la fermeture de son pantalon, écarte le vêtement du geste dont l'archéologue dégage une trouvaille enfouie dans le sable, et d'entre ses doigts surgit en gros plan, occupant tout l'écran, un sexe colossal.

– On applaudit ! On applaudit très fort ! crie le rouquin en se retournant vers moi.

Alors la fille enfourche ce monument avec une familiarité de sportive. Pas de sentiment ! Pas non plus de débordements verbaux, pas de han de bûcheronne. Le silence. Le silence de mes visiteurs accroupis ou allongés à la romaine. Le silence des baiseurs lunaires (mais si je me trompais ? si je voyais mal ?...) Et dans le silence le murmure, à mon oreille, de mon geôlier. Des mots que je ne comprends pas. Je n'écoute, derrière son murmure, que ce bruit d'un ongle agaçant une soie, le très léger et aigrelet grattement, quand le rouquin, de son rasoir, attaque enfin une toile, puis une autre, franchement, d'une lame précise et lente, les lacérant, mieux : les découpant en lamelles, en rubans multicolores, l'une, puis l'autre, avec application et, comment dire ? avec gourmandise. Il salive, le rouquin, il bave sur mes toiles. Combient va-t-il en débiter ainsi, et lesquelles ? Je tire le plus possible le cou, j'essaie de voir mais mon gardien, du bout des doigts, négligemment, me rencogne. Autour de *Breton dixit* le cercle s'est resserré. Cris muets, bouches qui se tordent. Mais comment pourrais-je regarder ? Que fait le barbu ? Je dois veiller à tout. Il s'est approché des grands paysages de La Rochelle et de Brouage. Les *Ciels*. J'entends mon souffle, et dans mon souffle les paroles chuchotées : « Tu ne crois pas qu'il est temps de faire ton ménage, l'artiste ? » Mon ménage ? Ah, ils ne croient pas si bien dire ! Mais il faudrait discuter, argumenter, sauver ceci, cela... Les *Ciels,* au moins les *Ciels.* Encore une minute de ciel, monsieur le bourreau. Là-bas – il faudrait dix yeux – je vois la fille surgir, retomber, jaillir, s'empaler, engouffrer le prodigieux morceau de viande et s'écrouler enfin, sa jambe sur la hanche nue du garçon – tous, maintenant, se sont écartés –, ses cheveux dénoués sur les zébrures de l'acrylique qui font à son épuisement un lit d'algues rouges.

A la violence des battements de son cœur Burgonde comprend qu'il s'éveille. Il dormait ? Où ? Quand ? « *Quand ?* Mais tu roupilles encore, vieux ! » Moite, le lit. Visqueux, le ventre. « Ah, la marmite va exploser ! » Il crispe les paupières. Il repousse quelques secondes encore les évidences qui dérivent vers lui et auxquelles s'accrochent des lambeaux du cauchemar. L'atelier ? Il renifle, cherche à identifier autour de lui l'espace : le Pataud surchauffé ? Le rideau blanc devant la verrière ? Quelle heure est-il ? Contre ses paupières cogne la lumière du grand jour. S'est-il assoupi sur le canapé noir ? Cela lui arrive de plus en plus souvent. Mais les odeurs, où sont-elles ? il ne les reconnaît pas. Alors Burgonde ose un geste, un autre : il déplie et allonge son corps que la peur – peur de quoi ? – avait ratatiné ; il se laisse rouler sur le dos. A ce mouvement la douleur lui empoigne la nuque et irradie dans la moitié gauche de son crâne. Vieille compagne. Plomberie dans un état déplorable. Il grimace et, de très loin, remonte sa main pour la poser sur ses yeux. Aussitôt l'ombre s'épaissit, amenuise la migraine et semble espacer les battements du sang. Instant de paix. Et déjà les choses s'enchaînent : le lirac rouge où flottaient des glaçons ; le soleil qui gagnait peu à peu sur le frais de la terrasse ; les plaisanteries de Louvigne : « Toi, tu vas te payer une de ces gueules de bois !... » Eh bien voilà, elle est là, énorme, familière. Si Burgonde se risque enfin à ouvrir les yeux ce ne sera pas sur le Pataud pillé par les oiseaux, mais sur cette chambre aux murs chaulés, aux volets tirés, au sol rouge où gisent les valises, la chemise ôtée avant la sieste. Attendre un moment encore. Ne va-t-il pas découvrir l'explication du saccage nocturne, les toiles éventrées ? Ses visiteurs, dans un silencieux battement d'ailes, se sont envolés au-dessus de l'atelier dévasté. Quels crissements, pendant son sommeil, quels chocs d'objets renversés, brisés, ont-ils donné vie aux images du rêve ? S'il laisse sa main effleurer le sol ne va-t-elle pas...

Des voix, derrière la porte – ou par la fenêtre ouverte ? – chuchotent, s'éloignent. « Pourquoi veux-tu le réveiller ? Laisse-le donc se reposer tranquille... » Et aussi des pas sur la terrasse, un rire.

Maintenant Burgonde a posé quatre doigts sur chacune de ses paupières. Son corps éprouve du soulagement à s'installer peu à peu dans la réalité, et dans cette douleur lancinante mais connue, supportable, avec laquelle il va devoir composer dans les heures qui viennent. « Une épreuve ne va jamais seule ! »

Combien de temps a-t-il dormi ? Il devine la chaleur de juin, blanche, vibrante, qui écrase la maison et les murs de pierres sèches dans l'incessante stridulation des cigales.

Plus ils font d'efforts pour ne pas le déranger, plus on les entend : le rire aussitôt réprimé appartient à Louvigne ; ces chuchotis sont de Louisette, sa femme, que Burgonde a du mal à appeler encore « Louvignette » comme il faisait quand elle avait dix-huit ans, des seins pointus et que Louvigne ne se décidait pas à la coincer un soir derrière une porte fermée. Quant à la belle voix grave, est-il besoin de le préciser, elle appartient à Gabrielle. Où est-elle allée faire sa sieste, Gabrielle ? Elle laisse l'ivrogne cuver son vin en solitaire. Quelle délicatesse !

Le raclement des pieds d'un fauteuil sur les dalles de la terrasse fait sursauter Burgonde. S'était-il rendormi ? Il ouvre les yeux et aussitôt le frappement de la migraine accélère son rythme. « Le lirac n'explique pas tout... » Burgonde n'est pas homme à souffrir de vapeurs pour quelques verres, même bus sous la canicule. Autre chose lui met ce martel en tête, des images, des mots – et, ô ironie ! des images et des mots inventés par un songe. *Natif du Morpion, ascendant Licorne...* « Sacré cauchemar, il a plus de talent que moi ! »

Burgonde se lève en trois temps, la tête bien droite sur le cou. Assis, d'abord ; puis un moment d'immobilité avant de se dresser et de marcher, à pas comptés, vers la salle de bain, les yeux presque clos sur leur clignotement, une nausée dans la gorge. Il tâtonne dans sa trousse de toilette, trouve le flacon sauveur et fait glisser trois dragées dans sa main. Il les avale – coup de massue quand il casse la nuque en arrière – avec un verre d'eau. Tiède, l'eau. Il reste debout, appuyé au lavabo, son front posé contre le mur sur lequel il pèse comme s'il voulait faire éclater les tommettes dont la pièce est carrelée. Qui soupçonne les heures qu'il a passées ainsi, debout contre des murs à la façon d'un traître qu'on va fusiller dans le dos ? Les meilleurs murs sont ceux des lavabos, des salles d'eau, parce que revêtus de faïence. Il lui faut rester immobile, les yeux fermés, et dans dix minutes un fourmillement se produira dans sa tête, une effervescence, le sentiment d'une dilatation, une vélocité soudaine du sang et peu à peu la douleur se diluera. Combien de temps lui reste-t-il avant le ramdam de cette nuit ? Au moins quatre, cinq heures : « C'est assez, je tiendrai le coup ». Alors, cheval qui s'endort debout, Burgonde laisse les vagues noires revenir, le harceler, de moins en moins violentes, au risque d'y retrouver les prémonitions du cauchemar.

Aux premiers signes du mieux – quelque part en lui un barrage s'est rompu, une espèce de sève circule à nouveau – il s'écarte du mur et se déplace vers le miroir : les yeux cruels à force d'être étrécis, le teint blanc, la moustache couchée comme du blé après l'orage. Dieu sait dans quelle position il a dormi ! A gestes précautionneux il enfile ses vêtements. Là-bas, sur la terrasse, les voix ne s'imposent plus de retenue : on doit juger qu'il est temps de le sortir de sa torpeur. Va-t-il apparaître, sourire, affronter le regard anxieux de Gabrielle – « Dans quel état est-il ? » – et jouer les rocs, les vieux buveurs que rien n'abat ?

– Une tasse de thé, Burgonde. Ou du café glacé – on en aura besoin, cette nuit !

Répliques, visages, attitudes, jusqu'aux gestes des mains, jusqu'à la couleur des regards : cette nausée-là vaut bien l'autre, qui continue de balancer sa houle au fond de lui.

Burgonde retourne dans la salle de bain, repousse sans bruit la fenêtre et le contrevent. C'est le pignon nord de la maison. De là on ne distingue plus les paroles échangées du côté de la terrasse et du bassin. Il enjambe l'appui de la fenêtre. Malgré les lunettes noires, la pleine lumière l'assomme. Il vacille, attend que s'apaise en lui ce bourdonnement. Il n'a pas sa canne – tant pis. Il escalade le talus en veillant à ne pas faire rouler de cailloux. A la condition de rester un moment dans l'axe du bâtiment il demeurera invisible, le temps de s'éloigner. Il sort de l'ombre et marche entre les frêles rejets poussés sur les troncs des oliviers après le grand gel de l'hiver 56. La fin d'après-midi lui souffle à la tête son haleine de four, ses bruissements, ses odeurs. Le front déjà humide, les yeux presque fermés sous les lunettes de soleil, Burgonde s'éloigne en boitant, à grands pas cassés, comme si son salut dépendait de la discrétion et de la rapidité de sa fuite.

*
**

Pourquoi M. et Mme Lepoux avaient-ils baptisé leur fils Ludovic ? Sans doute avaient-ils cédé au vertige qui fait adjoindre, à un patronyme embarrassant, un prénom impraticable. C'est vouer les enfants au désespoir et aux surnoms. Devenu Ludo, sans cesser d'être Lepoux, l'intéressé, à vingt-huit ans, n'était guéri d'aucune des deux malédictions.

– Ferme la porte de la boutique, Ludo, veux-tu. C'est la chaleur qui entre.

M. Lepoux ne s'était jamais habitué à dire autrement que boutique. Magasin lui semblait faire quincaillerie, entrepôt. Quant à librairie, que tentait d'imposer Ludo depuis ses treize ans, le mot paraissait trop noble à M. Lepoux, à la fois pour son négoce, qui était obscur, et pour les habitants d'Uzès, petits lecteurs. La clochette de la porte restait muette de longues heures. Seul la faisait tinter certains après-midi le brocanteur de la rue Saint-Etienne venu tromper son ennui. M. Lepoux prétendait travailler par correspondance, « sur catalogue », et détenir dans son fichier « les meilleurs clients d'Europe ». C'était sans doute vrai, mais les meilleurs clients d'Europe intéressés par l'*Armorial du Bugey* ou les *Fastes de la Maison de Simiane au XVII<sup>e</sup> siècle* n'avaient jamais permis à M. Lepoux de s'offrir la plus modeste deux-chevaux. Il disait « citron ». Il était, en 1962, le dernier habitant d'Uzès à dire « citron » et à ne pas en posséder une. Ce fruit automobile au genre incertain ne le tentait pas. Représentant attardé de la race des libraires piétons, bavards, érudits et lents, il entretenait une immense correspondance et trottinait deux fois le jour, par des ruelles où pissaient les chats, des paquets sous le bras, vers la poste crasseuse de la place du Duché. Il y trouvait, en été, faisant la queue devant l'unique guichet ouvert, des touristes aux cuisses rouges tombés d'une autre planète.

Porte fermée, Ludo revint vers le fond ombreux et frais de la librairie. Son père désarmait l'ironie. Il était savant, d'une science gratuite, méticuleuse, qui troublait son fils. Au passage, presque sans le savoir, Ludo avait acquis, osmose ou accident,

13

des lambeaux de la culture paternelle. Elle surgissait parfois au détour d'un bavardage âpre et plat, et surprenait ses interlocuteurs.

– J'ai mis la main sur une liasse de papiers passionnants. Il y a tout, là-dedans, sur les embellissements de l'hôtel Maussane et ses anciens jardins. Les travaux eurent lieu de 1774 à 1776 : exactement ce que je prétendais. Mon cher, là où le père Fourcoiran entrepose ses bouteilles de butane se trouvait autrefois un nymphée...

– Qui vas-tu intéresser à cela ? L'hôtel Maussane n'appartient plus à personne.

– Si, à quatorze héritiers, qui échangent du papier bleu de Pézenas à Dakar et à Bois-Colombes.

– Les clients rêvés !

– Ne te fiche pas de moi. Le notaire, qui met du sel sur les plaies, trépassera un jour. Les querelles s'apaiseront et quelque gros Allemand raflera Maussane. A moins que les Schramm, qui ont un œil dessus, n'achètent la maison. Mais pour en faire quoi ? Ils reviennent à pas de loup, les Allemands, mais ils reviennent. Ils ressemblent tous à ce comédien – Jugend ? Jurden ?

– Jurgens.

– Oui, c'est ça. Ils possèdent de belles femmes au front sculptural. Dans dix ans ils régneront sur l'Uzège. Je vais te dire : c'est la faute aux embouteillages. Ces gens-là sont sagement en route pour la Costa Brava quand d'un coup, vers le 10 juillet, la circulation se bloque de Mulhouse à Barcelone. Tout le monde s'arrête. On sort des voitures, on bavarde, on use le temps. Quand ils comprennent que cela risque de durer, les barbares commencent à regarder autour d'eux. Autour d'eux c'est la garrigue, ou Uzès, ou Pézenas, déjà nommée. Ils trouvent tous ces lieux très sales, très latins, très bordéleux, très français. Et pas très coûteux. Alors, soudain, l'idée leur vient d'acheter un peu du bordel et de la criaillerie français : tout ce qu'ils aiment. Les espadrilles poussiéreuses, les filles en maillot de bain dans la rue : à Karlsruhe on ne ferait jamais cela, non ? Ils ne voient rien des cols boutonnés, des airs sombres. Ils prennent des coups de soleil sur les genoux dès Montélimar et se croient en Andalousie. Je ne donne pas deux ans à la demeure des Messieurs de Maussane pour passer dans quelque patrimoine souabe ou rhénan.

Ludo s'émerveille que son père, enfermé tout le jour dans son arrière-boutique de la rue Pelisserie, sache par intuition à quoi ressemblent les routes, les villages, les convoitises, le monde. « Lepoux a du nez », dit-on à Uzès. Et c'est vrai, du petit au grand. Il a joué de Gaulle en 40 et en 57, Leiris en 39 (dont il a raflé les originales), et maintenant il joue le mark triomphant et Vigoureux ministre. Sans doute ne se trompe-t-il pas. De Vigoureux, il a publié deux plaquettes de poèmes bien avant que le jeune homme ne songeât à devenir gaulliste et à se faire élire dans l'Ardèche, en voisin. Il le connaît bien. « Ses coups de gueule ? Du théâtre. C'est un élégiaque... » Lepoux n'en démord pas. A Paris on redoute en Vigoureux le jeune loup ; on l'a vu arracher son siège à la gauche, refiler du Général aux amateurs de Jaurès, repeupler des villages à l'abandon, engloutir des brandades, des cassoulets, des pâtés de grive noyés de côtes-du-rhône à s'en faire péter les veines : rien de tout cela ne trouble M. Lepoux, pour qui Vigoureux reste un élégiaque.

– Il assistera au dégagement des Suisses, ce soir ?

– C'est un ami de Flavienne, de toujours...

– Tu appelles Mme Schramm par son prénom ? C'est nouveau.

Ludo ne répond pas. D'un coup le fardeau retombe sur ses épaules : la chaleur de juin et le froid de ce trou à rats, les mois qui viennent de s'écouler, leur galopade, leur drôlerie trompeuse de kaléidoscope. Encore heureux que son père ne pose pas trop de questions. Sur Flavienne, il n'a pas pu se retenir. Autant répondre.

– Elle est venue à Majorque, en avril, sur le tournage du film d'Antonini...

L'humeur de Ludo rancit un peu plus ; son père ne manque jamais de sourire en coin quand lui échappe l'expression malheureuse : *sur* le tournage. « Le peintre va sur le motif, le chien monte sur la chienne, à part cela... » Mais il se reprend aussitôt. Son père a raison. La leçon doit être écoutée sans humeur. Depuis une douzaine d'années Ludo est attentif aux leçons. A celles, par exemple, qu'offre le hasard d'une rencontre. Né d'une morte et d'un Cosinus, il lui a fallu tout apprendre, à l'instinct. Il parle moins qu'il n'écoute, qualité qui lui vaut des amitiés profitables. Il excelle à saisir les tics de langage, les mots qui classent ou déclassent. « Sur le tournage » est une erreur qu'il n'aurait pas dû commettre. A peine élevé par son père, et dans les nuages, débordant de connaissances cocasses mais incapable de décrocher un diplôme ou de démêler l'écheveau d'une société, Ludovic s'est toujours senti destiné à de longs voyages, mais il se contente encore de caboter. Assistant de trois ou quatre cinéastes, grouillot chez un éditeur, polygraphe dans une revue d'art, il est parvenu à ne rien faire qui le compromît. Une seule défaillance, une seule glissade et il se fût retrouvé pris au piège, étiqueté jeune homme moyen et sans saveur devant qui se fussent fermées les portes. Quelles portes ? Ah, il s'en fichait bien ! Mais, à l'estime, il saura les repérer et les franchir. Comparer le pittoresque minuscule d'où il sort – la rue Pelisserie, la myopie étonnée de son père – à la splendeur baroque du destin qu'il se rêve, il y a de quoi jubiler. Il n'en aime que davantage M. Lepoux d'être si étranger aux appétits et aux irrespects qui l'habitent, lui, Ludovic. Cela met de l'innocence dans son calcul, comme un fond de douceur sous l'âcreté du désir.

– Antonini a terminé son film ?

– Il le monte, en ce moment, à Rome.

– A Rome... et ce sera bon ?

– Dérangeant.

– Ah, dérangeant !

M. Lepoux se lève et va allumer car on n'y voit presque plus. Il se retourne, goguenard :

– Il tient vraiment à déranger le monde, le bel Antonini ? Le monde ne lui est pourtant pas cruel.

– Tu t'intéresses à Antonini et au cinéma ?

– Non, mais eux à moi, si j'ose dire. Il est passé ici pas plus tard qu'hier, figure-toi, pendant que tu étais à Nîmes.

– Alessandro, ici ?

– ... à la recherche d'une maison, d'un château – « un palais », comme il dit. Je n'ai pas compris s'il voulait la louer, l'acheter, l'habiter ou y tourner une histoire. Enfin si, j'ai deviné : *Paulina 1880,* ils en rêvent tous semble-t-il. Il était accompagné d'une belle personne, carnivore, vénéneuse...

– Tu as bon œil !

– Bref ils sont ici pour le raout à la Vernède, comme tout le monde, et ils sont installés à Ménerbes, chez des amis à toi.

– Oh, des amis...

Le sort épargne à Ludo de renier des gens à qui il avait fait une cour d'enfer : la sonnerie de la porte, un courant d'air et la clarté d'une jeune fille – tout est là en même temps.

– Saludo !

La fille lui jette cela comme une vieille farce avant d'aller embrasser M. Lepoux. « Salut Ludo » s'était contracté en interpellation castriste deux étés auparavant. Ludovic soupire. Victoire le met mal à l'aise : dix ou onze ans de différence, c'est une fausse distance, et il ne sait plus où il en est avec l'ancienne petite fille de ses vacances. Il la trouve trop vive, trop rieuse. Mais belle, oui, pourquoi pas. Victoire sera belle. Quelle drôle d'histoire ! L'idée lui passe par la tête :

— Si tu as une robe longue à te mettre je t'emmène ce soir à la Vernède, tu veux ?

Il reçoit le regard rapide, la voix narquoise :

— On se faufile dans le monde ?

— La Vernède ? J'y ai joué dans les ruines quand j'étais môme.

— Tu n'es plus môme et ce n'est plus en ruine, as-tu remarqué ? Et as-tu également remarqué qu'il se passe sur terre, au mois de juin 1962, deux ou trois choses qui n'ont rien, mais vraiment rien à voir avec la boum de tes amis Schramm ?

M. Lepoux, radieux, regarde Victoire monter à l'assaut. Elle sent son regard et s'impose d'elle-même une sourdine :

— Il est encore arrivé aujourd'hui à Saint-Trinit deux familles de pieds-noirs. Alger-Marseille sur le pont et tous leurs bagages paumés là-bas, brûlés sur un quai, jetés à l'eau, plastiqués, ou je ne sais quoi. Quatorze personnes, et pas gaies à voir. Il en arrive des milliers, Ludo. Tu ne trouves pas que ça rend un peu dérisoire la petite foire de la Vernède ?

Ludovic n'a aucune envie de s'émouvoir sur les malheurs des pieds-noirs. Le FLN et ses amis l'ont déjà assez dérangé. Mais le FLN c'était la bonne cause, celle à quoi croyaient tous les gens auxquels il se frotte. Il avait même espéré signer l'appel des 121 mais personne ne l'en avait sollicité. Être le cent-vingt-deuxième et voir arriver chez lui les gendarmes : le rêve ! Il se secoue. Il va l'étriller, la petite Victoire.

— Alors, ce qu'on dit est vrai, tu as tourné OAS ?

— Toi tu n'as pas tourné malin.

— Sérieusement, tu marches avec cette racaille ? Les casseurs de bougnouls, les dingues des casseroles et des nuits bleues... Que vas-tu faire là-dedans, *toi* ? Tous les anciens amis de ton père sont de l'autre côté.

— Tu veux dire barbouzes ?

M. Lepoux se lève et pense à s'interposer. Mais le secret d'arrêter Victoire... Il se contente d'allumer deux autres lampes. La pièce gagne de l'intimité. La voix de la petite n'en paraît que plus altérée :

— Les amis de mon père, si tu veux savoir, il y en a de tous les bords : un ministre, un au moins en prison à Tulle, et la plupart en train de gagner tranquillement leur vie entre Saverne et

Neufchâteau. Quant aux meilleurs, ils sont peut-être morts, comme mon père, et ils n'ont rien à foutre d'être appelés à la rescousse par un farfelu de ton espèce.

M. Lepoux a presque pitié de son fils. Où Victoire a-t-elle appris cette netteté, cette façon calme et dangereuse de parler ? Trop mûre, élevée par des ombres et par des vieux : sans doute est-ce l'explication. Ludovic, hargneux, ne lâche pas prise :

– Tu as dix-sept ans, l'exaltation te va bien au teint. Malheureusement tu en fais cadeau à des requins et à des profiteurs. Du moins est-ce la réponse à te faire si l'on est sérieux, car, entre nous... Jean Cau ou M. de Sérigny, la prison de Tulle ou les villas d'El-Biar : dans dix ans on aura tout oublié, tout confondu. Je préfère m'y mettre tout de suite.

La discussion dura sur ce ton un moment entre Victoire et Ludovic, en tous points comparable à d'innombrables autres discussions qui se déroulaient à la même heure en France, et qu'il importe peu de reproduire ici. On se haïssait beaucoup, cet été-là. L'après-midi finissait quand la jeune fille s'en alla. Elle avait, plus encore que Ludovic, l'élasticité de la jeunesse. Malgré quoi, les joues chaudes, et M. Lepoux sentit, quand elle l'embrassa, comme une moiteur animale, un parfum de hâte et de colère se dégager d'elle. Il la regarda enfourcher son Solex.

– Elle a le feu au train avec ses victimes, constata tranquillement Ludovic. Ils l'ont endoctrinée. Elle couche avec un des fils Meyrisch, ou quoi ?

Il n'attendait pas de réponse et son père, en effet, ne lui en donna pas. Il le prit par le bras :

– Je t'offre un verre au Colibri, veux-tu ? Je n'ai pas envie de dîner, et toi non plus, je te connais.

Il est plus tard que ne le croyait Burgonde en franchissant la fenêtre : déjà les ombres s'allongent. Au fur et à mesure qu'il avance, de sa drôle de démarche clopinante – il a l'air d'arracher à chaque pas sa jambe à la poussière du chemin –, ses pensées s'éclaircissent. La machinerie se remet à fonctionner. Sa chemise est trempée mais une énergie inexplicable le pousse en avant, obstiné, brutal. Il s'arrête et se retourne : le mas Louvigne est maintenant en contrebas, trop éloigné pour qu'on puisse le repérer. Il n'était pas venu dans le pays depuis cet été – 1942, 1943 ? – où l'oncle Louvigne lui avait offert une place

18

d'ouvrier agricole et permis d'échapper au STO. (Sa patte folle n'avait pas découragé les recruteurs...) Vingt années. Partout des bicoques ont poussé, des arbres ont été abattus. Les Louvigne eux-même, Languedociens, sont en train de faire du mas qu'ils ont hérité une maison de Parisiens. On voit traîner entre les oliviers et au bord du chemin des lambeaux de plastique blanc et bleu.

Burgonde se remet en marche. La chaleur, la laideur des courtes collines pierreuses font partie de la colère qui l'a détourné d'aller rejoindre Gabrielle et les Louvigne, et poussé à cette course absurde. « Il faut vider l'abcès ! » Que veut-il dire ? Son cauchemar stagne en lui, invisible comme un remords.

Pourquoi cet anonymat des visages ? Un rêve, à la folie près, on s'y retrouve en famille. Mais ces traits flous, ces yeux vides n'appartenaient à personne. Mettre de la logique là-dedans, ça, oui, il le peut : tentation de détruire les toiles qu'il n'aime pas ; honte de ne l'avoir jamais osé – c'est assez clair. La profanation, déjà, l'est moins. Ces mômes, leurs gestes, la fornication sur la peinture rouge : la vision l'obsède. Il avait peint *Breton dixit* pour ce grand déballage surréaliste de la galerie Charpentier. L'événement parisien ! On avait « sonorisé » l'exposition avec des gémissements de scène d'amour. Quelle femme... ? Il se rappelle les sourires, au vernissage, les airs en dessous : « Tu reconnais la voix, non ? ... »

Il accélère encore le pas. L'a-t-il vraiment *vu,* le somptueux baisage ? Et qu'est-ce que ça veut dire, « voir », dans un rêve... Les gestes de la fille, pourquoi faire l'effarouché, c'est autour d'eux que tourne sa gêne, et du membre entrevu, énorme, comme il en dessinait à vingt ans à l'Ecole, d'un seul trait, sans lever la main. « Les zobs de Burgonde... » Il était le plus habile à ce jeu-là. Il pouvait les réussir dans le noir, ou de la main gauche, ou les yeux fermés, sur le plâtre des murs avec un clou, à la craie sur les tableaux noirs, les portes, l'asphalte, gourdins turgescents, triques noueuses au bas desquelles – d'un trait, toujours – comme un nœud papillon à un col géant, il ajoutait des roustons en binocle, en huit aplati, en oméga poilu.

Il rit, au souvenir de ça, Burgonde, dans la campagne chaude. Il y a si longtemps qu'il est devenu un bourgeois ! Graffiti de sa jeunesse, monotone emblème de ses obsessions, nostalgie de petit curé dans les nuits d'été. Et gagne-pain occasionnel quand il fournissait en dessins érotiques ce Hongrois qui puait l'oignon et le foie haché, passait de biais même dans les portes ouvertes et emportait dans une vieille serviette les phallus ailés, les pyramides humaines, les fellations en tout genre...

Aujourd'hui, pourquoi aujourd'hui ? Burgonde quitte le chemin et attaque sans reprendre souffle une ondulation plus raide de la garrigue. On dirait qu'il fait la guerre à son corps, à ces images qui l'assiègent comme elles ont envahi son sommeil. « P'tite Queue » : c'était lui qui s'était affublé de ce joli surnom. Son totem, quoi ! comme à la patrouille. Pourquoi pas « Morpion loyal » ou « Licorne fidèle » ?

Le rêve furieux a ranimé des ressassements très anciens : cette vigilance hargneuse qui a tendu et asséché toute sa jeunesse ; ces nuits de l'atelier où l'on se ranimait à la vitamine C et au vin rouge. Déjà ! Plus tard à l'ortédrine. « A trop contempler mes fameux dessins j'avais l'impression de n'être pas à l'échelle. Au lieu de l'âne espéré, nos petites compagnes ne chevauchaient que des statues grecques, si modestes comme on sait. J'aurai passé ma vie d'homme à poser des hypothèses fabuleuses... »

Il s'arrête au sommet, épuisé. Mais le sommet de quoi ? Vignes et maquis, le paysage se déroule de colline en colline jusqu'à ce grand naufrage rouge, dans le ciel, du côté de Sommières et de Montpellier. « Ils m'attendent, maintenant. Ils me cherchent. Chaque minute qui passe aggrave mon caprice. Quand Gabrielle est entrée dans notre chambre et qu'elle a constaté ma fugue, que leur a-t-elle dit ? Parfaite, comme d'habitude, j'en jurerais... »

Il s'est assis, les mains au sol, que les cailloux meurtrissent et qu'escaladent les fourmis. Foutu pays ! Quel besoin avait-il d'y revenir ? L'invitation des Schramm ou la gentillesse des Louvigne ? L'explication n'est pas là. Toutes les journées précédentes ont été glissantes et lisses comme les parois d'un entonnoir, et maintenant Burgonde a commencé de tomber. Tout ce qu'il fuit l'aspire, il n'y peut plus rien. Il y a des jours où la vie a mauvaise haleine : à chacune de leurs minutes elle pue davantage. Il savait qu'aujourd'hui serait un de ces jours-là. Il est venu quand même. Pour « faire plaisir à Gabrielle ? » Ah non ! Misanthrope, mais pas Tartuffe ! Il a été fasciné par les parois de l'entonnoir, voilà tout. Maintenant il va falloir dégringoler jusqu'au fond sans se retourner les ongles. « Tu ne peux pas faire ça aux Schramm. De tous tes collectionneurs ils sont... » Oui – il a levé une main conciliante – il sait cela. Il n'a jamais pensé sérieusement à se décommander. Flavienne Schramm aime Gabrielle ; Freddy Schramm aime la peinture. Il l'aime

20

moins qu'il n'aime la puissance, le théâtre fantomatique et glacial de la puissance, mais la peinture – ces toiles négociées à Londres, à Paris, à New York ou à Zurich, et dont l'apparition dans les salons de Bâle peut changer la carrière d'un peintre –, la peinture est un des signes de ce que les journaux appellent « la légende Schramm ». Un signe plus mélodieux que d'autres : lumière sur un front alourdi de chiffres, familiarité charmante du seigneur. Freddy n'est-il pas devenu l'ami de quelques-uns de *ses* artistes ? Il lui arrive de leur rendre visite dans leur atelier, silencieux, impérial, gorgé d'exotisme. Cette nuit...

Les fourmis grimpent sur les avant-bras de Burgonde. On entend au bas de la colline passer des tracteurs avec exactement le même bruit que font sur la mer les pointus qui rentrent au port. *« Merde sur merde, c'est logique non ?* Quelle part de moi, se demande Burgonde, me hait au point de sécréter les mots qui me feront le plus de mal ?* » Comment se défendre quand on est à la fois la proie et le chasseur ?

Cette nuit, à la Vernède, six cents invités la célébreront, la « légende Schramm », mais surtout leur propre importance, illustrée et démontrée par leur présence. Condition nécessaire et suffisante. Il y a trois ans que Flavienne, qui est Nîmoise, a découvert ce château fort en ruine et l'a fait acheter par son mari. Tout le monde – c'est-à-dire dix intimes, plus les gens qui lisent les magazines sur beau papier – a su le va-et-vient des architectes bâlois, des décorateurs romains et des paysagistes anglais. Les racontars ont couru, et c'est avec les racontars qu'on fait les légendes. Depuis six mois on parle de la fête de ce soir. « Notre pendaison de crémaillère », dit Flavienne. « Le bal », disent les gens bien des Cévennes – la famille de Flavienne. Les Parisiens préfèrent « la Fête », qu'ils prononcent avec un rien d'emphase ironique, mais aussi – tendez l'oreille – la connotation sociologique : activité ludique, rituel tribal, etc. Des hommes et des femmes sérieux ont intrigué trois mois pour être invités ce soir à la Vernède. D'autres ont menti, prétendant l'être. D'autres encore ont feint d'hésiter à venir, se sont donné les gants de ne répondre qu'au dernier moment, en soupirant. Mais ce soir les plaies sont pansées. Les oubliés ont pris soin de quitter Paris, ou Bâle, ou Genève et d'inventer un voyage lointain. On dit que les Schramm ont réservé un an à l'avance toutes les chambres des environs. Le Prieuré de Villeneuve, l'Hôtel d'Europe en Avignon, à Nîmes l'Imperator et le Cheval-Blanc, en Arles le Jules-César, et même les auberges du pont du Gard : à trente kilomètres à la ronde tous les hôtels, pour un soir, leur appartiennent. A cette heure où Burgonde est assis par terre et laisse les bestioles courir sur ses mains, des femmes scrutent dans les miroirs leur peau sombre. Quand approche la nuit le hâle vire au bleu, au violet profond. Toutes témoignent à leurs chevelures, montées en chignons, torsadées, étagées, gonflées, cette considération qui les raidit, leur dégage le cou et les fait ressembler à des Africaines porteuses d'eau. Bientôt elles descendront dîner, vêtues de robes simples – la tête est déjà du soir mais le corps appartient encore au jour –, sur les terrasses où les maîtres d'hôtel s'affoleront, aux prises pour la première fois avec le sans-gêne des gens élégants, leur simplicité insolente et aiguë, les ordres contradictoires, les commandes absurdes, et ils se demanderont comment tant de santés chancelantes, de régimes pour agonisants peuvent s'accommoder de ces teints éclatants et de ces débauches d'alcool.

Burgonde les connaît. Il sait. Et s'il ne sait pas il devine. Louvigne, au déjeuner, ne tarissait pas de détails sur la fête, son style, son organisation, ses invités : les Alémaniques regroupés au Jules-César, les Genevois à Villeneuve, les artistes à Nîmes, la politique au pont du Gard. L'Hôtel d'Europe, qui a grand genre, héberge le gratin. (Depuis quand Louvigne a-t-il appris à dire « le gratin » ?) Burgonde imagine, sous le platane, entre les pots d'Anduze, des profils de vieux prédateurs couperosés, des fanons et des salières très province, les émeraudes tournant sur les doigts maigres. Chaque hôtel en ce moment doit avoir pris des allures de club, avec ses connivences et ses mots de passe. « A minuit, pense Burgonde, quand tout le monde aura rallié la Vernède, ceux de Suisse et ceux de Milan, les Parisiens et les Marseillais, le fric et les ministres, le cinéma et la banque, et même des peintres ! quand chaque château de la région aura dégorgé son contingent, quand les intrigants commenceront à se détendre et penseront avoir partie gagnée, quand ce long complot de trois années s'achèvera dans son apothéose de lumière, de musique, de parfums, quand l'huile et le vinaigre seront mélangés, homogènes, savoureux – dans quel état serai-je, moi ? Une perle du collier ? Un morceau du ragoût ? Que se passera-t-il en moi quand, tout à coup, au-dessus des épaules noires et des épaules nues, j'apercevrai sur un mur une des toiles que Freddy Schramm m'a achetées ? Il ne peut pas ne pas en avoir accroché une, au moins une, puisque nous serons là. Or, ma répugnance à me rendre ce soir à la Vernède, mes ruses depuis huit jours, mes sarcasmes, mes émois, tournent autour de cette équation insoluble : si je suis là-bas à cause de ma toile, (ma « position »), si ma toile ne s'y trouve accrochée qu'en prévision de ma présence, (courtoisie), quel rapport établir, de toute façon, entre une peinture – derrière laquelle je suis seul à connaître ce labeur chaotique, obscur, intransmissible – et la parade d'argent, de vanité, d'importance qui se déroulera cette nuit à la Vernède ? L'inconnue de l'équation, c'est mon statut. "Peintre mondain", comme on disait autrefois ? Mais, si l'on excepte le génie, tous les peintres qui réussissent à manger sont plus ou moins des "peintres mondains". Que suis-je, ce soir ? Le compagnon de Gabrielle, qui est l'amie de Flavienne ? Ou bien une des valeurs du portefeuille Schramm, un caprice de son éclectisme, un billet de loterie, un de ses signes extérieurs de goût, au même titre que le bateau mouillé à Rhodes, le chalet de Saint-Moritz, la collection d'instruments anciens et les dons au Heimatschutz pour la préservation des villages grisons ? »

De quelque façon qu'on la retourne, la question ne suggère pas de réponse satisfaisante. « Deux mille snobs enragent de n'être pas là où je serai, et j'y serai choyé, cajolé, con-si-dé-ré. Quatre ou cinq heures de la drogue la plus entêtante, que l'argent seul ne suffit pas à acheter, ni le seul talent, ni la seule drôlerie, ni la seule naissance. Pourtant la peur ne me lâchera pas. "Vous avez vu, ils ont un Burgonde superbe." Ou : "Un Burgonde de merde" – les expressions se valent. Quand je verrai ma toile exposée aux regards morts, froids, qui glisseront sur elle comme de l'eau, me sauteront aux yeux les bricolages de ma peinture, son allure de paletot étriqué, et toutes les ruses de mon travail, camouflées, oubliées, dont à l'instant je me souviendrai avec une précision impitoyable. *Moi*, cela ? Moi racorni, miniaturisé. Ah, je connais la sensation ! Qu'aura-t-il accroché, Freddy ? Probablement un des grands *Ciels* de Brouage, la peinture qu'il a achetée en 59, à Lausanne, chez Pauli. Et là, soudain, cette toile où je voulais faire passer du vent, du vide, des nuages, le temps lui-même – elle m'apparaîtra aussi irréelle et saugrenue qu'une lettre d'amour adressée jadis à une femme devenue vieille et moche. Et ce sera à cause de *cela* que je me pavanerai, un nœud noir au cou et un cigare sous la moustache ? »

Sa colère requinque Burgonde, et le plaisir qu'il éprouve toujours à formuler un malaise. Il se lève, le corps endolori par sa marche forcenée. La rémission du soir – lumière adoucie, brise légère – passe sur lui, si bonne qu'elle le réconcilierait avec le monde. Il entame son retour, chaque pas de la descente retentissant dans sa jambe, sa hanche et ranimant, comme des échos, la migraine à peu près apaisée. Il croise deux femmes vêtues de noir qui montent vers le cimetière. A leur regard il devine qu'il a méchante allure. « Au fond, je n'ai jamais cru à la légitimité de ma réussite. Cette nuit, à la Vernède, seront rassemblés toutes sortes d'humains sûrs de leur fait. Des lions. Des percherons. A tout le moins des comédiens qui jouent les lions, les percherons, et qui y croient. C'est la même chose. Rien n'est moins visible sur un homme que ses doutes. Mais je ne me sens pas la force d'aimer mon personnage, moi ! Je refuse d'être bien dans ma peau ! » Il rit tout seul en tanguant entre les pierres de la draille. Si Gabrielle l'entendait ! Qu'est-elle en train de manigancer, Gabrielle ? Elle a l'habitude de ses fugues. Surtout quand il travaille et que la solitude du Pataud ne le protège pas – en voyage, en vacances –, il arrive à Burgonde de filer sans rien dire pour échapper à des visiteurs, ou simplement au repas qui approche et à l'obligation de se laver les mains, d'écouter les autres, de leur répondre. Elle accepte bravement ces échappées : elles lui donnent à bon compte le sentiment de tenir son rôle de compagne d'artiste. La boisson, les escapades, les silences : Burgonde reste dans des limites raisonnables. Sans parler de ce célibat, qu'il paraît tenir pour acquis sans jamais avoir demandé à Gabrielle son avis. Mais, à être franche, cela l'arrange. Elle ne souhaite pas faire d'enfants. Elle agit comme si ceux de Burgonde lui suffisaient. Avec Rose et Frédéric, elle est si parfaite qu'elle est sûre de les aimer.

Ce soir, à l'heure du thé, elle a prononcé sur l'absence de Burgonde les mots, exactement les mots qu'il fallait : indulgents, sans exclure une certaine gravité. Les Louvigne l'ont observée avec admiration ; elle les intimide. Louisette est allée se faire torturer chez un coiffeur d'Uzès et, au retour, elle a constaté que Gabrielle, qui s'est lavé les cheveux elle-même et les a séchés au soleil, est autrement plus chic qu'elle. « J'ai l'air d'une dame des Postes, vous ne trouvez pas ? » Gabrielle a souri, s'est levée, un rien trop maigre, et le nez d'un boxeur qui a moins d'allonge que ses adversaires ; mais sa robe de toile était parfaite et l'on devinait, dessous, une peau lustrée, des muscles entretenus. « Je vais m'allonger une demi-heure. Vous n'en faites pas autant, Louisette ?... »

Dans la chambre, la chemise de Burgonde et un pantalon de

toile chiffonné traînaient sur le sol. Gabrielle les a ramassés, le nez un peu froncé à l'odeur aigre qui en montait.

**✲✲**

Victoire abandonne son Solex sous le figuier et se jette dans le frais de la maison. Elle n'allume pas. Quand elle repousse les volets, le grésillement du jardin envahit le salon. A tâtons elle branche l'électrophone sur lequel un disque était resté à mi-course ; il se remet à tourner dans un bref couinement qui, tout de suite, redevient ce trio de Schubert qu'elle écoute à toute heure du jour depuis une semaine. Le bouton du son au maximum, tout — silence et crissements — se trouve noyé sous la musique. « Ils vont appeler les gendarmes », grince Victoire entre ses dents. Alors elle aggrave les choses en ouvrant les deux fenêtres. Du jardin monte encore un peu de lumière rouge. « Je sue comme un chien qui a perdu ses maîtres... » Elle retire son chemisier et secoue les cheveux, puis elle fait glisser son jean et s'allonge sur le canapé. Son linge fait sur les tommettes des taches claires. « On dirait que j'ai bu une pleine cafetière. Quand je pense que c'est à cause de ce petit con de Ludo que je suis retournée là-bas... » C'est bon, Schubert, ça lui tord le ventre. Justement, le ventre. Comme c'est pâle, un ventre, livide, creusé. Et les fesses, maigres et pâles elles aussi, serrées comme deux poings coléreux, avec leurs bosses et leurs trous de muscle. Et ce tressautement, cet acharnement !

Chez les Meyrisch, à Saint-Trinit, on appelait magnanerie le dernier des bâtiments en retour d'aile, le plus éloigné du cœur de la maison, là où Abel et Jo voulaient aménager des logements pour les ouvriers de l'exploitation. On y entrait rarement et l'on apercevait sur les poutres, si l'on marchait en silence, des chouettes aux yeux clos. Victoire y était allée à la recherche de chaises, même bancales : on en manquait, chaque soir, dans l'orangerie. Il faisait sombre, et une chaleur de four. Ses espadrilles foulaient sans bruit les mavons de terre cuite. Un grenier commandait l'autre et tout de suite Victoire avait perçu une présence, au fond, là où étaient entassées des vieilleries. On marche sous les combles autrement qu'ailleurs, comme si l'on risquait à chaque pas d'écraser un insecte noir ou de sentir sur son visage un frôlement. Elle n'avait pas pensé à faire demi-tour ni à annoncer sa présence.

Arrivée près du seuil du dernier grenier, qu'un fenestron éclairait au ras du sol, elle n'avait eu qu'à rester immobile dans

25

la pénombre, invisible, brûlante. Qu'avait-elle vu, au vrai ? C'était comme une très ancienne scène, de bien avant elle, qu'elle eût portée en elle et à qui le hasard donnait réalité. Qui étaient-ils, les partenaires ? Victoire n'avait vu que les fesses blanches de la fille qui lui tournait le dos, cheveux dénoués, à la fois dressée et penchée au-dessus d'un homme, et de l'homme montait une voix cassée, suppliante, qui soufflait des saletés. Victoire se lève et, toujours à tâtons, retourne le disque. Le tumulte emplit de nouveau le salon. « Je suis restée... » Schubert fait des voltes élégantes, des ruissellements, des cabrioles. La pureté même, non ? Victoire a des gestes de la main, comme si la nuit excitait des mouches autour d'elle et qu'elle voulût les chasser. « Un peu de calme, et pas de quoi faire tant de grimaces ! Un type et une fille – la belle Yolande, bon, la femme de chambre de Saint-Trinit, avec sa fossette et ses tabliers si bien repassés, mais qu'est-ce que cela change ? – en train de haleter dans un grenier : il y a dix ans que j'aurais dû tomber déjà sur une scène de ce genre. Je suis en retard pour mon âge. » Les messieurs en imperméable, le soir, dans les petites rues de Saint-Denis, quand on courait après être allé acheter des copies ou une plaque de chocolat... Les voitures arrêtées dans la garrigue, l'été... Toutes les filles ont la mémoire pleine de scènes furtives, brutales, sans compter le souvenir de ces gestes, et les mots hachés, rauques, qui font à chaque adolescente un accompagnement de hontes un peu ridicules et vite dissipées. Alors pourquoi, ce soir, cette suffocation qui ne s'apaise pas ?

La fille n'était pas à genoux au-dessus de l'homme comme l'avait d'abord cru Victoire, mais à croupetons, jambes ployées, embrochée sur le sexe de l'homme, le sortant d'elle et le renfonçant en elle à chacune de ses flexions, prenant appui des deux mains serrées sur les chevilles de l'homme, la tête en arrière, les seins tendus. « Je suis restée là... » Oui, et les yeux fixés sur ce morceau d'homme luisant, dressé. « La queue », disaient les garçons en racontant leurs blagues obscures, « la pine » – et ils pouffaient comme des filles. Mais aucun de ces mots-là, qui pour Victoire étaient des mots d'enfance, ne convenait à la chair violette, gorgée de sang, que Yolande malmenait avec l'inimaginable familiarité qu'on découvre aux scènes de médecine ou de boucherie, aux rixes, aux agonies.

« C'est donc ça ? » Et tout en remâchant depuis une heure la même surprise, Victoire s'étonne de ne sentir en elle aucun dégoût, aucune révolte, mais une acceptation profonde, presque satisfaite. En animalité et en comique, la scène avait dépassé ses hypothèses les plus impudentes, et pourtant elle l'avait apaisée. La colère qui la chauffait lorsqu'elle avait quitté la librairie de M. Lepoux et enfourché son vélomoteur s'était fondue dans une sensation plus forte. Une envie de se perdre. Une envie de rire. « Eh bien, c'est autre chose que de tourner le madrigal ! » Son instinct vient de trouver le ton juste, qui sera le sien pour traiter cette énorme affaire autour de laquelle elle rôde depuis quatre ou cinq années, et dont les gestes misérables et obstinés des garçons ne lui avaient pas donné une idée assez réaliste. « Il vaudra mieux être gaie... » Cette pensée la réconforte. Dommage de ne pas boire, ou de n'être pas entourée d'amies : elle eût aimé célébrer comme il convenait les noces clandestines de la belle Yolande, cette cavalcade dont Victoire garde en mémoire le rythme, la violence, les pauses pendant lesquelles, de l'homme sans visage et aux jambes maigres, montaient des implorations, de la gratitude, une oraison ordurière que Victoire portera désormais en elle, inoubliable, prête à lui servir à son tour dès que son tour sera venu.

Elle se lève et, dans le noir, sort du salon. Les dalles froides et les marches de l'escalier lui sont d'une grande douceur. « Je dois laisser des traces humides, comme un chien », pense-t-elle. Décidément ses comparaisons empruntent beaucoup au monde animal. Elle est nue ; elle se glisse sous la douche. Par la fenêtre lui parviennent des échos de radio et la pétarade lancinante d'un vélomoteur. Il ne doit pas être loin de neuf heures. Partout, puisqu'on dit que les hôtels des environs sont pleins, des femmes doivent être en train de se maquiller pour la nuit de la Vernède. Elles ont posé sur le lit une robe absurde et elles observent, l'œil dur, toute cette peau qu'elles vont offrir aux regards. Jamais Victoire n'a assisté à une vraie fête. « Votre premier bal » disait-on à la Légion d'honneur. N'a-t-elle pas été stupide de refuser l'invitation de Ludovic ? Se sentait-elle si peu sûre d'elle et de cette unique robe longue qu'elle possède ? Mais non : c'est de Ludo qu'elle n'est pas sûre. Dieu sait par quelle habileté il s'est glissé là-bas. Si Lucienne et Gilbert avaient été à Uzès ils auraient trouvé, pour railler Ludo, les mots qu'il faut, dont Victoire n'entend pas souffrir elle aussi la griffure. Il n'empêche : elle est honteuse d'avoir invoqué des raisons nobles, les « événements » – quelle faiblesse ! Ses envolées d'indignation étaient moins intenses que sa peur d'être persiflée et que le sentiment, déplaisant, que Ludo n'eût été qu'un cavalier au rabais.

En ce moment, au mas Saint-Trinit, ils doivent en être à la fin du dîner. Les hommes allument des cigarettes ; les femmes desservent la longue table que les Meyrisch ont dressée dans l'orangerie depuis qu'arrivent les réfugiés. Victoire imagine les répliques, les coups de colère, les visages intenses et fermés, toute cette passion qu'elle a appris à connaître en peu de jours, l'accent pied-noir, la fatuité des jeunes hommes, leur honneur vite froissé. Tant de violence la heurte encore. Elle ne partage pas ce malheur qui la bouleverse. Elle a été entraînée par hasard − à cause de l'été, de l'absence des Roux, de son amitié pour les fils Meyrisch − dans l'aventure de Saint-Trinit, ces quelques semaines de fureur et de tristesse, seule métropolitaine dans le tourbillon algérois, acceptée, mais pas au point qu'on mette devant elle une sourdine aux passions. Elle ne compte pas, sinon pour quelques hommes solitaires ou très jeunes dont les yeux, parfois, pour la regarder, se plissent, noircissent, au lieu de sourire. Sur « Paris », sur la « grande Zorah », elle entend depuis quinze jours tant de paroles de haine qu'elle n'a plus la tête assez froide pour juger. Juger ? Elle a vu arriver des familles hagardes, assommées, que les Meyrisch, installés à Saint-Trinit depuis trois ans, ont accueillies avec une amitié contagieuse. Leur fortune, qu'on leur reproche parfois d'avoir rapatriée à temps, est mise à contribution sans calcul. Ils ont fait dix voyages à Marseille, installé un dortoir pour les gosses, meublé des chambres à la hâte, et surtout organisé ces dîners dans l'orangerie devenus, malgré l'accablement et la rage des premiers jours, des sortes de fêtes houleuses et bruyantes. D'autres Français d'Algérie, les plus prévoyants ou les moins combatifs, installés eux aussi en Languedoc depuis plusieurs mois, viennent chaque soir − des hommes, seulement des hommes − parfois de très loin, et se jettent dans la discussion autour des tables que l'on traîne à l'extérieur, sous les platanes, quand la chaleur devient intenable. Les femmes passent le vin, des pots d'eau couverts de buée. On a suspendu aux branches de trois arbres des guirlandes d'ampoules. On dirait un 14 Juillet. Comme chaque soir, sans doute, Yolande va et vient dans sa robe de toile rayée, bleue et blanche, un peu lointaine, l'œil vif mais le visage immobile, telle que Victoire l'avait tout de suite aimée pour sa dignité d'un autre âge. Ne pas la revoir ce soir, intacte, sereine au milieu des hommes qui la plaisantent : c'est pour cela que Victoire avait prétexté un malaise et s'était enfuie.

Quand le téléphone sonne elle hésite à répondre. Qui appelle ? Leurs amis savent les Roux absents pour tout l'été et connaissent leur numéro au Mont-Dore. Ludo qui revient à la charge ? Abel ou Jo Meyrisch pour prendre de ses nouvelles ? Elle préfère ne pas répondre. On la croira endormie. Elle reste allongée sur son lit, nue, une main posée sur son ventre, pendant que la sonnerie résonne dans la maison vide avec une obstination surprenante.

*
**

Le retour de Burgonde au mas s'est passé de la seule façon qu'il n'avait pas prévue. Louvigne le guettait, un verre à la main. Depuis deux heures il redoutait un éclat. Il les déteste. Dans ses moments de modestie il déclare : « Les colères, les violences, si l'on peut se les permettre, très bien ! Moi, je ne peux pas. » Il dit cela, l'humilité même, sur un ton péremptoire. Louisette est apparue plusieurs fois ; elle passe, repasse, à tous les stades d'une considérable entreprise d'élégance : « Il n'est toujours pas revenu ?... »

Bon photographe, Louvigne s'est voulu cinéaste. Après quoi, médiocre cinéaste, il a eu le courage de glisser à la télévision où il a conquis une petite réputation. Petite. Il s'acharne avec d'autant plus d'obstination à traiter les grands sujets. Seuls ils lui frayeront les deux voies qui le tentent : vers le Monde ou la Révolution. A vrai dire, c'est Louisette qui rêve. Pétroleuse et poseuse, mais bonne fille. Ils seraient désolés, tous les deux, si on leur expliquait que l'amitié de Burgonde pour Louvigne, qui date du lycée, leur est une bonne affaire – une bonne affaire *possible* – qu'ils veillent à ne pas compromettre.

Avoir Gabrielle et Burgonde chez eux pour trois jours, c'est bien ; mais arriver en leur compagnie à la Vernède, c'est un coup de maître. Ils préfèrent ne pas savoir si, oui ou non, Gabrielle est intervenue pour les faire inviter. Louvigne prépare – depuis si longtemps ! – une grande série, « Créateurs de ce temps », qu'ouvrira, il le jure, le film qu'il est résolu à consacrer à Burgonde. « Je vais leur montrer, à ces croûtons, ce que peut être un film sur la peinture... »

Quand Burgonde est apparu sur la terrasse, Louvigne lui a trouvé bonne mine, et le visage calme. Il n'a pas eu le temps de mettre son ami en garde : « les bonnes femmes » (c'est son style) arrivaient. Burgonde se servait déjà à boire.

– J'ai fait un sale rêve pendant ma sieste. J'avais besoin de dissiper ça...

Gabrielle a eu son sourire de derrière les yeux et de sous la peau, qu'aime Burgonde.

– Raconte-nous !

– Tu te rappelles ce fait divers, dans un journal romain, il y a deux ou trois ans, « les Petits Oiseaux » ? Une bande de garçons et de filles avaient envahi la maison de je ne sais plus quel important personnage... Leur professeur, une star culturelle quelconque...

Gabrielle lève les sourcils, secoue la tête. Burgonde s'obstine :

– Mais si ! Ils avaient harcelé le vieux pendant des heures, juchés partout dans son cabinet, ou son atelier, et multipliant les sacrilèges : mots crus, questions humiliantes, et tout ça à poil, ou à peu près. Il me semble même...

Les Louvigne écoutent, indécis. Cette histoire est de celles qu'ils applaudiraient peut-être, en d'autres circonstances. Louisette s'aventure :

– Pourquoi « les Petits Oiseaux » ?

– Eux-mêmes s'étaient baptisés comme ça si j'ai bonne mémoire. Tu sais, ces volées d'étourneaux qui un soir s'abritent dans un bois, ce qui est on ne peut plus poétique, et le lendemain, dans un grand claquement d'ailes et de becs, ils pillent, bouffent, dévastent tout et couvrent le coin de leur fiente. Eh bien c'était ça. Tu imagines : le Vieux, l'Humaniste, le Maître, pris dans le tourbillon des « Petits Oiseaux ». Son air supérieur, d'abord, sa condescendance, ses phrases cinglantes. Et puis peu à peu la fatigue, la trouille, l'envie d'un verre d'eau. Et bientôt il supplie... Ses reniements, les aveux absurdes, le marchandage – un minuscule procès de Moscou, quoi ! Tu te rappelles, Gabrielle ?

– Pas le moindre souvenir. Mais ton rêve, là-dedans ? Tu as subi un procès de Moscou pendant la sieste ?

Burgonde ne se laisse pas décontenancer. C'est au fur et à mesure qu'il évoquait l'histoire italienne qu'il a compris comment elle avait cheminé en lui, souterrainement, jusqu'à la mystérieuse invasion du Pataud. Il a parlé sans l'avoir prémédité. Il croit au pouvoir du courage, et qu'il y a intérêt à exposer ses faiblesses.

– Le même scénario. Des adolescents qui envahissaient le Pataud, me terrorisaient, cassaient tout. J'étais comme anesthésié... Ils découpaient mes toiles, et même...

– Et même ?

Gabrielle s'applique à paraître sereine, attentive.

– Il m'a semblé... Des trucs sexuels, quoi ! Classique. Vous

30

imaginez ce qu'on peut faire, sur des toiles, dans un cauchemar !

– Ils les compissaient ?

C'est Louvigne qui a parlé. Burgonde rit : « Oui, entre autres
gentillesses... » Il s'est enfoncé dans le canapé ; les trois autres
sont debout et le dominent ; leurs visages au-dessus du sien, et
leurs yeux, qu'il juge froids, raniment une très ancienne image.
« *Alors, P'tite Queue, on la baise la Marie ?...* » Injonction
rieuse, presque amicale, au son toujours neuf après tant d'années. Toutes les marées recouvrent et découvrent les plages
d'une vie sans en effacer une seule scène. Dix mots, les rires, les
visages féroces et flous des garçons ; les joues trop roses et le
regard fuyant des filles ; la marmite où l'on prenait à la louche
l'ignoble mélange d'alcools ; les nuages qui traversaient la verrière de l'atelier – et cette pauvre gosse, sur l'estrade... Des
bizutages, il en a connu d'autres à l'Ecole. Pourquoi, ce soir, ce
seul souvenir coule-t-il de son passé ? « *On la baise, ou non, la
Marie ?* » Burgonde ouvre la bouche, hésite. « A tant faire que
de nous déboutonner, remontons sur les sommets... »

– Il y a des années que je crains de voir un soir entrer dans
l'atelier des gens qui me demanderont des comptes.

– Quelles gens ?

– Jeunes, j'imagine. Et arrogants. Et *justes,* peut-être. Sans
doute me suis-je toujours demandé sur quelle part d'imposture
reposent nos... nos œuvres. La fissure. La faille. Si l'on introduit
là-dedans un coin, et que l'on force, que l'on cogne, que se
passera-t-il ?

Burgonde les regarde l'un après l'autre. Il constate avec satisfaction qu'il vient de boire un verre d'alcool sans en éprouver
de désagrément. Gabrielle, contre ses habitudes, se verse à son
tour une belle rasade. Elle montre le visage d'une dame devant
qui un malotru parle de ses entrailles. N'exagérons pas : elle a
aussi l'air triste. Triste et comme impatient. Il faut conclure la
scène, vite, sans laisser à Burgonde le temps de s'épancher
davantage. Elle parle d'une voix tranquille :

– On ne t'aimerait guère, si tu ne te posais pas ces ques-
tions-là. Laisse la satisfaction aux autres, l'euphorie. Ce n'est
pas ton affaire.

– Mes enfants, dit Louisette, qui décidément a de plus en plus
l'air d'une dame des Postes – non seulement la coiffure mais la
voix, soudain – si nous voulons partir à l'heure, trouver où
garer la voiture, boire frais...

– On a compris, dit Burgonde. Je vais me doucher.

***

Cela tenait de la conjuration, du cortège officiel, du rallye de médecins de province. On s'était donné le mot, de telle sorte que tous les invités avaient quitté leur lieu d'hébergement à peu près à la même heure. Deux cents voitures convergeaient maintenant vers l'Uzège dans la nuit chaude. On reconnaissait les habitués du pays à ce que leur passagère, à l'avant, ne tenait pas sur ses genoux de carte déployée. A Bagnols, à Lussan, à Pouzilhac, à Remoulins, à Uzès tout se passait bien : le plan gravé au dos du carton facilitait la route et bientôt, aux carrefours plus obscurs, des gendarmes indiquèrent le chemin d'un balancement de leur lampe électrique. Des Muret, cousins de Flavienne, descendus de leurs Cévennes, oscillaient entre la satisfaction d'être devenus des satellites de ce nouveau soleil et un fond de discrétion huguenote. Mervin Ashley, un duc très célibataire et un ministre mal marié garnissant sa voiture, débordait de graisse et de méchanceté volubile. Il était déchiré entre le fanatisme que lui inspirait la richesse et l'envie de voir les Schramm trébucher : il guettait passionnément leurs fautes. A commencer par cette foule, sur la route, qui excitait son persiflage : « Tu crois qu'ils ont invité aussi les fournisseurs ? »

Aux terrasses des cafés tous les visages étaient tournés vers le défilé des voitures : cabriolets couleur géranium, requins gris, déesses, suppositoires, berlines aux plaques écussonnées des cantons suisses, et même une demi-douzaine de Rolls et de Bentley, ce qui ne s'était jamais vu sur les routes du département. On remarqua le préfet – il fut le seul à soulever des commentaires goguenards – parce qu'il montait de Nîmes à grande vitesse, deux motards précédant sa Citroën qui doubla la voiture de Burgonde à la sortie de Saint-Siffret. Louvigne hocha la tête. Il avait eu le temps d'apercevoir deux nuques penchées l'une vers l'autre dans un de ces conciliabules fugitifs – l'image avait le bougé d'une mauvaise photo – qui lui paraissaient contenir toutes les éphémères délices du Pouvoir.

– Il se mitonne un avenir, le préfet ! C'est sûrement Vigoureux qu'il transporte à cette allure...

– Je croyais qu'il logeait chez l'habitant, Vigoureux ? remarqua Gabrielle, que l'envie agaçait.

Louisette, dans l'ombre, se tourna vers elle.

– Chez l'habitant, vous avez de ces formules ! Il est au Couvent, à Veyre, la maison de Mervin Ashley. Joli billet de logement ! Les chats de Mervin, ses Miro, ses Poliakov, ses Tobey et ses loulous vêtus de cuir...

Burgonde se retourna.

– Vigoureux ne consomme rien de tout cela. Si, peut-être du chat : il a une mâchoire de dogue.

– On dit que même de Gaulle l'apprécie, murmura Louvigne avec révérence.

– Et alors ? Il t'impressionne, de Gaulle ? Je te croyais... je ne sais pas, moi, progressiste !

A l'approche de la Vernède les diverses petites routes par lesquelles arrivaient les invités confluaient en une seule départementale, qui fut bientôt saturée. Le film prit aussitôt un caractère plus irréel.

La nuit était sombre : les Schramm comptaient sur la pleine lune mais ne l'attendaient pas avant minuit. A chaque carrefour où les invités auraient pu hésiter, à Vaillargues, à Saint-Fons-la-Coste, à La Bégude-de-Veyre, un homme avait été posté, vêtu de blanc, qui tenait une torche. Une vraie torche, résineuse, fumeuse, qu'il dressait devant un poteau surmonté d'une flèche rouge. Chaque porteur de torche faisait autour de soi un rond de lumière tremblante où se tenaient, immobiles, des enfants. « Jamais Freddy n'oserait faire tout ça chez lui. En Suisse, tu te rends compte ! » La réflexion fut murmurée dans plusieurs voitures. Les Gardois pinçaient les lèvres : Flavienne était des leurs et, à part une dose normale de jalousie, ils ne savaient pas quelle impression ressentir, encore moins quel jugement formuler. Ils attendraient le milieu de la nuit, d'avoir vu la Vernède, d'avoir écouté les commentaires – surtout cela – avant d'adopter l'attitude convenable. Quant aux divers Muret tassés dans leurs Peugeot – un vague parfum de camphre y montait du veston des hommes –, ils prenaient conscience, plus clairement que jamais, que Flavienne, en épousant en pleine guerre ce Bâlois inconnu d'eux (« Au moins, la pauvre petite, elle mangera à sa faim... »), était entrée dans une aventure imprévisible. « Elle a tiré le bon numéro », répétait Albin de Muret depuis 1950. « Taisez-vous, c'est plus compliqué que cela, grondait sa femme, regardez son visage, à lui ! » Elle avait pratiqué la phrénologie qui est, comme on sait, la science des bosses : le front de Freddy Schramm lui en disait long.

Le premier des porteurs de torche, à l'entrée de Saint-Fons, avait fait siffler Burgonde entre ses dents : « Le grand genre ! Ils vont déchaîner une jacquerie avec des simagrées pareilles. »

Mais Louvigne tenait à savourer une nuit sans amertume. Il expliqua, apaisant :

– Ils ont fait comme Beistegui à Venise, un bal pour les gens du pays sur la place du village. Comme ça... (Il se retourna) : Vous y étiez, vous deux, à Venise ?

– Ben non, grogna Burgonde. A l'époque je n'étais pas encore du monde, tu ignorais ? Quant à Gabrielle...

– Regarde, au lieu de déparler !

Gabrielle avait posé la main sur son épaule. Burgonde freina. La Vernède venait d'apparaître après un tournant de la route, étonnamment proche, dressée, confondue avec son rocher, ses tours dorées sous les projecteurs. Entre les drapeaux français et suisse une oriflamme mystérieuse flottait dans la lumière.

« C'est quoi, le troisième ? demanda Louisette.

– Nestlé, Swissair, Ciba, Jaeger-Lecoultre, tu as le choix », répondit Burgonde. Elle rit : « Tu ne respectes rien. »

Louvigne s'impatientait :

– Avance, plutôt, coco ! Tu as vu la foule ?

L'apparition du château et les coups de frein qui s'ensuivaient provoquaient la même sorte de ralentissement qu'un accident dont les victimes sont allongées dans l'herbe et saignent. « Le sang, le fric... » Burgonde grognait beaucoup. La circulation devint de plus en plus difficile. Quelques gendarmes, débordés, remontaient la double file de l'encombrement. Toutes vitres baissées, on se parlait maintenant de voiture à voiture. Des hommes sortaient, allaient baiser des mains. Conformément aux lois de l'astronomie et aux plans des Schramm, la lune se levait enfin derrière la Vernède dont elle pâlissait les murailles. Les premiers à comprendre qu'il n'y avait pas de salut dans la patience furent des Zurichois : ils rangèrent leur voiture le moins mal possible au bord d'un champ et l'abandonnèrent. Ils jetèrent vers le village et le château illuminé un coup d'œil de montagnards, poussèrent quelques rires et se mirent en route à pied, encourageant les autres invités à les imiter. Il y eut bientôt un grand claquement de portières, d'autres rires, quelques protestations, et bientôt un cortège se forma, certaines femmes tenant d'une main leurs chaussures et relevant de l'autre leur robe, les plus sages restant sur l'asphalte, les plus jeunes ou les plus pressés s'aventurant à travers les vignes par des chemins de terre.

Burgonde, Gabrielle et les Louvigne s'arrêtèrent pour reprendre souffle, seuls sur ce chemin qui ne paraissait pas mener au château. Mais Etienne, enfant du pays, jurait le connaître. De tous côtés, à travers le vignoble, sur la route et les raccourcis, processionnaient maintenant les hommes noirs et les femmes aux robes de qui la lune donnait une pâleur uniforme. C'était un assaut lent et désordonné, un fourmillement sur quoi flottaient des accents exotiques, des appels, toute une nervosité frivole plus incongrue dans le grésillement de la campagne nocturne que la forteresse sous la caresse des projecteurs jaunes. « De Dieu ! murmura Burgonde, il remue le monde, Freddy ! » Ses trois compagnons se turent. Il y avait un air de folie dans la scène, qu'on avait envie de goûter en silence. « Tu n'as pas trop de mal ? » demanda pourtant Gabrielle. Il ne répondit pas. Elle devait commencer à savoir que la nuit, et sa canne bien en main, il eût marché des heures sans se plaindre.

Quand ils furent arrivés à l'entrée du village, le château sur son rocher les protégea du vent et ils entendirent des bribes de musique. Du crottin frais jonchait la rue, qu'évitaient les souliers vernis, les robes lamées, les mousselines aux tons de sorbet. Appuyées d'une main à un mur, les femmes remettaient leurs chaussures ; des hommes sortaient une pochette et essuyaient la poussière des leurs. Tout le village était sur le pas des portes, silencieux. Silencieux aussi les invités. Ils se demandaient s'ils aimaient, posés sur eux, ces regards incrédules, ou s'ils n'en frissonnaient pas. Il y avait là de vieilles pouliches amaigries à toutes les anciennes fêtes de Vienne et de Londres ; des Américaines de l'Est aux épaules majestueuses ; des Françaises bon genre, onctueuses comme des limousines bien suspendues ; des Françaises mauvais genre, tutoyeuses, fumeuses, hennissantes ; des Italiennes au corps libre sous la soie et qui donnaient des idées de viol ; des hommes ratatinés de chic, le visage usé de courtoisie et de soleil ; des têtes qu'on croyait connaître ; de lourds messieurs au souffle court qui portaient leur veste sur le bras et pestaient ; des filles si belles, si aventureuses que les garçons du village détournaient d'elles leurs yeux. Dans une impasse on apercevait un récepteur de télévision posé sur l'appui d'une fenêtre et tourné vers la rue ; des chaises, en désordre sur la chaussée, avaient été abandonnées. Un chanteur gris gesticulait sur l'écran vers lequel, au passage, chaque invité des Schramm tournait une attention distraite, quasi royale. L'attraction, ce soir, c'était eux, et non quelque guignol de music-hall. Ils aimaient ce rôle. Loin d'en vouloir aux Schramm de leur imposer cette incroyable marche vers la Vernède, et maintenant l'escalade du raidillon qui précédait la barbacane, ils les subissaient à la fois comme une épreuve initiatique et l'occasion offerte de se donner en spectacle. Eux dont tout le savoir-vivre consistait en discrétion vis-à-vis des modestes et en tape-à-l'œil avec leurs pairs, ils savouraient ce retournement de situation, cette obligation de s'exhiber, ces chevilles tordues, cette suée de portefaix soufferte au moment le plus voluptueux de la fête, juste avant l'*entrée,* quand chacun veut apparaître au mieux de sa beauté, au sommet de sa propre mise en scène.

Une heure durant, ce fut une troupe un peu perdue – fronts luisants, chignons vacillants, de la poussière blanche sur l'uniforme charbonneux des hommes – qui se présenta en ordre dispersé sur l'esplanade où vingt gardians à cheval formaient le cercle. Puis on franchit l'ancien pont-levis, on pénétra dans la cour d'honneur, on grimpa la rampe empierrée de galets du Gardon des deux côtés de laquelle des Gitans, énigmatiques et hilares sous le chapeau rond, accueillaient les arrivants par des grattements de guitare et des raclements de gorge andalous.

M. Lepoux habite au fond d'une cour, derrière sa librairie, un rez-de-chaussée ouvert sur un jardin minuscule : trois cyprès et des figuiers. Il y dîne l'été sous une treille, une lampe à pétrole posée sur la table, où se grillent les papillons. « Je suis un sage », dit-il en ricanant. Il déteste sa sagesse. Il appartient à la plus triste catégorie humaine : celle des inconsolables que le temps a consolés. La mort de sa femme l'avait blessé à mort. Du moins le disait-on. Il lui survit depuis plus de vingt ans, ce qui est long pour un sursis. Il a élevé Ludovic – mal. Il a travaillé sans entrain, végété, attendu, quoi ? dans l'étonnement d'être là et d'aimer les bonnes choses de la vie : les livres et les chats, les carafes d'eau fraîche.

Les années d'après-guerre étaient passées à côté de lui, au bout de sa rue, ou plus loin encore, à l'écart, sur ces routes jusqu'auxquelles il ne daigne plus marcher. De détail en détail, mois après mois, Ludovic avait cessé de ressembler au petit garçon qu'aimait son père pour devenir ce jeune homme – cet homme jeune – qui apparaît maintenant sur le seuil, à peine gêné, vêtu et cravaté de noir avec élégance, exactement conforme (son père le devine sans rien connaître de tout cela) à un modèle lointain mais précis que Ludo, par intuition, a reconnu pour le bon et auquel il se conforme. M. Lepoux le regarde en souriant. Il le trouve beau – il l'est – mais insensiblement il en est venu à le considérer comme une innocente canaille. On dit bien d'une femme qu'elle a « le sourire canaille », et ce n'est pas tellement péjoratif. « Quel drôle d'animal. Qu'est-ce qui le fait courir ? Qu'est-ce qui le fera grimper ? Car il grimpera... » M. Lepoux veille à contrôler ses mots, comme il a appris à le faire depuis quelques années. Depuis qu'il sait Ludovic tranchant, et qu'on se déchire à lui. Depuis qu'il a résolu de ne plus jamais se blesser ni être blessé.

– A quelle heure attendent-ils leur monde ?

– Vers onze heures ou minuit, j'imagine.

– As-tu faim, veux-tu un fruit ?

– Non, mais un peu de vin, volontiers.

M. Lepoux se lève et le lui sert. Il traite son fils, même s'il ne l'estime pas, avec la plus attentive courtoisie. Ludovic vient s'asseoir à côté de lui, son verre à la main. Un chartreux saute sur la table et s'y tasse à côté du livre entrouvert. C'est un moment bien rond, bien dense. Des pensées lentes traversent M. Lepoux, auxquelles il prend à peine garde. « Je crèverai à l'hospice, songe-t-il, si je n'y mets pas bon ordre. » Comme souvent depuis vingt ans il évoque avec soulagement le pistolet graissé et les munitions sèches, renouvelées régulièrement, dissimulés derrière les Littré. Oui, mais voilà : depuis vingt ans... Que reste-t-il d'une détermination après tant d'années ? « Si je glisse peu à peu, si la maladie m'englue, qu'arrivera-t-il ? C'est lourd à déplacer, les volumes du grand Littré ! » Il s'imagine terrassé, hémiplégique, perdant de partout ses humeurs, et rampant une nuit jusqu'au rayon des dictionnaires. Il avait placé là le pistolet pour n'avoir pas d'efforts à faire. « On ne va pas chercher un escabeau cinq minutes avant de se tuer. Je devrais simplifier encore la chose : le tiroir du bureau, ou celui de la table de chevet, classiquement. On n'est jamais assez classique. » Puis, sans transition, son vagabondage le porte ailleurs. Il repense à Victoire. Pourquoi les Roux l'ont-ils laissée seule ? Chaque été elle vient passer les vacances rue du Collège, chez sa sœur Lucienne. Enfant, elle appelait le Dr Roux « oncle Gilbert », mais il est en vérité son beau-frère, même si la différence d'âge entre eux étonnait. Le Dr Roux part chaque 15 mai pour le Mont-Dore et en revient le 15 septembre. Le reste de l'année, convenons-en, il n'en fiche pas une rame. « Thermaliste ! Bel alibi pour un cossard. » Plus encore qu'il n'aime la nonchalance, M. Lepoux se défie des pugnaces, des avides. La philosophie du Dr Roux lui paraît courte, qui est celle d'un arroseur de jardins, d'un lecteur de feuilles modérées, mais il en goûte l'indolence. A quoi bon croire aux choses et se battre pour elles ? Tout finit par une odeur d'éther dans un couloir de clinique, de la tôle disloquée au bord de la route, le trottoir ou le pied d'un meuble pour ultime horizon – pourquoi se hâter ? Ludovic vide son verre. Il se tourne vers son père dont, comme souvent, il paraît avoir suivi de loin les songes.

– Que fait-elle, Victoire, seule à Uzès ?

– Lucienne a rejoint son mari au Mont-Dore. Peut-être le trouve-t-elle fatigué, ou bien une histoire d'infirmière, je ne sais plus. La petite a refusé de l'accompagner. Elle prétend avoir besoin de calme, être mieux seule.

– Elle va voir le loup, ça occupera son été.

– Oui, remarque tranquillement M. Lepoux, elle en est au moment de sa vie où une fille se fait baiser par n'importe qui.

(Pense-t-il en secret : « Même par toi » ?...)

Surpris par le ton de son père, qui est inhabituel, Ludo se tourne vers lui, mais le vieux monsieur paraît candide.

– Elle est fourrée toute la journée à Saint-Trinit ?

– Elle aide les Meyrisch... C'est vrai qu'ils ont reçu je ne sais pas combien de gens d'Algérie. Ils sont très bien, les Meyrisch, dans cette affaire. Malheureusement tout cela se passe dans une atmosphère un peu... passionnelle, si j'ai bien compris. On boit à la mort du Général ; on stocke du plastic. Peut-être aussi, dans le remue-ménage, cachent-ils des gens...

– Je vois !

– Non, je ne suis pas sûr que tu voies très bien. Leur politique, ce n'est qu'un peu de colère à la surface. Tu connais Paul : il se tait et il fait ce qui doit l'être. Les grandes gueules, ce sont les garçons, Abel et Jo. Mais la façon dont Saint-Trinit, en moins de quatre ans, est redevenu une maison, une exploitation, une raison de vivre, ce n'est pas une affaire de gueule mais... de silence, plutôt. Paul est un silencieux. Ne te laisse pas abuser par le vacarme.

– Il tue beaucoup de monde, le « vacarme », comme tu dis. Et de façon ignoble. Les ratonades, les meurtres, tu appelles ça du bruit ?

M. Lepoux soupira. Ses conversations avec son fils n'avaient jamais tourné bien. Ils les évitaient d'un commun accord. Quel besoin Ludovic a-t-il ce soir de le pousser ?

– Je lis parfois les journaux ! Le brocanteur, qui s'ennuie, en achète et me les passe quand il les a finis. Je sais ce que tu y trouves chaque matin. Un million de gens qui se croyaient chez eux découvrent qu'on les a roulés dans la farine et qu'on les lâche : ils ont peur, ils sont accablés – et comme ils sont d'une race simple et coléreuse, les voilà furieux. Quoi de plus légitime ? Ils choisissent pour boucs émissaires les plus faibles de leurs ennemis – les fatmas – ou les plus voyants – les barbouzes. Cela provoque des scènes peu édifiantes. De l'autre côté aussi on tue, on terrorise, on hâte l'exode, on bouscule les lambins. Une terreur contre une autre : c'est la moitié de l'Histoire, et ce à quoi nous assistons en Algérie n'en est que l'écume. On quitte rarement une colonie comme des invités prennent congé à la fin du week-end. « C'était charmant, merci ! Merci pour l'or. Merci pour la bauxite, pour les phosphates, pour le caoutchouc, pour l'okoumé, pour le pétrole... » Il faut un peu de sang et de merde pour payer tout cela, et les intérêts de tout cela.

Embêté, Ludovic regarde son père. Il entend dans sa bouche des mots dont il n'eût pas juré que le vieux monsieur les connaissait.

– ... De Gaulle est l'exception. Il nous a fait quitter l'Afrique il y a trois ans comme des gentlemen. Dieu sait pourtant que ce n'est pas dans notre nature ! Et reste à prouver que l'idée était bonne. Attends, attends ! Ce qui se passe en Algérie se passera un jour à Saigon, au Cap, en Rhodésie, et ce ne sera pas beau à voir. Les opprimés triompheront, bravo ! et les grandes âmes triompheront, et plus tard la route fera un nouveau coude et l'on découvrira peut-être que les grandes âmes avaient tort, et les « bradeurs » avec elles, et qu'il eût fallu tenir à tout prix... Il n'y a pas de morale, petit, dans tout ça. Remarque : tes coupables d'aujourd'hui sont des victimes d'hier, ou leurs descendants – proscrits, déportés, communards, Alsaciens réfractaires, sans compter les juifs. Il n'y a plus aujourd'hui en Algérie que des chiens qui se déchirent, et derrière les meutes deux immenses troupeaux misérables. Quant à toi qui es indigné, tu t'es fait beau pour aller danser chez M. Schramm, dont je ne serais pas étonné qu'il ait un peu trempé, par argent interposé, dans ce bourbier.

– C'est facile !

– Je ne te reproche rien. Le soir de la grande rafle du Vel' d'Hiv', ou pendant les derniers soubresauts de Stalingrad, ou pendant Verdun, crois-tu qu'on ne dînait pas en ville sur la 5e Avenue, et à Berlin, et avenue Foch ? Tu sais qu'en août 44 j'étais allé à Paris voir ton oncle. J'ai été coincé là-bas par l'arrêt des trains. L'oncle habitait en face du square de Cluny et j'étais aux premières loges pour l'opéra de la libération ! Des surprises-parties s'étaient organisées, boulevard Saint-Michel, dans les immeubles proches des barricades. Les types allaient danser entre deux apparitions des Allemands. Il leur est même arrivé, dans la hâte – car ils avaient une grande hâte d'aller tirailler et se faire tuer –, d'oublier le disque sur le phono, de sorte qu'entre deux rafales on entendait *la Cumparsita...* Victoire serait antipathique si elle ne se révoltait pas, mais elle n'est pas beaucoup plus âgée que Tintin.

Le silence retombe. Et sur Ludo, l'ennui. Non seulement le vieux monsieur ne radote pas, mais il l'a pris une fois de plus à contre-pied. Cela dure depuis vingt ans. Il y a des fils qui méprisent leur père, à qui leur père fait honte ; d'autres qui l'admirent, le haïssent et le tuent. Comment détester le libraire de la rue Pelisserie ? Il est pauvre, ironique et libre : ce sont des vertus désarmantes. Il y a bien la pauvreté, sur quoi, sans le lui dire, Ludo l'a toujours chicané. Mauvaise querelle. On ne reproche pas à un homme de soixante-cinq ans d'être désintéressé. Avec ses airs de prof à la retraite ou d'émigré, M. Lepoux a de l'allure. Ludo y est sensible. Comme il avait aimé, enfant et orphelin, la fidélité de son père au souvenir de la morte. M. Lepoux avait été un veuf exemplaire : le deuil léger, mais intraitable. Sans doute aucune femme n'avait-elle plus occupé ses pensées, même les plus secrètes. Il avait toujours su parler d'Adèle à Ludovic avec naturel. Il n'avait pas été de ces hommes dont le chagrin constitue un petit capital clandestin ; il l'avait dépensé, jour après jour, avec son fils, surpris seulement – et Ludovic le devinait – de ce qu'une éducation si libre fabriquât peu à peu un garçon si contraint. A dix-huit ans Ludovic avait cessé d'être à l'aise avec son père et leurs deux vies en avaient été changées. Il se lève.

– Il est temps de me mettre en route.

Il embrasse la tempe de son père et s'éloigne après avoir tiré de soi deux ou trois phrases laborieuses. M. Lepoux écoute les portes s'ouvrir et se fermer, le pas de son fils décroître dans le couloir, puis le démarreur de l'Aronde sur lequel Ludo doit tirer beaucoup trop longtemps. « Pauvre Ludovic, il ne possède pas une voiture à la hauteur de ses ambitions... » Sur quoi il remonte la mèche de la lampe, ce qui enthousiasme les papillons, et reprend son livre au chat qui avait posé dessus deux pattes. Il a devant lui trois heures de lecture.

La Vernède avait été une résidence épiscopale. Elle en gardait une hésitation entre église et forteresse. « Une cathédrale bancaire », répétait Vigoureux, content de son mot, à des oreilles complaisantes, en mesurant de l'œil les ogives au-dessus du grand salon, l'escalier assez large et aux degrés assez doux pour que des chevaux puissent l'emprunter. Et il entassait dans son calcul les siècles et les millions, voluptueusement.

Flavienne et Freddy Schramm abandonnèrent la terrasse où depuis deux heures ils accueillaient leurs invités, parmi lesquels enfin ils se perdirent, le regard flou et la bouche abstraitement souriante. Après les ratés du début de la nuit, la fête prenait son régime de croisière.


– A moins de cinq cents, on doit se sentir un peu seul, ici, dit Burgonde.

Il cherchait une occasion de semer Louvigne qui, inexorable, continuait de lui détailler les merveilles de la demeure.

– Le jardin a été dessiné par Kenneth Arty, évidemment. Tu l'as vu, le jardin ?

Louvigne expliqua, avec modestie, comme s'il souhaitait qu'on lui épargnât les compliments :

– Kenneth l'a fait pénétrer jusque dans les ruines de la chapelle. Il a tiré un parti formidable des pierres tombales. Il a refusé la piscine dans son jardin ; il est si anglais... Il a contraint l'architecte à un coup de génie : la piscine est dans la ruine de la tour Nord, invisible, ancrée au rocher par des coulées de béton... Fantastique ! Tu viens voir ?

« Il en mouille, pensa Burgonde. Le fric le fait mouiller comme une mère de six laiderons. » Ils montèrent sur le chemin de ronde, seul lieu d'où découvrir et comprendre l'enchevêtrement des murailles, la géométrie des toits, l'énorme jeu de construction à quoi s'étaient livrés les Schramm. « Eh bien ! » Burgonde souffla, de fatigue – « Soixante-quinze marches ! » claironnait Louvigne – et d'étonnement. Les projecteurs étaient placés de façon à rester invisibles, même du sommet des tours, mais leur nappe de lumière isolait la Vernède du reste du paysage. En contrebas, à l'un des sommets du pentagone de l'enceinte, la piscine faisait un rond opalescent entre des murs de trois mètres. Des musiques différentes s'élevaient : à l'ouest, guitares des Gitans, au cœur du château le tintamarre de l'orchestre et plus loin, du village, des bouffées de valse au milieu des rires. Les invités montés jusqu'ici, surpris par le vent, saisis par un léger vertige, restaient silencieux. Louvigne aussi s'était tu : l'étonnement de Burgonde le comblait. Un jeune type ténébreux et compassé s'approcha. Il aperçut Louvigne et son visage s'éclaira, comme celui d'un naufragé qui voit flotter à sa portée une bouée. « Tu connais Ludovic Lepoux ? » dit Louvigne, et à sa voix Burgonde sut que ce pou-là était infime dans l'échelle Louvigne. Il se nomma et le jeune homme, avec des mots justes, tourna une amabilité. Burgonde, dans l'ombre, le regarda mieux.

– Les Schramm ont de vous une bien belle toile, dans la bibliothèque, dit Ludovic. L'avez-vous revue ?

« Revue » était un mot intelligemment choisi. Burgonde apprécia. Il prit Lepoux par le bras.

– Non, mais vous allez me montrer le chemin.

– Je te retrouve plus tard, cria Louvigne, dépité. Il détestait qu'on galvaudât sa gentillesse. Ce garçon-là, qui était du pays, fricotait à Paris dans trop d'affaires minces et confuses. Et il était trop beau. Même Louisette lui parlait en battant des cils.

Ils retrouvèrent, plus éprouvante après le ciel et le vent du chemin de ronde, l'énorme palpitation de la fête. Ludovic, comme s'il eût été chargé d'une mission, frayait à Burgonde le chemin. Ils descendirent des marches en posant leurs pieds entre les verres, les mains, les cendriers, les cuisses. Burgonde aperçut Levi-Monzi, son marchand, en conversation avec un primate au nez cassé. Il détourna la tête. Il remarqua aussi le regard dont Baby Demos suivait ce Ludovic. Impossible de convoiter plus ouvertement un homme. « Brave Baby, toujours affamée... » La bibliothèque était calme. On y bavardait à mi-voix dans les canapés blancs. La pièce, voûtée, avait été décorée au XVIIIᵉ de stucs et d'une cheminée. C'est au-dessus de cette cheminée qu'était accrochée une grande toile de Burgonde. Celle qu'il avait prévue. Il se campa devant elle sans pudeur. Trois pas derrière lui, Ludovic l'observait. Même pendant qu'il le précédait dans la cohue des danseurs Ludovic n'avait pas cessé d'observer Burgonde : sa façon rageuse de mâcher le cigare, le parti qu'il tirait de sa canne et de sa boiterie. « Il lui faut cela, songea-t-il méchamment, un peu de mise en scène. Il ne brûle pas, il ne dégage pas de chaleur. Il le sait, il se connaît bien. On lui retire la canne, la moustache et la notoriété : que reste-t-il ? Pourtant, là, il est bien... »

Ce qui impressionnait Ludovic, c'était l'indifférence absolue de Burgonde aux gens et à leur opinion. En effet, lui qui avait craint de fuir en rasant les murs dès qu'il apercevrait sa peinture, voilà qu'il la détaillait tranquillement, absent à tout ce qui n'était pas elle. Son attention glissa un instant vers la seule autre toile de la bibliothèque, un Bazaine. « Il n'a pas eu tort, Schramm. Bazaine et moi nous sommes bien de la même famille. Irrémédiables Français... Des paysagistes reconvertis dans la bureaucratie abstraite. » Il revint à sa toile. Elle « tenait », oui, pourquoi ne pas s'en féliciter ? Deux filles surgirent en riant, égarées, bousculèrent Burgonde, s'en allèrent, mais des glapissements de trompette, comme apportés par elles, occupèrent un instant et saturèrent l'espace. Burgonde revint à la toile : c'était une grande chose de 1957. Ils avaient loué cette année-là une maison entre Marennes et Brouage, et tout le printemps et l'été Burgonde s'était acharné sur des ciels. C'était la première fois : il ne savait pas qu'on se perd dans les ciels, qu'on s'y dissout. Léa était encore à ses côtés. Ils n'avaient divorcé qu'en 1960. Il essayait de prendre appui sur la ligne plate d'une forêt quand il allait du côté de la Coubre, ou sur la ligne incertaine de la mer, ou sur celle des dunes, toutes ces horizontales, ces blondeurs, ces gris, mais il finissait toujours par être absorbé par les nuages et le vent doux. « Je suis au pouvoir du ciel », disait-il en riant à Léa. Le soir ils allaient manger des poissons grillés et boire du gros-plant. Mais Léa s'ennuyait. Rose avait cinq ans et posait impitoyablement des questions. Léa lisait, recroquevillée sur un canapé jaune. Le canapé jaune s'était glissé dans les toiles comme le remords de Burgonde. Les jours étaient longs. La petite fille rôdait, n'osant pas ouvrir la porte de ce qu'on appelait l'« atelier ». Léa fumait en silence, n'osant pas, elle, dire qu'elle en avait par-dessus la tête de Brouage, du fantôme de Marie Mancini, de l'herbe rase, du silence. Burgonde les sentait à travers les murs, l'épouse et l'enfant, devinait, s'irritait – mais dehors il y avait cet interminable voyage des nuages à travers le ciel, un ciel narquois, mobile, qui emportait tout. Il arrivait à Burgonde de charger son Leica et de filer par la fenêtre. Déjà ! Il avait pris des centaines de photos ce printemps-là. Une fois développées elles le décevaient toujours. Il lui avait fallu attendre l'hiver, et d'être enfermé au Pataud, pour tirer quelque chose de ces quatre mois de lumière voilée (voilée ou volée ?), de ces paysages couleur d'huître. La toile achetée par Schramm était la seule qu'il eût réussie à Brouage. Vraiment réussie. « Content de toi, l'artiste ? » Burgonde avait ricané sa question à voix haute. Une sorte d'oiseau du monde, aux yeux cruels et curieux d'oiseau, sursauta sur le canapé blanc. Toujours la volière. Burgonde se retourna, des images de son cauchemar de l'après-midi télescopant le film qui accélérait son rythme autour de lui. « Je suis ivre, enfin ! » Il jeta un coup d'œil par-dessus l'épaule de son compagnon qui vit son visage se plisser : « Attention, petits oiseaux, voici le serpent ! » Baby Demos ondulait vers eux dans la chaleur de jungle de la fête, sans aucun doute décidée à fasciner le beau Lepoux. Burgonde se sentit de la pitié pour Ludovic. Il repérait, par instinct, qui avait besoin d'un coup de main ; dans la rue il proposait des renseignements à des gens qui ne lui demandaient rien. Lepoux ? Il y avait de quoi donner une quinte de toux à la sauvage Mrs Demos. Il lui présenta « Ludovic », sans insister, et au bout d'une minute il s'esquiva sans qu'on le retînt. Qui était le pêcheur ? Qui, le poisson ?

Dans son jardin, M. Lepoux repose enfin son livre. Il bâille mais sait par expérience qu'un bâillement ne fait pas le sommeil. Depuis longtemps son chat l'a abandonné. Il lit la *Semaine sainte* et se demande : « Pourquoi avoir rebaptisé Géricault ? » Il a refermé le volume en marquant la page où l'auteur, en virtuose, boucle cette interminable phrase de galopade, qui sent le vert de l'herbe, le cuir des buffleteries et qui s'épanouit enfin, comme s'ouvre une fleur de mots, « dans la fumée des écobuages »... Jadis les coquetteries d'Aragon l'agaçaient ; aujourd'hui il s'en délecte. Il y a six ans il a fait parvenir à un collègue de Paris, qui justement les cherchait pour Aragon, des mémoires sur les Cent-Jours écrits par un natif de Vézenobres. Ainsi, ce soir, se sent-il un peu du côté du texte, lui qui a passé sa vie du côté des lecteurs. Il s'étonne d'aimer encore lire après un demi-siècle. Il se lève en écoutant ses os. Pas un instant depuis son départ il n'a pensé à Ludovic.

Victoire dort, nue, allongée sur son lit dont elle n'a pas écarté les draps, dans la chambre de la rue du Collège métamorphosée par la pleine lune. Elle a longtemps résisté au sommeil, anxieuse d'y retrouver les images qu'elle croit fuir – ou redoutant de les y perdre. Peut-être s'est-elle caressée ? Peut-être a-t-elle, assoupie malgré elle, rêvé qu'on la caressait ? Son corps a des sursauts, des spasmes de refus. Enfin elle se met sur le dos, bras en croix, abandonnée à un sommeil sans colère.

Au mas Saint-Trinit on entendrait, si l'on pénétrait dans les chambres improvisées, des mots bredouillés, des soupirs, ces gémissements étouffés qui sont les cris des rêves. Et aussi le ronflement de quelques hommes assommés d'alcool et de mots. Dans la cour, au bord du jardin, là où les Meyrisch ont aménagé un bassin d'irrigation de telle façon qu'on puisse s'y baigner, on voit depuis longtemps rougeoyer une cigarette. Un homme est assis sur le muret, maigre, la peau du visage rêche et grise. Il est arrivé discrètement vers onze heures, amené par des amis de Toulon et, incapable de dormir, il a attendu pour ressortir que tout le monde fût couché. Depuis, il allume ses cigarettes l'une à l'autre. Dans leurs lits les enfants ont la peau moite à la nuque, aux plis du bras et sous les genoux, d'autant plus qu'on les a, faute de place, couchés à deux, ce qui les a excités mais a retardé leur sommeil. Yolande est seule. Il lui arrive de laisser un garçon l'accompagner jusqu'à sa chambre mais elle l'en chasse au bout d'un moment. Elle déteste les sentir s'alourdir près d'elle, humides et flasques, leurs grosses lèvres entrouvertes.

A la Vernède, dans le fracas et les langueurs du bal, Ludo croit faire le siège de Baby Demos. Comme il dit : « la serrer de près ». Il porte le fusil avec des fiertés de lapin. Il ne la trouve peut-être pas aussi belle qu'elle pense l'être, mais elle sent si bon. Il la respire, il se roule dans son parfum, qui est de santal, de souks, de 1930, de voyages, et qui l'émeut. Comme devrait l'être un homme ? Non, pas tout à fait. Il s'en rend compte : « Je bande dans ma tête. » Étonné de réussir à suivre le bavardage électrique et brisé de Baby Demos, il en accélère encore le rythme. Émerveillement de gosse qui tient en équilibre sur un vélo pour la première fois.
Elle, elle le mange de ses yeux byzantins. Des yeux célèbres. Des yeux qui la guérissent de vieillir. Plus elle maigrit, plus ils s'agrandissent, charbonnent, brûlent. Sous l'accent plat de Ludo elle a perçu une pointe méridionale : du lait qu'a cet homme à son nez. Il lui parle de peinture parce qu'il a lu des articles sur sa collection. Qui n'en a lu ? Tout ce qui est évidence pour Baby, Ludovic s'y aventure presque au hasard, à quitte ou double. Toujours l'apprenti cycliste. Elle le devine et s'en amuse. Elle laisse tomber des noms qu'il hésite à ramasser. Alors elle lui tend la perche, rattrape ses erreurs. Il est doué mais, pour lui, elle joue trop cher le point. Elle le sait et lui dit : « Ne jouons pas, voulez-vous ? » Elle n'a plus qu'à le prendre par la main et à l'entraîner. Elle se fiche bien de Bacon et d'Ipoustéguy !

Freddy Schramm s'éveille peu à peu de la torpeur où l'ont plongé l'arrivée de ses invités, la chaleur, la longue station debout. Son secrétaire, qui surveille avec condescendance le tourbillon de ces extras de province, lui a apporté une tasse de café très noir. Schramm se promène à travers la foule en évitant les regards. Il se contente de malaxer des épaules, de tendre parfois la joue à un baiser, ou du sourire accroché à ses joues, aussi vague que sont les yeux, et qui devrait suffire à décourager les velléités d'abordage.

Tous les invités qui croisent Schramm ou l'aperçoivent le suivent un instant des yeux, indécis. Doivent-ils l'accoster ou non ? Le remercier ? Le féliciter ? Impression d'offrir une babiole à Crésus. Personne n'a jamais su « prendre » Schramm. Sa courtoisie appuyée, son accent alémanique – qu'il aggrave à volonté – déconcertent la faune parisienne. Seuls quelques hommes sont à l'aise avec lui : ils échangent des chiffres, brutalement. Aussi brutalement que des balles, au squash, dans ce club que Schramm a financé, comme il en a financé un à Bâle, pour pouvoir souffler et suer quand il en a envie. Il les invite, ces hommes-là, à Saint-Moritz, de préférence sans leurs épouses. Il tolère mieux les maîtresses, qu'il lui arrive, dit-on, de jeter sur un lit dès que leur propriétaire a tourné les talons.

Les gens ont l'impression de ne jamais voir Freddy Schramm que de dos : il passe sans vous reconnaître ; ou il vous quitte ; ou vous essayez en vain de le rattraper. Sur les photos, toujours en profil perdu, et toujours flou, ce personnage aux gestes si lents, aux traits si durs. Quand il leur adresse la parole les gens ne savent pas quoi lui répondre, comme à un chef d'État ou à un malade condamné. Peu à peu le luxe et le pouvoir ont déposé sur lui des couches de sédiments, une croûte que personne n'a plus envie ou ne se croit plus le droit de gratter. Sans doute faudrait-il lui parler de petites choses très familières – une nouvelle cafetière italienne, les poèmes de jeunesse de Vigoureux – mais qui fait cet effort d'imagination ? On préfère passer la nuit à la Vernède en évitant de se trouver tête à tête avec lui, et demain on lui écrira un mot de remerciement auquel il répondra, de sa main, avec une ponctualité accablante. Derrière cette apparence il doit exister un homme réel, qui prend son plaisir, fabrique son argent, hésite entre des décisions contradictoires, consulte son médecin – mais cet homme-là, les cinq cents invités de la Vernède n'ont pas le goût de le découvrir. Ils tutoient parfois Freddy Schramm : cela leur suffit. Ils disent : « Vous le connaissez mal, c'est un être si sensible sous son écorce... » Au vrai, ils se réchauffent à la douceur de Flavienne. C'est elle qui vient, presque toujours seule, quand on invite les Schramm. Elle dit : « Fred est à New York, il sera désolé », ou « Fred est à Bâle », et elle se pose en frissonnant au bord d'un fauteuil. Elle a les yeux craintifs des petits lévriers gris, leur tremblement, leur vivacité maigre et fragile. Elle porte des robes faussement simples, un peu longues, étrangères aux modes, toujours pâles et d'un ton uni. Elle cousine avec vingt familles entre Arles et Saint-Jean-du-Gard, qu'elle visite régulièrement, seule (« Fred est à New York, il sera désolé... »), toujours frissonnante, humble comme une diaconesse ou une *royalty* en exil, s'extasiant sur les fauteuils bancals et les murs salpêtrés. On l'imagine mal, si frêle, tirant l'énorme train Schramm. Mais le tire-t-elle ou est-elle portée par lui ? On peut la rencontrer parfois, à Paris, à deux minutes de chez elle, assise au fond d'un café devant un verre d'eau d'Evian et lisant. Mais ces rencontres sont improbables : les gens que connaît Flavienne ne pénètrent pas dans l'arrière-salle des bistrots de la rue de Bellechasse. Et si d'aventure cela leur arrivait ils fileraient sans s'être fait reconnaître : Flavienne ne lève jamais le nez de son livre.

« Salope, je vais la rater ! »
Ce n'était pas la première fois que Ludo sentait, insidieuse, moqueuse, l'inertie le gagner. Un geste avide, un bêlement tendre, et le froid le prenait. Avec Baby, il avait tout de suite eu peur. Il l'avait regardée, marchant devant lui, moulée de soie jaune, lui frayant le chemin comme il l'avait frayé pour Burgonde, et il s'était inquiété : « Et si je n'arrive pas à la baiser ? » Il la suivait et il croyait surprendre des sifflements d'ouvriers, sur un chantier, ou les airs affamés des ratons privés de femmes. Elle était faite pour ça, Mrs Demos : lever la convoitise d'hommes bruns, frisés, enfoncés dans la boue des terrassements et dont les yeux brillent à ras de terre.
Quand il la vit nue, trop mince, des seins de treize ans sur un corps de quarante, hâlée sans une trace de pâleur, il eut peur de ses yeux et de son silence tranquilles. Ils avaient trouvé une chambre dont la fenêtre donnait sur le village. La porte était ouverte, les lampes allumées, comme partout dans la maison. Ludo aperçut dans la salle de bain les serviettes sombres, le savon dans son emballage anglais, et au mur deux petites toiles ocellées, vibrantes, comme des morceaux découpés dans un

Vuillard. Quelqu'un était entré là, sans doute pour se recoiffer, qui avait oublié son verre sur le lavabo. Ludo le but d'un seul mouvement du menton. Baby glissa une main sous sa veste et, des ongles, lui agaça le tétin. Avec soulagement il sentit une chaleur naître dans ses reins. Il fallait se hâter. Il fit donc vite, trop vite. Baby avait tâtonné de la main pour éteindre la lampe. La nuit pleine d'ombre dorée et de musique avait repris possession de la fenêtre. L'étreinte avait été si brève que leurs peaux n'étaient même pas moites. Alors, sans lui laisser de répit, Baby s'empara de lui d'une main pressée et le caressa, décidée à faire tomber juste l'addition inachevée. Ludo poussa quelques soupirs de courtoisie. « Une pute qui le fait au chiqué », pensa-t-il. La rage lui rendit un peu de nerf. Baby avait la main et la bouche si rudes que mieux valait payer de sa personne. Ludovic la bouscula sur le lit et se coucha sur elle avec le zèle convenable. Du village montaient des lambeaux de tango que le vent déchirait. Passive, maintenant, mais attentive à la besogne de l'homme, Baby subissait sans plus participer à l'affaire les coups de reins dont la gratifiait Ludovic. Au lieu du crescendo espéré la scène tournait à l'épreuve de patience. Ludo se sentit fondre. Ses mains s'affolaient, sa mémoire cherchait un souvenir sûr à quoi se ranimer. Cette trique formidable, par exemple, un matin de printemps, dans le métro. « Qu'elle parle, au moins, la garce, qu'elle m'aide ! » Mais ne restait-il pas, lui, muet, les yeux fermés, concentré sur ce corps renommé comme un écolier sèche sur sa copie ? Et il comprend, l'écolier, qu'il est en train de louper sa composition, mais bientôt une distraction le saisit, il regarde les mouches, les feuilles, il écoute cette musique par la fenêtre ouverte...

– Tu n'aimes pas jouir, toi...

Elle lui a murmuré cela sans rancune, et même sur le ton d'un regret gentil, à peine narquois. Puis, avec une précision admirable, de ses dix doigts, de tout son corps elle vient au secours de Ludovic et en trois minutes termine honorablement l'affaire mal engagée.

Ludo poussa un cri et retomba sur le côté, humilié, gluant, la tête enfouie dans les cheveux défaits de Baby. L'odeur d'Orient, l'odeur brune et fauve qui l'avait si fort exalté quarante minutes auparavant était devenue le parfum de sa défaite ; il ne pourrait plus, demain – à supposer qu'il y eût un lendemain à cette gymnastique – la respirer sans que le submergeât la rancœur. Lucide, Ludovic décida d'attendre, sans bouger, que Baby prît l'initiative. « A elle de jouer puisqu'elle est si forte. » Il y eut des pas dans le couloir, des murmures, une hésitation derrière la porte, et même des mouvements discrets de la poignée, puis on s'éloigna : deux pas d'hommes. Baby se souleva et fit glisser hors d'elle le garçon. Elle lui parla bas, d'une drôle de voix rauque :

– Dégage, petit, maintenant. J'ai besoin de me laver le cul et de me refaire une tête.

Il se leva, la rudesse de Baby lui mettant, comme un coup, des points rouges devant les yeux. Dans la salle de bain il prit quand même le temps de se peigner et de renouer sa cravate avec soin. Il inspecta son visage : le dépit lui allait. Il donna du flou à sa pochette et sortit en silence. Il n'avait pas prononcé une parole depuis leur entrée dans la chambre.

Burgonde tétait son troisième cigare, l'œil humide et trouble. Depuis près d'une heure Ludovic le ranimait de temps en temps d'une question, à l'avance dégoûté de ces fléchissements d'ivrogne où il sentait le peintre glisser. A plusieurs reprises il avait surpris le regard d'une grande femme impérieuse qui paraissait répugner à s'approcher de Burgonde, lequel avait feint de ne pas la voir ; elle avait fini par s'éloigner.

A presque toutes les questions de Ludovic sur le tourbillon des gens, les visages que salissaient les longues heures de la nuit, les noms, les métiers, les puissances, les secrets – Burgonde avait réponse. Goguenarde, toujours, la réponse, et frivole, et indulgente. Mais il se détournait vite des personnages qui eussent passionné Ludovic et revenait à ses marottes. Ludovic avait le sentiment de ne pas regarder tout à fait la même foule que Burgonde. Il tendait l'oreille aux railleries du peintre, dont la musique emportait la moitié. « Et la soûlerie, l'autre... »

– C'est ennuyeux, une fête, Lepoux. C'est lent, c'est interminable. Les vieilles dames en sont les vraies reines. Regardez-les, les embijoutées, les grises, les increvables, les idoles barbares, couvertes d'années comme leurs robes le sont d'écailles des modes anciennes, de tulles, de filets de pêche... Des Folles de Chaillot... Les clochardes du Faubourg, ses épaves indomptables ! Elles ont couché avec Drieu, peut-être, ou avec le père de Dolorosa – je vous ai montré Dolorosa ? – qui culbutait ses patientes sur la table d'auscultation. Les vieilles dames sont indispensables à un bal et elles y règnent. Elles sont les historiennes de tous les bals du passé. Elles sont même les seules personnes dont on sache exactement pourquoi elles sont ici : pour *étalonner* la fête de cette nuit...

Ludovic s'éclaircit la voix comme fait un agent décidé à dresser procès-verbal à l'enjôleuse qui essayait de le décontenancer.

– Et vous-même ?

– Quoi, moi ?

– A quel titre êtes-vous ici ?

Burgonde le regarda, hilare.

– Je dois être, mon cher, une « belle personne », comme disent les magazines américains. Vous savez : *beautiful people*... Les vieilles dames aussi sont d'anciennes de la confrérie ; elles ont commencé comme *beautiful people* vers 1913, la mauvaise date, ou 1920, la bonne ! Elles ont gagné leur partie à l'ancienneté, heureusement. Bien entendu, d'être belles ne les a jamais dispensées d'être riches, drôles, importantes, d'avoir du caractère. Il en faut pour rester ce qu'elles sont restées. Vous êtes beau, Lepoux, ce n'est pas une chance négligeable. C'est un capital à investir. Ne faites pas cette tête ! Je vous ai dit qu'il était *aussi* recommandé d'être drôle. Avez-vous fait rire Mme Demos ? Bon, parlons d'autre chose...

– Vous ne m'avez pas répondu. Pourquoi êtes-vous ici ?

– Par engouement, j'imagine. Depuis quatre ou cinq ans je suis sur quelques listes – allez savoir pourquoi !

– Votre femme ?

– Gabrielle n'est pas ma femme, Lepoux. Elle est, c'est vrai, une amie de Flavienne, mais Flavienne a beaucoup d'amis. Je dois être rassurant.

– Leur alibi ?

– Pourquoi « alibi », vous les croyez coupables ? Je pourrais vous dire que parmi ces gens, ce soir, se trouvent mes clients, réels ou virtuels, mes consommateurs. Le seul homme à posséder une demi-douzaine de mes œuvres (comprenez : à les avoir *achetées*...) est ici et c'est un fabricant de shampooing. De « cosmétiques », disent élégamment les industriels. Cela vous trouble ? Il y a aussi mon marchand, des conservateurs, et même des critiques, comme vous, paraît-il ! Pour un peintre, et sans porter là-dessus de jugement, ce lieu et ceux qui le fréquentent, c'est son marché. Je l'entends du point de vue du légume, évidemment.

– C'est agréable de se sentir légume ?

– Mon petit Ludovic, ceci est une sorte de camp retranché. Une *redoute* : le même mot vaut pour une fête et un fortin. Vous êtes sur le seuil et vous ne rêvez que d'entrer. Il ne faut pas me raconter d'histoires. Vous n'êtes ni un bravache ni un anarchiste. Quant à dire du mal de « ces gens-là », quelle facilité ! Ne tombez pas dans le ridicule des boutiquiers, qui parlent en se bouchant le nez des générales auxquelles ils n'assisteront jamais. Une salle de générale – assez semblable à la Vernède ce soir, c'est-à-dire vivante et pas tout à fait bon genre – est cent fois plus attentive et aventureuse que toutes les autres salles de tous les soirs ordinaires : si elle aime, elle aime, et elle le crie, le murmure, le téléphone, l'écrit, le proclame. Nous en vivons, mon petit vieux. Moi, en tout cas. Je ne crache pas dans la soupe.

– Je vous trouve bien respectueux.

Ludovic, pour dire cela, avait pris son élan. Et une voix posée, bien venue. Burgonde se tourna pour le dévisager.

– Eh bien ! Vous ne perdez pas de temps.

– Il n'y en a pas à perdre. Et – pardonnez-moi de vous dire cela, mais je vous admire – il me semble que vous en perdez. Moi aussi je vous ai observé, monsieur Burgonde...

« Diable ! pensa Burgonde, *monsieur Burgonde* n'est pas une trouvaille. » Heureusement, avec l'audace, l'accent de Ludovic remontait, aidant les insolences à passer. Quant aux amabilités – « Je vous admire » – elles lui écorchaient la gorge.

– ...il n'est pas difficile de deviner que vous vous emmerdez depuis bientôt quatre heures. Vous faites risette pour des personnes à qui vous devriez tourner le dos. Des personnes...

(Il entendit Baby : « Dégage, petit, j'ai besoin de me laver le cul... »)

– ...qui devraient vous remercier d'être ici, et non le contraire. Et puis vous ne leur faites plus peur.

– Je leur ai fait peur un jour ?

– Vous en rêviez, je suis sûr. Cela doit être très long, très malaisé de devenir ce que vous êtes : un peintre libre. Je ne parle pas des égards qu'on vous prodigue, mais de votre liberté. Si vous la mettez à la disposition de ces gens-là, que vous reste-t-il ? Ils ne vous ont jamais hissé au tout premier rang parce que vous ne les étonnez pas. Le premier rang, il me semble...

– Il vous semble... ?

Burgonde reprit sans ironie les mots de Ludovic. A peine le garçon s'était-il risqué à parler que le peintre avait secoué la somnolence bavarde où il flottait. Si l'on changeait de pièce, il changeait de rôle. Mais l'ivresse l'embuait encore. Il se rappela Barrès regardant piaffer qui, déjà ? Ah oui, Montherlant : « Il a du jus, le petit ! » Encore fallait-il savoir si c'était du jus ou un papotage de bistrot. « Il a trente ans, l'accent du Gard, et il est inconnu : mauvais dossier. » Mais une formule moqueuse ne solderait pas le compte. Lepoux, avec la cruauté des ambitieux et des enfants, avait appuyé au plus sensible de la blessure. Il y avait donc une blessure ? Un fabricant de shampooing, un château fort restauré, de la peau brune et jeune, un futur Premier ministre : était-ce un soir à blessures ? Bien entendu, au fond de ce persiflage un peu fumeux dont il exagère le flou à volonté, Burgonde sait que le petit Lepoux répète tout haut, avec son accent mal dominé et sa voix qui siffle d'audace, ce qu'il se disait à soi-même cet après-midi dans la garrigue. Mais cet après-midi Burgonde était seul et il avait besoin de se faire mal. Alors que cette nuit, puisqu'il occupe une place et joue un rôle, il les défend. Le plus suicidaire des hommes, si on l'attaque, vendra chèrement sa peau. On ne comprend rien à un homme à qui « la vie » a donné un peu d'épaisseur si l'on ne comprend pas cela.

Les traits tirés, les domestiques commençaient à passer du café. Burgonde, retenant un maître d'hôtel par la manche, en but deux tasses coup sur coup. Ludovic avait refusé, d'un signe. « Cœur de champion ? » railla Burgonde. Ludovic paraissait anxieux. Pourquoi Burgonde ne réagissait-il pas plus vigoureusement ? Le peintre devinait chaque pensée du jeune homme. « S'il croit que l'on force facilement les vieux crocodiles à jouer, il se fait des illusions ! » Et encore : « J'ai le cuir épais. Plus épais que prévu. J'encaisse, je ne sens même pas grand-chose. Mais combien de temps peut-on recevoir des coups sans s'écrouler ? Aussi, a-t-on idée d'être à ce point imprudent ! Si je n'avais pas péroré pour ce garçon il se serait taillé et ma nuit s'achèverait tranquillement. »


Burgonde ne sait plus depuis combien de temps il se tait. Ils sont debout côte à côte sur la loggia qui domine le plus petit des salons. Le bruit, ici, tolère la conversation. Burgonde regarde danser le plus proche des quelques couples qui se sont réfugiés dans ce coin. Il ne voit pas l'homme. A quoi bon voir les hommes ? De sa jeunesse il lui reste l'habitude et la méthode des vrais amateurs de femmes : ignorer le type qui les accompagne, l'annuler, quels que soient son âge, sa carrure, son charme. La femme, elle... Ah, cela traverse Burgonde, le brûle. On dirait un clin d'œil de la mort. Elle est si belle, la femme. Une brune d'avant trente ans, des cheveux de sauvage, une robe indiscernable de sa peau, des gestes aussi incapables de disgrâce que les mouvements d'un animal. Elle danse avec, sur le visage, toute la joie de la nuit. Quelle nuit ? Où a-t-elle pris cette joie ? Soudain, la voix de Ludovic. Il l'observait donc ? Oui, depuis un moment, à moitié étonné, à moitié complice.

– Qui est-ce ?

Burgonde prend une respiration, recompose son visage, se retourne.

– Elle ? Pas la moindre idée, petit ! La femme d'un dentiste local, j'imagine. Avez-vous remarqué comme les épouses de dentistes sont belles, en province ? Les plus belles peaux...

Le visage de Ludovic s'est refermé. Burgonde s'en aperçoit. Une lassitude coléreuse reflue en lui. « *Leur* faire peur ? Et alors, la belle affaire ! Tous les vingt ans surgissent des jeunes gens résolus à faire table rase. Ils parlent fort, cassent tout, excommunient, se font photographier en ennemis jurés de la photographie. Portrait de l'artiste en jeune loup. Les jeunes loups, bientôt, se mettent à boitiller, comme moi, et ils finissent en vieux chiens. C'est très beau, un peintre-vieux chien : poilu, fidèle, l'œil ourlé de rouge. Nous avons nos niches. Ce garçon a raison, bien entendu, mais on ne lui a pas encore offert sa ration de la pâtée. Il faudra voir. C'est fragile, tout cela : l'emplacement des niches, l'horaire des pâtées, la bonté des maîtres, la fidélité de Médor – mais c'est fragile depuis si longtemps. »

Il se tourna vers Ludovic avec la gravité convenable :

– Vous aviez raison tout à l'heure, Ludovic. Vous n'oubliez qu'un détail : nous ne sommes ni des escrocs ni des « publicitaires ». Nous ne cherchons pas à abuser les gens, ni quel produit se vendra le mieux. Tout cela a encore quelque chose à voir avec... avec l'âme, si vous tolérez le mot.

– C'est votre âme qui passe la nuit à la Vernède ?

Burgonde (« Je te ferai taire, petit con ! ») ajouta ce qu'il fallait de douceur à sa gravité.

– Je ne vous fais pas l'injure, Lepoux, de penser que vous êtes un voyou de plume et de fric en train de se pousser. Ni un provocateur. Ni un aigri prématuré. Encore que, bien sûr, vous soyez tout cela et que nous le sachions, vous et moi – mais là n'est pas l'intéressant. L'intéressant c'est de vous sentir tellement tendu, avide, et d'imaginer que votre avidité cache des choses profondes, des nostalgies inexprimables – ce que j'appelle l'âme, d'un mot suranné je vous l'accorde, et même comique. Avoir l'audace de ce comique n'est pas facile. Ce n'est pas plus facile que de faire table rase, de « faire peur » – faire peur à qui, seigneur ! Vous serez sûrement un excellent tireur, Lepoux, faites seulement attention à ne pas vous tromper de gibier.

Sur quoi, ayant sauvé les apparences, ouvert une issue vers le ciel, serré les mâchoires avec une crispation héroïque, « le plus représentatif de nos abstraits lyriques », « le défenseur d'une tradition française dans le chambardement cosmopolite des formes », s'éloigna en accentuant sa claudication, victorieux, misérable, cependant que Ludovic essuyait ses mains moites, distraitement, discrètement, à un châle tissé d'argent abandonné sur le dos d'une bergère.

Les fêtes sont imprévisibles. Une guerre, parfois, ou la mort, oblige à les annuler. Non seulement le ciel peut les modifier – ce vent, par exemple, qui avait forci et dérangeait maintenant les coiffures, agitait des voiles et ranimait les visages – mais les invités eux-mêmes administrent mystérieusement l'économie de la nuit. A la Vernède, malgré la main de fer de Freddy Schramm, partout devinée, et l'œil de son secrétaire, personnage moitié pasteur et moitié chambellan à qui rien n'échappait, on sentait maintenant peser une langueur. Burgonde guettait le moment où poindrait la tristesse. « Cela vient toujours, et c'est toujours inexplicable. Est-ce le ciel qui pâlit ? La première absence des regards, le premier tassement des corps ? Rien n'est plus beau que cet instant où l'on dirait que la nuit cherche à conclure. »

Il avait passé par tous les stades où l'alcool et la foule lui imposaient des haltes : le sentiment d'être aimé, celui d'être persécuté, l'ennui, la prolixité, la sauvagerie. Il ne détestait pas cette politesse un peu égarée des salons qui exclut les paroles trop denses et leur préfère des passes brèves, des phrases impalpables et gaies. Cela suffisait bien. Sa jambe et sa hanche le faisant souffrir – mais il ne voulait pas s'asseoir – il se remit, une épaule en avant pour écarter les gens, à parcourir la demeure, de l'allure d'un homme qui sait où il va. D'autres invités en faisaient autant, qui le croisaient en souriant, les hommes tenant la main des femmes. C'était bientôt l'aube : l'heure où l'on tient la main des femmes. Escaliers à vis, cours en forme de puits. Dans une chambre il vit le lit dévasté ; dans une autre un Gitan goguenard grattait sa guitare pour une fille assise à ses pieds. Sur un palier, dans l'angle formé par deux canapés, Gabrielle bavardait avec Levi-Monzi et son primate. (Ils ne se quittaient donc jamais ?) Giorgio Levi-Monzi le regarda venir en clignant des yeux.

– Tu m'évites, Burgonde ?

– Éviter un homme qui me doit de l'argent ! Je ne suis pas si délicat.

– Tu connais Niemand, bien sûr ?

Ruffian ou guide de montagne ? Mais les traits brutaux de Niemand, sa peau craquelée par le soleil dissimulaient peut-être le vrai personnage : celui dont les beaux yeux d'eau se tournaient vers Burgonde. Dix ans le meilleur affichiste de Suisse, Niemand avait soudain cessé de « produire ». Il peignait, disait-on. Schramm l'y avait-il encouragé ? Enfermé toute l'année dans sa maison du Wallensee, plus loin que Zurich, entre vaches et rochers, il passait pour inabordable.

Le Suisse se leva, cassa le cou, tendit la main – tout cela sans parler. Du beau cinéma.

– Tu t'amuses ? demanda Gabrielle. Qui est ce beau brun avec qui tu as eu d'infinies conversations ? Vous êtes bien les deux seules personnes à vouloir parler dans ce tintamarre.

Amusé, Burgonde s'aperçut qu'il avait évité de présenter Ludovic à Gabrielle. Comme s'il avait eu honte de l'un devant l'autre. Mais de qui ? Il adressa à Gabrielle un bon sourire :

– Un garçon du pays qui traficote à Paris dans la critique. Un peu trop carnivore. Tu vois le genre ?

Personne ne lui répondant, Burgonde eut tout de suite le sentiment d'être importun. Avait-il interrompu entre Gabrielle, Niemand et Levi-Monzi une de ces conversations légères, coulantes, qu'il avait l'art de gâcher ? Il n'avait rien bu depuis un moment. Il chercha à s'esquiver, bien que ce fût dommage de s'éloigner sans avoir entendu Niemand. La voix était-elle aussi rocailleuse que le visage ? A sa surprise ce fut le Suisse qui se leva. Et qui parla. (Un moniteur de Davos ou de Pontresina...)

– Un ami arrive. Je n'espérais plus... Permettez ?

Son corps, quand Niemand s'éloigna, apparut d'une souplesse superbe.

– Quel bel animal, hein ? murmura Levi-Monzi. Hélas, sa peinture, paraît-il... Qui est-ce, son ami ? Antonini ? Mais il connaît tout le monde, mon sauvage !

Le cinéaste s'avançait, avantageux, entouré de ses assistants et de sa cour comme un professeur, à l'hôpital, l'est de ses étudiants. Rasé de frais, serré dans un costume cachou, la pomme d'Adam flottant sur un bouillonné de soie verte, Antonini embrassa Niemand et tapa sur l'épaule de Ludovic, qu'on avait vu voler à la rencontre des arrivants. « J'aime les fêtes quand elles meurent, non ? Et toi ? Il faut les prendre dans leur dernier spasme... Une société qui crève... Une nuit qui finit. Tu aimes ? » Il baragouinait cela en homme dont l'unique plaisir consisterait à sodomiser des poulets agonisants. Les jeunes gens qui l'accompagnaient, vêtus de toile ou de velours clair, donnaient aux autres hommes l'air de porter un deuil. Niemand, au milieu d'eux, ressembla à un indestructible caillou dans l'écume d'une rivière.

Burgonde s'assit enfin et se tassa dans son silence. Il n'avait pas passé près de Gabrielle plus de dix minutes pendant les cinq heures qui venaient de s'écouler. S'en était-elle rendu compte ? Cinq ans auparavant, chacun d'eux préférait la présence de l'autre à toutes les rencontres. Ils riaient et se taisaient ensemble. Ils se taisaient encore, ce soir, mais ils ne riaient plus. Louisette Louvigne apparut, pathétiquement fraîche. Elle se coula le long de Burgonde, glissa sa main dans la sienne et lui tendit la joue, comme un enfant, pour qu'il l'embrassât. (« Qui imite-t-elle ? » se demanda Burgonde.) Dans l'instant où leurs visages se rapprochaient, elle murmura :

– Tu ne vois pas que Gabrielle est crevée ? Fais-lui signe, et filons !

Ils traversaient le salon de l'Évêque, où quelques couples extatiques dansaient encore, quand des applaudissements éclatèrent. « C'est sûrement le boulanger de Lussan qui livre des croissants chauds », dit Louvigne dont l'aube n'avait pas tari les sources d'information. On vit Flavienne se pencher à une fenêtre de l'étage : aussitôt ce fut elle qu'on applaudit. Elle salua en souriant, à la façon d'une souveraine daignant apparaître au balcon. (Savait-elle à quel point elle avait l'air d'une reine, en effet, avec son long cou promis à la guillotine, son teint de prisonnière ?)

– As-tu remarqué, ânonna Louisette en bâillant, que Flavienne a des friselis qui parcourent sa peau, comme les chevaux ?

Levi-Monzi, très excité, les bouscula dans l'escalier :

– Vous savez qu'Antonini vient de proposer un rôle à Niemand ?

Le temps de prendre congé – étreintes rieuses, ralenti d'un film – il fit presque jour. Quand ils retraversèrent le grand salon il y flottait, dans le vacillement du petit matin, la même odeur de brioche et de café au lait qu'à l'aube sur un buffet de gare. Des Gitans s'étaient endormis à même l'herbe dans les ruines de la chapelle, et un jeune homme, torse nu, indifférent aux regards, lavait son ivresse à la fontaine de la cour. Sur la place de l'église étaient garées les voitures et les roulottes des musiciens, entre lesquelles séchait du linge sur des cordes.

– Tu savais, toi, que les romanos roulent en Mercedes ? demanda Louisette.

Et elle frissonna, car décidément personne ne lui répondait plus. Etienne proposa d'aller chercher la voiture en coupant à travers les vignes. Burgonde lui tendit les clés, puis tous trois s'assirent sur les chaises où tout à l'heure avaient pris place les accordéonistes. Il faisait jour, maintenant, un jour encore sale. La première Vespa du dimanche ronfla derrière un mur. « On a les coqs qu'on peut », grogna Burgonde. Mais aussitôt un coq chanta, et Gabrielle sourit.

Victoire, chaque matin, s'entendait à oublier la nuit et, chaque jour, la veille. Ses spécialités : « Tirer un trait », « repartir de zéro », etc. Elle s'émerveillait de ce pouvoir et se demandait combien il durerait. Tout ce qu'elle aimait en elle lui semblait participer des privilèges de l'enfance, préservés par quelque miracle jusqu'à ses dix-huit ans, mais condamnés à disparaître par la fatalité de l'âge et à la laisser, sans défense, au pouvoir du remords et des compromis.

Elle fit du thé, prit sa douche, et ces eaux brûlantes faisaient elles aussi – ablutions, purification – partie du rituel de son intégrité. Elle eut honte de s'être dérobée la veille aux tâches dont elle s'était chargée à Saint-Trinit. Honte aussi, peut-être, de n'avoir pas mieux assimilé la leçon du grenier. Elle aurait dû rester, chercher Yolande, l'embrasser, rire avec elle, pourquoi pas ? Pourquoi ne poussait-elle pas les portes, n'entrait-elle pas hardiment dans les greniers étouffants, les chambres moites ?

Elle s'habilla. Elle ne portait que du linge blanc, et le plus simple. Elle tira tous les volets de la maison, enfourcha son Solex et fila vers Saint-Trinit et le pont sur le Gardon avant que la chaleur ne devînt trop lourde.

L'homme arrivé la veille au soir, qui avait passé la nuit à fumer des cigarettes et à somnoler, adossé au muret du bassin, y revenait, en short kaki, une serviette sous le bras, quand arriva Victoire. Elle remarqua de loin la peau pâle, les cheveux

57

coupés court. Il était maigre et portait une drôle de moustache : l'air d'un abbé qui se serait fait une tête de séducteur hongrois. Elle avait acquis des réflexes, depuis quinze jours. La preuve, elle pensa aussitôt : « S'il espère échapper aux flics avec une petite moustache... » Elle freina et s'arrêta près de lui. « Une vraie cheftaine ! » L'homme la détailla avec circonspection. « Je suis une amie d'Abel et de Jo Meyrisch. » Elle lui tendit la main ; il avait la paume sèche. Généreuse : « Faites attention, le soleil est déjà brûlant. » Il hocha la tête en regardant ses bras :
– Je fais très attention. A tout.

Il releva la tête et Victoire lui vit – au prix d'un grand effort elle effaça la ridicule moustache circonflexe – des yeux bruns, d'une douceur inattendue, mais que paraissait avoir figés quelque glaciation. « Il a passé un sale moment dans le réfrigérateur », pensa-t-elle.

– Soyez tranquille, dans deux jours je serai noir. Il y a un moment que je n'ai pas pris le soleil.

Elle ne s'était pas trompée. Elle en fut puérilement fière.

– Vous êtes arrivé tard ?

– Le plus tard possible.

– Je vois...

– Vous voyez quoi ?

Les yeux gelés s'étaient un peu réchauffés. A supposer que l'ironie réchauffe. Victoire se sentit idiote. Aussitôt l'homme changea encore et devint presque cordial.

– L'habitude est prise de m'appeler Hubert. Et vous ?

« Hubert ? Manque de chance, pensa Victoire. Un type comme ça ne peut pas s'appeler Hubert ! » Elle tendit la main une seconde fois et se jugea désespérément gourde.

– Je suis Victoire Longrupt.

– Longrupt, c'est de l'Est, ça. Vous êtes Vosgienne ?

– De La Bresse, depuis je ne sais pas combien de générations.

– Eh bien, je vous appellerai Longrupt, si vous permettez.

– Pourquoi pas Victoire ?

– Victoire ? Vous rigolez, ou quoi ?

Il paraissait connaître le pouvoir de ces brefs coups de griffe qu'il donnait. Celui-là méritait une réponse. Victoire se fit persuasive et baissa la voix :

– Je suis née en janvier 1945, c'est pour ça, vous comprenez ? Mon père venait d'être fusillé par les Allemands, à La Bresse justement, l'été 44. Alors ma mère...

– Excusez-moi.

– Oh, c'est abstrait pour moi. Le maquis, les héros gaullistes, tout cela...

– Gaullistes ?

– Le réseau de mon père était de cette couleur-là. C'est ce qu'on m'a toujours expliqué.

Victoire se sentit à l'avance innocente et fatiguée de ce qui allait suivre. La moulinette allait-elle le débiter, lui aussi, avec son faux air de mousquetaire (ou de Hongrois ?), en chair à pâté politique ? Allait-il faire de l'éloquence aux dîners de l'orangerie ? Pour l'instant, il paraissait réfléchir.

– Convenons de parler d'autre chose, voulez-vous ? Je vous appellerai Victoire et, un jour, je vous dirai mon nom. Il paraît qu'en ce moment, à le dire, je mettrais en péril mes amis. Vous aviez déjà compris tout cela ?

Victoire hocha la tête.

– Vous avez un maillot ?

Quand Victoire s'appliqua à réussir son plongeon, elle savait que des choses intéressantes allaient incessamment lui arriver. (« Intéressantes » : c'était la scie de son vocabulaire, un adjectif commode, il aidait à passer les sentiments encombrants et les musiques tapageuses.) Elle était aussi en train de découvrir une loi : ce sont les femmes qui choisissent les hommes. Elle ne s'étonnait même pas que ces mots – les femmes, les hommes – lui vinssent avec naturel. Cette loi-là lui convenait. Quand elle se hissa hors du bassin – pas d'échelle : il fallait faire un rétablissement – elle ruisselait de certitudes et d'excitation. Elle s'était toujours demandé ce qu'avaient dans la tête les filles du passé, enrubannées, gantées, dans les bals, avec du sang aux joues, toute cette nervosité des vierges, et leurs rires. Maintenant elle savait : elles se tenaient sur le seuil d'une énorme pâtisserie – ou, pour être poétique, à la porte d'un jardin – et elles vivaient ce moment où l'on rêve de piller les buffets, d'arracher les fleurs, de voyager, de dormir douze heures, de tutoyer brusquement un homme – bref : de se ficher une ventrée de toutes les bonnes choses interdites. Les « choses intéressantes ». Voilà ce qu'elles avaient dans la tête, les jeunes filles.

Victoire aima, comme elle s'approchait d'Hubert en penchant la tête et en tordant ses cheveux, sentir sur elle passer un regard qui la jugeait, la comparait sans doute à des souvenirs, la désirait et le lui exprimait on ne peut plus clairement. Pas une seconde elle ne souffrit de la sensation de subir. Ne menait-elle pas le jeu depuis qu'elle avait arrêté son Solex entre les deux cyprès du bassin ? Elle avait redonné vie à ce fantôme trop blanc, qui clignait des yeux dans le soleil. Voilà qu'il faisait l'homme, déjà, qu'il reprenait pied chez les vivants. Il serait toujours temps pour lui, plus tard, d'expliquer ses passions et ses haines. De rejoindre les autres. Il ferait vite partie, et sans doute dès ce soir, de leurs parlotes et de leurs colères. Pour l'instant il n'était encore qu'un grand type maigre, dans la trentaine, qui s'allongeait à côté d'elle sur la pierre chaude et lui disait : « Voyons, à part les Vosges et ce drôle de nom, racontez-moi qui vous êtes. »

Rien ne fut aussi simple que Victoire l'avait imaginé le premier matin. Hubert venait de passer deux semaines dans une cache algéroise. Il avait traversé la Méditerranée rapidement, peut-être trop, grâce à des complicités sur lesquelles il ne fournissait pas d'explications. On commençait à beaucoup parler, dans le Midi, d'attaques de banques et de bureaux de poste, et parfois on les attribuait à des « soldats perdus ». A tout instant Victoire voyait se décomposer le visage d'Hubert, ses doigts blanchir tant il serrait les poings.

Après des conciliabules avec les Meyrisch, apparut un matin la voiture la plus anonyme, une Peugeot immatriculée à Paris, au volant de laquelle Hubert se fit guider par Victoire dans les environs. Ils évitaient les encombrements d'Uzès, où elle connaissait trop de monde. Elle avait chargé deux valises dans le coffre et posé sur la banquette arrière des cartes, un guide Michelin, de sorte qu'ils avaient l'air de Parisiens en vacances. Presque autant que les métropolitains, Hubert évitait les rapatriés qui allaient et venaient à Saint-Trinit, et pas un seul soir il ne dîna avec eux. Que redoutait-il ? Que voulait-il oublier ? Victoire lui portait un plateau dans la petite chambre où il habitait mais elle ne s'attardait pas : les autres se fussent posé des questions. Sous ses airs calmes, ses pensées tournoyaient ; elle eût été bien en peine de s'expliquer si, par exemple, sa sœur était revenue à l'improviste. Mais le cœur du Dr Roux battait la chamade et Lucienne restait au Mont-Dore, à la fois épouse et secrétaire, n'osant pas laisser son mari aux prises avec vingt-cinq malades par jour. Elle se noyait dans la paperasse des « mises en cure », des « prises en charge », rabrouée par des éternueurs arrogants à qui les eaux donnaient des grouillements d'entrailles. Elle téléphonait à Uzès tous les deux jours et demandait à Victoire : « As-tu pensé à mes fleurs ? » du ton dont on sonde les reins et les cœurs. Sa cadette de plus de vingt ans, cette drôle de sœur que lui avait donnée le destin l'intimidait. Victoire était une sœur-fille, une enfant que Lucienne avait élevée mais avec qui elle rêvait maintenant de partager des chuchotements. Que lui eût-elle dit ? Que Gilbert avait vieilli trop vite, qu'elle regrettait de n'avoir pas mis d'enfant au monde, que la vie est immobile et amère ? Victoire savait tout cela et s'était juré d'y échapper. Selon toute vraisemblance elle n'y parviendrait pas. Lucienne soupirait, posait un presse-papiers sur les feuilles de Sécurité sociale et proposait à Gilbert de rouler jusqu'aux plateaux d'Auvergne où les genêts allaient déjà défleurir ; on y oubliait la touffeur de la station, ses maisons de pierre grise, la procession des malades encapuchonnés à la sortie de l'établissement thermal. Mais les patients attendaient dans l'antichambre et Gilbert prenait à peine une heure pour monter jusqu'au pied du Sancy, manger une salade en regardant la montagne triste.

Au téléphone, Victoire avait raconté en peu de mots les journées passées au mas Saint-Trinit, l'arrivée des réfugiés. Lucienne l'avait approuvée : « Tu te rends utile, c'est bien... » Ce fut au tour de Victoire de soupirer. Comme toutes ces grandes personnes étaient faciles à manœuvrer, à abuser, à rassurer, à imiter ! Quand il fut décidé qu'Hubert serait plus « efficace » à Paris, et plus en sûreté, Victoire mobilisa ses forces en un tournemain. Elle comprit que si elle laissait Hubert s'en aller elle le perdrait. Loin d'elle, il serait repris par les scrupules, la peur de s'encombrer d'une gamine, ses balivernes politiques. Que faire ? Tout conspirait à l'éloigner d'elle. Un soir ils étaient restés à bavarder et elle avait passé presque toute la nuit à côté de lui. Elle avait ses règles. Elle le lui avait dit, crûment, et il l'avait jugée plus délurée qu'elle n'était. Ah, quelle rage, dans le noir, sa tête posée sur la poitrine imberbe d'Hubert ! Il lui avait enfin dit son nom, qui ne renouvelait pas complètement le sujet : ce monsieur dont elle entendait gronder les poumons s'appelait Hubert Fléaux. Cet aveu fait avec ricanements et rancœur n'avait pas bouleversé Victoire : elle n'avait lu que deux romans de Fléaux – c'est ainsi qu'Hubert appelait son père, comme s'il eût, lui, porté un autre nom. « Fléaux », donc : Victoire n'en savait pas long sur lui. Son gaullisme intransigeant, ses attaches avec « le Pouvoir » – des titres dans les magazines, rien de plus. Victoire comprit cependant, à écouter Hubert, que Valentin Fléaux était une espèce de « baron » littéraire, un prélat de la messe gaulliste, et qu'Hubert le haïssait, sentiment que son père lui rendait avec les intérêts. Victoire, dans l'ombre, leva les sourcils et se dit qu'on ne jette pas le fils d'un notable en prison aussi facilement qu'un Dupont-Durand. Comment Hubert était-il revenu d'Algérie ? Dans un avion, semblait-il, ce qui est rapide et confortable... Hubert, une cigarette à la main que l'on voyait bouger, ne tarissait pas de sarcasmes sur son père ; il les détaillait d'une voix nette et rancuneuse qui sonnait dans la nuit. Victoire sentait sous sa nuque vibrer les côtes, battre le cœur de cet homme presque nu qui ne la prenait pas à cause d'un peu de sang, et de toute cette haine accumulée en lui, qui fermentait, qu'il dégorgeait. Elle partit à l'aube, poussant un moment son Solex avant de mettre le moteur en marche. Sa résolution était prise.

*
**

C'est un de ces jours où le gruyère rend son eau. La langue pend aux chiens sur le côté de la gueule. A deux cents mètres du palais de Chaillot l'avenue tremblote comme un mirage. L'homme sort du taxi les deux pieds en avant, précautionneusement posés sur le goudron mou, se redresse, regarde autour de lui, boutonne son veston et traverse la chaussée sur des œufs. Il s'aide d'une canne, d'où l'allure. Il toise l'immeuble : petit genre. On a bâti ça il y a vingt ans, façade plaquée marbre second choix, comblanchien mité, et sous les fenêtres des pissures sales. Une plaque noire, ancienne manière, indique en lettres dorées que le Dr Kalbfuss exerce son art au septième étage.
Secrétaire, assistante médicale ? une femme ouvre la porte. Non, plutôt une veuve avec des besoins d'argent. Elle pousse Burgonde vers un salon minuscule où sont entassés un lit clos, deux sièges tulipe, un secrétaire farouchement Louis XV, une commode rustique, diverses tables basses. Les murs débordent d'œuvres d'art ténébreuses. Des orages, des nuits sans lune, des burgs rhénans, un faux Vlaminck. Il y a aussi un vrai Labisse, diable ! et la photo d'un chauve en blouse blanche – un peu rosé, le blanc, ce qu'on nomme chamois, qui date le bonhomme aussi sûrement que sa tête : *Autant en emporte le vent,* Vivastella. La photo est dédicacée « à Geo Kalbfuss un de mes plus brillants internes ».
Burgonde souffle doucement. Il entend en lui voyager son

sang jusqu'à cette extrémité merdeuse de son corps où il cogne. Il ne pense pas à essuyer son front. Sur les tables basses sont entassés des numéros de *Joie des arts, l'Œil vivant,* et des livres lourds : baroque, châteaux, Inde éternelle, sourire de la pensée la plus profonde, etc. A Geo Kalbfuss, les fistules cicatrisées et reconnaissantes. Nous sommes chez un gaillard de culture ! Espoir immédiat : il saura qui je suis. Aussitôt Burgonde a moins mal. Son visage se détend. Il abaisse sa garde. En appui sur une patte, il fait l'avantageux. Il pourrait toucher le plafond de la main. Non pas qu'il soit si grand : c'est le plafond qui est bas.

Un 5 août, tous les gastro-entérologues de Paris sont à Ramatuelle ou à Marbella, sur des bateaux, sous des treilles. De répondeur automatique en pharmacien complaisant on finit par obtenir l'adresse d'un obscur, enkysté dans la ville et qui daigne vous recevoir. Il vous fixe même rendez-vous avec une hâte suspecte (« Je vais lui faire sa journée, c'est un coup de deux cents francs ») et ne dispose pas pour ouvrir sa porte de la moindre rassurante dame vêtue de blanc. « Sûr, il est hors d'âge, ou il a une sale affaire sur les bras. Pourquoi n'être pas allé à l'hôpital ? Oui, pourquoi ? »

Derrière Burgonde, la porte s'ouvre.

Glacial et bilieux, le Dr Kalbfuss. Haut, maigre, noir. Une croûte aussi bitumeuse que celle des murs mais attribuée, celle-là, au Greco. La bouche est serrée, l'œil inquisiteur. Il désigne de la main un fauteuil très dur, où s'asseoir est un supplice. Le sadique feint de l'ignorer. Il a préparé une fiche sur laquelle il s'apprête à écrire. Pourquoi au crayon ? Quand le patient est mort, on efface et on recommence.

– Monsieur ?

– Burgonde.

Le Dr Kalbfuss calligraphie le nom sans manifester d'intérêt.

– Prénom, âge ?

Sur le bristol lisse, le crayon ne fait aucun bruit.

– Souffrez-vous, monsieur ?

– Oui ! Il m'est déjà arrivé de...

– Plus tard, s'il vous plaît. Saignez-vous ?

– Non.

– Alcool, gros appétit, excitants ?

Burgonde raconte ses malheurs avec une précision tâtonnante, comme il détesterait entendre faire quiconque. Il s'en rend compte, mais qu'y peut-il ? Il dégouline de détails misérables que le Greco ne daigne pas noter, son regard froid fixé sur son visiteur. Il finit par l'interrompre :

– Nous allons voir cela. Déshabillez-vous, monsieur.

– Ici ?

En un instant Burgonde a retiré sa cravate, sa veste, son pantalon. Kalbfuss l'observe. « Les chaussures aussi. Et le slip. Vous garderez la chemise.

– Le bourgeois de Calais », grogne Burgonde, mais le médecin ne l'entend pas ; il l'a précédé dans une pièce sans fenêtre, aux murs jaunes, encombrée de meubles médicaux d'un autre siècle. Il l'aide à grimper sur la table d'examen, l'installe à quatre pattes, pèse durement sur ses reins pour les creuser et il lui appuie le front sur la toile cirée. Burgonde écrase sa tempe droite sur la table et ferme les yeux : le spectacle du petit pan de mur jaune ne le réconforte pas. Il se répète qu'il serait encore temps de se lever et de partir, mais les calmants dont il se gave depuis deux jours le laissent dans un état de moindre fureur. Il sue doucement et il lui semble que suinte le plastique blanc, sous sa tempe. S'il ouvre les yeux il aperçoit trois poils de sa moustache, qui tremblent, tant il serre les dents. Très loin derrière lui, là-haut, le Dr Kalbfuss contemple le paysage que l'on imagine et murmure : « Mais oui... Mais oui... Vous souffrez beaucoup, je pense, monsieur... » Que répondre si cela se voit ? Un vague bourdonnement d'oreille – le sang descendu à sa tête – n'arrange pas les affaires de Burgonde, qui ne comprend rien au désordre des bruits dans son dos : des instruments heurtent l'émail d'un bassin ; le Dr Kalbfuss remue les pieds, s'agite, remue aussi les lèvres, vraisemblablement, puisque Burgonde entend : « Thrombose typique... Temps d'intervenir... » Les doigts froids lui font mal et il grimace, de sa bouche tordue contre la table.

– Madame Mosché !

La voix du médecin s'impatiente. Qui appelle-t-il ? La veuve ?

– Vous êtes là, madame Mosché ? Ah, vous voilà ! Passez-moi un scalpel.

Il doit parler par-dessus son épaule, sans tourner complètement la tête. Il a les mains posées sur Burgonde. Soudain :

– Baissez vos chaussettes, je vous prie. Je veux dire : permettez-moi de les baisser... Il serait dommage de les éclabousser de sang, n'est-ce pas ? Cachemire ? Vous avez raison, même l'été, la vraie laine...

Les doigts froids tripotent les mollets de Burgonde, qui se

64

sent la chair de poule. « Les Arabes le savent bien … » Soudain, le ton changé, et sûrement le cou dévissé : « Si vous ne savez pas ce que c'est qu'un scalpel, madame Mosché, appelez Mme Isabelle ! » Il y a des trottinements, des couinements quelque part dans le dos de Burgonde, puis, à une bouffée de parfum, il devine que « Mme Isabelle » vient d'entrer. Cela fait donc maintenant trois paires d'yeux pour considérer ses fesses : la Science, la Souris et le Parfum. Les doigts palpent, écartent, isolent, pressent aussi impérieusement qu'ils tirebouchonnaient les chaussettes.

Burgonde sent que sont accomplis très vite des gestes précis, mais ils lui paraissent incohérents. Il entend Kalbfuss, agacé : « Mais essuyez-le donc ! Vous voyez bien qu'il en a partout ! Dépêchez-vous, Isabelle ! » Le parfum se rapproche, baigne un instant Burgonde. Du muguet. Au fond de l'appartement le téléphone sonne. « J'y vais ! tonne Kalbfuss. Appuyez très fort la compresse, ainsi… » La main du Parfum se substitue à celle du Greco, de sorte que si Burgonde veut résumer la situation, elle est celle-ci : une inconnue inondée de muguet se tient derrière lui, silencieuse, en lui appliquant un gros chiffon mou sur la raie des fesses comme si elle voulait le plaquer au mur. La sueur coule maintenant dans les yeux de Burgonde, l'aveugle, et à travers la moustache jusqu'à sa bouche, salée, presque froide. Un moment passe, très lent, et quand Kalbfuss revient il fait deux petits claquements irrités avec sa langue et demande :

– Vous m'avez dit quel âge ? Votre vitesse de coagulation est normale ?

– Dans la vie de tous les jours on n'a pas tellement d'occasions de savoir à quelle vitesse on coagule.

Le ton de Burgonde fait passer une gêne. Le cochon n'est donc pas tout à fait mort ? On ne va pas faire le boudin ce soir ? Le Dr Kalbfuss sent la nécessité d'un geste ; il vient présenter à Burgonde, au bout d'une pince, un caillot bleuâtre et le lui agite à dix centimètres des yeux. « Vous voyez qu'il était temps d'intervenir ! » Sur quoi il s'en va répondre une nouvelle fois au téléphone. « Vous pouvez le lâcher, Isabelle ! » crie-t-il de son bureau. Le Parfum lui coince la compresse dans le derrière et s'en va. A ce moment arrive d'un couloir obscur un cocker extraordinairement gai. L'odeur du sang doit l'avoir tiré du sommeil. Sa queue fouette l'air avec allégresse. Il se dresse sur ses postérieurs pour flairer le caillot que Kalbfuss a déposé sur un plateau. « Hé, le chien ! Tu ne vas pas bouffer un morceau de moi sous mes yeux ? » Heureux d'être interpellé à voix basse, et qu'il croit tendre, le cocker se retourne et gratifie Burgonde d'un coup de langue sur le menton. Kalbfuss revient et le chasse distraitement. Puis il panse Burgonde, tirant et collant les bandes de sparadrap à travers des forêts de poils. Mieux vaut ne pas penser au moment où il faudra retirer tout ça. « Vous vous levez, monsieur. » Ce que fait Burgonde, anéanti. Une vieille courbée sous le fagot. Il se rhabille pendant que le Dr Kalbfuss lui explique le « petit acte opératoire ». Burgonde cherche en vain un miroir et noue sa cravate à l'aveuglette. Mme Isabelle entre, précédée d'un vent de muguet, et s'assied, un bloc sur les genoux, sans lever les yeux sur cet homme dont seul le visage lui demeurera inconnu.

– Vous allez saigner un peu...

– Longtemps ?

– Un moment... Un moment...

Et il explique comment un chiffon bien serré, bien compact...

– ... l'hémorragie s'arrêtera.

– Si elle ne s'arrête pas, je peux vous joindre ?

– Ah non ! Je pars ce soir pour Madère.

– Madère ? Pourquoi pas Marbella ?

Kalbfuss arrondit l'œil, effaré.

Burgonde pense qu'il n'a pas souvenir d'avoir vu le Greco se laver les mains avant ni après le « petit acte opératoire », et il frissonne. Il marche vers la porte comme on quitte un commissariat. Quand il se retrouve sur le trottoir de l'avenue, accroché à sa canne, le haricot et son tuteur, la tête lui tourne et il parle tout seul, ce qui fait se retourner deux Japonais qui tricotent à marche forcée vers le musée de l'Homme. Il leur tourne le dos et s'éloigne prudemment, les reins soudés, basculant en avant sur sa canne à chaque pas. Des images de cinéma lui traversent la tête, et le souvenir de ces concours hippiques où l'entraînaient autrefois des jeunes filles. Il était impossible de faire cent mètres sans croiser un boiteux de grand air, feutre cassé sur l'œil, qui s'était brisé de l'os sur l'obstacle, ou en traquant le gros, ou tout bêtement à la guerre.

En sortant de la pharmacie qu'il a dû chercher jusqu'à la Muette, Burgonde s'avance au milieu de la chaussée, théâtralement, pour héler un taxi dans lequel il se laisse tomber de biais, grimaçant un rictus afin que le chauffeur ne se fasse nulle illusion sur la qualité de la marchandise transportée : il n'a pas chargé un précoce gâteux mais un homme-qui-souffre.

L'allée Blaise-Pataud est une impasse pavée, banlieusarde, fleurie en mai de lilas, sur laquelle donnent des jardins de la villa Montmorency. Les chiens de tout le quartier y sont menés par leurs maîtres. Ce n'est pas là que Burgonde habite ; c'est là qu'il travaille depuis plus de vingt ans. Ce qui est devenu son atelier servait à la fois de hangar et de bicoque de jardinier, au fond du petit parc de l'hôtel, jadis, du temps de la splendeur de la famille de Léa. Les copains de Burgonde exagéraient quand ils prétendaient qu'il n'avait épousé Léa que pour occuper légitimement ce qu'ils avaient tout de suite baptisé « le Pataud ». Qui pouvait bien avoir été M. Blaise-Pataud ? Aucun dictionnaire ne le mentionnait. Au moment du divorce, un accord à l'amiable et une clôture avaient laissé à Burgonde l'usage de son atelier.

– On peut tourner ?

Le chauffeur bougonne quand il voit que l'impasse est étroite. Burgonde le rassure. Pourquoi s'est-il fait conduire ici et non rue Raffet, à la maison ? Il est vrai que la maison, les enfants chez leur mère et Gabrielle absente, est aussi gaie qu'un placard. Rose et Frédéric sont bien de cet avis, qui l'ont surnommée « le Cafard ». Avec les années on ne sait plus s'il s'agissait, à l'origine, d'en dénoncer la tristesse ou le désordre : le capharnaüm. Frédéric était brouillé avec l'orthographe.

– Vous êtes bien ici !

Le chauffeur est descendu de voiture pour aider son client. Pas brillant, le client. Burgonde n'a envie que de se rencogner et de faire silence. De minute en minute, comme si cessait l'effet d'une anesthésie, la douleur le tourmente plus cruellement. On respire des parfums de feuille mouillée, de gazon frais tondu et l'on entend s'appeler les oiseaux brouillons. De quoi ragaillardir un homme.

A peine le taxi a-t-il fait demi-tour et disparu, Burgonde se redresse ; il marche mieux. Peut-être parce que personne n'est plus là pour le regarder souffrir ?

Il retrouve l'atelier avec des grognements de gratitude. Le bâtiment paraît incongru dans ce quartier : l'extérieur tarabiscoté ; l'intérieur encombré de poutres, une charpente absurde que Burgonde a fait badigeonner de blanc. Un escalier de meunier permet d'accéder à la réserve, où règne une pénombre d'aquarium à cause de ce tilleul, jamais émondé, qui mange la verrière. Le sol est laqué de rouge sombre – « le sang séché », pardi ! – et des peaux de vachette sont étalées, loin des chevalets, devant les rayons de livres et le canapé de cuir noir. C'est là que Burgonde vient s'affaler, un peu déjeté, appuyé sur un coude, un pied au sol et l'autre jambe allongée. Il reprend souffle, récupère du regard sa tanière et attend que s'apaise en lui la rumeur qui lui brouille la vue et les idées. Les minutes passent, immobiles. Au-dehors, sur un immeuble rose dont un bout de mur apparaît à l'angle de la verrière, on devine à un changement de lumière que la fin du jour s'installe sur la ville. Burgonde se lève, va emplir un verre d'eau et avale les médicaments que Kalbfuss lui a prescrits, en doublant chaque dose, ainsi qu'il convient aux hommes de caractère. Puis il ajoute un somnifère, qu'il noie cette fois dans autant de whisky que d'eau. Tout de suite une bouffée de chaleur lui monte à la tête, déplaisante. Il se rallonge. Où sont Rose et Frédéric en ce moment ? Depuis trois années qu'il est divorcé d'avec Léa, il a appris la routine des vacances coupées en deux, des récits embarrassés au retour des enfants, et, avec leur mère, des coups de téléphone et des visites quasi protocolaires. Oui, c'est cela : un protocole, un théâtre. Toute l'organisation sociale oblige à jouer le désamour, à respecter ses conventions et ses rites. Tout à l'heure, dans la rue, au fond du taxi, ne jouait-il pas la douleur ? Et chez Kalbfuss, la soumission ? Deux étés de suite, Léa avait reloué cette vieille maison d'armateur, à Spetsai, où ils avaient passé ensemble, en 1958, trois mois que Burgonde avait détestés à proportion du plaisir que paraissait y prendre Léa. Mais ce printemps elle était partie sans crier gare pour les États-Unis, et c'est là qu'il avait dû lui envoyer les enfants le 15 juillet. Frédéric, à un mois près, aurait pu voyager comme une grande personne : cette étiquette à son cou l'avait humilié. Depuis trois semaines Burgonde n'a reçu que deux cartes postales, et de Léa une lettre parfaite, lisse comme un œuf. Dans l'enveloppe était glissée une photo de la maison : « Ainsi vous saurez où sont les petits. » Pourquoi écrivait-elle « les petits » ? Burgonde ne savait rien, n'imaginait rien et enrageait. A moins que cela ne lui fût complètement indifférent ? Il était empêtré dans cette comédie au point de ne plus oser formuler une vérité qui, aux instants de lucidité, le désobligeait. Son rôle consistait à dire : « C'est odieux de ne même pas pouvoir imaginer où sont les enfants... » Il s'y tenait. Gabrielle l'écoutait parler sans lui répondre. Elle était partie le 25 juillet pour Cogolin.

Burgonde se relève, passe derrière le paravent et commence à se dévêtir. « Autant se coucher. » C'est quand il plie son pantalon sur le dossier d'une chaise – ses gestes soigneux d'ancien pensionnaire et de fils unique – qu'il en découvre le fond poissé de sang, comme cela arrivait naguère, du côté de Lausanne, aux petites personnes qui voulaient jouer les dégourdies trois jours après s'être fait sauter un môme dans une clinique pleine de regards gris et de lèvres serrées.

Deux semaines durant, celles qui suivent sa visite au Dr Kalbfuss, Burgonde voit couler de lui son sang. Une fuite, un suintement intime. Il passe son temps à se doucher et à changer son linge, qu'il lave lui-même, les blanchisseries étant fermées, et la honte le gardant de confier ce soin à des mains étrangères. Il traîne en peignoir de bain et bougonne tout le jour : « Un vieux pédé qui s'en va par où il a péché... »

Il est permis d'imaginer que Gabrielle s'inquiète de cette longue solitude de Burgonde. Il y a bientôt un mois qu'elle s'incruste chez des gens qui ne sont pas ses intimes, dans ce mas de Cogolin conçu pour qu'on y passe trois ou quatre jours. Les invités se renouvellent, les têtes changent ; on voit, le matin, des valises dans le vestibule ; Gabrielle fait maintenant partie des meubles. Brûle-t-elle, comme on serait tenté de dire, du désir de rejoindre Burgonde ? A vrai dire, non. Sa peau a besoin de soleil et ses oreilles de conversation. Elle est une encore jeune femme, énigmatique et bien vêtue, que les hommes interrogent plus volontiers qu'ils ne la courtisent. Elle sait cela et s'en accommode. Les dix derniers jours qu'elle a passés à Paris, Burgonde était devenu détestable. On le sentait comme boursouflé, soulevé d'humeurs funestes. Gabrielle n'est pas femme à lutter contre les phénomènes naturels : par exemple cette putréfaction profonde dont les bulles cloquaient entre les mots de son compagnon. Elle s'est trouvée sage de s'éloigner avec autant de discrétion.

Maintenant elle sent peu à peu Burgonde lui revenir. Ils se téléphonent chaque soir, le plus tard possible, et parfois dans la nuit car chacun attend que l'autre fasse le premier pas : lui par crainte de réveiller la maisonnée de Cogolin, elle parce qu'elle redoute de deviner, à côté de Burgonde, une présence. Car elle n'a rien compris à son état. Elle a tout soupçonné, sauf qu'il fût malade. Il lui dit : « Oui, oui, je travaille... » d'une voix exaspérée. Elle en conclut à l'amourette, à l'échauffement de peau. Elle devient de plus en plus courtoise, légère, au point d'asphyxier Burgonde.

69

Il commença d'aller mieux sur le second versant du mois d'août. Il put faire des marches d'une heure, lentement, sans trop de peine. Il visionna une séquence de télévision, à lui consacrée, qui devait être diffusée à la rentrée. Le commentaire en étant pauvre il proposa de le refaire et fut heureux de sentir ses idées reprendre leur vélocité. Il alla sur la rive gauche sans crainte d'y faire des rencontres. On y voyait quelques Américains poursuivre des fantômes en compagnie de jeunes femmes aux pieds nus. Les pieds nus faisaient se retourner les concierges qui, un filet à la main, revenaient de leurs achats dans quelque ombreuse épicerie encore ouverte et dont c'était l'heure de gloire. Levi-Monzi prenait les eaux en Italie, Bazaine était à Perros-Guirec et Letourneur au fond du Valais, chez Pflücki, dans un chalet d'alpages où ils passeraient tout un mois à vider des bouteilles de poire et à échanger des anecdotes railleuses sur Niemand. Le téléphone sonnait peu ou aboutissait au répondeur automatique que Burgonde ne débranchait que le soir. L'humiliation des soins s'apaisant en même temps que la douleur, il se détesta moins. Le coiffeur du Plaza lui tailla la moustache et lui coupa les cheveux. Dans une galerie de l'avenue Matignon, restée inexplicablement ouverte, on proposait un « accrochage de l'École de Paris ». Burgonde poussa la porte comme autrefois on allait au bordel, après avoir jeté un coup d'œil aux deux horizons du trottoir.

La secrétaire rousse assise là ne le reconnut pas. Il marcha vite le long des murs, de l'allure oblique que lui donnaient toujours les galeries, les musées. Des lavis, de petites choses pas trop coûteuses pour appâter l'amateur en voyage, le Japonais méfiant. Il tomba sur un dessin de lui, consulta la liste des prix et le trouva cher. Au mur, comme toujours, il lui sembla que son travail faisait un trou – ou une bosse – au milieu des autres œuvres exposées. En tout cas il dérangeait sur la cimaise un certain ordre de planéité, d'horizontalité, et de quelque façon que Burgonde s'y prît pour le regarder il lui accélérait le cœur, comme eût fait une tumeur devinée sous le doigt ou un édifice incongru surgi dans un paysage familier.

Le soir, sur la bande de l'enregistreur, il recueillit un message de Baby Demos, dicté de loin, probablement (elle avait oublié de dire où la rappeler), qui parlait avec des sous-entendus roucoulés et volubiles de conseils à solliciter, de projets d'investissements. « Le fric Demos se remet en mouvement ? » Ce que Burgonde appelait « le fric Demos » était la fortune accumulée dans l'immobilier par un Grec, Sozone « Sandy » Demos, dans le New Jersey, où il possédait aussi des motels, des cinémas – beaucoup de cinémas. Une fortune que Baby avait « blanchie » en devenant cosmopolite, puis européenne, enfin en se faisant recevoir presque partout par le prestige de la collection que lui avait constituée Levi-Monzi. Le monde avait dédouané, grâce à Baby, « le fric Demos », comme les commerces honorables et les comptes suisses innocentent l'argent du racket et des trafics. Restait Demos, aux cravates mirobolantes. Il avait le bon goût – c'était bien le seul qu'il possédât – de rester beaucoup à New York et de ne pas compromettre, par une présence intempestive, ce que la virtuosité de sa femme avait réussi : le faire oublier. Cet escamotage fascinait Burgonde. « Quelle sera la prochaine étape de Baby ? » se demanda-t-il. Mais il ne chercha pas à la rappeler.

Il passa deux ou trois jours encore dans une vacuité presque parfaite, lisant peu, fouillant dans la caisse où il entassait d'anciennes coupures de presse. Il y redécouvrit qu'en 1946, l'année où il avait reçu le prix Fénéon, Jean Paulhan voyait en lui « une sorte de nouveau Trouillebert, en plus savant ». Ce qui le fit encore sourire après seize ans et ne le peinait plus du tout. Puis il en eut par-dessus la tête des papiers jaunis. Quelque chose comme un souffle de vent se leva sur l'été étouffant. Eut-il envie de se remettre au travail ? Cette velléité eut la vie brève. Il décida de rejoindre Gabrielle. Il trouva une place dans l'avion du lendemain pour Toulon, fit le ménage dans l'atelier et le ferma. Autour du Pataud les persiennes étaient closes ; aux grilles le lierre pendouillait vers la pâte molle du trottoir. Burgonde tripla sa dose de vitamine P avant de partir pour Orly. Dès le décollage il s'endormit. Il rêva. Il était assis dans l'avion de New York entre un couple de Brooklyn retour d'Israël et deux petits Français en voyage de noces. Les pauvrets avaient bien besoin, à en juger par leur teint, des excès nocturnes auxquels les préparaient cent caresses acrobatiques prodiguées malgré l'inconfort des sièges. Quand ils furent nus, l'hôtesse vint leur conseiller de payer un supplément et de voyager en première classe. « L'émir sera heureux de vous accueillir », leur promit-elle. Elle claqua des doigts et sur l'écran apparut un film policier dont, hélas, la bande-son et la bande-image ne coïncidaient pas, de sorte que les portières claquaient en silence et que les éclats de rire retentissaient dès que les visages avaient repris leur gravité. Burgonde rêva qu'il s'endormait et qu'il luttait contre le sommeil pour ne pas voir les deux petits Français forniquer sur les débris de *Breton dixit*. Puis il se baigna dans un océan aux rouleaux extraordinairement brutaux et Léa, sur le rivage, le regardait se noyer, en fumant. Il fut roulé par la vague et du sable pénétra jusqu'au fond de ses oreilles en même temps que la *Petite Musique de nuit*. Avait-il oublié de retirer ses écouteurs ? On annonça la température au sol, qui était de cent degrés Fahrenheit, c'est-à-dire de quarante degrés Celsius. « A Toulon, on va cuire ! » lui glissa son voisin, en confidence. Burgonde sursauta.

Gabrielle, admirablement hâlée, l'attendait près du kiosque à journaux de la petite aérogare d'Hyères. Elle lui annonça tout de suite qu'on avait préparé à Cogolin un studio où il pourrait travailler. A l'emploi de ce mot – « studio » – il devina la présence d'invités américains. Il rit. « Pourquoi ris-tu ? » demanda Gabrielle. Il ne pouvait pas répondre qu'il regrettait le temps où, l'entendant prononcer des mots inhabituels, il eût aussitôt soupçonné la présence, l'influence d'un autre homme. Il ne pensait plus qu'à l'ennui de devoir faire la conversation en mauvais anglais. Il dit :

– A cause d'un drôle de rêve que j'ai fait dans l'avion. Tu vois que c'est un été à acheter *la Clé des songes* ! J'ai rêvé que j'étais en route pour New York...

– Les remords du père divorcé ? Ce n'est pas grave, dans ton cas.

Les talons de Gabrielle sonnaient durement sur le pavage pendant qu'elle marchait vers la voiture, entre les palmiers rachitiques. « Combien de jours vais-je rester ici ? » se demanda Burgonde, déjà aux abois. Il refusa de conduire, s'assit sans précautions et la douleur le fit pâlir. Gabrielle l'observa une seconde, hésita, puis se tut. Burgonde mit ses lunettes noires et, d'une voix convaincante, pria Gabrielle de trouver d'urgence un lieu éventé où ils pussent boire à leurs retrouvailles.

Assis sur une chaise, devant la fenêtre, dans un recoin du rez-de-chaussée, Robbe attendait le coup de sonnette. Drôle d'habitude qu'a M. Fléaux de le faire venir pour un rien, une tasse de thé, une visite. C'est la rage de paraître. « Un homme de son envergure, s'arrêter à des bêtises comme ça ! Remarquez, c'est lui qui paye, et deux heures à attendre un coup de sonnette, puis à attendre que le visiteur s'en aille (“Reconduisez Monsieur, Robbe, je vous prie”), c'est moins tuant que de servir un déjeuner. Je viens, j'enfile la veste blanche... Faire ça ou lire *l'Aurore* dans la loge de Mme Robbe. Ils ont de la chance, les Fléaux, de m'avoir à deux cents mètres. Et puis mes tarifs n'ont rien à voir avec ceux de Potel. C'est au noir, alors forcément. Les gens qui viennent ici régulièrement, les habitués, comme ils me voient depuis des années ils se disent que les Fléaux ont un maître d'hôtel, ça les pose. Surtout que sans chercher les compliments, je n'ai pas le genre extra. Je comprends pour les déjeuners ou les dîners, mais une visite... Heureusement qu'il me laisse porter mes charentaises parce que je ne supporte plus les richelieus. Quand je le lui ai dit ça n'a pas fait un pli : "Vous savez combien je redoute le bruit, Robbe, alors ce sera parfait." Ce doit être une huile qu'il attend. Ce serait peut-être bien ça, la DS noire, officielle, le chauffeur... Mais oui, c'est pour nous, ça. Je connais cette tête-là, qui est-ce déjà ?»

Robbe se lève, boutonne sa veste et va vers la porte sans attendre. Il a vu sortir de la voiture un grand homme frisé, vêtu de bleu, avec la peau fripée et soucieuse qu'on voit souvent aux politiciens. Il lui ouvre très vite – l'autre paraît surpris – et l'introduit au premier, dans le salon où M. Fléaux, selon son habitude, ne le rejoindra qu'au bout de trois ou quatre minutes. « Je suis sûr qu'il attend, au garde-à-vous, quelque part, là derrière. Toujours l'idée de paraître.»

L'homme frisé commence par jeter autour de lui un coup d'œil : les murs aux pâtisseries arrachées ont été uniformément peints de blanc, genre chaux. La pièce, au vrai, est moins un salon qu'une manière de bureau, mais où l'on ne voit aucun livre, aucun papier. Trois fauteuils Louis XIV sont disposés devant une table longue, dont le plateau brille tant qu'on s'étonne de n'y pas voir se refléter le pin du jardinet. Derrière la table – pour que Fléaux se trouve à contre-jour – un haut siège au cuir clouté semble tombé de la gravure de Dürer accrochée derrière lui.

Tout cela – jusqu'au tapis superbe et élimé, jusqu'aux toiles abstraites sur un mur – fait un décor composé, hautain avec ostentation. « Le bougre ne doit pas être commode », songe Mouttard. Vigoureux ne l'a pas vraiment mis en garde, mais qu'il soit venu lui demander à lui, Mouttard, d'accomplir la démarche, montre assez que dans l'affaire chacun prend des assurances. Nul doute que le Général ne soit au courant : Fléaux fait partie de son folklore intime.

Puisque décidément on le fait attendre, Mouttard sort de sa poche un papier : le « mémo » manuscrit que lui a remis tout à l'heure un petit énarque de chez Malraux. Pourquoi manuscrit ?

73

Que de précautions ! La vie et la carrière de Valentin Fléaux y sont évoquées en style télégraphique rehaussé de deux ou trois insolences. « J'ai été trop familier avec ce garçon. » Mouttard l'a déjà lu deux fois, soigneusement, dans la voiture. La littérature n'est pas son fort, celle de Fléaux en tout cas, dont, pour être franc, il n'a pas lu un seul livre. Et ce n'est pas hier, après la conversation avec Vigoureux, qu'il avait le temps de s'y mettre. Il soupire.

*Poète, essayiste et romancier, V.F. est né à Niort en 1891. Officier de la Légion d'honneur, médaille de la Résistance. Marié en 1930 à Mlle Lorraine Soulat. Un fils, Hubert, né en 1931. Divorce et se remarie aussitôt, en juillet 1944, à Lausanne, avec Mme Olga Goldstein, elle-même divorcée de M. Wurster, industriel. Légèrement blessé en 1918, V.F. n'a pas été mobilisé en 1939. Parti pour la Suisse dès juin 1940, il a passé la guerre à Ouchy, près de Lausanne, prudence qu'explique suffisamment le judaïsme de Mme Goldstein avec qui il vivait maritalement dès 1937. (« Quel charabia ! » soupire Mouttard qui se pique de style.) Activités à la Croix-Rouge ; vie matérielle précaire. Télégramme au général de Gaulle le 14 juillet 1941 ; nombreux articles dans la presse suisse ; publication de poèmes d'inspiration patriotique et, surtout, de deux essais aux éditions Ides et Calendes :* Etre Français, *en 1941, et* Gloire d'Israël, *en 1943. V.F. reçut alors des lettres de menace et les carreaux de ses fenêtres furent brisés à coups de pierres par des inconnus en décembre 1943. Revenu en France en octobre 1944, V.F. s'est depuis lors consacré à son Œuvre poétique, à des études de musicologie et à des traductions du grec très appréciées. Il est à noter que l'essentiel de son œuvre – qui n'est pas l'objet de cette note – et en particulier son plus célèbre roman, les* Distances, *date de l'entre-deux-guerres. Traité par le général de Gaulle avec les plus grands égards, V.F. semble néanmoins avoir écarté de lui les honneurs, à la fois par goût de la solitude et par les effets d'un caractère que d'aucuns...*

...Un glissement, un frôlement et la porte s'ouvre sur Valentin Fléaux, que Mouttard découvre en repliant le mémo. Le visage est strié de rides nombreuses, le teint hépatique, les yeux gris. De toutes les rides, aucune ne paraît indiquer, aux tempes ni aux lèvres, l'habitude de sourire. Fléaux manifeste une courtoisie sans ploiement du dos ni effort des traits. L'allure est d'un général envoyé tôt à la réserve et qui ne digère pas sa disgrâce.

Mouttard a décidé de lui donner du « maître », comme ferait le Général, et il entre à mi-voix – tout en ce lieu suggère une simplicité et une discrétion quasi épiscopales – dans le vif du sujet, expression dont Fléaux daigne ne souligner la banalité qu'en baissant les paupières. Il est flatté que le Général lui ait envoyé en ambassade le comte Mouttard, mais déjà s'étonne, au fond de lui, que ce ne soit pas pour transmettre une invitation à l'Élysée. Aux paupières demi-closes, veinées de bleu, Mouttard explique les choses avec la brutalité suave qui a fait sa carrière.

– ... Nous l'avons repéré, suivi, « logé » comme disent les policiers. Il ne serait pas votre fils, soyons net : il serait déjà arrêté.

Fléaux, de la main, fait un geste. Indifférence ? Répulsion ? Difficile à interpréter. Ses yeux restent baissés.

– Vous savez, maître, dans quelle estime vous tient le Général, et il n'est pas question de mêler votre nom à une affaire de désertion, de rébellion. Mais le Général est impitoyable pour les officiers perdus, dans la mesure justement où ils osent nommer « résistance » leur insubordination, et « légitimité » des abus et des violences. C'est une caricature de son propre passé qui lui est odieuse. Le capitaine...

Fléaux lève les paupières, interrompt Mouttard d'un signe, cherche ses mots :

– Est-il... Est-il avec les hommes de sang ou avec les hommes d'idées ?

Mouttard hésite. Belle formule, qui plane un peu trop haut au-dessus des réalités. Mais il souhaite la coopération de l'écrivain : autant arrondir les angles.

– Nous ne le croyons pas impliqué – dans la mesure où l'on peut le savoir – dans les attentats, les meurtres...

– S'il en est ainsi, monsieur, je vous donne mon sentiment. La dernière lettre que m'a écrite mon fils, il y a deux mois, lui a été retournée sans avoir été ouverte par moi. Compte tenu des circonstances, elle a sans doute été perdue. Il s'en est tenu là. Je ne sais rien de ses activités, de sa folie, mais ce que vous venez de m'en apprendre me blesse... me blesse au plus profond, quoique sans me surprendre. Je vous prie donc de ne pas me faire savoir où se cache l'ex-capitaine Fléaux ; cela ne m'intéresse plus. Si vous désiriez m'informer, c'est chose faite.

Mouttard, furieux, trouve un peu trop confortable la dignité de l'écrivain. Il ne s'en ira pas sans avoir parlé.

– Dans l'entourage du Général on espérait que vous accepteriez de faciliter les choses. Une résidence discrète, peut-être un départ pour l'étranger... Avec votre caution tout serait simplifié. Quand les journaux se seront emparés de l'affaire, vous en serez éclaboussé, et à travers vous...

— Monsieur, les journaux imprimeront les sornettes qu'ils voudront mais je n'aurai plus affaire à mon fils. Je ne sollicite rien et, quoi que vous fassiez, je n'aurai pas à vous remercier ni à vous blâmer. Je suis convaincu que le Général ne cherche pas à me mettre dans la situation de le supplier !

Fléaux s'est levé et, debout, a prononcé les derniers mots avec une extrême douceur. De sorte que toute la fin de la scène baigne dans l'onctuosité et les murmures, jusqu'à la démarche du domestique, dont les pantoufles semblent caresser la moquette, dans l'escalier où il précède Mouttard.

On entend, un étage plus haut, claquer une porte. Mouttard pense qu'il aurait mieux su parler à Olga Fléaux (si c'est elle) qu'à ce poisson impérieux et maniéré. « Une vraie mère juive, elle comprendrait... » Mais à peine éprouve-t-il un frisson, d'oser respirer le soufre d'une platitude, qu'il se souvient qu'Olga n'est pas la mère du capitaine. Pourquoi entendrait-elle raison — et où est la raison ? Il est venu dire à Fléaux que son fils, autant que faire se pourra, ne sera pas arrêté. Bon. Il ne s'agit plus d'un gosse que ses parents pourraient cacher à la campagne, mais de deux hommes qui se haïssent, et de quelle haine ! Ses amitiés et ses jugements rangent Mouttard du côté de Valentin Fléaux ; il n'en comprend pas moins qu'un fils déteste ce père-là au point d'épouser la cause qui l'épouvantera. Le compromettra. N'y a-t-il pas eu de ça dans l'activisme du capitaine ? « Activisme » est un mot doux. On dit — mais on dit tant de choses — Hubert Fléaux mêlé à l'assassinat du commissaire Gavroche, à l'affaire de la caisse d'épargne de Mostaganem. Des entreprises de furieux. Et désintéressées : il paraît que le fils Fléaux est sans le sou. Il sera difficile de le tirer de là en douceur. Pour l'instant, il est assoupi, mais s'il reprend du service, un jour ou l'autre il tombera, et alors quoi faire pour lui ? Il est vrai que, sauvé avec la complicité de son père, il serait peut-être liquidé par ses amis...

Le chauffeur, qui attendait, un œil dans le rétroviseur, finit par se retourner. « Nous rentrons », lâche Mouttard à regret, et la voiture remonte très vite la rue Sarrette qu'a vidée l'été.

*
**

Victoire prit un genre écervelé et n'eut aucune peine à se comporter comme on le lui avait recommandé. Hubert et elle portaient des alliances, étaient hâlés et parlaient bas. Qui eût suspecté ce jeune époux avantageux ? On avait pris le temps de fabriquer une fausse carte pour lui, et même un livret de famille où était porté le véritable état civil de Victoire. Cette fois elle était complice. Non plus l'oiselle entraînée par le cœur, mais la militante qui avait donné à la cause son nom et sa « réputation ». C'était le mot employé par Abel Meyrisch, à mi-voix, dix minutes avant le départ. « Répète-moi ça ! » avait dit Victoire en riant. M. Meyrisch, soucieux, avait regardé son fils rougir comme une nonne. Il s'était contenté, lui, de déclarer que Victoire « convoyait » le capitaine. A la bonne heure : cet homme-là savait parler. Qui eût prévu, quinze jours auparavant, que Victoire entrerait, toutes voiles déployées, dans cette tempête ?

Pour elle, le voyage d'Avignon à Paris dans le Mistral fut un rêve. Au pouvoir d'une enfant, réduit à jouer le rôle d'un niais et à se mordiller la moustache, le capitaine était moins à l'aise. Guérillero ligoté de fanfreluches, il redoutait la rencontre d'un camarade plus que les soupçons d'un gendarme. Victoire le devina, veilla à amortir son allégresse et laissa Hubert rouler des pensées graves. Devant la gare de Lyon, il ne lui dit pas un mot de tout le temps qu'ils firent la queue pour un taxi. Dans l'ombre de la voiture il se détendit et lui prit la main. Ils demandèrent à être arrêtés devant le 5, rue de l'Université – l'adresse d'une amie de Victoire – et attendirent que le taxi fût reparti pour se diriger à pied vers la maison de la rue Jacob où les Meyrisch avaient acheté, cinq ans auparavant, un appartement. C'était, dans un bâtiment au fond d'une cour, un rez-de-chaussée dont trois fenêtres donnaient sur un jardin, par où l'on passait sans mal dans un autre, et de là dans une maison de la rue de Seine : de quoi jouer aux gendarmes et aux voleurs. La cour était obscure. Ils la traversèrent d'un pas naturel – un peu de bruit, pas trop –, trouvèrent les trois marches entre les colonnes, la porte, la serrure où la clé tourna silencieusement. Le bouton électrique devait être à main gauche : il y était. Apparut un vestibule dallé de blanc, avec des cabochons noirs, où régnait une odeur de cave. Victoire s'aperçut qu'elle tremblait. Ils firent le tour des quatre pièces : aucune trace des deux camarades qui devaient les avoir précédés là. Ils étaient seuls. Victoire ouvrit toutes les fenêtres en laissant les volets fermés. Hubert, après avoir fumé une cigarette d'un air incertain, se décida à trouver et à allumer le chauffe-eau, à remuer quelques fauteuils et à prendre Victoire dans ses bras. Tout eut la violence douloureuse et brève d'une vilaine quinte de toux, dans les odeurs de voyage accrochées à eux, et cette humidité des draps, des murs. Victoire alla prendre une douche froide et revint de la salle de bain décidée à se faire jouer un peu de musique. Elle avait là-dessus des idées ; c'était le moment de les mettre en pratique. Hubert paraissait bouleversé. Il refit les mêmes gestes, lentement, en disant des choses folles. Il avait une voix de la nuit. A l'aube, Hubert assoupi, Victoire finit par accueillir le souvenir qui l'assiégeait depuis trois heures, du grenier de la magnanerie, du corps blanc de Yolande, et d'autres détails encore. Peut-être, ces images aidant, trouva-t-elle l'initiation un peu sommaire. Il y a des hommes qui font leur lit au carré. Mais elle sut d'instinct qu'il ne convient pas de parler de joie ni de déception et, les jours qui suivirent, elle s'installa dans son rôle de maîtresse avec un naturel surprenant. Quand elle téléphona à Lucienne, au Mont-Dore, ce fut pour la rassurer et lui annoncer une lettre. Elle l'écrivit le soir même, avec tendresse et emportement. Elle ne donna pourtant pas son adresse. Quant à Hubert, elle tourna sur lui une phrase sans équivoque. Elle alla poster son enveloppe au coin de la rue des Saints-Pères. Ce dernier geste – ou le premier ? – lui donna le sentiment de quitter son enfance comme une bonne ménagère ferme les maisons : du camphre dans les armoires et les tapis roulés.

# II

# LA FORÊT D'ORIENT

Il ne fallut pas six mois à Ludovic pour apprendre à se vêtir. Le reste vint par surcroît. Le jour où Louvigne, sifflant entre ses dents, remarqua : « T'es sapé comme un milord, coco ! », Ludovic comprit que quelque chose clochait dans son élégance. Il ouvrit les yeux et regarda autour de lui. Depuis quelque temps, faisait-il rien d'autre qu'ouvrir les yeux ? Ses cravates étaient d'abord devenues britanniques, en foulard, en twill, en laine ; il avait appris à laisser les rayures aux membres de clubs londoniens, aux anciens des bons régiments et des bonnes écoles, et à leur préférer les pastilles et les ramages indiens, les queues de paon à la persane. Il fit mieux : à tout il préféra le noir, laine ou soie tricotée, nœud lâche, et il se planta sur le sein gauche en guise de pochette les petits chiffons de soie molle, aux tons extravagants, qui valaient deux sous et dont l'importation commençait. Ses vestes se cintrèrent, fendues de telle sorte qu'on pût mettre les mains dans les poches sans ouvrir sur ses fesses un rideau de théâtre. Les chaussures – ah, les chaussures ! – lui donnèrent de la peine. Elles devaient être vieilles mais inusables, épuisées de frottement, nourries de cirage, dures et craquelées, venir de Londres ou de Milan. De mauvaises chaussures donnent le genre comptable, ou éternel étudiant, ou rasta, ou vieux beau. Il apprit que du 15 mai au 1er octobre, au sud de Montélimar, on glisse ses pieds nus et bruns à même le cuir. Il apprit l'indifférence aux modes, à ne jamais s'enrouler une écharpe au cou, à ne pas sacrifier le revers de son pantalon, à porter le soir, en Provence, une chemise aux manches longues dont il retroussait légèrement les poignets. Il évita les tissus brillants, chinés, rayés, mouchetés, rêches, voyants. Le sombre fait curé ; le clair, vendeur de voitures. Il apprit à être si parfaitement invisible qu'aucun regard ne s'arrêtait plus sur son corps. On lui voyait donc les yeux, qui étaient superbes. Plus tard encore il apprendra à transgresser les règles si méticuleusement assimilées – mais nous n'en sommes pas là. Ludovic découvrit qu'à chaque acquisition doivent succéder le génie de se moquer et la rage d'exclure. A peine acquérait-il un nouvel usage qu'il accablait sous le sarcasme quiconque l'ignorait encore. En élégance on doit pratiquer une politique de la terre brûlée. Derrière soi, ruines et vide. Tirer à vue sur qui se hasarde à vous suivre ou le fait trop lentement. Il faut s'acharner à être admis dans les sociétés secrètes, puis blackbouler tous les autres candidats. Une culture fraîche de la veille, il faut lui donner aussitôt le poli, le ça-va-sans-dire de vertus innées. Il comprit vite les mécanismes de la mode, du vent, de l'air du temps. Dans la plupart des domaines il n'en va pas comme avec les tailleurs et les chemises : il faut guetter les trouvailles, être des premiers à les louer, le plus habile à les exploiter, puis le premier à les abandonner pour dénigrer les lambins qui s'y laissent encore prendre. Cela vaut pour les mots, les crédulités, les spéculations, et bien entendu les personnes. Il faut proclamer son indifférence aux engouements, aux convenances éphémères, mais les respecter avec une sauvage méticulosité. Il faut mettre son point d'honneur dans une indépendance d'esprit qu'on a soin de ne pas pratiquer, être à l'affût du gibier qu'on jure ne pas tirer ni manger.

Tout l'automne et l'hiver de 1962, quand Ludovic pensait : « Baby est ma maîtresse », il l'entendait au moins dans deux acceptions, et « éducatrice » n'était pas la moins importante. Baby Demos fut son professeur de mimétisme. Grimpeur, il avait besoin d'un guide : elle joua le rôle. Il l'avait revue et reprise sans difficulté. Il craignait qu'elle ne lui en voulût de sa piètre performance de la Vernède ; c'était compter sans l'appétit de Baby, qui l'obligeait à consommer n'importe quoi, et faire trop d'honneur aux hommes qu'elle croquait. Nombre d'entre eux, au lit, tenaient tout juste la note, et certains chevrotaient. Il n'était de l'intérêt de personne de déplorer ces défaillances. De belles réputations d'amant sont parfois fondées sur la discrétion dont chacun gagne à entourer un zèle intermittent, des prouesses modestes. Ludovic, Méridional en belle santé, réveilla sans trop de peine en lui, assez de tempérament pour devenir, l'ivresse mondaine aidant, un partenaire honorable. Il amusa Baby par ses curiosités, ses métamorphoses de caméléon, une habileté à quoi de brusques et sèches trivialités donnaient du ton. Elle le sortit, le frotta, le façonna ; bientôt elle l'imposa. Quand approcha l'été 1963, c'est tout naturellement que Ludovic fut invité pour quinze jours sur un bateau dont il n'eût pas osé rêver un an auparavant. Baby était de la croisière et Sandy Demos avait affaire à Curaçao. Ludovic s'était mis à l'anglais. Ses plongeons de dragueur, qui avaient émerveillé les piscines nîmoises, effectués avec une négligence de bon aloi, firent merveille au large des Lipari. Il apprit la plongée sous-marine à la baronne Buchs. Il parlait peinture mieux que personne à bord et il se fit prier pour « donner » un long article à l'*Œil vivant*. Le pubis de Baby Demos – de l'acier sous une chair maigre – lui meurtrissait chaque nuit le ventre et il craignait que les glapissements de sa compagne n'empêchassent tant de beau monde de dormir. Mais au matin chacun avait l'oeil lourd et vague des grands consommateurs de somnifères. C'est au retour, en septembre, que Baby lui proposa de l'argent pour racheter, rue Jacques-Callot, une certaine galerie Falkenberg : les papiers étaient prêts chez le notaire ; il était prévu que Ludovic posséderait vingt-cinq pour cent des parts de l'affaire. Il avait beau avoir mené sa barque, depuis quinze mois, non pas avec l'impétuosité d'un jeune loup, comme on le supposait, mais avec la prudence d'un vieux chef de meute (jointe il est vrai à un subtil mépris pour ce qu'il convoitait), il n'en fut pas moins étonné par la facilité et la rapidité avec lesquelles il était parvenu à ses fins. « On entre là-dedans comme dans du beurre », pensa-t-il. Sa force était de n'avoir rien désiré de précis. Il s'était laissé dériver presque au hasard. Devinait-il une réticence, une résistance ? il se coulait ailleurs. Mieux : il était convaincu de n'avoir jamais tenté de pousser telle porte qui ne s'entrouvrait qu'avec répugnance. Il n'était pas l'homme des exploits mais l'habitué des courants favorables. Il n'avait jamais l'air de solliciter, mais d'accepter. Très vite, il avait appris à paraître vaguement *dangereux*. Baby, qui se moquait volontiers de lui, quoique tendrement, redoutait ses hargnes soudaines, ces mots sifflants qui lui échappaient, qu'il paraissait ne pouvoir pas retenir, mais dont en réalité il contrôlait parfaitement l'intensité, le débit, et connaissait le pouvoir. Lui si bonasse, il se découvrit un trésor de cruauté et l'exploita. Il acquit la méchanceté comme on développe un don, pour y exceller, et il savait qu'elle serait d'autant plus efficace qu'il l'envelopperait mieux de câlineries, de déférence envers les puissants, de soumission aux règles, quitte à jeter parfois une pierre dans l'eau et à tricher avec l'innocence requise. Il perdit deux ou trois kilos et ses joues se creusèrent. Il surprit Baby en faisant graver le papier à lettres de la galerie au nom de l'ancien propriétaire, mort depuis peu sans héritier, nom dont il avait exigé, par une clause embrouillée, qu'il demeurât la raison sociale de l'affaire après le rachat des parts. « Galerie Falkenberg ». Son propre nom, Ludovic Lepoux, était si discret, si petitement imprimé qu'il passait inaperçu. On le confondait avec le numéro d'inscription au registre du commerce. « Je ne veux pas porter un nom de boutique », dit-il à Baby. En vérité – il ne se trompait pas –, il comptait bien qu'on l'assimilerait bientôt à son entreprise, s'il y réussissait, et que peu à peu le nom de Lepoux, détesté, risible, serait imbibé de « Falkenberg », immergé dans « Falkenberg » au point que Ludovic se trouverait rebaptisé sans paraître avoir rien fait pour cela. C'est en effet vers 1964 que l'on commença, là où cela comptait, à l'appeler indifféremment « Ludo » ou « Falkenberg », sans que cela surprît outre mesure Baby : entre Alexandrie, Paris et New York elle s'était accoutumée à ces voyages anthroponymiques ; ils lui paraissaient aussi banals que de rechercher le soleil en hiver, la fraîcheur pendant la canicule. Baby vivait dans une petite société où les tolérances de chacun assurent le confort de tous. Dès le printemps 64 il lui sembla parfois posséder un amant tout droit sorti des ruelles tristes de l'Europe centrale. Elle crut même déceler en lui, à ses habiletés, à la violence sourde de ses appétits, ces vertus qu'on reconnaît aux survivants des pogroms, aux soldats d'Israël, aux inventeurs des plus excitantes innovations new-yorkaises. C'est dire qu'en moins de deux années Ludovic avait transformé jusqu'à ses plus modestes cartes en atouts maîtres. Cela, comme il arrive, s'était fait si naturellement qu'il cessa de s'en émerveiller.

Dès le mois d'octobre Ludovic avait téléphoné à Burgonde et lui avait rendu visite. Il avait préféré, à l'invitation à déjeuner par quoi le peintre tentait de l'écarter, la première de ces rencontres en fin de journée, à l'atelier, qu'il multiplia tout au long de l'hiver. Il ne prit même pas, pour venir et revenir, prétexte des articles qu'il publiait ici ou là. Il fit la surprise à Burgonde de la chronique qu'il lui consacra au printemps de 1963 dans *Joie des arts*. Il s'était si bien occupé de tout que le magazine n'eut pas à importuner Burgonde : photos, légendes, Ludovic avait tout préparé, et il attendit que la revue tombât sous les yeux du peintre. Ce qui étonna le plus Burgonde fut de ne pas retrouver dans le texte les réticences dont Ludovic parsemait leurs conversations. C'était un article chaleureux, écrit pour plaire à l'artiste presque autant qu'aux lecteurs, un compromis entre le jargon et la familiarité, une synthèse de tous les arguments qu'opposait Burgonde aux critiques et aux questions.

On ne peut pas dire que Ludovic s'était imposé. Il arrivait impasse Pataud vers la fin de l'après-midi, à l'heure où tourne la lumière, dans ce moment de vide où Burgonde se lavait les mains, se versait un verre de vin ou de whisky. Au lieu de brancher les spots, dont la lumière crue était une invitation à se remettre au travail, il allumait une lampe près du canapé de cuir noir et laissait l'obscurité manger peu à peu l'atelier, dérober à la vue les toiles commencées. C'était une pénombre propice aux idées générales, aux explications, aux phrases narquoises, aux médisances, tout ce qu'il se mit à appeler « le sport du petit Ludovic », et qui commença à lui manquer les jours où Lepoux ne venait pas.

Ludovic s'entendait à créer une complicité. Il avait l'air de dire : « Bien sûr, Burgonde, vous êtes l'homme de la tradition, nous le savons vous et moi, et nous sommes bien contents que ça marche, que ça plaise. Mais avouez que ce serait autrement drôle de chambarder tout cela ! » Il ne prononçait aucun de ces mots-là. Il posait des questions, écoutait les réponses sans les commenter, se taisait, puis soudain une autre question obligeait Burgonde à mieux formuler sa pensée. Parfois le peintre s'arrêtait, comme au bord d'un trou : il n'avait aucune réponse satisfaisante à opposer à la curiosité de Ludovic. Au reste, il s'agissait moins de curiosité que d'une avidité plus subtile, plus dérangeante, dont le harcèlement tout ensemble le troublait et l'excitait. « De quel droit ce môme... » Mais il ne servait à rien de le prendre ainsi. « L'argument d'autorité ? C'est la dialectique des imbéciles. » Ludovic avait murmuré cela dès sa première visite, comme s'il eût voulu couper à l'avance à Burgonde l'issue la plus commode.

Ludovic regardait toujours les toiles en silence. Il ne faisait ni compliments, ni critiques. Il tenait les choses pour acquises. Respectables. Il disait : « Votre travail »... et Burgonde aimait ce mot, travail. La seule préoccupation de Ludovic semblait être de voir les toiles avec l'œil de Burgonde. Peut-être y parvenait-il ? Le peintre avait entrepris de lui expliquer cette espèce de rétrécissement dont souffraient ses peintures quand il les regardait. Ou plutôt ce soudain excès de précision. Une accumulation de détails disparates, un puzzle ébranlé, en voie de dispersion : voilà ce que devenaient ses efforts. Non plus un ensemble mais un fourmillement d'intentions éparses, minutieuses, avortées, et surtout *petites*. Cela peut-il se comprendre ?

– Oui, avait répondu Ludovic, vous regardez votre travail comme un homme se regarde dans son miroir.

– Qu'en savez-vous ? Vous êtes beau !

– Vous me l'avez déjà dit. Même si c'est vrai, cela ne change rien à la qualité du regard. Quand on se voit, l'image est à la fois irréelle et absurdement explicite. Tout ce qu'on passe son temps à oublier de soi, dont on espère que les autres le négligeront, l'ignoreront : soudain c'est là, détaillé, impitoyable. Une dénonciation. Un aveu.

De ce jour, Burgonde le considéra autrement. Ce joli gigolo avait rapproché les deux mots qui expliquent presque tout : une œuvre est toujours, plus ou moins, un mauvais coup, mais devant lequel son auteur se sent à la fois flic et coupable. (D'ailleurs n'est-ce pas le même mot ? On dit l'auteur d'un vol ; l'auteur d'un livre...) Alors il se détourne, il a envie de fuir : quelque chose à cacher – il est le voleur – et la honte d'être quand même du côté de l'Ordre – il est le gendarme.

– Il faudrait chasser de soi le gendarme, Burgonde, et n'être plus que le voleur... Le rêve !

Il se promenait, à l'aise et amusé, parmi les arguments des démolisseurs. C'étaient ses jouets. Les plus éculés ne le dégoûtaient pas mais il en inventait d'autres, plus neufs, qui déconcertaient Burgonde. Burgonde que Ludovic paraissait avoir recruté depuis très longtemps, qu'il considérait comme enrôlé sous sa bannière. Cela créait entre eux une connivence. Son ironie était contagieuse : le peintre se retrouvait en train de dauber sur les abstractions en dents de scie de Letourneur ou les rêvasseries nuageuses de Zao Wou-ki. Alors Burgonde se secouait, se retournait, prenait la défense de ses amis. Un soir il tutoya Ludovic. Leurs discussions y gagnèrent en véhémence. Comme il buvait beaucoup, Burgonde glissait parfois au ton rapin, son verre à la main. Il se reprenait aussitôt, sous l'œil attentif de Ludovic, grand amateur d'eau.

– Tu as fait la moitié du chemin. Que tu le veuilles ou non tu te remettras en route. Tu t'es *déjà* remis en route – sinon nous n'aurions pas cette conversation. La peinture est immobile quand l'Histoire l'est aussi, quand les techniques le sont. Mais aujourd'hui les artistes ont le cœur fragile. Ils courent un petit bout de chemin derrière leur temps et puis ils s'arrêtent, essoufflés. Encore bien contents que les « amateurs » les aient suivis – de loin, eux aussi ! Alors on fait une pause, on reprend souffle. Tout le monde reprend souffle. Bien gentiment. Bien prudemment. Il y a quinze ans, cela t'émerveillait que les curés t'autorisent à leur proposer autre chose que des sulpiceries. Il y a dix ans, quelques dentistes, ô miracle ! ont accroché un Carzou et un Buffet dans leur salon. Bien entendu, toi et tes amis, vous n'aviez pas assez de sarcasmes pour Carzou, pour Buffet, hein ? Pourquoi pas Oudot ou Brayer ? Mais vous êtes en train de devenir des Carzou et des Brayer. Vous serez demain sur les murs des toubibs de province – et après-demain dans leurs greniers. *Parce que vous vous arrêtez.* La peinture, c'est comme le vélo ou l'avion : ralentir, c'est tomber. Déjà les Américains vous poussent aux fesses : vous aurez vite l'air de pépés à lavallière, s'ils s'y mettent. Tu veux faire un pari ? Dans dix ans Mathieu sera de l'Institut...

Ludovic parlait posément, se versant parfois de l'eau Perrier, glissant ici et là dans son monologue un mot plus rude qu'il paraissait tenir avec des pincettes et lâcher à regret. A peine craignait-il d'être allé trop loin qu'il souriait, se taisait, puis se remettait à « parler peinture », avec délicatesse et légèreté. En deux mois de ce printemps 1963, il amena à l'atelier trois collectionneurs. Chacun acheta quelque chose à Burgonde. A tous il disait : « Il n'existe qu'un critère. Il faut rechercher des œuvres de rupture, non de continuité. Pensez-y devant une toile. Vous êtes dépaysé ? Allez-y. Vous vous sentez *en pays de connaissance* ? Renoncez. C'est la seule ligne de conduite vraiment sage : elle tourne le dos à la sagesse... »

Etc. Ces petits discours destinés aux visiteurs étaient à l'opposé de ceux que Ludovic tenait le soir dans l'atelier, et ils s'adressaient à des gens que leurs idées, leurs métiers, leur argent destinaient avec évidence à toutes les fidélités, à toutes les continuités. Des gens qui avaient horreur des ruptures. Ils écoutaient religieusement les formules que débitait Ludovic, mais, les eût-on risquées ailleurs – dans leur entreprise, par exemple, ou leur famille –, ils auraient crié au fou. Cette dichotomie fascinait Burgonde. Il riait, tournait le dos, emplissait son verre – attitude si conforme à ce que les collectionneurs attendaient de lui que sa gaieté redoublait, ce qui avait pour effet de redoubler également la satisfaction des visiteurs.

– Il faut vendre le feu aux pompiers, disait Ludovic.

– Tâche de ne pas vendre les pompiers, répondait Burgonde. (Il rit, furieux de ne pouvoir s'en empêcher.) On ne sait jamais qui seront les pompiers de demain.

– On sait qui sont ceux d'aujourd'hui.

C'était dit dans un murmure, mais c'était dit.


Gabrielle ne venait jamais à l'atelier. (Elle avait pris cette habitude en un temps où elle craignait que Burgonde n'y reçût une maîtresse.) Elle rencontra de plus en plus souvent Ludovic dans les vernissages et les dîners où il accompagnait Baby Demos. Elle l'entendit tutoyer Burgonde et le considéra dès lors comme une épouse fait les copains de sport ou de régiment de son mari : amitiés à odeur d'embrocation et de brasserie. Ce n'était pourtant guère le style de Ludovic, de plus en plus oriental et secret. En moins d'un an il en avait pris dix. On eut bientôt l'impression, en certains lieux, que Baby l'accompagnait, et non plus le contraire. Convulsive, intense, Baby parlait de « la Galerie » en bleuissant ses paupières.

Gabrielle, par instinct, se chercha contre Ludovic des alliés. Elle crut en avoir trouvé un avec Levi-Monzi, jusqu'au jour où elle l'entendit murmurer : « Le petit de chez Falkenberg ? Il a du pif, tu sais... » Du pif, pour Giorgio, c'était mieux que de l'âme : Gabrielle se le tint pour dit.

Elle devinait, plus qu'elle ne les connaissait, les visites presque quotidiennes de Ludovic à Burgonde. Elle en concevait une crainte sourde, une rancune. Elle se sentait en retard d'un complot. Que reprochait-elle à Ludovic ? D'inquiéter Burgonde, bien sûr, mais plus encore d'être un personnage trop mobile. Il lui rappelait ce cousin que personne ne pouvait empêcher de déplacer les meubles du salon : « Vous ne trouvez pas que ce serait mieux ainsi... » Et hop ! les fauteuils valsaient. Gabrielle pense que les choses doivent rester en l'état. Elle ne s'est que lentement habituée à l'idée de vivre à côté d'un inclassable. Aujourd'hui que Burgonde occupe à peu près, dans la société, la place que Gabrielle juge honorable d'occuper, elle ne va pas applaudir à Dieu sait quel chambardement. Elle est placide. Elle n'aime pas les grimpeurs – elle dit encore, comme il y a cinquante ans : les intrigants – ni les destins tempétueux. Elle ne comprend pas la fascination qu'exerce le remue-ménage sur tant de bourgeois. Elle dit : « Je suis un peu godiche... » mais elle n'en croit rien. Elle se veut avisée, et elle veut le bien de Burgonde, « même contre lui ». Elle craint d'être entrée dans une période d'insécurité. Elle voit partout des périls, des manœuvres. Elle redoute quelque sorte d'encerclement et se prépare pour elle ne sait quelle bataille. « Je suis vigilante », pense-t-elle, mais elle scrute en vain des nuits sereines, un paysage vide.

*<br>* *

Toute sa vie, elle gardera du rez-de-chaussée humide de la rue Jacob et de l'automne 1962 un souvenir de bonheur. D'autres hommes lui donneront davantage de plaisir, ou de sécurité, ou de gaieté, mais aucun ne sera plus, comme Hubert, l'instrument et le témoin de cette métamorphose prodigieuse. La nuit, ce n'est pas tout. Les heures du jour recèlent peut-être plus de surprises que celles de la nuit. Elles offrent pêle-mêle à Victoire, dans cette fin du mois d'août, les libertés encore inimaginables un mois auparavant : de l'argent (elle ne demande pas d'où il vient), une identité (Mme Henri Favre, née Victoire Longrupt, mariée en juin, affirme le livret de famille approximatif qui ne quitte pas son sac), la présence constante à ses côtés de ce grand type taciturne, soudain moqueur, et surtout cette extraordinaire indépendance. Victoire n'a plus de passé. Lucienne apaisée – elle lui téléphone tous les trois jours de la poste de la rue des Saints-Pères – à qui rendre des comptes ? Seule la prudence impose un périmètre aux vagabondages de Victoire. Mais c'est tellement abstrait ! Comment se croire surveillée, espionnée, dans cette ville où flânent les étrangers et que regagnent peu à peu les Parisiens bronzés ? Hubert lui-même – qu'elle s'empresse d'appeler Henri – relâche ses précautions. Il a des conciliabules avec des inconnus dans les jardins publics. Il laisse venir rue Jacob, le soir, des messieurs dont on voit qu'ils ne sont pas habitués à toutes ces pilosités peu fournies qui leur décorent le visage. Victoire est en général la seule femme parmi quatre ou cinq hommes. Elle s'enhardit. Elle leur suggère de renoncer à ces barbiches de carbonari. Un homme inactif avec du poil partout et des lunettes noires a tout de suite l'air d'un prisonnier en cavale. Ils ne paraissent pas s'en douter. Leur gravité, leur fureur n'impressionnent pas Victoire.

Seul la trouble un type aux yeux verts, tout en os et en muscles, qui la dévisage entre les portes chaque fois qu'il vient. Hubert lui explique les choses : la « résistance », les réseaux, les commandos Delta, les planques. On veut faire vivre à Victoire, pour de vrai, les histoires héroïques dont son enfance a été bercée, à cause de son père et de ce culte qu'on lui rendait, mais ces histoires l'embêtent. Elle se ferme. Et puis, sous l'Occupation il devait faire froid, et les rues étaient vides, non ? Aujourd'hui, dans cette fin d'été éclatante, elle va rue de Sèvres où rouvrent peu à peu les boutiques et, chez Marie-Martine, elle achète des robes avec les poignées de billets de cent francs qu'Hubert a fourrées dans son sac. Les catastrophes et les secrets ont-ils toujours un parfum de fête ? La nuit, quand Hubert s'est endormi, Victoire résume sa journée et rassemble ses pensées comme elle faisait, pensionnaire, à la Légion d'honneur. Elle se méfie. Elle veut bien partager l'aventure d'Hubert mais pas les passions de ses amis. L'autre jour, sur un trottoir, devant un magasin d'appareils électro-ménagers, elle est restée à regarder le journal télévisé que les récepteurs de la vitrine proposaient en huit ou dix versions, hélas muettes. Est apparu de Gaulle. Il faisait des grimaces en parlant, les sourcils levés, ses petits yeux brillants. Ce drôle de visage préhistorique, rusé... Alors, c'était ça le diable ? Victoire a été élevée dans la religion gaulliste – chez elle – et, à la pension, dans une sorte de réticence hargneuse à l'endroit du Général. Les violences verbales d'Hubert et de ses camarades ne l'étonnent donc qu'à moitié, mais – comment dire ? – *elles ne l'intéressent pas*. Elle a à peine dix-huit ans et il lui semble parfois être leur aînée à tous, et déjà revenue de cette ivresse de colère dont ils se soûlent. Tout sera oublié demain, ou l'est déjà. Mais les têtes resteront lourdes ! Les rapatriés du mas Saint-Trinit l'avaient bouleversée – les demi-solde de l'OAS la laissent sur ses gardes. Même à Hubert elle n'a pas livré toutes ses défenses. Dans des circonstances moins exceptionnelles – osons le mot : moins romanesques - elle ne serait pas devenue sa maîtresse. Elle ne l'aurait même pas rencontré. Elle en est consciente et réserve une part d'elle-même. La nuit, elle regarde ce corps à côté d'elle endormi – ils vont aux bains Deligny presque chaque jour, Hubert est redevenu brun – et, étrangement, elle cherche à imaginer les autres hommes qui débarqueront dans sa vie. Ses débuts dans le rôle de grande personne se sont joués au hasard : la suite leur ressemblera-t-elle ? « Je fais une drôle d'amoureuse », songe-t-elle. Elle aime Hubert, évidemment. Du moins est-ce la réponse qu'elle fera à Lucienne le jour où viendra l'inévitable question : « Mais enfin, tu l'aimes ? » Elle aime aussi les précautions, les méfiances, ce qu'elle appelle le « drôle de jeu » depuis qu'elle a lu le roman de Vailland, trouvé rue Jacob. En fait partie la façon dont elle compose jour après jour son personnage : cheveux coupés court, lavés presque chaque jour, pour encadrer son visage de deux mèches raides et dansantes, comme aux étudiantes américaines ; chaussures plates ; jupes de toile blanche. Parfaitement jeune épouse. Elle jette un coup d'œil de droite et de gauche quand elle sort, rue Jacob, et avant de franchir le porche quand elle rentre. Elle croit être très attentive à la tête des passants, aux gens qui attendent leur tour à côté d'elle dans les magasins. Ne voit-elle pas trop souvent les mêmes visages ? Elle n'a pourtant pas remarqué cette dame vieillissante qui, depuis trois jours, passe et repasse sur le trottoir, boit un café au comptoir de ce bar, puis de cet autre, flâne devant les boutiques d'antiquaires et ne la quitte guère des yeux lorsque Victoire va faire un tour dans le quartier.

Peu importe la façon dont Olga a obtenu l'adresse de la rue Jacob. Par Mouttard, probablement, ou par ce garçon du cabinet de Malraux qui ne détesterait pas provoquer du grabuge. Sans doute Hubert évite-t-il de sortir et elle ne risque pas d'être vue. Olga Fléaux a le souvenir d'un temps où, surtout s'ils s'appelaient Goldstein, les clandestins risquaient leur peau. Elle n'imagine pas un « soldat perdu » allant bronzer aux bains Deligny. Aussi a-t-elle eu un sursaut, rue Bonaparte, quand elle a aperçu Hubert, moustachu mais épanoui, avec Victoire un sac de plage à la main. Elle a plongé dans les entrailles du Pré-aux-Clercs. Elle est devenue plus circonspecte. Elle a observé Victoire trois jours durant avant de l'aborder, un après-midi de pluie, dans un ascenseur du Bon Marché où elle l'avait suivie. Un lieu clos et des témoins : la petite ne filerait pas. A mi-voix, Olga a dit : « Mademoiselle, je suis la belle-maman d'Hubert. » Elle avait choisi la formule la plus rassurante et elle tenait sa carte d'identité ouverte dans la poche de son imperméable. Elle l'a brandie sous le nez de Victoire. Ahurie, la jeune fille l'a prise et a lu le nom, regardé la photographie, comparé la photo au visage, puis, brusquement, elle a rendu la carte à Olga en disant : « Excusez-moi...
— C'est plutôt à moi... Venez ! »
Un quart d'heure plus tard Victoire était assise dans un salon de thé fantôme, rue de Rivoli, devant un thé de Chine fumé et un mille-feuilles, et comprenait l'unique phrase consentie par Hubert en hommage à sa belle-mère : « Olga ? Elle est bien. » Quand Mme Fléaux l'invita à venir rue Sarrette – « Le père

d'Hubert est à Moulin-Boudant, soyez rassurée ! » – elle commença par faire la vertueuse. Olga l'interrompit :

– Mon petit, vous mentirez toute votre vie, à Hubert et à d'autres. Alors, les principes...

Plus curieuse que vertueuse, Victoire accepta. Elle était un peu étourdie. Elle écoutait mal son interlocutrice et *récapitulait :* « Voyons, me voilà en train de prendre le thé avec la femme de Valentin Fléaux, l'auteur des *Distances,* qui se trouve être le père de mon amant, lequel est traqué par « toutes les polices de France » (style canard) et passe pour mon époux, sauf aux yeux de ma sœur, pour la bonne raison qu'elle ignore où je suis et qui il est... Et tout cela parce que j'ai arrêté mon Solex entre les deux cyprès du bassin, à Saint-Trinit, au lieu de rouler comme chaque matin jusqu'aux garages. Et pourquoi me suis-je arrêtée là ? Parce que cet inconnu avait l'air maigre, pâle et indifférent. Pour ce qui est de l'indifférence... »

Olga était en train de payer la serveuse et disait : « Rue Sarrette, 44, vous vous souviendrez ? » Un sursaut de tendresse et de crainte souleva Victoire. Elle n'allait pas trahir Hubert à la première tentation. Elle est bien, Olga ? Sûrement. Mais Victoire n'aime pas son air assoupli, son accent polonais, la précision insistante de ses yeux et de ses mots. Elle est – oui, c'est cela – elle est « à la coule » : une expression apprise d'Hubert. Victoire eut une idée.

– Vous ne m'estimeriez guère si j'allais chez vous en cachette d'Hubert...

Olga Fléaux la dévisage comme une qui en a vu d'autres mais se dit : « Imparable, le coup de l'estime. Petite oie... » Puis elle fouille dans son sac et en sort une forte enveloppe qu'elle tend à la jeune fille. « Pour vous. Hubert et vous. C'est important. » Sur quoi elle se lève, d'une main étonnamment forte posée sur son épaule empêche Victoire de l'imiter, se penche vers elle, lui pique un baiser sur le front et s'éloigne. Victoire la voit un instant tanguer au-dessus des tartelettes, des frisettes bleues, de la fumée blonde : de dos, impossible de lui donner un âge.

Victoire glissa l'enveloppe dans la poche de son imperméable et alla faire au Louvre les achats dont Olga Fléaux l'avait privée au Bon Marché. Parlerait-elle de tout cela à Hubert ? Non. Mais alors, l'enveloppe... Et si la vieille dame les avait trouvés, les flics ne seraient pas longs à la suivre. Il ne pleuvait plus. Victoire eut envie de traverser les Tuileries. Elle choisit un fauteuil isolé et, sans se soucier de l'eau sur le siège, s'assit pour réfléchir. Décidément, récapituler, réfléchir : c'était le jour. Un père de famille pourri de vices et décoré s'approcha d'elle et lui proposa sa voiture, « garée à deux pas ». Elle se rappela les rires, en récré, à Saint-Denis, quand Sabine Lachaume énumérait ses dix façons de décourager les tempes grises. Elle fixa les lèvres luisantes du vieux dragueur et le revers de son veston, ouvrit la bouche, sur laquelle le type dut lire des paroles abominables car il s'en fut, l'échine torve. Quand il se fut éloigné Victoire sortit l'enveloppe de sa poche, la soupesa, hésita encore et l'ouvrit : elle contenait une liasse de billets de cinq cents nouveaux francs. Elle les compta, il y en avait vingt. « J'ai l'air d'une gourde », pensa-t-elle. Le père de famille, là-bas, se retournait. « D'ici qu'il me dévalise... » Elle se leva et fila dans l'autre direction, vers le bassin. Le livret de caisse d'épargne qu'elle traînait depuis sa première communion allait servir. Elle décida quand même d'alerter Hubert. Une très vague crainte de s'ennuyer n'était pas étrangère à cette décision.

Hubert et ses amis tinrent un *briefing* nocturne (soupir de Victoire), et décidèrent le « transfert » immédiat du jeune couple Favre. Un hobereau du pays d'Auge, officier démissionnaire mais toujours dans les bonnes idées, les embarqua à minuit et, à un train d'enfer, les mena vers deux heures du matin dans son manoir. Il y avait de la lune. La maison d'amis était un ancien pressoir à colombages, en lisière d'un bois et entouré de pommiers. « Pas une bicoque en vue », remarqua le vicomte, qu'Hubert tutoyait en l'appelant mon colonel. La chambre sentait le moisi ; les briques du sol salpêtraient. « L'humidité, songea Victoire, est le lot des clandestins. » Ils s'installèrent. Au matin traînait sur les herbages une brume longue à se dissiper. Hubert enfilait un short et allait trotter une demi-heure dans les sous-bois. Il tenait à garder la forme : on parlait beaucoup, à mi-voix, d'un complot pour « en finir avec Ben Bella » et Hubert serait de la fête. Pendant qu'il sacrifiait à sa religion, Victoire téléphona à un médecin de Deauville pour prendre un rendez-vous. Elle se sentait patraque et n'osait pas aller courir avec Hubert.

Le Dr Bonnebosq, épanoui, posa le seul diagnostic auquel elle n'eût pas pensé : Victoire était enceinte. Le soir elle ne songea même pas à différer l'aveu de son état à Hubert. Elle trouvait la vie de plus en plus riche en surprises.

– Bon Dieu, que la France est laide !

Ludovic est au volant de la Mercedes ; il se taisait depuis un moment. Burgonde sursaute ; il lui a cédé sa place à Lyon ; il ne supporte plus, comme autrefois, de conduire dix heures d'affilée ; arrive un moment où sa jambe estropiée devient insensible. S'il est seul, il arrête la voiture au bord de la route et il boitille pendant dix minutes autour d'elle dans l'herbe et les gravillons. Ils ont déjeuné dans une de ces rues de la vieille ville qui sentent la vieillesse et la pluie. Burgonde a arrosé son repas de beaucoup de beaujolais froid et bleu. Il somnole dans la chaleur vibrante de trois heures. Ludovic a fumé longtemps en silence, ne pestant pas contre les maladroits ni les camions. Sur l'autoroute il monte à cent soixante-dix, phares allumés, le visage fermé, les mains blanchies sur le volant. Quand s'interrompt l'autoroute et qu'il faut se traîner sur la nationale, où déjà bouchonnent les vacanciers de Belgique et d'Allemagne, loin de perdre patience Ludovic se détend. Ses doigts se décrispent, il allume une cigarette. Au bout du capot, l'étoile à trois branches, dont, freinant avec onctuosité, il vient poser l'image sur la malle arrière d'une guimbarde, le comble d'aise. Il aime sentir sous lui, autour de lui, fonctionner la lourde machine silencieuse, un peu trop vaste – ses sièges sont dessinés pour des burgraves pleins de venaisons et de bière. Ludovic savoure les embouteillages : à l'arrêt, les regards d'envie des autres voyageurs sont autant de caresses, d'hommages qu'il reçoit comme s'ils lui étaient destinés. Il aime Burgonde, aujourd'hui, puisque Burgonde l'a enveloppé dans les parfums de cuir et les reflets de bois de sa belle voiture. « Brave Ecole de Paris ! » Mais pourquoi ricaner ? Mieux vaut boire à petites gorgées la liqueur. Burgonde ne s'est pas trompé de style et Ludovic l'en estime davantage. Pas de jeep hirsute et rurale, ni d'américaine gigantesque sous le prétexte que « c'est commode pour transporter les châssis », comme il arrive aux peintres de s'en offrir avec leur premier gros argent. Aux autres le déguisement, les pieds-de-poule géants, les blouses indiennes, la friperie artiste. Avoir l'air d'un industriel, le fin du fin. Mieux : d'un mauvais garçon marseillais en train de virer honorable. C'est comme sa tête, sa silhouette : Burgonde les a réussies. Dès le premier jour, Ludovic, qui pourtant était novice, en a conçu pour lui de l'admiration. On croise Burgonde, on se dit : « Ce type, qui est-ce ? Quelqu'un de connu, sûrement, mais je n'arrive pas à mettre un nom... » Une tête qui provoque ce genre de commentaire, c'est comme un site superbe et inviolé : on a envie d'y investir. Exactement ce qu'a ressenti Lepoux, cette nuit de juin 62, à la Vernède. Mais investir quoi ? Il ne possédait rien. Depuis lors les choses ont changé et le projet a cheminé dans l'imagination de Ludovic. S'y sont mêlées, ce qui complique tout, d'autres découvertes, des intuitions différentes et qui parfois paraissent exclure Burgonde. Mais la tête reste là, inchangée, ou mieux : légèrement vieillissante, avec cette lassitude et ce dédain qu'accompagne bien la claudication, des habitudes de grand bourgeois, cet appareil qui donne mauvaise réputation à Burgonde chez les margoulins et fait de lui, inclassable, embarrassant, un peintre vaguement antipathique. Ce sera l'affaire de la galerie Falkenberg, l'antipathie. Un placement comme un autre à condition de savoir le gérer. Aristocratie. Solitude. Le familier des grands riches. Non pas leur amuseur, leur bouffon qu'on invite pour encanailler une soirée, mais *un des leurs.* D'où l'intelligence du coupé Mercedes. Une voiture qui pourrait appartenir à Schramm aussi bien, au président d'une affaire d'ascenseurs ou de roulements à billes. Reste à faire intervenir dans cette équation l'élément de désordre, l'inconnue dérangeante et catastrophique sans laquelle aucun calcul ne vaut d'être fait. Le ver dans le fruit. La petite trouvaille suicidaire. De toute sa léthargie Burgonde résiste aux sollicitations de Ludovic. Mais Ludovic pense de plus en plus souvent qu'il viendra à bout de la léthargie de Burgonde. D'abord, ne pas se laisser prendre à son aboulie. Il existe à coup sûr en lui des ressorts, des mécanismes prêts à jouer : les découvrir. Ensuite lui proposer des idées, un projet cohérent. Ne jamais dire : « Je pense tout haut... » Penser avant de parler. Longtemps avant...

– Attention à l'empafé, là, dans le ramasse-miettes. Ça fait deux fois qu'il déboîte sans avertir.

Burgonde est nerveux. Apathique mais nerveux. « Papa n'est pas à prendre avec des pincettes », dit Rose. Gabrielle a refusé de descendre avec eux en voiture ; elle a préféré le Mistral, et les précéder de quelques jours. Elle les attend au mas de la Brume où se trouve déjà Levi-Monzi, qui s'occupe de l'accrochage. « Tu t'en tireras très bien », lui a dit Burgonde.

Autrefois il se fût arrangé pour être sur place un jour avant tout le monde et n'en faire qu'à sa tête. « Que t'arrive-t-il ? a demandé Gabrielle. – Je donne du mou. »

Ce qui ne l'empêchera pas de laisser sourdre de lui deux ou trois murmures désagréables, à l'Abbaye, le travail terminé, s'il n'en est pas satisfait.

« Quel est mon rôle là-dedans ? » Ludovic se le demande.

Mais pas trop. Il voudrait savoir profiter de ce voyage, du tête-à-tête avec Burgonde. Seuls dans la voiture, ne se regardant pas, ils occupent l'un vis-à-vis de l'autre une attitude différente de leurs comportements parisiens, le soir, à l'atelier, où Burgonde est toujours plus ou moins le patron. Plus âgé, plus lourd, plus silencieux, avec cette pesanteur sarcastique et cet œil fixe que donne l'alcool et dont il abuse. Sur la route, peut-être parce qu'il conduit bien, vite, Ludovic pense pouvoir reprendre l'avantage.

– Lève le pied, petit.

Burgonde le douche, tranquillement. Ils roulent au sud de Montélimar, sur cette portion de la nationale 7 toujours encombrée. Ludovic n'en finit plus de doubler les représentants de commerce, les lambins, les familles, les poids-lourds, mais il y en a toujours devant lui. Dans l'autre sens on leur fait des appels de phare et, au passage, quelques bras d'honneur.

– Leurs gueules... Non mais leurs gueules !

Un virtuose, Ludovic. La grosse voiture se déporte et se cabre quand il la redresse d'un coup de volant trop impérieux.

– Tourne à droite, vers Viviers, on va prendre la 86. On soufflera un peu.

A regret, Ludovic abandonne la petite guerre de la route et retrouve du silence, l'ombre des platanes, des tracteurs qui débouchent des fermes. Il baisse la vitre et l'été pénètre dans la voiture.


Ils s'arrêtèrent à La Cardinale, où le jardin en terrasse était désert. On devinait à travers les arbres le grand mouvement vert du fleuve. Des lézards guettaient le soir sur les pierres chaudes. Burgonde commanda une vodka-tonic. Il étendit les jambes. Depuis ses démêlés avec le Dr Kalbfuss, les heures de voiture lui étaient une épreuve.

– « La France est laide » : que voulais-tu dire ?

– Je voulais dire qu'à chaque voyage, toutes les fois que je quitte Paris pour retourner à Uzès, ou n'importe où, il me semble découvrir un paysage un peu plus altéré. Maisons hideuses, chaque village gangrené, bords de route comme les lèvres d'une plaie infectée. Voilà ce que je veux dire. Jusqu'à la fin du XIXe siècle, peut-être même ici et là jusqu'au lendemain de la dernière guerre, ce pays a été beau. Au rythme où vont les choses sa beauté sera oubliée dans vingt ans. Une immense banlieue peuplée d'une multitude de banlieusards : voilà demain la France. Cela va se passer, se passe sous nos yeux, et nous laissons faire. Pis : nous collaborons...

– On doit s'indigner ?

Burgonde était glacial. « Il *fait la gueule,* ma parole ! Il me prend pour Gabrielle, ou quoi... »

– S'indigner, je ne vois pas l'intérêt. Il y a de belles consciences qui font carrière là-dedans. Mais comprendre, oui, pourquoi pas.

– Et tu comprends quoi ?

– Que la France – cela vaut pour des tas de pays – accepte sa laideur, qu'elle la veut. Peut-être même l'aime-t-elle. En tout cas elle la mérite. Il y a quinze ans que la mode enlaidit les femmes et cent ans que les architectes cafouillent. Mais la contamination a été lente. La frénésie de faire moche, la fièvre de saccager, c'est récent. Il faut le savoir et en tirer la conclusion.

Burgonde fit, à quelqu'un placé derrière le dos de Ludovic, un geste qui signifiait « la même chose ». Il se tut, l'air de ne penser à rien, jusqu'à ce qu'on leur eût apporté une autre vodka et un autre quart Vittel. De l'eau perlait à son front. Enfin :

– Et la conclusion ?

– Elle est de ton ressort, j'imagine. C'est qu'il est vain de vouloir fourguer « de la beauté », comme on dirait dans *le Figaro,* à des gens qui la vomissent. A des gens qui n'en ont plus besoin. Qui la conchient du matin au soir dans chacune de leurs activités, chacun de leurs choix. Ils veulent du moche ? Il faut leur en donner, leur en vendre, les en gaver. Il faut les suffoquer de mocheté puisque c'est cela qu'ils veulent. Le père Picasso l'a compris un demi-siècle avant tout le monde. Aux autres, il a fallu attendre je ne sais quoi, les camps, Hiroshima – tu connais la rengaine –, pour se dire que peut-être... après tout... le vieil humanisme... la Seine à Argenteuil... les dames emperlées de M. Vuillard dans leur salon de la rue Raynouard... Bref, de la rhétorique. Le Vieux, il a eu l'intuition de tout ça, comme les abeilles et les chiens sentent venir le tremblement de terre. Presque tous les autres ont cavalé derrière l'événement, derrière l'Histoire...

– Tu te répètes !

– Parce que tu ne m'écoutes pas. Tu as du talent, Monsieur Burgonde, tout le monde le sait, mais ta peinture est un compromis. Chacun subit ses petites séductions, ses tiraillements. Toi, tu adorais la route de Marly à Louveciennes, la plage de Trouville, Boudin ! et même – le bout de l'aventure – les dimanches à la Grande Jatte... Là-dessus, patatras, tu nais cent ans trop tard. Tu deviens une grande personne aux premiers embêtements de Hitler. A toi de régénérer l'« art dégénéré » ! Tu aurais aimé planter ton chevalet sur le motif mais il n'en est plus question. Alors tu trouves les abstraits épatants, et Pollock, et les copains Letourneur, Bazaine. Tu as secoué ce mélange. Ton compromis personnel c'est ça : la route de Marly et l'*action painting*, Sam Francis et Seurat. C'est-à-dire une espèce de nostalgie de la Beauté (toujours *le Figaro*), accommodée aux nervosités de l'époque. Hélas, tu n'es pas heureux. Tu l'es de moins en moins. Parce que tu proposes aux gens ce dont ils n'ont plus envie ni besoin. Les naïfs ou les aquarellistes de la place du Tertre sont plus conséquents : ils vendent aux gens ce que les gens ont envie d'accrocher chez eux. Modestement. Mais si l'on grimpe trois ou quatre étages. Si l'on rend visite au Créateur dans son Atelier, alors, tu es bien d'accord ? la question n'est plus de vendre des Retours de la Pêche ni des Chapelles Provençales. On n'est plus chez Dekobra, on est chez Joyce. On n'est plus chez Paul Chabas, on est chez Duchamp. Eh bien, Joyce et Duchamp, ils ne s'arrêteraient même pas pour jeter un coup d'œil sur un Burgonde. Tu ne te poses jamais la question comme ça parce que tu connais la réponse et qu'elle te ferait mal. Dans un paysage où tout est cassé, sali, déshonoré, bouleversé, vous êtes les seuls, toi et tes amis, à essayer de restaurer un joli castel, avec un goût exquis, et l'on travaille à l'ancienne ! et l'on ose des choses tellement modernes ! tellement élégantes dans leur modernité ! Malheureusement vous n'y croyez plus tout à fait... Le type, il y a deux ans, après la grande blague d'Armand chez la mère Iris – tu te rappelles : « *Full up* », la galerie bourrée de détritus fournis par l'abbé Pierre – le type, en Hollande je crois, qui avait exposé des boîtes à sardines bourrées de ses matières fécales, « Merde d'artiste », eh bien ! en fin de compte je le comprends. Il faut quelque chose qui pue, quelque chose qui gueule pour vous sortir des musiques et des parfums où vous vous êtes assoupis. Voilà à peu près, Maître, ce à quoi je pensais lorsque je constatais, au volant de ta puissante Mercedes, que la France est moche.

Ludovic en avait assez dit pour le moment. Il ne fit rien pour briser le silence que Burgonde laissait épaissir. « Cette fois, c'est cuit. Il ne peut pas éternellement encaisser sans répondre. A sa place, je me lèverais et m'en irais. Je laisserais choir le petit Lepoux à La Cardinale, sur la nationale 86, excellent point de chute, gastronomique et Louis XIII. Mais voilà, je ne suis pas à sa place. Tant qu'il résistera à mon harcèlement, qu'il me regardera et m'écoutera comme on tolère un vaurien, un bavard inconséquent et – de loin en loin ! – excitant, il s'en sortira, lui. Il continuera de se supporter, lui. C'est son affaire la plus urgente. Il va en avoir besoin, ces jours-ci, du courage de se supporter ! Il va retrouver Gabrielle et Levi-Monzi, ses deux nounous, et après-demain le vernissage dans cette abbaye désaffectée devenue bouilloire culturelle, avec abstraction lyrique en lieu et place du chemin de croix, préfet inaugurateur et normalien de service pour représenter le ministre – peut-être même Mauriac se sera-t-il dérangé ? Il lui a fait une préface extravagante. Belle, bien sûr, mais qui n'a rien à voir avec la peinture de Burgonde. Concerto pour violoncelle et râpe à fromage. Jamais Burgonde n'avait exposé des peintures à ce point sèches, théoriques. C'est à peu près aussi charnel que du gravier bien ratissé. Que vient faire Mauriac là-dedans ? Echange de grands procédés... Ascenseurs, honneurs, cravates, accolades, louanges... Quelques achats de l'Etat à la clé et le grand prix national des Arts dans un an ou deux ? Pauvre Burgonde ! Il se réveille encore, parfois, avec des envies de péter le feu, j'espère ! Au lieu de quoi : le cocon, la berceuse. Je n'ai rien contre, mais il devrait utiliser tout cela comme tremplin pour sauter ailleurs. Rebondir. Si ce n'est pas à quarante et quelques années qu'on mord la main qui vous a nourri, quand le fera-t-on ! Une situation, il faut la risquer ; un capital, le remettre sur le tapis ; s'il ne joue pas maintenant sa carrière à qui-perd-gagne, il est foutu.»

On peut se demander ce qui se passe sous le front luisant de Burgonde (les verres de vodka se succèdent), derrière le silence presque poli qu'il oppose aux provocations de Ludovic. C'est un peu mystérieux, non ? ce grand moustachu taciturne, imbibé d'alcool et de dignité, qui a posé sa canne sur la table et se tait, les yeux peut-être attentifs, peut-être fermés derrière les lunettes noires. Il faudrait savoir tout le reste, le comprendre : cette lente année que vient de vivre Burgonde, davantage : ces vingt mois écoulés depuis certain matin d'octobre 63.

Il revenait de New York. Une maladie de Frédéric avait servi de prétexte au voyage mais son véritable but – la mononucléose du garçon n'était pas inquiétante – ç'avait été de revoir Léa, de lui parler, de comprendre qui elle était en train de devenir, quelles étaient ses intentions. Elle avait commencé par être souvent absente, puis ses séjours américains étaient devenus de plus en plus longs. Depuis deux ans elle attirait là-bas les enfants et les troublait. « L'Amérique pour alliée : elle n'est pas loyale », pensait Burgonde. Rose et Frédéric – Frédéric surtout – attendaient maintenant ces vacances lointaines comme le paradis. Leur impatience outrageait Burgonde.

– Tu es vexé, lui disait Gabrielle. Laisse les enfants davantage à Léa si cela doit rendre tout le monde heureux. Ils t'encombrent si souvent...

– Si Léa les exige, je les lui donnerai. Mais avec ses façons, j'ai l'impression qu'elle les racole... Son avocat lui-même n'y comprend rien.

– Son avocat ! Ce n'est pas votre genre, les avocats, à Léa et à toi. Va la voir, va lui parler ! Puisque Frédéric est malade tu as une raison de faire le voyage. Et puis, entre nous, pourquoi dis-tu « donner » les enfants ?

– J'irai si tu m'accompagnes.

L'Amérique avait toujours intimidé Burgonde, et son ancienne femme ne le rassurait pas davantage. Il voulait débarquer en force. C'est ainsi qu'ils étaient partis.

Leur séjour avait duré trois semaines. Frédéric, endormi et dolent, s'était étonné de pareille sollicitude. La présence de Gabrielle avec Burgonde à l'hôtel de Stockbridge l'avait laissé songeur. Papa embrouillait tout. Mais puisque sa mère avait l'air de trouver ça naturel... Il n'empêche, les acrobaties des grandes personnes – allées et venues, portes refermées, et ces rencontres à deux ou à trois qui paraissaient régies par un code mystérieux – l'avaient abasourdi. Rose ? Rose était dans le Connecticut, invitée par les parents de son amie Carolyn. Léa n'avait pas jugé utile de la faire revenir. « Vous la connaissez, quand elle s'ennuie, elle est intenable ! » Les *conversations* prévues, comme de juste, n'avaient rien éclairé. La vie de Léa était limpide, c'est-à-dire impénétrable, et ses intentions, noyées dans le vague d'une courtoisie sans défaut. Gabrielle avait mieux compris que quiconque l'ex-couple Burgonde : chacun rêvait de laisser à l'autre le mal et le soin d'élever les enfants, mais il n'était pas question d'avouer un sentiment aussi peu édifiant. On était en pleine comédie. Gabrielle, lassée de ces faux-semblants, avait entraîné Burgonde à New York malgré la chaleur. Aucun d'eux n'avait l'usage de la terrible ville : ils s'étaient logés – parce que c'était le quartier des galeries – dans un hôtel de la 57e Rue où la serveuse de la cafétéria appelait Gabrielle *honey*. Les ascenseurs étaient à toute heure pleins d'une foule en bras de chemise et bariolée venue du Middle West (décidèrent-ils) pour quelque *convention*. Chacun portait son nom accroché à la poitrine.

Burgonde avait tout détesté. Il s'était enfermé deux jours dans sa chambre, regardant par les fenêtres sales triompher l'éclatante fin d'été. Les parents de Carolyn avaient déposé Rose à l'hôtel : ils devaient la ramener le soir dans le Berkshire. Burgonde s'était retrouvé, tenant Rose par la main, dans les rues brûlantes. Sa jambe blessée, que la chaleur de la ville et l'interminable piétinement des musées faisaient enfler, le mettait au supplice. Il lâchait la main de Rose pour clocher à son aise. Elle, tout la comblait : les vitrines, les écureuils du Park, les nègres aux élégances multicolores. Elle traîna son père au Junior Museum du Metropolitan ; elle n'avait pas tort : il connut là un grand moment de bonheur. A cinq heures, le départ de la petite dévasta en lui un équilibre précaire. Il resta enfoncé au plus sombre et frais du bar de l'hôtel, à attendre Gabrielle : elle avait passé la journée chez des amis. Il avait vite compris, malgré son mauvais anglais, que dans les endroits fréquentables le verre – gin ou vodka-tonic, scotch ou bourbon – valait soixante-quinze cents. Il distribuait joyeusement ces commodes petits billets d'un dollar, en donnant parfois cinq ou dix pour un, par gloriole. Non qu'il fût généreux, mais il trouvait humiliant de poser des lunettes sur son nez avant de payer. Dans cette pénombre on ne voyait rien. Burgonde s'y dilatait de soulagement et d'ivresse ; il espérait que Gabrielle rentrerait le plus tard possible.

Il était arrivé avec des recommandations plein les poches, et précédé par des lettres de Levi-Monzi. On l'avait reçu, dans les galeries, avec une gentillesse sommaire et brutale. Il confondait déjà les cinq ou six visages qui avaient grimacé pour lui leurs sourires expéditifs. Visages d'exil, aux reliefs creusés, où se lisaient la vigilance et la résolution. Ces gens-là avaient trop souffert pour être encore dupes. Burgonde avait regardé les murs en silence : les Chagall et les Ernst chez les marchands huppés ; chez les autres, de la bouillie pour les chats. Telle avait été son opinion, catégorique, rageuse.

Mais depuis quelques jours tout cela tournait dans sa tête : les musées et les galeries, ce qu'il avait vu chez les quelques amis d'amis qui les avaient invités, ce qu'il avait compris et retenu de la conversation des marchands dans leur sabir franco-allemand. Et autour de cela, bien sûr, la sauce : chaleur et solitude, impression d'être à la fois au cœur de tout et perdu dans un autre monde. Il était devenu muet, les derniers jours. Il renonça à retourner dans le Massachusetts. Frédéric allait mieux. Téléphoner à Léa, parler aux enfants : ce lui fut un effort dont il eut honte. Gabrielle, impuissante, l'observait. Elle ne comprenait pas que des musées pussent rendre un peintre triste. A la rigueur, oui, la peinture des autres, des contemporains, des cadets, leur succès, elle pouvait comprendre. Mais les musées ! Des mots niais, vides de sens – « émulation », « renouvellement » – lui venaient aux lèvres, qu'elle était assez maligne pour retenir. Burgonde avait été pris d'une frénésie. New York lui brûlait les semelles. Il était parvenu à changer leurs réservations et à partir trois jours plus tôt que prévu.

Ce matin-là, à peine arrivé rue Raffet, sans même se rafraîchir ou se changer, il avait grogné : « Je fais un saut à l'atelier » et s'en était allé à pied jusqu'à l'avenue Mozart. Il avait bu deux cafés à un comptoir. Puis il avait clopiné jusqu'à l'impasse Pataud, dans la houle d'irréalité et de fatigue du décalage horaire : il était pour lui cinq heures du matin et il n'avait pas fermé l'œil dans l'avion. Dans l'atelier qui puait, non pas l'essence mais l'odeur plate et fade de l'huile, après avoir ouvert portes et fenêtres, frissonnant de sommeil, de froid, il avait commencé à retourner une à une toutes les toiles posées contre les murs, à sortir celles de la réserve et à les hisser sur les chevalets, histoire de vérifier en quoi était justifié le dégoût qui l'avait submergé à New York, ou, plus dangereusement, en quoi étaient justifiées les rares pointes d'espérance, les petites percées de la vieille illusion qui l'avaient parfois aiguillonné, la nuit, quand il redescendait dans les rues un peu moins étouffantes et qu'il sentait monter en lui, crever à la surface de lui les hoquets de son ancienne rage.

Il était resté là, titubant, embrumé, déplaçant les toiles, ouvrant des cartons et punaisant des dessins à la paroi de liège, allant se passer le visage à l'eau et revenant à l'enquête obstinée que depuis trois semaines il rêvait d'entreprendre, comprenant qu'elle ne le mènerait à rien, qu'il en était au point zéro, que tout – à supposer qu'il y eût quoi que ce fût à espérer - tout était devant lui, vague, problématique, tout était à faire, alors que son passé, vingt années de travail, son nom lentement imposé, l'impression parfois ressentie d'être un peintre honnête – tout cela comptait pour du beurre. Du beurre qui avait fondu à la chaleur de l'été. Qu'il ne pourrait plus jamais tartiner innocemment sur le bon pain quotidien, ni mettre dans ses épinards, pauvre Popeye, biceps inertes, pipe froide. Et les heures avaient passé. Gabrielle, du Cafard, n'avait pas téléphoné. Peut-être s'était-elle allongée et endormie. Peut-être, comme elle en avait eu le pressentiment à New York, comprenait-elle qu'entre eux s'installait l'état de guerre. Non pas déclarée, bien sûr, mais larvée, incertaine, un pullulement de moisissure, sans éclat ni bataille, qui allait peu à peu les rendre l'un à l'autre contagieux, les éloigner l'un de l'autre, chacun fermé sur son silence et son secret. Enfin revenue, Rose flaira leur malaise comme les chiens devinent la maladie. Elle ne pensait qu'à se faire inviter, à aller le soir, à la sortie du lycée, « travailler » chez Annie, ou chez Paule, ou chez Christiane, ce qui signifiait se bourrer de chocolat, téléphoner pour expliquer son retard, rentrer à la nuit, seule, par les rues désertes, et Burgonde inquiet la menaçait, lui interdisait de retourner chez Annie, ou Paule, ou Christiane, mais le lendemain tout recommençait, et les dimanches, et les jours de congé. Elle avait onze, douze ans, et déjà vivait en adolescente rebelle. Burgonde la faisait parfois rire mais il avait honte de cette comédie qu'il lui fallait jouer. Heureusement il trouvait Rose jolie. Mais cela durerait-il ? Elle allait entrer dans son âge ingrat, enfler, ou maigrir, ou bourgeonner, ou rougir, ou pâlir – bref être malheureuse. Burgonde, à l'avance, souffrait pour elle, souffrait à l'avance parce qu'il la laisserait souffrir, serait exaspéré, maladroit, et ne ferait rien pour s'amender. Léa définitivement éloignée, Gabrielle s'était crue investie de responsabilités qui lui convenaient mal. En fait de relations fille-mère, sa seule expérience était celle d'une fille, et il lui était difficile de la retourner : rien de ce qu'elle voyait en Rose s'épanouir, ou se froncer, ne lui rappelait l'enfant qu'elle avait été. A croire que l'espèce avait changé. Alors elle passait « du côté de l'ennemie » comme le lui disait Rose, c'est-à-dire du côté de la mère. Une mère qu'elle inventait par imitation, plus tristement vraie que nature. « Je suis une caricature », se désolait-elle, s'écoutant accabler Rose de reproches minuscules et de conseils, parler, parler dans le vide, écoutant les niaiseries qui lui coulaient des lèvres, incrédule, nerveuse, se reprenant, s'abandonnant. Parfois elle se révoltait : « Mais rien ne m'oblige... » C'était vrai. Ce rôle absurde, et qu'elle jouait mal, elle le jouait pour aider Burgonde, pour lui alléger la vie, pour qu'il pût oublier la présence de Rose, celle de Frédéric – plus facile, heureusement – et redevenir *l'homme libre* qu'il s'imaginait devoir être. Frédéric, elle l'amadouait. Il était sensible au charme, à la flatterie, à la discrétion, à toutes les petites facilités qu'elle lui semait sous les pas. C'était presque un homme, du bon gros gibier. Mais Rose ! De plus en plus souvent, à bout d'invention ou de volonté, Gabrielle d'un coup changeait de personnage, sollicitait les confidences, se faisait chuchoteuse, enveloppante. Elle couvrait Rose de cadeaux : livres que la petite ne lirait pas, chaussures qu'elle ne porterait pas. Elle embrassait en vain un front, une tempe qui se détournaient.

Et derrière tout cela – ou devant, cachant la vraie vie – il y avait les « obligations », les vernissages, les dîners, les générales quand on connaissait l'auteur de la pièce ou des décors, les présentations de films, les amis, les anciens amis, la corvée des invitations à la campagne dans les moulins, les fermes, les haras, les gentilhommières, les relais de poste, les presbytères – Nicky et Jean avaient même aménagé une école désaffectée. Une école ! On arrivait le vendredi soir, tard, à cause des encombrements. Burgonde faufilait sa belle allemande entre d'autres belles allemandes, ou anglaises, ou italiennes, puis l'on entrait dans un salon où brûlait l'éternel feu de bois, devant lequel on avait depuis peu remplacé les canapés et les fauteuils de chintz par des banquettes de cuir clair et des chauffeuses de Mies Van Der Rohe, et vers dix heures on dînait sur des tables en marbre blanc veiné de gris, autour desquelles étaient disposés des fauteuils faux Louis XVI laqués de blanc, tendus de soie sauvage ou de laine barbare, et l'on voyait au mur, selon la maison, des gouaches, des aquarelles, des dessins, Estève, Bellmer, Fautrier, Hundertwasser, des gravures de César, des lithographies de Letourneur ou de Burgonde – de « petites choses », quoi, parce que les belles, les glorieuses, les coûteuses étaient à Paris : « Ici, l'humidité... », phrase qui enrageait Burgonde puisque les huiles ne craignaient pas l'humidité alors que les gouaches, les aquarelles, les dessins allaient bientôt se piquer, jaunir – il est vrai qu'alors le goût aurait changé, juste assez pour qu'il soit temps de bazarder tout cela, de sacrifier à la nouvelle élégance qui emmènerait tout le troupeau du côté de Klimt ou de Mucha – mais n'était-ce pas déjà passé ? Ou le style « Normandie », les laques de Dunand, les léopards de Jouve, les horreurs de Bugatti, les verres de Lalique ? Mais on n'en était pas là. En 1964, année qui nous occupe, on était inexorablement « contemporain ». Les pauvres maisons de campagne, naguère si rassurantes, familières, refermées sur leurs odeurs de cheminée et de pomme, se retrouvaient laquées, blanchies, seuls quelques fauteuils Louis XIV étant jugés dignes de côtoyer les tables de verre et d'acier. Les nouilles abstraites de Letourneur avaient remplacé les petits sous-bois d'un oncle paysagiste. Des serpents lumineux, des œufs, des spots, des rampes, de faux cailloux translucides et opalescents avaient chassé les bougeoirs de cuivre à abat-jour rouge. Et là-dedans des golfeurs, des psychanalystes, des éditorialistes, des décorateurs affamés de surfaces brutes, des lords, des couturiers, des maîtresses de maison surréalistes, des romanciers de l'Ecole du Regard, du gratin, de l'ENA, du barreau, de la banque, de la révolte, des ministres avec du bien, des dames de magazines, des joueurs de gin, des poètes, des femmes de peintre avec des boucles d'oreille lourdes, des sociologues, trois académiciens, des créatrices de savons et de taies d'oreiller, accueillaient Burgonde à bras ouverts, comme l'un des leurs – il *était* l'un des leurs – et lui demandaient : « Pourquoi as-tu accepté une préface de Mauriac ? – Je ne l'ai pas acceptée, je l'ai sollicitée, répondait-il. – Tu es drôle... Viens, on t'aime bien quand même, l'exposition a marché, au moins ? » et des dames aux yeux intenses l'embrassaient.

Voilà, il y a tout cela derrière la fatigue d'un homme et ses silences. Il y a les nuits où l'on écoute la respiration de l'autre, – et l'on devine que c'est le souffle prudent de l'insomnie – mais on ne bouge pas, on se tait. Il y a les déambulations à travers Paris, aux heures vides, les heures du travail des autres, les heures du fric, de l'ennui, mais soi l'on ne travaille pas, on a fui l'atelier, on s'avance dans des quartiers de plus en plus exotiques, mal connus, où l'on suit parfois une femme, histoire de savoir sur quel trottoir marcher, dans quelles rues tourner, mais toujours les femmes que l'on suit – ah, leur regard de biais, leur bouche tordue quand elles hésitent entre apostropher l'homme et lui sourire ! – finissent par entrer dans une laverie automatique, par être avalées (le renard au terrier) par la porte d'un immeuble de Vaugirard, « gaz à tous les étages », ou par la bouche d'un métro, seul moyen sûr qu'elles aient trouvé – il suffira de courir avant l'arrivée de la rame – d'échapper à ce boiteux qui leur colle au train depuis un quart d'heure.

Mais l'explication reste fragmentaire. On ne résume pas ainsi combien ? une année, presque deux, de la vie d'un homme. Quelques images n'épuisent pas ce long film. Par exemple faut-il signaler les affaires – cœur et cuisse – qui ont occupé

Burgonde ? Enfin, le cœur, n'exagérons rien. Une amie de Léa est venue parfois s'allonger, à l'atelier, sur le divan noir. Non pas qu'elle eût pour Burgonde de la tendresse – ni lui pour elle – mais cela se fait. Il oubliait toujours de l'appeler au téléphone, après. Elle s'est lassée. Une autre a passé, plus accrocheuse. Comédienne aux petits emplois, experte à se mettre nue. Au reste, nue, elle l'était toujours plus ou moins, sous une robe de rien ou un manteau de loup, selon la saison. Pour Burgonde elle a annoncé cette mode des seins libres sous le vêtement, encore un peu folle à l'époque du gaullisme triomphant. Elle s'appelait Colette. Elle lui a rendu la vie plus légère neuf ou dix mois durant. Grâce à elle, peut-être, il a préparé sans trop de piétinements l'exposition de 63 chez Levi-Monzi. Elle s'était faufilée dans la cohue du vernissage et lui a fait de loin une grimace. Ce n'était pas de très bon goût. Un escogriffe l'accompagnait, plus artiste que nature, comédien probablement, deux mètres d'écharpe écarlate au cou qui pendait jusqu'à terre. Ce drôle de pincement, au cœur : un peu de tenue, papa ! « Un peu de tenue, papa... » C'est ce qu'elle lui murmurait, Colette, quand il la chiffonnait hors de propos, alors qu'elle était déjà recoiffée, remaquillée. Quand Burgonde est revenu de quinze jours de neige à Sils Maria, en janvier 64, elle avait décampé. « Tes palaces, tes week-ends, ta bonne femme !... » Il a continué un moment de penser à elle. Ses mains, surtout, à qui manquait la douce poitrine sous les cashmeres dont Colette raffolait. Burgonde regrettait ces longues douches qu'elle l'obligeait à prendre, le soir, avant de rentrer rue Raffet, pour effacer le parfum dont elle lui imprégnait la peau. La fin de l'hiver a été grise et vide.

Et Gabrielle, dans tout cela ? On l'a dit : les nuits où chacun feint de dormir en écoutant l'autre respirer. Mais revenir à cela, n'est-ce pas noircir le tableau ? Il y avait aussi ces journées où ils partaient à deux pour Compiègne ou Fontainebleau et marchaient des heures en forêt. Burgonde avait fait bricoler une paire de bottes aux semelles inégales, grâce à quoi il se fatiguait moins. « Les pompes de Byron », ricanait-il. Il ne les portait que pour ces circonstances et les gardait cachées dans le coffre de la voiture. Ils parlaient peu. A midi ils fuyaient les gargotes à sauce et mangeaient du saucisson et des pommes sur un tronc d'arbre, ou dans la voiture aux portières ouvertes, comme des vacanciers économes. Ils revenaient dans l'après-midi, Gabrielle au volant : elle déposait Burgonde au Pataud et ces soirs-là il travaillait tard. Tout le monde – même Rose, même

Colette et compagnie – ignorait leurs fugues forestières. Elles font pourtant partie de la vérité au même titre que les repas orageux, les rafales de rancune, le crépitement des phrases brèves, toute cette aigreur à vivre que Gabrielle avait commencé par prendre en patience mais qui peu à peu l'avait épuisée.

Burgonde sentait cet épuisement et il s'acharnait à en traquer les signes, à les reprocher à Gabrielle sous le prétexte de la plaindre, à se reprocher, à lui, son égoïsme, sa dureté, sans cesser pour autant d'aggraver leurs manifestations ni de les expliquer par de vastes désespoirs où, décidément, pensait Gabrielle, il se couchait avec bien de la complaisance. Elle le voyait se débattre, étouffer, mais tout ce qui l'eût émue trois ou quatre ans auparavant maintenant l'exténuait. Elle le traitait de plus en plus souvent comme les bien-portants font les déprimés, les mélancoliques : avec une négligence gaillarde et agacée, sans accepter l'idée qu'ils sont malades, et chacun de ses regards, chacun de ses silences signifiaient : « Allons, un peu de fierté ! Reprends-toi en main ! »

Bien sûr, Burgonde n'était pas malade. Gabrielle le regardait marcher en forêt, l'écoutait discourir sur les coupes et les futaies, ou faire la conversation à ce vieux monsieur qu'ils allaient souvent saluer, dans sa maison des Hayes, quand ils laissaient la voiture à Bourdonné, et elle se répétait : « Il n'est pas malade... » Elle savait qu'il lui eût fallu, pour avoir une chance de comprendre, se cacher dans un coin de l'atelier et percer le mystère que Burgonde avait toujours entretenu autour de son travail. Lui si courtois, si accommodant, pouvait devenir grossier si l'on abordait à la rive interdite. « Ça marche à peu près » ; ou « Ça ne marche pas fort » ; on ne tirait de lui rien de plus. Gabrielle avait remarqué comme désormais il s'absentait facilement des conversations qu'il avait tant pratiquées autrefois : avec Letourneur, César, Vieira, Vayssière, et même avec Mario et Pierre, qui n'étaient pas de ses intimes. Depuis des années le bavardage roulait sur les galeries, les marchands, les revues, le salon de Mai, Dokumenta, Venise... Rarement sur l'argent. Il avait été si facile, l'argent, ces dernières années, si abondant, que l'on jouait à épater les copains avec une piscine suspendue, une énorme bagnole, six mois passés au Nouveau-Mexique, quelque mégalomanie inattendue, cocasse, dont on était le premier à rire – mais on évitait les chiffres. Peu à peu Burgonde s'était retiré de cette logorrhée entretenue au vin rouge et à l'amitié. Il avait appris à se taire. Belle science ! Il y avait tant de bruit, en général, que nul ne remarquait son

105

silence. Gabrielle l'observait. Il se laissait davantage aller devant Levi-Monzi, cette petite peste de Lepoux, Carrier, Liftmann, qui vivaient, eux, sur les franges de la peinture : critiques, spéculateurs. Mais alors c'était à eux de ruser, de faire des politesses ou de se taire – et toujours aucun chiffre. De sorte que tout le monde rôdait, sans y toucher jamais, autour du plus sordide – du plus agréable : ce miracle qui leur était tombé dessus en pluie d'or, leur métamorphose de bohèmes en bourgeois... Burgonde passait dans l'atelier six ou huit heures par jour – « Un horaire d'ouvrier d'usine... » – sur lesquelles Gabrielle ne se posait même plus les questions si longtemps retournées en vain. De loin en loin elle était invitée par Burgonde à aller voir « les trucs récents ». Elle avait appris à regarder et à parler : Burgonde guettait ses yeux aussi avidement que ses paroles. (« Il tient donc encore à mon jugement ? Et à moi ? ») En général elle était épatée par cette espèce de densité que prenait le travail de Burgonde quand on en découvrait d'un coup toute une étape – « une tranche », disait-il. Ce qu'elle imaginait à travers des grognements, des allusions, la dispersion et l'effilochement de ses heures d'absence, soudain apparaissait dans sa logique, sa continuité. En revanche elle était surprise, d'une fois à l'autre, par les glissements, les changements. Elle s'attendait toujours à retrouver Burgonde là où elle l'avait laissé.

Or, il resurgissait ailleurs. Il fallait à Gabrielle un moment pour s'accoutumer mais elle cachait ses embarras. Dans ces instants-là, où il la guettait, Burgonde ne maîtrisait pas son attitude. Il restait un peu penché en avant, le profil plus pointu, à l'affût de quelle proie ? Plus tard il se versait à boire, parlait d'abondance. Jamais il ne montrait ses toiles à quiconque en présence de Gabrielle. « L'atelier de Burgonde ? disait-elle aux gens, si j'y suis entrée douze fois, c'est le bout du monde ! » C'était vrai. La dernière – juste avant que le transporteur ne vînt embarquer l'exposition de novembre 63 – Gabrielle avait perçu quelque chose. Comme on a l'intuition d'une maladie imminente, ou tapie au plus secret, sourde, qui ronge déjà son homme. Pour la première fois elle retrouvait Burgonde à la même place. Thèmes, technique, formats : rien n'avait changé – ni les mots pour en parler. Elle passa, ce matin-là, tout près de cet homme qu'elle aimait. Près à le toucher. Mais les transporteurs arrivèrent et Burgonde les malmena ; il les trouvait maladroits. Glacée, Gabrielle quitta l'atelier sans rien dire, tirée par sa gêne et butant sur les mauvais pavés de l'impasse. Le soir du vernissage il y eut le brouhaha habituel, les exclamations molles et rondes, l'égarement aux yeux de Burgonde, la buée aux vitrines, l'air froid qui vint de la rue quand on ouvrit les fenêtres du premier étage. Une petite à l'air poule mangeait Burgonde des yeux et ne partait pas. On alla souper à onze heures à la Coupole, « comme au bon vieux temps », s'exclama Levi-Monzi, trop fort. « Tu veux faire des économies ? » demanda Letourneur. Dans la lumière froide et les odeurs de pipe du restaurant, ils eurent du mal à donner à la soirée son mouvement. Baby Demos ondoyante et convulsive enroulée autour de lui, Ludovic paraissait avoir besoin d'un fortifiant. Les peintres l'interpellaient : « Eh ! Falkenberg ! Vous ne dites rien... Vous nous préparez un coup ? » Des gens passaient, ou venaient des autres tables embrasser Burgonde, lui serrer la main, s'excuser de n'avoir pas pu « être là ». Il était minuit, une heure. Levi-Monzi devenait gris et regardait sa montre à la dérobée. Burgonde buvait. Flavienne Schramm, qui avait quitté la galerie pour se rendre à un dîner, réapparut très tard accompagnée, ô surprise ! de son mari. On bouscula des chaises. On relança un moment la conversation. « Quatre points rouges », murmura Levi-Monzi à l'oreille de Gabrielle, mais on n'eût pas su dire s'il annonçait une victoire ou une catastrophe. Burgonde resta un long moment, passé deux heures, à discourir, debout sur le trottoir mouillé, la moustache en bataille, son haleine forte se condensant dans le froid. Après quoi décembre passa à rêver de montagne et de neige.

« Du réchauffé ! »
Là-dessus Burgonde félicita Levi-Monzi pour son accrochage, serra la main d'un maigre animateur culturel, ou attaché de cabinet culturel, ou défroqué culturel, qui paraissait détenir le pouvoir à l'Abbaye, promit d'arriver tôt le soir et repartit. Il fit claquer très fort la portière de la voiture – « Soyons vulgaire » –, démarra trop vite, frôla deux filles en short qui faisaient de l'auto-stop après avoir visité les ruines disséminées entre les pins et les chênes verts, doubla des Allemands en leur jetant un regard assassin et ne reprit son calme que sur la grande route, à l'ombre des platanes aux troncs à perte de vue parallèles, inclinés par le mistral.

Tous les guides décrivent le mas de la Brume, son escalier à vis aux fenêtres trilobées, la cheminée Renaissance de la salle des gardes – une des plus belles de Provence –, l'étrange oriel aux sculptures symboliques qu'on dirait avoir été ajouté à la façade austère par un architecte venu d'Alsace ou de Franconie. Mais ce qu'ils ne disent pas, parce qu'elle est inquiétante, c'est la récente métamorphose de la Brume en hôtellerie, les salles de bain somptueuses et circulaires aménagées dans les tours, les portes et les moquettes lourdes, épaisses, propices aux pieds nus et aux amours cachées, la piscine encadrée de cyprès, au pied d'une arcature de marbre volée à quelque cloître. C'est là que lisait Gabrielle, brûlée, immobile et sans âge, quand arriva Burgonde. Il l'aperçut de loin sans qu'elle le vît. Il s'arrêta. « Ma bonne femme », pensa-t-il, à la façon de Colette et des autres. « Un possessif, une vertu, un hommage : elle est plutôt flatteuse, la formule favorite de nos maîtresses... » Il pensa aussi qu'il avait eu tort de ne pas emmener Gabrielle à l'Abbaye : elle lui donnait toujours, sur l'accrochage de ses expositions, des avis raisonnables. Ce matin il lui avait jeté : « Tu préfères te baigner, j'imagine ? » Que pouvait-elle répondre ? Elle l'avait laissé s'en aller seul. Il en était ainsi des voyages qu'ils ne faisaient plus ensemble, des confidences avortées : il supposait toujours la question résolue – résolue par la froideur, la distance – et se retrouvait seul. Une solitude qu'il n'aimait sans doute pas. Mais n'était-elle pas, peu à peu, devenue inséparable de son personnage, comme les journées vides passées à l'atelier, le barrage qu'il opposait aux curiosités, aux visites, ses silences dans le tohu-bohu des conversations ? Au directeur de l'Œil vivant, qui lui proposait un des longs « entretiens » qui font la gloire de son sommaire, il avait répondu : « Un échange de vues ? On ne propose pas un échange de vues à un aveugle, Monestier... Ce serait désobligeant ou risqué ! » Monestier en avait fait des gorges chaudes. Il le surnommait, depuis, « Joan Miraud ». La méchanceté était drôle et Burgonde était le premier à en rire.

Gabrielle restait immobile. Elle pouvait passer des heures au soleil sans se plaindre : on n'était qu'en juin et elle était déjà idéalement cuite.

– Tu es folle, cela te vieillira de vingt ans, lui répétaient les femmes.

– Ce sera ma façon de vieillir, voilà tout. Toi, tu seras onctueuse, veloutée. Tu auras l'air d'une nonne. Moi je serai un marsouin, une pomme ridée.

C'était dans sa façon de vivre : elle conjurait les dangers en s'y jetant. « Comment conjure-t-elle nos dangers à nous, ceux qui menacent et ruinent peu à peu notre couple ? »

Burgonde remonta dans leur chambre. L'air conditionné le fit frissonner. Il passa un maillot, un peignoir de bain et redescendit. Il ferma les yeux en approchant de la piscine : brûlantes, les pierres ; insoutenable, la lumière. Il s'accroupit et embrassa Gabrielle quand elle leva la tête vers lui. Déjà il savait qu'il ne prononcerait aucune des phrases rieuses et bourrues tournées dans sa tête depuis dix minutes. Quel gâchis d'imagination !

– C'est comment ?

– Correct. Médiéval et correct.

– Giorgio était content ?

Burgonde rit.

– Oui, content de lui ! Il meurt toujours de peur quand il est seul pour faire un accrochage, tu le connais... Alors quand on le félicite !

– Parce que tu l'as *félicité* ?

– Ce n'est pas sa faute si l'expo a le goût d'un plat réchauffé. C'est la mienne.

Aussitôt il regretta d'en avoir trop dit. Gabrielle se massait le visage afin d'y faire pénétrer une lotion transparente et inodore qui, sans nul doute, allait creuser encore les rides de la pomme. Prudente, elle regardait au loin, et non du côté de Burgonde. Elle finit par remarquer :

– Tu n'avais pas le temps de leur donner des choses nouvelles, tu le savais quand tu as accepté... Et puis ce n'est pas au milieu de l'été, à l'Abbaye, que tu vas jouer ta réputation.

– Tout le monde passe ici, l'été, et tout le monde verra que c'est chiant à se flinguer !

« Attention, pensa Burgonde, elle n'y est pour rien. Ne pas m'en prendre à elle. Ne pas passer sur elle ma colère. Je dois me taire. Si je parle je ne pourrai pas m'arrêter. Ah ! mes jolies résolutions, mes attendrissements... »

Il se leva, s'approcha de l'eau, le visage grimaçant dans le soleil. Il réussit un plongeon convenable : il avait nagé beaucoup, adolescent, pour rééduquer sa jambe blessée. Il fit cinq ou six longueurs et, quand il remonta, le cœur lui sortait de la poitrine. Malgré lui il porta la main à son épaule gauche et comprima de la paume ce martèlement dont il lui fut difficile, quelques instants, de détourner son attention. Au moins avait-il réussi à maîtriser sa colère et à se taire. Il resta debout, les yeux plissés, jusqu'à ce que Gabrielle vînt lui apporter ses lunettes noires.

Le soir, malgré sa promesse, ils attendirent six heures, et que la chaleur fût tombée, pour se mettre en route. Ludovic – il était allé passer la nuit et la journée à Ménerbes, chez Monestier – les accompagnait. Cinquante personnes jacassaient déjà sur la terrasse et dans l'ancien réfectoire quand ils y pénétrèrent. Les yeux étaient brillants, les femmes plutôt belles. Il y avait là plusieurs tigresses, intrépides et lasses, enveloppées de voiles transparents. Ludovic apporta à Burgonde un verre plein de glaçons sur lesquels il avait versé une lourde rasade d'alcool. Les invités arrivaient de plus en plus nombreux : des gens qu'on ne voit qu'en été, entre Apt et Saint-Rémy ; d'autres qu'on est surpris de retrouver avec une bonne mine et vêtus de chemises multicolores. Maintenant, tout était facile. On emmena Burgonde jusqu'au car bleu de la radio ; on le filma sous les pins, puis dans une chapelle latérale, entre deux projecteurs et devant une toile qui n'avait pas trouvé place aux murs. Comme il avait un verre à la main on le lui retira et il mendia une cigarette. Le préfet vint lui dire des choses humanistes et départementales. Vers dix heures, l'assistance devenue clairsemée, on lui glissa qu'il était temps de monter à Goult, où l'une des tigresses lasses recevait pour lui. Gabrielle prit le volant, Levi-Monzi à son côté ; Burgonde, Ludovic et Monestier se tassèrent à l'arrière, suçotant leurs cigares. Gabrielle appuya sur les quatre boutons des glaces électriques et, en accélérant, fit souffler dans la voiture une tempête tiède dont Giorgio la remercia d'un sourire : la fumée de cigare lui donnait des nausées.

Goult est l'un de ces villages tristes que déjà la montagne, pelée, brûlée, dispute à la Provence des plaines. Un village fait pour l'hiver et le vent. Ils se retrouvèrent, au sommet d'une ruelle en cul-de-sac, dans un jardin clos, puis sur une terrasse qui dominait l'entassement minéral des murs et des toits. Une rumeur d'amitié accueillit Burgonde et l'on vint beaucoup l'embrasser. Il alla jusqu'au parapet et félicita la maîtresse de maison. (De quoi ? De posséder une belle vue ? Un beau compte en banque ?) Un instant dissipé par le vent de la route, le flou s'était à nouveau appesanti sur lui. Là où ils se tenaient, la tigresse et lui surplombaient une terrasse minuscule et silencieuse : on y voyait un homme, attablé dans la nuit comme à un bureau, lire sans se soucier des papillons qui tournaient autour de sa lampe. A trois pas de lui une très jeune femme était allongée à même le sol, un coussin sous le dos, et fumait. Elle leva les yeux et les regarda. A la double lueur de la lampe proche et de la nuit on croyait lui voir des yeux clairs. Burgonde, instinctivement, recula dans l'ombre comme un indiscret surpris à épier des inconnus.

– Vous n'avez pas invité vos voisins ? demanda-t-il à mi-voix.

– Eux ? Ce sont des locataires ; ils sont là pour deux mois. Elle est gentille, mais lui ! Imaginez que c'est un de ces types que l'on a fourrés en prison il y a deux ou trois ans, au moment de l'OAS, Tulle, Alger, tout ça... Un militaire, vous vous rendez compte !

Elle avait dit « militaire » comme s'il se fût agi d'une espèce disparue, aux mœurs obscènes. Elle entraîna Burgonde :

– Venez vous asseoir, je vous apporterai une assiette. Vous devez être mort.

A partir de ce moment où il fut assis, la soirée prit pour Burgonde une pente molle et changeante à quoi il s'abandonna. Il avait refusé le champagne et continuait de boire du whisky presque pur. Par bonheur la nuit était légère ; le vent faisait frissonner quelques peaux mais baignait Burgonde de bonheur. Il avait soufflé les bougies les plus proches – il détestait leur flamme dans ses yeux – et fait ainsi autour de lui un cercle d'ombre. Il voyait mal qui venait lui parler, ne reconnaissait pas toujours les voix, décourageait les raseurs. Il devinait qu'on le traitait à la fois avec la déférence due au héros du jour et l'indulgence prudente réservée aux hommes ivres. Cette double distance lui convenait et il ne faisait rien pour la réduire. Il parlait peu mais devinait les mots dociles à ses pensées. Pour une jeune femme attentive, inconnue, qui se fût assise à ses côtés, il eût retrouvé en un instant l'insistance joueuse et questionneuse de sa jeunesse. Mais les jeunes femmes – celles du moins selon son goût : elles étaient rares ici – n'aiment pas les fruits mûrs et pâteux, les bateaux échoués, les marées basses. Il fit des bras un « tant pis ! » théâtral qui étonna son interlocuteur. Il pensait à la jeune femme aux yeux pâles allongée sur les tommettes, adossée au mur, dans l'ombre, à trois mètres en contrebas de tout ce tapage. Etait-elle toujours là, si dédaigneuse, si calme ? Et l'homme, l'ex-guerrier – « le fâchiste » devaient dire les tigresses - que lisait-il ? Burgonde songea une ou deux fois – des velléités, de courts élans – à aller se pencher sur le parapet, interpeller la belle allongée. Mais l'homme ? Parler à un homme ? Faire des grâces à un homme ? Pouah ! Au reste, la ronde continuait, aimables et importuns. On entendait aussi de la musique. Tout cela commençait à durer, à peser. Moins gris que ne croyaient les inconnus qui lui parlaient avec une courtoisie condescendante, Burgonde jetait des regards autour de lui : il vit de loin Niemand. Le Zurichois traversa le jardin, monta les degrés, s'inclina sur la main de la tigresse. Il portait une chemise et un pantalon blancs ; son visage et ses mains paraissaient presque noirs. Il y eut quelque chose de raide et cérémonieux dans sa façon de marcher à travers la terrasse, droit vers Burgonde. « Quelque chose de *militaire* ! » pensa-t-il gaiement. Au passage, Niemand s'empara sur une table d'un bougeoir et, les traits durement modelés par la lumière mouvante, vint à Burgonde. Il ne lui tendit pas la main mais la posa un instant sur l'épaule de Burgonde et s'assit.

– Je n'aime pas beaucoup la mondanité, en ce moment, Burgonde. Je suis allé à l'Abbaye à cinq heures, avant tout le monde, et je viens vous saluer très tard, mais je viens ! Après tout le monde...

Son accent était toujours aussi rocailleux mais les mots coulaient avec aisance. « Fabrique-t-il son accent ? »

– Pas de phrases, n'est-ce pas ? Mais je vous dis : l'exposition m'a ému. Beaucoup. Vous n'êtes pas arrivé ; vous cherchez toujours. C'est bon, cela. Ils me font rigoler quand ils disent : « Untel, ça marche très fort. » Nous sommes faits pour piétiner, pas vrai ? non pour marcher. Votre peinture, en ce moment : peinture d'obstiné, d'entêté. C'est très bon, cela. Vous résistez au vent. D'autres prennent le vent, vous, vous lui résistez, j'aime bien ! Même si...

Mais Niemand renonça à développer.

Burgonde pensa qu'il lui fallait faire quelque chose. Cette espèce de jeune colonel – il ne lui manquait qu'une casquette Bigeard et un treillis camouflé – soudain le touchait. (« Parce qu'il me flatte ? Quel vieux con je fais. Mais, au fait, me flatte-t-il ? Il me dit que je suis en panne, que je suis passé de mode, pas de quoi pavoiser... ») De la main, Niemand avait refusé le verre qu'on lui offrait sur un plateau. Burgonde se secoua.

– Merci d'être venu, Niemand. Je vous croyais très loin d'ici.

– J'étais loin presque deux ans, c'est juste. J'ai vendu la maison et l'atelier du Wallensee et je suis parti : New York, Santa Fe, Texas, Colorado. Des paysages, des musées, des collections... Et puis le grand nettoyage, hein ! La rigolade ! Ici, c'est tout de suite provocation, scandale... Là-bas, ils prennent au sérieux. Cela... cela donne la dimension à la rigolade, vous comprenez ?

Burgonde hocha la tête, il comprenait. Il croyait comprendre.

– J'ai... Comment dire ? J'ai traversé ce qu'ils font là-bas. *Childish ?* des enfantillages, je crois. *Minimal art. Poor art.* J'ai traversé sans m'arrêter. J'ai fait des choses aussi, je vous montrerai : j'ai piétiné leurs plates-bandes ! Gagné des dollars ! Je parle bien anglais ; avec mon accent tudesque, c'est bon ; je sais leur parler. J'ai appris. Je voulais m'établir là-bas, au New Mexico, à cause du climat, mais c'est un peu chiant, vous voyez ?

Il éclata de rire et cinq ou six têtes se tournèrent vers eux.

– Pas la peine de quitter le Wallensee, Zurich, tout ça, pour aller dans un lieu un peu chiant, pas vrai ? Alors je bâtis une maison ici. Venez demain. Au pied des Alpilles, c'est presque aussi beau que New Mexico ou Arizona... Manquent les Indiens, naturellement !

Il poussa encore son rugissement joyeux, se leva et, comme Burgonde lui aussi décidé à aller se coucher s'était levé, Niemand le saisit à bras-le-corps et lui donna une espèce d'accolade. On lui sentait sous la chemise des muscles noueux. Il se retourna.

– Loudofic Falkenberg vous mènera. Il sait venir ! Vous vous rappellerez ? Loudofic... Vers six heures !...

Fenêtre fermée, on étouffait. Fenêtre ouverte, les conversations, les rires et la musique qui coulaient de la maison voisine sur la petite bicoque leur interdisaient le sommeil. Ils restèrent donc longtemps sur la terrasse, Hubert à lire, Victoire à fumer, sans trop songer à en vouloir à la belle Mme Castos : elle avait eu la courtoisie de glisser la veille un billet sous leur porte, annonçant une réception et les priant de lui pardonner « la gêne qui en résultera ». Elle avait ajouté : « J'espère que la charmante petite fille ne sera pas réveillée. » Victoire était allée à trois ou quatre reprises voir Thérèse, mais la petite – elle l'avait installée du côté de la ruelle, loin de la terrasse – dormait tranquillement. Ce n'est que vers deux heures du matin que Victoire se déshabilla et se coucha dans la chambre où stagnait la chaleur. Hubert avait éteint la lampe et l'avait rejointe.

Devenu si calme, Hubert ! Thérèse marchait depuis un mois et il passait des heures avec elle à jouer sur la terrasse. Il en avait fermé le seul accès par un grillage de poulailler tendu sur un cadre de bois, qu'il avait confectionné lui-même, le jour de leur arrivée, chez le menuisier. Puis il avait déshabillé la petite fille, l'avait couverte d'huile, lui avait posé un chapeau sur la tête et avait attendu qu'elle changeât de couleur. Le premier soir elle était toute rouge et il lui avait donné de l'aspirine ; le lendemain il l'avait massée, ointe, graissée comme une courtisane. Thérèse, en état d'adoration, se laissait retourner, tripoter. « Quelle pute tu vas en faire ! » répétait Victoire, incrédule. Mais au bout de huit jours Thérèse était noire. Alors Hubert était allé, au marché d'Apt, acheter un bassin en plastique bleu et dix mètres de tuyau d'arrosage. Puis, quand il lui sembla avoir organisé pour Thérèse, sur cinquante mètres carrés, une sorte de paradis, il s'enfonça dans la lecture, dont il ne sortit plus que pour les repas, la sieste et deux heures de marche dans la garrigue, avec Victoire, chaque soir à la tombée de la nuit. Ce régime durait depuis trois ou quatre semaines. Peut-être, se disait Victoire, cette torpeur solaire, ces lenteurs animales, l'exubérance d'une petite fille de quatorze mois étaient-elles la forme primitive et absolue du bonheur. Hubert lisait comme il dormait : une pierre qui tombe, et rien ne le dérangeait. *Les Mémoires de guerre* du Général, les livres de Jules Roy sur l'Algérie, les volumes de la Pléiade que Victoire lui avait offerts – Flaubert, Saint-Simon : il plongeait dans les textes et ne faisait surface qu'à regret. « Ta lecture sous-marine », disait Victoire, un peu jalouse. Jalouse de quoi ? Il rattrapait tous les temps perdus de sa vie. Une femme, un enfant, du silence, des livres : il considérait comme un capital inépuisable ces possessions que les hommes traitent avec négligence. Etrangement, les livres ne provoquaient chez lui aucun des sursauts de colère dont il était coutumier. Il avalait la prose de ses adversaires sans un ricanement. Etait-il en train de faire sa paix ?

Il y avait bien eu, juste après la naissance de Thérèse, ces deux absences, ces deux séjours – en Tunisie ? au Maroc ? – dont au retour Hubert avait simplement dit : « Tu ne me poseras là-dessus aucune question, jamais. » Et Victoire s'était tue, moitié soumission, moitié indifférence. Les complots la laissaient incrédule. Elle voyait les camarades d'Hubert retourner l'un après l'autre à la vraie vie, à regret. Ils cherchaient à ruser avec elle, à colorier l'image. Fermier dans le Quercy, pilote d'avions de louage, convoyeur de voiliers neufs, étrange voyageur de commerce en Afrique noire : chacun s'enfonçait dans sa solitude. Pris au double piège de Victoire et de la petite Thérèse, Hubert Fléaux s'était soudain converti au bonheur. Une ombre : l'argent devenait rare. Il avait coulé d'abord de source mystérieuse. Puis quelque cataclysme occulte en avait tari le cours. Ces liasses de billets dont Victoire s'était amusée avaient peu à peu disparu. Hubert ne paraissait pas s'en soucier : Thérèse lui tenait lieu d'horizon et de discipline. A deux reprises – « pour souffler », disait-elle – Victoire avait amené la petite à Uzès, chez Lucienne, mais elle avait trouvé au retour Hubert si désemparé qu'elle avait bientôt renoncé. Au reste, Uzès, c'était trop compliqué. Les Roux étaient « parfaits ». Lucienne elle-même s'en félicitait : « Tu ne pourras pas dire que nous ne sommes pas parfaits ! » Ils l'étaient – ce qui portait Victoire à l'accablement ou aux nerfs, selon les jours.

La grande affaire avait été le nom de Thérèse. Son vrai nom, son état civil. Il n'était pas question qu'Hubert, « traqué », épousât Victoire ni reconnût l'enfant. Une petite « Favre » ? Les faux papiers à ce nom-là n'auraient pas trompé la plus niaise des secrétaires de mairie. Alors Thérèse s'était appelée Longrupt et Victoire était « mère célibataire ».

– Hubert la reconnaîtra dès qu'il récupérera son nom.

– Et vous vous marierez !

– Pas forcément...

– Mais pourquoi ?

Victoire avait préféré ne plus aller à Uzès. Hubert, sous prétexte de prudence et pour ne compromettre personne, était parvenu à ne pas rencontrer les Roux. On avait beau avoir l'esprit large, et de la tendresse à revendre, Lucienne et Gilbert s'essoufflaient à suivre ce train. Les Meyrisch semblaient avoir sombré dans le naufrage des conspirations, et, certains jours, Victoire se trouvait un peu seule. Là-dessus Flavienne Schramm était apparue : les Roux n'étaient-ils pas, à Uzès, dans la mouvance de la Vernède ? Et surtout Valentin Fléaux était un si vieil ami... De l'aventure de Victoire et d'Hubert, Flavienne avait fait sa chose, sa bonne œuvre romanesque et trouble. Tremblante, extasiée, elle était devenue l'amie de Victoire, sa pourvoyeuse en conseils, médecins, robes, libertés diverses. Tout ce que Victoire était obligée de refuser d'Olga Fléaux, elle pouvait l'accepter de Flavienne, si fragile, si riche, un peu lunaire, et qui ne tombait pas sous la malédiction gaulliste. Encore qu'à y réfléchir... Victoire se disait parfois que tous les ministres intéressés devaient avoir l'adresse d'Hubert dans leurs archives, que les policiers s'étaient donné un mal fou pour ne pas lui mettre la main dessus, etc. Hubert s'en doutait bien, lui aussi. Mais c'était comme les voyages mystérieux, pas un mot. Au fond, jamais Victoire – passé les premières semaines – n'avait pris au tragique la petite guerre d'Hubert ; ce qui se passait (ou plutôt ne se passait pas) la confirmait dans son scepticisme. Quand elle mit Thérèse au monde elle se dit : « On va voir s'il continue à jouer ou s'il s'occupe de choses sérieuses... » Les choses sérieuses – elle voulait dire : le bassin de plastique, les galipettes au soleil – étaient en train de l'emporter, et Victoire de se rassurer. Hubert paraissait encore suspendu entre chimères et réalité, mais la réalité faisait de jour en jour des progrès. Victoire prit à la caisse d'épargne les dix mille francs d'Olga Fléaux – ils avaient produit six cent soixante francs d'intérêt – et loua pour l'été la petite maison de Goult. Hubert ne posa pas la moindre question. A ce silence, Victoire vit bien que l'adulte, en lui, n'avait pas pris tout à fait le dessus. Mais enfin, l'époque des Grands Jeux et de Zorro s'estompait. Il faisait si beau ! Dans le village, à l'heure des courses, les garçons se retournaient sur la jolie « Mme Favre », qui s'en trouvait bien. Jamais on n'eût pensé qu'elle était la mère de Thérèse. Mais ce sont là façons de parler. Victoire, devant son miroir, cherchait à formuler le secret de son cache-cache avec le temps. « J'ai trouvé, se dit-elle un matin, je suis devenue une personne. » C'était un peu vague, mais assez bien jugé.

Ce fut donc un été de bonheur. « Comme Gide parlant du père Hugo, pensait Victoire : le bonheur, hélas ! » Et de jour en jour, dans l'impitoyable lumière, non pas en contradiction avec le bonheur mais le fortifiant, le nourrissant, faisant partie de lui et lui donnant la fragilité convenable, une sorte de faim renaissait en Victoire, d'autant plus énigmatique qu'elle aimait, à ses côtés, ce compagnon rassasié.

« Il a enveloppé les gisants de Saint-Denis dans le linceul plastique de son Temps. » La formule est célèbre mais contestée. Elle est de Malraux, soit, mais non pas de sa plume, seulement de sa bouche. Et Dieu sait si dans ses monologues, les formules fourmillent, crépitent, se chevauchent. Alors, où ? Quand ? Les zélateurs de Niemand prétendent l'avoir entendue à New York, ou à Houston (Texas), certains disent à Los Angeles. Il faudrait évidemment vérifier 1°) si Malraux s'est bien rendu dans ces différentes villes ; 2°) si Niemand y a exposé. Remarquez, le ministre pourrait avoir jeté cela dans une conversation, sans qu'il soit besoin de l'imaginer planté devant l'un des « enveloppements » de Niemand qui ont fait fureur, c'est vrai, aux Etats-Unis, pendant quelques mois. Mais alors il y avait donc là un auditeur prêt à recueillir et à noter la formule ? Quelle chance ! En tout cas, à peine prononcée, la phrase a été baignée de légende. Malraux l'aurait dite alors qu'il guidait Mme Kennedy dans quelque musée. Peut-être à la National Gallery de Washington ? Pas au Louvre, quand même ! Ou dans une quelconque Maison de France – il y en a partout – où l'on exposait de jeunes artistes ? Mais Niemand n'est plus si jeune et il est Zurichois. D'ailleurs il a commencé ses « enveloppements » en 1963, à peu près au moment où était assassiné le président Kennedy, et il ne les a exposés aux Etats-Unis – à Dallas, précisément – qu'en mars 1964. Dallas où Malraux n'est jamais allé. Voilà qui résout le problème. Il doit s'agir d'une réponse aux questions d'un journaliste, à la radio, ou dans une séquence de télévision, après tout peu importe. « Il a enveloppé les gisants de Saint-Denis dans le linceul plastique de son Temps. » En l'absence de toute référence à un texte, force est d'admettre que la majuscule de Temps est des thuriféraires de Niemand. Pourquoi Saint-Denis ? Il est vrai que ces formes humaines devinées, comme sous un drap mouillé, sous un suaire collé au cadavre par le début d'une putréfaction, ont quelque chose d'hiératique, de médiéval. Mais « Saint-Denis », on n'est pas sûr que Niemand y ait jamais mis les pieds. (Il a juré, après coup, avoir hanté la crypte, et même s'y être laissé enfermer, une nuit, armé d'une lampe de poche. Vous y croyez, vous ? On peut supposer qu'il est allé discrètement passer une heure dans la basilique, entre deux hordes d'écoliers et de petites Anglaises. Mais enfin...) Il eût été plus juste, à considérer Niemand, de parler des guerriers d'Urs Graf ou de Manuel Deutsch, que sa trogne évoque. Mais Saint-Denis ! C'est la « dimension Malraux », le coup de projecteur titanesque, la crypte d'*Hernani* : « le Roi et l'Empereur », l'artiste à tu et à toi avec les géants. Le génie du slogan : aucun marchand intelligent ne négligerait cela. Quant au « coefficient Kennedy », au début des années soixante c'est le zéro dans les calculs : il multiplie par dix tout ce qu'il affecte. Les quinze mots controuvés ont donc rejoint, dans l'arsenal journalistique, la phrase non moins éclatante – prononcée au Japon, celle-là – sur Mathieu calligraphe occidental. Il est à remarquer que Niemand a fait, en tout et pour tout, une vingtaine d'« enveloppements », mais sa réputation sera pour dix années prisonnière de cette « rigolade »-là (c'est lui qui parle). Un peu comme les compressions de voitures ont enfermé César dans la plus amusante de ses inventions. En mai 64, quand il quitta définitivement Taos pour rentrer

117

en Europe, Niemand était résolu – disait-il – à ne pas se laisser lui-même « envelopper comme un paquet, asphyxier comme un cadavre », dans son fameux linceul de polystyrène. Même s'il lui avait valu ses premiers gros titres dans les magazines. « Le Savonarole de l'Oberland bernois (étrange glissement géographique...) a conquis New York en deux heures. » « Basta ! Puisqu'ils sont si bêtes, il faut se protéger : je me construis un abri. » Ceux qui avaient cru à une maladresse de vocabulaire comprirent leur erreur en voyant, non pas surgir de terre mais s'y enfoncer, la maison de Niemand au pied des Alpilles : c'était un *Bunker*.

– Tu tourneras à droite quatre ou cinq kilomètres après Saint-Rémy, je t'indiquerai le chemin.

Le visage de Burgonde s'est fermé.

Comme il serait confortable de mépriser tranquillement Niemand ! Mieux, de hausser les épaules, de le négliger, de feindre que tout cela n'a jamais existé, n'occupe pas les conversations et la presse, ne fait pas des prix insensés, ne repousse pas dans l'ombre le travail ingrat, opiniâtre, subtil, sérieux : le sien. Le sien, à lui, Burgonde, et celui de ses amis, les *vrais* peintres, qui portent sur le visage et à fleur de sensibilité l'angoisse créatrice, le souci de la continuité. (Et allez donc ! Tant que tu y es, pourquoi te gêner ?) « L'espérance de notre travail, qu'on l'avoue ou non, c'est le musée. Entrer au musée, en être digne, y rejoindre les saints patrons, gagner sa petite place dans leur alignement, ne pas faire à côté d'eux piètre figure. Et pour cela, bien sûr, la filiation, l'ordre. On ne peut pas à la fois ambitionner le musée et la poubelle, le Louvre et Mme Tussaud. La poubelle exclut le Louvre. Le blabla de Malraux – à supposer que le slogan ne soit pas apocryphe – donne à la poubelle et au musée Grévin leurs lettres de noblesse, leur laissez-passer pour le Louvre. Etc. » Burgonde soupire.

« Oui, rudement commode ! Se faire bœuf, philistin, gros bouffeur de "réalités nouvelles" ou caresseur d'âmes – et retourner en paix à la bonne vieille Ecole de Paris. Quel confort ! Tenir pour nulle la dérision qui est en train de tout chambarder. Et pourquoi, pendant que nous y serions, ne pas jeter dans le même sac Dada et le surréalisme, les coups de grisou d'il y a quarante ans ? Ont-ils fait exploser la baraque ? Non, alors... Des trucs, des trouvailles, des railleries, oui, mais pas la révolution. Ils ont conquis les vitrines, des magasins chic, les thèses des universitaires, les musées américains : on connaît le circuit. C'est cela, ce circuit, cette déférence gagnée peu à peu par capillarité et intimidation, qu'il faut refuser aux escrocs. Si l'on ne fait pas bonne garde, les terroristes tiendront demain toutes les places. Et quelle meilleure garde que le rire ?

« Le rire, hélas, ils l'ont prévu, et à l'avance annexé. La "rigolade", comme dit Niemand. La rigolade a été en un tournemain logée à l'étage noble par le passe-passe imparable : l'argent. Une rigolade pour laquelle un musée texan est prêt à raquer cent mille dollars allume la vénération de tous les gogos d'Occident. Et même ajoutez pour demain ceux du Japon : ils arrivent. Devant l'argent, qui ne céderait ? Je ne parle pas des marchands : c'est leur métier. Ni même des collectionneurs : presque tous boursicotent. Je parle de nous. Nous, les créateurs. L'argent nous fait mouiller. Convoitise ou angoisse ? Alors, peu à peu, nous cédons du terrain. Un silence par ci, une phrase arrangeante par là : bientôt nous nous essaierons tous aux contorsions à la mode, histoire de montrer notre souplesse et notre liberté d'esprit.

« Il va sans dire que cette rhétorique furieuse, je ne la risque pas à haute voix ni devant témoins. Si j'ose dire : à haute voix, je me tais. Je fais la gueule quand on récite devant moi les âneries au goût du jour, mais bouche cousue, sourire contraint. Ne pas avoir l'air bête, grands dieux ! ni réactionnaire, ni pusillanime, ni vieux. Visite amicale à Niemand. Aparté affectueux et flatté, hier soir, avec Niemand. Satisfaction de gros matou parce que le chambouleur, retour des Amériques (où Malraux, les Texans, Mrs Kennedy, voir plus haut...), a daigné se déranger pour venir me rendre hommage. Non pas à l'heure où les gens sérieux – et les photographes – étaient là, qui auraient pu tirer telle conclusion de sa présence (pas fou, le chambouleur), mais à celle où ce cher Burgonde, plus qu'à demi ivre, était mûr pour goûter la friandise dont on lui faisait l'aumône. Je ne suis pas dupe ! Je ne suis pas dupe mais j'ai peur d'avoir l'air niais. Autant que les bourgeois en ont peur. Grand-père a préféré Bouguereau à Monet : honte et mauvais placement. Papa a jeté au feu les Bouguereau. Dali a réhabilité Bouguereau. Qui est qui ? Qui est Monet ? Qui, Bouguereau ? Qui, Dali ? Dans le doute, investissons. Investissons dans les receveurs d'autobus moulés en plâtre, les prépuces de bronze à trois exemplaires, les cadres encadrant du vide, les bidets dorés à la feuille, les buissons de fil de fer barbelé, les carburateurs en boîte, les mannequins de la Samaritaine roussis au chalumeau, les monochromes, les toiles vierges, les toiles lacérées, les toiles roulées en boule dans les coins des galeries baignées de musique baroque, les draps de lit étendus sur un fil, les portraits léchés, les étrons galvanisés. Nos enfants ne pourront pas nous accuser d'avoir raté le coche. Nous voyageons dans tous les coches, toutes les pataches, tous les derniers bateaux. Au reste, rien de plus rassurant que les extrémismes : ils se rejoignent, comme chacun sait. Roland Dorgelès accrochant, en 1910, un pinceau à la queue de l'âne Boronali pour lui faire barbouiller une toile : c'est le comble de la narquoiserie petite-bourgeoise, le passéisme à la sauce montmartroise. Mais la "machine à peindre" de Tinguely (1959), c'est l'extrême provocation de l'avant-garde, l'ultime combat de la dérision. Contre quel adversaire ? En 1910 : les fauves, probablement. En 1959 : les abstraits lyriques, ou géométriques, ou les tachistes, peu importe. Les deux démarches sont similaires. Mais l'une prétend s'attaquer aux terroristes ; l'autre est un terrorisme. L'une est un inexpiable péché obscurantiste ; l'autre bénéficie des privilèges éclatants de la jeunesse. D'un côté les vieux cons, de l'autre l'archange provocateur. Quel confort ! Quel rôle jouons-nous, nous, dans cette comédie où tout le monde bafouille le même texte ? Celui de l'éternelle lavallière, du vieux Goût Français ? Il y a de ça. Nous avons pourtant cru nous en tirer ! Nous avons négocié avec tous nos adversaires. Résultat : tout le monde nous tombe dessus. Ceux que Dorgelès et son âne tenaient pour des farceurs, nous les tenons pour nos maîtres ; mais les forcenés de la dernière couvée nous traitent d'artistes et nous précipitent au néant. On est toujours le vieux con de quelqu'un, bien entendu. Moi, ce soir, ce qui m'intéresse – je veux dire : ce qui m'adoucit la vie – c'est de deviner de qui Niemand sera – est peut-être déjà le vieux con. »

– Ralentis, nous allons tourner... Là, tu vois ? avant la cabane du cantonnier.

Au bout de deux cents mètres le chemin cesse d'être goudronné. D'un côté une haie de cyprès ; de l'autre un champ de lavande, à quoi succèdent bientôt la pierraille et la végétation incertaine de la garrigue. En face, la carapace craquelée des Alpilles, tamanoir ou éléphant, selon l'échelle des imaginations. Bientôt le chemin devient si cahoteux que la voiture peine : il faut rétrograder en première.

– C'est là, dit Ludovic.

Et il montre un espace dégagé, un mur bas le long duquel sont rangées une Land Rover et un grand break américain à l'ombre d'un abri de cannisses. Pas trace de maison. Sur ce ressaut de terrain, on se croirait au pied de la montagne : le soleil du soir, à contre-jour, la ride, la ravine, sa présence est dramatique. Un petit avion passe, presque invisible et silencieux sur le chiné des Alpilles, pour se poser sur le terrain de Romanin.

– Il ne s'embête pas, Niemand, dit Gabrielle. Mais où est la maison ?

Ludovic jubile. Il les précède sur un raidillon plus ou moins aménagé : on a frayé un chemin, bétonné les trous dans la roche qui affleure. Après cinquante pas ils arrivent au sommet de l'escarpement, d'où l'on domine de quelques mètres la plaine rase qui va buter, un kilomètre plus loin, contre les Alpilles. C'est juste un repli du terrain, un décrochement de rochers gris dans le grand paysage plat qui s'étend de la Durance à la montagne. Mais cette espèce de gros talus a suffi à Niemand pour se creuser, à même la faille, comme une grotte dans un causse, l'habitation d'un troglodyte obsédé de modernisme. On ne voit, émergeant à peine du rocher, que du béton couleur de terre, sols et murs également bruts, râpeux, et des vitres immenses serties de métal gris.

– Il ne manque que les filets de camouflage, murmure Burgonde.

Le lieu évoque quelque rêve germanique et guerrier : les fameux abris pour sous-marins de la base de Saint-Nazaire, ou ces hangars secrets ouverts dans la montagne comme l'est sa gueule au requin, que les militaires creusent au bord de leurs terrains d'aviation, à peine plus visibles que la fente de la paupière chez un animal aux aguets.

– Diable ! dit Gabrielle. Heureusement qu'il y a la piscine...

Elle est la seule tache de fraîcheur, *milk shake* à la pistache, zébrure provocante dans ce décor minéral : pas un brin d'herbe, pas un arbuste n'a été toléré par Niemand à proximité de son *Bunker*.

– Ce n'est pas une maison, c'est une catastrophe géologique !

Un escalier dégringole dans le roc jusqu'à l'immense terre-plein sur quoi se découpe la ligne brisée des vitrages, des murs rêches, des meurtrières. Dans un renfoncement – seule partie intacte de la faille originelle qu'a utilisée l'architecte – sont disposés des sièges et des tables basses. Il règne une surprenante fraîcheur, une pénombre dansante : une pointe de la piscine pénètre jusque-là et ses reflets bougent au plafond de la grotte. Les visiteurs se sont immobilisés.

– Chapeau ! dit Burgonde.

Et c'est pour constater que les sons, au lieu d'être répercutés, exaltés comme on pouvait le craindre, sont étouffés, apaisés. Gabrielle se penche vers la piscine et y trempe la main : aussitôt des ondoiements de lumière animent la roche et les murs, une sorte de clapotis silencieux vers lequel ils lèvent les yeux, incrédules. Ils n'ont pas entendu venir Niemand : il émerge, pieds nus, de la nuit du fond de la grotte, à la façon des comédiens dans les mises en scène de Vilar. Sur lui aussi, sur son torse sombre, sur son visage gothique dansent les petites lueurs bleues. Il éclate de rire (et Burgonde songe que c'est le rire d'hier soir qui se prolonge, comme si le temps avait été annulé entre l'ivresse de la veille et l'irréalité de cet instant).

– Bonsoir, les Burgonde ! Bonsoir, Loudofic ! Personne ne vient ici, vous savez ? Jamais de fête, d'emmerdeurs, de parlotes, de photographes. Je suis aussi seul que dans la maison du Wallensee. Mais ici, le soleil ! Je veux dire pour la peau, parce que je déteste pour le travail... Pour le travail : verre fumé, spots électriques, l'anti-Nature, quoi !

Il est en pantalon blanc, torse nu ; brun : un maître nageur ; frisé : un faune. Il désigne de la main les différents pans coupés de la façade, sans proposer de visiter les lieux :

– Ici, le salon et la chambre à dormir ; là, l'atelier, par là les nécessités, filtration, cuisine, chambre froide... La grotte s'étend là-dessous et je peux agrandir, mais pour faire quoi ? Je n'ai pas besoin, hein ! Les grosses pièces je les fais dans une usine, chez un ami, alors...

Tous les vitrages sont faits de ce verre qui, transparent à sens unique, permet de l'intérieur de voir le paysage, mais oppose aux curieux une étrange surface opaque, une sorte de miroir noir, à la façon des lunettes d'une star ou d'un dictateur latino-américain.

Niemand a frappé dans ses mains et un garçon de vingt ans apparaît, portant un plateau chargé de bouteilles et de verres ; presque en même temps, mais selon l'autre diagonale de la terrasse, une très jeune femme émerge elle aussi des entrailles de la terre, d'où elle semble avoir extrait un seau à glace et un énorme gâteau. Ballet muet et innocemment sensuel : les deux jeunes gens, comme leur maître, marchent pieds nus et sont vêtus de blanc. Quelle messe profane servent-ils ? Tous deux ont les mêmes lèvres épaisses, des paupières baissées, la taille courte. Un couple ? Le frère et la sœur ? « A quoi diable ces deux-là se prêtent-ils ? se demande Burgonde. On imagine d'étranges combinaisons... » Niemand s'active avec des gestes précis d'ouvrier.

– Leila a appris à faire la Nusstorte... La tourte aux noix des Grisons... Vous aimez ?

Il coupe des parts larges comme la main. Il sert de grands verres d'alcool. Pour lui : de l'eau dans une carafe couverte de buée.

– Vous avez apporté les maillots ? Vous prenez un bain ? Gabrielle, je vais demander à Leila de vous prêter quelque chose, oui ? Mais... (rire tonitruant) Leila se baigne nue plutôt... Alors le maillot il doit être neuf !

Ils vont rester là deux heures, engourdis par l'étrangeté du lieu, l'alcool, les allées et venues silencieuses de Leila et d'Omar. L'ombre est venue et la piscine, à la lenteur théâtrale d'un rhéostat, s'est éclairée. Aussitôt des moirures laiteuses ont ondulé sur la roche qui les surplombe, sur les murs. Un projecteur a fait surgir du fond de la grotte, où elle était restée invisible, une sculpture de métal qui se projette sur la paroi en explosion d'ombres.

– Kricke ?

– Oui, vous aimez ? Pour mon goût c'est un peu anecdotique – c'est ça le mot ? – (comme s'il ne le savait pas, ricane Burgonde), mais ici, sous la terre, comme une grosse araignée du soir – espoir, hein ? (rire tonitruant) – c'est amusant. Il y a aussi, par là (geste vague de la main) des Kemeny... Vous savez : les forêts de clous... la planche du fakir dressée contre le mur... c'est très beau je pense.

Ce sera son seul sacrifice aux grands sujets. A aucun moment il ne sera question de visiter l'atelier. Encore moins de pénétrer dans le *Bunker*. Dans cette région où la visite du mas restauré fait partie des usages – les invités pénétrèrent un à un, leur verre à la main, dans des chambres éternellement en ordre où l'on aurait honte de poser ses fesses sur le lit – le mystère dont s'entoure Niemand est une trouvaille. Il ne cesse jamais de mener le jeu. Son Jeu. « J'aime cela », dit Burgonde, pendant leur retour vers la Brume.

– Ce que fait Niemand ? Mais il ne nous a rien montré... Tu veux dire sa maison ?

– Non. Je veux dire : son mépris.

Quand ils y arrivent, le mas de la Brume avec ses crédences, ses tapisseries et ses odeurs de tomates provençales leur paraît étouffant. « Une boutique de broc », murmure Ludovic. Il lui a fallu voir le *Bunker* avec les yeux de Burgonde pour le découvrir. A sa première visite il avait été seulement épaté. Il avait fait des additions. Il sent maintenant que son étonnement est composé de sentiments beaucoup plus compliqués. Il faut courir très longtemps, très vite, si l'on veut rester dans le peloton de tête. Dès qu'on s'arrête, dès qu'on entre pour y reprendre souffle dans une des maisons du bord du chemin, on se retrouve dans l'antiquaille, les parfums de naphtaline, la mauvaise graisse, l'âge.

– Alors, Ludo, tu vas exposer Niemand ?

Pris de court, Ludovic coule un beau regard velouté vers Burgonde. Il a des ruses de fille pour se tirer des situations embarrassantes.

– Si l'on parlait plutôt de toi ? C'est toi que je rêve d'exposer, tu le sais bien.

Ici, une inquiétude arrête le narrateur. A-t-il montré comme il le voudrait – comme il le faudrait – ses personnages ? Par exemple, cette scène située dans la grotte-terrasse de Romanin : il a multiplié les notations sur la lumière, la géométrie des mouvements, les silences, la couleur des peaux, de l'eau, le son cotonneux des paroles échangées. Il a raconté la *mise en scène*. Et comme un metteur en scène il espérait que l'objectivité et la minutie des détails finiraient par exprimer quelque chose des caractères, de la psychologie des personnages, de ces mouvements incertains de colère, d'envie, de lassitude, de moquerie qui cheminent sous l'échange des phrases banales, contrôlées – cette banalité que Niemand excelle à imposer, en la ponctuant de ses rires de faux paysan. Mais le narrateur se demande maintenant s'il a donné ainsi accès à l'essentiel.

Peut-être eût-il fallu insister sur des impressions plus fugitives : l'animalité d'Omar et de Leila, la légère trace humide que laissaient les pieds nus de Leila sur les dalles quand elle restait un moment immobile. Ou la vigilance qui ne cessait de durcir le regard brillant et bonhomme de Niemand. Ou encore cette crispation involontaire, fréquente, du visage de Burgonde, que Gabrielle discrètement surveillait – comme toujours elle surveille la quantité d'alcool qu'il boit, les silences où il se retranche, les insolences qui lui échappent – toute à son obsession de *mesurer* en quelque sorte, quoi qu'il fasse, son compagnon. Tout cela se devine-t-il ? Le tableau se complète-t-il de lui-même ? Peut-être faudrait-il aussi l'agrandir, faire sentir au lecteur la présence, autour de cette scène très circonscrite – l'étoile opalescente de la piscine et ses reflets mobiles, cette bouche ouverte dans la rocaille où sont disposés les sièges qu'a dessinés quelque célèbre architecte italien ou finlandais, quatre personnages qui bavardent à mi-voix, deux adolescents aux bouches charnues qui font des gestes doux – la présence, donc, très vaste, à la fois oppressante et légère, de la nuit en train de tomber, avec les premières étoiles, la masse des Alpilles qui mange la moitié du ciel, les parfums de la garrigue et d'une pinède proche, la stridulation intermittente des cigales qui impose, si l'on est attentif aux signes, la présence d'un monde de peurs, d'appétits, de guets, de reptations, de cruautés : vérité grouillant sous le charme de ce qu'on appelle un superbe soir de Provence. Tout cela baigne et pénètre les propos échangés, les silences. Tout cela est l'essentiel, à coup sûr, alors que les paroles dites, les gestes nécessaires au déroulement de l'action ne sont que de la garniture autour du secret de la nuit.

N'eût-il pas fallu – autre exemple – noter ce mouvement qu'on a vu à Burgonde, de se lever pour s'éloigner un moment ? Il l'a fait d'une allure lente, presque furtive, sans prier qu'on l'excusât. Il a marché au bord de l'eau lumineuse jusqu'à sortir du cercle de clarté. Niemand jetait vers l'ombre des coups d'œil inquiets, comme s'il eût redouté que son visiteur ne lui dérobât un morceau de la nuit. Qu'a fait Burgonde ? Il est allé s'asseoir à même les dalles chaudes, serrant ses genoux dans ses bras, ce qui était une attitude de jeune homme, et sans doute a-t-il laissé ses yeux s'habituer à l'obscurité, préciser la ligne déchiquetée de la crête sur le ciel, découvrir des détails, distinguer sur la gauche la pinède, sur la droite la lueur qui monte du côté de Saint-Rémy. Nous écrivons « sans doute » parce que rien n'est sûr, rien n'autorise le narrateur à dire par le menu les états d'âme de Burgonde et il voudrait – le narrateur – restreindre son rôle dans le récit, laisser la plus large part au lecteur. Des hypothèses, voilà ce qu'il est permis de risquer, rien de plus. Ou alors tenter de rassembler en faisceau les présomptions, mettre en ordre le dossier. Libre à vous de tirer ensuite vos conclusions.

Il n'est pas interdit de supposer que Burgonde, avec devant lui cette nuit coupée en deux – en bas le noir dense et peuplé de la terre, au-dessus le firmament ponctué de scintillantes niaiseries métaphysiques –, s'est laissé aller aux inquiétudes fondamentales. Comme ça ? Oui, comme ça. Trois verres dans le nez et la tête troublée par la découverte du *Bunker* – la singularité du lieu et de son créateur, les certitudes qui paraissent habiter Niemand : Burgonde était mûr pour l'angoisse. Cette angoisse lente, familière, qu'il connaît si bien. « Lui, moi : qui est la dupe ? Qui, le sage ? » Il y a quinze jours alors, au bas mot, que Burgonde n'a pas travaillé. Dans les périodes où il peint, il ne se pose guère de questions. Il avance. Parfois le sol se dérobe sous lui et il s'interrompt, étourdi : « A quoi bon ? Tout cela est nul. Autant m'arrêter tout de suite. » Etc. Puis le moteur se remet en marche. Au contraire, quand il traverse une période d'inactivité – semaines qui précèdent et suivent, comme en ce moment, un vernissage, voyage – il glisse aux idées générales. Sombres, parfois, découragées, comme on s'en doute, mais aussi bien euphoriques et naïves. Loin de l'atelier, sa peinture prend souvent un sens clair, nouveau. Elle cesse d'être cet enchaînement de hasards méticuleux, cette effusion vague traduite en gestes déplorablement précis. Elle redevient route droite et large, espérance et intention sereines. « Je fais le point », dit-il. Dans ces moments-là il redoute d'être bousculé. Sa lie se dépose au fond de lui, il se sent devenir limpide. La visite à Romanin est en train de secouer furieusement la bouteille.

Sans doute serait-il plus judicieux d'élargir le champ davantage, bien au-delà de l'heure, du lieu, des pensées prêtées au héros, pour englober dans l'hypothèse l'ensemble de sa vie présente et passée, jusqu'aux prémonitions et aux projets qui le traversent. Il y a toujours dans la tête d'un homme qui s'isole, s'immobilise et songe, une petite foule qui se presse : intrus, familiers, fantômes, images de soi-même. On peut dire : « Burgonde, dérouté par l'attitude de Niemand, réfléchit sur sa propre peinture. » Mais il faudrait ajouter que les colères de Frédéric et les bouderies de Rose ne sont sans doute pas absentes de sa rêverie ; ni Gabrielle, bien sûr, dont le corps lisse et connu ne l'émeut plus très souvent ni très fort. Ne pas oublier non plus le cortège clandestin des désirs, les secrets, les hontes, les cachotteries, les palpitations un peu plus intéressantes - Colette, entre autres, qui se glisse un instant à ses côtés dans la nuit des Alpilles. Ces quelques gamines caressées à la va-vite et dont la présence, selon les circonstances, lui fait oublier ou connaître son âge, le dilate ou l'oppresse, l'exalte, le blesse. Il y a du monde autour de cet homme seul, assis par terre, lors même qu'il paraît ne plus entendre les bavardages ni les allées et venues dans son dos. Et pourquoi l'ombre du vieux M. Burgonde ne viendrait-elle pas le visiter ? Ses semaines ultimes ; son corps devenu objet de répulsion et de pitié ; les mots atroces des infirmiers que son fils encaissait, inerte et froid en apparence, mais qui le torturaient à la sortie de l'hôpital pendant des heures. La nuit, surtout. Il lui semble que l'agonie de son père a duré toutes ces nuits qu'il passait loin de lui, à veiller. Et la fin, le râle énorme qui sortit de ce tison brisé, presque éteint. Les odeurs de pourriture. Ce médicament dont se bourrait Burgonde et qui tenait tout à distance de lui, du coton, du gris. Rien n'est oublié. Rien n'est apaisé. On tire un fil et toute la pelote se dévide. On voit la silhouette d'un homme silencieux, bougon peut-être ? ou fatigué ? et l'on ne devine pas autour de lui la sarabande de ses remords et de ses secrets qui l'assiègent.

Me suis-je fait comprendre ?

Cet été-là on vit beaucoup Ludovic. Il rendit visite à Max Ernst à Seillans. Il enroula les mille virages de la route Napoléon pour monter en Suisse : la biennale de la Tapisserie avait lieu à Lausanne, où chaque soir il tint table ouverte à l'étage de la Pomme de Pin, rue Cité-Derrière, pendant une semaine. Il arrivait que l'absence de Baby Demos lui facilitât les choses. En Suisse, par exemple, où elle eût rebroussé les discrets Vaudois. Elle le rejoignit à Venise où d'abord il passa seul quelques jours. Ludovic eut toutes les peines du monde à se débarrasser à temps d'une Américaine de vingt ans, une fille de Smith College qui écumait les musées d'Europe, levée presque par hasard au petit théâtre de Vicenze. Elle était aussi rose, rousse et dodue que Baby était pruneau et bois sec. Elle gloussait au plaisir, la main sur la bouche comme si l'amour eût été une farce à faire en silence. Ils rentraient le soir en se tenant par la main à la *pensione* Seguso, face à la Giudecca, où par la fenêtre on voyait passer des cargos illuminés qui occupaient tout le ciel. Le cinquième jour il lui raconta une histoire de poste restante, de télégramme, et il disparut (l'avion de Baby arrivait), laissant derrière lui une Emily pensive, menton durci et les yeux froids. Désormais, et tout le temps que dura son séjour, il se ruina en canots-taxis et prit soin d'éviter toute flânerie, terrorisé à l'idée de tomber sur Emily et à imaginer le rire dont Baby fusillerait la gamine. Il retrouva, la nuit, avec effroi, les pâmoisons de

Baby et ses ongles acérés. L'angoisse du premier soir à la Vernède revint le visiter, mais les ivresses de l'élégance la dissipèrent. Baby l'emmena chez Peggy Guggenheim. Attentif à équilibrer leurs comptes de mondanité (y eût-il pensé un an auparavant ?) Ludovic introduisit Baby à la Ca'Frascati, qu'avait louée Antonini pour un mois. Sa cour y menait jour et nuit le train pagailleux et princier qui estomaquait Ludo, mais auquel Baby Demos trouva mauvaise façon. Elle fut pourtant mieux accueillie que lui à la Ca'Frascati : elle portait, elle, les emblèmes d'une coterie dont rêvaient les jolis fauves – escarpins et cheveux lustrés – qui tendaient à Ludovic des pièges sournois. « Tu sais, ce type, c'est une méduse dans le potage... » Baby surprit la phrase et, se gardant de la répéter, décida de la faire payer cher à l'imprudent : une folle levantine frottée de Londres et de Paris, mais pas assez pour n'avoir pas gardé quelques habitudes de bazar ou de *lobby* d'hôtel. Petit gibier, mais Baby ne supportait pas qu'on humiliât Ludovic. Il ne lui fallut pas trois jours pour coincer le garçon dans une affaire de commission prise par lui sur un dessin de De Pisis dont elle s'était entichée. Elle s'étonna, au dîner, avec la brutalité apprise sur les quais des ports et dans les tavernes par cinquante générations de ses ancêtres, d'avoir été conseillée par un courtier, non par un ami. Antonini blêmit et parla d'erreur : « Sandy » Demos pouvait interdire à ses films les écrans de tout l'est des Etats-Unis. Le lendemain le garçon avait disparu du palais. « Cela fera toujours une méduse de moins dans le potage », conclut Baby, à l'étonnement de Ludovic : il ne lui connaissait pas cette expression.

Apaisée, Baby organisa un déjeuner au Lido, à l'hôtel des Bains, qu'elle préférait à l'Excelsior et encourageait Antonini à choisir pour décor. « Mais un décor pour quel film, chère amie ?... » Quand ils y arrivèrent le personnel venait de se mettre en grève. Trois maîtres d'hôtel suisses en âge d'être à la retraite, le dos courbé de honte et de fatigue, dressaient en hâte un buffet dans l'immense salle à manger grise. On alla s'y servir de viande froide et de salade en se bousculant. Pour le dîner de Baby Demos, c'était inespéré. Dehors défilaient, le poing tendu, les grooms, les valets et les voituriers si prompts d'ordinaire à tendre une main ouverte. Debout sur la terrasse les clients savouraient le spectacle, un sourire carnassier aux lèvres. « Ils souriront moins quand ils trouveront leurs poils collés au fond de la baignoire », constata Baby avec réalisme. Ludovic aperçut Emily : elle marchait vers la plage publique, les joues rouges,

son maillot et sa serviette serrés dans un sac jaune. Il se rappela, comme le paradis, la profondeur onctueuse de son ventre. Autour d'eux caquetaient l'Importance et la Richesse. Il sentit soudain la vie couler de lui avec une rapidité inquiétante. « Rentrons », murmura-t-il à l'oreille de Baby. Elle fut flattée.
– A l'hôtel ?
– A l'hôtel et à Paris.
Elle alluma une cigarette et fit beaucoup de fumée pour cacher sa perplexité. Il avait changé, Ludovic. Elle aussi entendit les bavardages autour d'eux, les rires, les bribes d'une *Internationale* langoureuse qui parvenaient par les baies ouvertes. L'idée lui sauta d'un coup à la tête et aux lèvres :
– Je ne t'ai pas dit, je dois aller à New York. Tu y viens avec moi ?
Elle vit briller l'œil de Ludovic et pensa, quel que fût le danger, qu'elle était en train de le conjurer. Combien de temps tiendrait-elle ainsi ce garçon auquel elle ne tenait pas tellement ? Elle se le demanda. Elle se demanda aussi comment elle ferait passer Ludovic dans ses bagages. Un homme est un gros sac encombrant. Quelles étaient les limites à la patience de Sozone Demos ? Et celles de son indifférence ? Parfois Baby craignait que son mari ne se fît mettre le grappin dessus par une de ces Américaines impérieuses et moralisatrices – des blondes, toujours, ou des rousses, ses ennemies – passées du chariot des pionniers aux *country clubs* et au snobisme puritain. C'en serait fini des douceurs de la vie. Enfin, presque. « En fait de meubles, possession vaut titre. » C'est un adage de droit utile à qui possède assez d'argent liquide et d'adresse. Baby avait enfermé dans un grand coffre de Genève, outre la moitié de ses bijoux, des toiles et des dessins, de petit format mais bien choisis. Ils lui permettraient, en cas de typhon conjugal, d'être à l'abri du tourment pendant quelques années. Mais ensuite ? Elle se savait une santé à vivre centenaire, et les Ludovic coûteraient de plus en plus cher. Au reste, non, elle était injuste : Ludovic n'était pas un maquereau. Il avait commencé de faire de l'argent et ne s'arrêterait plus. « Dans cinq ans, pensa-t-elle, sans égaler jamais Sozone, il sera une bonne affaire. Et il n'aura pas pris un gramme. Seulement des rides : elles lui vont. Je devrais y penser. » Elle haussa les épaules et rit : « Mais j'y pense, j'y pense... Pourquoi ne pas me l'avouer ? Et je pense aussi qu'il n'aura bientôt plus besoin de moi. Déjà, il me baise en détournant le visage. Il garde pour lui sa bouche, sa petite merveille aux dents parfaites, sans odeurs de tabac ni

de pinard. Il a la bouche pure et la langue rose d'un garçonnet. Il en aura bientôt la queue, hélas, au train où vont les choses. Et je ne lui en veux même pas. J'ai tout pressenti dès la première fois, chez les Schramm, dans cette terrible chambre qui empestait le tango. Je devrais lui proposer le mariage. Un mariage blanc. Une association. Mais nous sommes déjà associés. Alors, quoi ? Dans quinze ans je serai mûre pour les villes d'eaux, un fauteuil à Ouchy, sur la terrasse du Beau-Rivage, un bichon maltais sur mes genoux et, si je suis sage, le bridge quotidien de la reine d'Espagne. Mais elle sera morte, la reine d'Espagne, et moi je serai vivante. Affreusement vivante... »

Ludovic, à New York, fut parfait. Sans rien en dire à Baby Demos il avait préparé son séjour. Il lui annonça, comme la chose la plus naturelle du monde, qu'il avait réservé une chambre à l'hôtel Chelsea, sur la 23e Rue, bâtisse rougeâtre et crasseuse où c'était à la mode d'habiter : des moutons et de vieux tampons à démaquillage traînaient sous les lits, mais on croisait dans l'ascenseur Arthur Miller et Alechinsky. Ludovic avait aussi organisé quelques rendez-vous. Baby lui fut reconnaissante de ces délicatesses. Elle n'emmenait pas aux Etats-Unis un gigolo ; elle y était suivie par un amoureux. Cette nuance transforma son humeur. Ludovic, qui traversait pour la première fois l'Atlantique, se tint fort bien : un peu raide, ni plus émerveillé ni plus blasé qu'il ne convenait, il parut ne pas remarquer de quel air une hôtesse le mangeait des yeux. Il but un verre de champagne et constata avec soulagement qu'il comprenait à peu près ses voisins américains. Le taxi brinquebalant, la brutalité du chauffeur, les bagnoles cabossées, la chaleur moite, l'impression d'être saisi et broyé par une machine implacable et douce : la tête lui battit plus fort que le cœur. Modeste, Baby avait l'impression de lui offrir un cadeau inespéré. Elle demanda au chauffeur de changer de chemin et d'aller emprunter le pont de Brooklyn. Il maugréa mais – Ludovic le découvrit avec surprise – Baby s'était mise à la rudesse new-yorkaise. Il se souvint du ton qu'elle avait soudain pris à Venise, à la Ca'Frascati, et il pensa que le visage des Grecs, gros nez et lèvres épaisses, ne ment pas. Il vit grandir Manhattan à contre-jour, dans la demi-brume de la fin d'après-midi, sans rien dire, faisant à son tour cadeau à Baby Demos de son silence et de son bonheur. Sous prétexte qu'elle ne le connaissait pas (c'était vrai), elle voulut passer par l'hôtel Chelsea et déposer Ludovic. Elle trouva l'endroit sinistre mais, devinant obscurément que le snobisme était en train de s'en emparer, elle s'extasia. Elle se fit ensuite conduire 79e Rue, entre Park et Lexington, où Sozone Demos possédait une petite maison d'allure londonienne, aux huisseries et aux fontes peintes de noir, couverte de verdure, devant laquelle un monsieur idéalement élégant faisait pisser un chien couleur de sable. Elle sortit une clé de son sac comme si elle était partie de la veille et, les yeux plus charbonneux que jamais, entra dans le compartiment officiel et ennuyeux de sa vie, la tête haute, les talons claquant sur les marches, pendant qu'un minuscule valet philippin payait le taxi et s'emparait des valises.

Ludovic avait oublié combien il aimait la peinture. Il s'en souvint, ces premiers jours de New York, hantant les musées dans un tourbillon de bonheur et de surprise. Il ne voulait pas peser sur Baby, dont il découvrait les racines, les liens, toute cette autre vie dont dépendaient sa liberté et son argent. Il se sentait un peu voleur. Il commença donc par se passer d'elle, se contentant de lui parler longtemps le matin au téléphone, de la retrouver pour manger une salade dans le jardin du musée d'Art moderne ou à la cafétéria du Metropolitan. Il répétait tout bas, en marchant le long du Park : « L'été indien... » Il n'avait jamais imaginé que pareille fête pût exister : cet automne bleu et or, les douces gifles du vent au coin des blocs, les érables du Park qui rougissaient de jour en jour, ces heures qu'il passait à sillonner la ville, descendant à pied jusqu'au Village, traversant Harlem River pour monter à Brooklyn Heighs (il crut reconnaître Truman Capote que tirait en laisse un énorme chien), prenant pour vingt *cents* le bateau de Staten Island d'où l'on regarde Manhattan fondre dans la brume, puis, au retour, réapparaître. Il revenait sans cesse aux musées, descendant et remontant la spirale du Guggenheim (il préférait cette exploration anonyme au flatteur déjeuner de Venise, preuve qu'il était très jeune), se perdant, un plan à la main, dans l'immensité du Metropolitan, allant jusqu'aux confins de Harlem visiter l'introuvable Musée indien. Mais il finissait toujours par préférer à tout le musée d'Art moderne, ses baies immenses, le haut mur qui clôt sur la 54e Rue son jardin, les bouleaux frêles, le bruit des fontaines, les filles sérieuses assises sur les bancs, les yeux fermés, visage levé vers le soleil de midi.

Il déménagea et vint s'installer au Gotham : il se fit donner une chambre du quinzième étage d'où la vue plongeait sur le jardin du musée – puits de silence, cloître, oasis – et de là son regard s'élevait, détaillait l'architecture intime et folle de la ville, ses secrets dérobés aux yeux des passants, creux d'ombre, chicots entre deux buildings, murs de brique enfumée, parois de verre où couraient les nuages, terrasses partout accrochées d'où s'élançaient ou ruisselaient d'héroïques verdures en pot, gros cylindres (à quoi servaient-ils ?) posés au sommet des immeubles, fumerolles qui de partout s'élevaient – sols et toits – comme d'un volcan à peine apaisé. A l'horizon la compétition infinie des gratte-ciel, les grands défis gothiques et florentins du début du siècle, les masses de bronze, de verre et d'acier des dernières années, les chantiers avec leur fracas de forge, et au fond de chaque trouée des rues les taxis comme un ténia jaune et mouvant, les sirènes des voitures de police, et contrairement à toute attente, là-haut, une grande quantité de ciel que n'avait pas mangée cette ville jetée à l'assaut des nuages, et dans le ciel du vent, et dans le vent des mouettes, qui criaient comme elles font au-dessus de l'eau grasse et verte des ports.

« Un million de gens qui ont eu besoin en même temps de vêtements chauds : de quoi exciter le commerce, hein ! La confection a fait de l'argent tout l'hiver 62 sur la peau des pieds-noirs. Alléluia ! Satisfaction générale. La France a digéré, dans une seule grosse bouffe hâtive, aveugle, sa honte et ce morceau d'elle-même qu'elle s'était laissé arracher. Cette viande saignante, douloureuse, qu'elle eût bien jetée, laissé pourrir, oubliée, puisque le destin la lui rendait elle l'a avalée d'une bouchée, et ensuite elle a roté, heureuse. France-Catoblépas, qui se mange elle-même sans s'en rendre compte, puis se bouche les oreilles, obèse, suicidaire, béate. Un pays qui sieste. Un pays qui-ne-veut-pas-le-savoir, comme le gendarme du répertoire. Qui roupille sous l'œil goguenard et féroce du grand-père de l'Elysée... »

Telles sont peut-être les pensées qui roulent et tanguent dans la tête du capitaine.

Tous ces jours d'immobilité, de paix, pendant qu'il lit, joue avec Thérèse, marche le soir dans la campagne pleine d'odeurs, n'y a-t-il rien d'autre au fond de son silence que cette fureur ? Elle est comme un poisson hors de l'eau, qu'on laisse crever dans l'herbe, sur la rive. Ses soubresauts se font plus rares. Son agonie est silencieuse. L'eau du capitaine, où il avait espéré, selon les préceptes conjugués du général Giap et des colonels de l'action psychologique, se trouver « comme un poisson », justement, était-ce l'armée ? Etait-ce cette Algérie du feu et du sang, il y a trois ans, que cent fois le jour il évoque à la recherche lancinante d'une justification, d'une explication ? Etait-ce – oui, pourquoi pas ? – la clandestinité du printemps 62 et de sa première année en métropole ? Quand a-t-il décollé de soi-même ? Quand a-t-il senti se creuser, entre lui et son passé, lui et tout ce et ceux qui l'entouraient, ce fossé d'irréalité ? Il a vécu ces deux années sans connaître le scrupule : les planques, l'argent - tout lui était dû. Mais peu à peu l'argent a manqué, les planques sont devenues de moins en moins secrètes, de moins en moins utiles. Les camarades du capitaine, presque tous, avec leur petit capital de désespoir et de dérision, se sont acheté une conduite. Il ne leur restera bientôt plus, de la grande folie qu'ils ont vécue, qu'une certaine façon de se taire, de mépriser, et certains soirs de se soûler comme des brutes. Comment rester fidèle dans une nation tout entière adultère ?

Hubert marche à trop grands pas, sans voir que Victoire peine à le suivre. Il voudrait cingler les herbes de sa cravache, mais il ne possède plus de cravache – la prestigieuse, la noire aux viroles d'argent, est restée dans sa cantine, quelque part du côté d'Oran – et il n'y a pas d'herbe dans ce foutu pays. Foutu pays ? Quand on marche, au-dessus de Goult, vers Murs et les monts de Vaucluse, on pourrait se croire encore de l'autre côté de la Méditerranée. Mais les villages... Cette haine des Français, qui suffoque Hubert, ne s'épuisera donc jamais ? Elle dure en tout cas plus longtemps que la colère, qui paraissait pourtant inextinguible. Aux terrasses des cafés, Hubert, parfois, reconnaît un accent : une table où l'on boit l'anisette, où l'on rit *autrement*. Comme l'écrivent les journaleux : « Les pieds-noirs s'assimilent. » Vrai ? On les jalouse, ici, on les suspecte : ils se lèvent trop tôt le matin ; ils grattent trop furieusement la caillasse qu'on leur a vendue ; ils arrosent trop, ils veulent trop, ils auront trop. Déjà ces crédits, ces prêts... On les traite en richards, eux, les exilés. Pensionnés du malheur, pense-t-on. Et sans doute : « Avec quel argent ?... » On tourne le dos quand ils parlent du passé. Non, on ne les aime pas. Mais à quoi bon aller leur parler ? Pour leur dire : « J'avais fait serment de vous défendre et je me suis parjuré » ? C'est d'autant moins recommandé, ce beau jeu de scène, qu'il faudrait nuancer la déclaration : « J'avais juré de vous défendre, mais combien d'entre vous méritaient d'être défendus ?... » Hubert se souvient de la dernière année d'Algérie comme d'une affreuse maladie. Une épidémie, un vertige maléfique. « Nous avions raison ! » Bien sûr. Mais quel rata ! quel bouillon ! Ah, ça grouillait, là-dedans ! Hubert, au printemps 1961, quand la fièvre a monté, était en garnison à Oran, le fief de Jouhaud. Il se rappelle sa stupeur à la découverte de qui étaient ses alliés. Un garagiste et un marquis, les bourgeois et le populo, braves gens, braillards, mômes, toubibs, et le « réseau Bonaparte », et les duettistes Ali et Baba... Ali et Baba ! Ses camarades étaient comme lui, glacés, incrédules. C'est simple, l'armée, c'est net. S'il y a trahison, la chirurgie : on coupe le membre malade. On ne s'encanaille pas. Mais l'Algérie de ces mois-là...

Pendant très longtemps Hubert a trouvé normal que Victoire ne posât pas de questions. Les consignes, la prudence, et puis lui-même ne souhaitait-il pas oublier ? Jouer au repos du guerrier était une solution commode. Mais depuis quelques mois la tentation lui vient de raconter. L'envie de parler. Oisiveté, nostalgie. Les camarades ne viennent plus le voir que de loin en loin. Hubert feint de s'en féliciter alors que leurs conciliabules lui manquent. Il appâte Victoire, il lui glisse une confidence, l'amorce d'un souvenir. Mais la plupart du temps elle ne mord pas. Elles paraissait jeune, capricieuse – il se demande si elle n'est pas devenue, au fil des mois, hostile. Cela pourrait s'expliquer : la mort de son père ; les prières qu'on lui faisait réciter, toute môme, « pour papa et pour le Général ». Il ne lui en veut pas.

Mais quand il tourne dans sa mémoire, Hubert, cherchant comment aborder les choses pour Victoire, il s'aperçoit que même pour lui l'éclairage a changé : le dégoût brouille la colère. L'exaltation est retombée. A la place de la joyeuse pétarade des *stroungas,* des discussions homériques au fond des cafés de Bab el-Oued – ce jour où « Jésus » découpait sur le zinc les pains de plastic qu'il distribuait à ses hommes... – ce sont d'autres échos qui remontent aujourd'hui du passé. D'autres images : les morts, les ratonnés, les exécutés, cette apparence ignoble que prennent les cadavres quand ils ne sont pas ceux de soldats, mais de misérables tas de vêtements souillés de poussière et de sang, sur un trottoir. La mort déshonorée. « Bon Dieu, nous étions ivres ! » Comment pouvait-il rire des proclamations de Perez : « Salut la compagnie !... Moral de fer et couilles d'airain » ? Se réjouir des bilans du massacre : cent, bientôt deux cents, trois cents morts par mois. Barbouzes, traîtres, flics, fatmas, voleurs, ratons...

Hubert marche, marche, se tait, se repose dix minutes, reprend sa marche. Dates et noms lèvent en lui des sons, des parfums ; il réentend les cris : « Halte au feu ! Bon Dieu, halte au feu ! » que gueulait désespérément, le 26 mars, rue d'Isly, un pauvre petit lieutenant à la dérive. Ah, non, la colère n'est pas apaisée ! Elle tourne en lui, neuve, intacte, destructrice comme aux premiers jours.

Il arrive à Murs. Il y a longtemps que Victoire a demandé grâce et fait demi-tour. Un minuscule café, la fraîcheur, le silence quand il y pénètre. Il demande une bière. Les mouches se posent sur son visage en sueur. Il ne fait pas le geste de les chasser. Des types se lèvent, passent devant lui sans s'excuser, vêtus de shorts et de maillots de corps : affreux. Affreux et risibles. Et pourtant, les arrière-salles des cafés, là-bas... Qu'y a-t-il de commun entre eux et lui ? Quelle vie inventer, quel gagne-pain, qui feront de lui le semblable de ces gens, un des leurs ? Et pourtant Thérèse est là, désormais, Thérèse et Victoire : pour elles il doit redevenir ordinaire. La fête absurde et noire est finie, il le sait. Cet été de soleil et de lecture, de jeux et de plaisir, ce sera son adieu à la fête.

Quatre jours avant l'horreur de la rue d'Isly, Hubert, qui faisait la navette entre Alger et Oran au risque de sa peau, se touvait en Oranie. Il se rappelle cette ferme – était-ce sur la route de Tlemcen ? – où ils avaient appris, avec des hommes dont il ignorait les noms, le coup de la Banque d'Algérie : plus de deux milliards raflés en trois minutes, et le fou rire qui les avait submergés. En un éclair, il s'en souvient, il avait pensé : « Il y aura du blé en Suisse et en Espagne, et des défaites faciles à vivre. » Ne croyait-il plus à rien, déjà ? Sans doute non. Il y avait bien eu, un peu plus tard, ce dernier espoir, quand Gardes et Susini avaient essayé d'arrêter l'hémorragie, cherché l'accord du GPRA. Tout était possible, encore ! On panserait, on cicatriserait. La cohabitation dans l'honneur retrouvé : on recommençait à le dire sérieusement.

Mais huit jours plus tard les fellouzes refusaient et c'était la strounga finale, le banquet des desesperados. La bibliothèque d'Alger... les laboratoires... les caisses abandonnées par les fuyards, sur les docks, qui pétaient comme un 14 Juillet...

Quand le vrai 14 Juillet est arrivé, tout était consommé. « Et moi je promenais Victoire dans une 204 sur les routes du Gard... »

L'exode d'un million de gens. Un million d'amis du soleil, d'hommes à l'accent chaud, de mangeurs de merguez, qui auraient bientôt besoin qu'on leur vende des foulards et des manteaux d'hiver... Fermez le ban.

C'est toujours beau, septembre. Les citadins les plus voyants sont repartis. Les angles du paysage s'arrondissent. Victoire a négocié, pour trois fois rien, la prolongation de leur séjour. Tout le monde l'aime dans le village. Même Hubert commence à répondre aux saluts. On a chuchoté des mots, des dates, et l'on sait plus ou moins, non pas qui il est, mais ce qu'il est. Ce n'est pas toujours pour déplaire. « Il faut oublier, disent les plus méfiants, il est temps. » Hubert s'attendait plus ou moins, depuis le 1er juillet, à la visite des gendarmes et se demandait si les trop beaux papiers des « Favre » feraient illusion. Mais personne n'est venu. Et même, l'autre jour, quand il a aperçu leur fourgonnette bleue sur la place, trop tard pour changer de direction ; il est passé à côté des deux hommes, à les frôler ; ils ont rectifié la position, esquissé un salut. Non pas vraiment un salut, mais un signe. Un signe d'*intelligence*. Pour un peu ils lui donnaient du « capitaine ». « Allons, la guerre est finie... »

C'est ce jour-là, ou peu après, qu'Hubert a parlé à Victoire de rentrer à Paris. Elle n'a rien dit mais soupiré : les dix mille francs d'Olga avaient fondu ; il n'en restait que deux billets de cinq cents ; de quoi manger deux semaines, à Goult. Et encore. Victoire s'apprêtait à écrire à Lucienne.

– Je ne t'ai rien dit tant que l'affaire me paraissait vague, mais elle est sérieuse. Des camarades me proposent... un travail.

Hubert a la voix brève, les yeux baissés. Victoire, malgré ces airs de prestolet, jurerait qu'il jubile, que ses yeux brillent. Hubert parlant d'un *travail,* même s'il isole le mot entre deux silences, c'est la guérison, le sevrage. Il se désintoxique enfin de sa longue haine.

– Tu te souviens du colonel, en Normandie ? Il élève des chevaux de selle, des tarbais acclimatés dans le Perche – enfin, peu importe : il fournit des manèges, des sociétés hippiques, et l'une d'elles a besoin d'un instructeur à plein temps. Rassure-toi : à Paris, ou à deux pas. Bien sûr, il y a un os : l'ancien de Fontainebleau et de Saumur c'est le capitaine Fléaux, non « M. Favre »... Mais il paraît que le président du club, un banquier, ou un agent de change, je n'ai pas bien compris, est affranchi. Pas un de ces fricards qui lèchent le cul de la salope depuis six ans. Bref, il fermerait les yeux le temps qu'il faudrait ; on régulariserait ensuite.

« Régulariser » : le mot, elle ne sait pourquoi, fait frissonner Victoire. Le jour où Hubert récupérera son nom et sera inscrit à la Sécurité sociale – car c'est de telles misères qu'il s'agit, parlons clair... – la reconnaissance de Thérèse et la proposition de mariage suivront de près. « La récréation est presque finie, alors ? »

– ... Deux mille cinq cents francs par mois et un logement sur place. Les soupentes où l'on mettait les ballots de paille pour les litières, j'imagine, ou les palefreniers. Le président-banquier a bonne conscience : il aide un patriote ! Enfin, ne rions pas et disons merci. J'espère que tu aimes les parfums d'écurie, les raclements de sabots et les arbres. Tu vas habiter le Bois, ma chère, rien de plus chic.

Victoire est de plus en plus rassurée. Il est rare qu'Hubert soit aussi prolixe. Cette proposition, il doit la retourner dans tous les sens depuis des jours et la trouver excellente. Il ne peut pas s'empêcher de railler un peu, mais quelle importance ?

– ... Tu ne trouves pas tout cela trop ridicule ? Pour moi, autant le dire, c'est inespéré. Le hasard me rend ce que j'ai peut-être le plus aimé sur terre : les chevaux. Oui, plus que l'armée. Quoi ? Moins que toi... Moins que Thérèse et toi, juré ! Tu te rends compte : les chevaux ! Tu ne peux pas savoir...

Deux ou trois fois, dans leurs promenades, ils étaient passés à proximité d'un « ranch » : un mas isolé où l'on faisait la location des chevaux. L'odeur, les mouches, le soleil qui cognait, les barrières copiées sur un décor de western, et les barbes résignés qu'on voyait attendre, encolure basse, sous des abris de cannisses : le visage d'Hubert s'était crispé. « Viens, avait-il dit la seconde fois, filons. » Des jeunes gens passaient, avec de bonnes bouilles, se dirigeant vers l'écurie. « Il me semble voir des gosses entrer dans un bordel où les filles sont vérolées... »

– ... « Placez la cuisse, mademoiselle Dupont-Durand ! Vous m'entendez ? » Ah, le sort ne m'a pas fait de cadeaux, depuis un moment. Mais enfin, les chevaux, cela valait bien d'attendre tous ces mois. Ça me rongeait, tu sais. On m'a tendu des perches, déjà, sans que je t'en parle : sous-chef du personnel... représentant en articles de sport... « Vous fournissez la voiture, bien entendu... » La honte, tu comprends ? l'asphyxie de honte. Non, je ne me mets pas en rogne. Peut-être tout cela est-il en train de finir. Le « capitaine Hubert » – tu te rends comptes ? –

137

peut « commencer le 1<sup>er</sup> octobre » comme m'a dit le comptable du club au téléphone !

– C'est ça que tu allais faire à la poste ? Téléphoner à un comptable ? Moi qui imaginais que tu t'étais fait une petite Allemande au marché d'Apt... Ou la Castos, au-dessus, que tu rêvais d'arracher à ses voiles !

Voilà qu'ils riaient à nouveau, comme autrefois. « Je suis vraiment l'affreuse Nénette, pensa Victoire, je suis satisfaite parce que Rintintin se remet au boulot... »

***

Peu à peu, quand Ludovic se fut repu de sa solitude, de foule, de bruit, de silence ; quand il eut bien frotté son imagination et sa mémoire à toutes ces œuvres ici découvertes qui les ranimaient, les sollicitaient – *Guernica* et la *Chèvre* de bronze, les impressionnistes du Metropolitan, les immenses percherons de Mme Rosa Bonheur, le casier à bouteilles et le *Nu descendant un escalier,* la petite voiture de sport et les machines à écrire italiennes mises sous vitrine comme ailleurs des cires perdues de Degas ou des bronzes Renaissance ; quand il eut alterné savamment les instants de repos dans son quinzième étage, les stations au bar du Gotham, qui n'avait pas changé depuis les années trente, et les déambulations dans cette portion de *mid town* où Broadway devient une rue assez comparable à celles du Sentier de Paris – il se demanda où était le secret de son exaltation. Il tenta d'établir un rapport entre ses deux plaisirs : la rue et le musée. Il se mit à observer les gens pendant qu'ils attendaient, au bord des trottoirs, que le signal *walk* – impérieux et bref comme tout le langage new-yorkais – leur intimât l'ordre de traverser : messieurs vêtus de l'inévitable costume de coton bleu des cadres modèles, femmes à la tête hérissée de bigoudis, nègres multicolores et déhanchés, obèses, bouffeurs, clochards, belles femmes figées d'orgueil, adolescents aux pieds traînants, policiers à l'énorme panse surplombant la ceinture qui leur étranglait la graisse, tous ces visages aux traits forts, aux yeux intenses, aux cernes gris – rescapés des misères d'Europe, immigrés peu sûrs encore de leur statut et qui avaient gardé du passé cette angoisse hâtive et dure qu'on leur lisait sur le visage – et il chercha à saisir ce qui liait cette sauce étonnante. Qu'est-ce qui faisait du kaléidoscope une image ineffaçable, de cette extravagante aventure humaine, sociale, architecturale, la Ville des Villes, cette nouvelle Rome que Ludovic était en train d'apprendre à aimer ? « Il existe un secret – forcément... » Il ne pouvait pas poser la question à Baby. Elle appartenait elle-même au mystère qu'elle n'avait sans doute nulle envie de percer. Ici, la jeune femme qui jouait le dimanche aux cartes à Ferrières, qui paraissait si parisienne à la Vernède, si « vieux monde » dans l'avion transatlantique – ici Baby était devenue, en cinq minutes, à Kennedy Airport, une New-Yorkaise. Sa métamorphose intimidait Ludovic.

« Que signifie l'immense musée américain ? (Car l'impression est la même, je présume, à Chicago ou à Washington qu'à New York.) On s'y croirait dans un silo. Mais où le blé serait remplacé par de la culture, de l'art. De quoi résister aux futures disettes ? Oublier, masquer une absence d'Histoire qui taraude les Américains ? Explications sans intérêt. Un peuple jeune, réaliste, riche s'est payé la plus belle mémoire du monde et l'a mise en scène de façon prestigieuse. Quoi de plus normal ? L'Amérique a fait son marché en Europe et y a raflé les plus beaux fruits, une partie de l'héritage de la Foi, des princes, des mécènes, des bourgeois. Mais l'étonnant est ailleurs : c'est que rien ou presque rien dans les musées américains n'appartient en propre à ses possesseurs. Beauté importée. Pourquoi ont-ils mis si longtemps à s'en apercevoir ? Comment les gens qui font la queue pour entrer dans les expositions - aussi disciplinés qu'aux feux rouges et verts – n'ont-ils pas plus tôt souffert du divorce entre eux et ce qu'ils viennent admirer ? La réalité, elle était autour d'eux – la ville fabuleuse, cette lente et puissante nation, ses paysages à perte de vue – et ce qu'ils venaient voir – toiles sans prix, boiseries de nos vieux hôtels achetées, démontées, remontées, temples d'Egypte, tapisseries de Bruxelles et d'Aubusson – n'était qu'illusion. Les jouets d'une autre mémoire que la leur, les sédiments d'une autre géologie. Pourquoi ne se sont-ils pas encore détournés de ce vieux théâtre ? Sans doute la rupture est-elle sur le point d'être consommée. Ils frappent les trois coups du nouveau spectacle. Le leur. L'an dernier, à Venise, quand Rauschenberg a arraché le grand prix de la Biennale, les artistes européens ont-ils compris qu'une très longue suprématie venait de prendre fin ? Notre chère Ecole de Paris, c'est désormais aussi vieux que le *french cancan* et les garçons de café aux longs tabliers blancs. Les émigrés du premier tiers du siècle, c'est à Paris qu'ils se réfugiaient et s'arrêtaient. En 1940 nous les avons trahis, livrés. En juin 1940 Paris est devenue une ville de province. C'est ici qu'ont rebondi les survivants et que l'aventure a recommencé. Sous l'impulsion de quelques exilés, d'abord, mais aujourd'hui les Américains n'ont plus besoin de profs ni de mages. Les fils des exilés sont devenus de grands garçons.

Ils ne se donneront plus la peine de traverser l'Atlantique, sinon pour déguster un peu de vin, un peu de soleil, et ce qu'ils croient être la liberté latine des mœurs. Et encore... La Californie possède le soleil : elle aura demain le vin et la liberté.

« Pour l'instant, cette jubilation que j'éprouve ici, c'est celle d'un Européen découvrant que des cousins à lui ont accumulé un magot et l'ont mis à l'abri. Le voilà, le vrai mythe de l'« oncle d'Amérique » : ce n'est pas quelqu'un dont on hérite, c'est quelqu'un qui a planqué l'héritage. C'est l'Oncle-Conservateur. Mais ce musée lui-même, que j'aime, où je reviens chaque jour, c'est notre Histoire, notre passé. Où est le musée d'ici et de demain ? Ils sont en train de l'inventer, dit-on. Soit. On verra bien. Une seule certitude, pour nous et pour l'instant, c'est que nous (nous Européens, Méditerranéens, Français, etc.) ne sommes plus dans le coup. Le sable coulait entre nos doigts pendant que nous rêvassions aux Offices et devant *les Nymphéas*. Voilà vingt ans que l'armée américaine est venue nous délivrer, mais nous ne nous sommes jamais relevés de nos quatre années d'esclavage. Breton est rentré mais Duchamp est resté ici. Pierre Lazareff est rentré mais le docteur von Braun est devenu citoyen américain. Nous avons prolongé depuis vingt ans notre politique du XIXe siècle, notre littérature et notre peinture d'avant 14, nos comptes et nos recettes de cuisinière. Nous avons prolongé nos vieilles rues et bâti des pavillons le long d'elles. Aujourd'hui il est temps de nous réveiller : nous sommes devenus la banlieue de l'Occident. Ils admirent Cartier-Bresson, ici, parce qu'il leur montre la vraie France, la vraie Europe : province et banlieue peuplées d'ahuris grisonnants, de chats, de frileux... »

Ludovic sortit et remonta la 5e Avenue en direction du Park. Il était cinq heures et les trottoirs grouillaient. Une petite foule s'était agglutinée, dominée par un policier à cheval, autour d'une voiture sur laquelle était juché un homme jeune et beau qui parlait dans un mégaphone. On voyait sur des affiches sa photographie, on lisait des slogans. Quelque affaire électorale. Et toujours, sur les visages levés, la même intensité, la même violence contenue, le même très ancien désenchantement, la même fatigue mais aussi, contradictoire, le même insatiable appétit.

« La dérision, seule, la violence peut-être, peuvent exprimer tout cela et accrocher tous ceux-là, pensa Ludovic. Dérision ? Violence ? Mais nous en sommes toujours à la nostalgie de Barbizon, aux frémissements abstraits... Ah ! Niemand a raison. La machine de Tinguely, qui pétait au nez du Tout-New York, l'année dernière, dans le jardin que j'aime tant et que je contemple de ma fenêtre : elle a plus de sens ici que la vingtième exposition Cézanne que sont en train de concocter nos chers services culturels. Il faut éructer, gueuler, cracher à la face du Beau Monde. Tout le reste est de la bureaucratie esthétique, de l'état d'âme, du passé, de l'illusionnisme. Rien d'autre que la *rigolade* ne tient face à cette ville et à ses visages. Rien d'autre que le décapant, le révulsif. Il faut choisir maintenant. Ici, ils recommencent à zéro ; nous, nous changeons éternellement de place la virgule : ce ne sont pas les mêmes comptabilités. J'aurais pu me promener dix ans encore dans les rues de Paris et sur les routes d'Europe sans recevoir la leçon que je viens d'assimiler en huit jours. »

Quand « Sandy » Demos partit pour Los Angeles, où il devait avoir des conciliabules avec les patrons des *major companies,* Baby recouvra sa liberté de mouvement et la consacra à Ludovic. Il découvrit la maison de pierre brune de la 79e Rue, son escalier et ses murs laqués de blanc (« On se croirait dans l'atelier de Burgonde... »), ses innombrables canapés tendus de toiles multicolores, les Tanguy, les Miro, et quelque-uns de ces nouveaux venus dont Ludovic venait d'apprendre les noms : Barnett Newman, Chamberlain. Il ne retrouva pas tout de suite son naturel avec Baby : elle disposait d'une supériorité sur lui beaucoup plus sensible ici qu'en France. Mais il était si avide d'entrer dans le cercle enchanté qu'il se mit à son école sans se piquer d'honneur comme il eût fait entre Uzès et Paris. Pour lui, elle joua les touristes. Elle lui montra le Village Vanguard où Thelonius Monk, trois fois par nuit, jouait de ses longs doigts spatulés, une casquette soudée à la tête, dans une fumée religieuse et bleue. Ils découvrirent, loin de tout, du côté des *piers* de la French Line, des entrepôts peints en noir et rouge sang où des comédiens, juchés sur des échafaudages métalliques, jouaient Sophocle et O'Neill à mi-voix, perdus parmi les spectateurs et leur parlant à l'oreille. Ils allèrent voir des banquiers et des avocats danser le twist sur des pistes que surplombait une cage suspendue où de jeunes femmes, à demi nues, se déhanchaient dans le faisceau des projecteurs, un sourire d'extase aux lèvres. Ils visitèrent des galeries à la mode, entresols tristes où les toiles de grand format occupaient tous les murs, de la moquette au plafond, et donnaient à l'amateur la sensation d'être enfermé dans une boîte barbare. Ils allèrent bavarder avec Lew Dupont, marchand impatient de devenir célèbre mais qui n'avait pas revendu encore ses laveries automatiques, dont il partait inspecter la caisse entre deux confidences de maquignon sur la nouvelle peinture new-yorkaise. Ils rendirent visite à Sarah Gross, dans la maison de Upper East Side dont peu à peu les morceaux de bois qu'elle menuisait et collait avaient envahi les trois étages, de sorte qu'elle vivait dans un parfum de scierie jurassienne ; et à Stanley Fathergood, qui avait fait son atelier d'un ancien *funeral parlour* où il semblait, dans la lumière froide tombée du plafond, qu'on respirât encore des odeurs de fleurs et de chairs au bord de la décomposition. Mrs Sheffield – elle avait vendu onze Renoir pour acheter des Jasper Johns et des Kline – donna un dîner en l'honneur de Baby et les invita à Long Island, pour un long week-end de brume chaude qu'ils passèrent de ferme en ferme, de Springs à Sagaponack, confondant peu à peu les hôtes et les invités, les visages, les noms, et finissant par se perdre au retour dans le brouillard nocturne. Ludovic gara tant bien que mal la Plymouth de location dans l'herbe rase du bas-côté et fit l'amour à Baby sur la banquette arrière, comme un étudiant américain le samedi soir. Soudain ce fut le 25 octobre et un coup de froid arriva. Ludovic avait convaincu deux peintres – de ceux dont n'avait pas voulu Ileana Sonnabend – d'exposer rue Jacques-Callot au printemps.

– Tu as tort, lui expliqua Baby. Il est trop tôt pour nous, et ce sont des toquards. Ils vont venir vivre à Rome, se soûler au vin rouge et on les aura pour quatre sous. Toi, tu dois encore vendre un peu d'Europe aux Américains, si tu le peux, et pas de l'Amérique aux Français, qui ne sont pas mûrs. Essaye de placer ici Letourneur ou Burgonde puisque tu les aimes bien. Et garde Niemand au frais. Il a du coffre, Niemand... Mais n'importe pas en France les toquards. Exporte. Ouvre les portes de l'Eldorado à des peintres qui t'en auront de la gratitude. Avec un peu d'argent, la gratitude, ce n'est pas une mauvaise affaire. Constitue un petit capital de reconnaissance. Au lieu de ça, si tu acclimates à Paris de nouveaux Américains, on ne te le pardonnera pas. Ne te fais pas trop vite détester !

Ils marchaient le long de la promenade des Brooklyn Heighs, les docks et les bateaux à leurs pieds. Baby n'y était jamais venue. « Qu'est-ce que tu crois ? Que les New-Yorkais convenables sortent de Manhattan ? » Ludovic sentait que Baby n'avait ni tort, ni raison. Elle ne posait pas le vrai problème. Ici, elle avait vingt ans d'avance sur lui, mais aussi huit jours de retard. Ces huit jours où il venait d'entendre une tempête souffler dans sa tête.

– Burgonde, ce sera bientôt fait. Levi-Monzi a bien manœuvré : il lui a presque promis une expo pour cet hiver. Je croyais que tu le savais. Pour Niemand, oui, tu as raison. Tu verras son blockhaus de Saint-Rémy ! Il est dingue, ce type ! Je suis sûr qu'ici...

– Il a déjà écumé les Etats-Unis, tu sais, Niemand... Ce ne sera pas facile à jouer, pour nous. Quant à Burgonde, là où il va, il risque de se casser le nez. Levi-Monzi n'a pas frappé à la bonne porte.

Ils firent deux fois la promenade dans toute sa longueur. Des gosses à bicyclette et des chiens se jetaient parfois dans leurs jambes. Un hélicoptère de la *Port Authority* vibrionnait entre eux et la falaise des gratte-ciel de la basse ville. Ils s'arrêtèrent et se turent. « C'est trop beau, pensa Ludovic. Et c'est trop grand, trop frénétique. Conquérir ça... » A son bras, Baby frissonna. Elle se méfiait de l'exaltation de Ludovic.

– Il est temps de rentrer. Viens !

Au Gotham, Ludovic trouva une lettre de Lucienne Roux. On avait écrit le mot « urgent » sur l'enveloppe, en gros caractères hâtifs. La lettre était datée d'Uzès et avait mis six jours à arriver. « Votre père ne veut pas en convenir, mais mon mari en est à peu près sûr : son cœur ne va pas fort. L'électro-cardiogramme n'est pas fameux. La secrétaire de la galerie Falkenberg m'a communiqué votre adresse et je me permets... » Baby lut la lettre que lui avait tendue Ludovic ; après quoi elle prit les choses en main, donna deux coups de téléphone, parla au concierge.

– La limousine passera te prendre dans une heure, dit-elle, et tu auras le temps d'attraper à Orly l'avion du matin pour Nîmes. Ces lettres-là, crois-moi, il ne faut pas s'assoupir dessus.

Elle reprit la feuille bleue et la relut :

– Il est médecin, ce M. Roux ? Raison de plus.

Quand l'immense Lincoln noire emporta Ludovic vers Kennedy Airport il eut l'impression, les cinquante minutes que dura le trajet, dans le scintillement de la circulation et la douceur d'un interminable crépuscule, de caresser une bête familière à laquelle il promettait d'être bientôt de retour. Dans quinze heures il arriverait à Uzès et pousserait la porte à sonnette de la rue Pelisserie. A moins que Lucienne Roux n'eût menti. Alors la librairie serait fermée et il lui faudrait passer par la cour. « Si la porte de la boutique est fermée, cela voudra dire...» Mais non, on lui aurait télégraphié. Sur les talus qui dominaient l'autoroute on devinait d'innombrables petites maisons de bois badigeonnées de blanc ou de rouge, alignées, minuscules, perdues dans les ramifications infinies de Queens. Toutes ces vies... Devant chaque porte une grande bagnole couleur de crème glacée, dans chaque maison le halo bleu de la télévision, les gosses hirsutes, la cuisine avec sa table ronde et son réfrigérateur géant, les femmes aux cheveux bien lavés, à la voix tranchante. « Burgonde ou Chamberlain, Letourneur ou Fathergood : qu'avons-nous à faire avec la vraie vie ?...» Il essaya d'imaginer dans quinze heures, la route qui serpenterait dans la garrigue entre Garons et Saint-Trinit, les villages immobiles, les trois tours au-dessus des toits d'Uzès, la chambre de son père où il ne pénétrait jamais qu'à contrecœur, plein du sentiment de commettre une indiscrétion. « Pourvu que je dorme dans l'avion ! » Onctueuse, la limousine se glissait entre deux taxis dans le désordre des départs. Un grand Noir s'empara de sa valise et tout se passa comme en songe. Le barman du salon des premières classes l'accueillait toutes dents dehors : « *You travel with us, sir ?* » Puait-il à ce point la resquille ? Il fit une entorse à sa règle et commanda une vodka-tonic, obsédé par l'envie de s'assommer et de s'assoupir. Bientôt il accepta cette impression de flotter entre deux vies, deux fuseaux horaires, deux morceaux du monde, et la paix résolue et anxieuse qui se répandit en lui ressemblait – mais il n'en savait rien – à une prière.

« Les jours raccourcissent. »
Burgonde a prolongé son été autant qu'il l'a pu, d'hôtel en maison d'amis, s'éternisant aux étapes, acceptant les invitations, ce qu'il n'avait plus fait depuis longtemps. Gabrielle se plaint à l'ordinaire de sa sauvagerie ; elle se plaindrait volontiers, ces jours-ci, de cette frénésie de divertissement, et devine ce qu'elle cache : la peur de retrouver le Pataud, les heures fixes, la solitude. Le prétexte est de chercher une maison : à

louer, à vendre, à restaurer - peu importe. Burgonde ne regarde rien, que le lieu propice à l'installation d'un atelier. Il découpe dans chaque maison visitée l'espace idéal où devenir un autre Burgonde. Un espace lumineux, aux murs chaulés, vibrant de parfums et de musiques de garrigue, qui le guérira de l'aquarium Blaise-Pataud, avec ses odeurs de vieille espadrille et de bois sec.

Gabrielle n'en peut plus de faire et défaire sa valise et de donner ses jupes à repasser à des femmes de chambre inconnues. Son visage se tend sous le hâle. Mais le plus difficile reste la traversée quotidienne de ces deux heures d'avant minuit où Burgonde, selon les jours, n'est plus tout à fait soi-même ou le redevient dans un style paroxystique, imprévisible. Toutes ces semaines dont il a expulsé le travail ont fait de lui un autre homme : volubile, phraseur, que l'ivresse du soir rend méchant. Il tourne à vide, et vite. Les mots lui viennent bien, et le plaisir de s'en servir le tient longtemps éveillé. Il est alors redoutable. S'ils sont seuls dans une auberge, Gabrielle essuie le feu et y prend même plaisir. Chez des gens, tout se complique. Quand il est las de se dénigrer, et comme si sa lucidité lui donnait des droits, Burgonde commence à distribuer les coups au hasard. On est heureux de les voir, Gabrielle et lui, se lever et monter se coucher - plus heureux encore de les entendre annoncer leur départ. Gabrielle voit avec soulagement l'été tirer à sa fin : « Les jours raccourcissent »... Burgonde accepte l'idée de rentrer à Paris. « Il a perdu près de trois mois... » pense Gabrielle.


Quand ils retrouvent enfin la rue Raffet – c'est le début d'octobre – les enfants, revenus d'Amérique à la veille de la rentrée scolaire, sont retournés au lycée depuis trois semaines. Gabrielle se demande comment Burgonde va opérer son rétablissement. Deux ou trois jours encore, il ruse : aucun coup de téléphone, « répondez que nous sommes en Provence », et pas la moindre velléité de se rendre au Pataud. Refus si profond qu'il ne sort pas de la maison par la porte de la rue Raffet, qui le mettrait à trois cents mètres de son atelier, mais par le bout du jardin et la villa du Docteur-Blanche, qui lui permet de filer vers la rue de l'Assomption, le Ranelagh – le bout du monde.

Puis, soudain, le dimanche qui suit leur retour, comme il s'est mis à pleuvoir et que les enfants traînent à travers le Cafard en robe de chambre et pieds nus – les pieds nus sont une importation d'Amérique – Burgonde ouvre les yeux. Il voit la pluie sur les trois pins parasols du jardin voisin, *le Figaro* de la veille chiffonné, la table du petit déjeuner encombrée d'assiettes sales où brunissent les pelures de pomme, et la question s'impose à lui avec une formidable évidence : « Qu'est-ce que je fous ici ? »

En un instant il est habillé, enfile un imperméable, décroche à son clou la clé du Pataud, pose un vieux chapeau sur sa tête et se retrouve sous l'averse. Il n'a pas pris sa canne, ce qui donne à sa boiterie une profondeur brutale, une lourdeur qu'il aime. Il descend ainsi la rue Raffet, de son pas plongeant, dans le désert du dimanche matin. « Comme un bœuf, pense-t-il. On doit voir le joug sur mon front ! » Et ce n'est pas faux : il avance sous la pluie tête baissée, comme s'il traçait un sillon.

Arrivé à l'atelier il évite la concierge voisine qui doit avoir un plein carton de paperasses à lui remettre, sans compter les questions et les cancans, entre, ferme à clé derrière lui, allume toutes les lampes, branche l'électrophone. Le disque abandonné en juin se remet à tourner. Burgonde sort d'un placard quelques bouteilles de bière et de whisky et les place dans le réfrigérateur. « Le douzième quatuor ? Peste ! Nous allons faire dans le génie ! » La voisine bavarde a balayé et aéré : l'aquarium, plus glauque que jamais sous le tilleul et sous la pluie, ne dégage pas d'odeurs trop repoussantes. « Ah, la rigolade ! » Burgonde, contrairement à ses habitudes qui ne sont pas à ce point corrompues, se verse un demi-verre de Glenfiddich, le noie au robinet dans autant d'eau et le boit avec une grimace : c'est tiède et ça sent le fer. Mais ça éclate quand même dans la tête en rafales de mots et d'images. Il se lave les mains au-dessus de l'évier où coule un jus rouillé – « J'ai bu ça ? » – et, tout en s'essuyant, se retourne et contemple le Pataud. Il jette au loin ses chaussures, enfile les chaussettes de grosse laine, maculées de peinture, posées sur le dos d'une chaise, et se regarde dans le miroir ; il n'a pas retiré son chapeau ; il a la moustache en bataille et ses chaussettes emprisonnent le bas du pantalon de velours, comme à un facteur rural qui aurait oublié ses pinces. « Ai-je assez l'air d'une brute ? » Toute cette mise en scène, qui lui prodigue la force et les avantages d'un rituel, constitue un hommage à deux ou trois pages de Montherlant qu'il a lues vers ses seize ans. Elles répondaient exactement à l'idée qu'il se faisait – il se la fait toujours – de l'Homme Solitaire se Mettant au Travail. Costals, dans sa chambre de Gênes, était de surcroît vêtu d'un gilet « cellular ». Outre que le mot n'est plus familier, la pièce de lingerie en question n'est pas seyante, et jamais

Burgonde n'y a sacrifié. Mais tout le reste y est. Alors il boit le fond du verre, auquel il trouve meilleur goût et – conclusion de l'hommage et préambule à son travail – il marmonne la citation depuis trente ans bénéfique : « ... et il entra dans son œuvre, il entra dans sa probité ».

Gabrielle attendit en vain Burgonde jusqu'à une heure trois quarts. Puis, somme toute heureuse, elle décida qu'« on déjeunerait à trois » et elle interdit aux enfants d'appeler l'atelier au téléphone.

Le fleuve – le fleuve ? – était rentré dans son lit.

Le capitaine est remonté à Paris quinze jours avant Victoire. Il a fait grande impression sur la secrétaire du club, et surtout sur le président, Daville-Faupont. Pour la même raison : il est beau. Ses dents et ses yeux font trois clartés capricieuses dans son visage sombre, creusé de sillons, plissé par trois mois de soleil. Quand elle le regarde de très près, dans l'amour, Victoire lui dit : « Tu es un homme à mille rides comme il y a des tapisseries à mille fleurs. » Moins poétique, le banquier l'a couvé des yeux un moment en pensant à des choses fortes et interdites.

Hubert a conservé, de l'armée d'Indochine et d'Algérie, quelques habitudes anticonformistes. Quand le président arrive au club, un matin, avant les premières reprises, il trouve son nouvel écuyer seul dans le petit manège, en selle sur un grand bai brun, tête nue et les manches de sa chemise relevées sur des bras de navigateur solitaire. Il hésite, Daville-Faupont, entre l'indignation et la gourmandise. Homme de désordre dans son secret, il est pour le reste – en famille, dans le monde et dans son travail – un parangon de convenance. La tenue d'Hubert le suffoque délicieusement. « Ah mais il va falloir lui dire... lui expliquer... »

Hubert, à l'importance de l'allure et à l'œil propriétaire, devine qui vient de grimper à la tribune. Il s'approche au trot assis, arrête son cheval, salue, à la fois charmant comme un candidat qui tient à la place et réticent comme un guerrier s'adressant à un pékin :

– Mes devoirs, président.

(Cette formule : double coup de génie. Il y a là le sens de toutes les hiérarchies, la touche militaire et, par l'abandon du

« monsieur », un rien de nonchalance cavalière. Daville-Faupont est troublé.)

– Je vous prie d'excuser ma tenue. Vous imaginez ce que sont devenues nos cantines, à Oran, il y a trois ans... Je dois me rhabiller complètement.

Le président lève une main épiscopale pour excuser Hubert et le dispenser d'explications. Ce qu'il apprécie particulièrement dans le hâle du capitaine, c'est qu'on en devine la profondeur et l'étendue. A l'échancrure du col, à la saignée du bras, nulle trace de cette « frontière » entre peau brune et peau livide qui dénonce impitoyablement les travailleurs modestes et les bronzés du dimanche. Le président sent sa respiration un peu courte.

– Je vous en prie, capitaine ! Allez chez Talon de ma part, ils vous feront des prix. Si, si ! J'y tiens. Je vous observais : vous êtes un superbe cavalier. Si, si ! J'ai l'œil. Vos campagnes ne vous ont pas abîmé.

– Pas monté un cheval depuis quatre ans, président. Alors... (Hubert ment. Chez le colonel de P., en Normandie, l'hiver 62, il montait deux heures chaque matin. La culotte qu'il porte vient de là : le colonel la lui avait prêtée, puis offerte. Mais, par instinct, il devine que devant Daville-Faupont il lui faut être une parfaite victime du Pouvoir. Pas d'équitation pour le héros ni de quartier pour les traîtres ! Déjà, ce teint... « J'ai trop belle mine. Prenons l'initiative. Soyons résolu. »)

– Si vous permettez, président, je donne mon cheval au piqueux et je vous rejoins.

Dans l'immense miroir du fond du manège, entre les chiures de mouche et les piqûres de la glace, Hubert ne peut juger que vaguement la pirouette un peu lourde qu'exécute Radar. Quand, trois minutes plus tard, il monte le petit escalier de la tribune, il porte un veston de toile très cintré et, au col, un foulard si discipliné qu'il évoque la cravate de chasse. Le président, d'un regard éperdu de gratitude, apprécie et remercie. Il remarque aussi que le capitaine a la peau sèche et qu'il sent bon. « Si nous n'y prenons pas garde, cet homme-là nous filera entre les doigts. Il est vrai que sa situation... »

La conversation se déroule donc sous les meilleurs auspices. Le banquier prend ses airs d'épervier attendri. Avec un tact d'homme habitué par le monde aux crochets et aux glissades, il ne fait qu'effleurer les sujets gênants : « Votre père, oui, je comprends... » Quant à la situation de Victoire et de l'enfant, à l'imbroglio politico-juridique des faux papiers et du faux nom, il les enveloppe dans le même geste bénisseur que tout à l'heure, mais en l'enrichissant cette fois de quelques considérations : « Ces humiliations, capitaine, infligées aux meilleurs, les honorent. »

« Diable, pense Hubert, faut-il qu'il ait mauvaise conscience, cet homme, pour être aussi tartuffe ! »

Ce en quoi il est inutilement méfiant : Daville-Faupont a la tête perdue d'antigaullisme et, déjà, d'attendrissement pour son beau capitaine. Il va le répéter pendant six mois aux membres de son comité : « Heureusement que je vous l'ai dégotté, moi, le nouvel écuyer !... »

Tout s'est passé si vite, si bien – des ouvriers portugais ont travaillé dix heures par jour dans le petit appartement mansardé où Olga, discrètement, a fait livrer quelques meubles – que Victoire peut bientôt débarquer. Hubert vient la chercher à l'arrivée du Mistral, dans le break du manège. Que va-t-elle penser ? Hubert a le trac. En même temps il est excité. Il voit venir Victoire, Thérèse endormie dans ses bras. Sur les quais, en face de Notre-Dame, ils sont ralentis par une circulation de soir d'été bien qu'on soit en octobre. On voit des étrangères, de grands flâneurs blonds. Victoire et Hubert, songeurs, se taisent. Victoire se tait, si l'on ose dire, davantage que le capitaine : elle se tait à l'intérieur d'elle-même. Elle fait silence. Elle se regarde vivre cette arrivée : trois valises, une petite fille sur ses genoux, cette voiture qui sent le cuir, la graisse et l'embrocation – le parfum des selleries, à nul autre comparable – et dans quelques minutes la découverte d'un lieu nouveau, inconnu. « Toutes les vies sont-elles à ce point vouées au hasard, aux situations irréelles ? » se demande-t-elle.

Hubert évite la rive droite et file vers le Bois à travers Auteuil et Passy. Là aussi, au bord des allées, règne une douceur de bel automne. Des voitures maraudent, échangent des coups de phare, s'arrêtent ; on devine des signaux énigmatiques.

– Que font-ils ? demande Victoire, mal à l'aise.

– Racolage, partouze, travestis, putes en tout genre, bourgeois échauffés...

– Eh bien, elle va être facile à vivre, ta maison forestière !

L'arrivée au club, contre toute attente, la retourne en un instant. Elle tombe sous le charme. On passe sous un porche : à gauche le grand manège, à droite l'écurie, et chaque porte, par sa partie supérieure ouverte, leur souffle au visage ses parfums chauds ; à droite la présence nerveuse et lourde des animaux, à gauche un grand bâillement de touffeur et de vide. Victoire tient Thérèse de telle façon que la tête de la petite fille à demi éveillée repose sur son épaule. Elle lui parle doucement des chevaux dont on devine, dans l'ombre, la curiosité en éveil. De trois côtés de la cour s'ouvrent les boxes, et sur le quatrième la sellerie, le bureau. Hubert a posé les valises sur les pavés et désigne les lieux à Victoire, à voix basse, dans la lumière blanche et bleue de la lune. « Brave lune, pense-t-il joyeusement, elle me facilite la vie ! » Il montre à Victoire trois fenêtres éclairées : « J'ai laissé les lampes allumées. C'est là. » Au centre de la cour, dans l'abreuvoir, un robinet mal fermé fait son ruissellement de fontaine.

Victoire, sans répondre, suit Hubert : les pavés disjoints, l'escalier qui grince et empeste le ripolin. L'appartement – quatre petites pièces aménagées sous les combles, au-dessus des boxes – donne sur la cour et sur le Bois. Victoire ouvre toutes les fenêtres et va de l'une à l'autre, du bruissement noir du Bois et du passage des phares au carré vide autour de la fontaine. Elle y revient plusieurs fois, se penche, tend l'oreille : une rumeur confuse, des angoisses, des sommeils, le raclement des sabots assourdi par la paille, le choc d'une épaule contre le bois des portes, cette respiration multiple, innocente, qui monte vers elle avec les odeurs de grange, d'urine et de nuit.

– Alors ?

Hubert, qu'elle n'avait jamais vu inquiet depuis qu'elle l'a rencontré, est derrière elle et la guette. Pour une fois qu'il n'a pas besoin de se faire de souci ! Victoire, avant de répondre, laisse le soir la pénétrer, son cœur s'apaiser. Elle a posé Thérèse tout endormie sur un canapé. Elle se retourne enfin :

– Ils t'ont fait un joli cadeau, les copains qui t'ont trouvé ça. Et toi, à ton tour, tu me donnes ma première maison. Et quelle maison !

– Attends le matin pour te réjouir : la toilette des chevaux, au jet, dans la cour ; les vicieux qui mordent et qui bottent ; les palefreniers qui s'engueulent... Et tout de suite après l'arrivée des premiers clients, les mômes du jeudi, tous ces affreux petits gosses de richards, leur ton, leurs réflexions, leur dégaine... Je deviens socialiste.

Hubert plaisante. Il sent la partie gagnée.

– A la réflexion, tu vas adorer ça. C'est la comédie humaine, un manège ! Tu verras, on y trouve tout : la vanité et l'ambition sociales, la pétoche, l'argent, l'arc-en-ciel complet du snobisme. C'est à la fois un salon et un stade. Je n'aurais jamais imaginé ce cinéma ! Mes manèges à moi, c'était le cloître ou le collège. Mais ici !

Victoire, étonnée, regarde Hubert se réveiller d'un si long engourdissement. Son visage a changé, et ses gestes, jusqu'au rythme de ses phrases. Suffit-il de rendre à un homme un gagne-pain et ses anciens jeux pour lui donner tant de bonheur ? Ah, c'est autre chose que les fameuses puissances de l'amour !

Elle déshabille doucement Thérèse et réussit à la coucher sans qu'elle ait ouvert l'œil dans le petit lit préparé pour elle. Victoire demande :

— Olga ?

— Oui, elle est venue tourner ici, avant-hier, la moitié de la journée. Tout cela, c'est elle...

« Eh bien, pense Victoire, cette fois me voilà dotée d'une belle-mère. Olga me passera tout. C'est le sort des orphelines que de déchaîner les affections par alliance. Je me suis conduite comme une brute avec elle. Cette fois, il va me falloir lui faire soumission. Et le croquemitaine ? Vais-je enfin le connaître ? »

Hubert la suit de pièce en pièce et parle pendant qu'elle ouvre les placards, vide ses valises. Il lui explique l'organisation du club, les reprises, la secrétaire, le président. Par pudeur il ne dit pas : « Je le soupçonne de nourrir une passion secrète pour ton serviteur. En d'autres termes mes actions sont au plus haut ! » Il dit seulement : « Fais sa conquête, mais méfie-toi : c'est un scorpion mondain. Il doit aimer piquer. »

Tout cela qu'elle ne connaît pas — les grands chevaux aux yeux fous, le formalisme désuet qu'elle devine — il semble à Victoire qu'elle va l'aimer. Elle prend une douche et passe une chemise de nuit très « Vierge et Martyre ». Elle s'y perd encore dans les corridors minuscules, entre les portes. Où est la chambre ? Ici ? Non, là. Elle entre dans la pièce obscure — Hubert a éteint la lampe mais laissé la fenêtre ouverte sur les arbres, et Victoire frissonne — en pensant à d'autres nuits : celle, fiévreuse et bavarde, du mas Saint-Trinit. Celle de la rue Jacob, hâtive, ratée, savoureuse, dans les odeurs de moisi et de rancune. Toutes celles de Goult. A Goult les nuits, comme les jours, étaient lisses et un peu vides. Elle murmure : « Tu es là ? Je ne vois rien dans ce bordel de four ! » et se demande : « Me souviendrai-je de la première nuit du manège ? »

A Uzès, en septembre, Victoire a revu Ludovic. « Saludo ! » :

151

l'ancienne gentillesse, entre eux, est réapparue. Il y avait deux semaines que Ludo était là, revenu en catastrophe de New York après l'infarctus de son père. M. Lepoux a été si gravement touché qu'on n'a pas osé le transporter à l'hôpital de Nîmes. Ou bien est-ce lui qui a exigé d'être soigné chez lui ? Depuis son retour Ludo n'a presque pas quitté la maison de la rue Pelisserie. Il a même éloigné la femme de ménage, une bavarde, qu'il ne laisse travailler qu'aux heures où dort son père et où il reste, lui, à son chevet. Victoire a pris l'habitude de venir deux fois par jour. Elle aidait Ludo, elle faisait la conversation au malade, elle mettait de l'ordre dans le courrier de la librairie. C'était des heures lentes et sereines. M. Lepoux regardait Ludo marcher dans la chambre, il l'écoutait parler, avec une fierté fragile et intense qui bouleversait Victoire.

– Tu vas être obligé de rentrer à Paris, comment vas-tu organiser la vie de ton père ?

– Je rentrerai à Paris quand il sera guéri, pas avant.

« Guéri ? Il va tenir parole », pensait Victoire. Elle savait, par Lucienne, que Ludo avait changé, mais elle n'eût jamais imaginé pareille métamorphose. Et même : plusieurs métamorphoses successives, superposées. Il y a le garçon méridional qui a dominé son accent, appris l'élégance. Mais celui-là, un peu gonflé, sans doute, de réussite et d'aventures, de gloriole et de mystère, à son tour a été bouleversé par la maladie de son père. De sorte qu'on distingue, en l'observant, les couches que les trois dernières années ont déposées en lui. Un Ludo en cache toujours un autre. Aux questions de Victoire il répond avec une sobriété de bon aloi. Puis son œil s'allume : le fripon n'est pas loin. Mais bientôt le fils angoissé chasse le fripon et l'ancien jeune homme réapparaît, le joli garçon nîmois qui, au cinéma, avait la main et la bouche si gourmandes.

Quand Hubert, au téléphone, a dit à Victoire que l'appartement était habitable et qu'elle pouvait venir, elle a éprouvé une nostalgie. Déjà ? Elle avait aimé cette halte, les heures passées dans la fraîcheur de la librairie ou au chevet de M. Lepoux, les jeux calmes de Thérèse dans le jardin de la rue du Collège.

– Tu es heureuse ? Tu l'aimes, ton type, et il t'aime ?

C'est tout ce que lui a demandé Ludovic à propos d'Hubert. C'était mieux que les sottises méchantes qu'ils avaient échangées le soir du bal à la Vernède. Mon Dieu, c'était avant le déluge ! Tous deux ont appris – c'est allé vite : ils sont bons élèves – que chacun porte son masque, et à porter soi-même

152

celui de la bande (il pense : de la meute) à laquelle on s'est joint. Les colonels, les gens du monde... On devient de drôles de personnes. « Ma petite vieille, a dit Ludo, nous ne sommes qu'au début du chemin. Nous n'imaginons même pas qui nous deviendrons, toi et moi ! C'est ce qui rend la vie excitante. » Victoire a opiné, convaincue mais anxieuse. Avoir choisi, une fois pour toutes : son jardin, son homme, ses mots – ce ne doit pas être mal non plus.

Ce ne sont pas les Roux qui l'ont accompagnée, c'est Ludovic. Il a porté Thérèse et les valises, acheté les journaux. Il a paru désolé, soudain, sur le quai de la gare d'Avignon. Il avait insisté. Il a embrassé rapidement Victoire : « On avait encore des choses à se dire, tous les deux... Sois heureuse, ma belle. »

Puis il s'en est allé, et Victoire a attendu le Mistral, satisfaite de disposer de six heures pour accomplir le long voyage d'une part d'elle-même à l'autre, de tout ce qui l'apaise à tout ce qui l'attend.

L'hiver 64-65 est une plate forêt. Burgonde le traverse pesamment, sans bien savoir où il est ni l'état du ciel. Rien que l'horizon court des taillis, le sol boueux qui retient le pas et aspire la chaussure. Ni relief ni point de vue. Ce n'est pas seulement affaire de comparaison : Gabrielle et lui, puisque c'est le lieu et l'occasion de leur entente, ont repris leurs marches dans les bois. Ils continuent de n'en rien dire à personne, comme si cet hygiénique passe-temps exigeait le secret. Burgonde a peur de l'œil écarquillé de leurs beaux amis, et de leur silence. Les gens à qui vous parlez chinois ont une façon de se taire et de regarder de côté qu'il n'aime pas. Ou plutôt il n'aime pas mettre ses amis dans cette situation. Il est accommodant. Il tend toujours la perche. Seule Pauline – elle lave les bottes crottées ; elle brosse les habits sales – sait que ces promenades sont chose sérieuse.

Ils vont de plus en plus loin. Burgonde a accroché au mur du Pataud une carte des Forêts de France devant laquelle il rêve. Il combine des explorations. Les voisines : Compiègne, Retz, Laigue, Fontainebleau ne leur suffisent plus ; ils s'aventurent jusqu'à Lyons, Brotonne, Bellême, Ecouves. Fief des massacreurs de petits lapins et d'oiseaux, la Sologne ne les intéresse pas. Ils se risquent bientôt au plus sauvage, vers la Champagne, la Bourgogne. Ils vont en forêts d'Othe, de Châtillon, de Breuil.

Ce sont des pays sans grâce, souvent embrumés. Il arrive à Burgonde et à Gabrielle de téléphoner à six heures à la maison pour annoncer qu'ils ne rentreront pas. Ils ont toujours un sac dans le coffre de la voiture, avec un peu de linge, des chandails et de quoi passer la nuit. Ils se retrouvent dans des auberges de hasard, des hôtels pour voyageurs de commerce, des bistrots à « cuisine bourgeoise ». Leur présence étonne, d'abord. « Ne fais pas ta dame du château », murmure Burgonde à l'oreille de Gabrielle, gentiment. Il bavarde volontiers, paie la tournée. Jamais, pourtant, il ne se laisse aller à trop boire. Les escapades en forêt supposent une certaine sobriété, et du silence. On essaie de le faire parler, on lui pose des questions : ne serait-il pas dans les affaires de bois ? exploitant forestier ? ou bien notaire, peut-être ? Il répond n'importe quoi, à l'inspiration, et bientôt on se détourne de lui. Un fantaisiste. Ils sont tranquilles pour dîner.

Gabrielle aime-t-elle ces virées, les auberges enfumées, le veau aux oignons, les bavardages de Burgonde avec les buveurs de pastis, les chambres sans salle de bain ? Les chemins dans les bois, oui, et leurs longues marches, et les monologues de Burgonde – mais les mornes salles à manger, les regards ? Elle observe Burgonde : c'est vrai qu'il retrouve alors, du moins il en a l'air, son élément, son atavisme, un rythme et des évidences d'avant lui. Gabrielle s'amuse à l'imaginer vêtu autrement, comme les hommes qui entrent boire un canon : il leur ressemble. Sa moustache, « artiste » à Paris, est ici celle des anciens « charpentiers de grande cognée », des maîtres de fours, des compagnons venus de Picardie ou de Lorraine. Elle est anachronique ; elle fait fantassin, rescapé de Quatorze. C'est ainsi que Gabrielle comprend peu à peu la composition du personnage Burgonde : moins rapin que croquant. Et pas de n'importe où : de ces grands espaces de l'est de la France où les cultures, pourtant immenses, ne sont que des clairières de la forêt gauloise. Le père de Burgonde était né à Bar-sur-Aube *mais* il avait vécu à Paris. (C'est son fils qui parle ainsi : natif de Bar-sur-Aube mais devenu parisien... Paris : l'erreur, la maladresse.) « Tu imagines ? Quarante ans dans un trou de la rue de Grenelle. Ses yeux se sont perdus. Il avait des chiffres plein les yeux, qui les lui rougissaient. Il les essuyait le matin ; il se mettait des gouttes, des collyres : les chiffres lui coulaient des yeux... »

Burgonde parle peu de son père, mort quelques mois avant la rencontre de Gabrielle, au moment de la rupture avec Léa.

154

Mais de plus en plus souvent il vient rôder dans ces parages : forêt de Clairvaux, forêt d'Orient, dont il aime les noms des villages, les lieux-dits qui évoquent les défrichements du Moyen Age, les cloîtres, le Temple, la foi ancienne, le froc et la violence des moines-soldats. C'est ainsi que se rêve Burgonde : grand, le coffre vaste, taciturne, retiré au fond des bois humides. Il a déniché un hameau, et tout à côté un taillis appelé « le bois des Bourguignons ». « C'est d'ici que je viens, j'en suis sûr, je le sens... » Les gens regardent cette Mercedes boueuse faire des demi-tours devant les monuments aux morts. « Il faut toujours lire la liste des soldats morts, dans les villages, et monter au cimetière chercher sur les tombes les noms, les dates : c'est là que tout s'explique. »

Gabrielle frissonne dans la voiture, une couverture sur les genoux, en méditant sur les étrangetés de la vie, qui lui font parcourir les campagnes au creux de l'hiver, se geler le cœur en regardant ce grand boiteux botté de caoutchouc, engoncé dans sa peau de mouton, qui revient vers elle à travers les herbes trempées et les flaques, inconscient, satisfait. Il s'assied au volant dans un mouvement d'air froid ; on lui voit l'haleine quand il parle : « Si l'on faisait une visite au Vieux ? » Et sous le ciel bas voilà qu'ils roulent jusqu'à la nationale 19, toujours entretenue à merveille parce que c'est elle qu'emprunte la D.S. du Général chaque vendredi soir. Ils s'arrêtent à Colombey, vont boire un café chez Dhuits, jettent un coup d'œil aux boutiques de souvenirs, aux fourgonnettes de la gendarmerie, aux quelques Belges et Allemands qui toujours hument l'air du village, comme eux, sous l'œil soupçonneux mais blasé des CRS de garde au bord d'un chemin de terre.

– Ah, personne ne le comprendra jamais sans être venu ici ! Vingt dieux, quelle tristesse... L'idée du monde et des hommes qu'on se fait, à Colombey, saison après saison, tu imagines ?

Les bois, la boue, l'hiver font partie du travail. Le reste, que de plus en plus souvent Burgonde appelle « Paris », n'en fait pas partie. Ce sont aussi bien les dîners, les palabres de galerie, tout l'indispensable frottement, l'usure du caractère et des mots, que le plus innocent : les heures passées en famille, les phrases réputées légères, banales, qui creusent en réalité leur inutile et profond sillon dans les jours. Burgonde n'a pas honte – il n'est pas si naïf – de détester à ce point les moments ordinaires de sa vie, mais il s'étonne du ravage qu'ils exercent, de l'état de vide où ils le laissent. Alors il se tait. Pas de mots ni de regards trop significatifs ; pas de blessures infligées en vain. Gabrielle le regarde changer de visage, s'enfoncer, s'assourdir, s'absenter. Comment n'aimerait-elle pas les paysages sous le givre, les chemins visqueux ou gelés s'ils le délivrent de la prison. Imaginaire, la prison ? Elle n'en jurerait pas, elle qui occupe ce bizarre statut, moitié geôlière, moitié détenue, et qui porte une partie du fardeau, au Cafard, pour éviter à Burgonde d'en être accablé, alors qu'elle ne fait pas vraiment partie de l'architecture d'ombres et de fantasmes qui composent la vie de son compagnon. « Je suis une pièce rapportée » : elle le rappelle parfois à Burgonde, qui se bouche les oreilles. Il laisse Gabrielle affronter la guérilla domestique, cette succession d'embuscades, d'attaques sournoises que parfois deviennent les rapports avec Rose et Frédéric. Tout est calme, on espère une plage d'heures lisses, et soudain l'escarmouche se produit : phrase sèche qui claque en coup de feu, coup de bec, coup au cœur. « Mais pourquoi devrais-je être leur cible ? » Gabrielle, le plus souvent, bat en retraite. Elle laisse les enfants occuper le terrain. Ils traînent, incertains, ombrageux, attendant que rentre leur père. Ils rongent leur frein. Ils ont besoin qu'on leur réponde et ils comptent pour cela sur Burgonde. A tort, on l'a vu. Ce refus qu'on leur oppose, ce front des grandes personnes qui s'enfonce sous leur poussée pour se reformer ailleurs, intact, cela les exaspère. Enfin Burgonde arrive. Frédéric, deux fois plus long qu'il n'est, ses os devenus mous, ses lèvres entrouvertes, occupe une surface considérable du canapé du salon. Il y a des journaux par terre, des livres, des cendriers, des chaussures de tennis, et toujours, au fond de tout, de la musique. Là-haut, chez Rose, une musique rivale, tout aussi tonitruante. Encore heureux quand la télévision n'en produit pas une troisième, ou une bouillie de paroles et d'images à quoi nul ne prête attention. (Mais Rose et Frédéric, en règle générale, méprisent la télévision. Ce mépris se change parfois en fascination ricanante, puis resurgit, justifié par toutes les méfiances bourgeoises : en 1964 et en France les gens *bien* résistent encore à cette nouveauté et se vantent d'en écarter la contagion.)

Burgonde arrive donc rue Raffet. Il a le visage frais et un peu étourdi d'un homme qui vient de passer seul plusieurs heures à résoudre ses fuyantes équations. Il est à la fois désarmé et bien décidé à ne pas laisser disperser ses forces. Où est Gabrielle ? Réfugiée dans sa chambre. Burgonde flotte un instant au cœur de courants contradictoires, dans ce mouvement deviné des lames de fond, des tourbillons de silence, dans cette feinte immobilité des guets-apens. Sur le carnet, près du téléphone, il jette un coup d'œil aux messages : illisibles. Il demande machinalement à Frédéric : « Tu n'as rien à faire ? » ou : « Tu as fini ton travail ? – Comme toi », répond Frédéric. Laconique et indiscutable. Mollusque d'apparence, Frédéric redevient vif et dangereux dès qu'il parle. « Grâce au ciel ! » pense Burgonde : il ne le déteste pas insolent. L'autre jour, comme son travail, d'évidence, cafouillait, et qu'il ne retournait au Pataud que par devoir, Burgonde s'est attiré de la part de Frédéric une jolie formule : « On va ranimer la flemme ? » Comment ne pas rire ? Mais dans ces moments où Burgonde, au lieu de jouer les pères, propose sa complicité, Frédéric, loin de s'ouvrir et de répondre, se roule en hérisson, tous piquants dardés. Il n'envoie une ambassade que pour donner du sel à la guerre. Ces comparaisons empruntées au langage noble et à la zoologie ne doivent pas faire illusion. Les affrontements – hérisson, embuscade, etc. – sont l'exception. La règle, c'est la maussaderie. L'épée de Damoclès, les hostilités possibles, ce n'est que le fond du tableau, une clause de style. L'ordinaire des rencontres, entre eux, paraît fait surtout d'une insurmontable lassitude. Celle des enfants s'exprime par des langueurs, des poses d'odalisque ; celle de Burgonde par le silence, les brusques retraits. Frédéric est abandonné à un vertige de nonchalance. Le monde est lourd, lourd – à quoi bon le soulever ? Rose, sa passivité est celle de la lame dans le fourreau. Mince, aiguë, coupante, muette : tout en elle évoque l'arme. Il faut la manier avec précaution : on se blesserait à mal la prendre. Elle dit quelquefois à Gabrielle : « Papa, il ne sait pas me prendre... » Ce que Gabrielle entend à la lettre : elle voit Burgonde saisir à pleine main la petite Rose et se déchirer les doigts.

Quand il est resté là quelques instants, irrésolu, déjà fatigué – en général sur le palier du premier étage, lieu qui commande la maison : un officier y posterait une sentinelle ; un berger allemand s'y coucherait – Burgonde, au lieu de rejoindre Gabrielle ou de jeter un pont vers Rose ou Frédéric, n'a plus qu'une idée : se retrouver seul. Les enfants ont gagné, qui ont imposé, au fil des jours, leur style hargneux et leur mutisme. « Pourquoi les ai-je faits ? Pourquoi me suis-je enfermé autrefois dans un mariage, un foyer ? » Ces questions, qui n'en forment qu'une, obsèdent Burgonde. Le plus souvent il les tait ou les enveloppe d'humour. A Gabrielle, il les pose dans leur brutalité : « Je leur donne peu ; ils ne me donnent rien ; comment justifier leur existence ? » Dans d'autres moments, l'absurdité s'estompe. La tendresse, la santé, et cette soumission courtoise aux usages qui passe facilement pour de l'amour, font de Burgonde un père tout à fait acceptable. On attend de lui un rôle ? Il le joue. Ni volontiers, ni longtemps, mais avec assez de bonne grâce pour tromper son monde. Après quoi il a honte de la tromperie commise et lâche quelques phrases amères ; sans aucun risque : elles seront prises pour des boutades.

Le plus mystérieux reste l'articulation d'une de ses vies avec l'autre, les autres. Les quatre cents mètres qu'il franchit plusieurs fois par jour de l'atelier à la maison, seul, et des idées lui tournant dans la tête, symbolisent la distance entre ses deux personnages. Même le choix des noms donnés aux lieux, il s'en avise, exprime des hantises : dans son travail il se sent en effet lent, maladroit, *pataud* ; et ce qu'il craint de retrouver rue Raffet, n'est-ce pas la mélancolie, la grisaille, le *cafard* ? « Je rentre au Cafard » : quel aveu ! La première fois qu'il a employé devant Ludovic le jargon familial il a vu les sourcils du garçon se lever, son œil rire. A y réfléchir, il y avait de quoi.

Ce malaise qu'éprouve Burgonde à chacun de ses retours de l'atelier, il le compare au palier de décompression où doivent s'arrêter les plongeurs, entre fond et surface. Non pas qu'il fasse à son travail l'honneur de le situer toujours aux grandes profondeurs (« psychologie des profondeurs », etc : terminologie de guide touristique, dévotion aux gouffres). L'affaire n'est pas quantitative. Les heures passées impasse Pataud sont d'une autre qualité que celles de la rue Raffet. Nul jugement de valeur dans cette constatation. Il serait permis, à un homme d'une autre sorte, de considérer qu'au Pataud Burgonde cède aux délices de la solitude, aux commodités d'un métier indulgent à tous les cabotinages. L'homme du Cafard, au contraire, assumerait les servitudes ingrates et honorables d'une vie : aimer, rassembler, nourrir les siens ; apprendre le monde à ses petits ; être l'anneau de la chaîne ; passer le relais, etc. Le malaise de Burgonde serait dans le disparate, chaque jour vécu, entre ce qu'il est et ce qu'il pourrait être, entre le baladin, l'homme du trompe-l'œil, et l'Homme Vrai que rêve son inconscient.

Il distille tout cela, Burgonde, presque aussi avachi que son fils sur le canapé du salon (déserté par Frédéric à peine son père y avait-il posé les reins), un verre à la main, qu'il veille à maintenir au degré de fraîcheur et au taux d'alcool convenables. Ce sont des réflexions familières. Inutiles mais familières. Il est capable de les retourner dans tous les sens, de leur faire dire le contraire de ce qu'elles exprimaient à l'origine. Par exemple il soupçonne ses enfants – Frédéric en tout cas – de considérer ses préoccupations avec autant d'indifférence qu'il en met, lui, à ne pas s'intéresser aux leurs. « Ranimer la flemme » : est-ce assez explicite ? Pourquoi pas, après une exposition : « Le pauvre, il n'avait guère travaillé... Il s'est fait descendre en flemme... » Je vais lui suggérer le trait. Sa vie, le feu de sa vie et son ruissellement, sa terre, son ciel et son enfer – ils s'en foutent. Il leur paraît aussi farfelu qu'ils lui paraissent fades, mous, vagues. Et sans doute est-ce justice. Indifférence et compréhension. Et comble de l'indifférence : il peut aussi bien présenter la défense et l'illustration du Père de famille. Un peintre ne doit-il pas être un personnage de nature et de naturel ? L'œuvre du peintre est charnelle, sensuelle, et ne saurait sans appauvrissement se passer de l'Expérience Fondamentale qu'est la paternité. Un jardin, trois cerisiers, une femme à la peau d'abricot vêtue d'une robe large, et sous les cerisiers, quoi ? des enfants. Des enfants autour de qui gambadent des chiens à longs poils, des chiens rustiques. Voilà ce que doit être un artiste. Les bougres, les efféminés ne seront jamais de vrais peintres. Créateur et procréateur : vous aviez remarqué ? Qui mettrait en doute la profonde et hasardeuse vérité des mots ? « Ils me font rigoler, les grands costauds célibataires, les démiurges à la semence éternellement rincée, essuyée, recrachée, perdue. Passent les femmes, soit, mais qu'elles nous laissent des petits à élever. Ils donnent l'échelle. Ils remettent à sa juste place la postérité bidon des œuvres. Un homme sans enfant, c'est un homme *moins* l'enfant : je ne veux pas être le résultat d'une soustraction. »

Ainsi se succèdent en Burgonde, et de plus en plus vite, ces raisonnements passionnels dont chacun exclut tous les autres. « Je suis l'accusé, la défense, la partie civile et l'avocat général. L'embêtant, c'est que je n'obtiens ni tête, ni acquittement, ni dommages et intérêts. »

Gabrielle descend, entre au salon en tapotant ses cheveux. Burgonde est au cinéma : sur l'écran, une femme encore jeune – Danielle Darrieux ? Madeleine Robinson ? – entre en tapotant ses cheveux. On l'a engagée pour tenir le rôle parce qu'elle porte bien les petites robes très simples. Elle demande : « Il y a longtemps que tu es rentré ? Je ne t'ai pas entendu. Avec cette musique... » Non seulement Burgonde est au cinéma, mais au film s'en superpose un autre, et encore un autre, les images s'assemblent, se chevauchent, en composent une seule, mouvante, géante, qui est *sa vie*, ce soir du 17 novembre 1964, ou du 7 janvier 1965, ou du 21 mars (jour du printemps) 1965 et il se lève, ouvre les bras à Gabrielle, lance une plaisanterie (c'est bien ainsi que l'on fait ? qu'arrive-t-il si on l'a lancée fort, en visant bien, avec la sournoise espérance de faire mal ?) susceptible de séduire Rose et Frédéric et il dit, la voix épaisse et gaie : « Mes enfants, allons dîner ! »

Chacun se lève, bâille, traîne les pieds et la roulotte tangue un moment encore sur la côte caillouteuse, malaisée, d'une soirée semblable à toutes les autres.

Ludovic ne rentra à Paris qu'en novembre. Son père était sauvé mais il se considérait désormais comme un vieillard. Baby était venue deux fois passer un week-end à la Vernède, afin de discuter avec Ludo, mieux qu'au téléphone, les projets de la galerie Falkenberg. Elle avait découvert Uzès. Ce n'était pour elle qu'une petite ville que traversait – de nuit, en général – la voiture envoyée par les Schramm la chercher à l'aéroport de Nîmes. Cette fois, dans la douceur de l'automne, elle marcha avec Ludovic par les petites rues, sous les arcades de la place aux Herbes. Les vieilleries et les merveilles architecturales la faisaient frissonner. Elle prit sur elle. Elle ne fut pas trop étonnée que Ludo ne l'emmenât pas chez son père. « Il se croit diminué... Il a honte. » Jamais, trois mois plus tôt, Ludo n'eût employé ces mots : diminué, honte. « Commencerait-il à moins se soucier du pli de son pantalon ? » Baby fut bouleversée – à sa propre surprise – par la librairie de la rue Pelisserie. Ludo lui en ouvrit la porte un soir, à l'heure où son père, terrassé par les médicaments, était endormi. Elle s'assit dans le fauteuil du libraire, derrière le bureau qui occupait un angle du fond de la boutique. Elle regarda les catalogues semestriels qu'envoyait M. Lepoux à ses « mille clients », le fichier, les pense-bêtes qu'il punaisait sur une plaque de contreplaqué au-dessus de sa tête : tout ici parlait d'un monde étouffé, que Baby ne connaissait pas. Elle se tut et Ludo la laissa, songeuse, penser aux décors de sa vie : interchangeables salons d'Europe et d'Amérique, bateaux et plages dans le soleil, conversations en trois langues, objets et mots en flashes multicolores. Rue Pelisserie, on vivait d'ombre et de chuchotement. « Ma vie, pensa-t-elle, est une porte qui claque. » Elle avait envie de préciser les comparaisons qui la traversaient, pleines d'éblouissements, de blancheurs, de choses vaines criées dans le vent : *meltem* des îles, rafales sur les terrasses de Manhattan où se posent des mouettes.

– Tu n'as jamais été tenté de rester ici, de prendre la succession de ton père et de développer son affaire ?

– Tu aurais été tentée, toi ?

– Pour moi, c'est inimaginable...

Elle aurait voulu lui expliquer. Mais ne comprenait-il pas fort bien ? Ce qu'il ne saurait pas, en revanche, c'était combien cette heure passée à bavarder à voix basse – Ludo était monté un instant voir si son père ne s'était pas éveillé – avait donné à Baby Demos d'estime pour lui, ou de curiosité. En tout cas un autre regard pour le considérer. « Lui aussi appartient à une très vieille race. A lui aussi le passé colle à la peau. Comment ne serions-nous pas affamés d'inventions, de nouveautés ? »

Dès son retour, Ludo retourna chez Burgonde. Il lui raconta sobrement la maladie et la convalescence du libraire. Il aurait voulu raconter aussi New York, mais les deux mois écoulés depuis son retour avaient assourdi la grande sonnerie des trompettes. C'était une musique entêtante au fond de lui, mais qu'il n'avait plus envie de fredonner.

– La date de ton exposition est fixée ?

– Fixée, retardée, douteuse... A mon avis ce ne sera pas avant l'automne prochain. Giorgio m'a l'air de se faire mener en bateau. D'un autre point de vue tant mieux : je n'ai pas envie d'envoyer là-bas des choses un peu... défraîchies, comme j'ai fait l'été dernier en Provence et au musée du Havre. J'ai l'hiver devant moi, je ne m'en plains pas.

– On peut voir ?

– Non, ce n'est pas mûr. Je te montrerai ça dans deux mois.

C'est ainsi que leurs bavardages du soir – moins fréquents que naguère – se déroulèrent durant la moitié de l'hiver devant des chevalets vides. Ludo, qui ne téléphonait jamais pour s'annoncer, trouva plusieurs fois l'atelier fermé. Le lendemain Burgonde lui parlait vaguement de promenades dans la campagne, de photos qu'il prenait, de son besoin de fuir Paris.

– Alors, décidément, paysagiste ?

– Tu ne crois pas si bien dire.

Mais les confidences se bornaient à cela, et aux tapes sur l'épaule dont Burgonde accommodait sa dérobade.


Il travailla cinq mois dans la solitude. Une solitude sans hargne, qu'il s'imposait avec la rigueur la plus discrète. A

161

aucun moment de ces cinq mois – de novembre à la fin de mars – il ne sollicita l'avis de quiconque. Levi-Monzi était reçu rue Raffet, à dîner, comme une relation ; et Ludovic, à qui Burgonde ne montra rien au bout des deux mois annoncés, se le tint pour dit et ne demanda plus « à voir ». (Coïncidence : c'est la formule des joueurs de poker...) Jamais Burgonde n'avait été moins sûr de son chemin. Mais au cours de l'été précédent – les monologues de Ludo sur la route et à La Cardinale ; les jours irrespirables qui avaient précédé et suivi le vernissage de l'Abbaye – Burgonde s'était juré de ne plus se *découvrir.* Depuis trop longtemps – deux, trois ans ? – il s'était battu en avant de ses positions, ou à côté. Il avait frôlé (frôlé seulement ?) la défaite dans un combat qui n'était pas exactement le sien. « Je rentre chez moi », bougonnait-il, seul au Pataud, quand tout à coup le flou de son projet l'accablait. « Où en suis-je ? où vais-je ? » Réponse : je rentre chez moi. Formule vague. Il la précisait peu à peu. Les randonnées hivernales ne furent pas ses moments de moindre lucidité. Il avait décrit des cercles autour de son pays avant d'oser y plonger. Seul, il n'eût pas trouvé en soi le courage de parcourir ses chemins. Mais de les imposer à Gabrielle, de devoir les lui expliquer pour atténuer l'effet qu'ils produisaient sur elle, cela lui facilitait l'entreprise. Ces ciels bas, ces terres toujours gorgées d'eau, ces bois faits pour y creuser des tranchées et s'y battre : il lui fallait les raconter à l'avance à Gabrielle afin d'amortir le coup qu'ils lui porteraient. Ils se promenaient là-dedans main dans la main. Vieux amoureux ou gosses qui ont peur dans le noir ? Burgonde, au hasard du bavardage, essayait de cerner sa tentative. Au plus creux d'une petite futaie bien maigre, juste assez dense – quand même ! – pour couper toute vue, avec son sol argileux, ses flaques où couraient les nuages, ses tas de bûches mal fichus au bord du layon, il jetait à Gabrielle : « Quelle poisse, hein, que d'être né ici ! »

Elle trouvait qu'il noircissait le tableau. Après tout, il était né à l'ombre du clocher de Saint-Vincent-de-Paul (ce qui n'était déjà pas gai) et il avait usé son enfance au lycée Condorcet. Mais ce n'était pas à dire. Burgonde essayait de creuser plus profond.

– Tu te rappelles la visite chez Niemand, le paysage autour du *Bunker,* le maquis, la montagne ? Si l'on m'imposait de vivre un an là-bas, je deviendrais aveugle et muet. Et, plus tard, toutes ces maisons que nous avons visitées : je n'allais de l'une à l'autre que pour vérifier à quel point je les détestais. Je détestais tout : la dureté du paysage dans les fenêtres, la lumière verticale, le crincrin. Je me sentais devenir carabe. Je m'imaginais, noir, minéral, dans la pierraille, consumé par le soleil, les pattes en l'air. Dans chacune de ces maisons je me suis vu mort. J'aurais pu me dessiner, allongé entre les myrtes et les arbousiers, à tous les stades de la pourriture, puis de la dessication, jusqu'à la propreté idéale, après le grand nettoyage, quand les corbeaux, les vers et les fourmis ont terminé leurs festins.

– Et ici ?

Burgonde se mit à rire.

– Ici... Oui, bien sûr, le grouillement, le paradis des larves, les beaux lombrics roses, la terre spongieuse. Il faut l'avouer : enterré ici on ne ferait pas de vieux os ! Ce serait le pot-au-feu, le ragoût de cadavre, le ramollissement expéditif et hop ! dès l'année suivante on monte avec la sève tout en haut des chênes et des sapins, on fait du vert, de l'ombrage – le rêve ! Cela aussi, ça se peint. Comment ? Ah, va-t'en savoir !

– Les nouilles de Letourneur, c'est peut-être ça ?

– L'entrelacement des vers là où battait le cœur, où se lovaient les viscères... une réflexion métaphysique, quoi !

Sous les plaisanteries se précisait peu à peu le propos de Burgonde. Les tristes villages le rappelaient à la modestie. Ne chanter que sa musique, dans la cacophonie, mais avec une obstination qui finisse par l'imposer, si ténue fût-elle. De retour au Pataud il avait l'impression de n'avoir jamais été aussi audacieux : il osait ne pas l'être Il ne forçait pas la note. Il explorait ses sensations successives : l'horreur enfin avouée du bleu, de l'or, du Sud, de la cruelle épure grecque ; la nostalgie animale des taillis, des bauges, de l'ombre ; le rythme lourd et lent, et les longs silences de ces hommes de son pays auxquels il n'avait jamais cessé de ressembler. Mais toujours c'est à l'envie panique de se terrer qu'il revenait, et à l'autre envie, qui prolongeait celle-là, de guetter – sans être vu – le reste du monde.

Ce fut le meilleur de son travail, cet hiver-là : comment un homme caché voit le monde. Enfant, comme tous les enfants il s'était aménagé des caches, des cabanes, des « camps », des huttes. Il avait passé des heures dissimulé sous le châle d'indienne qui juponnait la table de la salle à manger. Il avait construit des maisons de branchages dans les arbres, exploré les moindres trous, qu'il baptisait grottes. Le plaisir, dans tous ces jeux, était double : voir, mais sans être vu. Il avait continué sans le savoir d'en être obsédé. Se taire, pour mieux écouter ; se poster dans l'ombre et regarder se mouvoir les silhouettes dans la lumière ; s'enfermer au Pataud et ignorer, alentour, les passages, la rumeur, comme d'une mer, ses vagues, l'écume, les inutiles marées qui finiraient par déposer aux pieds de l'indifférent leurs épaves. Alors il peignait l'horizon à peine deviné du plus profond d'une forêt ; l'aube quand on la voit émerger de la nuit ; le passage des chasseurs et des chiens à dix pas du gibier aux yeux fous ; les champs tels qu'on les voit du bois, c'est-à-dire l'espace libre vu de l'espace clos, la liberté vue de la prison. « A quoi tout ça ressemble-t-il ? »

Il se le demandait parfois, et quel mot sacrilège les gens inventeraient pour résumer leur impression, comme il avait lui-même inventé « les nouilles » pour désigner « quinze ans de recherche » (style critique d'art) de l'ami Letourneur.

« Eh bien, ça ressemble encore une fois à un paysage, pour donner raison au petit Lepoux. Les fûts des arbres – à moins que ce ne soient les barreaux de la prison – et au-delà la lumière, la liquéfaction de tout dans la lumière : chasseurs, chiens, passants, danseurs, grandes personnes... Moi, je suis embusqué sous le piano, sous la table, sous le masque, et je retiens mon souffle. Ou bien serais-je en prison ? En cage ? Cache et cage : on s'y tromperait. » Il se souvient du bonheur intense, presque malsain – révélation d'une drogue – qu'il avait éprouvé lors de la « montée en loge » pour le prix de Rome. Cette incarcération symbolique, cet isolement rituel l'avait inondé d'un plaisir aigu et grave. Enfin, il comprenait ! La cellule du moine, le bout de jardin du chartreux, c'était donc cela ? Une journée durant il avait barboté dans son exaltation. Puis il s'était réveillé. « *Dans la nature, des jeunes filles expriment le retour du Printemps* » : il ne fallait quand même pas plaisanter. Adieu veau, vaches, cochons, couvées de Rome, Poussin, Ingres, et Claude Gelée, son cousin des Vosges... Il avait cogné à la porte et s'en était allé, laissant dans un coin de l'atelier ses bouteilles de rouge – en sacrifice aux dieux qu'il défiait.


Il décida d'un coup d'arrêter. Les bras lui tombaient. Il se sentait la tête sèche, comme l'est la bouche après l'effort ou sous l'effet de certains médicaments. Il vint encore deux jours au Pataud, ne peignant plus, mais datant les toiles, les titrant – à l'exception de deux ou trois qui s'obstinèrent à demeurer innommées – mettant de l'ordre dans l'atelier que paraissait avoir ravagé une lente tempête acharnée. Il classa deux ou trois cents dessins, esquisses, lavis, aquarelles : notes de travail, mises en train, gymnastique à laquelle il s'astreignait dans les moments où lui résistaient les grandes machines. Il en déchira les quatre cinquièmes, calmement, prenant le soin de réfléchir sur les cas douteux. Après quoi il numérota et classa les feuilles restantes. De temps en temps il haussait les épaules, émettait un ricanement : archiviste de quelle gloire ? Qui se soucierait jamais d'aller fourrer le nez dans cette paperasserie de ses tâtonnements ? Ces feuilles volantes, c'était la valse-hésitation de son hiver, sa drôle de guerre ; les quarante-sept toiles abouties, répertoriées, c'était son offensive, la marche au canon. En bonne logique il eût fallu détruire toutes les esquisses. Une superstition l'en empêchait. Garder une partie de ses brouillons, c'est se faire une douceur, se permettre un écart de régime. Burgonde enferma les feuilles rescapées dans un placard. Puis il disposa les toiles de grand format sur les chevalets, contre les murs, et il parvint, en tassant un peu, à en exposer une bonne vingtaine. Alors il plaça son fauteuil au centre de l'atelier, s'assit et réfléchit.

Certaines peintures, qu'il n'avait pas revues depuis octobre ou novembre, le déroutaient. Les plus récentes, il ne les *voyait* pas encore, perdu qu'il était à leur propos dans le labyrinthe de son travail, ses repentirs, ses vertiges de détail, ses noyades dans la goutte d'eau. Il essayait de fermer les yeux un moment puis de les rouvrir brusquement, afin de prendre ces toiles par surprise, dans leur fraîcheur — mais il était trop tôt encore. D'une dizaine, en revanche, il se sentait à peu près sûr. Elles lui paraissaient familières. Elles étaient ce qu'il avait voulu qu'elles fussent : contrôlées, maîtrisées. (Ce gros mot-là passait mal...) Disons qu'elles ne lui avaient, en rien, échappé. C'étaient aussi, à ses yeux, les moins excitantes. Il leur préférait celles — trop lointaines ou trop proches — qui se dérobaient à lui.

Il pensa que ces quarante-sept toiles appartenaient bien à une seule période de sa vie et formaient entre elles une famille. Il en décrocha deux, plus anciennes, qui cassaient cette unité. Il pensa aussi que rien ni personne ne s'était cette fois glissé entre lui et lui, entre sa tête et sa main, entre l'idée et le bricolage. Depuis longtemps il ne s'était pas senti aussi calme une fois sa tâche accomplie. Il ne percevait nulle part la *fuite* qui si souvent lui avait gâché étapes et bilans : ce sentiment qu'une fissure existait, quelque part, par où s'écoulait la matière de sa peinture, tout ce dont il l'avait nourrie au long des mois. Cette fois, il retrouvait dans ses toiles ce qu'il y avait mis. C'était inespéré, trop beau pour durer : il resta assis là longtemps, incrédule, le regard voyageur, guettant la brisure à partir de quoi le lent égouttement recommencerait, au terme duquel il ne resterait de chaque toile que ce rectangle plus ou moins vaste, ce barbouillis sans frémissement ni sens – tambour pas assez tendu, image pas assez fidèle, invention pas assez folle. Un fruit desséché sans avoir été pressé ; un cerveau-éponge, vidé de ses souvenirs et de ses rêves.

Mais non. Le cauchemar ne venait pas. Denses, fermées, les toiles ne laissaient rien échapper de ce qu'il avait versé en elles. Et sans doute n'était-il pas besoin de connaître son cheminement de tous ces mois, ce retour sur soi (qui était aussi un retour chez soi), pour donner à son travail un sens qui ne le trahît pas.

« On va bien voir ! » Burgonde décrocha le téléphone et appela Ludovic. Pourquoi pas Giorgio ? Il se le demanda après coup. Ce soir il n'avait pas besoin d'être dorloté. Et même il n'eût pas détesté quelques crépitements et pétillements. L'idée lui vint d'inviter aussi Gabrielle. En lui, la formule fut : de *convoquer* Gabrielle. Ce qu'il fit aussitôt, sans fournir d'explications. Puis il clopina jusqu'à la rue Poussin, où le marchand de vin mettait toujours deux ou trois bouteilles de *pure malt* de côté à son intention. Il composa un plateau de belle allure – il l'avait laissé, ainsi que le réfrigérateur, se vider, et avait évité de les regarnir depuis deux semaines. Il aimait de passion ses amies les bouteilles : bison de la Wyborowa, frégate sous le vent du Cutty Sark, volume triangulaire des Glenfiddich, propice à la main délicate du verseur, gardien de la Tour de Londres du gin Beaffiter.

Il fut si généreux client que le marchand dut charger le carton, d'un poids considérable, sur l'épaule d'un commis, lequel accompagna Burgonde jusqu'à l'impasse Blaise-Pataud. Il portait un tablier de cuir, à l'ancienne mode, et sentait bon le bouchon, la vinasse et la jeunesse. « Entrez, entrez ! » Intimidé, ou embêté, le garçon se tenait au seuil de l'atelier, le carton posé à ses pieds. Burgonde disposa les bouteilles sur le vieux plateau d'argent qu'il avait toujours vu, chez son père, décorer la table roulante. Les toutes dernières années l'apparition du récepteur de télévision avait relégué la table dans un cagibi et le plateau avait disparu. Burgonde l'avait retrouvé après l'enterrement, enveloppé de deux peaux de chamois, dans un placard.

Le garçon parut s'habituer à l'atelier comme on habitue ses yeux à l'obscurité. Bientôt il se mit à regarder les toiles, une à une, sans bouger d'où il était. Il se taisait mais, visiblement, il n'était plus mal à l'aise. Burgonde n'eut pas la niaiserie de lui dire : « Alors ? » ni de lui demander « ce qu'il en pensait ». Il lui versa un verre en même temps qu'il s'en versait un et le tendit à son premier spectateur. Le garçon le but tranquillement, bien campé sur ses jambes, étonnant de naturel. Quand il eut fini il posa le verre sur une chaise, ramassa le carton vide, serra la main que Burgonde lui tendait et offrit un superbe sourire. « Vraiment merci, monsieur ! »

Ce fut dit sur un ton parfait et Burgonde, quand le commis tourna le dos, se sentait l'ami du genre humain. Reste à savoir ce que pensait le genre humain de cette effusion. « On va le savoir... » : la voiture de Ludovic s'arrêtait dans l'impasse.

Ludo, dans l'atelier, parut ne voir que la carte des « Forêts de France », généralement recouverte d'un rideau (comme les dames nues dans le rez-de-chaussée d'un célibataire 1900), mais aujourd'hui dévoilée. Certains noms étaient soulignés, d'autres entourés d'un cercle rouge. Ces signes délimitaient les explorations de Burgonde ; Ludo les examina avec attention. Gabrielle arriva à ce moment, vêtue de tweed et les talons plats comme s'il s'agissait justement de partir dans les bois. Elle embrassa Ludo, posa la main sur l'épaule de Burgonde et se tut. Ludo se retourna vers les toiles en même temps qu'elle. Il les avait embrassées, en entrant, d'un regard extraordinairement rapide. (Il avait vu Malraux, traversant en diagonale le salon d'un collectionneur, balayer les murs de son œil baudelairien, la cornée blanche en croissant sous la pupille, reniflant, rapide, tête baissée, esquissant le geste, doigt levé, dont il soulignerait le commentaire fulgurant ou narquois qu'appelaient, selon lui, des œuvres dont on se demandait quand et comment il avait pu les apercevoir. Ah, savoir réussir ça !...)

Ludo, donc, se retourna.

Tout de suite il s'était dit : « A New York, ça ? C'est perdu d'avance. » D'où la station devant la carte : il cherchait une issue, des mots. Il cherchait aussi à être loyal avec Burgonde, dont il allait jouer l'amitié dans les minutes à venir. L'arrivée de Gabrielle fit diversion. Elle vint l'embrasser. S'était-elle pressée pour venir ? Etait-elle trop chaudement vêtue ou avait-elle peur ? Comme les animaux angoissés, elle *sentait* légèrement.

Ludovic regarda calmement, à son habitude, toile après toile, avant de parler. Dès qu'il se fut ainsi immergé dans le travail de Burgonde son trac s'évanouit. Il ne lui fallut pas deux minutes pour saisir le rapport entre la carte et les peintures : « Ainsi, c'est à cela qu'il a passé l'hiver ? » En lui, les idées et les phrases, maintenant, s'articulaient. « Je pourrai lui parler, pensa-t-il, et sans mentir. Jamais il n'a tenté aussi brutalement d'être lui-même ; pourtant c'est moins éloigné de son travail habituel qu'il ne doit le croire. C'est bien. C'est même bouleversant à force de vouloir être bien. De vouloir être de la « bonne peinture ». Et ça en est. Mais à New York et en 1965, non, ça ne marchera pas. C'est à Levi-Monzi de le lui dire, pas à moi. Moi, que puis-je dire ?...»

Burgonde, d'apparence tranquille, attendait. Il s'était assis de biais dans le canapé noir et buvait en mouillant sa moustache. « Il ne me cassera pas, cette fois, le petit Lepoux. *Il ne peut pas aimer ça,* je le sais, mais je veux l'entendre me le dire. C'est au choix des mots que je l'attends. »

Comme le silence se prolongeait, Burgonde pensa : « Détendons le ressort... » Il désigna trois toiles à Ludovic :

– Ces deux-là et la plus grande – oui, celle-ci – ne sont pas titrées. Je n'ai pas trouvé. Si tu peux m'aider...

– Tu as dressé une liste ?

Burgonde prit sur la table les deux feuilles où il avait inscrit les formats, les titres et les dates. Cela ressemblait à un « emploi du temps » d'écolier. Trois cases restaient vides. Il les tendit à Ludovic qui les parcourut avec sa méticulosité coutumière avant de les passer à Gabrielle. Il revint jeter un coup d'œil à la carte, puis sur la plus grande toile :

– Que penserais-tu, pour celle-ci, de *la Forêt d'Orient* ? A en juger par les coups de crayon sur la carte, elle te tarabuste, cette forêt – et puis c'est ton pays, non ? Cette toile...

Il se planta devant elle, cherchant la distance à laquelle il devait la regarder : trop loin, les autres en détournaient l'attention ; trop près, les détails de la facture lui apparaissaient avec une évidence presque naïve qui le gênait.

– C'est le dix-cors de la harde, hein ? Tu l'as remarqué, quand un peintre travaille d'un coup, d'une seule coulée, pour une exposition, comme tu viens de le faire, il y a toujours une peinture qui se détache. La patronne, quoi ! Pas de doute, à en juger par ce que tu nous montres, c'est celle-ci ta patronne. Juste ? Bon... Combien as-tu de numéros ? Trente-cinq ? Quarante ?

– Quarante-sept.

– Fichtre ! Eh bien je te suggère de renoncer à tous ces titres de ta liste. Trop anecdotiques. Ils disperseront l'attention. Titre seulement la toile drapeau, et du coup tu baptises toute ton exposition. Les autres : de simples numéros. Sans explications. Tu les laisses chercher le sens de tout ça.

– Tu le connais, toi, le « sens de tout ça » ?

Ludo jeta à Burgonde un regard intense et rapide. « Il a l'impression que je veux esquiver le commentaire... » Il répondit sur le ton le plus pondéré :

– Je ne pense pas trop me tromper. Moitié ésotérisme, moitié retour au pays natal : ce n'est pas cela ? A la fois une protestation contre tout ce qui t'a altéré, aliéné, un enfoncement en toi, et un peu de coquetterie avec les ombres. *La Forêt d'Orient*, quelle musique ! Et j'imagine que la composante souterraine, le goût de secret, n'est pas pour te déplaire : le Temple, ses initiés, ses labyrinthes, ses mœurs, ses violences supposées, etc. Ne t'étonne pas ! Pendant les deux mois passés à Uzès j'ai fouiné dans la librairie paternelle. « Les mystères du Temple » : il y en avait une pleine page à son catalogue ! Dont un opuscule très savant sur cette fameuse forêt que tu me parais avoir découverte, toi aussi. D'où ma science et mon choix. Es-tu content ?

Burgonde ne put s'empêcher de rire. Il se versa un verre et en offrit un à Gabrielle.

– Tu m'étonneras toujours ! Quel charlatan tu aurais fait !

– Ce sont les peintres qui charlatanent, Burgonde, non les pauvres marchands...

Et ainsi de suite, de verre en verre, de phrase en phrase, continuant quant à lui à boire de l'eau, plaçant ici un mot drôle, là un jugement juste et troublant, Ludovic parvint à ne pas vraiment parler à Burgonde de ses peintures. (Ce qu'on appelle parler : un peu d'âpreté, racler les fonds de tiroir, le corps à corps.) Il s'ébroua au milieu d'elles, donna des conseils subtils et cyniques, donna surtout – ou crut donner – l'impression qu'il avait regardé Burgonde au fond des yeux et « joué le jeu ». Mais l'auditeur le plus attentif eût été incapable de répéter de Ludo un jugement, un mot qui le compromît. Burgonde montrait un visage satisfait. Ludo se trouva très fin, très civilisé et il invita Gabrielle et le peintre à dîner. Burgonde parut s'éloigner. Il y eut un silence : « Je sais maintenant ce que je voulais savoir. Je vais me retrouver un peu seul... » Il déclina l'invitation, remercia Ludo d'être venu et lui serra la main avec une chaleur insolite. Gabrielle, incertaine, crispée, le regardait se débattre dans le filet du piège. Quel piège ? Quelle peine ? Quand ils eurent éteint les lampes, fermé la porte et qu'ils se retrouvèrent dans la rue, elle passa son bras sous celui de Burgonde : elle ne le faisait jamais, non qu'elle fût distante, mais la boiterie s'accommode mal de ces amarrages conjugaux. Ils remontèrent doucement la rue Raffet. Elle trouvait Burgonde anormalement tranquille. S'était-elle trompée ? Mais il se tourna vers elle :

– L'Amérique ! Ils vont me faire pisser le sang, là-bas.

*<br>**

Un grand camion d'IAT vint un matin de juin prendre livraison des quarante toiles – sept avaient été éliminées - au dos desquelles Burgonde avait écrit : « N.Y. 1965 », et un numéro. Seule la plus grande portait le titre que lui avait attribué Ludo : il triomphait. Il était entendu que l'exposition tout entière serait baptisée *la Forêt d'Orient,* ce qu'on ne traduirait pas mais qui serait expliqué en quelques lignes. « Ponds-moi le topo, Burgonde. Je ne comprends rien à tes histoires de templiers. Tu sais, je ne suis qu'un pauvre juif de Ferrare. Quant à ton pays, sans vouloir te vexer, il m'est arrivé de le traverser une fois ou l'autre... Mais si ! au moment des vacances, pour éviter les encombrements... Je lui trouve le ciel bas. Mais tu as tiré de tout ça de bien belles peintures – alors je l'aime ! Pourvu qu'il comprennent, là-bas, les barbares... »

L'atelier vidé, Burgonde ne pensa plus qu'à le fermer et à s'en aller. Il faisait sur Paris une chaleur glorieuse. Ces derniers jours, quand il entrait dans l'aquarium, il clignait des yeux et ne comprenait plus rien à ses peintures de l'hiver.

Il ne travaillait presque plus depuis qu'était finie la série des *Forêts.* Il avait grossi de six kilos et s'était querellé avec Frédéric. Quelle sottise, aussi, que d'amener le garçon au Pataud pour lui montrer les peintures avant leur expédition. Jamais auparavant il n'avait mélangé ainsi les genres. Un peu mariole, Frédéric voulut tourner des phrases. Tout autre que son père eût trouvé touchante la maladresse avec laquelle le garçon cherchait ses formules. Burgonde sentit éclater en lui une de ces grenades de colère qui parfois lui enténébraient l'esprit. Il poussa quelques cris. Frédéric reposa sur la table le verre que Burgonde lui avait lui-même préparé : « On boit trop ici... » Sur quoi il se leva et partit. Dégrisé, Burgonde s'affala sur le divan noir. En lui, tout battait au rythme de la colère retombée. Lourds voyages du sang à travers son corps. Depuis quelques semaines l'habitude lui était revenue de se tenir en alerte, guettant les soudains traits de douleur qui zébraient son ventre. Il s'asseyait sur une fesse. « Un rond-de-cuir aux vaisseaux bourgeonnants... » L'abominable Kalbfuss, consulté, l'envoya se faire radiographier les entrailles chez un maître. Boitillant entre les tables mobiles et les écrans de contrôle d'une salle futuriste, à poil sous les yeux de deux infirmières aux yeux cernés, Burgonde se sentit plus comique qu'humilié. « Marchez, mon cher ! Et buvez moins... » Le maître le houspillait avec une familiarité écœurante. « Il conseillerait l'athlétisme à un cul-de-jatte », ricana Burgonde en reprenant sa canne. On venait pendant une heure de lui insuffler de l'air dans l'anus à l'aide d'une poire de caoutchouc : « On se croirait au billard Nicolas... » Mais les yeux battus le considérèrent avec stupeur : le billard Nicolas n'avait pas franchi le fossé des générations.

Burgonde se retrouva, mal en point, sur le trottoir, portant en son centre une énorme poche vide, menaçante comme un orage qui tarde à crever. « Comment les passants ne voient-ils pas ce kangourou qui déambule boulevard Saint-Germain ? » Mais on ne se retournait pas sur lui. Un faux mouvement, et le livre qu'il tenait sous son bras tomba. La perspective de se baisser pour le ramasser lui fit peur. Il creusait les reins comme une femme à une heure de l'accouchement. Il resta là, planté devant un bureau de poste, son livre à ses pieds, le ventre en avant. Il sortit son mouchoir et s'épongea. Il regarda qui venait vers lui sur le trottoir. Des jeunes gens : ils lui riraient au nez. Une mignonne : elle le prendrait, avec cette dégaine, pour un maniaque sexuel. Enfin trottina vers lui une dame vieillissante. « Voilà ce qu'il me faut... » Il s'appuya ostensiblement sur sa canne et la dame, qui avait presque autant de mal que lui à se baisser, ramassa le roman, l'essuya d'un revers de manche et aida même ce pauvre monsieur à marcher jusqu'à un banc où il s'assit.

– Le cœur ? demanda-t-elle, pleine d'espoir.

– Non, non ! C'est osseux.

– Ah, les os !

Elle laissa Burgonde et s'éloigna, songeuse, supputant le nombre de semaines qu'il restait à vivre à ce pauvre grand boiteux si convenable. Le moribond enrageait. « Le cœur ! Elle va me ficher la poisse. Ce type torse nu sous sa blouse n'avait que tumeur et polypes aux lèvres ; maintenant le cœur ; quoi encore ? »

Burgonde venait de vivre deux heures dans un état de panique indescriptible. Chaque bourdonnement des mécanismes qui inclinaient en tout sens la table d'examen, rapprochaient ou éloignaient l'appareil de radiologie, chaque déclic à la prise d'un cliché, la voix assourdie du médecin enfermé dans sa cabine de contrôle, les mots froids qu'il lâchait avec une courtoisie de grand style : tout avait terrorisé Burgonde. Il était arrivé chez le radiologue décomposé d'anxiété, la cervelle déjà échauffée par le verre bu en hâte à un comptoir avant de monter. L'attente – dix minutes – l'avait achevé. Le maître avait d'un regard mesuré le délabrement de ce patient encombrant : un homme qui dégoutte de peur dans le salon d'un médecin élégant, quelle vilaine réclame !

Tanguant sur le trottoir, Burgonde ne pouvait pas s'empêcher d'évoquer sa première visite au Dr Kalbfuss, trois ans auparavant, le cocker frétillant, la dame au parfum de 1er mai. « Alors, tous les trois ans une *petite alerte* comme on dit dans les familles ? J'ai un bail avec la peur : trois-six-neuf. Encore heureux si l'on ne m'expulse pas avant terme ! » Il marchait déjà avec plus de vivacité malgré ce sentiment d'être une montgolfière retenue prisonnière au sol.

Après son éclat de l'atelier, Frédéric évita pendant quelques jours le regard de son père. Cette abstention convenait à Burgonde, qui ne fit rien pour y mettre fin. Il téléphona une nuit à Léa, qu'il eut l'impression d'avoir dérangée dans ses ablutions d'avant le dîner, ces minutes passées devant sa coiffeuse, le désordre des brosses et des parfums, la vapeur d'eau dans la salle de bain... Il soupira. Ah, la joie d'avoir changé sa vie, rompu les liens ! La joie de ne pas aimer son passé ! La joie de ne plus être aimé ! Il organisa l'été de Frédéric derrière le dos du garçon et lui donna son billet pour New York sans lui avoir annoncé auparavant qu'il partait. « Je quitte Stockbridge, avait dit Léa. Je vous expliquerai tout cela dans une lettre. Je me rapproche de New York... » De New York ou de quelqu'un ? Et de qui ? Qu'importait. Peu à peu, les décors changeant, le passé cessait de se prolonger, se brouillait, et c'était bien ainsi

Frédéric parti, Burgonde prit l'avion pour Nîmes où les Louvigne vinrent l'attendre. Gabrielle et Rose le rejoindraient un peu plus tard par la route. Les Louvigne l'amenèrent au mas à onze heures, sous des étoiles discrètes, voilées de brume. « Le premier orage de l'été : tu portes bonheur, toi ! » Sur la route, Etienne avait parlé de cette série de films sur les peintres qu'il tentait depuis si longtemps de placer à la télévision.

– J'ai vendu l'idée à la deuxième chaîne. C'est sûr, c'est

confirmé ! On va mettre ça au point au mas, tranquillement, et je ferai descendre une équipe. Ça te va ?
– Mais l'atelier...
– On fera des raccords à Paris. J'ai mon idée. Tu verras.

L'idée, c'était de se faire prêter par les Schramm, qui venaient de le restaurer, ce fameux hôtel de Maussane sur lequel M. Lepoux avait fouillé les archives. Ils y avaient aménagé des ateliers qu'ils destinaient à des artistes de leur choix.
– Tu vois, l'endroit rêvé !
La maison, en effet, était belle. Une façade un peu solennelle mais une cour secrète, une fontaine. Burgonde mit une sourdine à sa peur de la lumière et de la chaleur ; il pria Gabrielle de lui apporter de quoi travailler. Il n'était pas mécontent de combler ce trou qu'il sentait se creuser entre l'acharnement de l'hiver et l'aventure new-yorkaise. Rose hâla très vite et osa pour la première fois porter ces maillots exigus, ces blouses transparentes qui donnaient du flou aux regards des hommes. On fêta ses treize ans le 1ᵉʳ août par un pique-nique en Camargue. M. Lepoux lui offrit une originale de *Juliette au pays des hommes* et Burgonde, un pantalon blanc de gardian. L'été passa avec légèreté. L'atelier de l'hôtel de Maussane, d'abord considéré par lui comme un *décor,* apprivoisa bientôt Burgonde. Insensiblement, il se mit à y travailler pour de bon. Louvigne piochait les questions de l'interview comme s'il eût préparé l'agrégation. « L'équipe légère » arriva : une scripte à lunettes et des escogriffes désabusés, malins, grands lapeurs de gigondas. Projecteurs, câbles, cendriers débordants envahirent l'atelier ; des accents faubouriens y traînèrent, et des rires ; le cameraman portait un short de dieu du stade dont la scripte prétendait qu'il lui révélait, hors de propos, une anatomie avantageuse. Burgonde aimait ce désordre, les plaisanteries grosses et grasses, tout ce que fuyait Gabrielle. Elle était venue une heure et s'en était allée, offusquée. La cave coopérative où les Louvigne donnaient leur vin livra rue de Maussane une grande quantité de « costières du Gard ». Les entretiens eurent lieu sur la terrasse du mas Louvigne : Burgonde chassa tout le monde, sauf Rose, dont il ne quitta guère des yeux le petit visage de loup que l'été lui donnait, tout le temps que dura le jeu des questions et des réponses. Puis l'équipe plia bagage après un verre d'adieu qu'offrirent les Schramm à la Vernède, et qui fut une gaffe : ils n'avaient pas résisté à la tentation d'inviter vingt personnes de leurs amis, et les techniciens de l'équipe se

173

demandèrent où ils étaient tombés. Ou plutôt ils le surent trop bien. Leur culot s'envola et des noirceurs leur passèrent dans l'œil ; leurs époustouflantes tenues estivales leur brûlèrent soudain la peau. La scripte eut un fou rire, cassa ses lunettes et murmura des cruautés politiques. Louvigne enveloppa les humeurs dans un excès de rondeur. Seule Flavienne, plus Marie Stuart que jamais, trouva les mots qu'il fallait pour apaiser chacun. Puis ce fut la fin d'août et Frédéric, revenant des États-Unis, croisa Rose qui y partait. Son caractère et ses épaules paraissaient s'être élargis. « Maman propose de vous trouver une maison à côté de chez elle, si vous en avez envie, pour vous reposer après le vernissage. Tu devrais dire oui : c'est chouette, là-bas... »

Il est sept heures. Un brouillard gris et jaune, très mobile, au-dessus duquel on devine déjà le soleil, traîne sur le jardin, les arbres, les champs de pommes de terre et les granges de Mr Piekarski. Burgonde s'est fait du café et il sort le boire sur la véranda, au bord de la pelouse où jouent à ses pieds lapins et écureuils. Assommée de somnifères à minuit, Gabrielle dormira au moins jusqu'à neuf heures : deux heures de solitude et de silence pendant lesquelles il ne sera pas nécessaire de faire bonne figure. Burgonde boit une seconde tasse de café, les gestes un peu vagues parce qu'il ne connaît pas la place des objets, ni leur poids, dans cette maison encore étrangère. Et qui le restera. A quoi bon en apprendre les usages ? Il enfile des espadrilles, prend sa canne, sort et marche en direction de la mer. Deux grands nègres mettent en route le moteur d'une tondeuse qu'ils ont déchargée d'un camion écarlate. Le bruit occupe aussitôt tout l'espace et attire l'attention sur les autres : les autres tondeuses, d'abord, dans les jardins, derrière les haies, sur les immenses bas-côtés de la route, entre les tombes d'un ancien cimetière au bord duquel paissent les chevaux du club d'équitation. On entend aussi des camions, des autos, et même le petit avion d'un voisin de Mr Piekarski : il fait des ronds en attendant que se dissipe la brume, pour se poser sur la piste de fortune aménagée le long d'un champ. Dans l'ouate irréelle du matin le concert des moteurs prend une importance extrême. Deux jeunes filles passent en courant, vêtues de culottes d'athlétisme brillantes, mauves, très courtes. Les chevaux, sans raison, se mettent à galoper derrière les haies. C'est samedi matin et Sagaponack s'éveille de la torpeur de la semaine écoulée. On voit pédaler des jeunes gens sur des bicyclettes. Une petite fille en veste noire, bombe et cravate blanche se hâte vers le club, sérieuse, sa cravache à la main. Tout cela – brume, bruits, activités minuscules menées avec application – pénètre le songe de Burgonde, s'incorpore à ses pensées, les colore de douceur (ce sont des images de bonheur) mais en même temps les corrompt et les exaspère. Tout ici fait partie de l'Amérique, *est* l'Amérique. Et c'est l'Amérique qui vient de passer sur lui comme une tornade passe sur une campagne, une bagnole sur un hérisson, un deuil sur un vivant. Il se sent écrasé, dévasté, et il contemple sans la comprendre toute cette impitoyable douceur.

« Ma première défaite. Je n'en connaissais pas le goût. Tout a été si facile, jusqu'ici... »

Maintenant les maisons s'espacent. On voit la ligne des dunes et leurs herbes hautes. Dans les jardins les arbres et les massifs d'hortensias se rabougrissent. La terre meuble et le sable fatiguent Burgonde ; il marche plus lentement, s'arrête parfois. Il éprouve une amère satisfaction à se répéter l'ampleur de l'échec, à en détailler la limpide logique. Il ne se délivrera de l'humiliation qu'en allant jusqu'à son terme et en l'épuisant.

Tout a commencé trois jours avant le vernissage, à cette *party* que donnait Fathergood dans sa maison de pierre brune de la 92e Rue. Aux quatre niveaux, dans le minuscule jardin, dans l'escalier à l'épaisse rampe de bois se pressaient deux cents invités. Un buffet était installé à chaque étage ; derrière celui du salon officiait un maître d'hôtel de bon genre, aux cheveux blancs, un Breton à qui Burgonde arracha quelques mots d'un français rauque, panaché de formules américaines. Encore feutrée et rassurante à sept heures, la soirée parut escalader quelques degrés de fièvre dès que l'alcool eut agi. Rires, voix, et jusqu'aux gestes prirent une brutalité joviale, ronde, aiguë, profonde. Burgonde avait vite raflé, lui aussi, trois ou quatre verres de dry Martini sur les plateaux omniprésents. Il sentait la main de Lew Dupont crispée sur son bras ; il l'entendait hurler des phrases qui se voulaient confidentielles, sa bouche pleine d'or – inqualifiable et européenne faute de goût dans cette société où les dentures quinquagénaires étaient dans leur neuf – sa bouche ouverte, démesurée, concassant les mots à vingt centimètres du visage de Burgonde qui la confondait avec ces dizaines de bouches joyeuses, carnassières, qui broyaient son nom en même temps que des mains broyaient la sienne, maladroites, haut tendues dans une imitation de ce geste exotique risquée en hommage aux chers usages français. Ah, ces bouches ! Et les yeux mouillés, éperdus de curiosité, d'affection, d'intérêt pour lui dans les secondes qui suivaient les présentations, mais qui s'embrumaient, refroidissaient, reflétaient une surprise peinée, impuissante, dès que deux phrases à la prononciation approximative avaient creusé, entre le Français Burgonde et ses interlocuteurs, l'infranchissable fossé d'un effort à faire que personne ici n'avait le temps ni l'envie de faire. Il voyait se détourner de lui ces grands visages sur lesquels l'ennui avait tiré son rideau. Puis d'autres visages les remplaçaient, d'autres bouches, d'autres dents hors de prix, d'autres brûlantes sympathies qui déferlaient un instant sur lui, d'autres regards scrutateurs, noyés d'alcool, soudain durcis, éteints. « Regardez bien, criait Lew Dupont à son oreille, regardez ! Il y a ici tout ce qui compte à New York dans l'art. Tout ! Tout le monde sont là, Biourgonde ! C'est une fabuleuse party, pour vous ! » Et il désignait, citait, nommait, expliquait à tue-tête, s'interrompant pour claquer des dos, crier des amabilités, embrasser, baiser quelques mains − « C'est comme l'or des dents, ça, le baisemain » −, héler, agripper des bras, présenter « son peintre ». A chacun, en quelques mots précis et martelés il rappelait, annonçait, confirmait le vernissage du surlendemain, répétait la date, l'heure, épelait le nom de Burgonde − « Bi, iou, are, dji... » − une ombre de fatigue marquant bientôt son visage bronzé à la lampe et poudré, ralentissant son élocution, alourdissant son accent viennois, crispant davantage sa serre sur le biceps de Burgonde. A l'imperceptible méfiance des regards, à la hâte suspecte avec laquelle on prenait congé de lui, Burgonde comprit enfin que Lew Dupont n'était pas une puissance de cette petite société qu'il s'extasiait de voir ce soir rassemblée. Il connaissait mieux les gens que les gens ne le connaissaient. Il savait de quoi parler à chacun mais la réciproque était douteuse. Il caressait les vedettes mais les vedettes ne tournaient pas le torse pour lui répondre : seulement le cou. « Est-ce moi qui lui passe la peste, ou est-il pestiféré ? » se demandait Burgonde. Au reste, « pestiféré » était excessif. On ne sentait qu'une nuance, on la soupçonnait. Lew Dupont était traité comme un homme qui n'a pas fait un succès depuis au moins six mois. Il y avait, dans l'œil de cette dame de *Vogue* ou de *Harper's,* pour le considérer, une froideur inquisitoriale qui donnait le frisson. Les peintres traitaient Lew avec une familiarité de mauvais aloi. « Je suis tombé sur le toquard. Cette folle de Baby, avec ses silences, avait donc raison ? »

Si les femmes, les épouses, les compagnes, les Noires portaient toutes sur les traits ou le corps quelque chose de barbare – bijoux, vêtements, et surtout ces yeux hagards, dévoreurs –, les artistes, eux, parurent à Burgonde humains et accessibles. Il crut même surprendre des timidités, de vraies sauvageries, des regards délavés de douceur ou d'une espèce de frayeur narquoise. Mais il eut aussi l'impression qu'il était trop tard pour apprécier ces vertus. L'alcool les avait lestées de plomb. Elles coulaient à pic dans l'indifférence et le bruit. Avec Lawrence Murphy, qui parlait un italien musical et moqueur, il parvint à bavarder dix minutes. On les bousculait ; des femmes venaient étaler leurs lèvres sur la barbe de Murphy, qui ne les remarquait pas et évoquait ses années d'Europe : la maison louée à la Giudecca, les six mois passés à Simiane-la-Rotonde, en Provence, et son envie de connaître le Rhin, la Bavière, les Grisons. « Giacometti ? Are you a friend of Giacometti ? Really ?... »

Lew Dupont vint chercher Burgonde. « Plus personne ne parle de Murphy voyons ! Murphy est fini. » Il lui mit dans la main un verre de whisky dont il ne savait pas quoi faire et que Burgonde but. Il aperçut Gabrielle, perdue depuis une heure dans la foule. Elle bavardait sur un banc du jardin avec une sorte d'Indienne aux cheveux ceints d'un bandeau doré. Un ange brun. L'ange, hélas, comme Burgonde s'approchait, ouvrit la bouche : elle mâchait un accent québécois de comédie. Une haute rousse vêtue en odalisque, avec un pantalon de soie verte serré aux chevilles, fit un clin d'œil à Burgonde. Puis un autre. Au jardin, par les douze portes et fenêtres ouvertes de la maison coulait l'énorme rumeur de la fête et de l'alcool. Énorme et dérisoire : on apercevait dans le ciel la silhouette de quelques immeubles de trente et quarante étages, le clignotement rouge et vert des avions, le halo immense arrondi au-dessus de Manhattan. Il faisait frais et Burgonde peu à peu se dégrisait. Il chercha quelles épreuves lui donnaient l'absolu sentiment de l'impossible. Une falaise abrupte, une contrée primitive, une femme infiniment belle ? Elles lui parurent plus faciles à escalader, à connaître, à posséder que cette coterie soûle et nerveuse qui se refuserait à lui. « Nous aimons pourtant les mêmes choses. »

Etait-ce si sûr ?

Burgonde ne retrouva Fathergood que pour lui dire au

revoir. Les cheveux très blancs, le visage très rouge, ses yeux clairs fouillaient le tréfonds de Burgonde et sa main se posa sur son épaule. Quoi ! un geste fraternel ? Non : le peintre ne tenait plus debout. Burgonde lui demanda pourquoi aucune de ses peintures n'était visible chez lui.

– Tout au studio, mon cher. Ici, très mauvais pour la peinture. La fumée abîme la peinture. Le bruit, les gens – il fit un geste vague – abîment la peinture.

« Il n'est pas si pinté », pensa Burgonde. Ils sortirent, Gabrielle et lui, et partirent à pied vers Park et Madison. La 92e Rue, située aux confins de Harlem, était déserte. Entre les arbres maigrichons et les voitures garées le long des trottoirs on devinait des silhouettes furtives : drogués à l'affût, voyous ? Burgonde serra sa canne, décidé à vendre chèrement le sac de Gabrielle et son portefeuille. Il ricana en défiant l'ennemi. « Qu'est-ce que tu tiens, toi aussi ! » lui dit tendrement Gabrielle. A trois pas, la menace précisa sa nature : un élégant penché sur le boxer qu'il menait pisser. Le chien grogna. Une voiture de police passa à la vitesse d'un taxi en maraude. Ils devinèrent les regards qui les scrutaient. Quand ils atteignirent Madison ils constatèrent que la voiture, arrêtée, les avait attendus : elle s'éloigna quand ils se furent engagés dans l'avenue moins déserte. Ils n'avaient qu'une douzaine de blocs à longer avant d'atteindre leur hôtel. Toutes les anecdotes alarmistes sur la nuit new-yorkaise leur trottèrent pendant un quart d'heure dans la tête, donnant de la saveur à cette marche désenchantée. « Nous suivons l'enterrement de mes chimères... » Ils arrivèrent avec soulagement au Westbury dont le portier, quand ils surgirent de l'ombre, les considéra avec un étonnement dédaigneux.

Des courageux arrivent à la plage – il est à peine huit heures –, laissent tomber leur bicyclette dans le sable, abandonnent à côté d'elle leurs chaussures et se dirigent vers la mer encore lisse. Tout à l'heure, le vent levé, elle brisera sèchement et il faudra prendre mille précautions pour entrer à l'eau sans se faire rouler. Les baigneurs, au passage, saluent Burgonde assis sur le talus, d'un sourire, d'un mot, avec le même naturel qu'ils mettent dans leurs gestes – cette façon de lâcher leurs vieilles bécanes – et leur accoutrement : jeans et tee-shirts effrangés, étoilés de trous, immenses chandails qui couvrent les filles jusqu'aux genoux et sous lesquels elles paraissent être nues.

Rentrer ? Trouver peut-être Gabrielle éveillée et devoir enchaîner avec la journée, la soirée d'hier, leurs silences prudents, leurs précautions de convalescence ou de lendemain de grabuge ? Burgonde préfère gagner du temps. Sur l'océan la brume s'est dissipée ; elle traîne encore sur les champs de patates et les prés où l'on entend, sans les voir, galoper les chevaux. La tiède journée d'automne commence dans un engourdissement d'avant l'homme. Burgonde s'étend et ferme les yeux. Bientôt arriveront dans des breaks roses les familles du samedi, obèses des deux sexes chargés de casquettes, de mômes, de boîtes de pique-nique en matière isolante, d'huile Coppertone, de transistors ; leur succéderont des esclaves dorés de Wall Street ou de Park Avenue reconnaissables à leur débraillé particulièrement seigneurial ; puis des surfeurs – mais à Long Island l'océan ne produit pas le long déferlement sans lequel il est impossible de chevaucher la vague. Passeront aussi des couples de messieurs aux fesses minces, des naïades, d'anciens *marines* engraissés, les filles de l'épicier de Sagaponack, des motards, des Noirs qui arrêteront leur voiture au bord de l'eau pour n'avoir que cinq ou six mètres à franchir avant de se mouiller. Il sera temps, alors, de se lever et de regagner la maison. Mais pour l'instant, les yeux clos, du sable dans les oreilles et du sable dans les mains avec lequel il joue – à nous, les symboles ! –, Burgonde écoute le jour composer peu à peu son histoire, et dans le ciel passer l'hydravion des *coast-guards,* en rase-mer, peut-être pour signaler la présence au large de requins, peut-être pour lorgner les filles qui, là où la plage devient déserte, retirent leur soutien-gorge et rient dans leurs taches de rousseur.

Une heure avant l'arrivée des premiers invités, une jeune fille avait apporté à la galerie, de la part de Léa, une de ces feuilles de plastique auxquelles sont fixées des pastilles rouges : collées au cadre des tableaux, elles signalent les œuvres vendues. Elle n'avait donc pas oublié ? C'était à peu près ainsi qu'ils s'étaient connus, Léa et Burgonde, en 1947. Elle n'avait alors bavardé que deux ou trois fois avec lui, dans des maisons fort convenables où fréquentaient les dominicains de l'Art sacré. Au matin de la seconde exposition de Burgonde dans une petite galerie de la rue Jacob, elle était venue déposer chez sa concierge les fameux « points rouges », qu'accompagnait une lettre de vœux. Elle était restée tout le temps du vernissage, décente et ouverte, moins différente à cette époque des amis habituels de Burgonde qu'elle ne le paraîtrait aujourd'hui. Au souper, chez le Russe de la rue Mazarine, elle s'était retrouvée assise à côté de lui, et encore à côté de lui dans sa vieille traction décapotable à une heure du matin. Elle l'avait voulu, en somme, et l'avait eu : ils s'étaient mariés l'année d'après. Burgonde a mis plusieurs années à admettre qu'il avait été choisi, et non le contraire. A chaque exposition pendant douze ans Léa s'était occupée des pastilles rouges. Occupée du succès, en somme, et de l'argent : était-ce aussi un symbole ?

Léa est arrivée chez Lew Dupont à sept heures, avec Betty. Elles sont reparties à sept heures et demie : ni trop ni trop peu. Courtoisie parfaite.

Betty ? Son nom revenait parfois dans les récits de vacances que faisaient Rose et Frédéric, parmi d'autres noms, dont certains se remarquaient davantage. Les pièces du puzzle ont fini par s'assembler. A Stockbridge, en 1961, Léa s'était installée non loin de sa sœur, et qui n'eût compris, après le divorce, cet exil familial et discret ? A East Hampton, où la voilà depuis quelques mois, Léa vit chez Betty, à qui appartient la maison. Une jolie maison construite à la fin du XVIIIe siècle par quelque pasteur : elle se trouve à deux pas de l'église et du cimetière, au cœur du vieux village, sous les chênes et les érables, derrière l'étang. Burgonde est entré plein de l'aisance un peu lourdaude de l'ancien mari, du grand type qui doit se pencher pour passer les portes. Il s'est vite civilisé. De bons meubles, des plafonds bas, beaucoup de livres, des planchers aux larges lattes laquées de blanc. Est-il exact que Betty est professeur de littérature française ? La voilà, Betty. Sans âge – entre trente et quarante ? – les cheveux frisés façon mouton, le regard vigilant. Elle se tient en retrait, calme, tournée vers le dedans. Elle observe Burgonde mais son visage sourit dès qu'il se tourne vers elle. Quand il s'en va, après cette première visite, elle s'approche de lui et l'embrasse.

Dans la voiture Burgonde s'est aperçu qu'il n'avait même pas pensé à remercier Betty ; de toute évidence c'est elle qui a trouvé la maison de Sagaponack et décidé ses propriétaires à la lui louer. « Nous nous reverrons... »

C'est vrai, ils se sont revus deux fois. Léa et Gabrielle s'apprécient : l'une est satisfaite de voir sa succession bien assurée ; l'autre s'apaise – non sans un frisson – à voir Burgonde si imperméable à son passé. Léa paraît aussi soulagée. Elle avait donc un aveu à faire ? Cette Betty, bien sûr... « J'ai été lent à comprendre ! » Burgonde ne sait pas ce qui l'étonne le plus : son manque de perspicacité ou la révélation de la nouvelle Léa ? « Comment ai-je pu être à ce point aveugle ? » Soudain tout s'ordonne. Il y a dans le regard de Léa une supplication, un triomphe. Burgonde a envie de lui demander pardon ou de la rassurer. Envie aussi de rire un grand coup : du dépit qu'il éprouve, après toutes ces années, de n'avoir pas su interpréter le calme avec lequel Léa avait accepté son éloignement, le divorce, et même d'être séparée des enfants. « Pardi ! » Dans la bouffée de curiosité qu'il sent monter en lui envers Betty, n'y a-t-il pas comme un élan de convoitise ? Ce corps effacé qu'elle possède, cette modestie sombre et attentive. Ah, comprendre !... La petite maison où tout respire – maintenant qu'il y pense – la passion contenue : un parfum de puritanisme, de raffinement, de secret désordre. « Quelle bête j'ai été. » Puis, à la réflexion : « Et quel mauvais homme, quel piètre amant, peut-être ? La détourner ainsi, non seulement de moi, mais de tous mes semblables ! » Peut-on être plus sot ? Voilà ce qui maintenant le tarabuste : les torts qu'il eut, les défaillances dont il fut coupable, sans doute, il y a quinze ans, et qui seuls peuvent expliquer, n'est-ce pas ? tous ces exils de Léa : loin de lui, loin de ses enfants, loin des hommes. « Je deviens idiot comme un manuel de psychologie. »

Entre East Hampton et l'entrée de Sagaponack la route est droite et ennuyeuse. On voit des supermarchés, des marchands de légumes, des agences immobilières. Burgonde laisse traîner le temps tout en essayant de rassembler des morceaux épars de sa vie. La petite maison grise au porche blanc, avec ses plafonds bas et ses hautes cheminées, excite en lui des envies. Nul doute que Léa n'y ait trouvé davantage de paix qu'autrefois près de lui, et d'une qualité plus fine. Burgonde pense au Cafard, le bien nommé, à l'aspect d'éternel campement qu'il présente malgré les prodiges de Gabrielle. Il se sent barbare, grossier. Le salon bleu et blanc où bougeait l'ombre d'un érable, les canapés tendus de toile écrue : il aurait pu s'incruster là, laisser la lumière tourner, les confidences monter aux lèvres. « Elle a bien mené sa barque, Léa ! » Il pense au poids que pèsent Rose et Frédéric ; à ce quai de gare qu'est devenue sa vie ; au sentiment qu'il éprouve d'être un colis mal ficelé réexpédié de fausse adresse en fausse adresse. Le charme de la maison grise n'en est que plus insidieux. Il n'avait jamais compris que dans leur rupture, puis leur divorce, Léa a été la gagnante. Elle a reconstruit une vie selon sa nature et ses goûts et l'a laissé, lui, s'enfoncer dans les servitudes auxquelles elle échappait. Ainsi, de proche en proche, découvre-t-il un autre point de vue sur lui-même ; de ce point de vue il apparaît comme le benêt, le faraud que deux femmes ont manœuvré sans qu'il s'en aperçût. Où cela va-t-il le mener ?

Dans tous les vernissages, le plus dur est le début, l'attente des premiers visiteurs, puis leur arrivée : le moment où dans l'appartement-galerie de Lew Dupont ils n'étaient qu'une dizaine, puis quinze, puis vingt. En France, l'angoisse de Burgonde naît de la superposition des visages, des présentations à faire, de cette salade de voix, de noms, de questions, de souvenirs. Au point qu'il vient toujours un moment où il s'éclipse pour aller boire, seul, et reprendre silence comme on reprend haleine. Chez Lew Dupont il s'est senti prisonnier. Prisonnier d'inconnus, et d'usages inconnus, et de cette stupeur qui très vite l'a englué. Il n'avait rien bu : ivre, il ne peut plus se servir des quelques mots d'anglais dont il dispose. Et sobre, il est sans défense. Alors il est resté là, comme reste un quai que bat l'eau, espérant qu'on viendrait l'accoster. Lew faisait son métier ; il passait par des phases successives de vélocité, de désespoir, d'euphorie, de colère. Burgonde a reconnu des ponchos mexicains, des yeux vitreux, des plaques pectorales du Bénin, des pupilles dilatées, des cartouchières bien garnies de dents, des peaux trop entretenues qu'il avait déjà vus chez Fathergood. Les vagues se brisaient sur lui en écume de mots. Il moulait pour chacun les mêmes phrases passe-partout que personne ne paraissait écouter ni comprendre. Le voyant en perdition, Gabrielle était venue se poster à son côté et ne s'éloignait plus. « Tu es une bergère à un seul mouton », lui glissa Burgonde à l'oreille. Désespérément, il cherchait des yeux une fenêtre. Même d'un entresol, en se penchant, on peut voir du ciel. Mais les seules fenêtres que ne bouchaient pas des panneaux (et sur les panneaux, ses toiles) se trouvaient là-bas, dans les bureaux, hors d'atteinte. Au conseiller culturel de France – « venu en simple voisin », répétait-il afin d'ôter à ses condoléances tout caractère de déférence ou de sympathie – Burgonde eut envie de répondre qu'il n'était pas de la famille. Au délégué de l'ORTF descendu du petit écran, il demanda : « Vous existez vraiment ? » Sallebert plissa ses yeux et lui sourit : « Pas marrant, hein, ces petites cérémonies... » Une journaliste que l'on traitait avec des égards lui posa des questions, la voix si basse, le visage si détourné, l'âme à ce point au bord des lèvres que Burgonde ne comprit rien, furieux de sentir, à quelques mots devinés et au feu des yeux, qu'il avait affaire à un être humain. Une rafale de rires et une bousculade entraînèrent l'être humain.

Enfin, très vite, très tôt, la modeste marée reflua. Les derniers visiteurs, aussi embarrassés que les premiers, détournaient les yeux de Burgonde. Gabrielle fit surgir une bouteille qu'elle avait dissimulée dans un tiroir et la secrétaire trouva des verres. La joie que ce fût fini – une joie sauvage, fiévreuse – submergea Burgonde. Il se dilata, s'élargit, gagna en se redressant plusieurs centimètres. Lew Dupont montrait le visage d'un père dont la fille unique, belle et riche, vient de filer avec un chemineau. Quand il vit que Burgonde, son verre à la main, paraissait redécouvrir la présence de trente de ses toiles aux murs de la galerie, il poussa la porte d'un réduit : on entendit cinq ou six déclics et, l'une après l'autre, les batteries de projecteurs s'éteignirent. Le local retomba dans la lumière jaune des lampes ordinaires comme dans un crépuscule. Les sourires se figèrent sur le visage des cinq ou six personnes présentes. Seul Burgonde, le nez en avant, dans cette attitude que Gabrielle lui avait vue les rares fois où, en sa présence, il montrait ses peintures à un visiteur, parut ne s'être aperçu de rien. On aurait dit, à le voir regarder ses toiles, un expatrié en train de rêver sur de vieilles affiches de la SNCF dans quelque Alliance française de Tokyo ou de La Paz. Cette comparaison traversa la tête de Gabrielle ; elle s'en fit aussitôt reproche, sans soupçonner avec quel rugissement de plaisir Burgonde eût accueilli cette remarque si seulement elle eût osé la formuler.


Il y a quelques années Burgonde a perdu un chien. Dans les semaines et les mois qui ont suivi sa mort, toutes les fois qu'un souvenir de Gavroche est venu le harceler il s'est surpris à secouer la tête, comme si ce mouvement de refus, tout physique, l'eût aidé à chasser du plus profond de sa mémoire des images insupportables.

Et voilà que le même geste lui échappe.

De loin – de la plage où les baigneurs sont maintenant plus nombreux – on doit le croire gâteux, ce solitaire. Il parle tout seul, s'excite à avoir du courage, à répondre non à un interlocuteur imaginaire.

Et c'est vrai, Burgonde dit non. A son humiliation, au spectacle qu'il a donné de sa faiblesse, aux échos de son échec. A quoi bon ressasser ? Il faut chasser la mouche importune, refaire en soi le vide, quitter le plus vite possible ce lieu où rôde l'aigre odeur de sa défaite. On ne combat pas la souffrance froide et petite des humiliations ; on la fuit, sans gloire ni musique. On se *sauve* – mot double et magique.

A en juger par la hauteur du soleil et la file des voitures garées au pied des dunes, le temps a passé. Peut-être s'est-il endormi un moment ? « Que fait l'artiste blessé, le créateur touché dans ses *œuvres vives* ? Il roupille sur la plage... »

Les petits lapins, sur la pelouse, ont un comportement plus circonspect qu'au début du jour. Gabrielle attend Burgonde. Ni inquiétude, ni cernes sous les yeux : elle est nette comme du linge frais.

Ils vont passer une journée lisse, silencieuse. Ils iront à Montauk manger de la langouste, une bavette accrochée au cou. Vers cinq heures ils passeront, comme ils l'ont promis, chez Fathergood qui possède une ferme à Amaganssett. La maison sera blanche, encadrée de deux granges couleur de sang ou de vin vieux. Il y aura de grands chiens couchés dans l'herbe sous des arbres dont Burgonde demandera le nom. Fathergood portera un short informe, multicolore, et il marchera les pieds nus. Il dira : « Biourgonde, venez voir ma grange ! » Il l'entraînera dans le plus bel atelier qu'on puisse rêver, le pan nord du toit tout en vitrages, immense, immaculé, *séraphique*. C'est le mot qui viendra à Burgonde. Il est vrai que Fathergood, cheveux blancs voletant autour de son front brique, les yeux innocents, ses genoux maigres émergeant de la culotte effrangée, des animaux allongés à ses pieds, aura l'air d'un ange. Un ange malin, dur en affaires, mais l'âme limpide. « Regardez, Biourgonde », dira-t-il – sa voix chevrotante, implorante – en lui désignant la verrière où courront des nuages, « vos plus belles toiles... » Ainsi la politesse sera faite (« S'est-il documenté dans un Panorama de l'Ecole de Paris ? »), et elle sera assaisonnée d'une cruauté – celle-là ou une autre, peu importe. Le saint François d'Amaganssett passe pour avoir la dent dure. Il est passé chez Lew Dupont le lendemain de *l'opening,* le matin, dans l'odeur de fumée froide. Il ne dira rien à Burgonde de cette visite. Enfermé dans son mauvais français comme dans une enfance indéfiniment prolongée, il montrera les chiens, les hortensias, le placard-bar aux mille bouteilles (sa grande fierté...), la baie vitrée découpée dans la paroi de la grange selon le nombre d'or et qui encadre idéalement la ligne du rivage, celle de l'horizon, les tourments de vents et de nuées dont à longueur d'année Fathergood se laisse pénétrer. Et Burgonde, soudain, se sentira apaisé. Il n'a jamais su résister aux ciels, aux plages sans limites de l'Océan, aux chevauchements confondus des vagues et des nuages. Dans ses moutonnements de forêts, dans ces ondulations de la terre champenoise où il est né, peut-être n'a-t-il jamais cherché que l'*envers de la mer,* cette autre direction du rêve offerte aux hommes de son pays tourné vers l'est, vers l'aplatissement insensible des reliefs, le passage des forêts aux champs et des champs à la steppe, dans cette dilution quasi maritime des lignes, des formes, de l'horizon, dont Burgonde espère qu'il a su parfois, à défaut de la peindre – on ne peint pas cette absence de tout –, se soûler, se pénétrer – comme fait ici Fathergood des embruns et de la brume. « Comment n'a-t-il pas compris que nous cherchons la même chose ? » se demandera Burgonde.

– Regardez Biourgonde : vos plus belles toiles...

Pourquoi soupçonne-t-il Fathergood de n'avoir pas compris ? L'œil bleu le contemplera, innocent. Le soir tombera. On allumera les lampes dans la maison blanche, aux parquets et aux meubles laqués de blanc, aux canapés tendus de toile blanche, aux porcelaines, aux tapis et aux rideaux pâles – cette maison conçue pour nier la violence des couleurs auxquelles Fathergood doit sa gloire –, on servira à boire et l'on attendra tranquillement la nuit, cette autre défaite de la peinture, cette autre victoire du Temps.

# III

# TROMPE-L'ŒIL

Pauvre Lucienne ! Voici comment tout a commencé.

Thérèse est de nouveau rue du Collège. Au train où vont les choses elle y passera l'été. Victoire l'a amenée chez sa sœur à la fin de juin. Elle est venue entre deux avions. « Toujours le coup de vent ? Mais qu'as-tu donc dans la peau, ma pauvre Victoire ? » Lucienne se sentait lasse. La petite, deux semaines auparavant, avait reçu un coup de sabot : une jument qu'elle « adorait », mais vicieuse, qui bottait sans raison. Thérèse a pris le coup dans l'épaule, un miracle. Elle pouvait aussi bien se faire casser le bras ou la tête. Elle a passé en dix jours par toutes les couleurs : quand elle est arrivée à Uzès son épaule était encore verdâtre, jaune, une vraie horreur, au point que Lucienne hésitait à la mettre en maillot, et la petite cuisait au jardin en pleurnichant.

Victoire a paru à Lucienne mal à son aise. Au téléphone elle avait trop insisté sur la peur des chevaux qui est venue à Thérèse : « Elle se réveille la nuit en criant ; elle rêve que Querelle la poursuit, se cabre au-dessus d'elle. Uzès lui fera du bien. Tu comprends, ce manège... »

Non, Lucienne ne comprenait pas. Les manèges, ce n'est pas son paysage. Victoire, elle, avait appris à monter au temps de la Légion d'honneur. « Hubert m'a remise à cheval », a-t-elle dit l'année dernière. Mais cela reste abstrait pour Lucienne : les écuries, l'abreuvoir, Thérèse se glissant dans les boxes sous le prétexte d'amener des chats aux chevaux qui s'ennuient, pour leur tenir compagnie.

Tout cela fait partie du romanesque Victoire, de la singularité Victoire, qui commencent à peser sur Lucienne et ne l'impressionnent plus. Cet agacement est nouveau et ne lui ressemble guère. Il est monté en elle quand elle a cru déceler – la voix et le comportement de sa sœur – la menace de nouvelles turbulences. Voilà huit mois, pas un de plus, que Victoire paraissait rangée. Des hennissements et du crottin ne valent pas un décor de dossiers, un cabinet d'avocat ou de médecin, voire un uniforme – encore que l'uniforme... – mais on s'était fait à cette idée. On avait reçu des photos : les arbres, le calme, et aux murs ce papier façon toile de Jouy. Le bonheur, non ? A défaut d'épouser la mère le capitaine avait reconnu la petite. Un soupir de Lucienne a été l'occasion de son premier accrochage avec Victoire depuis longtemps. On ne retirera pas de l'idée de Lucienne que les hommes *ont* les filles, les lâchent ou les enjôlent, leur mentent, les laissent tomber ou les épousent. Victoire voit rouge quand Lucienne parle ainsi. Sa sœur et elle, il lui semble qu'un siècle les sépare. « Bon, va pour l'indépendance ! » Mais que signifient alors ces quatre petits mots désenchantés : « Tu comprends, ce manège... »

Là-dessus, quinze jours sans recevoir une lettre. Seulement des coups de fil évasifs. « Non, ne m'appelle pas. C'est moi qui téléphonerai. » Quand Hubert a appelé, un soir, la voix brève, pour demander des nouvelles de la petite, Gilbert, venu passer le dimanche à Uzès, a tout de suite compris : « C'est ta sœur qu'il cherche. – Victoire ? Elle n'est pas auprès de lui ? »

Gilbert a haussé les épaules, ce qui n'est pas dans ses habitudes. Cette eau qui se trouble lui paraît limpide. Un paquet est arrivé pour Thérèse : des jouets ; puis un autre : deux maillots de bain, un rose et un bleu. Ils ont été les bienvenus ; il fait une chaleur d'enfer ; Lucienne passe ses journées à conduire Thérèse dans des maisons à piscine et à l'en ramener. Elle sait maintenant que Victoire a quitté le port ; Dieu sait quels creux elle affronte. Hubert ne téléphone plus et Thérèse, insouciante et secrète comme on l'est à son âge, ne pose aucune question. Quand Victoire l'appelle, elle demande : « Tu viens bientôt ? » Lucienne est dans la pièce voisine ; elle tend l'oreille ; cette question la crucifie délicieusement. Elle marche ensuite à travers la maison et le jardin, la bouche dure, le talon lourd, et se répète : « Ah, je suis crucifiée ! » Elle en ressent beaucoup de bien. Les jours passent, puis les semaines. Au téléphone, pour répondre à Victoire, elle fait preuve de plus en plus de délicatesse. On sait se tenir. Mais elle se consume de curiosité, qu'elle baptise angoisse. Un homme ? Bien sûr, un homme ! Les pieds bien à plat dans ses espadrilles, elle a la démarche d'une dan-

seuse ; en d'autres termes elle ressemble à un canard, et furieux.
« Fâchée, tante Lu ? » Lucienne abreuve Thérèse de jus
d'orange. Dès qu'elle se sent prise en flagrant délit de fureur
justicière, elle presse une orange. La petite en fait des insomnies. Gilbert vient le plus souvent possible du Mont-Dore passer le dimanche à Uzès, mais toutes ces heures de route – il les
fait de nuit, à la fraîche, une fois ses patients expédiés – l'épuisent et le rendent bougon. Il en a son content, lui, de Victoire,
des dérapages et des effusions de Victoire. Il flatte Lucienne de
la main – « Comme un cheval », pense-t-elle, ce qui la ramène
cocassement à Victoire. C'est-à-dire à l'ennemi : Hubert. « Ce
type, avec ses bottes et ses chevaux ! » et Gilbert la regarde,
étonné par le coq-à-l'âne. Le ciel est si beau, les nuits si douces ;
pourquoi Lucienne se laisse-t-elle ronger par ses imaginations ?
Il en veut à Victoire. Jusqu'à présent elle était une très jeune
femme avec qui le destin s'acharnait à être malicieux ; elle était
tombée dans tous les pièges, mais avec allure. Gilbert pense :
« avec crânerie ». C'est le mot qu'il avait trouvé pour couvrir
ces énormités que sont, à son jugement, une fausse identité, un
homme hors la loi, un mariage simulé, un enfant illégitime. Il
mettait ça sur le compte des temps : fusillades et règlements de
comptes excusent les errements de cœur. Mais cette fois, quoi
qu'elle fasse, Victoire exagère. Que peut-elle bien faire, d'ail-
leur ? Gilbert se demande s'il ne devrait pas, lui, l'homme, s'en
inquiéter, enquêter, voir des gens. « Quelles gens ? Cet ex-capitaine avec ses lèvres et ses yeux en lame de couteau ? Merci
bien ! Et puis j'ai des obligations, moi, un vrai métier, des
horaires, une secrétaire vêtue de blanc, et dix éternueurs, reni-
fleurs, larmoyeurs, enchifrenés qui attendent dans mon salon.
Ma pauvre Lucienne se fait un sang d'encre pour... pour des
gamineries, peut-être des caleçonades. » (« Caleçonades »,
comme « crânerie », est une trouvaille du Dr Roux. Il désigne
par des mots désuets les sentiments et les situations qu'il
ignore.)

Là-dessus les appels téléphoniques de Victoire se sont espa-
cés. Il a semblé plusieurs fois à Lucienne entendre derrière les
paroles de sa sœur de la musique, des rires.

– Tu n'es pas seule ? a-t-elle demandé, la voix altérée.

– Bien sûr que je ne suis pas seule !

Comme à l'accoutumée, la réponse, toute droite, la désar-
çonne.

Alors, un peu hagarde :

– Thérèse a une grosse angine...

– En juillet ! Tu la couves sûrement trop.

Victoire rit. C'est le comble. Mais on ne trompe pas Lucienne si facilement. Le ton de sa sœur est trouble, forcé. Elle tente le tout pour le tout :

– Ma petite Victoire, il serait temps que tu t'expliques. Tu vas me faire le plaisir de...

Le téléphone a été raccroché et, cette fois, on ne voit pas quand le silence sera rompu à nouveau.


Il arrive qu'on traverse le boulevard Gambetta entre les voitures immobilisées pare-chocs contre pare-chocs tant il y a foule. C'est un de ces matins-là. Des touristes en short et chapeau gardian sont accoudés à leur portière ouverte et bavardent, sans impatience : le soleil et les oiseaux jouent dans les platanes, qui forment voûte, donnant à tout, dans le matin encore frais, cet air de fête et de lenteur. Lucienne a donc traversé en diagonale, serrant contre elle sa robe de toile pour ne pas la salir aux tuyaux d'échappement, guidant de la main Thérèse, toute brune dans son maillot bleu. On ne voit plus trace à son épaule du coup de sabot et elle porte, rejeté dans le cou et tenu par un cordon, un de ces chapeaux de piqué blanc baptisés « bob ». Thérèse raffole de ce morceau du boulevard qui s'étend de la rue Jacques-d'Uzès à la rue de la République ; on y trouve des étalages jusqu'au bord des trottoirs : bouteilles de butane, cageots de fruits, poupées provençales, bouées en forme de canard, cannes à pêche, palmes et masques de plongée. Ces trésors la clouent, en extase, sur le trottoir où la bousculent les passants pendant que sa tante entre à la Maison de la Presse.

C'est à la Maison de la Presse que l'attentat se produit. Quel autre mot employer ? Lucienne est dans défense : sa robe de toile, vaste, vague, façon grande chaleur ou bonne sœur dans le siècle ; ses éternelles espadrilles. Ses pensées sont aussi vagues que sa robe. Quand ses yeux se posent sur l'éventaire des journeaux elle ne songe même pas à en choisir un. *Le Hérisson, France-Dimanche, Paris-Star, Marius* : ce n'est pas le genre des Roux, chez qui l'on attend que le facteur apporte toute la paperasse bien-pensante dont les médecins sont couverts. Une des feuilles est mise en vedette, pliée en deux, tenue par des pinces : la photo de Victoire occupe le tiers de l'espace visible. Nette ; indiscutable ; surmontée d'un titre gras. Lucienne reçoit l'image sans frémir ni interrompre son geste : elle était en train d'ouvrir son sac à main. Un coup d'œil autour d'elle : personne ne l'observe. Elle s'enfonce, à sa droite, vers les mensuels, les magazines techniques, les livres de poche. Avant tout, réfléchir. Elle prend et ouvre au hasard une revue de jardinage. Fait divers ? Accident ? Ce n'est pas le journal à ça. Quelque chose de sordide ? Oui, à coup sûr. Savoir. Mais savoir sans être repérée. Et Thérèse restée sur le trottoir, qui peut d'une seconde à l'autre entrer, la chercher, voir la photo, tendre le doigt, parler... Éviter ça. Et vite. « Repiquage des plantes à bulbe : ne vous y prenez pas trop tôt ! » Lucienne lève le nez et se voit dans un miroir, écarlate, traquée. Elle dérive, en crabe, le visage détourné de la caisse et de la caissière, vers l'étagère basse où sont entassés les hebdomadaires. Elle repère de loin le torchon, à son bandeau rouge et noir : *Paris-Star.* Le sang lui brouille la vue. Elle saisit au hasard : *les Lettres françaises, les Nouvelles littéraires* – elle ne voit que les taches vertes de l'un, bleues de l'autre. Elle les pose sur le torchon, qu'elle cache, puis saisit sans le toucher, comme on fait d'une araignée à travers un linge. A l'épaisseur, elle sait qu'elle le tient. Elle replie le tout et forme même un rouleau. Bien malin... Oui, mais il va falloir payer. Alors elle attend un instant – un œil sur la porte, l'autre guettant la caisse – que trois ou quatre clients s'y soient agglutinés. L'un cherche de la monnaie ; l'autre s'évente avec un magazine. Lucienne fourre le rouleau dans son panier d'osier, cherche des yeux la libraire, la trouve, lui sourit, fait un geste de la main : « La petite est restée dehors... Je reviens tout de suite vous payer... » On dit : « Bien sûr madame Roux ! » Sont-ils naturels ? Savent-ils ? La guette-t-on déjà ? Egarée, elle sort de la boutique. Un homme se retourne sur elle, ouvre la bouche, mais elle le bouscule, passe outre, aperçoit Thérèse dont elle saisit la main avec emportement. Elle se jette à travers la chaussée où la circulation s'est rétablie. La voilà coincée.

Une voiture freine ; on la houspille. Enfin elle touche terre sur l'autre trottoir, devant la terrasse du Colibri. Sans réfléchir elle pousse Thérèse dans un fauteuil vide, s'assoit à côté d'elle, arrange machinalement les cheveux de la petite fille, commande une grenadine et une bière. Le panier est posé par terre à côté de son fauteuil. A peine a-t-elle trempé les lèvres dans la bière glacée qu'elle sent la sueur lui piquer le front, les ailes du nez. Mais il lui semble aussi que le sang reflue de son visage : M. Legros passe, le vétérinaire, qui la salue comme si de rien n'était. Une voiture de touristes allemands s'arrête à la hauteur du Colibri : des jeunes gens très blonds, très beaux. Ils rient, chantent, soufflent dans des harmonicas. « Comme en 40... » pense Lucienne, en qui remontent des images de ses seize ans : les grands motocyclistes gris qui s'arrêtèrent un soir près de la fontaine, à Virecourt, ôtèrent leurs casques, les lunettes bordées de caoutchouc qui leur avaient dessiné deux ovales blancs sur le visage, passèrent par-dessus leur tête la houppelande camouflée, déboutonnèrent leur vareuse, leur chemise, se mirent torse nu, puis en riant retirèrent leurs bottes... Comme ils étaient blonds et moqueurs ! Une fois nus ils s'étaient plongés dans la fontaine, sur la place de l'église, jouant à s'éclabousser comme des gosses. Les mères avaient caché leurs filles, fermé portes et fenêtres, et dans le village désert on entendait les beaux garçons nus gifler l'eau et crier. Puis l'un d'eux s'était mis à souffler dans un harmonica. Sa petite musique se moquait bien des volets clos, entrait dans les maisons...

– On rentre, tante Lu ?

Thérèse s'ennuie et tripote de ses doigts moites la main de Lucienne, qui se lève, ramasse son panier, hésite et reprend le chemin de la rue du Collège d'un pas soudain pressé.

## LA DERNIÈRE VICTOIRE DE CONSTANTIN
### LE DON JUAN DE VITEBSK FAIT UNE NOUVELLE VICTIME

*Le téléphone de Constantin ne répond plus ! Le numéro ultra-secret que seuls connaissent son imprésario Fosco Ruggieri, sa fiancée la comédienne Virginie Scherrer et le « baron de l'Olympia », Bruno Coquatrix, sonne obstinément dans un désert. Fosco Ruggieri, venu arrêter sa célèbre Bentley blanche devant la fermette très sophistiquée que possède l'auteur-compositeur au fond de Vaugirard, a dû se rendre à l'évidence : volets fermés et gardien muet, Constantin s'est envolé.*

*Paris-Star a enquêté et, seul dans la presse française et internationale – on sait que les fans de Constantin sont nombreux en Allemagne et au Japon –, a retrouvé la trace du beau Constantin et vous donne l'explication de son escapade. Comme on dit « Cherchez la femme ! » Le vieux conseil reste bon : c'est bien pour une femme que Constantin a trahi Virginie, résilié ses contrats de Cahors et Sarlat où il devait se produire à la fin du mois d'août, et disparu des nuits blanches de la Fête Parisienne. Mais, malgré tout notre désir de ne rien celer à nos lecteurs des informations recueillies, nous devons cette fois nous montrer prudents et discrets. IL Y VA DE L'HONNEUR D'UNE FAMILLE ! La nouvelle passade de Constantin n'appartient pas au petit monde frelaté du show-business et de la Nuit. Il s'agit d'une jeune femme du meilleur monde. Ce monde où l'on compte plus de magistrats, de notables, de médecins célèbres et d'officiers généraux que de guitaristes et de chanteurs ! Un monde où l'on ne plaisante pas avec le scandale. Déjà toutes les portes se sont refermées autour de la belle Victoire F. et l'on ne répond pas aux lettres affolées où elle demande des nouvelles du petit garçon abandonné pour suivre Constantin. Quelque part dans une vieille demeure de province, un homme pleure sur son bonheur saccagé et essaie d'expliquer à son fils le départ de sa trop jeune et trop belle maman. Peine perdue ! On ne trompe pas plus l'intuition d'un enfant qu'on ne cicatrise les blessures du cœur.*

*Les enquêteurs de* Paris-Star *se sont rendus à Grosrouvre, où Constantin possède une gentilhommière. Des molosses et des menaces les ont accueillis. Nous sentions pourtant que, derrière les murs et le hautain portail, les fugitifs étaient là, luttant pour préserver le secret de leur terrible bonheur. Nous nous sommes juré de revenir le lendemain et de faire tomber les murailles de cette Jéricho de l'amour coupable et caché. Mais, le lendemain, quand nous sommes arrivés mettre le siège devant la Biévrette, les fenêtres fermées et la triste mélopée des dogues enfermés au chenil nous ont appris que Victoire et Constantin (ici, à Grosrouvre, on connaît plutôt « M. Divomlikoff »...) avaient repris leur errance, étaient partis cacher plus loin leur passion interdite.*

*Nous sommes – nous pouvons le dire – sur la piste des amants et dès la semaine prochaine nous vous en dirons* DAVANTAGE SUR LA FAMILLE F. ET LA BELLE VICTOIRE, *avec, selon nos habitudes, les* PHOTOS INÉDITES DE PARIS-STAR, *et toute la vérité sur* LA VIE ÉTRANGE ET ROMANESQUE *de la nouvelle folie du beau Constantin.*

Sous la photographie de Victoire – une photo récente et que Lucienne ne connaît pas – la légende dit ceci : « *Trop belle et ardente pour l'Ordre, trop bien née pour l'Ombre, quel destin attend Victoire ?...* »

Lucienne, pour lire cela, (« *Notre enquête en page trois* »), s'est enfermée dans la salle de bain. Par la fenêtre ouverte à l'espagnolette elle aperçoit Thérèse au bord du bassin où, depuis cet été, on la laisse barboter. Lucienne, machinalement, se dévêt et enfile une robe fraîche : elle se sent malsaine et

193

humide comme si elle « couvait quelque chose ». Les mots tournent et cognent en elle. Elle ne comprend rien à rien : elle n'appartient ni à la génération qui connaît le nom des chanteurs, ni au monde des gens sur qui les journaux publient des échos. La photo, sa légende, l'article, les titres : tout lui paraît donc obscène et d'une inimaginable bassesse. Que l'*information* soit vraie, elle n'en doute pas. Son intuition avait flairé quelque chose de crasseux. Elle ne s'était pas trompée. Lucienne reprend le journal tombé au sol et, assise sur le rebord de la baignoire, relit le torchon. Les lignes du texte sautent au rythme où bat son sang. Tout ici pue le faux, sauf l'essentiel, le nom du type. « F », c'est pour Fléaux. S'ils découvrent la vérité... Mais ne la savent-ils pas déjà ? Le déballage sera ignoble : l'OAS, Valentin Fléaux, la haine entre le père et le fils... Lucienne se sent frissonner malgré la chaleur de serre. Le soleil a tourné et cuit la salle de bain. Elle ouvre la fenêtre, sourit de loin à Thérèse, baisse le store. Elle regarde la date : cette chose est en vente depuis lundi ou mardi. Dans quatre jours, au plus, la suite. Que peut-on faire ? Elle voudrait appeler Gilbert mais de quel droit le déranger dans son travail et verser en lui ce poison ? Lui qui ne supporte déjà plus les histoires de Victoire ! Lucienne, pour la première fois, a honte. Honte comme d'une maladie honteuse ou d'une « sale affaire ». Un mot remonte de son enfance, qu'elle avait entendu son père prononcer – sur quel ton ! « Quand on aime les femmes avariées... » Ah, cela n'a rien à voir ! Mais le mot coule en elle et fait son ravage. Au jardin, Thérèse l'appelle. Lucienne plie le journal, le dissimule dans l'armoire à linge ; puis, à la réflexion – la bonne le trouverait –, elle le glisse dans le seul tiroir de son bureau qui ferme à clé. Elle retrouve avec soulagement la cage d'escalier toujours fraîche, sa balustrade de pierre douce à la main. Quand elle traverse le salon – pénombre, sauf cette flèche de soleil ; silence, sauf le bourdon d'une mouche – elle découvre en elle sa décision déjà prise : elle partira pour Paris ce soir. Aussitôt, dans sa tête, tout se remet en place et s'organise. D'avoir un emploi du temps l'apaise. Avertir les Meyrisch et prétendre qu'elle rejoint Gilbert ; à Gilbert, dire que Victoire a un « gros ennui » (c'est la formule qu'elle décide d'utiliser), et qu'elle va passer trois jours auprès d'elle ; faire une valise ; retenir le taxi ; passer à la banque. « Je ne déjeunerai pas », pense-t-elle. Et, inexplicablement, cette minuscule résolution restaure en elle une sorte de sécurité.

Le Dr Roux écouta pieusement, au téléphone, Lucienne lui mentir. Il prit même garde de ne lui poser aucune question qui pût l'embarrasser. Il se sentait plein de compassion pour elle, mais impuissant. Il savait tout depuis la veille. Il recevait à son cabinet trente malades par jour et passait encore, le soir, dans les hôtels, faire des visites à ses « complications ». Il s'était pris de haine pour la tambouille que lui préparait une gouvernante. Il préférait le restaurant, dont il changeait chaque jour, ne résistant pas aux audaces gastronomiques qui lui brûlaient la tripe, ni à la demi-brouilly qui le ferait dodeliner, ensuite, en contemplant des muqueuses engorgées. Il ne parlait à personne. Il achetait au kiosque une brassée de journaux dont la lecture le protégeait des importuns, troublait sa digestion et aggravait son météorisme. Aux publications convenables il préférait les feuilles un peu voyoutes, semblable en cela à tant de gens « bien » pour qui la lecture n'est que prétexte à fesse ou à violence. (Ce qu'on trouve dans le tiroir des tables de chevet, chez les gens comme il faut !...) Il tomba donc sur la photo de *Paris-Star* et lut l'article pendant que dans son assiette mollissait une glace. Ses lectures ne lui servant qu'à fortifier un mépris universel, la mésaventure de la petite belle-sœur – qu'il aimait, pourtant – ne tira de lui que raclements de bouche et ricanements solitaires. Il paya et s'en alla boire son café ailleurs, le journal chiffonné à la main, la démarche hésitante.

Dès l'après-midi, selon une méthode où il était passé maître, il posa des questions à ses patients. Il prétendait qu'on peut faire parler n'importe qui de n'importe quoi. En y mettant des nuances, c'est fou ce qu'il pouvait tirer de ces malades de villes d'eaux, hypocondriaques sans angoisse excessive qui se laissaient entraîner au bavardage. Il reçut ce jour-là un professeur de chant et un filou, grand fumeur de cigares, enrichi dans des affaires de disques et de tournées. Il n'eut aucun mal, avec ces enroués, à amener la conversation sur les « idoles », les chanteurs à voix et les chanteurs sans voix, les micros et les amplificateurs (« des prothèses, docteur ! des escroqueries... ») et ce Constantin (« Vous connaissez ? »), qu'il prétendit avoir entendu à la radio.

– Constantin ? Oh, il n'est pas le pire. Origines russes, élevé à Sainte-Geneviève-des-Bois, une famille de ces réfugiés fanatiques entassés dans les pavillons de Vanves, vous voyez le tableau ? Il s'est fait un genre : bottes, blouse à la Tolstoï, et un visage de moujik très au point. Il écrit, compose, chante, gratte la guitare ou la balalaïka. Son astuce a consisté à fuir les boîtes russes et les groupes folkloriques : il flirte avec « France-Urss » et chante des choses sociales, en français ou en russe, au choix, l'œil pâle, le mépris écrasant. Belle voix, d'ailleurs. Quant au reste...

– Le reste ?

L'homme aux cigares fut plus explicite :

– Un instable, moitié épave, moitié seigneur. Fume et boit, comme de juste. Boit plus qu'il ne fume. Trop prudent pour la grande drogue ! Parfois il tourne dans les maisons de la culture devant des profs extasiés et les braves types amenés là en autocar par leur comité d'entreprise ; parfois il plonge, il disparaît : on le retrouve disc-jockey sur un poste périphérique d'où il se fait vider pour excès d'ivresse...

– Disc-jockey ?

– Les p'tits gars qui occupent le silence entre deux disques. Matraquage et blagues de garçon de bains... Ce sont des vedettes, vous savez, docteur ! Les industriels du spectacle, comme moi, leur font la cour, et, sans offense, vous seriez heureux de gagner ce qu'ils gagnent ! Certaines tranches horaires...

Le Dr Roux, ce soir-là, renonça au restaurant et mangea le potage au poireau de Mme Buron. Il avait besoin de penser à Victoire. Et à Lucienne. Si les fredaines (il pensait : « les conneries ») de Victoire faisaient souffrir Lucienne, il faudrait intervenir. Mais peut-être est-elle excusable, Victoire ? Vingt-deux ans, pas de père ni de mère, plusieurs noms et tous douteux : des « noms en bois » comme il y a des chèques en bois, pense-t-il. Et la comparaison est juste : Victoire vit une existence *sans provision*. La petite Thérèse, seule... Mais c'est lourd, une gosse, pour cette gosse. Son hurluberlu, lui ! Il faudrait pénétrer l'intimité, connaître les vrais secrets. Médecin, Gilbert Roux ne se fait pas d'illusions. Il revoit les photos d'Hubert, le visage carré, cette bouche cousue, et il imagine la belle gueule de Constantin, ses yeux pâles. « S'il l'a chavirée... » Voilà ce qu'il diagnostique, le Dr Roux : de l'ennui, un coup de langueur. « Un coup de peau ». La victoire des lèvres charnues sur les minces, de l'indéfrisable mousquetaire sur la boule à zéro. Trivial ? oui, et alors ? C'est trivial, les corps. C'est trivial une femme qui s'ennuie et regarde par la fenêtre, écoute les bruits de la rue et de la nuit.

Il rêve sur l'erreur de destin qui a permis la rencontre de Victoire et de ce Constantin. Deux mondes sans communication possible : quelle fuite s'est-elle produite ? Comment une fille... Non, soyons précis : comment la petite Victoire, à qui il a appris la syntaxe, la bicyclette, l'art de brunir sans brûler et de faire des orgies de gâteaux sans engraisser – comment a-t-elle pu succomber à cette tentation, à cette cabriole, passer de l'homme de Saumur à l'homme de la rue Princesse ? Sont-elles folles ?

L'imagination de Gilbert Roux rôde en cheminements obscurs. Il pense des choses crues et simples qu'il ne dirait pas à Lucienne. Il pense aussi, avec fatalisme, que l'aventure abîmera Victoire mais qu'il est vain d'intervenir. Il ne comprend pas exactement ce qu'espère Lucienne de son voyage à Paris. Sait-elle où est sa sœur ? Va-t-elle la rencontrer ? Mais il est sûr qu'il est trop tôt pour intervenir. Il n'y a qu'à espérer un drame rapide, une déception, et attendre le retour de Victoire. Gilbert Roux pense avec tristesse à l'arrivée de Lucienne à Paris, à son désarroi. Il lui semble qu'elle va s'efforcer de traverser une clôture de barbelés à laquelle, déjà, ses vêtements sont accrochés : dès qu'elle fera un mouvement, tout se déchirera. Mais il a appris à laisser les maladies mûrir.

Le 10 août, à Paris, les hôtels sont pleins. Lucienne passa sa première nuit chez des cousins Longrupt. Mais ils partaient en vacances le surlendemain et posaient trop de questions. Ce n'étaient pas des gens à prêter leur clé. Lucienne téléphona donc à dix hôtels, en vain, de plus en plus nerveuse. Diane Longrupt lui vantait les petites robes en crêpe de Chine imprimé. Lucienne, prête à pleurer, ne voyait plus aucun rapport entre cette recherche d'une chambre d'hôtel – hôtels pleins dans une ville vide – et Victoire, qu'elle ne savait même pas où chercher. L'idée lui vint, en désespoir de cause, d'appeler à l'aide les Schramm. Ils n'étaient pas à la Vernède : peut-être aurait-elle la chance de trouver Flavienne à Paris ? « Au mois d'août... Je suis idiote. » Elle composa néanmoins le numéro et fut surprise qu'on décrochât tout de suite. On lui passa une secrétaire très stylée à qui son nom parut familier. Jouait-elle la comédie ? « Mme Schramm sera désolée... Mme Schramm vous aurait sûrement proposé... » Puis, touchée par la grâce, la voix stylée demanda quelques minutes, et « où vous rappeler, madame Roux ? » En effet, un instant plus tard le téléphone sonna : une chambre attendait Lucienne dans un hôtel de la rue Jean-Goujon.

Le luxe étouffé de l'endroit lui fit peur. Des guerrières américaines occupaient l'hôtel dans un tourbillon de parfums et de hennissements. « C'est les Dames des Collections... la Haute Couture... » expliqua le concierge, le ton plein de majuscules. Lucienne s'émerveilla que des personnes si laides et vêtues si mal fussent des prêtresses de la beauté. Dans le bar aux boiseries sombres, où elle s'était réfugiée pour boire de l'eau minérale, elle se sentait aussi négligeable qu'un chaton de poussière : les grandes Américaines passaient à côté d'elle, brutales et dangereuses comme des balais. Lucienne prit une douche sans oser déployer, pour s'essuyer, le profond linceul aux armes de l'hôtel. Elle était la passagère clandestine de sa propre chambre. Elle eut l'impression, quand elle appela Gilbert, de voler la communication.

Elle arriva au manège vers trois heures, en pleine chaleur. Une pinède précédait les bâtiments de brique. Sous les arbres le sol était martelé par les sabots, poussiéreux, l'herbe roussie, avec des macules jaunes là où pissaient les chiens. Le chauffeur avait bougonné en levant les yeux sur le portail rouge : « C'est sûrement fermé. Ces trucs-là, en août... »

Lucienne poussa la porte découpée au bas du vantail et entra dans l'ombre du passage qui précédait la cour. Mais, au lieu de fraîcheur, ce fut l'étouffement des écuries qui la suffoqua. Picotements du nez ; souvenirs d'étés brûlants, d'Alsace, de granges. « J'ai donc été jeune, moi aussi ? Victoire et cet homme... Pourquoi ne l'ai-je pas averti ? » Elle comprenait soudain qu'elle n'avait à peu près aucune chance de trouver le capitaine. La cour était un carré de chaleur aveuglante. Un cheval la traversa en diagonale, lentement, tenu en main par un Arabe. « Comment l'appelle-t-on, Hubert, ici ? Elle ne bougeait pas, partagée entre un sentiment de catastrophe imminente et son envie d'éternuer. Envie de rire, aussi. Le petit tourbillon qui l'avait emportée, elle si lente, depuis la minute où elle avait aperçu le titre et la photo de *Paris-Star,* et qui la déposait ici, au bord du soleil, dans l'odeur de paille et de crottin, clignant des yeux, regardant s'éloigner la croupe du cheval et le dos de l'homme – le petit tourbillon lui paraissait dérisoire. Elle ne pensait même plus à Victoire.

Une porte bâillait sur la pénombre de la sellerie où luisaient des reflets. Lucienne entra, comme un chat, dans les parfums de cuir et de bois. Au fond de la pièce une autre porte, vitrée, menait à un cagibi en cul-de-sac où l'on avait entassé dans un espace exigu un bureau, deux fauteuils et un classeur. Les murs étaient couverts de photos : promotions, présentations de reprises, cavaliers sur l'obstacle, horizons de djebels et, en équilibre sur deux clous, une cravache noire à viroles dorées. Sous la plaque de verre du bureau, encore des photos. Lucienne se pencha : une dame vieillissante ; un labrador blond ; Thérèse noire et nue sur la terrasse de Goult ; Thérèse les yeux plissés dans le jardin de la rue du Collège.

Lucienne se laissa glisser dans le fauteuil du capitaine. L'envie de rire lui revenait, angoissante comme un hoquet. « Eh bien ! Voilà un modeste royaume... » Pourquoi cette phrase dans sa tête ? Elle leva le nez : le cagibi prenait jour, au-dessus d'une porte condamnée, par une imposte aux vitres sales. On y voyait se balancer la cime d'un arbre moribond. « C'est donc vrai, pensa Lucienne, que les ormes sont en train de mourir ? » Des mouches bleues, à la surface du bureau, trottinaient sur les yeux chinois de Thérèse, son « bob » blanc. L'odeur de cuir, ici, cédait à celle des mégots et de la paperasse humide. Lucienne pensa à la toile de Jouy, aux photos reçues, aux journées de Victoire : rendait-elle visite à Hubert ? S'asseyait-elle dans le fauteuil des visiteurs ? Une lassitude qui paraissait patienter en elle depuis des semaines s'appesantit sur Lucienne. Elle ferma les yeux. Elle entendit, étouffé, le pas d'un cheval – sourd sur la terre, puis clair et trébuchant sur le pavé de la cour – et deux voix, l'une brève, l'autre geignarde.

Elle n'ouvrit pas les yeux. Elle pensa qu'elle allait reprendre dès ce soir le train pour Avignon. Le grincement d'une porte, un bruit de gourmette et des frottements, encore des pas : elle eût pu décrire un à un, sans se tromper, les gestes accomplis par l'homme qui, maintenant, ouvrait la porte du bureau et se tenait sur le seuil. C'est l'odeur de sueur et celle de déodorant – le même qu'employait Victoire – qui firent Lucienne ouvrir les yeux. L'homme l'observait, immobile, chaussé de bottes noires sur lesquelles on voyait des auréoles et de l'écume, le torse serré dans son tee-shirt blanc. Il tenait sa veste du bout des doigts, de sorte qu'elle traînait sur le parquet. « Le voici donc enfin, le personnage que Victoire a mis dans son lit... » Hubert lui tendait la main :

– Je vous attendais, dit-il.

– Bonjour capitaine.

Et aussitôt, à cause de ce « capitaine », elle se trouva gourde, province, terriblement « fille de l'Est ». « C'est bête comme d'avoir repoussé une porte », pensa-t-elle. Mais cette porte,

Hubert l'avait-il entrouverte ? Dieu, qu'il avait donc les lèvres minces !

**⁂**

La distance et l'hiver parent l'hôtel de Maussane de pouvoirs prodigieux. Il semble à Burgonde qu'il saurait, là-bas, souffler sur ses braises et les changer en buisson ardent. L'envie d'Uzès balaie la pluie parisienne comme un essuie-glace tardivement mis en branle rend le paysage à sa réalité. Mais l'instant d'après tout se brouille. Il faudrait partir. Burgonde rêve de l'atelier blanc, du bruit de la fontaine, et non pas d'un éternel été mais d'une demi-saison lumineuse, immuable, à la surface de laquelle il naviguerait dans le silence du travail, dans la musique du travail, solitaire mais accompagné de rumeurs familières.

Alors il part.

De répugnance en enthousiasme, hésitant, reconnaissant, se faisant prier, Burgonde a fini par prendre possession de la grande maison de la rue Maussane. Les Schramm, qui avaient espéré jouer les mécènes, loger à Uzès tel ou tel artiste, à leur caprice, ont vite compris qu'on ne propose pas la même niche à plusieurs chiens, ni la même gamelle. Burgonde fait donc là-bas des séjours de plus en plus fréquents. On le croit locataire : il est toujours invité. Il a offert aux Schramm deux dessins, puis une toile de grand format. Flavienne, qui apprécie la civilité de Gabrielle plus que la peinture de Burgonde, a l'impression qu'on lui a forcé la main. Non pas dans cette annexion de l'hôtel Maussane (simple affaire de secrétariat), mais en la contraignant à accrocher à la Vernède une des forêts de Burgonde sur un mur dont elle aimait la nudité. Personne n'est content : Burgonde, quand il va là-bas trouve − ce vaste mur aux pierres bien appareillées − sa présence ostentatoire. L'excès d'honneur retombe sur lui en embarras. Il se sent traité en vedette locale. D'ailleurs, toutes ses relations avec la Vernède se sont à la fois resserrées et détériorées. Est-il dans l'amitié des Schramm ou dans leur clientèle ? Il préfère ne pas trop se poser la question. Il ne pourrait déjà plus se passer de l'hôtel Maussane, des trous de solitude qu'il s'y creuse. Parfois Gabrielle l'y accompagne ou vient le rejoindre. Jamais plus de cinq ou six jours. A Uzès elle s'ennuie. Rose et Frédéric lui fournissent un prétexte pour rentrer à Paris, ou y rester. Burgonde n'est guère conscient de tout cela : le temps vide où se morfond Gabrielle ;

le mal qu'elle se donne pour justifier ses absences et ses départs. Il aime l'accompagner à Garons, pour l'avion du soir, ou à la gare d'Avignon : l'arrivée du Mistral lui offre toujours la même petite palpitation d'allégresse. Après les adieux et le départ il va passer quelques minutes au bar de l'aérodrome ou au buffet de la gare et se noircit gaiement. Il boit comme d'autres, sitôt seuls, enfilent une vieille robe de chambre ou un chandail troué aux coudes. Solitudes inséparables des légères plongées dans l'ivresse dont il les salue. Sur le quai de la gare, empressé, offreur de magazines, porteur de valises, il ne pense qu'aux deux verres – jamais plus – qu'il boira, debout au zinc, à peine le train aura-t-il disparu. A Garons, où le bar se veut camarguais, rustique, il faut faire vite : une fois l'avion de Paris envolé, on ferme. Alors on s'impatiente ; on regarde en dessous ce moustachu que l'on connaît juste assez pour hésiter à le saluer. Et comme en fin de compte on ne le salue pas, on lui en veut.

Sur la route, au retour – gorges du Gardon ou longues lignes droites, après Remoulins, dans le défilement saccadé des platanes – un sentiment chaud et sourd occupe Burgonde. Ce n'est pas exactement le plaisir de se retrouver seul, ni une fringale de travail – ou pas seulement. C'est le soulagement qu'il éprouve toujours à échapper à l'attention des témoins. Les frissons de l'alcool ne sont là que pour le *vibrato,* la mélodie. Au fond de lui, le solide, le matériau de sa songerie, c'est cette soudaine liberté d'agir, ce « ouf » de délivrance. Adolescent, cela se terminait par la braguette ouverte et le rapide éclaboussement de son plaisir dans le mouchoir étalé sur le ventre. On ne se branle plus à son âge. On se contente d'équivalences : ces verres qu'il boit, ces silences et ces lâchetés dont il se gorge à la sauvette, comme on pousse des pets dans le bien-être et la solitude du lit.

L'automne et une partie de l'hiver coulèrent ainsi. Il remboursa, en décembre, à la secrétaire de Flavienne, une formidable note de téléphone : il passait deux heures par jour à causer avec n'importe qui. C'était toujours lui qui appelait. Levi-Monzi vint le voir ; Burgonde l'installa à l'hôtel Imperator, l'obligeant à enrouler tous ces kilomètres de virages sous la pluie qui noyait le début de novembre. « Mais quel besoin éprouves-tu... » Giorgio ne comprenait pas. A Uzès, une humidité paraissait sourdre du sol et ronger les murs par la base, une lèpre qui nécrosait la belle pierre dorée du pont du Gard. Burgonde mena Giorgio chez le libraire Lepoux, qui distillait des drôleries amères en caressant ses chats. A la Vernède, personne, ni chez les Louvigne, ni dans aucune des grandes maisons des environs, où Levi-Monzi avait imaginé des fêtes, une noce délicieuse et cachée qui eût expliqué l'obstination de Burgonde à s'enterrer ici. Le travail ? Giorgio n'eut aucune peine à trouver des mots pour commenter ce que lui montra Burgonde : c'était de la peinture qu'il aurait pu faire cinq ou six ans auparavant, au temps où il rageait qu'on le comparât si souvent à Riopelle. Levi-Monzi, derrière son dos, avait même baptisé « son époque canadienne » ces mosaïques multicolores, véhémentes ? non, savantes, et il voyait mal pourquoi Burgonde y était revenu. Entrecroisement de rubans de couleurs pures ; champs de fleurs vus d'avion ; grouillement cellulaire : les métaphores accouraient à la tête de Giorgio, qui les garda pour lui. Ils fermèrent la porte de l'atelier et retraversèrent la cour sous l'averse inlassable. Sa gabardine transpercée, Giorgio sentait le chien et rêvait de Paris. Il convainquit Burgonde de rentrer chez lui : « Il faut que tu te montres un peu ! » C'est sur ce conseil que Burgonde se retrouva un soir dans la cour de l'Elysée où était déroulé sur le pavé un tapis rouge. Le Général recevait « les artistes », cohue goguenarde et intimidée. La gauche au coude à coude avec les gaullistes – la droite, seule, boudait – poireautait en une large queue à travers deux salons gris. On baisait beaucoup de mains. On reconnaissait les écrivains à leur air pion, les peintres et les sculpteurs au velours dont ils étaient parvenus à couvrir au moins un morceau de leur personne, preuve qu'ils étaient des hommes libres, que n'impressionnaient pas les grandeurs d'établissement. L'aboyeur maria Gabrielle à Burgonde, à qui le Général donna du « maître », tandis que Malraux, ordonnateur de la pompe mais complice des invités, se composait un visage tutoyeur et intensément courtois. On ne servait que du champagne et de la fine à l'eau. « Le cognac-Perrier : on se croirait à la colonie... » Parce qu'elle avait osé venir en pantalon, une comédienne vêtue en colonel à brandebourgs émerveillait la foule. Elle accapara le Général et l'on sentit la France frémir à ce tête-à-tête prodigieux. Burgonde tentait de se déplacer sans serrer trop de mains. Il croisait des regards qui se détournaient vite. Non pas qu'il fût détesté, mais on le considérait comme un « bourgeois » : il était donc naturel qu'il fût là mais on ne tenait pas à l'y saluer, ce qui eût obligé tel ou tel boutefeu à convenir qu'il y était aussi. Ces stratégies comblaient Burgonde de la sorte d'amusement qu'il aimait. Il était sobre, n'ayant pas trouvé aux buffets ses poisons favoris. L'irrémédiable laideur des lieux était aggravée par les plantes vertes derrière lesquelles grinçait un petit orchestre. Un haut fonctionnaire se fit reconnaître de Burgonde et voulut le présenter au Général. L'expédition à travers la foule eût été périlleuse et le peintre calma le zèle de son interlocuteur, lequel, édifié par cette réserve, ivre du désir d'être bon, cherchait un moyen de complaire à Burgonde. On devinait que des idées de commande d'État et de promotion dans la Légion d'honneur crépitaient sous chacune des répliques. Ce fut en fin de compte un projet de voyage qui jaillit de son monologue. Il était chargé par les relations culturelles d'organiser des missions... rayonnement français... accords de réciprocité : ses phrases faisaient aux oreilles de Burgonde une musique ennuyeuse et connue. Il dressa l'oreille quand il fut spécifié que « l'artiste envoyé en mission ne serait tenu à aucune prestation d'aucune sorte », et il fut définitivement conquis quand le haut fonctionnaire, l'œil vif sous la fumée du discours, déplora que « les conjoints ne soient pas invités, malheureusement, faute de crédits, à accompagner l'artiste en mission ». Seul ? Et au bout du monde ? Burgonde sentit se dresser sa moustache. En un instant il choisit entre Brésil, Inde et Japon. Interloqué, l'autre se demandait s'il n'était pas allé trop vite en besogne. Mais, après tout, son offre lui occasionnait moins de tracas que la promesse d'une rosette. Enchanté, important, il serra la main de Burgonde avant de se fondre dans l'étuve des salons, bien décidé à expédier à Kyoto la claveciniste, ou à Rio le romancier, que le hasard de la foule livrerait à sa ferveur administrative.

Au retour, Burgonde ne dit rien à Gabrielle de ce projet destiné, pensait-il, à s'évanouir entre deux dossiers. Il fut étonné de recevoir trois jours plus tard une invitation officielle à se rendre en Inde. Quand ? En janvier. Il se plongea dans le Larousse médical, curieux de connaître les maladies qu'il allait attraper là-bas, et alla jusqu'à la librairie orientale du boulevard Saint-Germain acheter quelques ouvrages de spiritualité. « Oh, de la vulgarisation ! » répondit-il aux questions de la vendeuse. Puis il se fit vacciner avant d'annoncer rue Raffet son départ. Frédéric proposa à son père de lui prêter un appareil de photo, et Rose, absorbée dans une passion – elle accablait de ses assiduités son professeur de français, une rousse de vingt-cinq ans qui lui révélait Baudelaire –, parut ne l'avoir pas entendu. Gabrielle prit fort bien la perspective d'être esseulée pendant un mois : « J'en profiterai pour me faire retirer un kyste, tu sais, dans le dos... » Burgonde demeura perplexe. Il avait accepté l'idée de ce voyage comme un plongeon dans l'absurde, une façon de se laver l'œil, etc., mais il lui déplaisait que ce fût pour Gabrielle l'occasion de livrer son dos au bistouri. Une incision en amande et quelques grammes de vilaine graisse que l'on enverrait se faire analyser à Villejuif. « Simple routine... » Burgonde ressentit un dégoût disproportionné. Il avait toujours détesté les airs chuchoteurs dont les femmes accompagnent leurs affaires de chair meurtrie. « A moi les avions, les ragoûts roses et échauffants, les singes, le marbre blanc, les éléphants – et pendant ce temps-là, pour la pauvre, pour la sublime Gabrielle, les parfums d'éther et la sourde angoisse. Ce n'est pas de jeu. »

Gabrielle connaissait les rages soudaines de Burgonde. Elle le dissuada de décommander son voyage, et aussi de lire le Ramayana, sur lequel elle le voyait dodeliner chaque soir. « Va donc travailler quelques jours à Uzès. Tu détestes cette période des fêtes... »

Le 26 décembre Burgonde partit pour la Provence. La neige l'attendait dans le Morvan. La voiture se mit deux fois en travers de la route. Heureusement personne ne roulait, un lendemain de Noël, entre Saulieu et Arnay-le-Duc. Les mains nerveuses, Burgonde laissa la voiture s'immobiliser sur le bas-côté, là où les pneus mordaient au gravillon sous la neige. Peu à peu la forêt et les prés s'estompaient dans le tournoiement des flocons. « Que fais-je ici ? » Rien ne l'obligeait à se trouver dans ce paysage en train de se dissoudre, seul, un 26 décembre, vers une heure. « Si je reste arrêté dix minutes, je ne repartirai plus. » Il se remit à rouler à quarante à l'heure, guettant la glissade qui le jetterait dans le fossé ou dans un mur. Il arriva à Lyon exténué, prit une chambre d'hôtel et se coucha sans téléphoner au Cafard. Le lendemain, du soleil s'était levé sur la ville immobile. La beauté du paysage lui laboura le cœur. La neige n'était pas tombée au sud de Valence où il faisait un grand froid vide et venteux. Il acheva son voyage dans une torpeur entêtée, ne songeant plus qu'à la porte de la rue Maussane qu'il refermerait sur lui, au feu qu'il allumerait. Il passa dix jours à Uzès, allant marcher dans la garrigue, refusant les invitations, sauf la soirée de la Saint-Sylvestre que M. Lepoux l'emmena passer chez ses amis Roux. Il but tant que les Roux refusèrent de le laisser repartir dans le gel de la fin de la nuit. Ils le couchèrent dans ce qu'ils appelaient la « chambre de Victoire » où, à midi, le 1er janvier, Burgonde s'éveilla furieux et vague. Sur la table de chevet étaient posés deux Fitzgerald défraîchis : la Fêlure et Tendre est la nuit. De retour à l'atelier, frissonnant mais rendu à sa lucidité par les cinq ou six tasses de café qu'il avait bues, Burgonde passa en revue son travail des quatre derniers mois. Il fit, près de la porte, un tas de toiles et de dessins – à peu près les deux tiers de ce qu'il avait accumulé ici – qu'en trois voyages il transporta dans le salon, où il alluma un feu qui prit deux heures pour brûler le tout. Les bois des châssis, trop verts, se consumaient en sifflant. Les toiles, elles, grésillaient et puaient : de l'agneau sur le gril. Les dessins et les lavis s'envolaient au contraire en flammes claires. Quand l'autodafé fut terminé, les mains, les cheveux et le chandail de Burgonde sentaient la fumée, comme aux enfants retour d'un camp. La nuit était déjà tombée. Il resta dans le canapé sans allumer les lampes, apaisé, attendant quoi ? Il n'était pas possible qu'un événement ne survînt pas. N'importe quel événement. Burgonde considérait sa vie comme il eût regardé la surface de la terre se craqueler, se fendiller sous l'effet d'une dessication formidable, telle que doit en provoquer le feu central soudain encoléré. Quand l'éruption aurait-elle lieu ? Quand le cratère s'ouvrirait-il en lui ?

Il revint à Paris trois jours avant son départ et fit ses valises dans une distraction que rien ne dissipait. Gabrielle et les enfants passaient dans les couloirs, franchissaient les portes, traversaient les pièces du Cafard comme fait le petit ours du tir, dans les foires, à la seule différence qu'ils ne portaient pas une cible sur le ventre et que, leur eût-il envoyé du plomb dans le flanc, ils n'auraient pas poussé un cri comique en faisant une révérence. Dans l'avion il dormit d'un épais sommeil. A Téhéran, une escouade d'hommes moustachus envahit l'appareil ; ils balayèrent entre les pieds et pulvérisèrent de l'insecticide. Burgonde retourna à ses rêves. Il était cinq heures du matin quand il se retrouva dans l'aérogare de Delhi, au milieu de centaines de bagages qu'une marée paraissait avoir déposés là. Il s'assit sur une barrière. « Je dois me reprendre », se répétait-il. Il suait et frissonnait à la fois. Quelques Allemands et Suisses, d'une pâleur et d'une carrure septentrionales, émergeaient du grouillement brun, frénétique, silencieux qui couvrait tout l'espace disponible d'une activité de fourmilière et assiégeait les comptoirs de la douane. Des fonctionnaires, hommes et femmes, ardents et absents, enveloppés d'immenses capotes militaires, présidaient, des papiers à la main, au déballage de hardes pitoyables. « Deux heures ! Deux heures... » Une voix au lourd accent jurassien sortait de la mêlée, ajoutant à l'irréalité fabuleuse de la scène. Là-bas, très loin au milieu des bagages entassés, Burgonde aperçut sa belle valise aux initiales de M. Vuiton, et l'image le traversa, de la boutique de l'avenue Marceau où les malles avaient leur pedigree, comme des animaux de race. Il mesura les quelques mètres qui le séparaient de ses affaires et entreprit de les franchir, dans le piétinement des voyageurs indiens et la reptation haillonneuse des intouchables. Il traversa des tourbillons d'appels et d'odeurs, fendit des bousculades, subit les attaques soudaines de microbes inconnus de lui, croisa de beaux regards de braise noire et parvint enfin à traîner son bagage jusqu'à un recoin vide. Ce fut une manifestation triomphale de l'opiniâtreté occidentale et, reprenant souffle, c'est bien ainsi que Burgonde considéra sa prouesse.

– C'est la chieuse. Qu'est-ce que je lui dis ?

Lucienne a entendu chaque mot, distinctement. Le type qui répond au téléphone n'a pas pris la peine de poser sa main sur le combiné. On perçoit aussi, plus éloignés, des rires, de la musique. Glacée, Lucienne reste un instant immobile. Il y a encore dans l'écouteur un frottement, un bruit de succion – cette fois on a collé la paume sur l'appareil. Alors, très vite, Lucienne raccroche. Elle est assise dans le fauteuil du vestibule. Anéantie. Blessée ? Non pas : il est inconcevable que tout cela puisse se passer devant Victoire. « La chieuse... » Voilà dix ou douze fois qu'elle appelle, toujours en vain, depuis que le capitaine, à regret, lui a communiqué ce numéro dans une lettre en précisant que, pour sa part, il ne l'utiliserait à aucun prix. Un numéro à six chiffres, en Eure-et-Loir ou dans les Yvelines, en tout cas quelque part à l'ouest de Paris, cette maison sans doute où les journalistes du torchon disaient avoir été accueillis « par des molosses ».

Lucienne a parlé plusieurs fois à Victoire depuis six mois, mais seulement quand sa sœur l'appelait. A des heures inattendues et d'une voix toujours changée. Il faut s'y résigner : Victoire est aujourd'hui quelqu'un d'autre, une inconnue à l'existence inimaginable. Elle est venue deux fois, en cachette, voir Thérèse, et les deux fois pendant des absences de Lucienne, à croire qu'elle avait guetté son départ. Comment s'y était-elle prise ? A la première visite Lucienne était à Nîmes pour la journée ; à la seconde, chez M. Lepoux. Victoire est arrivée vers trois heures, pendant la consultation de Gilbert, au moment où la petite s'éveille de sa sieste, et elle est entrée par la porte du

jardin. La bonne a dit le soir à Lucienne qu'elle n'avait pas
« osé déranger Monsieur ». Elle a ajouté : « Après tout, c'est sa
gamine, elle a bien le droit de venir l'embrasser... » Puis,
rêveuse : « J'ai vu une grande Jaguar blanche qui stationnait
sur la route de Bagnols... » Dévoreuse de *Paris-Star,* elle
n'ignore rien des secrets, distillés pendant trois mois, de l'aventure de Victoire et de Constantin. Ce qu'elle surprend des
conversations, à table, chez ses patrons, la consterne et la scan-
dalise. Lors des deux visites de Victoire elle l'a regardée, extasiée, et n'a même pas remarqué les mille francs qu'on lui glissait dans la main. La preuve ? elle n'en a rien dit à Madame.

« La chieuse... » Lucienne se lève, se secoue, reprend sa journée comme si de rien n'était. Elle s'en fiche bien, d'être injuriée.
Par ces gens-là ! Le soir même Victoire téléphone. Elle savait
donc ? Elle propose à Lucienne un rendez-vous à Paris pour le
lendemain et lui indique une adresse, une petite rue, dans le
sixième. Elle fixe l'heure avec une précision de chef de bande
préparant un coup. Lucienne soupire, soulagée. Elle va revoir
Victoire, la toucher, peut-être la comprendre. Il lui semble avoir
besoin d'une inspiration très profonde. Elle prend l'avion,
passe une nuit à l'hôtel, marche longtemps dans Paris : elle veut
être très calme, ce soir, à neuf heures, quand elle arrivera rue de
la Forge. Le drôle d'endroit ! Un vieil immeuble ventru, dans
une ruelle. Les fenêtres du rez-de-chaussée sont aveuglées et
badigeonnées de noir. Sur le trottoir s'ouvre une petite porte
avec un judas grillagé : « La Forge. Club privé ». La porte
indiquée par Victoire est plus loin, sous le porche. Il faut sonner, puis parler devant une grille. Toujours ces voix d'hommes.
Est-ce la même qu'au téléphone ? La plaque d'aluminium lui
crachote l'ordre de monter et la porte s'ouvre dans un déclic.
Escalier blanc, moquette noire ; puis un palier : murs et plafond
noirs et tapis blanc. Oh la la ! Tout en Lucienne se rebrousse et
se tend : on ne l'aura pas si facilement. Mais Victoire arrive,
alors elle fond. « Tu ne vas quand même pas pleurer ! » murmure Victoire en se laissant enlacer, embrasser. « Cinq kilos, au
moins ! » En une seconde, le temps qu'elle franchisse deux
mètres, Lucienne a jaugé sa sœur, l'a pesée, flairée. Elle a
mesuré son amaigrissement, aperçu ce vide entre les cuisses
quand Victoire marche, les jambes serrées dans un jean noir qui
s'évase sur les chevilles. Elle a mesuré aussi cette beauté nouvelle, les yeux agrandis, les joues creusées, les cheveux plus
mobiles, plus légers. Victoire a la peau des oisifs, brune à

contre-saison, et pourtant Lucienne pense : « Comme elle est pâle ! » Elle ne porte plus aucune bague et ses mains ont vieilli de dix ans.

Elles se tiennent par la taille ; elles entrent dans un salon au plafond bas. Là aussi tout est noir : laqués, les murs ; lamés, les rideaux ; de sorte que des reflets bougent partout, dans les miroirs, sur l'acier mat des meubles, sur l'écran géant de la télévision. « Quel affreux décor ! » pense Lucienne. Par deux portes entrouvertes on devine les éternelles voix, l'éternel zizique, mais très vite les portes sont repoussées et le silence tombe, sourd : « La boîte est refermée. » Quand Victoire se déplace ses cheveux bougent comme aux Américaines ou aux enfants. Elle paraît ne rien remarquer : ni les portes mystérieusement tirées, ni l'avidité avec laquelle sa sœur l'observe. Elle prépare deux grands verres d'alcool, en tend un à Lucienne qui l'accepte, allume une cigarette, se lève, se rassoit, se relève. Lucienne au contraire se sent idéalement calme. Elle attend. Quand Victoire se met à parler, à voix presque basse, assise au bord d'un canapé dans une attitude de garçon, Lucienne comprend qu'elle n'est pas venue pour rien. Elle mange Victoire des yeux. Oh, elle l'écoute aussi, bien sûr ! Mais ce qu'elle dit a moins d'importance que sa voix, ses gestes trop rapides, la précision parfaite avec laquelle elle choisit ses mots. En femme de médecin, Lucienne pense très vite : « Amphétamines... » Elle en est presque rassurée. Elle admire la liberté et le soin avec lesquels s'explique Victoire, sa lucidité. Elle regarde cette longue personne sombre – la petite Victoire ! – et se demande combien de temps elle tiendra encore avant de craquer, de claquer. Comme claque une corde aux vibrations trop intenses, malsaines. « ... Patiente encore un peu. De toute façon, c'est foutu. Ici, ils mènent une vie de dingues. Constantin n'y résistera pas. Et quand il craquera, je m'en irai. Je ne serai pas sa garde-malade, tu sais. Il se sera laissé bouffer, pressurer, parasiter, détruire : ce ne sera plus mon affaire. C'est quelqu'un de bien, Constantin. Aigu, drôle... »

Elle se verse un autre verre d'alcool et lève les yeux sur sa sœur. D'un geste, Lucienne refuse. Victoire allume une cigarette : la troisième en dix minutes. Mauvais, cela. Doigts effilés, jaunes. Lucienne est traversée par une image précise, saugrenue, obscène : les doigts d'une jeune femme ; tout ce qu'ils savent faire ; tout ce qu'ils ont appris à faire. Lourde chaleur à son cou, à ses tempes.

– On étouffe, dans ta boîte !

– Ma boîte ?

– Oui, tout ça...

Lucienne, d'un geste, a désigné le plafond trop bas, les tapis trop épais dans quoi se perd le regard fiévreux de Victoire. « Oh, tout ça !... » Elle reprend :

– Constantin est une personne *bien,* comprends-tu ? Quelqu'un que tu aimerais. Quand je pense à ces conneries que sans doute... Enfin, quelle importance ? Je voulais seulement te dire ceci : laissez-moi vivre la... l'histoire jusqu'au bout. Et soyez rassurés : ce n'est qu'un *épisode.* Je le sais.

Sa voix souligne et isole certains mots. Anxieux, son regard quête, sinon l'approbation de Lucienne, au moins son attention.

– Je serai délivrée si je vais jusqu'au bout. Délivrée d'Hubert, par exemple. Et de cette peur que j'ai éprouvée, si tu savais ! de sécher sur place, de m'enfoncer là où le hasard m'avait mise, d'y faire des racines, puis quand je n'aurais plus été capable de bouger, de sécher et de crever. Devant mes fenêtres, au manège, il y avait un orme. En train de mourir, comme tous les ormes. Jour après jour je l'ai observé pendant des mois. Un arbre de trente mètres, ça met du temps à mourir. Il résiste encore je suis sûre. Voilà, j'ai eu peur. Tu comprends cela ? Toi, tu as accepté tout ce que j'ai essayé de conjurer : les racines, le temps. Je te parle pourtant sans effort...

Vers onze heures du soir Lucienne comprend que les portes ne se rouvriront pas, qu'elle ne rencontrera pas Constantin, et même, à une nervosité plus soigneusement maîtrisée de Victoire, que l'audience touche à sa fin. Peut-être le chanteur va-t-il revenir de quelque cabaret ? (Dit-on encore un « cabaret » ?) A moins que Victoire ne le rejoigne ? On a mis la chieuse entre des parenthèses, dans la boîte, isolée, neutralisée. Lucienne se sent laide et lasse. Elle se tait. Bientôt elle se lève. Elle se lève comme elle se tait : passivement. Elles ont à peine parlé de Thérèse. A quoi bon ? Entre les deux sœurs tout cela va sans dire : la petite, la pelouse de la rue du Collège, bientôt le jardin d'enfants... « Tu sais, ils ont terminé la construction de la nouvelle école... Ce sera une école pilote, paraît-il. »

École pilote : à cette heure et dans ce lieu, les deux mots sonnent bizarrement. Deux mots comme des gouttes d'acide : si on les laissait tomber ils feraient un trou dans la moquette noire. Lucienne les efface d'un sourire, d'un geste. On dirait que Victoire a grandi.

– Le cœur de Gilbert ?

– Oh ! le cœur...

Ce seront leurs derniers mots. Elles s'embrassent. Lucienne retrouve la rue au trottoir étroit sur lequel cinq ou six personnes – beaux animaux lustrés, parfumés, rires – piétinent devant la porte du club privé. Un jeune homme parlemente, tête bouclée penchée sur le judas. Une Jaguar blanche encombre la rue. C'est une nuit de mars, humide et frisquette. Lucienne marche, tranquille, durcie. « Il n'y a plus qu'à attendre », pense-t-elle. Elle pense aussi – les portes, les voix, la musique – qu'il n'y a pas, rue de la Forge, d'adversaire digne d'elle.

Elle ne se trompait pas : c'est deux mois plus tard que Victoire cria au secours. Un médecin, ami de Gilbert, qui exerçait à Paris, reçut d'elle un coup de téléphone, vint la voir et à son tour avertit les Roux. Il tomba sur Lucienne.

– Elle est malade ?

– Excitants, insomnie, somnifères, alcool... C'est classique, mais elle a poussé l'exploration un peu trop loin.

Pour la troisième fois en dix mois – elle qui était restée dix ans sans y aller – Lucienne partit pour Paris. Elle trouva Victoire dans une chambre mansardée d'une clinique de Passy, des barreaux à la fenêtre et pas de poignée à la porte.

– Vous n'y êtes pas allé un peu fort, Louis ?

– La *vraie* dépression, c'est grave... Demandez à Gilbert !

En blouse blanche derrière son bureau, l'air dégoûté, le Dr Chartres donna quelques détails sordides à Lucienne, qui les enregistra sans broncher.

– Le... le type s'est manifesté ?

– Il est au Japon, en tournée je crois... Et pour la petite, rayé des effectifs, autant que j'aie pu en juger.

Les dix jours que dura la cure de sommeil, Lucienne vint passer deux heures chaque après-midi auprès de Victoire pâteuse, livide. Le onzième jour, comme le Dr Chartres hésitait à la libérer, Lucienne sentit quel danger courait sa sœur à rester là. Elle appela elle-même Gilbert et obligea le Dr Chartres à lui parler. A peine avait-il raccroché qu'il vit se ranger devant le perron l'ambulance commandée par Lucienne. Il était hors de lui :

– Ma petite Lucienne, c'est un enlèvement ! Ce n'est pas très correct de la part d'une amie...

– Ne soyez pas idiot, Louis.

La gare de l'Est, le wagon-lit : Lucienne avait méticuleusement préparé son coup de force. Elle apportait dans une valise de quoi vêtir chaudement sa sœur, et dans son sac, plus d'argent liquide qu'elle n'en avait jamais eu sur elle. Victoire ne demanda même pas où elles allaient. La nuit fut longue et étrange : à la lumière bleue de la veilleuse, Lucienne, debout, regardait Victoire feindre consciencieusement le sommeil. A sept heures elle l'aida à s'habiller : le train arrivait à Coire. Sur le quai où elles attendaient de monter dans un petit wagon des Chemins de fer rétiques, la ligne à voie étroite qui grimpe en Engadine, les narines de Victoire palpitèrent.

– Tu sens ? on se croirait revenues à la maison.

D'une menuiserie voisine montaient le parfum du bois et le bruit lancinant des scies circulaires. Il y avait aussi l'eau rapide, quelques fumées droites au-dessus des toits, la brume dans les creux. Victoire bâilla.

– Où sommes-nous ?

Lucienne lui expliqua ses projets : Saint-Moritz, les deux chambres qu'elle avait réservées dans un hôtel à l'écart de la station. Victoire, lointaine, se mit à rire :

– Saint-Moritz ? Nous sommes devenues de « riches étrangères », Lucienne ?

Lucienne se sentit bête et bougonna :

– Non, mais les Schramm le sont. C'est Flavienne qui a tout manigancé. L'hôtel est à côté de leur chalet...

Le Chantarella s'apprêtait à fermer mais son annexe restait ouverte toute l'année. C'est là que le taxi les conduisit. Les balcons donnaient sur les pentes encore enneigées. « Corviglia ! » dit le valet en montrant la montagne. « Et ça c'est le Haut-Koenigsbourg... » compléta Victoire en regardant l'énorme hôtel sur la droite. Elle se pencha : « Et des Mercedes... Que de Mercedes ! Et même des sportifs... De beaux hommes solitaires, j'espère, Lucienne ? C'est la thérapeutique prévue ? »

Pendant huit jours Victoire se réfugia dans la même ironie ensommeillée, ramenant les efforts de sa sœur à leur proportion dérisoire, persiflant ses gentillesses. La courtoisie la contraignit à plus de délicatesse le jour où Flavienne vint leur rendre visite. Elle arriva dans un petit avion rouge et blanc. Elle était emmitouflée malgré le soleil dans une houppelande de fourrure grise. Une moquerie déchira Victoire, mais elle se tut : les mots qu'eût trouvés Constantin pour raconter l'arrivée de Mme Schramm dans son duché grison ! Elle regarda Flavienne s'avancer, si riche, si fragile. « Une levrette enveloppée dans de l'ours... »

Flavienne avait froid et elle ouvrait de grands yeux. Elle décourageait la méchanceté. Elle tint à les emmener déjeuner en haut de Corviglia, dans un club où il était aussi difficile de pénétrer que, dans une prison, de sortir. Un hélicoptère, blanc et rouge lui aussi, les y monta en quatre minutes. Victoire pensa au funiculaire qui grimpait de Chantarella à Corviglia dans les cris des skieurs et les odeurs d'huile solaire. Le bourdonnement du rotor l'isolait mieux que le plus profond silence. « Le silence assourdissant du fric », pensa-t-elle. D'immenses lunettes noires mangeaient le profil obstiné de Mme Schramm. A Lucienne : « Appelez-moi Flavienne... » Elle s'excusa :

– J'aurais voulu vous avoir au chalet mais il est fermé. Sauf deux pièces où travaille un peintre, un ami, Niemand, vous le connaissez ? (Elle ne pouvait pas s'empêcher de dire : « Vous le connaissez ? »)

Elle se fit servir un œuf à la coque et demanda à Victoire :

– A votre retour, quels sont vos projets ?

Lucienne redoutait un éclat, un geste soudain de Victoire dont elle voyait les jointures blanchir sur ses couverts. Mais sa voix était calme :

– J'ai une petite fille, pas un sou et quelques souvenirs à oublier. Vous savez tout cela.

– Eh bien j'y ai pensé... Il me semble...

Flavienne écrasait la coquille vide, demandait de l'eau de Vichy, faisait déplacer le parasol.

– Nous avons des intérêts dans une affaire d'édition qui diffuse aussi la presse, possède des librairies, etc. Ils ont besoin de gens, je le sais. C'est ici, en Suisse, mais... Vous me direz la date de votre retour, n'est-ce pas ? Vous me ferez plaisir en acceptant. C'est oui ?

Mme Schramm, à peine bue la tasse de café, se dirigea vers l'hélicoptère. En bas l'avion rouge et blanc l'attendait, et à Mulhouse sa voiture : elle avait un rendez-vous à quatre heures. « Restez prendre un peu le soleil... »

Lucienne et Victoire restèrent. Quand elles eurent froid elles marchèrent jusqu'au train qui redescendait vers la vallée. Il était plein des derniers skieurs de la saison : ils redoutaient les cailloux et les plaques de terre du bas des pistes. Ils étaient très bruns et leurs yeux paraissaient d'autant plus clairs. Victoire décida d'essayer, ce soir, de s'endormir sans l'aide de médicaments. Lucienne prit son air province :

– Tu as entendu parler de ce peintre ? Que crois-tu qu'il peint, ici, des paysages ?

– Non, il enveloppe des boules de neige dans du plastique.
Enfin, quelque chose de ce genre.

Lucienne, interloquée, se le tint pour dit et resta silencieuse.
Le funiculaire arrivait à Chantarella.

*<br>**

– Ce voyage ? Je ne l'ai pas fait, me semble-t-il. Je ne l'ai pas
vécu. Je lui donne vie – peut-être une vie artificielle ? – en le
racontant. Je me suis senti ballotté d'une ville à l'autre, d'un
interlocuteur à un « débat », d'un temple à un musée – dans un
état perpétuel d'absence.

– C'est que vous refusiez ce voyage ! Vous nous avez avoué
que vous ne l'aviez pas préparé. (Oui, je sais, l'expression est
idiote...) Vous vous êtes contenté de déplacer de dix mille kilomètres vos vieilles pensées et vos vieilles chaussures.

– Y a-t-il une autre façon de voyager ? Si oui, je ne la comprends pas. On ne cherche jamais qu'un miroir, un mur qui
renvoie l'écho. Voyager, c'est être soi ailleurs. C'est éprouver sa
résistance aux frottements, aux défis, aux altérations : ce n'est
pas être altéré ; c'est être fortifié. Je ne me dépayse pas : je me
re-payse.

– Quel appauvrissement !

– Je ne suis pas un « amateur d'âmes », ni un collectionneur
d'objets, ni un touriste qui « fait » des lieux comme le voleur
fait des poches ; je suis un peintre du XXᵉ siècle. Il y a cent ans
j'aurais emporté des carnets, des couleurs à l'eau et, sur le
motif, j'aurais crayonné des turbans, lavé des aquarelles, noté
des détails d'architecture, voire les éléments d'une future composition exotique. Et ainsi de suite. Philosophe, je soumettrais à
l'épreuve de la présence nos nostalgies livresques, les sagesses
orientales, etc. Romancier, je serais peut-être tenté, à la Gra-
ham Greene (aucun exemple français ne me vient en tête), de
situer une action dans des décors réputés plus romanesques que
les Deux-Sèvres ou la chaussée de la Muette. On me dira :
« Peintre, vous devriez être curieux de techniques différentes,
nouvelles... » Justement, je vais y venir. Mais notez bien que je
n'étais pas en Chine ni au Japon. J'étais dans un pays où une
statuaire existe, où une musique et une poésie existent, et une
pensée, et une architecture – mais aucune peinture. Et je me
suis rendu compte que j'étais incapable de vivifier mon travail
par le contact avec des œuvres ou des hantises qui lui sont
étrangères. Autrement dit, peintre, j'ai besoin de voir de la

peinture, je me nourris de peinture, j'apprends à peindre à l'école de la seule peinture. Je le soupçonnais déjà, et que les expériences contraires – par exemple la découverte des arts nègres – avaient contribué à casser la peinture plutôt qu'à l'enrichir...

– Diable !

– Pour une fois que je prends la parole, mon cher, ne lui coupez pas les ailes...

– Mais permettez ! Vous faites bon marché de... de la miniature mogole, par exemple. Admirable ! Quatre siècles de perfection. A elles seules les miniatures du Rajasthan justifieraient ce voyage que vous dites n'avoir « pas vécu »...

– Admirable, c'est vrai. Et soyez rassuré : j'ai vécu trois ou quatre heures de joie profonde au musée de Delhi. Mais puis-je me faire mieux comprendre par une comparaison ? Un peintre japonais, en 1967, pourrait passer un moment d'intense curiosité et de jubilation au musée de Chantilly, devant *les Très Riches Heures du duc de Berry,* sans éprouver autre chose qu'une émotion rétrospective et historique. Justement : le *dépaysement,* qui est une expérience culturelle, alors que je vous l'ai dit : si je voyage, je veux que le voyage m'aide à vivre, à *me* chercher, à *me* trouver, c'est-à-dire à travailler. Le reste n'est que de la « déco » comme disent les architectes devant les jolies choses, les « détails savoureux ».

Les fesses offertes aux flammes, Burgonde se dit qu'on n'a allumé du feu, en mai, à la Vernède, que pour lui permettre de s'adosser à la cheminée et de jouer les causeurs. Bien entendu il ne prononce pas exactement les phrases transcrites ci-dessus. Le vrai récit est moins balancé, les réflexions moins fluides. Il y a des hésitations, du bafouillage, le tout sur un fond de brouhaha, de sourires, de va-et-vient qu'il est difficile de rendre. Il faut noter toutefois cette géométrie des regards ; faute de la connaître on ne comprendrait rien aux tensions qui font vibrer un groupe, lui donnent vie secrète et saveur. Burgonde sent sur lui, posée, insistante, l'attention de Gabrielle, et au contraire il sent se détourner celle de Niemand, lequel est assis par terre à l'écart du groupe, et de telle façon que son regard se perd dans les croisées d'ogives du salon. Il doit se tordre le cou pour voir Burgonde. Il veille malgré cela à ne pas donner une impression de dédain ni d'agacement. Son silence est approbateur, encourageant, mais lointain. Niemand devine à sa voix que Burgonde se tourne souvent vers lui, et peu à peu cette sollicitation le désigne, l'isole, lui confère une importance qu'il paraît n'avoir rien fait pour mériter. Il excelle à laisser ainsi les circonstances le valoriser. Il vole la vedette à qui il veut, sans autre effort que de solitude et de pesante courtoisie. En conséquence de quoi un **troisième** réseau de regards se tisse entre Flavienne Schramm et Burgonde, puis entre elle et Niemand, au fur et à mesure que, sentant réussir la manœuvre du Suisse, elle tourne de plus en plus souvent vers lui – mais il veille à ne pas s'en apercevoir – un œil amusé, irrité, bientôt suppliant.

– A L., qui est une petite ville (entendez qu'elle ne compte qu'un million d'habitants...), j'ai fait l'expérience la plus intense de mon voyage. Vous allez voir pourquoi je vous la raconte.

Mon hôtel donnait sur une place, puis au-delà sur un fleuve, des rives sablonneuses et des prairies d'herbe jaune où poussait, de loin en loin, un gros arbre solitaire. Des dizaines, peut-être des centaines de vaches s'étaient rassemblées là, préférant l'eau boueuse de la rivière et les ondulations d'un ancien parcours de golf à leurs flâneries habituelles entre les tramways et les bicyclettes. J'étais plongé dans leur contemplation, et dans le plaisir que me donnaient leur nonchalance et leur dignité, quand on est venu me chercher pour me conduire au musée et à l'école des Beaux-Arts de L. C'est dire que j'étais dans le meilleur état d'esprit possible.

L'école des Beaux-Arts – des bâtiments disséminés dans un jardin – n'avait pas grand-chose à me révéler. C'était les vacances et seuls quelques étudiants travaillaient ici et là, à la paresseuse, dans cette atmosphère de veille du 14 Juillet qui, à la date près, est la même dans toutes les écoles du monde. Je me rappelle deux jeunes filles dans l'atelier de sculpture, un graveur de trente ans, à l'anglais très pur. Peu importe. Le musée, ce fut autre chose ! Je passe sur sa pauvreté, qui est respectable. En vingt ans d'indépendance le pays a eu d'autres chats à fouetter que ses musées de province. Mais ce que je voyais aux murs était pis que consternant : triste. D'une tristesse qui me faisait honte. Les fruits d'une succession de sottises, d'attentats et d'erreurs. On me guidait : « L'œuvre d'un artiste local bien connu », me disait-on. « L'œuvre d'un jeune artiste, espoir de notre école, qui a obtenu une bourse pour l'Illinois. » « L'œuvre d'un graveur estimé en Europe et invité à exposer en Suisse à deux reprises... » Etc. Il y avait là des pastiches d'impressionnistes, des paysages anglais desséchés par l'attente de la mousson, des Ruysdaël avec un temple et un banian en guise de moulin à vent et de saule, des Vlaminck enneigés – oui, enneigés ! –, des filles de Lautrec aux yeux en amande sombre, et même quelques fouillis abstraits peints à l'huile (« A very modern artist, you know... »). Tout cela dans la lumière pauvre des salles bâties par les Anglais vers 1900, la chaleur, la solitude – car bien entendu il n'y avait pas un seul visiteur. De quoi tordre le cœur. L'Inde, là-dedans ? Nulle trace. Seulement les pages hors-texte de n'importe quelle encyclopédie populaire, les peintres du dimanche du métropolitain, l'équivalent britannique du « Salon des Artistes français », qui doit être quelque chose comme la Royal Academy Exhibition, et l'écho de ces reproductions que publient parfois les magazines dans leurs numéros fastes. J'ai aperçu de loin deux vaches beiges et je me suis précipité : hélas ! ce n'était qu'une paire de bœufs béarnais – on voyait même le bouvier, son aiguillon, et l'horizon pyrénéen.

Un invité interrompt le monologue :

– En somme, vous refaites la vieille constatation que le colonialisme a émasculé ou perverti les cultures locales, que les missionnaires ont obligé les pauv'Africains ou Jaunes à peindre des saintes vierges à la peau noire et aux yeux bridés ? C'est vrai, mais d'une vérité ressassée depuis cinquante ans. Vous avez constaté vous-même que ce pays ne possédait pas de peinture : c'est donc dans le vide qu'ont poussé pastiches et réminiscences. Après tout, la statuaire romaine... Et puis, aujourd'hui, les voilà libres !

Burgonde sentit Gabrielle souffrir. Elle avait déjà essayé de lui faire préciser sa pensée, de le « pousser dans ses retranchements, » disait-elle. Il se sentait pourtant tranquille et prit son temps :

– Comprenez-moi bien. J'essaie de vous raconter une expérience peut-être banale, peut-être limitée, mais qui exerce en moi des ravages. Je ne suis pas moins lucide qu'un autre. Alors essayez de m'écouter. Ce n'est pas seulement le colonialisme qui a altéré ou détruit telle ou telle tradition artistique, c'est tout le phénomène d'universalisation sous le signe de quoi nous vivons. On a « planétisé », « mondialisé » (les néologismes abondent pour dire ça !) les techniques, la médecine, l'architecture, l'idéologie, les vêtements (à des nuances près), le confort, les archétypes qui font rêver. Dans la foulée, on a uniformisé l'art. En d'autres termes, on le liquide. Le graveur de l'Uttar Pradesh, abstrait (« abstrait » !...), bénéficiaire de bourses à Paris ou à Chicago, qui a exposé à Lausanne et à Francfort, qui revient à L. et, à son tour, va « former » des élèves dans cette belle école des Beaux-Arts style Rudyard Kipling : il est une caricature de notre aventure à tous ! Le musée de L. n'expose pas seulement les séquelles cocasses ou tristes de l'occupation britannique, les méfaits de l'esprit d'imitation qui continue d'empoisonner les nations récemment « libérées » (et dont nous sommes, Européens, encore responsables), non : ce que j'y ai mesuré, c'est le degré zéro de l'*art moderne*. Hélas, il faut sans doute emprunter à d'abominables idéologies certains mots de leur vocabulaire : il est vrai que nous risquons de crever du succès d'un art « cosmopolite », « apatride », ou, si vous préférez, décervelé, déraciné, et comme on le dit sans se rendre compte de la gravité du symptôme : « abstrait ». Au musée de L., ce ne sont pas des croûtes que j'ai vues, mais cent ans de création occidentale, avec des verres grossissants. C'était un comble, un passage à la limite. Encore un mot à propos des « idéologies abominables ». Elles ont elles-mêmes sécrété de telles horreurs qu'on ne peut pas me soupçonner de préférer leur production à celle qu'elles dénonçaient ! L'art moscoutaire, l'art hitlérien, l'art des propagandes chinoise et cubaine : mêmes ingrédients, même goût, des sauces à peine diverses. Cette tambouille ne m'empêchera pas, par prudence, de formuler la vérité sur l'autre tambouille, sur la « cuisine internationale » comme on dit chez M. Hilton et M. Sheraton. En levant tous les tabous, tous les interdits, en faisant forniquer tout le monde avec n'importe qui, on arrivera en un siècle à un humain « mondialisé » : il aura la peau grise. Nous sommes en route, et à toute vitesse, vers l'*art gris*. Écoutez ce qui a pris la suite du blues et du jazz originel : un zinzin syncopé, sirupeux, interchangeable de Los Angeles à Rome et à Tokyo. Et j'imagine qu'on cherche discrètement à l'imiter à Varsovie et à Sofia ! Tout comme les peintres réfractaires de Russie, si l'on en croit les documents qui circulent, essaient de faire du « non-figuratif » à la façon de Montmartre ou de Greenwich Village. Partout, le toc, puisque la standardisation et l'imitation, en art, ne produisent que du toc. Qui essayons-nous d'être ? Des vedettes du toc. Des notables du « contemporain » omnibus. Comme nous ne sommes pas idiots et que l'opération est indiscrète, les plus jeunes ou les plus pugnaces d'entre nous se rebellent. On fait beaucoup de tapage pour n'avoir pas l'air de filer la mélodie. Mais notre provocation, d'où vient-elle ? Zurich, Berlin, Paris ne donnent plus le ton ? On va prendre des leçons à New York ou à San Francisco. Demain en Argentine, au Japon. L'avant-garde est déjà stéréotypée, comme hier l'académisme. Et l'on imposera des stéréotypes à la terre entière comme on lui a imposé il y a cent ans l'académisme. J'ai déjà deviné à L. des Mathieu bengalis, des Vasarely cinghalais ! Rien ne peut résister à cette prodigieuse uniformisation. Pas même les dictatures, qui imposent la leur, rivale de la nôtre mais aussi écrasante. Rien ? Si : les religions peut-être. Si elles survivent... Si elles sont totalitaires... L'Islam ? C'est peut-être dans les mosquées de Libye ou d'Égypte que l'on résistera aux oukases des galeries de la 57e Rue. La grande peinture de l'Occident, religieuse, emphatique, historique, n'a-t-elle pas jadis été tenue en échec par l'Islam ? Annulée, refusée, niée par lui ?

Burgonde, moulu et heureux comme il l'était, enfant, après un match, sur les pelouses boueuses de décembre, ressentit quelque chose comme l'envie d'une douche et de la bonne odeur des vestiaires. « J'ai rudement couru », pensa-t-il.

Un certain Tissandier, nouvelliste érotique frotté de critique d'art, fit la moue :

– Vous tenez, tout simplement, le langage le plus réactionnaire. Un vieux discours ! Il persiste à travers ses divers avatars. En 1875 vous auriez été contre... Enfin, épargnez-moi une musique si connue ! Mais, Inde ou pas, la vôtre ne l'est pas moins ! L'étonnant, c'est qu'un peintre... (geste théâtral vers la *Forêt grise* qui occupait le mur opposé)... nous tienne aujourd'hui ce langage.

Burgonde, qui croyait avoir déjà retiré son maillot trempé, leva une main conciliante. Il sentait l'attention se relâcher. Il était temps de rire et Flavienne faisait déjà un signe au maître d'hôtel pour qu'il offrît des boissons.

– Vous êtes un écrivain, Tissandier. Oubliez le reste un instant et pensez à vous, à votre travail. Verriez-vous sans peur se précipiter la babelisation ? *L'art gris,* en littérature, c'est Babel. Le « traduide », l'ordinateur-à-écrire, l'infra-langage de la TV – mais tout cela à la puissance cent, mille ! Vous n'en êtes pas là. Jamais on ne s'est mieux battu pour la survie des langues minoritaires, menacées, etc. C'est par le texte, par les mots que partout on résiste aux oppressions. Écrivain, vous êtes au XXe siècle un privilégié. Vous en rendez-vous compte ? Et cela doit-il vous aveugler sur *mes* angoisses ?

A minuit, Gabrielle et Burgonde roulèrent un moment en silence sur la route qui tournicotait vers Uzès. « Merci, Burgonde, vous avez été splendide ! » avait dit Schramm en lui serrant la main. Il avait ajouté en riant : « Me conseillez-vous de revendre en vitesse mes Burgonde ?... » Niemand s'était contenté d'un clin d'œil en guise de congé, avant de faire ronfler sa Porsche. Tissandier avait l'apparence d'une prune qui sucerait elle-même son noyau.

Comme ils ralentissaient pour traverser Saint-Siffret, Gabrielle se tourna dans l'ombre vers son compagnon :

– Tu as décidé de casser toi-même ta baraque ?

– Non, mais de ne plus me taire quand ça me démange de parler.

C'est à cet instant, et parce qu'il avait la voix coupante, que Gabrielle s'aperçut que Burgonde n'avait pour ainsi dire pas bu de la soirée.

Il se rattrapa tout l'été. Dès les premiers jours de juin Gabrielle « monta à Paris chercher les enfants ». Cette mission lui valut une semaine de calme dont elle avait grand besoin. Il était entendu que Rose et Frédéric passeraient avec leur père la première moitié de l'été et rejoindraient Léa le 1er août. Gabrielle découvrit que Burgonde n'avait pas retenu leurs passages d'avion, comme il le prétendait, ni payé les billets. Les vols étaient complets. « Tant pis, dit-elle à l'agence de voyages, pour leur aller, prenez des premières... »

– Nous devrions faire une grande fête... Un dîner dans la cour, au bord du bassin... On placerait un petit orchestre en haut de l'escalier, à la porte de l'atelier... Qu'en penses-tu ?

Burgonde paraissait aussi peu en état d'organiser une fête que de peindre. Gabrielle s'était retenue de le lui dire et elle était partie pour Paris. Dès son retour avec les enfants elle sentit rôder la menace d'un éclat. Leur père leur parlait avec une ironie pointilleuse, insistante, que Rose essayait de désarmer en lui préparant d'innombrables boissons. Elle fut vite experte. Frédéric devint insaisissable. On entendait le moteur de sa mobylette à des heures impossibles et, le temps de l'appeler, il avait disparu. Des garçons venaient chercher Rose. S'ils étaient de son âge Burgonde se moquait d'eux et faisait honte à sa fille ; s'ils étaient plus vieux il les traitait en suborneurs. La petite ne savait plus comment vivre. Elle cherchait parfois des yeux Gabrielle, qui détournait la tête. C'était le moment de l'année où le pays, si morne le reste du temps, s'embrasait de mondanité. Chaque soir des occasions s'offraient de courir les routes, parler des heures, boire du vin frais. Longues aubes moites. Vers midi on montait dans l'auto étouffante pour aller s'allonger au bord d'une piscine, parler encore, boire encore. Les siestes se prolongeaient jusqu'à six heures. Burgonde, à ce régime, aurait dû enfler, gonfler. Au contraire il se consumait. Il paraissait avoir entrepris de se détruire, comme le soir de la Vernède il détruisait ses raisons de travailler et de vivre. « Ce soir-là, pensait Gabrielle, il a exposé son programme. Et tous ces hurluberlus qui le trouvaient *brillant*... » Même les enfants, il parut au bout d'un moment ne plus les voir. Dans la grande maison de la rue Maussane on se croisait, chacun respectant le territoire et les horaires des autres. Gabrielle surveillait Rose de loin, du bout des lèvres et des yeux, baissant vite les paupières, effleurant les questions sans espérer de réponse. Frédéric racheta à un camarade malade un billet pour New York, renonça à ce voyage en première qui lui malmenait l'honneur et avança son départ.

– Ta sœur... murmura Gabrielle.

– Les fesses de Rose, c'est pas mon affaire, murmura Frédéric.

Pour la seconde fois eut lieu le festival des Garrigues. Le « lieu dramatique » changeait chaque soir et l'éclectisme le plus désordonné régnait. Le théâtre à poil, venu de New York, touchait aux rivages languedociens dans un frisson de scandale. On neutralisait ces excès par des soirées de quatuor et de musique vocale données sur des terrasses, dans des cours de châteaux. Le même petit monde se retrouvait chaque soir, les peaux de plus en plus sombres, les yeux de plus en plus dilatés. Burgonde, dans les coins, rigolait. On l'avait nommé « conseiller artistique », ce qui lui permettait de pénétrer dans les tentes ou les salons vidés de leurs meubles qui servaient de coulisses. Il y flottait de bonnes odeurs fauves et des mots nerveux, qui provoquaient chez lui ces rires dont on ne savait pas quoi penser. C'est un de ces soirs-là, l'orage au bord du ciel, des silhouettes claires sur la pelouse écrasée par les piétinements et d'où montait un parfum d'été coupable, que Burgonde se retrouva en tête à tête avec une petite personne nommée Mathilde. Était-elle harpiste ou faisait-elle de l'« expression corporelle » ? On ne parvint jamais à le préciser. La soirée avait lieu dans une demeure dont le propriétaire, sous Louis XV, avait bâti un théâtre rocaille ouvert au public pour la première fois depuis cinquante ans. A l'entracte le tonnerre et quelques gouttes de pluie créèrent une bousculade. C'est ainsi que Burgonde et Mathilde furent surpris. « Il la culbutait dans un coin de la bibliothèque... » Ce fut ce verbe – « culbuter » – qui lassa l'humour de Gabrielle. « Chiffonner », « trousser » l'auraient peut-être laissée indifférente. Elle rentra à Uzès dans la voiture des Louvigne et, le surlendemain, partit pour Paris. Au bout de deux jours Rose lui téléphona. Elle avait la voix plaintive :

— Je peux te rejoindre ? Oh, ici, c'est le cirque ! Oui ? Mais que va dire papa ?

Papa haussa les épaules en riant. Il embrassa Rose, amusé de la sentir se dérober. Il lui donna de l'argent et la conduisit à la gare d'Avignon où étaient étalés sur le sol, entre crachats et mégots, les jeunes gens assoupis qu'attirait le festival. « Le nôtre a plus d'allure », constata-t-il. Rose, pincée, ramassa son sac et ressembla fugitivement à Léa. Léa, en 47, à La Baule...

— Tu permets, papa ? le train arrive !

Burgonde se retrouva dans la pouillerie de la fin d'après-midi, sur les marches de la gare, entre les adolescents affalés. On le regardait avec des airs mauvais : ses mocassins blancs, son foulard, la voiture à la portière entrouverte. « Il y a très longtemps, pensa-t-il — à La Baule, par exemple, en 1947... — j'étais un peintre. Un jeune peintre brouillon, cossard et pressé à la fois. J'avais vingt ans de moins que ce soir. Leur âge, ou peu s'en faut... » Il pensa que Mathilde, à cette heure, devait sentir son linge coller au skaï d'un siège d'autocar, quelque part du côté de Pézenas où sa troupe allait jouer « un Pinter ». Il lui avait donné un faux numéro de téléphone, ce qui n'était pas élégant. Il décida de ne pas sortir ce soir, ni le lendemain. Sur la route il s'arrêta dans le premier restaurant venu, s'y attabla et se fit servir une omelette et du vin avant le coup de feu. Dans un coin de la terrasse le « personnel » dînait. Un boute-en-train racontait des histoires croustilleuses. Il surveillait du coin de l'œil ce client solitaire pour voir s'il riait. Oui, il riait. Vint même un moment où il leva, de loin, son verre à la santé de la gaudriole.

Le lendemain il déjeuna chez les Schramm ; personne ne lui posa de questions indiscrètes. Flavienne se contenta d'être un peu plus pâle qu'à l'accoutumée. Il revenait de la Vernède quand le silence lui pesa. La radio de la voiture restait branchée en permanence sur France-Musique : Burgonde n'eut donc qu'à appuyer sur le bouton de la modulation de fréquence, celui que signale un « U » au sens mystérieux, et que son index trouvait, même la nuit, sans tâtonner.

Il n'avait nulle hâte de rentrer. Comme à l'accoutumée, le

déjeuner à la Vernède l'avait laissé dans une incertitude qu'il n'aimait pas. Elle est un peu courte, la jolie réponse de Hemingway à Fitzgerald : « Différents de nous, les riches ? Oui : ils ont davantage d'argent ! » Il avait dû se taper sur les cuisses, après cela, et vider son verre. Burgonde, chez les riches (on veut dire ici les grands riches, personnages fabuleux qui n'ont évidemment rien à voir avec les gens à leur aise), sentait sa tête flotter et son corps exister jusqu'à l'indiscrétion : ses pieds sur les tapis silencieux, ses mains qui dessinaient des arabesques trop rondes pour souligner les propos qu'il lâchait à voix trop sonore. « Ce n'est pas ma voix », s'étonnait-il. Ce n'était pas non plus son corps qui, dans l'espace infini des salons, des vestibules, des volées d'escalier – ou dans l'espace restreint, étouffant, de petites pièces encombrées de guéridons, de tabourets, de lampes, de bibelots d'argent, closes et capitonnées comme des boîtes – lui paraissait occuper un espace variable mais disproportionné. Il se sentait tour à tour rapetisser ou se dilater. Ses membres échappaient à son contrôle. « Valentin-le-désossé », grognait-il. Sa tête hésitait entre les infinies possibilités qu'offre la richesse : entre les fauteuils, entre les sauces, entre les opinions, entre les mots. Son vocabulaire lui-même devenait plus abondant, mais il n'existait aucune raison de choisir une formule plutôt qu'une autre. C'était, oui, c'est cela, décourageant. De perfection, de liberté. Un homme comme lui aurait beau vivre des dizaines d'années, un siècle, il aurait beau connaître le succès, être fêté, reçu, aimé, jamais il ne saurait disposer autour de lui, comme les Schramm, autant de velours, de faille, d'épaisseurs de silence, de reflets de bois patinés, autant d'audaces, autant d'habitudes anciennes et d'usages nouveaux, autant de souvenirs exotiques, de malices exquises, de confidences, de décisions charmantes, de fleurs en vase, de fleurs de pleine terre, d'enfants décidément très doués, de personnes de toute confiance, de menaces mortelles mais de médecins de premier ordre. Autant de prestiges et de certitudes. D'hectares et de retraites discrètes, de soumissions et d'insolences. C'était perdu d'avance.

« ... et je répète que le synthétiseur n'est pas le loup-garou qu'on prétend, que le synthétiseur est très gratifiant... »

La voix flûtée, succédant à une série d'effroyables grincements, finit par attirer l'attention de Burgonde. Il tendit l'oreille. Il augmenta l'intensité du son : « ... l'exemple de jeunes enfants, dans une crèche... Ils découvrent qu'une porte grince et font exprès de la faire grincer, et encore, et encore... Nous assistons là à l'invention inconsciente, à la création spontanée, résolument anti-culturelle, d'un fait sonore en tous points comparable au *corpus* sonore expérimental sur la morphologie duquel j'ai travaillé ces deux dernières années pour composer mon concertino, *Craquements et autres.*

— Vous considérez donc, Sébastien-Charles Vatel-Migodon, qu'il n'existe pas, fondamentalement, d'hiatus entre bruit et musique ; que vous pouvez "travailler", selon votre expression que je trouve très belle, sur le fond sonore aléatoire et quotidien de la ville, par exemple ? »

« Grands dieux, murmura Burgonde, ce n'est pas vrai ! »

La flûtée, après la voix flanelleuse et pincée, reprenait :

« Effectivement. Mais il faut nuancer. Je me refuse à travailler sur le *corpus* sonore bourgeois : brouhaha devant un buffet, papotages de générale, etc. Je ne musicalise que la rumeur du travail — usine, métro à six heures du soir — ou celle de la solitude et de la dérision : les balancements du fauteuil d'un retraité, le grincement des portes de son deux-pièces-cuisine, sur lesquels j'ai composé l'essentiel de mon *Trio pour porte, charnière et robinet qui goutte.* »

Burgonde avait ralenti, puis arrêté la voiture sur le bas-côté. D'où il était, les ondulations de la garrigue s'étendaient à perte de vue vers Saint-Quentin et Uzès. Il abaissa la vitre et des parfums entrèrent dans la voiture. Une troisième voix, fluette, étriquée, venait d'entrer dans la conversation :

« Je me permets de vous interrompre, Louis-Bernard Dufour-Chalosse, parce que je trouve la conception de Vatel-Migodon esthétisante, confuse et — comment dire ? — passablement réactionnaire. Nous devons, nous, musiciens novateurs, refuser beaucoup plus énergiquement les pesanteurs sociologiques de la tradition. Sinon tout est permis ! Pourquoi pas nous mettre — je ne sais pas, moi... à jouer du piano, par exemple, qui est bien l'instrument le plus cocassement culturel ! Non, il faut politiser radicalement le son ! Pour ma part, dans le morceau que, je crois, vous allez faire écouter maintenant à vos auditeurs, *Grattement d'un ongle de pouce sur une paume calleuse,* j'ai fait passer toute la colère du monde aliéné, marginalisé. Ma paume, notez-le bien, est une paume de travailleur immigré. Sa callosité *s'entend* à l'audition, tout comme *s'entend* la courbure noire et quasi minérale de l'ongle, sa dureté désespérée...

— Cher Gonzague Philodenko, à mon tour de vous interrom-

pre ! Politiser, oui ; devenir crédule et niais, jamais ! Vous mettez votre musique au service d'une idéologie... C'est un nouveau
formalisme ! une escroquerie plus subtile mais...
– Permettez, Vatel-Migodon...
– ... Non, non ! J'ai écouté Philodenko, qu'il m'écoute à son
tour ! L'art est démystification et dérision. C'est là sa besogne
politique. On fait avec ce qu'on a. Nous devons musicaliser – je
reprends l'expression – un inconscient sonore qui porte en lui
l'inéluctable faillite bourgeoise. Je n'en prendrai qu'un
exemple : mon *Choral pour pet arabe*, encore inédit. Vous
connaissez le « pet arabe » ? Cette grimace qui emprunte la
moue des lèvres à la gestuelle du dégoût, et la dérision sonore
aux vents émis parfois par l'anus et les tripes... Eh bien, le pet
arabe – je souligne : *arabe !* – exprime admirablement le scepticisme coléreux que l'artiste se doit de... »
　　D'une pression de l'index, Burgonde fit le silence. Sa poitrine
se soulevait comme s'il eût été poursuivi par des voyous. Il
éclata de rire. Dans une deux-chevaux qui dépassait à ce
moment la Mercedes arrêtée, un visage étonné se tourna vers
lui. « Si la musique militaire est capable de faire pleurer n'importe quel honnête citoyen, je me demande pourquoi *cela* ne
me ferait pas sangloter, ou pisser de rire... » Il resta un moment
immobile, sans rire, ni pisser, ni sangloter. Il était seulement
étonné. « Personne, je présume, ne va téléphoner, protester,
encore moins aller jeter des cailloux dans les belles grandes
vitres de la maison de la Radio. Il est vrai qu'on risquerait d'y
abîmer la mosaïque de l'ami Bazaine. Respectons les mosaïques
et les amis ! » Il appuya de nouveau sur le bouton : le bruit
d'un papier que l'on froisse, amplifié et magnifié (par le « gratifiant » synthétiseur ?), envahit la voiture, de loin en loin
dominé par une stridence de lime, un frottement de meule.
Nouveau déclic ; nouveau silence. Burgonde mit son siège en
position semi-allongée, posa sa nuque sur l'appui-tête et ferma
les yeux. Il entendait bruire la garrigue et, parfois, une poussée
de vent faisait son souffle entre les arbres, contre la voiture, par
la vitre ouverte. Il écoutait aussi, là-bas, peiner dans une côte le
moteur de la deux-chevaux. Quelques minutes passèrent. En
aveugle il enfonça pour la cinquième fois le poussoir « U » du
Blaupunkt : la musique grêle et narquoise d'une *Gymnopédie*
s'installa dans le silence de l'après-midi. Il respira. « Il est
temps de se tirer », dit-il. Il avait parlé bas mais distinctement.
Il répéta sa phrase sérieusement, à voix haute, comme s'il eût

voulu convaincre un interlocuteur récalcitrant. « Il est temps de se tirer. »

Il ne se trouvait pas à plus d'un quart d'heure d'Aureilhac, le village où Louisette et Etienne avaient restauré le « mas Louvigne ». Etaient-ils encore là ? Ils n'avaient pas donné de leurs nouvelles depuis quelques jours. Burgonde remit la voiture en marche.

Quand il arriva il ne vit pas la Renault d'Etienne sous l'auvent, mais les volets étaient ouverts. Il arrêta sa voiture dans l'étranglement du chemin, ce qui obligerait les arrivants éventuels à s'arrêter, eux aussi, et à klaxonner ou à s'approcher à pied. Il appela, traversa la terrasse, frappa à la porte, jeta un coup d'œil par la fenêtre : personne ne répondit. Sans doute étaient-ils partis promener les chiens. Un fusil sous le bras, Etienne – qui ne tirait à peu près jamais – marchait des heures dans la garrigue. L'allure de chasseur était destinée à lui concilier les bonnes grâces des villageois, grands tueurs de petits animaux.

Burgonde souleva la pierre connue de tous les amis de la maison, trouva la clé et entra. On sentait le parfum humide et vert des feux qu'allumait chaque soir Louisette. Les Louvigne ne s'étonneraient pas, s'ils rentraient, de le trouver là : il arrivait au mas inopinément et « faisait comme chez lui ». Il tendit l'oreille : aucun bruit. Il ouvrit la fenêtre du salon qui donnait sur le portail et le chemin. Il entra dans le bureau d'Etienne et jeta un coup d'œil dans les deux tiroirs de la table. Rien. Il regarda autour de lui : un bahut de cerisier, un coffre, un divan et, à côté du fauteuil d'Etienne, un meuble métallique monté sur roulettes, la sorte de bac où les secrétaires font du « classement suspendu ».

Fermé à clé ? Non, ouvert. Des languettes de papier, glissées sous du plastique, indiquaient la nature des dossiers. Quel ordre ! A la rubrique « Papiers. Originaux », Burgonde trouva une enveloppe dont il vida le contenu : cartes d'identité, permis de conduire, cartes d'électeur, carte grise de la R16, carte verte d'assurance. Etienne appartenait à la catégorie des précautionneux qui portent sur eux des photocopies de leurs papiers et gardent les originaux à l'abri. Burgonde déplia le permis de conduire et ouvrit la carte d'identité de son ami : l'un portait une photo des années quarante, l'autre un portrait médiocre, mais récent. Il les examina attentivement. Louvigne et lui étaient de la même année, presque du même mois. Il chercha la taille : un mètre quatre-vingt – la sienne, à trois centimètres près. Au lycée, Etienne et lui échangeaient leurs vêtements et se ressemblaient déjà : même vague blondeur, même regard gris, plus surprenants chez le Languedocien. De toute façon, une carte d'identité n'indique pas, comme un passeport, la couleur des yeux, encore moins s'ils brillent ou se figent. Seulement la taille, et elle pouvait convenir. « Signes particuliers » ? Néant. « Parfait, murmura Burgonde, sans moustache... » Il glissa dans sa poche le contenu de l'enveloppe, à l'exception des papiers de Louisette et de ceux de la voiture qu'il remit à leur place. Il referma le bac, reposa dessus l'appareil de téléphone, vérifia que nulle trace de son passage n'apparaissait, referma la fenêtre du salon, sortit, donna deux tours de clé, glissa la clé sous la pierre et regagna sa voiture. Il fit demi-tour devant le portail et, là où le chemin débouchait du bosquet de pins et dominait une vigne, il s'arrêta. Aussi loin qu'il pouvait voir, pas âme qui vive. Etienne et Louisette étaient-ils là, quelque part dans la garrigue, à l'observer ? C'était un risque à courir. De toute façon le geste qu'il venait d'accomplir leur était inimaginable. S'ils l'avaient vu de loin et lui faisaient une remarque il répondrait : « Ah oui, c'est vrai, je suis passé chez vous en revenant de la Vernède. Mais comme vous n'étiez pas là... » Etienne, quand il constaterait la disparition de ses papiers, croirait les avoir oubliés à Paris. Revenu à Paris il les chercherait, laisserait passer quelques jours et finirait par se rendre au commissariat où il signerait une déclaration de vol – non : de perte – plus ou moins confuse. Il se torturerait un moment la mémoire, hausserait les épaules et se ferait délivrer de nouveaux papiers. Affaire réglée.

Revenu à Uzès Burgonde gagna son bureau et glissa dans sa machine à écrire une feuille de papier à lettres gravée à l'adresse de la rue Raffet. Il tapa le texte suivant :

*« Je te confirme, hélas, l'impossibilité où je suis de rentrer tout de suite à Paris ou à Uzès. Si cela ne te dérange pas d'amener la voiture en venant me rejoindre, cela me rendra grand service. Les papiers et les clés sont dans la boîte à gants. Merci d'avance ! Le travail ne marche pas trop mal. »*

Il tira la feuille hors du rouleau, relut, réfléchit un moment et, à la main, barra l'adresse d'un trait léger, ajouta « Cher Etienne » au début de la lettre, « mille affections à Louisette et à toi » à la fin, puis signa. Après quoi il plia la feuille en quatre et elle rejoignit les papiers dérobés au mas Louvigne dans une enveloppe qu'il rangea. Il estima n'avoir rien oublié et se dirigea vers le salon. Mais, à la réflexion, il descendit au rez-de-

226

chaussée et alla à la cuisine. Il ouvrit le réfrigérateur. Dans la lingerie, Pauline repassait.

– C'était donc si bon, chez vos millionnaires ? Vous êtes resté bien longtemps !

– Je suis passé chez M. Louvigne, mais il n'y avait personne.

– Vous vous êtes cassé le nez, alors...

Burgonde remonta au salon, le seau à glace lui brûlant les mains. Il se servit un grand verre d'alcool et, sans y mettre les glaçons qu'il avait préparés, le but à petites gorgées, sérieusement, comme on absorbe un médicament. Il se laissa aller sur le dossier du canapé et attendit, les yeux clos. Bientôt l'onde de chaleur passa sur lui, en lui. Comme tout à l'heure quand il écoutait les zigotos de France-Musique. Alcool ou honte : le sang s'émeut de même façon. Une hâte un peu fébrile l'habitait, qui prit le relais de l'excitation d'après le déjeuner, quand il avait péroré dans le salon de la Vernède. « Il faut laisser décanter », s'entendit-il murmurer. Il se servit un second verre, plus modeste. Il ne voulait pas être ivre – seulement sentir son projet prendre du relief, occuper en lui toute la place. Et pour cela il avait besoin de donner du mou à ses amarres. Par chance, Gabrielle boudait à Paris. Elle ne téléphonait jamais la première, c'était dans leurs conventions, afin de ne pas le déranger s'il était dans l'atelier. Il leur arrivait, séparés, de rester un moment sans s'appeler. « Je peux prendre deux jours d'avance, peut-être trois... » Il résista à la tentation de se lever, de faire des gestes, qui le saisissait toujours après l'alcool, et laissa des images, comme de petits morceaux de film, se présenter à lui et donner peu à peu forme à sa tentation. Ce n'était pas une sensation très différente de l'attente où il s'installait avant le travail, quand la peinture à faire se précisait peu à peu, se dérobait, réapparaissait légèrement différente, cependant qu'il la guettait patiemment, sans être dupe de son excessive beauté, laissant les hypothèses successives se superposer, passer du gris à la couleur, attendant qu'une des images, peu à peu, prît de la netteté et s'imposât. « Avant tout, attendre quelques jours. Voir les Louvigne. Revoir les Schramm. Apaiser le destin. Passer à la banque et, si besoin est, faire virer de Paris la somme nécessaire. Demander à Giorgio de mettre mon compte à jour comme chaque automne. Quoi d'autre ? »

Il était émerveillé par ce sang neuf qui depuis deux heures irriguait ses vaisseaux. Autrefois, quand il avait décidé de quitter une femme, la même vitalité le comblait, mais il en avait oublié le goût. Elle allait de pair avec toutes les nuances de lâcheté : victoire en lui de la faiblesse, décision de filer sans reparaître devant sa victime, indifférence au sort et à l'opinion d'autrui, etc. Il ne s'était jamais, en ce domaine, payé de mots sur le courage des séparations, l'héroïsme de la chirurgie. La fuite est une lâcheté, mais la lâcheté sauve plus de vies que le courage.

Les jours qui suivirent furent de beaux moments de travail. Telle fut du moins l'opinion des amis de Burgonde et celle de Pauline. Celle-ci lui préparait, le soir, le plateau du petit déjeuner qu'il prenait vers cinq heures, debout dans la cuisine, mesurant ses gestes, chat silencieux. Après quoi il traversait le patio dans la diagonale – le même chemin, toujours, et les mêmes gestes comme de s'accroupir au bord du bassin pour en tâter l'eau de la main – et s'enfermait dans son atelier.

Il aimait, dans le petit matin encore gris, allumer d'un coup toute la batterie des spots et faire lever le soleil dans sa chapelle blanche. Il restait enfermé là chaque jour jusqu'à la fin de l'après-midi, se faisant apporter par Pauline à midi un autre plateau (seule façon d'échapper à ses bavardages, car elle ne s'éternisait jamais dans l'atelier où le parfum des bombes acryliques lui faisait plisser le nez, comme à un chien). Vers cinq heures il se changeait, sortait et allait marcher dans la ville : il parcourait deux ou trois fois le boulevard circulaire avant de s'arrêter au Colibri dont la terrasse, dans la pénombre commençante, était toujours animée. Il attendait là l'heure du dîner en buvant des pastis, généralement sans adresser la parole à quiconque.

Tout fut organisé de telle façon, ces quelques jours, que chaque soir Burgonde alla dîner dans une maison amie. Quand il eut épuisé ces invitations, un jeudi, il téléphona à Gabrielle, bavarda un moment, lui dit – c'était vrai – qu'il passait dix heures par jour dans l'atelier et accueillit avec faveur le conseil qu'elle lui donna, froidement, de profiter de cette période féconde. (Ce fut le mot qu'elle employa.) Il l'approuva, demanda à parler à Rose, par laquelle il se fit raconter sa nouvelle classe, ses copines, ses professeurs. Avant de raccrocher il appela Pauline et lui demanda si elle avait « quelque chose à dire à Madame ». Après quoi il lui annonça son départ pour le lendemain. Vers minuit il porta jusqu'à la voiture une valise qu'il enferma dans le coffre, ainsi que l'enveloppe préparée quelques jours auparavant, qu'il glissa dans la boîte à gants.

Il dormit profondément et, à sept heures, fut prêt au départ, un sac à ses pieds. Il but, debout comme à l'accoutumée, deux tasses de café et embrassa Pauline. Il prit soin de refermer derrière lui la porte afin que la gardienne ne fût pas tentée, comme elle faisait parfois, d'attendre sur le seuil, souriante, qu'il eût disparu. Il manœuvra la voiture, trop grosse pour les petites rues, avec infiniment de souplesse, regrettant qu'il n'existât point, pour les voitures, l'équivalent de l'expression « s'en aller sur la pointe des pieds » pour les humains.

Ce ne fut qu'après quelques kilomètres sur la route de Bagnols, quand il passa devant le terre-plein où il s'était arrêté l'autre jour pour écouter les farfelus radiophoniques, qu'il comprit que tout avait bien commencé là, en quelques instants, et il ne regretta rien.

La journée, qui était un vendredi, passa dans un silence et un *blanc* que Burgonde ne fit rien pour briser. Même son corps, tassé lourdement derrière le volant, il ne chercha pas à le mettre à l'aise. Il se sentait engourdi. Ainsi est-on quand on vient d'apprendre une nouvelle dramatique : elle décourage l'homme qu'elle frappe d'aménager son confort et de se conduire conformément aux usages. Il se sentait hors jeu. Il remonta par de petites routes vers le nord, sans consulter de carte. Il appelait cela naviguer au soleil, se fiant à sa position dans le ciel pour suivre à peu près la bonne direction – mais où allait-il ? – et fuyant les horizons que gagnaient l'ombre et la grisaille. Vers dix heures, des nuages s'accumulant au-dessus de ce qu'il nommait, un peu au hasard, la Lozère, il changea de cap et descendit la vallée de l'Ardèche, traversa le plus vite qu'il put le Rhône et Montélimar et fila plein est, à travers des collines rases. Les villages portaient avec dignité de beaux noms : Rousset-les-Vignes, Saint-Nazaire-le-Désert, Châtillon-en-Diois. Peu à peu il voyait se substituer, à l'aridité du Sud où il venait de se dessécher trois mois durant, cette montagne encore rocailleuse mais où les creux de vert se multipliaient. Il acheta dans un village des bananes, qu'il mangea au bord de la route, et but un café dans un autre, où les consommateurs parlèrent à voix basse tout le temps qu'il demeura assis dans la salle. Il s'en alla. A l'heure où ses semblables – messieurs seuls dans de grosses voitures – s'attablaient dans les hostelleries, il fit halte au plus profond de la forêt de Lente. Il avait enfilé le vieux chandail qu'il laissait toujours au fond du coffre. Il marcha deux heures, se servant à peine de sa canne, glissant parfois sur les aiguilles de pin du sous-bois, se rattrapant à des branches, la tête vide. Il était épuisé quand il retrouva la voiture.

Ce soir-là il dîna et dormit à Albertville, à l'hôtel Million, dont il aima le nom et qui avait l'opulence d'une maison de notaire. Le samedi matin il paya sa note, mit son bagage dans la voiture et annonça qu'il allait « faire quelques courses » avant de remonter un moment dans sa chambre « écrire une lettre ». Il prit la rue principale et chercha une papeterie où il acheta le journal, du papier, des enveloppes et une paire de ciseaux ; puis, dans une pharmacie, un lait solaire appelé Bergasol et des pansements adhésifs. Dans les vitrines des marchands d'articles de sport, on hésitait entre varappe et ski, raquettes et patins. Burgonde cherchait des yeux le regard des femmes. Il regagna sa chambre, sortit son rasoir électrique du tiroir où il l'avait caché et, dans la salle de bain, déploya *le Dauphiné libéré* sur le lavabo. Il se regarda dans le miroir sans penser à rien. Après quoi, à coups de ciseaux précis, il coupa tout ce qu'il pouvait de sa moustache. Quand ce fut fait il brancha le rasoir électrique et entreprit de terminer le travail.

Ce ne fut pas facile : le moteur peinait, puis s'emballait, les poils trop longs se coinçaient dans la grille. Burgonde en avait des larmes au coin des yeux. Sa peau, à la place de la moustache, apparut rose et fragile, desquamée, maladive. « Un ver blanc... » Il se força à passer longuement le rasoir entre lèvre et nez, en tous sens, réchauffant et rougissant peu à peu ce morceau de chair qu'il redécouvrait plus vaste qu'il ne s'y attendait. Il recula d'un pas, éteignit l'applique fixée au-dessus du lavabo et, dans la lumière moins vive, s'observa. Il venait de perdre quelques années et son allure rustique. « Me voilà en *Monsieur* Burgonde », songea-t-il. Il nettoya son rasoir, fit disparaître ce qui restait de sa moustache dans la cuvette des toilettes, tira la chaîne, rassembla ses achats dans le sac de plastique à croix verte donné à la pharmacie et s'apprêta à quitter la chambre. Il entrouvrit la porte et risqua un œil. On entendait les femmes de chambre bavarder, sans les voir, et des Allemands s'agiter au second étage. La porte d'une espèce d'office était ouverte à quatre pas de lui. « A la grâce du diable ! » Il entra : monte-charge, piles de serviettes, reliefs du petit déjeuner. Une autre porte : il l'ouvrit. Comme il l'avait escompté elle donnait sur un escalier de service. Il fut en bas en quelques enjambées et prit le couloir dans la direction de la tache de soleil. Il déboucha sur une place où était garée sa voiture. Un chien compissait une des roues. Burgonde prit le temps de le caresser avec indulgence, s'installa au volant et démarra sans hâte. Quand il eut rejoint le quai de l'Arly il pensa qu'il venait, en une heure, de s'amuser davantage qu'au cours de tous les mois précédents.

Il dut prendre sur lui pour arrêter la voiture, se pencher et demander son chemin. Il lui semblait porter sur le visage un signe visible de tous. Il repartit, quittant bientôt la nationale pour s'élever entre des fermes et des vergers. En un quart d'heure il fut à Tamié où se trouve, un peu avant le col, une abbaye de trappistes. Il avait été question vers 1960 qu'il exécutât un vitrail pour l'église de la trappe. Mais le donateur était mort et le projet s'était ensablé. Burgonde n'était jamais monté ici, se contentant d'étudier les photos qu'on lui avait envoyées : elles se trouvaient toujours dans un tiroir, au Pataud.

Deux autocars stationnaient devant l'église, qu'entouraient des prêtres et des femmes vêtues de sombre. On vendait des chapelets et, plus curieusement, des fromages. L'église était vide mais il y régnait le parfum chaud des cierges, comme après les offices. Burgonde reconnut tout de suite l'emplacement où se fût trouvé son vitrail. Le soleil y jouait à travers les verres blancs et jaunes. Un moine passa à côté de lui et se retourna sur ce visiteur au nez levé vers un vitrage sale. Alors Burgonde s'agenouilla et mit son visage dans les mains comme il faisait, enfant, après avoir communié. Il resta ainsi un moment, pétrifié.

Une prière confuse, peut-être sacrilège, se formait en lui. Il se força à la formuler. Renonça. Essaya encore. Qui parlait ? et à Qui ? « Les jours qui viennent vont être difficiles. Qui va m'aider à les vivre ? » Autour de lui des brodequins raclaient les dalles, on chuchotait. Qu'eût fait ici un vitrail multicolore ? Un de ces morceaux de bravoure dont on parle le soir, à la Coupole, en vidant des chopes. Il eut honte. L'église était traversée de rais où vibrait l'épaisseur de l'air, où palpitait la chaleur des buissons de cierges. Burgonde s'assit, évitant de reprendre sa théâtrale attitude, et laissa son corps se détendre, s'apprivoiser. Quand il se sentit aussi à l'aise que devant un paysage, par exemple, que l'on découvre à la pause et dont on se laisse pénétrer, il dit à voix basse (et il se moquait bien qu'on pût l'observer) : « Je vais tenter une aventure enfantine, sans doute inutile, mais Vous savez qu'il n'y a en moi nulle provocation. Aidez-moi. Je vais faire de la peine – le moins possible ! – à des êtres que j'aime, et créer une manière_de scandale. Pourtant, aidez-moi ! Je mets du désordre dans le désordre, Vous le savez aussi. Il n'y a donc pas grand mal. J'aurais voulu aller jusqu'au bout de moi, mais la direction était mauvaise, semble-t-il. Le bout de moi ne se trouve pas là où je m'enfonce. Ou alors, si loin... Pouvez-Vous m'aider à m'évader ? A retrouver le silence ? Ceci n'est pas une prière très convenable, mais tout de même, elle doit arranger un peu mes affaires, ne pensez-Vous pas ? » Il resta encore un moment immobile. Les diagonales de soleil, en tournant, l'avaient atteint et l'aveuglaient. « Ma petite Pentecôte : est-ce un signe ? » Comme une nouvelle fournée de visiteurs s'engouffrait dans l'église il se leva, traversa à contre-courant la cohue des arrivants, leurs odeurs de ferme et de chaleur, et retrouva avec soulagement les parfums de la forêt. Il passa le col et descendit à petite allure vers Faverges et Annecy.

Toute cette journée du samedi, il est à la dérive. Dans les voitures qu'il croise ou qui le doublent (il roule très lentement), il lui semble voir, entassées, des familles. Elles ne lui font pas horreur ni envie, mais elles aggravent l'incertitude où il se complaît. Il fait demi-tour et repasse par Albertville pour remonter la vallée de la Maurienne. Des images de montagne, des souvenirs d'avant son accident le hantent : randonnées immenses, lacs froids, moment où l'on frissonne avant que le ciel ne se couvre. « Je passe le Mont-Cenis à midi, je suis à Suse à temps pour déjeuner sur une terrasse... »

Mais d'un coup l'Italie roula sur lui, ses murs d'ocre, les galets ronds des ruelles, la campagne plate à l'horizon de l'*autostrada*, et tout cela lui parut être un vieux chapitre de sa vie qu'il n'avait aucune raison de relire. Il fit demi-tour à Saint-Michel et, décidément, se dirigea vers Annecy.

A cette heure, sa bombe minuscule ne devait pas avoir encore explosé. A Uzès on le pensait à Paris ; Gabrielle et Rose le savaient à Uzès : si rien d'inattendu ne se produisait, sa disparition ne serait pas découverte avant demain, peut-être lundi. Mais il ne voulait pas risquer de porter à Gabrielle un coup inutile. Elle devait être avertie. Il avait repoussé toute la journée de la veille cette pensée, et ce matin il se retrouvait prisonnier de sa couardise. Il n'avait pas osé *parler* à Gabrielle mais aujourd'hui, samedi, les postes allaient fermer. Le confortable télégramme devenait difficile à envoyer. Il prit par la rive droite du lac et, à Talloires, fit halte dans cet hôtel de grande allure où, autrefois, il avait emmené des femmes. Il se fit servir un whisky sur la pelouse, sous les arbres, puis un second, qui rendit la souplesse à ses pensées. Le lac était immobile, masse de brume brillante où des enfants soulevaient en nageant un clapotis de lumière. Il se leva, alla au bureau de l'hôtel et convainquit la secrétaire de dicter devant lui, au téléphone, le texte qu'elle le regarda écrire, puis déchiffra à voix haute avant de décrocher l'appareil. Elle leva les yeux sur lui, pleine de pensées excitantes et de soupçons. Burgonde n'exprima rien. Les lunettes noires sont bien commodes. Il doubla la somme qu'elle lui demandait et s'en fut. Puis il revint sur ses pas – c'était le jour... – et demanda au maître d'hôtel une part de tarte qu'on lui apporta cérémonieusement. Il la saisit à deux mains et l'engloutit en marchant vers sa voiture. Sa tête cessa presque aussitôt de tourner.

Il prit la route du col de la Forclaz. Quand il aperçut un décor selon son goût – un alpage parsemé de rochers – il abandonna la voiture à l'ombre d'un sapin, retira son blouson et alla s'allonger sur une dalle après avoir enduit de Bergasol ce morceau de peau, sous son nez, qui montrait la fragilité d'un derrière de bébé. Il s'étendit, les bras en croix, et le soleil aussitôt lui mordit le visage. Les deux verres d'alcool continuaient de fermenter en lui et de nouveau sa tête tournait. Il dormit un assez long temps. Il s'éveilla nauséeux et courbatu. Il descendit du rocher avec difficulté. Sa canne à la main, son blouson sur les épaules, il s'enfonça dans un morceau de forêt mais bientôt le sentier devint trop abrupt. Il redescendit vers la voiture en traînant durement la jambe. Il restait une banane au fond du sac à croix verte où il remit le lait solaire. En vingt-quatre heures elle s'était tavelée. Il la mangea lentement – son goût de chaleur pourrie – et se sentit mieux. Au-dessus des lèvres la peau lui brûlait déjà ; ce soir il serait à faire peur. Il était trois heures. Il se remit en route comme on retourne au travail. L'imbécillité de son aventure, soudain, l'accablait.

« Je l'avais prévu », répétait Levi-Monzi, ce qui n'arrangeait rien. Il avait fallu quatre jours pour que Gabrielle et lui découvrissent la fugue de Burgonde : partie en week-end, Gabrielle n'avait lu le télégramme que le lundi après-midi, et attendu le lendemain pour avertir Giorgio, par qui elle se fit inviter à déjeuner au restaurant, loin des oreilles indiscrètes. Elle était décidée à sauver les apparences. A Rose elle expliqua que son père était en Italie. L'idée de l'Italie lui vint à cause de la provenance du télégramme, Annecy. L'existence de Giorgio lui permettrait aussi – il allait souvent à Milan – de donner du corps à son mensonge. « Il m'écrira, j'espère ! » Gabrielle pensa qu'en effet Burgonde risquait d'écrire, ce qui compliquerait tout. On verrait bien. Elle se mit le matin à guetter le courrier. Une dizaine de coups de téléphone suffirent à organiser la fable du voyage italien. Des commentaires ? Il y en eut sûrement, mais elle décida de les ignorer. Ceux de leurs amis qui étaient passés par Uzès au cours de l'été ne furent pas trop étonnés. « Il battait la campagne », dirent-ils. On parla aussi de cette petite toquée, une gamine qui se croyait tragédienne et se donnait des airs, la nuit, après les représentations du festival. « Il l'a sautée ? » Levi-Monzi, discrètement, se renseigna. Un imprésario de la rue Marbeuf spécialisé dans le génie en herbe retrouva la trace de Mathilde : elle répétait présentement du Claudel à la maison de la culture d'Amiens. Giorgio ne croyait pas aux fugues en Picardie. Il ne croyait pas non plus à ce qu'il appelait « de la fesse ». « Burgonde, il a du plomb dans l'aile, crois-moi...

– Eh bien, merci ! Au moins, toi, tu es encourageant. »

Mais Gabrielle est sereine. A s'en étonner elle-même. Depuis des mois elle attendait l'éclat, la crise. Elle espérait. Elle redoutait. Cette fuite c'est plutôt rassurant. Burgonde a mitonné son départ : les précautions bancaires, le prélèvement à la galerie. On ne se vire pas du fric d'un compte à l'autre pour se détruire. Il faut seulement empêcher les rumeurs, les perfidies. Elles rendraient inconfortable le retour de Burgonde. Car il reviendra, Gabrielle en jurerait. Et même assez vite. Et il tirera bénéfice de ce sursaut, après tant d'abandons. Mais il faut en amortir la violence, enjoliver, mettre en scène, et ça, la mise en scène, c'est le travail de Gabrielle, qui refait surface. Plaquée avec, pour viatique, un télégramme de onze mots, elle se retrouve investie d'un rôle, d'une responsabilité, alors que depuis une année elle se sentait inutile. Elle n'est plus transparente. Elle remonte le mur que le départ de Burgonde avait ébranlé.

Elle était sûre qu'il ne lui téléphonerait pas, en quoi elle ne se trompait pas : il appela Levi-Monzi.

– Comment t'a-t-il paru ?

– Très calme, très amical. Il m'a dit trois fois : « Rassure Gabrielle et excuse-moi auprès d'elle... »

Levi-Monzi, lui aussi, commençait à trouver l'histoire intéressante. Depuis quelques années il avait affaire à des peintres devenus des administrateurs, des gens d'affaires, des propriétaires terriens, de grands surmenés entourés de secrétaires et d'épouses. Il était rassuré d'en voir un craquer, repartir à l'aventure. Mais quelle aventure ? L'aventure de peindre ? Ce n'était pas garanti. Burgonde, depuis deux ans, n'y croyait plus. Un peu excité, Levi-Monzi n'en était pas moins inquiet. Plus inquiet que Gabrielle. Elle avait rajeuni, en quelques jours, Gabrielle. De n'avoir plus, tassé dans un coin, taciturne, ce compagnon que paraissait ronger une perpétuelle hypocondrie, elle tirait des ressources nouvelles. Elle savait mieux parler à Rose, dès lors que Burgonde n'était plus là pour l'écouter. Elle accompagna à l'atelier – elle n'y avait pas mis les pieds depuis cinq ou six mois – un conservateur de Copenhague qui n'aimait guère « passer par la galerie ». Elle négocia habilement la vente. Quand l'homme fut parti – « Je reste mettre un peu d'ordre, docteur Kriek... » – elle faillit craquer à son tour. De quel droit était-elle entrée ici, y avait-elle introduit ce faux pasteur fumeur de petits cigares et lui avait-elle *vendu* une toile ? Quinze jours d'efforts et d'illusions aboutissaient à cette gêne soudaine qui la prostrait sur le divan noir. Elle regarda autour d'elle : le secret de Burgonde n'était pas avec lui, quelque part dans une chambre d'hôtel, sur les routes, dans une Italie plus ou moins imaginaire – il était ici. Ici, avec les toiles tournées contre les murs, ou dressées dans la réserve sous les panneaux qui les classaient par ordre chronologique ; avec les photographies de paysages que Burgonde punaisait sur de grandes plaques de liège ; avec les livres dépenaillés posés à proximité du divan noir ; dans le désordre des papiers, lettres, photographies, notes, qui débordait des tiroirs, envahissait le bureau, les sièges. Gabrielle n'avait qu'à s'asseoir et lire. Ensuite, regarder autour d'elle. La réponse à toutes les questions dont ces derniers mois avaient été tissés, pourquoi n'osait-elle pas la chercher ? Elle venait bien de vendre un morceau de Burgonde, pourquoi hésitait-elle à violer son secret ?

C'est là, assise dans la lumière cruelle du Pataud, tout en passant le doigt sur la poussière accumulée en quatre mois, que Gabrielle mesure quelle distance le départ de Burgonde a révélée, entre la vie ordinaire et celle que depuis deux semaines elle s'applique à maintenir. Une évidence, enfin, la perce : « Il me plaque ! Où ai-je la tête depuis quinze jours ? Inutile de faire de la littérature. Burgonde m'a larguée, sans bruit, à sa façon... De quel droit suis-je encore ici ? De quel droit ai-je négocié une toile ? »

Et dans ce trou un peu écœurant que creusent en elle les soudaines dérobades de son cœur, ces hésitations du sang, cette espèce de « mal des voyages » qui dépayse son corps immobile, d'un seul coup un avenir hier encore inimaginable s'ouvre à elle. Sombre ? Redoutable ? Même pas. Une qualité douce et un peu fade de liberté. Une sorte de fierté, de dignité recouvrée. Cela devenait humiliant, à la longue, cette impression d'être inutile à Burgonde et de l'encombrer. Il avait l'air si surpris, parfois, quand il la croisait dans la maison, quand il entendait sa voix. On a beau être patiente, avoir appris à respecter ce vieil enfant, ses caprices d'ours, sa peau éternellement écorchée, on en a par-dessus la tête, un jour, de faire tapisserie pendant que souffre et piaffe le grand homme au bal des orages. « Tous ces derniers mois, et même, comptons large, ces deux années, quelle pénitence ! Lugubres matinées new-yorkaises, orgueil en déroute, déambulations silencieuses sur les trottoirs fouettés de vent. Et l'étouffoir du dernier été, les soirées interminables, la vie en forme d'éponge... « *Nous avons des nuits plus belles que vos jours* » – Venez-y voir ! J'ai cru que je retrouverais la petite pute du festival jusque dans mon lit. C'était nouveau, ça, le feu aux reins. Toujours l'angoisse, n'est-ce pas. A force de fermer les yeux j'aurais fini par me ficher par terre. Eh bien, il me les a ouverts, Burgonde, les yeux. Maintenant il va falloir déniaiser Rose, qui attend en vain ses cartes postales de Toscane et commence à ne plus croire à mes fariboles. Même enfermée au fond d'elle-même, hostile à tout ce qui n'est pas elle, étrangère, imperméable, elle perçoit les ondes. Elle me regarde drôlement. Prête à me détester, bien sûr, si elle me sent souffrir. Une fille de quinze ans, c'est un animal sauvage : elle rend hommage à ma force mais, me sentirait-elle blessée, vulnérable, elle m'achèverait. Jungle d'une famille. Jungle des femmes entre elles. J'aime encore mieux ça que l'œil mouillé, la glu. Je m'imagine mal avec une Rose complice, une petite femelle prête à prendre mon parti. Contre quoi ? Contre qui ? L'âge, les putes-tragédiennes, son père ? quelle horreur ! Il va falloir jouer serré pour faire bonne figure. Peut-être frapper un grand coup. M'en aller à mon tour ? Comme elle est encombrante, Rose. J'aime Frédéric parce qu'il ne dépend presque plus de moi. J'aime son égoïsme, sa terrible légèreté. Il ne m'écrit pas : je ne me sens pas tenue de lui répondre. Quel allégement de la vie. Mon propre bagage est assez lourd, ne m'accablez pas du vôtre, de grâce. Je n'ai jamais eu assez de vie à me consacrer. Ils m'ont pillée, tous. Rose, Frédéric, Burgonde : j'étais en train de devenir une de ces chiennes aux mamelles pendantes. Laissez-moi tranquille ! Je dormais, tous ces mois, toutes ces années. La vie file si vite quand elle paraît devenir lente. On se réveille à demi-morte. Merci, Burgonde, d'être parti, tu as rompu le charme.

Où suis-je ? Je regarde autour de moi : je reconnais tout mais je n'aime rien. Le Cafard, comme ils appellent la maison. Moi je n'ai jamais souscrit à leur folie des surnoms, des rites, des mots de passe. En ai-je entendu, des expressions saugrenues pour désigner la pauvre maison. La Barcasse, la Cambuse, le Cafard, le Bric. Tout a toujours flotté, ici, tout s'est toujours dérobé à mon ordre, à cette idée de Maison Idéale que je traînais sans m'apercevoir que sept ans avaient passé et que j'étais devenue moi-même la soumise habitante du capharnaüm. Chambre de Rose avec ses tasses sales, ses bouteilles d'eau de Vittel entamées et jamais rebouchées, les petites culottes rosâtres ou grisâtres jetées en boule sur la moquette, les livres de poche – des chefs-d'œuvre, toujours : depuis ses douze ans Rose vit dans la familiarité énigmatique des chefs-d'oeuvre – aux couvertures maculées ou arrachées. Chambre de Frédéric où flotte la triple odeur de colle, de hâte et de chaussette moite à quoi se reconnaissent les garçons. Bureau de Burgonde, où tout paraît toujours avoir été entassé en multiples exemplaires : deux fauteuils, deux téléphones, trois récepteurs de télévision, cinq ou six dictionnaires et d'innombrables livres empilés sur le sol. Oh, comme j'en ai assez de tout cela ! Comme j'en avais assez, et je ne le savais pas. Vais-je en être délivrée ? Je suis une femme de quarante ans et je m'éveille. Va-t-on rire de moi ? »

La liberté habille large. Tout cet espace, tout ce temps ! Burgonde n'a jamais chassé de soi la honte de vivre un perpétuel dimanche. Il compte pour rien les nuits de veille, les semaines de sauvagerie, la peur de faire fausse route, tout ce qui ronge, cette sensation de marcher à l'aveuglette entre des pièges, des trappes entrouvertes. Du luxe, tout cela. La vérité n'est pas dans nos brumes intérieures mais dans le regard dont on nous juge : des privilégiés. L'angoisse ? L'angoisse est vraie – Dieu sait ! – mais nous en sommes les rentiers.

« Que fait un fuyard s'il n'est pas traqué ? Tenter d'échapper à des poursuivants doit mobiliser corps et âme. On devient un fauve, dit-on. Moi je me sens seulement cheval de manège. Je tourne dans le dimanche des autres, par leurs routes encombrées, fleuries de familles et de pique-niques, à travers les villages aux façades mortes. »

Burgonde a fait deux fois demi-tour, rageusement. A Yvorne, d'abord, puis au-delà de Saint-Maurice. Les forêts sont le meilleur lieu où échapper au dimanche. Un peu avant midi, il achète un sac de pommes dans une boutique de Villeneuve devant laquelle une forte fille se hâte de rentrer les cageots. Est-ce elle que ce garçon attend, de l'autre côté de la chaussée, sur sa moto ? Elle lui adresse entre deux clients des grimaces d'impatience. La rue aux maisons de molasse verte, aux enseignes de fer forgé, aux ombres étroites sous la lumière presque verticale est maintenant vide. Burgonde s'assoit à la minuscule terrasse d'un café et se garde d'appeler une sommelière qui ne viendrait pas. En lui, la paix s'est faite. Dans cinq minutes la vendeuse de M. Coppola, fruits et légumes, posera sa tête sur le dos de cuir du garçon et se laissera emporter. A moto, les amoureuses adoptent la position des médecins du répertoire lorsqu'ils auscultaient des poumons. Où iront-ils ? Burgonde a envie de silence et de vent. Il s'en va demander conseil au garçon qui, après un double coup d'œil — la canne, la Mercedes — lui indique une route, nomme des lieux : l'Hongrin, le col de Chaude. Quand sonne midi les mouettes s'envolent de tous les toits dans un claquement d'ailes très théâtral, décrivent un cercle et reviennent se poser là d'où elles viennent, peur oubliée. Burgonde se lève ; la vendeuse lèche la frêle moustache du garçon ; on entend au loin une fanfare, la sirène d'un bateau sur le lac, d'autres battements d'ailes : le monde se met en frais.


Vers cinq heures, comme il descend lentement du col de Jaman vers Caux et Glion, Burgonde aperçoit un chemin selon son cœur. Le soleil le traverse en diagonale entre les troncs. Sa voiture garée là où les jeeps des bûcherons ont creusé des ornières, Burgonde remonte le sentier dans l'odeur du bois meurtri, sa jambe traînant dans les copeaux et les lichens. Après un tournant apparaît une clairière en forte pente en haut de laquelle s'accroche un chalet. Aucune autre maison des environs n'est aussi isolée. Les volets de celle-ci sont clos mais rien n'indique l'abandon : des bûches soigneusement calibrées tapissent le pignon nord, les arbustes sont taillés. Burgonde contourne le chalet pour aller s'asseoir sur la terrasse couverte. Par une trouée dans la forêt on aperçoit un triangle de lac, une crête rousse et jaune, des lointains de montagne. Un instant importunés, les oiseaux reprennent vite leur vacarme.

Assis, immobile, réprimant des frissons, Burgonde a la sensation de jouer un rôle. Mais a-t-il cessé depuis huit jours de satisfaire, geste après geste, aux exigences d'une sorte de scénario ? Il se rappelle avec embarras la façon dont il a fouillé le bureau de Louvigne. Il hausse les épaules, agacé. Le soleil baisse vite à l'horizon. On le devine, entre les mélèzes, près de s'enfoncer derrière le Jura dans un carambolage de nuages rouges. Le froid fait se lever Burgonde. Il examine la façade du chalet. Arrivé à la porte, avec le naturel d'un homme rentrant chez lui, il appuie sur la poignée et pousse de l'épaule. Oubli ou habitude, la porte n'a pas été fermée à clé. Elle s'ouvre et Burgonde s'arrête sur le seuil : les parfums qui l'entourent composent un ensemble étonnamment familier. Feux du soir, pommes en automne, présence d'une femme. Il est tendu, attentif à tout et formidablement excité. Gorgé tout le jour de soleil, le chalet craque, souffle son haleine, propose des signes furtifs, presque indiscernables. Burgonde s'avance de quelques pas et pénètre dans la salle. Des rideaux rouges, tissés à larges mailles, sont tirés devant les fenêtres aux vitres desquelles se cognent des mouches. Le foyer diffuse encore une chaleur vague : on a éteint le feu depuis peu, sans doute en jetant de la cendre sur les braises. Les propriétaires sont venus passer deux jours ici ; ils roulent maintenant vers la ville. Aucun risque. Burgonde ne frissonne plus. Au contraire il a chaud, ses mains tremblent. Une table-bureau est placée devant la plus grande fenêtre. Il s'en approche, déplace le fauteuil, s'assoit. Puis il se ravise, va fermer la porte et au retour son pas est plus ferme. Il écarte les rideaux rouges. La comédie peut commencer.

Quelle heure ? Quelle vie ? Un sursaut, et le cœur décroché : il est sûr, d'instinct, que sa vieille ennemie le guettait au plus dense de la nuit. Non, pas si dense puisqu'un rêve l'a traversée. Et de la musique a traversé le rêve, s'interrompt, hésite, reprend. On entend des rires. Burgonde trouve l'interrupteur et allume. Il est à peine minuit. Il n'a dormi que deux heures, écrasé de fatigue par son après-midi de marche. Il a dîné tôt, au milieu des nurses et des gosses qui occupaient seuls la salle à manger. Il a bu une bouteille de blanc et, la tête en feu, a croisé dans le hall en s'en allant des couples entre deux âges, et de ces dames comme la bière et la morale en fabriquent, de Hollande en Bavière, la robe tendue du cou aux seins, puis tombant droit, en cylindre, sans plus marquer aucune forme. Des dames qui tiennent à bout de bras leur sac et posent sur le monde des yeux durs. Que fais-je ici ? On ne peut pas être tout à fait innocent et se retrouver un soir d'octobre dans le même hôtel que ces femelles-là, en forme de tour. Il n'a pas choisi de s'arrêter aux Trois Rois. Il a aperçu une place dans la petite cour et y a glissé sa voiture. L'hôtel avait bonne apparence. « Mais certainement, monsieur Louvigne. Par ici monsieur Louvigne.» Il y a trois jours qu'il a quitté Uzès et déjà le voilà prêt à mendier l'aumône d'une conversation. Il prétend aimer le silence, la solitude, mais il y suffoque et tue alors les heures dans cet égarement dont le sommeil le délivre. Mais quand le sommeil lui-même se dérobe ? Assis dans son lit, hirsute, Burgonde écoute. Quand le tapage recommence il se lève et sort. La galerie où s'ouvrent les chambres entoure et domine, à chaque étage, ce qui fut peut-être une cour d'auberge, devenue sous une verrière cet immense volume où tourbillonne du Schumann. Pauvre Schumann ! Burgonde se penche, indifférent à ce que des voyageurs attardés pourraient penser de ce boiteux en pyjama et qui grommelle.

Au rez-de-chaussée, dans l'informe salon que dessinent, vus du ciel, des canapés, des tapis, et même de petites fontaines, une évaporée est assise au piano et tape la *Fantaisie du voyageur*, butant, dérapant, le visage levé vers un jeune monsieur que doit embarrasser pareille exaltation. La vendeuse de ce matin et son motocycliste ; la pianiste de cette nuit et son dadais reflété dans l'ébène : que de cœur ! que de regards mouillés, de lèvres offertes !

Une autre porte s'ouvre et la plus lourde des tours bataves en surgit, que n'encombrent pas les scrupules : des protestations gutturales dégringolent sur l'amoureuse. Le couvercle se referme sur le clavier, la porte claque, le silence retombe, d'où montent encore des frôlements, un rire étouffé, la comédie d'une fuite honteuse et moqueuse.

Une longue bataille attend Burgonde, il le sait. A peine la porte refermée, il s'organise pour soutenir son siège. Il appelle le veilleur de nuit et se fait monter une bouteille, des glaçons, de l'eau minérale. Il glisse dans la main du veilleur deux ou trois de ces belles pièces de cinq francs qui évoquent un autre siècle et se demande si, nuit après nuit, il aura recours au vieux remède. Gestes plus sûrs et doux que des caresses : il prend des mains du garçon la bouteille que le lourdaud s'apprêtait à ouvrir. A moi l'honneur ! Aucun des rites de l'ivrognerie ne répugne à Burgonde. Ceux de l'amour le rebutent, et ceux du monde ou de la notoriété. Mais ces affaires d'eau piquante ou plate, la subtile religion des marques et des âges lui paraissent mériter considération. Dans quelques minutes l'envie le saisira de marcher de long en large. Il rira – oui, comme les deux dadais tout à l'heure près du piano martyrisé. Au fur et à mesure que les quarts d'heure passeront s'épaissira pourtant la comédie. Qui veut-il tromper ? Ce sentiment qu'il éprouve, de vivre sous le regard d'un metteur en scène qu'il lui faut satisfaire, ou d'un adversaire dont il voudrait se revancher, ne suffira pas longtemps à lui imposer de l'allure. Il flanchera. Il flanche déjà. Les grossiers simulacres de l'ivresse le dupent, ses sarcasmes lui tordent la bouche. Il se revoit, debout dans le chalet vide, aux aguets, retirant bientôt ses chaussures pour ne pas laisser de traces et boitant de pièce en pièce, en chaussettes. Risible ! Il a cherché en vain sur les étagères, les tables de chevet, une photographie qui le renseignât sur les propriétaires de la maison. Rien. Qui sont-ils, quel est leur âge ? Aucun jouet. Aucun de ces jeux « intelligents » à quoi se devine la présence d'adolescents, ni de disques. Des livres, un peu partout posés, de tous les genres, anciens et récents, vulgaires et prétentieux, et des journaux entassés près de la cheminée, visiblement destinés à allumer le feu. Un cerf-volant chinois. Des bricoles comme en rapportent de Prague ou de Varsovie les participants d'un congrès. Un drapeau vaudois. De vieux patins, des bottes fourrées, des peaux de chèvre, une bouteille de diableret, un chandail aux manches duquel on était en train de coudre des coudes de cuir mais que l'on a abandonné sur un dossier, l'aiguille pendant à son fil comme un alpiniste mort au bout de sa corde.

Debout comme il était dans le chalet, pieds nus, son verre à la main, Burgonde halète doucement. Un vieux chien à l'écoute de ses misères. Combien de nuits va-t-il encore passer dans des chambres d'hôtel, combien de matins à s'entendre appeler « Monsieur Louvigne » par de sournois portiers italiens, à manger des bananes et des pommes pour ne pas entrer dans les restaurants, à surprendre dans le rétroviseur son œil morne, et la gueule de poisson qu'il s'est faite le matin d'Albertville ? Bien sûr des personnages viennent lui faire visite. Il ne les sollicite pas ; il ne les repousse pas non plus. Mais il n'est pas de ceux à qui l'insomnie délègue la cohorte des compagnons trahis, des amoureuses oubliées. Il ne rencontre que lui-même. Corridors blancs de la nuit. Ceux qui passent dans son remâchement – Gabrielle, Rose, Frédéric - ne sont là que pour lui, silhouettes au fond du miroir, êtres de son choix ou de son sang que quelques jours d'absence lui rendent déjà étrangers. Il en a toujours été ainsi. Les retours de voyage lui sont des épreuves que nul ne soupçonne : il ne reconnaît ni les gestes ni les voix. Tout le blesse alors. Un ongle qui raye la surface de sa vie. Même au temps où il revenait avec tendresse vers Gabrielle, ou quand elle le rejoignait et qu'il allait l'attendre à l'arrivée d'un train ou d'un avion – et toujours il arrivait une heure à l'avance, couvert de résolutions comme un héros de roman rose – il suffisait qu'elle apparût, gaie, expansive, pour que tombât sur le visage de Burgonde cette onde grise qui glaçait Gabrielle et la rendait à ses méfiances, à ses airs élégants et rapides. Au moins en a-t-il fini avec cela. Mais le jurerait-il ? Rose et Frédéric, eux, resteront dans sa mouvance. Des griefs dérisoires surgissent dans sa brume, grossissent, fermentent. Depuis quand les enfants ne sont-ils pas venus au Pataud ? Discrétion, embarras, et quoi encore ? Quant à s'en foutre... Rose et Frédéric devraient se lever matin pour atteindre à l'indifférence dont Burgonde, peu à peu, a recouvert sa peinture et les questions qu'elle pose. Pas un instant la peinture n'a surgi ces trois derniers jours entre ses pensées. A peine à la trappe de Tamié, hier matin, à cause de la nudité décourageante des murs, a-t-il un instant imaginé l'effet qu'eût produit là-haut son vitrail. Un contresens. Une incongruité. Il n'a évoqué son travail que pour le dénigrer. A part cela, rien. Au reste, a-t-il jamais *pensé* à son travail ? Mots trompeurs. Pas d'atelier, pas de peintre. Pas de papier, pas d'écrivain. Un écrivain en voyage, l'imaginez-vous avec des guirlandes de mots dans la tête ? Et encore, pourquoi pas. La petite électricité, les crépitements, les faux contacts : il passe un courant entre les mots ; avec eux tout un bricolage doit être possible, comme ça, par habitude ou impatience. Mais un peintre ! Sa main le guide, rien que sa main. Coupez-la : le voilà stérile. Jamais, quand il est entré dans l'atelier avec une image en lui toute formée (et c'était moins une image qu'une tentation globale et vague, l'impression d'une pente, d'une pesanteur), jamais il n'a trouvé d'œuvre qui l'attendît au rendez-vous. Rien que le plus ordinaire lapin. A quoi bon se payer de rêves ? Ce qu'on appelle « penser à son travail » c'est faire ses comptes et son agenda, réformer son horaire, méditer des solitudes ou des rendez-vous. C'est de la paperasserie, du secrétariat, du repentir, du ferme propos, – ce n'est jamais du travail. Cette façon qu'a la création de déserter l'ordinaire de sa vie provoque l'ébahissement de Burgonde. Il veut bien croire à

d'obscures chimies, et que ses peintures mijotent mystérieusement en lui lors même que les fourneaux sont éteints, les appétits rassasiés. Cette façon de voir est rassurante. Mais il ne suffit
plus d'être rassuré. Il dessine et il peint depuis trente années et
il ne parvient toujours pas à se considérer comme un peintre.
Son nom figure dans les encyclopédies ; ses œuvres y sont
reproduites ; les critiques d'art et l'administration fiscale le traitent en peintre ; quand il mourra sa notice nécrologique sera
publiée dans les rubriques des arts ; mais il peut rouler pendant
des jours au hasard, forcer des portes, marcher, boire, reprendre demain la route sans qu'à aucun moment ses habitudes de
peintre, ses préoccupations, son savoir-faire, son destin de
peintre interviennent dans le déroulement de ses actes. Il ne
doit à la peinture – outre une idée orgueilleuse et désolée de soi-
même – que les privilèges les plus grossiers : sa liberté, son
argent, et ce droit au nomadisme qu'implicitement on reconnaît
aux gens de sa sorte. Et encore ! Se serait-il livré à ces extrava-
gances de papiers volés et de visage rendu méconnaissable s'il
s'était senti libre ? Il a donc entrepris de faire ce qu'il faut –
cela parût-il dérisoire – pour échapper à son personnage. Restent pour seules certitudes cet étonnement intérieur, cette étrangeté à soi, et la question multiforme, vaine, qu'il ne renoncera
jamais à poser, à laquelle la peinture eût dû répondre, mais il
sait désormais que deux ou trois centaines de toiles dispersées,
oubliées, désavouées, énigmatiques, ne composent pas une
réponse. Des béquilles, tout au plus. Des trompe-la-peur. Des
passe-vie. Mais rien de plus. De grâce, n'escaladez pas les sommets !

Il a enfilé, à gestes vagues, un peignoir de bain brodé de
couronnes et il est sorti de la chambre. Des veilleuses éclairent
chichement les coursives du grand bateau hôtelier. Est-il trois,
quatre heures ? Burgonde s'accoude à la rambarde et s'entend
rire : la houle soulève sous ses pieds la moquette. Il fixe les
yeux sur l'horizon mais l'horizon n'est qu'une galerie symétri-
que décorée de vues du château de Chillon et de plantes en pot.
La mer est mauvaise, cette nuit. De quel rivage s'éloigne-t-on si
vite ? L'an dernier il était resté très longtemps accoudé ainsi au
bastingage du Staten Island Ferry, redonnant cinq ou six fois
les vingt *cents* d'une nouvelle traversée, voyant successivement
les gratte-ciel de Manhattan s'estomper dans la brume et en
resurgir. Il aimait la sensation de jouer avec la ville qui venait

de lui faire du mal. Elle restait si belle. Etait-ce le lendemain ou le surlendemain de son vernissage ?

La lourdeur qui lui ploie la nuque ressemble enfin au sommeil. Tangage et roulis s'apaisent. Burgonde cabote un moment sur la galerie, lit les numéros des chambres, revient sur ses pas. A-t-il épuisé sa nuit blanche, l'a-t-il bien sucée, mâchée ? Peut-il la recracher enfin et lâcher prise ? Il trouve à sa chambre, quand il en referme la porte derrière lui, des odeurs de niche ou de dortoir, rassurantes. Il tombe sur le lit sans retirer le peignoir ni éteindre la lampe et, d'un coup, perd conscience.

On n'avait pas à se plaindre à la librairie Veilloz. La jeune Française était une bonne affaire. « Elle a le don », disait Mme Monthey. On souriait quand arrivait le juge instructeur, un veuf déjà sur l'âge qui de sa vie n'avait acheté autant de livres. « Refile-lui des albums, des Pléiade, profite ! » disait Louvette en riant. « Moi, à ta place... – Mais je ne suis pas intéressée aux bénéfices ! – Cela viendra », prophétisait Mme Monthey. Elle avait la gorge généreuse, et du plaisir à mener son gynécée. Elle fournissait aux curieux des fables contradictoires : la jeune Française était divorcée, ou sous le coup d'un choc obscur, d'un malheur éminent. Pourquoi pas veuve, comme le juge ? La Monthey passait sous silence l'enfant, cette petite fille qu'elle n'avait jamais vue et à laquelle elle ne croyait pas. Elle flairait des secrets tristes. Le fils Veilloz, venu spécialement de Genève pour recommander – disons le mot : pour imposer la nouvelle vendeuse, avait été avare de détails. Mais il avait eu sa moue bancaire et mondaine. Aussitôt la Monthey avait construit des romans. En dix minutes, le lendemain de son arrivée, la nouvelle venue avait fait la conquête de Paul Morand, à qui Mme Monthey donnait de l'Excellence. Il revenait parfois et il avait avec Victoire des conciliabules dans le coin réservé aux ouvrages de chasse et d'hippologie.

Huit semaines, déjà ? Elles ont passé dans un engourdissement. La librairie Veilloz est à Victoire un cloître et une routine. Louvette et Mlle Josée ont beau mener des vies tumultueuses et les commenter tumultueusement, Victoire se sent nonne. La liberté de ces filles suisses l'étonne. Elle n'a jamais été experte aux confidences : ni en recevoir ni en faire. Elle se referme donc, mais comme sur un mystère, ce qui échauffe les autres. Elles y croient, elles, à la petite Thérèse. Elles ont vu les photos. Une gosse toujours à poil, la peau sombre. « Tu habitais la Provence ? » Victoire se rappelle la terrasse de Goult. Presque toutes les photos datent de cet été-là. Thérèse a grandi, maintenant, mais elle est toujours au soleil : les Roux et les Meyrisch se la partagent. Tout le courrier que reçoit Victoire vient d'Uzès. Elle est heureuse de savoir Thérèse là-bas. Elle aurait détesté être la mère d'une petite fille livide, citadine. Elle n'a pas donné d'autre adresse que la librairie Veilloz de Genève – « la Maison Mère », dit la Monthey – d'où la suivent les lettres. Ces précautions nourrissent le roman, dont elle ne déteste pas sentir palpiter autour d'elle les hypothèses, les questions. « Je suis une casserole posée au bord du feu », pense-t-elle. La comparaison n'a plus grand sens à Vevey et en 1967. Elle lui vient des Vosges, de l'enfance, des vastes cuisinières dans lesquelles on engouffrait bois et charbon. On laissait toujours de l'eau « au bord du feu », pour la garder chaude. On la versait dans une bassine d'émail pour se laver les mains, ou dans les bouilloires de grès, le soir avant de monter au lit.

– D'où vient-elle, ta robe ?

Elle explique à Louvette et à Josée les petites boutiques de la rive gauche, la rue de Sèvres, Marie-Martine. Elle ne leur dit pas les poignées de billets qu'Hubert lui chiffonnait dans la main. Hubert ? Ah non ! silence sur Hubert. Il a téléphoné cinq ou six fois à Genève, chez Veilloz, où il s'est fait raccrocher au nez, et il se démène auprès d'anciens camarades exilés en Suisse. C'est cela que Morand est venu lui dire. Les anciens de Vichy et ceux d'Alger : ils se connaissent donc tous ? « Je ne suis plus la même. Pauvre Hubert, il ne me reconnaîtrait pas. » Victoire est sûre d'avoir changé. Ce n'est pas long, six mois, mais cela peut suffire à blanchir quelqu'un ou à le salir, à son choix. Victoire, depuis qu'elle est à Vevey, rêve souvent : faire peau neuve, se laver d'un péché, et toutes les eaux lustrales inventées par les sorciers, les prêtres, les hommes à la mémoire lourde. Il lui semble s'être administré un baptême inversé, l'onction chaude et sacrilège du mal. Exagère-t-elle ? Jusque dans son corps elle a senti la pente et elle s'y est abandonnée. Certaines nuits... Il lui fallait échapper à Hubert. Non, moins à Hubert qu'à cette image d'elle qu'il s'était faite et qu'il voulait lui imposer. « Je ne suis pas quelqu'un de bien ! » Elle le lui a crié, parfois, à bout de patience. Et elle ajoutait : toi non plus – mais à voix basse. Hubert et ses vieilles haines, épiant la terre entière acharnée à conspirer contre lui. Hubert engoncé dans ses rancunes, qui parlait avec un visage de vicaire offusqué de ce colonel fusillé par de Gaulle. Hubert si longtemps incapable de rebondir, de se remettre à vivre. Hubert entouré de victimes, d'archanges en demi-solde. Hubert aux cheveux ras et au menton de statue, qui attendait les subsides de Dieu sait quelle amicale de furieux en fumant les Player's de Victoire. Ça le faisait tousser, les Player's. Les pauvres pieds-noirs, pour qui ils avaient revêtu leur honneur des dimanches, défrichaient la garrigue ou faisaient déjà fortune à Paris dans la confection, qu'Hubert et ses amis hésitaient encore entre les rôles de cadre au chômage ou de clochard mystique. Des clochards ricaneurs, propres, rasés de près, la bouche mauvaise. Dans la tête de Victoire l'envie de s'encanailler devenait obsession. Elle détesta Thérèse, certains soirs, qui l'empêchait de faire ses valises. Elle avait besoin de cynisme et de gaieté. Elle en avait par-dessus la tête des zigotos sublimes dont Hubert faisait son ordinaire. Il est vrai qu'ils avaient cassé quelques bureaux de poste. « Voyou pour voyou, je préfère les vrais. » Elle ne croyait pas si bien dire. Ils l'ont secouée, ses vrais voyous. Elle s'en remet à peine. Et en même temps comme l'intermède lui paraît lointain, comme il a passé vite !

Dans ce moment – un lundi matin d'octobre dont le bleu et l'or se dégagent lentement de la brume – Victoire est cette fille qui marche à longs pas rue d'Italie. La Monthey, pleine de remords, l'a envoyée à la banque. Employer une héroïne comme saute-ruisseau, quel gâchis ! Ce n'est pas dévouement si Victoire accepte les corvées : couventine ou collégienne, elle guette ces occasions de rompre le rythme des heures, de voler cinq minutes de solitude. Enfant, elle aimait que le professeur l'envoyât chercher une carte, et traverser les cours vides, longer les couloirs de la grande bâtisse de Saint-Denis qui lui paraissaient si larges, interminables. Elle marche très bien, Victoire. Elle est tout entière en mouvement : ses cheveux courts, sa jupe, le chandail posé sur ses épaules paraissent soulevés par le vent d'une course ou par quelque résolution. Elle éprouve elle-même tout cela : l'animation de son corps, l'impression qu'il produit. Elle est d'accord avec elle-même. Le corps qu'elle se sent occuper et celui que les passants de la rue d'Italie suivent des yeux, c'est le même, nul doute possible. Mais en même temps – et cette pensée dérangeante reste à l'arrière-plan de son plaisir – le personnage innocent et lumineux qu'elle est ce matin contient l'autre, le compromis, l'encanaillé, qu'elle a voulu devenir, qu'elle renie aujourd'hui mais qui fait à jamais partie d'elle, de son histoire, et qui peut-être – mais Victoire est seule à le pressentir – donne sa saveur la plus secrète à cette belle personne flexible, loyale, à qui le directeur de la Banque cantonale tend la main en déroulant des banalités sur les vendanges et l'arrière-saison.

C'est encore ce mouvement de son corps qui l'occupe quand elle regagne la librairie et remarque – comment ne pas le remarquer – le regard dont ce type la suit par-dessus le livre qu'il feuillette. Il est moins sensible à Victoire qu'à son passage, à cette ardeur de l'air autour d'elle, au balancement de la jupe. Victoire est satisfaite. Même au plus gris de son âge ingrat, elle n'a jamais été ingrate envers les messieurs qui la suivaient, les gamins qui la sifflaient. Elle a toujours éprouvé, à se sentir convoitée, une jubilation difficile à cacher. « Je dois avoir mon *sourire contenu* », songe-t-elle. Elle remarque que le client distrait – ou trop attentif – a accroché sa canne à un rayon pour consulter les livres plus commodément. Une vraie canne, avec un bout de caoutchouc et une poignée en forme de té. Victoire fronce les sourcils. Cette silhouette... Mais à ce moment il lève vers elle le visage et toute ressemblance se dérobe. C'est un homme massif, plutôt grand, les cheveux en touffe hirsute et grise. Il prend et repose les livres avec placidité, des gestes directs, simples. La canne n'en est que plus étrange. Personne ne « s'occupe de lui » – style boutique. Victoire le vérifie d'un coup d'œil avant de s'approcher. Elle ne sait pas que tous ses traits expriment la curiosité, la gaieté. Burgonde voit venir vers lui cette personne aux yeux vifs. « On dirait qu'elle va me manger. Je me sens dans la pâte d'un gâteau plein de rhum et de crème », a-t-il le temps de penser. Mais déjà Victoire est à côté de lui et l'heure n'est plus aux comparaisons pâtissières.

La vie ne repasse pas les plats : la formule est triviale. Burgonde en aime le pessimisme lapidaire et ménager. Il n'en déplore pas moins son inaptitude à la goinfrerie. « Je suis l'homme des occasions manquées. » Quand il sort de chez Veilloz, un paquet sous le bras, après les quelques instants de bavardage qu'il est licite de dérober à la vendeuse d'une librairie civilisée, Burgonde n'espère pas revoir la personne aux yeux rieurs. De quel droit ? Il est lucide et il calcule vite : « A six mois près, j'ai deux fois son âge. » Cette arithmétique lui pousse un sourire aux lèvres, mais une fois l'addition faite. Va-t-il ajouter que la demoiselle a l'âge de Frédéric ? Oui, voilà, il l'a grogné en se faisant bousculer par une vieille dame.

Et là, il calcule moins bien. Il est onze heures et la journée hésite encore à être superbe. Burgonde marche si lentement qu'il oblige la petite foule des passants à s'ouvrir autour de lui. Il est lourd comme la pile d'un pont. Il dévisage et se fait dévisager. Les Veveysans sont jeunes et beaux, décide-t-il, et cette constatation le ramène au problème précédent. Belle, la jeune dame de la librairie Veilloz ? Il ne saurait le dire. Mais vivante, oui, de cela il est sûr. Des traits qui racontent une très ancienne histoire. Il est impossible de résister à un être très jeune qui semble « avoir beaucoup vécu ».

Burgonde a traversé une place, contourné une fontaine à banneret et atteint le bord du lac. Les montagnes de Savoie percent la brume. Un bateau à roue dessine sur le mercure du lac un lent sillage où plongent les mouettes. Tout cela – cette paix, la beauté des vieilles rues et du lac – prendrait à la gorge un homme moins vulnérable que Burgonde. Attention, se répète-t-il, attention ! Toutes les conditions sont réunies pour recevoir des coups. Les lourdeurs de sa nuit blanche et de l'alcool vont et viennent dans sa tête comme un ciel de ce pays de montagne hésite entre beau et mauvais temps. Burgonde va s'asseoir plus loin que la place du Marché, là où le quai s'élargit en un bout de jardin un peu perdu. Dans son dos se dresse un castel troubadour tout à fait incongru. « La revoir, la harceler ? et ensuite... Cette guirlande qu'il faudra tresser. Tout recommencer à zéro. Etre quelqu'un. Ruser. Poser des questions. Ecouter les réponses. On est comme un nouveau-né pour une femme que l'on rencontre. Quant à elle... Elle doit se croire formidablement intéressante. Et plus je toucherai ses épaules, son coude, plus elle sera intéressante. Viendra le jour où il faudra retirer ma chemise et mes chaussures. Tout finit toujours ainsi : dénouer ses lacets, défaire son bouton de col sans excès de vulgarité. Encore l'évocation est-elle pudique. De la pudeur ? Rien ne m'autorise à en manquer. (Style notaire, – comme tout à l'heure pour la « différence d'âge »...) Un fort Vaudois à menton carré doit l'attendre le soir. La voile, dans deux mois le ski, une petite auto rouge et les auberges du vignoble, les bougies sur les tables. Deux beaux alezans qui trottent côte à côte, l'insolence déchirante de la jeunesse, etc. – Qu'ai-je à voir avec tout cela ? »

Burgonde est presque satisfait de sentir s'éloigner le somptueux rivage. Comme il est doux de renoncer, quel repos ! Vieillir doucement, un peu de lard aux joues, aux hanches. Les cassoulets et les daubes. Ce qui t'attend ? Le pif couperosé de

Letourneur, sa bedaine, ses rosettes, ses raclements de gorge, ses souvenirs de campagne. Au débarcadère, les mouettes pêcheuses s'excitent et piaillent au-dessus du remous que brasse une hélice. Deux dames passent, se donnant le bras, les fanons grand genre, engoncées d'astrakan sous le soleil. A ta bonne santé, l'artiste ! Dans une effervescence soudaine la soif de peindre assèche la gorge de Burgonde. Comment n'a-t-il pas compris que tout est lié : le travail et le désir ; la rage et l'élan ; la beauté presque insupportable de ce matin en train de passer, et la volonté de la métamorphoser en quelque chose de moins fugace, en l'un de ces reflets qu'il poursuit depuis trente ans à tâtons, et que les critiques baptisent « ciels », « reportages intérieurs », « paysages ». Le moteur silencieux depuis tant de semaines – Burgonde ne confond pas avec la vague de fond du travail les jours passés en pénitence dans l'atelier d'Uzès avant de s'enfuir – le moteur tousse. Velléités de vitesse, espoir de hauts régimes. « Un joli visage, la promesse d'un corps ? Nous sommes de bien vulgaires machines. Oui, vulgaires ! Comme le sont tous les *premiers mouvements* par lesquels porter la main sur une proie, tracer le premier trait sur la feuille blanche. Qu'y a-t-il de plus trivial qu'un comédien à son entrée en scène ? Il sue sa trouille, ses genoux se dérobent. Je ne suis rien de mieux et j'ai peur de la salle noire où respirent ces centaines de bêtes, de la salle noire et de la toile blanche, du visage rieur, du premier mot. Lève-toi ! Lève-toi, le froussard ! C'est ta guerre, mon petit vieux, ta pauvre guerre : au moins faut-il oser s'y battre... »

Burgonde se hâte encore dans cette rue piétonnière qui coupe à travers la vieille ville quand sonne midi. Si la demoiselle sort à l'heure, c'est raté. Mais elle n'a pas le genre à grignoter les minutes. Burgonde presse encore le pas ; la vieille tenaille lui pince la clavicule gauche. Il arrive sur la place de l'Hôtel-de-Ville quand il voit la fille. Elle marche tranquillement, et seule. Dès qu'elle l'aperçoit elle s'arrête, devant la grille d'un bel hôtel qui ouvre là sa cour. Ah, cet arrêt ! Si elle ose ce geste c'est qu'elle l'attendait, qu'elle s'étonnait de ne l'avoir pas vu encore. « Ma gueule blanche, pense Burgonde, et la boiterie ! Dans la librairie, a-t-elle remarqué ma boiterie ? Un Byron de cent quatre-vingts livres : voilà qui elle voit s'approcher d'elle. » Il est si tourneboulé qu'il ne pense pas à sourire. Il a toujours eu, heureusement, le génie des abordages. Les mots lui viennent mieux que le sourire.

– Depuis tout à l'heure je vous invente des noms. Quel est le bon ?

– Victoire.

– Eh bien ! En voilà un cri de guerre...

A partir de cette rencontre, trois ou quatre minutes après midi, derrière l'hôtel de ville de Vevey, Victoire et Burgonde vont passer ensemble beaucoup de temps. Aucun d'eux ne se dérobe. Avec le naturel d'une femme et d'un homme libres ils arrachent au reste de la vie toutes les heures qu'elle peut leur donner. Burgonde, lui, est oisif, étrangement. Victoire passe huit heures par jour à la librairie Veilloz. Cette contrainte est une bénédiction : sans elle, comme deux barques ancrées côte à côte, ils se frotteraient et se heurteraient. Le travail de Victoire leur offre des attentes, des pauses, un rythme, des retrouvailles. Burgonde s'est installé dans sa chambre des Trois Rois. Comme l'hôtel jouxte la librairie, il a pris l'habitude d'y pénétrer par le quai Perdonnet. Leur affaire, à ces précautions, gagne du ton. Et puis il a besoin d'un peu de secret, mais il ne l'a pas dit encore à Victoire. Passé la première gêne, Burgonde s'est bientôt senti à l'aise avec elle. Il pense : « confortable ».

– C'est parce que je suis une fille facile, explique-t-elle.

Il comprend que le mot est bien choisi : facile à vivre, et préférant le bonheur aux orages. Si facile que d'abord Burgonde – moitié sous le charme, moitié prudence – ne se pose pas trop de questions. Elles se poseront bien assez vite. Burgonde est si attentif et acharné à ne pas souffrir que l'envie ne lui vient guère d'en chercher les occasions. Victoire apprécie cette discrétion mais la trouve excessive. Elle n'a que vingt-deux ans et, comme tout le monde, le goût de se raconter. Elle devine que Burgonde interrompra toujours le cours de ses récits. Peut-être est-ce cela, la sagesse de l'âge ? Avant Hubert elle n'avait aucun passé à raconter, (aucun passé de caresses et de passion, s'entend, le seul qui vaille, avec les vastes malheurs). Constantin, lui, usait des heures à la torturer, à extraire d'elle plus de confidences qu'elle ne pouvait en produire. « Tu presses mes points noirs » ? demandait-elle. Il la harcelait avec une gourmandise mauvaise. Leurs nuits, leurs aubes. Ce souvenir, et celui de l'ivresse où, à cette heure-là, ils avaient depuis longtemps glissé, voilà qu'ils lui reviennent dans le soleil et la brise du bord du lac. Elle s'émerveille : a-t-on tant de vies successives à sa disposition ? Déjà s'éloigne d'elle la mémoire de cette longue gueule de bois dont Lucienne l'a sortie. Et Flavienne. Mais – toujours ce trouble, cette boule chaude au centre d'elle – elle ne souhaite pas non plus oublier Constantin, ni les autres, ni ces six mois, ni le reste. Les raconter ? Non, pas de zèle. Et pourtant... Ils sont si bêtes ces cygnes, ces canards, ces Suisses, et le sublime paysage, et cet homme à son côté qui lui débite depuis un quart d'heure des carabistouilles. Ils mériteraient qu'on trouble leurs eaux limpides. Des carabistouilles ? C'est ainsi qu'on nommait les fables dans la famille Longrupt, les craques, les blagues. Il est expert, notre boiteux. Mais il fait si beau. Les cygnes, les canards, les Suisses, le boiteux : comment leur en vouloir ? Et Victoire boit un nouveau verre de saint-saphorin que lui verse Burgonde. Ils sont attablés sous un platane arthritique et horizontal. Ils s'y entendent, ici, à torturer les arbres. Des feuilles mortes se posent entre les verres. Victoire, pour regarder sa montre, a des gestes d'employée modèle. Déjà deux heures moins vingt ? Le temps lui a paru léger. Elle est surprise de n'avoir pas eu à résister à un assaut d'indiscrétion. A aucun assaut, d'ailleurs. Elle observe le visage de son compagnon : à la fois familier – mais vaguement – et étranger. Une tête sur laquelle on se retourne dans la rue – et puis non, on s'est trompé. Il semble avoir l'éternité pour lui. Chacune de ses phrases suppose qu'ils vont se revoir, se découvrir. Est-ce sa façon de procéder ? Il pourrait avoir l'air de tenir un peu plus à sa conquête. Etre inquiet. Mais ne l'est-il pas ? Ces ménagements, cette lenteur. Impossible d'être moins séducteur. S'est-il présenté ? Il a dû bredouiller son nom en lui serrant la main. Elle n'a pas écouté, elle à qui pourtant les noms « disent quelque chose ». Aucune question, non plus. Quand elle s'est trouvée au bord d'une confidence – pas même : une précision – il a levé la main :

– Nous avons le temps.

« Qu'en sait-il ? Ai-je "le temps", moi ? Peut-être ne nous reverrons-nous jamais. Ou bien ai-je à ce point l'air d'une épave ? La demoiselle de compagnie. La jeune dame qui a eu des malheurs. Bientôt nous allons chanter l'Entrecôte ! » Une petite vague de rage soulève la paresse de Victoire. Mais un setter exalté traverse la terrasse et, toutes affaires cessantes, vient poser la tête sur ses genoux. Alors une phrase toute naturelle lui vient, qu'elle sert à Burgonde comme une cruauté :

– Si ma fille était là ! Elle a une passion pour les chiens.

Touché, Touché ? Il a l'œil gris, cet homme, et plusieurs épaisseurs de calme à percer. Le garçon s'est approché et tend une carte où des coupes glacées sont photographiées en quadrichromie. Et presque grandeur nature, ma parole !

— Prenez un « colonel », dit Victoire. Sorbet au citron noyé de vodka. Vous aimerez.

Le Monsieur Sans Nom paraît comparer des informations, peser le pour et le contre. Il ne se hâte pas de répondre. Il ne peut quand même pas ne rien dire ! « Si ma fille était là... » Une inconnue vous murmure cela, avec qui vous déjeunez au soleil : toutes les règles de la bienséance exigent que vous posiez une question. Lui, rien. Il attend qu'on apporte les colonels. Bouderie, tragédie ? Nullement. Il offre ses cigarettes en souriant. Très bien, le sourire. Ouvert, tendre. Victoire ne sait plus où poser les pieds.

— Et où se trouve-t-elle, cette fille ?

Il a posé la question à contretemps, quand elle ne l'attendait plus, mais aussi avec une sorte de tendresse : toujours le sourire. Victoire n'a pas le temps de bâtir un roman. Elle répond la vérité, toute plate :

— En France, à Uzès, chez ma soeur.

— Uzès ?

Là, il paraît surpris. Il scrute Victoire comme on regarde une carte d'état-major. Quels sentiers y cherche-t-il, quelle maison ?

— Vous connaissez Uzès ?

— Ah oui !

Mais tout de suite il se reprend et paraît réfléchir. Puis il complète, la voix prudente et brève :

— J'y ai de bons amis. Des Suisses, d'ailleurs. Mais vous n'êtes pas de là-bas, vous, la Vosgienne !

La Vosgienne secoue la tête. Ses yeux rient plus que jamais. Uzès, les amis suisses, la boiterie : tout vient de s'organiser dans sa tête en un éclair. Le puzzle. Les deux pièces qu'il s'agit, dans les tests, de faire s'emboîter. Comme je suis lente ! pense-t-elle. Mais à quoi joue-t-il ? Victoire est sûre maintenant que Burgonde ne lui a pas dit son nom. « Il se prend pour une star de cinéma ? » Mais elle flaire les complications et met une sourdine à son envie de plaisanter. Elle a pris auprès d'Hubert une telle habitude du secret que l'attitude du peintre ne la surprend pas trop. « S'il tient à porter un masque, je ne vais pas le lui arracher. Enfin, pas tout de suite. » Elle le considère simplement avec davantage de curiosité. Burgonde le sent et coupe court. Il se lève.

— Je vous accompagne jusqu'à la librairie. Il est temps.

Puis, sans regarder Victoire :

– Uzès... j'y possède même un petit mas, vous savez.
Puis, encore, sans transition :
– Cette fille, elle possède bien un père ? Et un nom ?
– Je suis une fille mère, répond Victoire avec bonne humeur.
Quant à elle, c'est Thérèse.
Après « fille facile », « fille mère » paraît presque trop élégant.
– Pas divorcée, alors ? demande Burgonde d'une voix de plomb.
– Pas de mariage, pas de divorce...
– C'est bien, la solitude ?
Victoire le regarde de côté, très vite. Un grand nombre de surprises et de questions passent dans ses yeux. Puis elle contemple les colonnes de la Grenette avec sérieux. Elle répond sans se tourner vers son interlocuteur :
– Cher monsieur, je suis une « occasion à saisir ». L'automne est la saison des soldes. Une « action », comme on dit ici à la Migros ou à Inno. Une affaire quoi ! Une bonne affaire.
Elle rougit, parce qu'elle vient de s'apercevoir que sa plaisanterie est équivoque.
– Excusez-moi, l'ouvrière va galoper jusqu'à la chaîne. Je ne veux pas vous imposer cela. A bientôt, peut-être ?
Elle se plante devant Burgonde, se grandit un peu et lui pose un baiser très rapide à côté des lèvres ; après quoi elle court sans se retourner jusqu'à une ruelle où elle disparaît. Il est deux heures à la Grenette et Burgonde entend descendre du ciel des carillons et des fanfares. Il hésite, désœuvré. Désœuvré ? Pour une fois qu'un mot tombe juste... Il repart vers le lac. Quatre heures à tuer. L'idée ne l'effleure pas qu'à six heures il pourrait ne pas retrouver Victoire. Des obstacles ? Des habitudes ? Des gêneurs ? Il les écartera. Et pourtant, comme il marche lentement et regarde des gastronomes sucer leur cigare à la terrasse du Raisin, un mot, dans sa tête, suinte goutte à goutte. Le seul acide qui pourrait attaquer sa joie. « Incrédule ». Oui, c'est cela, « incrédule ». Il cherche en lui, remonte les vieux ravins du temps. Mais il ne trouve pas trace de sensations semblables. Ni la joie, ni l'incrédulité. L'une ne va sans doute pas sans l'autre. L'une est parasite de l'autre. A quoi bon s'inquiéter ? Alors il se dirige vers les Trois Rois pour s'y enfermer et dormir.


Entre eux, la partie de cache-cache va durer deux jours,

peut-être trois. Plus tard ils en riront, elle fera partie de la légende de leur préhistoire, mais ils en auront oublié les épisodes, les ruses un peu niaises. Victoire craignait que Burgonde eût des raisons graves de se dissimuler, donc lui en voulût de le démasquer, ou qu'il se sentît ridicule. Il était sans cesse au bord de se couper et elle devait se faire la complice de ses inventions. Cette double gymnastique les occupait beaucoup. « Au moins, il ne pense pas à me sauter dessus. » Les habitudes et le vocabulaire de l'adolescence lui mettaient dans la tête des formules de ce genre, dont elle ne pensait rien. Elle attendait, au contraire, que Burgonde lui sautât dessus. Ce qu'elle croyait savoir de lui, qui était vague, n'expliquait pas sa circonspection. Plutôt que des scrupules ou des obstacles, elle devinait une grande complication, la tête pourrie. Burgonde, elle l'eût percé à jour à condition de parler des choses sérieuses : sa peinture, sa vraie vie. Au lieu de quoi il s'obstinait à peaufiner des sornettes : la télévision, la mise en scène. Parfois il frôlait la vérité. Histoire de se reposer ? Des films sur l'art moderne : un vocabulaire où on le sentait à l'aise. Il portait un nom, maintenant, et un prénom acceptable : Etienne Louvigne. Cela faisait si vrai que Victoire eut une intuition : il n'inventait pas au hasard ; il avait usurpé une identité. Louvigne ? Elle rêva de fouiller son portefeuille. Et la boîte à gants de la voiture, mais elle était fermée à clé.

Le mercredi, Victoire avait droit à une demi-journée de congé : elle « prit » son après-midi. Burgonde, comme on va voir les chaussures dans la cheminée le matin de Noël, conduisit Victoire jusqu'à un chalet de Crêt-d'y-Baud. Ils avaient bu deux bouteilles de vin au déjeuner, auquel Burgonde n'était pas arrivé dans sa meilleure forme. Il était excité et mystérieux. « C'est là que je vais être consommée, sur une peau de bique, devant un feu », pensa Victoire en glissant sur les aiguilles de sapin. Mais son compagnon paraissait anormalement mal à l'aise. Victoire regarda autour d'elle, fronça le nez. Ce parfum, ces objets... Elle s'approcha d'un meuble : ces livres...

– Etes-vous sûr d'être chez vous ?

Elle l'avait demandé avec légèreté, bien qu'elle commençât à avoir son idée sur tout cela. Elle n'aimait pas cet égarement qu'elle voyait sur les traits de Burgonde. « Ne nous énervons pas. On lui a prêté cette maison, il est ivre, et embarrassé d'y amener une petite. Les hommes sont bien sensibles... » Elle se rappelait la nuit humide de la rue Jacob, l'air traqué d'Hubert. Les ressemblances ! Si nos partenaires savaient. Burgonde la regarda, effaré. Puis il parut prendre son parti et, pompeusement, pivotant sur lui-même pour embrasser d'un coup d'œil la salle du chalet, le paysage :

– Ou bien je me nomme Charly Walter, expert foncier à Genève, ou bien nous sommes, vous et moi, des manières de cambrioleurs...

– Mais pourquoi...

– Ma chère, j'ai pensé à me faire passer auprès de vous pour... pour Charly Walter. A vous séduire sous l'identité rassurante du Genevois Walter, du calviniste Walter, de l'expert Walter, et à me jeter sur vous sous le regard de mon épouse et de mes enfants qui, si mon enquête et mon compte sont justes, se nomment respectivement Véra, Françoise et Camille.

Victoire sent un frisson descendre le long de ses vertèbres. Burgonde fait de tout petits yeux. « En trous de mite », disait-on à la Légion d'honneur. Il a l'ivresse froide et calculatrice. « Mais de quoi diable a-t-il peur, et qui provoque-t-il ? Il a besoin de stimulants, ou quoi ? » Elle le regarde marcher, ouvrir ces placards qu'il ne connaît pas. Que cherche-t-il ? A boire, encore. Il a trouvé une bouteille et la considère avec méfiance. Victoire sent sa patience s'épuiser. « Je n'en ai rien à foutre de ce type... » Vu ainsi, du canapé où elle s'est assise, Burgonde paraît plus costaud qu'il n'est, large, occupant trop de place. « Et moi qui avais cru... » Elle n'a aucune envie de le voir là, soudain, se dénuder dans la lumière rougeâtre que font les rideaux de Mme Walter. « Walter », « Louvigne » ! Le voyage va durer encore longtemps à travers les identités ? Soudain elle s'entend parler. Sa voix est plus calme qu'elle n'aurait imaginé. Une voix qui tutoie Burgonde :

– Ne bois plus. De quoi as-tu peur ? Pas de moi, quand même.

Il s'assied. Il lève une main, ouvre une bouche sentencieuse et la regarde de biais. Il faut vite le faire taire avant qu'il ne mente. Cette tête de l'homme qui va mentir, Victoire a appris à la connaître. Elle aussi lève la main.

– Ecoute-moi.

Il a le regard court et fixe qu'on voit à un homme, normal l'instant d'avant, au moment où il bascule dans la lenteur pâteuse de l'ivresse. Ou bien joue-t-il ? Victoire le soupçonne soudain de vouloir se tirer ainsi d'une situation un peu sotte.

– Ecoute-moi, répète-t-elle. Il y a environ un an on a essayé de faire de moi une attachée de presse. Dans le cinéma. Cela n'a pas été un triomphe personnel mais j'ai beaucoup fréquenté pendant deux mois les salles de projection. Entre autres, un certain soir, celle de Publicis où l'on présentait deux films sur la peinture. L'un consacré à Letourneur, l'autre à Burgonde. Tu me suis ? Les deux peintres étaient là et l'on a bu du champagne en les congratulant après la projection, dans le sous-sol, au bas de l'escalier, tu t'en souviens ? Moi, oui. Elle se tait, fatiguée. Pourquoi avoir parlé ? Elle se le rappelle, « Louvigne », maintenant. Sa tête et sa voix lui ont sauté à la mémoire quand elle a commencé à parler. Louvigne : la peau grise et la voix blanche. « Je ne vais quand même pas me faire sauter par un faux type à peau grise et à voix blanche... »

– Je ne sais pas ce que tu fais ici, à traîner aux Trois Rois et à boire les fonds de bouteille dans les chalets inoccupés, mais... « Ah, comme j'en ai assez ! » Hubert et ses complots, Constantin et sa racaille de poker et de boîtes, et maintenant celui-là, ses yeux brumeux et contents. Un ours. Un ours avec une canne et un chandail irlandais. Comment parle-t-on à un ours ?

– Burgonde, c'est plutôt un bon peintre, non ? Je ne suis pas très compétente (si j'excepte le film), mais je me suis laissé dire... Enfin, est-ce une vie si difficile à porter ?

Il regarde droit devant lui, sans manifester de velléités de répondre. Mais l'œil durcit peu à peu. Victoire continue doucement :

– Depuis deux jours, avec moi, tu étais heureux, si je ne me goure pas complètement. Mais qui était heureux ? Je ne sais plus où j'en suis, moi. Et puis tu es trop bête. Quand je t'ai parlé d'Uzès tu aurais pu imaginer que je t'y avais vû. Et les Schramm, tout le monde les connaît, c'est une très petite ville, et des gens qui déplacent de l'air...

Là, elle invente. Elle n'a jamais aperçu Burgonde à Uzès. Elle se demande même s'il y est jamais venu. A cette idée elle devient furieuse :

– Mais peut-être est-ce M. Louvigne qui possède un mas à Uzès, dîne à la Vernède (ça m'étonnerait !), a « des amis » là-bas ? Jusqu'où brouillez-vous les cartes ?

– Tu ou vous ?

– Ah, le marivaudage, c'est le moment !...

Burgonde prit sur lui. Il changea de visage, sourit le premier. Il devina aussi que le chalet Walter, plein d'odeurs de bûche et d'anciennes fondues, avait exaspéré Victoire : elle était toute hérissée, ses mains serrant ses épaules, la poitrine rentrée. Elle avait froid. Burgonde remit la salle en ordre. Il avait une mémoire de peintre, et, en trois minutes, il ne restait plus trace de leur passage. Victoire sourit en le voyant reposer avec précision la bouteille dans le rond qu'elle avait dessiné sur la poussière d'une étagère. L'orage s'éloignait.

– Vous m'expliquerez ?

– Je vous expliquerai deux ou trois choses sur la fatigue. Et sur le Temps.

Il avait la voix sarcastique.

– *Burgonde* m'expliquera ? Cette moustache fantôme... Il me vient des doutes.

Ils fermèrent derrière eux et quittèrent le chalet avec la tranquillité d'un vieux couple le dimanche soir. Ils croisèrent sur le sentier des marcheurs à chaussettes rouges et à brodequins. Arrivés à la route où était garée la voiture, ils sentirent ensemble le danger. Il leur fallait trouver un peu de sécurité. Un abri. Depuis trois jours ils passaient de café en restaurant et en voiture – et maintenant cette fausse maison. Pourquoi agit-il comme un adolescent ? se demandait Victoire. La voix nette, elle proposa :

– Pouvons-nous aller à votre hôtel ?

– J'imagine que cet honorable établissement...

– Ils s'en foutent. Voulez-vous ?

Ils firent leur entrée aux Trois Rois un quart d'heure plus tard. Burgonde avait prévu une station au bar, une tasse de thé, et de glisser jusqu'à la chambre par un mouvement élégant et quasi invisible. Victoire le bouscula avec une impitoyable douceur. « Faites-nous monter du scotch », demanda-t-elle au concierge. Burgonde remarqua qu'elle avait pénétré dans l'hôtel sous les yeux de tout le personnel de la librairie Veilloz, dont deux vitrines donnaient sur la cour. Il garda sa remarque pour lui. Il se sentait nigaud comme un gamin. Quand on leur eut apporté une bouteille de Glenfiddich (le barman avait bonne mémoire), Victoire fut seule à en boire un verre. Elle se déshabilla en regardant Burgonde de ses yeux dorés, plus gais que jamais.

Deux fois par semaine, Lucienne écrit à sa sœur. Elle s'est offert un Polaroïd et se ruine en pellicules ; elle passe des heures à photographier Thérèse, chez les Meyrisch ou rue du Collège, et glisse toujours un cliché dans son enveloppe. Elle ignore que Victoire le jettera dans un tiroir sans le regarder :

257

elie ne conserve dans son sac que de vieilles photos prises au temps d'Hubert.

Lucienne soupire en libellant son enveloppe à cette adresse genevoise : elle symbolise le danger qui menace sa sœur. Combien de temps Victoire tiendra-t-elle ? Et surtout pourquoi a-t-elle voulu soumettre Hubert au même régime de suspicion que ce voyou ? « Je suis sûre qu'Hubert... » Elle pense « Hubert » alors qu'à Paris elle ne l'a appelé que « Monsieur », ou « Capitaine ». Elle hésite entre « comprendre » et « pardonner ». Elle sourit, hausse les épaules. Il ferait un beau-frère très acceptable, Hubert. Nous ne sommes plus au XIXe siècle ! Elle continue pourtant à se sentir rougir quand elle pense à cette semaine passée à Paris. Elle n'a jamais voulu la raconter à Gilbert. Seulement des bribes. Elle a gardé pour elle ces bouffées de chaleur, de stupeur. Les coulisses du Bobinard, les visages. La loge de ce type, les filles dans le couloir. Des poufiasses ! Elle a lâché le mot à Gilbert qui a haussé les sourcils. Ah ! le seul mot qui convenait ; ça rime avec lavasse, avec limace, avec dégueulasse, avec... Mon Dieu, calme-toi ! Sa colère tremble avec une violence inépuisable. Elle ignorait tout de ces gens, leur veulerie, leurs bouches narquoises. Elle s'est mille fois figuré Victoire, son corps... Interminables insomnies, lourdes d'hypothèses, visitées par des images d'une écœurante précision. Pourquoi Victoire ? Sa fuite avec Fléaux, la façon qu'elle avait eue de se cacher, cet enfant mis au monde comme si elle avait eu honte : tout cela, Lucienne l'a accepté. Secrètement flattée, même. Il arrivait à la petite Victoire des choses hors du commun. De ces choses dont on parle dans les journaux : à la *bonne* page des *bons* journaux.

Mais son... son Russe ! La photo sous le titre ignoble à la une de ce torchon. Lucienne a mis la main dans un grouillement de larves. Elle pense aussi : un roman de gare. Tous les sentiments qu'un père, un frère éprouvent, dit-on, pour leur fille, leur sœur, elle les a éprouvés pour Victoire. Jalouse ? Non, mais apeurée, incrédule. Et ces images qui l'ont poursuivie si longtemps : les seins de Victoire, haut placés, presque invisibles quand elle se couche, presque lourds quand elle s'assied ou se penche, et la main d'un homme posée sur eux, ses lèvres. Les mots qu'on lui murmurera. Quand Victoire a eu quinze ans Lucienne a pensé devenir folle. « Je ne suis pas normale... » Elle avait osé en parler à un confrère de Gilbert, un médecin de Remoulins qui l'avait écoutée sans l'interrompre ni la quitter des yeux. Après quoi il lui avait parlé de sa stérilité, de tout ce qu'elle avait « investi » dans le destin de Victoire. Elle était sortie apaisée de la minuscule maison du Dr Lebeau. Et puis Victoire avait traversé sans défaillances ni niaiseries la fin de son adolescence. Droite comme une flamme, et toujours gaie. Après la fugue de l'été 62, Lucienne avait béni le ciel de ne pas connaître Hubert : ses imaginations, curieusement s'étaient apaisées.

Désormais, plus rien n'est sûr. Avec trois ou quatre ans de retard Victoire est redevenue l'enfant vulnérable que tout peut blesser, souiller, dont Lucienne avait craint de ne pas supporter les faux pas. Il est bien question de faux pas aujourd'hui ! Une gosse sans père ; un scandale dont se sont repus les échotiers ; et maintenant cet exil, cette besogne arrachée à la gentillesse des Schramm. Une débâcle. Pourtant Lucienne n'en a pas voulu à Victoire un seul instant. Elle l'aime davantage, d'être tombée dans tous les pièges. Peut-être l'envie-t-elle. Elle s'indigne, elle s'enfièvre : elle ne sait plus. Alors elle prend toutes ces photos de Thérèse et les envoie à sa sœur. Elle en a même envoyé plusieurs au capitaine Fléaux, accompagnées d'une carte qui n'exigeait pas de réponse. La preuve : il n'a pas répondu.

Elle poste ses lettres le lundi et le jeudi. Elle lèche la bande collée de l'enveloppe du jeudi sans penser à rien. Il est cinq heures et Gilbert arrose le jardin. Il l'arrose de plus en plus tôt, de plus en plus longtemps. En octobre ! Il a écourté sa saison au Mont-Dore d'où ils sont rentrés à la mi-septembre. Y retourneront-ils ? Lucienne le surprend au salon ou sur la terrasse, son journal à terre, les yeux vagues. « Le téléphone ne sonne plus très souvent », pense-t-elle. Les cris et les jeux de Thérèse ne paraissent pas déranger Gilbert, ni le réjouir. Il évoque, le soir, des souvenirs de ses études à Montpellier, les bains qu'ils prenaient à Palavas, Lebeau et lui, leurs premiers remplacements dans des villages cévenols. Lucienne, doucement, s'ennuie. « Demain, pense-t-elle, je reprendrai la petite aux Meyrisch. Cela fait déjà deux jours qu'ils l'ont... »

*\**

Il fallut mille ruses à Gabrielle pour retirer ses affaires de la rue Raffet sans alerter Pauline ni les enfants. Rose, surtout, la guettait. Elle murmurait, les soirs où Gabrielle était venue dîner avec elle : « Reste donc coucher au Cafard, on bavardera... » Depuis dix jours, selon Pauline, elle ne parlait plus de Burgonde, ne surveillait plus le courrier. Elle était d'une humeur docile, presque tendre, rentrait tôt du lycée, s'habillait avec extravagance, vidait le réfrigérateur à minuit, noyait la maison sous des flots de musique. Gabrielle profita d'un dimanche : Pauline était chez sa sœur, à Nanterre, et Rose passait le week-end chez les Letourneur. C'est fou ce qu'on accumule d'objets dans une maison où l'on n'habite qu'à moitié. Gabrielle bourra la voiture et accomplit trois voyages entre la rue Raffet et Neuilly. A six heures elle avait fait place nette. Elle alla à la cuisine et, contrairement à ses habitudes, se versa un verre de muscadet. Elle écrivit un mot pour Pauline et un autre pour Rose. Les formules lui venaient aisément. A Frédéric, qu'elle savait où trouver, elle téléphona. Il laissa de longs silences traîner entre les explications de Gabrielle. A son habitude, il fut charmant.

– Tu connais papa... répétait-il.
– Mais oui, justement. Tu le sais très bien c'est la première fois que ton père... bouscule ainsi sa vie. Ce doit être important. Mais, comprends-tu, c'est *son* affaire et non la mienne. Je ne lui en veux pas. Sa peinture lui causait trop de tracas depuis quelques mois. Il avait besoin peut-être d'un électrochoc. Je ne sais pas quelle expérience il tente, mais je suis sûre qu'elle sera salutaire. Allô ! Tu es là ? tu m'écoutes ?
– Mais oui, Gabrielle. Je me demande simplement... Qu'as-tu dit à Rose ?
– Rien, figure-toi. Je compte sur toi. Allô ?
– Oui, oui... Tu peux être tranquille.
– Tu rentres rue Raffet ?
– Oui.
– Ce soir ?
– Ah, ce soir ?... Bon, c'est entendu, tu peux compter sur moi. Où est Rose ?
– Chez les Letourneur. Ils la ramèneront vers minuit.
Frédéric parut rire au bout du fil. Puis il fut soudain très pressé.
– Eh bien je serai là pour le retour de Cendrillon, sois tranquille. Quelle citrouille elle ferait, si elle trouvait le Cafard vide et silencieux ! Allez, *ciao* Gabrielle ! A bientôt, sûrement.
Quand il eut raccroché, l'inébranlable Gabrielle frôla une défaillance. Il était expéditif, Frédéric. Elle avait voulu l'être, elle aussi, et peut-être avait-elle fait du zèle. N'eût-il pas mieux valu mettre son départ en scène, soigner son personnage ? Mais Rose et Frédéric, d'évidence, se fichaient de son personnage. Elle croyait les entendre parler à leurs copains : « Gabrielle

s'est tirée. – Qui est-ce Gabrielle ? – La maîtresse de mon père. Oh, depuis longtemps !» Oui, longtemps. Pour être précise : sept ans et quatre mois. Juin 1960, à Spoleto, où Burgonde préparait son décor pour *Penthésilée*. Elle l'avait rencontré chez Bembo Fasan, à Vicence. Le dimanche, chez Bembo, on trouvait toujours vingt personnes à table. Elle l'avait cru plus mondain qu'il n'était, ce Gaulois à qui deux ou trois vieux snobs faisaient des frais. S'il était là... Elle ne l'avait découvert sauvage que dix jours plus tard, dans les Grisons, où il l'avait entraînée. Il avait trouvé à louer trois pièces *(Zimmer zu vermieten)* dans une énorme maison de Zuoz ouverte sur une prairie. Ils descendaient jusqu'au bord de l'Inn à travers champs. Burgonde, là-bas, connaissait chaque village, chaque sentier. Il avait fait coller une semelle à sa chaussure gauche par le bourrelier local et il paraissait infatigable. Gabrielle se souvient d'un ciel profond, d'auberges fraîches ou ils buvaient du *Veltliner*. Au retour, en septembre, elle s'était peu à peu glissée dans la vie de Burgonde. Ses enfants étaient revenus de vacances. Gabrielle les avait trouvés flexibles et voyous. Charmants, aussi, et charmeurs, Frédéric surtout. Il allait sur ses treize ans et caressait le monde de cet œil mouillé qu'il tenait sans doute de sa mère. Il avait cet air d'appétit, mais ni le goût ni la force de remuer les mâchoires pour broyer ses proies. Rose s'était entortillée autour de Gabrielle comme du jeune lierre ou du liseron. Gabrielle se moquait d'elle : « Tu es accrocheuse comme de la vrillée. – Vrillée ? Qu'est-ce que c'est que ça ? Le joli nom du liseron, c'est belle-de-jour, vous ne le saviez pas ?

C'est ce jour-là que Gabrielle avait encouragé les enfants à la tutoyer.

En cherchant dans son sac ses clés de voiture, rue du Docteur-Blanche, elle trouva celles du Pataud, qu'elle avait oublié de poser, à côté de l'enveloppe, sur la table de l'office. Revenir ? Ah non ! Elle resta un moment immobile au volant, accablée. Comme il était difficile de se conduire *bien*. Et comme il allait être difficile de ne pas haïr Burgonde. Elle gara sa voiture au beau milieu de l'impasse Blaise-Pataud et pénétra dans l'atelier pour la seconde fois depuis l'échappée de Burgonde. (L'« échappée » : c'était la trouvaille de ces derniers jours – est-on plus gracieux ?) Elle eut une nouvelle fois le sentiment, entrant ici, de trahir Burgonde. Elle se permit un petit sanglot sec, presque un rire : « Trahir ? J'ai de ces mots... » En sept ans elle n'était jamais venue ici, même dans leurs premiers temps, pour le bon motif. Elle n'avait gardé l'appartement de Neuilly que pour cela : c'était leur hôtel de passe, « notre chambre à l'heure », disait Burgonde, que le bon genre du rez-de- chaussée du boulevard Bineau excitait. « Sur le tapis, veux-tu ? » demandait-il. Tout cela... Un siècle avait passé. Gabrielle regarda autour d'elle avec la certitude de vivre une « dernière fois ». Est-ce cela, avoir aimé un homme ? Et, si oui, pourquoi ce passé ? Elle se vit dans un miroir, si convenable. « Stricte » : c'était le mot, il n'y a pas si longtemps, pour désigner un tailleur couleur d'automne, des chaussures étrangères à toute mode. « Sur le tapis, tu veux ? » Gabrielle secoua la tête. Un geste de Burgonde ! Secouer la tête aide à chasser les peines importunes. Puis elle se trouva en train d'accomplir un acte tout à fait inattendu : elle enveloppa dans un vieux journal un lavis que Burgonde avait peint à Zuoz l'été 60. Seule Gabrielle était capable d'y lire un paysage : la vallée de l'Inn au-dessous de Guarda, la masse rose du village, les mélèzes tendres, les sapins sombres. Elle se rappelait le coffret plein de bouteilles d'encre de Chine, d'éponges et de gobelets, et les grands carnets jetés en vrac à l'arrière de la voiture. Elle n'avait jamais eu dans sa vie – c'était bien l'expression ? – que des hommes aux fonctions abstraites : un diplomate, un éditeur, et de ces garçons qui « gèrent des portefeuilles » le jour et dînent en ville le soir. Burgonde, c'était un artisan, avec des taches aux doigts et son barda à l'arrière d'un cabriolet mal lavé. « Je vais redevenir une femme très élégante », pensa Gabrielle, curieusement. Puis, son paquet sous le bras (qui n'était guère élégant...), elle descendit l'impasse Pataud en se tordant les chevilles pour la dernière fois.

... Mais où étais-tu toutes ces années ? Que faisais-tu sans moi ? Pourquoi te cachais-tu de moi ? Non, je ne vais pas te demander des comptes. Regarde mon visage : ai-je l'air d'y penser ? Moi ! Moi le sourcilleux, le froncé, le barbon, voilà que j'essaie d'ouvrir mon visage à l'égal du tien. Des comptes ? Trop heureux que le destin ait rectifié les siens ou les ait embrouillés. Trop heureux. Trop heureux de l'être. Trop heureux du fantastique enchaînement des hasards, toutes ces marches et contre-marches, l'autre dimanche, l'hésitation sur la route à prendre, la veille, à la station-service jaune et rouge – « C'est Shell que j'aime » – et les nuits bourbeuses et brumeuses. J'aurais pu aussi bien me retrouver quelque part en Italie ou en Bavière. Je te raconterai cela un jour, le doigt de Dieu, tous mes démons collaborant à m'inspirer ces élans contradictoires – la montagne, la plaine ; la forêt, les villages – pour finalement m'enfoncer le pied sur le frein dans la grande rue de Vevey, au crépuscule, où m'ont séduit deux peupliers sans âge devant un hôtel hanté par les pianistes d'occasion et les dames fortes en gorge. Et cette envie de lire, lundi matin, vers onze heures. Lire, moi ! Jamais je n'achète de livre, sais-tu ? Je les vole aux amis, dans les salons des hôtels, sur la banquette des trains, aux éditeurs indulgents. Et chez Veilloz quelle force a bien pu m'ancrer là comme un échassier à lire un album que j'étais décidé à remettre sur son rayon ? Je n'éprouve que dédain pour les parasites de librairies, myopes impécunieux, lecteurs à la sauvette. Je suis resté un quart d'heure sous l'œil de la dame palpitante. Quand tu es entrée le temps s'est levé. Sens caché des mots : le temps vautré, maussade, endormi – soudain réveillé. Le temps sirupeux soudain allègre. Se levait la pâte de la vie. Je n'étais pas étonné. On connaît cette sensation-là de toute éternité. L'atavisme. Les livres. Les illusions de la jeunesse. Entre la joie et moi, ces deux jours durant – soyons précis : de lundi onze heures du matin à mercredi cinq heures du soir – il n'y avait que ma peur de voyager seul, de m'aventurer seul à la surface du bonheur. Je croyais entendre le bonheur craquer. Et soudain je m'en suis foutu. Seul ou pas, je crevais de joie, et si je te la montrais, cette joie, sans scrupule ni prudence, elle ne pourrait que croître encore, déborder, te noyer à ton tour, t'emporter, t'allumer, t'illuminer. Oh ! très doux, tout cela, esquissé, caressé. Tu cherchais une cigarette. Tu posais sur tes épaules nues ma chemise pour aller et venir dans la chambre. Tu mettais dans tout une retenue, sage, savante. Ne nous donnons pas en spectacle, même l'un à l'autre : d'où tiens-tu cette science ? Je t'ai passionnément observée, c'est peu dire : férocement, je puis te l'avouer maintenant. Même de me décevoir, je ne t'aurais pas tenu rigueur. Mon bonheur était si grand qu'un peu moindre, un peu écorné il m'eût encore paru magnifique. Les premiers moments de l'amour ne sont pas, comme le croient les amants imbéciles, hors du temps. On y est, au contraire, attentif comme une garnison en alerte. Sentinelle, j'ai guetté en toi les défaillances auxquelles toujours succombent nos compagnes. J'étais prêt à t'en pardonner plusieurs, à les expliquer, à les croire décidément fatales, mais tu n'as pas trébuché. Les gestes. Les paroles. Les silences. Et puis encore les gestes. Et de nouveaux silences. Tu jouais sur un instrument rare une musique compliquée. Je veux dire : tu fredonnais l'air le plus simple. Après toutes ces années de fausses notes, cette cacophonie, ce concert de couacs qu'a été ma vie, j'entendais quelqu'un vivre juste. Je te tends l'oreille, émerveillé. Je te parle : mes mots aussi sont justes. Oubliée la première comédie, le naturel me vient. Je pose ma main sur ton corps et l'opération du monde tombe juste. Nous venons de nous aimer et mon goût de toi est intact en moi, inépuisable. Mon goût de toi et ma gaieté de toi. Car nous rions ! Nous rions et c'est le rire du premier matin du monde. Que dis-tu ? Oui, je t'entends, je vais y mettre bon ordre. « Le-rire-du-premier-matin-du-monde » t'écorche l'oreille. Calmons-nous. Je te prends la main. Ta main est d'un garçon de treize ans, aux phalanges longues et aux ongles carrés. Ton corps – ah, je vais être obligé, à la fin, d'en parler ! Les mots me viennent – corps, gestes, goût, épaules – et je les étouffe. Trop pâles, les mots, flous, chics. Tu as traversé la chambre, nue, mais ce n'était encore qu'une nudité sans péril. Je te regardais venir. J'étais allongé. Comment m'étais-je déshabillé ? Nulle voix en moi ne ricanait comme à l'accoutumée. Nulle voix ne grognait : allons-y, la visite guidée commence. Veillons à éviter les prénoms. « Chérie » suffira, ou bien « toi ! toi ! », qu'un essoufflement, le moment venu, accompagne à merveille. Exaltons-nous un peu. Pas trop. Prenons garde à respecter l'équilibre : assez de salacité pour aider à gravir la pente ; assez peu pour différer l'arrivée au sommet. Quelques évocations saugrenues, dans ces moments-là, sont les bienvenues : elles étonnent et rafraîchissent la bête. Ainsi : marcher de long en large dans la gare de l'Est un jour de mobilisation générale. Sécher à un examen de mathématiques. Choisir chez Adam des brosses de martre et des pinceaux japonais. Là-bas, très loin (mon visage détourné, mon cou tendu), geint et tressaute cette blessée que nous avons transpercée. Comment va-t-elle ? Souffre-t-elle ? Va-t-elle bientôt mourir ? Que crie-t-elle ? Ainsi vont la guerre et l'amour. Ah, l'abomination ! Si longtemps, si longtemps, toutes ces années... Et la brusque rage, la brusque peur de n'être pas au rendez-vous, les dix coups de reins – jamais assez vulgaires, jamais assez puissants –, quelques fleurs de vocabulaire écrasées sur ce cadavre encore gigotant, un cri ? Oui, un cri, un simulacre de hoquet d'agonie, de cataclysme géologique, trois petits coups et puis s'en va, le soudain silence, le silence qui exsude humeurs et soupirs, cet accablement, épaules déjetées, ventre meurtri et si poisseux de miel pâle que je m'étonne toujours de ne pas voir les fourmis monter le long des draps et venir faire ripaille entre les poils de mon pubis. Voilà ce qui tournait en moi quand tu as arraché tes jambes de la toile raide du jean. Je voyais apparaître le slip blanc, ces étranges chaussettes de garçon que vous portez toutes, maintenant, et plus forte que l'émerveillement – car votre première impudeur, toujours, me stupéfie et m'émerveille – plus forte que l'increvable curiosité des hommes, je guettais en moi, passionnément, j'attendais en moi la voix lasse et moqueuse dont c'était le tour d'entrer dans le concert amoureux. Et la voix ne s'est pas élevée. Comprends-tu cela ? Je notais les détails – le slip blanc, les seins nus sous le chandail, les chaussettes de laine orange – et aucun de ces détails ne me paraissait sordide ni cocasse. C'était ainsi, simplement. C'était toi. Lassitude et dérision m'avaient oublié. Je t'attendais, allongé sur le lit si confortable des Trois Rois, et mes amères compagnes habituelles n'étaient pas là pour me gâcher le plaisir. J'étais seul avec toi, sans fantômes ni sorcières pour ricaner derrière mon dos. Même la vieille peur des messieurs – de n'être pas à la hauteur, comme dit férocement le bon sens – même cette peur-là, de décevoir à proportion qu'on sera déçu, de faire petite impression, de n'être qu'un homme au rabais ou, pis, un homme moyen, de ceux qu'une femme remercie avec cette injurieuse gentillesse – mais oui, c'était très bien – et qu'elle se hâte d'oublier – recommencer ? non, merci ! – même cette peur-là n'a pas eu le temps de s'emparer de moi. Dieu sait pourtant ! Tu venais vers moi – ces quelques pas que tu as franchis, nue, du coin de la chambre au lit, m'ont paru te prendre très longtemps, un vrai voyage, ou l'un de ces effets de cinéma où plusieurs fois repassent les mêmes images – tu venais vers moi comme une rivière descend à son estuaire. « Tu as la plus belle peau d'Europe », t'ai-je dit. C'était vrai : une peau sur quoi rien ne laisse de trace, soleil ni linge, plis du drap ni grand froid. Aussi fine et serrée que celle de ce modèle, il y a vingt-cinq ans, à l'Ecole, une Peul si belle qu'elle décourageait tout l'atelier. Nous nous sentions livides et hirsutes barbares. Auprès de toi, au contraire, j'aurais presque pu aimer mon corps. Si tu l'acceptais je lui pardonnais tout : de vieillir, de boiter, de produire des craquements et gargouillis innombrables – charpente mangée aux vers, plomberie vétuste –, de me lâcher de plus en plus souvent au bord du désir. « Je suis une fille facile » : je t'avais bien comprise. Tu as facilité chacun de nos gestes. Nous sommes entrés dans l'amour sans hâte ni suffocations. Nous avions le temps. Ce ne sera pas un souvenir grandiose, ai-je pensé, mais nous nous en ferons d'autres, plus savants, plus brûlants. Tu as marché à travers la chambre. Tu as pris ma chemise et l'as posée sur tes épaules. Tu es allée dans la salle de bain et quand tu es revenue tes jambes étaient froides. Tu as bavardé. Puis tu es revenue à moi, ou moi à toi, et tu n'as pas cherché à me faire croire que naissait de moi ce qui naissait de toi, en vérité, de toi, de ta douceur, de ce doux savoir-faire qu'il me semblait déjà reconnaître. Nous sommes entrés pour la seconde fois dans le plaisir pendant que sur le quai ou sur la terrasse des voix italiennes riaient, et qu'un marteau pneumatique fracassait et émiettait le silence. Plus tard, nous avons honoré la bouteille de Glenfiddich. La nuit est venue. Quelqu'un a joué sur le piano de l'hôtel d'un petit jazz aseptique et sautillant. Les dame bataves buvaient-elles du thé en écoutant Freddy ou Willy ? Les pianistes d'hôtel se prénomment toujours Freddy ou Willy. Je me taisais avec une obstination qui t'étonnait peut-être. D'un bon silence, du moins je l'espérais. On nous a apporté des ailes de poulet, du vin et des gâteaux que je suis allé jusqu'au couloir prendre des mains du valet. Le piano s'était tu. Le silence régnait sur l'hôtel et sur la rue, de sorte qu'il nous semblait être pris entre deux silences, l'un où s'assoupissaient les cygnes dans leur baraque grise, l'autre où tintaient des fourchettes et grognait un chien pékinois dans la salle à manger aux lumières blanches. « Raconte-moi, maintenant », t'ai-je enfin demandé.

Alors, adossée aux oreillers, ton verre de vin à portée de la main, tu as commencé à chercher dans ta mémoire pour me dire les détails de ces cinq années où tant de fois nous étions passés si près l'un de l'autre, toi et moi. « A nous toucher », répétais-tu, mais toutes les fois le destin nous avait joués. « C'est nous, cette fois, qui l'avons pris au piège », ai-je pensé. Puis il s'est sans doute mis à pleuvoir car on a entendu longtemps, au fond de la nuit, passer les voitures dans un bruissement de déchirure.

« Je suis comme les cuisinières, constate Burgonde : le bonheur me donne envie d'être bon. »

Il appelle donc Levi-Monzi au téléphone et le trouve mystérieux et murmurant. Le marchand répète des formules comme : « Ton œuvre avant tout », « Je ne peux pas endosser tes responsabilités », ou « Rencontrons-nous en terrain neutre. » Il y a un pépin, pense aussitôt Burgonde. Et, sans dire où il se trouve, il propose à Levi-Monzi de le retrouver le surlendemain au Montreux-Palace.

– Je ferai en sorte d'y être, dit-il simplement, et ta chambre sera retenue. Nous dînerons ensemble.

– Tu ne connais pas plutôt une pension pour vieilles Anglaises ? C'est gai comme un faire-part, ton Palace.

– Tu y verras Nabokov boire son café dans un salon...

– ... qui est un monument historique, je sais, je sais !

Levi-Monzi raccroche, incertain. Il a besoin d'aller à Genève voir Kruger et bavarder avec son banquier. Une nuit à Montreux ne sera pas la mer à boire. Il faut absolument remettre Burgonde au travail. Où est-il ? En Italie, comme le croit Gabrielle, ou en Suisse ? Peu importe, « il ne fout rien », cela seul compte. Le vent tourne mais Burgonde ne sent rien, ne pressent rien. Il est enfoncé dans ses crises de conscience, boit comme une éponge, s'offre une fugue d'adolescent – et puis quoi encore ?

Levi-Monzi, inépuisablement courtois dans ses attitudes et ses paroles, libère sa bile au secret de lui, et ses dédains. Il aime Gabrielle, dont l'allure l'intimide et le flatte. Si elle abandonne le bateau Burgonde, c'est qu'il fait eau. Elle n'est pas femme à faire un drame d'une affaire de queue, d'un coup de sang. Au reste Burgonde a plutôt le sang pâle, non ? Elle a dû flairer plus grave. « La coque est pourrie », pense Levi-Monzi, décidément en veine de comparaisons nautiques.

Il appelle Hans et lui demande de sortir de la réserve les toiles les plus récentes de Burgonde.

– Toutes ?

– Je t'ai dit : les plus récentes. Tu es fatigué ? Courbatu ? Peut-être une nuit épuisante...

Il en a sa claque du beau Hans, de sa blondeur altière, de ses besoins d'argent et des coups de téléphone en allemand, pleins de rires. « Même son rire ! Il rit boche... » Hans le considère de haut, avec une morgue de giton que l'on paie sans le baiser. Au moins Genève, Montreux, Giorgio y sera seul. Il sait dans quels bars traîner le soir, et quelles hésitations l'y attendent, quelle solitude aussi, à minuit, quand il regagnera les Bergues ou le Montreux-Palace. Il est bien question de Nabokov !

Il appelle Gabrielle boulevard Bineau. Elle répond dès la seconde sonnerie : c'est ça, la solitude. En quelques jours Gabrielle s'est éloignée. Jusqu'à sa voix, qui a changé. On la sent tendue, froide. Elle s'apprête à rebondir ; à reprendre ses avantages ; pour cela, Giorgio l'admire. Jamais ce paysan de Burgonde n'aurait pareille tenue.

– Au Montreux-Palace ? Cela ne lui ressemble pas. Tu crois qu'il habite là ?

– Non, il m'a dit qu'il « s'y trouverait », sans plus.

– Il lit trop de Séries Noires.

– Tu as un message à lui faire ?

– Mais non. Signale-lui la vente au Dr Kriek... J'ai viré la somme à ton compte. Et que les enfants sont seuls, évidemment ! Pauline est patiente, mais tu connais Rose...

– Un petit chantage ?

– Non, Giorgio, du bon sens, enfin ! Et puis ce sont quand même ses enfants !

Même le ton parfait de Gabrielle ne parvient pas à adoucir la trivialité de l'exclamation finale. Cela lui a échappé. Levi-Monzi soupire, indulgent. (Féroce, en vérité, glissant et féroce, mais il est passé maître dans l'art de sauvegarder sa tranquillité.) On dirait, au téléphone, qu'il prend dans les siennes la main de Gabrielle. Dès qu'il touche à l'ordinaire des gens, Giorgio se félicite de n'être pas devenu un homme d'ordre. De désordre non plus, hélas. Ordre, ordinaire : telle est son étymologie. Après avoir embrassé Gabrielle avec une bonté plaintive, et raccroché, il soupire encore : comment va se dérouler le dîner de Montreux ? Il revoit l'immense salle à manger – l'hiver on la rapetisse en disposant des barrières de plantes vertes – et frissonne. Les confidences de Burgonde... Il va le doucher, cette fois. Mais pas trop : il faut le remettre à peindre, et qu'il cesse de courser des chimères. Y aura-t-il toujours, dans le sillage des grands maîtres d'hôtel alémaniques, comme des pages derrière les reîtres, ces petits apprentis aux cils baissés ?

– Ils sont beaux les aventuriers... Les amants maudits de la Riviera vaudoise...

Victoire rit, de la moquerie mauvaise au coin des lèvres. La Dame Elégante a réussi son coup : Burgonde, ses enfants sur le dos, a pris dix ans. A moins qu'il n'ait dangereusement rajeuni : un collégien à qui l'on abrège la récréation. Quant à elle, une lettre embarrassée de Lucienne l'a tirée ce matin de ses songes : le cœur de Gilbert bat trop fort et les Meyrisch ont été accablés de travail par les vendanges. En d'autres termes, si Victoire voulait bien émerger de sa convalescence, de ses mystères, de son exil, et redevenir la mère de Thérèse, on lui en serait reconnaissant.

– A nous deux nous allons constituer une « association de parents d'élèves », non ?

Elle observe Burgonde avec curiosité.

– Tu espérais échapper longtemps à tout cela ? Tu es chargé comme un baudet et tu voudrais gambader. Je n'ai pas encore compris ta façon de vivre.

– Je n'emprunte pas l'identité d'autrui et je ne file pas sans laisser d'adresse tous les mois, tu sais.

– Bien sûr. Mais tout le reste : l'argent, les projets, les mômes, le travail – comment t'en sors-tu ? Tu flottes toujours ainsi ou c'est exceptionnel ? Explique-moi.

Burgonde est perplexe. La question est bonne et il serait rassurant de savoir y répondre, mais il ne survit qu'en évitant de la poser. Au reste, attention ! « Survivre » est mélodramatique.

– Flotter, dis-tu ? Je flotte et dérive depuis vingt ans. Les petites brises de la vie me poussent, ou ses paresses m'encalminent, c'est selon, mais je n'interviens guère dans ces mouvements. Du moins est-ce l'impression générale. A mieux y regarder, je passe de l'immobilité au mouvement toutes les fois que je prends un risque. Et pour un peintre, le risque, c'est toujours l'aventure de se donner à voir, de s'exposer. S'exposer au feu, au froid, au danger : c'est le même mot, remarque bien, qu'une *exposition*. Et le même mot encore désignait le supplice du criminel qu'on enchaînait au pilori. Réussie ou non, bien accueillie ou non, selon la formule en usage, une exposition m'a toujours ébranlé. Continuons à jouer avec les mots : ébranlé, c'est-à-dire à la fois mis en branle et en question, animé et inquiété. Peindre en solitaire, dans l'atelier, cela peut modifier l'équilibre intérieur, donner des illusions, des espérances, des colères, des doutes, mais cela ne fait pas avancer. J'imagine que les musiciens et les romanciers connaissent la même aventure : une symphonie non jouée, un manuscrit dans un tiroir peuvent semer profond des germes qui lèveront un jour, mais ils n'interviennent pas dans ce drôle de rapport de l'artiste avec son travail et sa vie, ce que tu appelles « flottement ». Je flotte dans ces périodes – elles peuvent durer quelques jours ou des mois – où je ne fais rien pour briser mon immobilité. Qui, de l'extérieur, pourrait comprendre cette aboulie ? Elle est déjà si mystérieuse à vivre... On s'invente des excuses, des arguments : « Je recharge mes batteries. » « On ne va pas à la peinture comme au bureau. » « J'ai besoin de vivre, moi aussi ! » (Tu connais la réponse : « Je n'en vois pas la nécessité. » Mais où est le Talleyrand de la critique d'art ?) On vivote entre deux eaux, en alerte espère-t-on, aux aguets, la plante carnivore, l'algue molle mais féroce prête à gober les imprudents petits poissons qui frétillent à l'entour. Dame ! Il faut bien nourrir l'œuvre. Tu devines que tout cela est de la littérature. Le père Picasso, que je sache, ne « flotte » pas. Jamais. Il avale les petits poissons sans même s'en apercevoir, parce qu'il rigole, ce qui lui garde la bouche ouverte.

Ils sont à Sonchaud, assis à la terrasse de l'auberge. La vue est sublime et l'on entend les cloches des troupeaux. Vaches couleur de terre, comme en Béarn, comme en Inde ! Une chienne aux pis roses prend le soleil au milieu de la route. Sur la surface métallique du lac, très loin, très bas, des bateaux dessinent leurs géométries. La fin d'octobre donne de la fragilité à toutes ces douceurs. Victoire a fermé les yeux, comme fait la chienne, et tend son visage à la chaleur. Ecoute-t-elle ? Peut-être est-ce la première fois que Burgonde parle en pareils termes à une femme. Ses mots d'homme ! d'une essence si pathétique qu'il n'en fait d'habitude hommage qu'à des oreilles pleines de poils. Victoire l'écoute-t-elle ? Le doute se glisse en lui alors qu'il la regarde. N'était l'exaltation où depuis quelques jours il baigne, il traiterait par l'humour les questions de Victoire et se contenterait de ces riens moqueurs auxquels tous deux excellent. (Ils ont mis au point, déjà, un numéro de duettistes, très gai, qui pourrait leur épargner les profondeurs.) Mais Victoire a sur lui l'effet d'un café bien noir : en face d'elle, les mots lui viennent. Alors il les jette, en vrac, encore cotonneux et hésitants, vers ce visage calme et ces yeux clos. Est-ce raisonnable ?

Hier, sans l'avoir prémédité, il a amené Victoire au dîner de Montreux. Levi-Monzi, qui attendait dans le petit bar étouffant du Palace, à la porte à peine entrouverte sur la terrasse, a mal caché sa stupéfaction. Cette enfant insolente et indolente ? A la dérobée il observait Victoire, ses cuisses longues dans le jean qu'elle n'avait pas pensé à troquer contre une jupe, les seins qu'il devinait mouvants et libres et qui le scandalisaient comme deux fautes de syntaxe. Il a éprouvé le besoin d'aller se rafraîchir. Comment parler à Burgonde devant cette pucelle, cette...

cette espèce de chien trouvé ? « Il a dû la rencontrer sur un talus et la prendre en stop... »

Burgonde devinait tout cela et s'amusait.

– Tu supportes que cette folle s'occupe de ta peinture ? a demandé Victoire dès que Giorgio eut été avalé par la porte des toilettes.

Quelques minutes plus tard elle s'est excusée.

– Vous ne m'en voudrez pas de vous quitter très tôt. Ma fille doit m'appeler à neuf heures et je ne veux pas la manquer.

– Votre fille ? a bredouillé Levi-Monzi.

Le dîner avait été rapide et plus charmant qu'on ne pouvait l'espérer. Le vin y était pour quelque chose. Peu à peu Levi-Monzi s'était mis à chercher le regard de cette personne qui, « soyons honnête », parlait vif. Il l'a presque regrettée quand elle s'est levée pour partir. Il l'a regardée s'éloigner mais n'a pas soufflé mot à Burgonde. Pris à contre-pied depuis une heure, il était seulement soucieux de bien ajuster les coups qu'il était venu distribuer. Redevenu le courtois Giorgio, fraternel et mondain – on avait toujours l'impression qu'il serrait son interlocuteur par les épaules – il a distillé ses liqueurs : le départ – « irrémédiable » – de Gabrielle ; Rose seule rue Raffet avec Pauline ; Frédéric qui rechignait à regagner le bercail ; Léa capable, si elle apprenait quelque chose – « Rose lui écrit tous les jours » –, d'exiger le retour de sa fille aux Etats-Unis...

– Rose n'attend que ça, a remarqué sèchement Burgonde. Puis il a réfléchi.

Cette cascade de niaiseries, ces excellentes nouvelles déguisées en catastrophes, il les avait méritées. Aux petits maux les petits remèdes. Sa fugue n'était qu'un expédient, un remède de bonne femme : le mal ne valait guère mieux. La plus banale crise d'étouffement, une lassitude de notable. Comme il y a encore en lui l'ombre d'un rapin, il a soigné sa bouffée de chaleur avec un rien de fantaisie – les faux papiers, la moustache. Tout ça pour finir dans un hôtel cossu et dans les bras de Victoire. Elle change tout, Victoire. Il y a quinze jours Burgonde se sentait dans la peau d'un bousilleur. Aujourd'hui il découvre en lui de nouvelles et inépuisables ressources d'imagination, de ruse, de prudence : il s'agit de garder Victoire. Elle aussi était à vau-l'eau. Elle l'est sans doute encore. Elle ne se laissera pas aimer facilement. Burgonde craint chaque matin de ne pas la retrouver quand il l'appelle au téléphone. Il imagine la visite chez Veilloz, la moue pincée de Louvette, les réticences... Victoire, en fin de compte, il sait seulement son nom. Elle peut demain lui glisser entre les doigts. Elle ne lui a même pas dit comment s'appelait son capitaine – elle est pleine de mystères, là-dessus. Il est vrai qu'à Uzès... Mais à Uzès on le noierait dans le vague et le silence. Ces petits bourgeois empêtrés d'honneur ! Quand je pense qu'elle n'a même pas donné à la fameuse Lucienne son adresse à Vevey ! Elle s'évanouirait, il n'en serait pas surpris. Il faut absolument l'amarrer à lui et à sa vie, l'apprivoiser. Cette anarchie de bistrots et d'hôtels, ce flottement, comme elle dit, ne sont pas la bonne méthode. Depuis cinq ans elle vit dans le flou, les faux noms, les cachotteries, elle en a par-dessus la tête. Si Burgonde veut la fixer il doit refaire surface, redevenir lui-même, exister, occuper sa place. En d'autres termes, comprendre et accepter l'ultimatum de Levi-Monzi. Il soupire et, avec le sentiment d'intense générosité d'un ministre qui accorde cinq minutes à un copain de jeunesse tombé dans la débine :

– Eh bien, je serai dans trois jours rue Raffet, Giorgio, au plus tard. Rassure Gabrielle, Léa, Pauline, Rose... (il éclate de rire) Quel collier !

– Tu veux dire...

– ... Que personne n'a aucun souci à se faire. Je... je me suis déjà remis au travail et...

– Ici ?

Levi-Monzi est curieux et dubitatif.

– Pas loin d'ici. Mais tu me connais, j'ai besoin du Pataud. Tu sais : les vieilles odeurs, les habitudes...

De verre en verre Burgonde a été plus lyrique. « J'en fais trop », se disait-il. Il voyait le visage de Giorgio se recroqueviller d'ennui, mais le secret de se taire ?

Il a été bien embêté quand Victoire, le lendemain, après pareille débauche de bons sentiments, l'a accueilli par du persiflage : « Ils sont beaux, les aventuriers... » Rien ne serait facile. Il avait eu raison de redouter un éclat, une fuite. Lui parler d'elle ? Elle se cabrerait. Il décida donc de faire bonne mesure et d'appeler à la rescousse les Beaux-Arts. Il prit une profonde inspiration, la voix grave, et commença :

– Victoire, si tu permets, je vais te parler de peinture. Une fois n'est pas coutume. Mon travail...

Elle l'écoutait, et tout en elle signifiait : « Je l'aurai, mon bac, sois tranquille, mais tu ne m'empêcheras pas de jouer les cancres ! Cause toujours... »

C'est ainsi que fut décidé le retour de Burgonde à Paris, et que Victoire l'y rejoindrait dans un délai et selon des modalités qui restèrent vagues. « Il ne faut pas me mettre le caveçon », a murmuré Victoire deux ou trois fois. « Le vocabulaire du demi-solde, a pensé Burgonde, sans méchanceté. Eh bien, j'aurai la main douce. » Ils sont montés après le déjeuner dans les grands pâturages et la forêt qui dominent Sonchaud. Il y a là, au lieu dit Le Creux-de-la-Cierge, un chalet d'alpage abandonné. « Viens, a dit Victoire en secouant la porte, tu n'en es pas à une effraction près ? » La pièce où ils sont entrés sentait le foin, le bois et le soleil. Victoire a mis dans ses caresses un emportement qui ne lui était pas habituel. Il y avait sur son visage, dans la pénombre, plus d'égarement que de bonheur. Quand elle a rouvert les yeux tous ses traits riaient à nouveau. Elle a regardé Burgonde en dessous : « Allons, tu n'es pas près de m'échapper, toi ! Tu aimes trop... » Elle a été prise de court. Elle a ri : « Tu m'aimes trop, quoi ! Ce n'est pas formidable ? »

# IV

## UN GOÛT DE SECRET

Comme c'est fermé, une petite fille ! Le front en forme de mur, les lèvres soudées, et ce regard perpétuellement occupé, qui ne se pose sur les choses que par utilité, les isole, les inscrit dans le cercle d'une attention brève, intense mais limitée, pour sauter bientôt à une autre – assiette, journal, disque –, évitant les visages et les autres regards aussi facilement que s'ils n'existaient pas.

Burgonde observe Rose.

Elle ne peut pas ne pas sentir cette attention collée à ses gestes, à ses traits. Son père a une façon bien à lui de suivre les gens des yeux : ni curiosité, ni malveillance. Il regarde, simplement. Il regarde et il se tait. On s'étonne de ne pas lui voir un carnet sur les genoux, un crayon à la main.

Il est bientôt huit heures. L'usage a toujours été de se retrouver dans la grande pièce du Cafard et d'y bavarder un moment avant le dîner. Il y a peu d'années, Rose, à cette heure-là, avait déjà pris son bain, son repas, et elle apparaissait en pyjama. Frédéric parlait trop fort entre de languissants silences. Pauline entrait, sortait, se plantait devant la télévision, dressait la table, intervenait dans la conversation à l'agacement de Gabrielle, toujours soucieuse de bon ton. « Nous allons avoir de plus en plus mauvais genre, songe Burgonde, maintenant que Gabrielle n'est plus là... »

– Tu souris ? demande Rose. Sa question claque comme une insolence.

– C'est un bon moment de la journée, non ? Alors, je souris.

Rose, en vérité, n'a aucune expédition punitive à mener. Sait-elle même comment elle parle, marche, regarde ? Elle sent frémir en elle une démangeaison de violences et de sarcasmes.

Elle se voit en puits de sécheresse, en source d'aridité. Elle rêve de répliques idéalement rapides, de mots froids et tranchants. Elle hait cette lenteur de tout autour d'elle : radotages de Pauline, habitudes, gestes chaque jour répétés, et plus que tout cette attitude de son père. « Il fait son fumeur de pipe. » L'œil gris, la placidité : c'est vrai qu'il ne manque à Burgonde que de téter un bout de tuyau, de gratouiller un fourneau encrassé. Pourquoi pas de cogner la bouffarde contre le talon de sa chaussure, façon vieil abbé ? Quand des images comme celle-là se mettent à tourner dans la tête de Rose elles y font un vertige. Fureur. Moquerie. Pauline entre, portant à deux mains une soupière. De la soupe ! Les yeux de Burgonde rapetissent dangereusement. Les cuisses de Rose se raidissent, tremblent. Il va falloir tenir combien ? vingt, vingt-cinq minutes ? Et combien d'années ? quatre, cinq ? « Je vais la vomir, la soupe. Sur la moquette couleur de soupe. Entre deux phrases à consistance et à goût de soupe. Et je vais... »

...Burgonde s'est levé. Il passe derrière Rose et la prend par les épaules.

– Tu viens ?

Il sent, comme il s'y attendait, se tendre pour lui résister tout le corps de sa fille. Elle a même fermé les yeux une seconde. Il hésite. « Si je lâche, c'est foutu... » Il serre un peu plus fermement sa main. « Mon chevreau ! » L'épaule n'est pas celle encore d'une femme, mais d'un maigre et farouche garçon. Ou d'une vierge chrétienne livrée aux barbaresques. Réussir à rire, à la faire rire !

Déséquilibrée, Rose cède et se laisse entraîner. Elle s'appuie même un instant de tout son poids à la poitrine de Burgonde, lourde soudain, dolente. « Tout compte fait, ils ne devaient pas s'embêter, les sultans... » D'un geste, au passage, Burgonde augmente la puissance de la chaîne stéréo : il faut toujours faire confiance à Schubert dans les circonstances difficiles.

Il est revenu de Vevey depuis une semaine. Bouches cousues, souveraine aisance : seule Pauline a bougonné, mais avec prudence. Le naufrage de l'orgueilleuse frégate Gabrielle la comble d'aise. Elle espère régner, désormais, mais sur qui ? A peine son père revenu, Frédéric s'est à nouveau fondu dans les brumes où Burgonde n'a pas le cœur de le chercher. Chant choral, poésie espagnole, théorie de l'anarchie, sentiers de grande randonnée : on est toujours en retard sur ses foucades, on ne sait jamais quelle passion l'anime. A peine se rappelle-t-on qu'il partage une chambre de bonne rue des Entrepreneurs avec un copain allemand. Ou autrichien ? Pour le joindre il faut téléphoner à un encadreur, laisser un message, et Frédéric rappelle une heure plus tard. Comme il use de déodorant et n'a pas de besoins d'argent, on le laisse naviguer en paix depuis un an. Gabrielle était dans sa confidence et, de loin, s'entendait à lui donner des avis, à glisser un billet dans sa poche quand il venait rue Raffet vider un pot de confiture ou donner son linge à laver. Burgonde se dit qu'il devrait « rétablir le contact » avec son garçon – mais il se le dit à voix très basse. Comment s'y prendre ? Hors la douceur narquoise que Frédéric connaît bien et accepte, Burgonde ne sait pratiquer aucune politique paternelle. Par exemple, il a très tôt encouragé Frédéric à boire mais, quand il le voit siffler doucement un cognac avec des airs de vieux viveur provincial, il détourne la tête. A d'autres moments le garçon est maigre, pâle, édifiant. Il contemple et juge alors avec pitié les tête-à-tête de Burgonde et de ses bouteilles. Ils sont l'un face à l'autre comme des danseurs incapables de s'accorder. Parfois Burgonde entraîne son fils au Bois dans une de ses interminables marches. Du coin de l'œil il l'observe, à son côté, et lui trouve une allure précocement vieille, le dos mou, l'œil sans éclat. Aussitôt il devient tendre et retrouve, miracle fugace, un ton juste pour lui parler. Des confidences ? Non, jamais. Ni sollicitées, ni offertes. Toutes les fois que Frédéric a amené une fille au Cafard son père l'a traitée avec la même rudesse cérémonieuse qui glaçait les petites. Les visites se sont espacées. Bien entendu jamais Frédéric ne demande à aller à l'atelier. Son père est peintre ? On jurerait qu'il l'ignore. Longtemps écarté des expositions – ces vernissages à la bonne franquette où se faufilent des mômes exaspèrent Burgonde – Frédéric n'y apparaît désormais qu'escorté de deux ou trois copains aux visages sévères. Burgonde goguenarde : « Quel verdict a rendu ton jury ? » Autant se taire. De temps à autre le père sent affleurer en lui un scrupule : « Il va finir par devenir un homme ; il l'est déjà ; je devrais voir ça de plus près... » Mais sa bonne volonté s'épuise vite. C'est comme de vouloir participer à une conversation dans une langue étrangère : le temps de peaufiner une phrase, tout le monde parle déjà d'autre chose.

« Tu peux m'appeler n'importe quand. » Burgonde l'a dit à Victoire en indiquant les deux numéros, pour ne pas lui donner l'impression qu'il est un évadé repris, qu'une trappe s'est refermée sur lui. Mais depuis huit jours pas une seule fois elle ne lui a téléphoné la première. « Pourquoi ? demande-t-il. – Tu ne m'en laisses pas le temps ! » Il est vrai qu'il l'a appelée dix, douze fois, peut-être plus. Elle a toujours la voix enjouée, rapide. « La vie est simple, » lui répète-t-elle. Hier soir elle a annoncé son départ pour Uzès. Elle lui a rappelé l'adresse des Roux, mais : « Ne m'appelle pas chez eux, veux-tu ? Pas tout de suite. Avec les malades, la consultation, c'est compliqué. Et puis je vais avoir besoin de trois ou quatre jours de silence. Je t'écrirai ».

Le silence est donc tombé.

Rose mange son potage comme si chaque cuillerée grouillait d'asticots. Schubert égrène des choses tristes dans un coin du salon où les lampes font leur lumière dorée. « C'est ma vie, pense Burgonde. Tout cela me semble plus irréel qu'un rêve mais je n'ai rien d'autre à exploiter. Je fuis ? C'est *cela* que je fuis. Je reviens : c'est *cela* que je retrouve. Comment Victoire va-t-elle entrer dans cette comédie distribuée depuis si longtemps ? »

Rose est vêtue d'un tee-shirt sur le devant duquel on peut lire : « *I'm a virgin.* » Si elle se retournait, on pourrait constater que le dos du maillot rectifie : « *That's an old T-shirt...* » Elle a jeté sur ses épaules un chandail dont les manches sont nouées sous son menton et pendouillent à quelques millimètres de la surface du potage. Elle a les ongles coupés court, carrés, et de jolies mains pas trop propres. Sous la proclamation désabusée du maillot blanc les seins pointent à peine : « Tes piqûres de moustique », les appelle Frédéric.

– C'est quand, Schubert ?

– 1820, 25...

– Je veux dire : il est mort quand ?

Burgonde se lève, cherche dans les rayonnages un dictionnaire, le feuillette.

– Tiens, ça s'écrit comme ça ?

Rose rit. Elle eût sûrement cherché à « C » et constaté, la bouche amère : « Il n'est même pas dans le Larousse... » Burgonde non plus n'y est pas, mais pour lui ce n'est pas affaire d'orthographe.

De Schubert, Burgonde tente de glisser aux grands sujets. La palette aux lentilles l'interrompt. Puis le téléphone. C'est Levi-Monzi. Rose a décroché. Les gestes furieux de son père lui sont familiers : elle infléchit sa réponse, se fait tout sucre et miel et ment avec tranquillité. Elle écoute un moment, raccroche.

– Les Québécois exigent une date : il paraît que tu comprendras.

– Ils m'emmerdent, les Québécois !

La soirée a pris sa vitesse de croisière. Détendue, Rose s'avachit sur la table et, sans en décoller son coude, se gave de riz au lait. Il ne manque que Frédéric au confort de Burgonde. Non pas à son bonheur – formule consacrée – mais à son confort. Assis entre ses enfants il se sent innocent. Innocent et protégé. Mais innocent de quoi et protégé contre qui ? Ironique, un peu retenu, le rire de Victoire traverse Burgonde. Il ne recevra pas de lettre d'elle avant trois ou quatre jours. Il l'imagine se hâtant de la rue du Collège à la place du Duché, dans le petit froid de six heures, juste avant le courrier. Il lui serait si facile d'être à l'hôtel Maussane. Il travaillerait toute la journée et le soir – l'heure du courrier, précisément – Victoire traverserait la cour en écoutant la musique qu'il fait toujours retentir à tue-tête dans l'atelier. Schubert, par exemple. Le petit trio opus 100, qui lui tord le cœur. Mais il est ici. « Je suis ici pour regarder Rose manger sa soupe comme si la cuiller allait la mordre, et son dessert comme si la famine décimait les lycéennes de Molière. Je suis ici pour croiser mon fils dans un couloir, conforter la bonne, faire un frais au conseiller culturel du Québec, descendre la rue Raffet en rêvassant, réapprendre le chemin du Pataud, faire mes comptes, fixer cette eau trouble du début de la nuit et voir si l'image de Victoire y persiste ou se dilue... »

Pauline passe sur la nappe un ramasse-miettes à l'argent terni. Rose se tait. Les minutes passent. La vie passe et une bouffée de colère monte en Burgonde : pourquoi a-t-il sacrifié un peu de lumière éclatante à cette douceur en veilleuse ? Il comprend Rose, soudain. Peut-être est-ce là le secret de sa rébellion : elle n'aime pas l'eau tiède, ni ces patiences de retraités.

Il s'est levé, toutes pensées à la débandade.

Rose l'observe, curieuse. Elle sent passer des menaces et des peurs, comme on devine dans la nuit des jardins le vol saccadé des nocturnes. Son père semble la redécouvrir.

– Tu montes ?

– Oui, et toi ?

La question le surprend. D'où vient cette impatience de la voir s'enfermer dans sa chambre, disparaître ? Naguère, le quart d'heure d'après le dîner était aussi sacré que celui d'avant.

Les drames ont laissé des cicatrices. « Les drames » : c'est ainsi que Frédéric et Rose ont baptisé la disparition de leur père, les reniflements nobles de Gabrielle et son départ à la cloche de bois. Comme Rose faisait mine de se poser des questions : « T'occupe... a conseillé Frédéric. C'est tes affaires ?

Non. Alors... » Elle l'a écouté et s'en trouve bien. Ce n'est pas pour commencer maintenant à jouer les infirmières.

– Je vais marcher jusqu'à l'atelier...

Burgonde ne retourne le soir au Pataud qu'en période de fièvre, avant une exposition par exemple. Il lui arrivait aussi d'y aller, cette dernière année, pour échapper à Gabrielle. Du moins Rose l'eût-elle juré. Mais ce soir ? Un de ses copains lui a dit un jour, la pomme fendue d'un sourire : « C'est vachement commode, pour un type, un atelier comme celui de ton père... » Et comme elle était lente à comprendre : « Ben quoi... » Leurs gestes affreux, dont elle rit, comme les autres. Depuis ce jour-là elle se pose des questions. Ou plutôt refuse de les poser. « C'est tes affaires ? Non. Alors... » Elle referme sur elle la porte de sa chambre et jette un coup d'œil à sa montre : moins de vingt-cinq minutes, excellent score.

Resté seul – Pauline a passé la tête par l'entrebâillement de la porte pour dire bonsoir – Burgonde retire ses mocassins, sans se baisser, à la façon des adolescents. S'il reste chaussé, le soir, dans la maison, ses déambulations de boiteux y font un bruitage pour film de terreur. Il a donc pris l'habitude de se promener en chaussettes. Il découvre combien la présence de Gabrielle le gênait. Il n'osait pas quand elle était au Cafard – et elle y était presque en permanence – marcher comme il fait maintenant de pièce en pièce, silencieusement, allumant les lampes, restant un moment immobile sur chaque seuil. Les voisins doivent se demander ce que signifient ces lumières tour à tour allumées et éteintes, cette exploration, ce rêve éveillé dont le rythme ne correspond à aucun des usages d'une vie.

« Un regard neuf », se répète Burgonde. Il imagine Victoire venant ici pour la première fois, et comment elle verra le Cafard. Il essaie de nettoyer son œil, de le vider de ses souvenirs et de ses habitudes. « Une maison de peintre » : se dira-t-elle cela ? De fait, toutes se ressemblent vaguement – à l'exception du *Bunker* de Niemand. Elles ont toujours, aussi cossus que soient les murs – ils le sont souvent – quelque chose de campagnard et d'artisanal : des meubles de rotin, des sièges de Manille qui font bon ménage avec de lourds bahuts, du noyer, du merisier, des coffres sur lesquels on ose poser les ferrailles déchiquetées des amis sculpteurs, de vastes fauteuils paillés comme c'était la mode d'en acheter chez les brocanteurs vers 1950. Ensuite est venue la vague scandinave : elle a déposé chez les peintres des tables en teck, des canapés puritains, et sur leur table des couverts profilés, des couteaux en forme de fusée, des salières dont visiblement les « créateurs » rêvaient de figurer le plus vite possible dans les vitrines d'un musée. Aux murs se bousculent des toiles qui feraient l'orgueil d'un collectionneur, mal ou pas encadrées, accrochées à la diable entre des dessins d'enfants, des photos réputées « marrantes », des coupures de presse et des adresses utiles punaisées là un jour et oubliées. On sent, omniprésente, rôder la peur de faire bourgeois. C'est elle qui a banni les « beaux » meubles (les eût-on hérités), la moquette (comme si l'on craignait jusqu'au salon les taches de peinture) et qui a disposé ici et là ces cerfs-volants chinois, instruments aratoires, masques nègres, agates arborisées, poupées hopi, fixés sur verres siciliens, bric-à-brac à quoi le sociologue reconnaîtrait la « maison d'artiste » aussi sûrement qu'aux cartels, cabriolets, pastels, marquises, tables rognon il repérerait le salon du célèbre urologue en train de se chauffer un fauteuil à l'Académie de médecine. Le Cafard ne fait pas exception à ces règles.

Seule Gabrielle, ces dernières années, a imposé quelques éléments de décor au classicisme desquels elle rassurait sa crainte d'être « à côté ». Mais ils seront vite recouverts par les marées d'anarchie, de hasard, de négligence et de rigolade qui déposent leurs épaves rue Raffet. Victoire ? Victoire *ici* ? Burgonde a du mal à y croire. Pourquoi ? Il essaie de voir comme pour la première fois le grand Bazaine, la série des aquarelles de Letourneur, une *Bessie* de Prassinos, les *Coqs* de Pignon, les deux Fautrier, le Campigli, ses propres *Ciels* sur lesquels un petit Calder dessine son mouvement d'ombres au gré d'un courant d'air venu de l'escalier.

Tout cela lui dira-t-il quelque chose, à Victoire ? Peintures entre deux modes, cadeaux d'amis un soir d'anniversaire, échanges de bons procédés, jalons plantés au bord de routes de plus en plus divergentes : beau condensé d'une vie, en vérité, et sur lequel devrait s'extasier cette jeune femme un peu primitive, n'est-ce pas ? qui n'a pas eu, elle, le privilège de vivre entre de fines sensibilités, qui tient ce qu'elle sait du monde des dames de la Légion d'honneur, d'un allergologue de province, d'un hussard démonté et, plus récemment, à en juger par ses silences, de quelque gredin de chansonnette et de cabaret... Pas eu souvent l'occasion, Victoire, d'apprécier les architectures baroques de Rosengart ni les *Ciels* de votre serviteur. Toute une éducation à refaire. Un vocabulaire. Des références implicites. Le goût ! Apprend-on le goût à une sauvage de vingt-deux ans ?

Eh puis, n'en a-t-elle pas un, différent du mien ? (Il a pensé : « du nôtre ».)

Il fait une nuit claire et rapide : le vent mouillé bouscule ses nuages devant la pleine lune. Burgonde écoute cogner sur le trottoir ses pas inégaux, et le parapluie dont il s'aide comme d'une canne. Impasse Pataud il dérange deux chiens amoureux : une poilue noire, qui gronde, et un grand efflanqué gémissant. Des feuilles mortes pénètrent dans l'atelier en même temps que lui. Lumière blafarde, odeur d'église. Burgonde brûle trois ou quatre allumettes avant de voir bleuir la veilleuse du poêle à gaz. Il a jeté sur ses épaules la couverture kaki.

Viandes froides aux sauces figées, salades fripées et cuites : son travail apparaît à Burgonde comme feraient à un visiteur les reliefs d'un repas abandonné, autour duquel, quand on revient, bourdonnent des mouches. « Des mouches, non, j'exagère. » Tout au Pataud est propre, glacial. Parviendra-t-il jamais à réchauffer ces peintures mort-nées, toute cette argile en laquelle nulle fièvre n'a été insufflée, ébauches oubliées, intentions aujourd'hui indéchiffrables ? Enchaîner ? L'idée lui fait horreur. Impossible de repartir du même point puisqu'il ne s'y trouve plus. Il a brûlé sans remords les papiers de Louvigne, à Vevey, chez Victoire, dans la cheminée où elle avait allumé un feu. Pauvre Etienne ! Mais le moyen de faire autrement... Le mas Louvigne, l'hôtel d'Albertville, la trappe de Tamié : une autre vie, que quelques semaines ont à demi effacée. Le départ de Gabrielle a donné un tour définitif au changement.

Burgonde, du fond de sa froideur, est reconnaissant à Gabrielle de n'avoir pas eu, lui, à prendre de décision. Elle a fait place nette de son plein gré. Du moins feint-il de le croire. Place nette ? Rien n'est si clair. Burgonde ignore ce que pensent Rose, Frédéric, et même, à l'autre bout de ce chemin où il piétine, ce que pense Victoire. Trop discrète, Victoire – ou méfiante ? Un oiseau sur l'appui de la fenêtre, un chat sur le seuil : à la première maladresse elle fuira.

Il voudrait pouvoir l'appeler, écouter son souffle, sa voix. (Elle parlerait bas parce que chez les Roux l'appareil doit être posé sur une table de l'entrée, peut-être dans la salle à manger, à cause des malades qui téléphonent à n'importe quelle heure. Il entendrait derrière elle le bruit des choses usuelles...) Mais ce confort lui est interdit. La netteté, l'autorité de Victoire, inséparables de sa jeunesse, et le plaisir qu'éprouve Burgonde à s'y soumettre : c'est la première fois qu'il joue, dans un couple, ce rôle du soumis, du patient, du *vieux*. A Vevey il attendait Victoire pendant qu'elle travaillait ; maintenant il attend un signe d'elle. Tout de suite elle s'est glissée dans son personnage et lui a attribué le sien. Toujours, jusqu'alors, les femmes qu'il a eues acceptaient la règle du travail de Burgonde : ses horaires, le silence de l'atelier, les périodes de vide et de flânerie alternant avec les brusques fureurs de peinture. Loi non dite mais tacitement respectée. Tout ce qui se passait dans le mystère du Pataud, au fond des crises d'exaltation ou de découragement de Burgonde, était tenu pour prioritaire, capital. D'une essence supérieure à celle de l'ordinaire des gens et des choses. Un jour où il avait bu un de ces fameux verres de cognac qui rebroussent son père, Frédéric avait dit : « A leur façon, les ââârtistes, ils jouent au petit chef... » Il voulait dire : à *ta* façon. Burgonde s'était tu.

Il ne sait pas comment Victoire a échappé à la loi commune. Tout s'est passé comme si l'identité d'emprunt avait absorbé, anéanti la vraie. Les mélancolies et les orages d'un traîne-patins de télévision n'impressionnent personne : Victoire continue de considérer Burgonde comme s'il était Louvigne. Elle l'a connu en état de solitude, de moindre résistance, jouant une comédie, paressant dans une chambre d'hôtel, se donnant à bon compte des frissons d'aventurier : elle n'a pas *mis au point* sur lui quand Burgonde est redevenu lui-même. Mais l'est-il redevenu ? Les jours ont passé sans qu'il se remît au travail. Au reste, son travail ne signifie rien pour Victoire. Elle ignore l'atelier, les expositions, les catalogues, les collectionneurs, toute cette rumeur et ces silences autour de lui. Connaît-elle même ses peintures ? A l'exception du film d'Etienne, qu'elle a bien entendu oublié, et du buffet dressé dans le sous-sol de Publicis, elle ne sait rien du peintre qu'il est, de la représentation qu'il donne, des trous d'ombre et de vide derrière cette représentation. Lui en parler ? Ces sujets-là ne sont pas abordés par les gens convenables. Il y faut le hasard, l'intérêt commun, des années de compagnonnage. « On a des témoins, pas de confidents » : telle est la morale de Burgonde et, désolé, il comprend qu'une fois de plus il s'y conformera, dût-il y perdre Victoire ou la cantonner dans un emploi subalterne. Charmant, bouleversant, mais subalterne : la maîtresse-qui-pourrait-être-sa-fille, l'aventure inespérée, deux vies à la dérive qui pour un moment navigueront de concert.

« Mais je déconne ! Je déconne ! » Il a déjà l'appareil en main, il compose le douze, il demande le numéro du Dr Roux, à Uzès, Z comme Zoé, Gard. « Je vais troubler leur soirée, moi, à M. et Mme Roux !» Sa bouche se dessèche, comme au conférencier nerveux. « Oui, je note, mais passez-le-moi !» Des voix, des accents : « C'est toi, Remoulins, mon petit ?... » Enfin la sonnerie, longtemps, et Burgonde sent son front devenir moite malgré le froid de l'atelier. Une voix posée, un peu grave. Victoire ? Non, sa sœur, évidemment, et les phrases convenues : « Un dîner chez des amis », « Oui, sûrement très tard... » Après quoi l'atelier semble à Burgonde plus sépulcral encore, et sa voix y résonne quand il parle seul, et les grands fracas poussiéreux quand il commence à déplacer les chevalets, à dégager l'espace où il a l'habitude de travailler, à faire de la place dans la réserve où il va ranger, après les avoir marquées d'un grand 67 au stylo-feutre, toutes les toiles inachevées, cafouilleuses, accumulées au printemps. Tout cela à gestes amples, précis, patients. Il a chaud, maintenant. Après quoi il « fait la poussière », balaye – il a ouvert la porte sur la nuit – et quand il contemple le Pataud redevenu vivant, offrant au travail son ordre d'honnête atelier – un bricoleur s'y sentirait à l'aise, ou un ébéniste – les spots lui paraissent dispenser une lumière plus intime, plus familière. Comme il est près de trois heures du matin il referme la porte, éteint, s'enveloppe dans le plaid et se couche sur le canapé noir où il s'endort en une minute, sans plus penser à rien ni à personne.


Quand Levi-Monzi, au milieu du déjeuner, annonça la nouvelle à Burgonde, il eut l'air de se venger. Ils se supportaient de plus en plus mal depuis un moment. Les deux heures passées dans l'atelier firent déborder le vase.

– Les gens attendent de toi quelque chose, tu peux bien le leur donner ! Que tu te poses des questions, que tu évolues, c'est tout à ton honneur, mais tu peux aussi ménager des étapes, des pauses. Tu n'es pas obligé de tout casser, de tourner ton travail passé en ridicule. C'est tes collectionneurs et tes critiques que tu ridiculises, tu y as pensé ? Tes *Ciels* ont fait énormément pour toi. Plus que tu ne veux le comprendre. Je vais te parler franchement : c'est là-dessus que tu vis, mon petit Burgonde. A ce que tu as fait depuis – ton expo de 63, celle de New York, celle de Lyon, celle de l'Abbaye, oui, même celle-là ! – les gens n'ont pas vraiment accroché. Tu le sens bien... Ils sont réticents. La presse marche, les vieux amis donnent de la voix, mais les collectionneurs, les vrais, se dérobent. Ils considèrent que tu es arrivé et ça ne les amuse plus. Ils voudraient te voir tout foutre en l'air, tout chambarder, oui, repartir de zéro, ça les exciterait. Mais puisque tu n'en es pas là, que tu ne te sens pas un tempérament à le faire, alors ne désoriente pas les gens, donne-leur ce qu'ils attendent de toi. Ce n'est pas glorieux ? C'est une transition, mon petit vieux, un temps de repos, pas de déshonneur à cela.

Burgonde l'a laissé parler. Giorgio déborde de ferme bonté, de lucidité arrangeante et affectueuse. Il a repoussé son assiette, glissé entre ses lèvres une cigarette qu'il oublie d'allumer.

– La nouvelle que tu m'as promise, c'est quoi ?

Levi-Monzi baisse les yeux, gratte une allumette, aspire une longue bouffée de fumée comme on fait provision d'air avant de plonger.

– Je m'associe avec Ludo. Baby Demos possède deux tiers des parts Falkenberg, Ludo un tiers, et la société Falkenberg détiendra la moitié du capital de la nouvelle galerie que nous créons. De sorte qu'avec cinquante pour cent des parts, je reste le plus lourd. Donc libre. Mais Baby m'ouvre l'Amérique et Ludo m'apporte de jeunes types, du culot, des trouvailles un peu folles où je n'aurais pas l'idée de m'aventurer sans lui – tu le connais...

– Alors, « tout chambarder », « repartir de zéro », c'est du Ludo ? Je crois l'entendre. Il m'a déjà fait le coup. Tu sais où ? Dans une auberge à chiqué, au bord du Rhône, avant même le vernissage de l'Abbaye. Il ne perdait pas de temps !

– En somme, tu n'es pas mécontent ?

– Mécontent ? Non. Triste, oui. Parce que tu vas te faire couillonner, Giorgio. Une part de toi m'en veut d'avoir quitté Gabrielle : c'était rassurant, Gabrielle, c'était solide, avec tout le fric Schramm à l'arrière-plan, et les audaces cossues, les collections pépères. Mais une autre part de toi rêve de voyous et de scandales. Où es-tu, *toi*, Giorgio ? Lequel des deux ? Et que va devenir l'homme qui soutenait Vayssière, Letourneur, Rosengart, moi ? Tu vas nous larguer ? Ou bien espères-tu nous métamorphoser en provocateurs et faire de nous des vedettes aux Amériques ?... C'est ton démon de midi, Giorgio !

– C'est bien à toi de...

– Allusion à Victoire ? On n'est pas plus délicat. Ne mêle pas Victoire à tout cela. Nous ne sommes pas ici pour parler d'elle. Mais de peinture et de fric. Oui, de fric ! Que devient mon contrat dans l'esprit de tes « associés » ?

– Rien de changé, Burgonde ! Comment peux-tu...

– Qui amènent-ils, le petit Lepoux et sa corneille grecque ?

– Nous sommes en pourparlers avec Owens, Fathergood...

– Fathergood ? Rien, continue.

– Andreotti. Peut-être Stella Blunt...

– Niemand sera dans le coup ?

– Qu'est-ce qui te fait penser... ? Enfin, oui, c'est encore confidentiel mais il a donné son accord. Ludo pense à un lancement... une sorte de happening... du jamais-vu, tu sais, quelque chose de très...

Il cherche ses mots, il bat des cils, il voudrait payer l'addition et être ailleurs. Une amitié de vingt ans. Il avait encore les cheveux noirs... La vie peut-elle s'effilocher ainsi ?

– ... très agressif, subversif...

Levi-Monzi soupire, accablé. Tout à l'heure on eût dit qu'il prenait sur Burgonde une revanche ; maintenant il a l'air d'implorer son pardon. Il s'entend dire des choses molles et douillettes (« une si longue collaboration »... « rien de changé... »), sans s'étonner de voir le visage du peintre se fermer, ses yeux fuir. Alors il appelle le maître d'hôtel, le bras levé, en claquant des doigts, vieux collégien que torture un besoin pressant. Le besoin de filer, de refermer sur soi la porte capitonnée de son bureau, à la galerie, où depuis deux jours un forban envoyé par la Demos examine la comptabilité en se curant les dents.

Le plus gris de l'hiver a passé dans l'incertitude. Il a fallu, comme on le lui répète, « toute la fermeté de Genève » pour qu'on fasse à Victoire une petite place dans le bureau de Paris des éditions Veilloz, où l'on n'aime guère cette « parachutée ». On lui a donné à contrecœur une table, un téléphone, mais rien à faire. Victoire s'ennuie et devient insolente. Elle fume de plus en plus. Non seulement elle est une protégée des patrons, mais elle est grincheuse. Elle en est la première gênée. Les souhaits la concernant tombent de si haut qu'ils deviennent inefficaces : une table, oui, et un salaire, mais pas de travail ni d'amitié. En toucher un mot à Flavienne ? Victoire aura l'air d'une raseuse après avoir eu l'air (son départ de Vevey) d'une sauteuse. Rien ne va plus. Les puissants banquiers ont le bras long, mais les longs bras ne servent à rien dans le détail de la vie. Victoire maudit cet entrelacement de privilèges au cœur duquel elle est si démunie.

Il a plu presque chaque jour du début de décembre. Où habiter ? Bien entendu Flavienne l'a hébergée. Mais en l'absence des Schramm elle a eu l'impression qu'on armait un paquebot pour une seule passagère. L'hôtel de la rue Saint-Simon résonnait à ses moindres gestes, la nuit surtout : la porte cochère qui se fermait, ses pas quand elle traversait la cour ou montait l'escalier, les tuyauteries quand elle coulait un bain. Ce silence solennel était assourdissant. Elle qui croyait la vie des grands riches feutrée, assourdie : encore une notion à réviser. Les Schramm en étaient à ce degré de réussite où le luxe redevient froid, ingrat. Victoire attendit le retour de Flavienne – elle était en Californie –, passa deux soirées avec elle et alla s'installer dans un meublé de la rue du Dragon. Là, au moins, Burgonde pourrait la rejoindre sans histoires.

Tout de suite les avait empoisonnés cette vieille affaire de tous les irréguliers : où ? quand ? Burgonde, qui n'avait plus connu ces embarras depuis sa jeunesse, se révéla incapable de les régler. Il paraissait se délecter aux complications : tromper la vigilance du concierge de l'hôtel Schramm ; expliquer à Victoire qu'au Cafard la présence de Pauline, celle de Rose, sans compter le fantôme de Gabrielle... Ils se retrouvèrent aussi godiches que des amants de vingt ans. Burgonde, mi-figue mi-raisin, proposa le Pataud, où Victoire, instinct ou réflexe, refusa de le rejoindre. Elle crut qu'il y avait reçu des douzaines d'échevelées putains et que la gêne lui donnait cet air faux. Elle ne pouvait pas deviner que l'atelier était une sorte de chartreuse ni qu'une tout autre gêne bridait Burgonde. Il pensa, lui, qu'elle se fichait de sa peinture et fuyait même les occasions d'en voir. A ce point du malentendu tout entre eux pouvait surgir, pourrir, et d'autant plus vite que Victoire se croyait harcelée par sa sœur, chez qui finalement était restée Thérèse. Qu'en eût-elle fait ? Qui s'en fût occupé ? Lucienne l'avait mise au jardin d'enfants de l'école d'Uzès. « Elle prendra l'accent... Elle finira mariée à un viticulteur de l'Aude... » Victoire avait mauvaise conscience et, chaque soirée que Burgonde passait chez lui, assis face à une Rose concentrée et muette – c'est-à-dire presque toutes les soirées – elle se détestait, et détestait sa vie, et détestait peut-être Burgonde. Il la rejoignait vers dix heures et demie et la trouvait transie, grise. Il l'emmenait dîner chez Lipp ou dans l'un des innombrables bistrots du quartier. Ils prirent leurs habitudes au Village. Là, déjà rassasié, Burgonde regardait Victoire manger. Lui, il buvait. Au bout d'un quart d'heure, légèrement gris tous les deux, ils retrouvaient leur aisance de Saint-Saphorin ou de Sonchaud. Vers minuit, tanguant sur le trottoir du boulevard Saint-Germain, ils revenaient vers la rue du Dra gon. L'escalier était humide, la minuterie capricieuse. Victoire avait tenté d'égayer les deux pièces presque vides en jetant des foulards sur les lampes comme font les étudiantes. Ils sentaient d'autant plus le sang à leurs oreilles et à leurs joues que le froid et le désir les faisaient frissonner. Burgonde était impatient. Aucun d'eux ne mesurait, dans cet emportement, la part de l'ivresse, celle de la tendresse. L'alcool rendait Burgonde à sa jeunesse, et sans doute aussi le studio triste, la couverture marocaine, le tourne-disque posé sur le sol. Il arriva que le voisin cognât au mur : ils durent s'aimer en silence, chacun tirant la couverture sur le dos de l'autre quand il le sentait se glacer. A la mi-décembre il fit si froid que Burgonde prit une chambre à l'hôtel Lutétia, au cinquième étage, là où les couloirs sont jaunes et les fenêtres en forme de demi-lune. Les illuminations de Noël, sur la façade du Bon Marché, tremblotaient dans la brume et la nuit. Victoire refusa de s'installer à l'hôtel. Elle y venait à neuf heures et attendait Burgonde. Ils se faisaient monter de la viande froide et des bouteilles de bordeaux qu'ils vidaient avec un entrain un peu factice. La grande chambre où l'on entendait battre l'eau brûlante dans les radiateurs avait le pouvoir d'indisposer Burgonde. Il était contraint, excessif. Il buvait à la façon d'un adolescent fanfaron. Victoire croyait se retrouver dans le chalet de Crêt-d'y-Baud, ce début d'après-midi d'octobre qui lui laissait un souvenir équivoque, et à son tour elle devenait gauche. Une nuit, comme ils étaient sortis de l'hôtel Lutétia à deux heures du matin et que Burgonde raccompagnait Victoire jusqu'à la rue du Dragon dans le brouillard, au lieu de la quitter sur le trottoir il la poussa dans l'immeuble et dans l'escalier. Ses gestes étaient à la fois d'un vaurien et d'un amoureux. Il bouscula Victoire sur le lit et, sans se dévêtir, écarta brutalement la jupe de la jeune femme. Il y eut quelques craquements et, heureusement, des rires. Ils n'avaient même pas allumé le radiateur électrique ni la lampe de chevet sous son lambeau de soie rouge. Ils se donnèrent l'un l'autre un grand plaisir hâtif, étonné. Burgonde devinait dans l'obscurité la surprise de Victoire, une sorte de gratitude gaie qu'il avait une fois ou l'autre espérée, poursuivie, et qui maintenant le comblait de paix. Ils se reprirent, haletants et rieurs.

Burgonde s'éveilla à l'aube et s'en alla sans trop se demander si Victoire dormait ou faisait semblant. Dehors, le brouillard avait givré et l'on tenait à peine debout sur les trottoirs. Il conduisit lentement mais ne put empêcher la voiture de se mettre en travers du quai d'Orsay avec une lenteur engourdie et perfide. « Ah, ce n'est pas le jour ! » Burgonde prit sa respiration, grommela et se remit en route. Des agents l'observaient, en faction devant le ministère des Affaires étrangères, mais ils ne bougèrent pas. Il n'était pas tout à fait sept heures quand il arrêta la voiture impasse Pataud, dont les pavés, grâce au ciel, n'étaient pas verglacés. Il pourrait prétendre avoir passé la nuit à l'atelier.

Quand il vint rue Raffet vers neuf heures prendre son petit déjeuner, il trouva Rose qui l'attendait. Elle n'était donc pas au lycée ? « Il y a grève, tu ne le savais pas ? » Elle disait « il y a grève » comme elle eût dit « il y a histoire ou sciences nat ». Elle observait son père avec curiosité : ses yeux rouges, ses mains qui tremblaient.

– J'ai travaillé tard et, quand j'ai vu ce verglas, je suis resté dormir au Pataud. Avec ma patte folle...

Rose se leva, plia sa serviette.

– Je t'ai appelé dix fois, au Pataud. Jusqu'à une heure. Je voulais te demander...

Elle tourna brusquement les talons, des larmes plein les yeux : « ...Oh ! Et puis merde, tiens... » La porte claqua, puis une autre. Un soleil inattendu faisait briller le gel sur les pins, devant la maison de Le Corbusier. « Eh bien, c'est la guerre », constata Burgonde.


Puisqu'il y a du soleil, et que le froid durcit enfin toute cette boue en quoi se transformait le monde depuis des semaines, Burgonde se hâte vers le Pataud. Les concierges grattent et balaient l'asphalte devant chaque immeuble. Un chien-loup de quelques mois glisse comiquement, ne comprend pas, et gémit en levant les yeux vers son maître. A peine la porte ouverte, l'atelier souffle à la tête de Burgonde une haleine de chaleur et de bons parfums de travail, excitants. Fatigue oubliée, Rose oubliée – mais elle le guette dans un coin de la mémoire, avec ses lèvres méprisantes et ses yeux embués – il jette ses vêtements sur le canapé noir, enfile une blouse et regarde autour de lui. Bûcheron au pied du chêne à abattre : il joue son rôle. Il faut ce qu'il faut. Hier il a isolé trois toiles commencées, dans un coin de l'atelier où la lumière, ce matin, les frappe de plein fouet. Il pense : le soleil est sur elles comme, le matin, sur une femme encore endormie. Il n'y a pas le téléphone dans le logement de la rue du Dragon. D'ailleurs Victoire, à cette heure, en est sûrement sortie. L'appeler chez Veilloz ? Non, Burgonde préfère l'imaginer dans la rue. Dans la rue et dans le soleil. Ou bien ici, dans la bonne odeur du bois (les châssis) et de l'huile, avec le ronflement du radiateur, les branches cassantes et blanches qui frottent la verrière où s'étoile le givre. Il saurait quoi lui dire, à Victoire, ce matin. Il saurait lui pardonner ses silences, lui expliquer ce qu'il attend d'elle. « Mais je n'attends rien d'elle ! » Est-ce sûr ? Non pas d'être une pseudo-critique. Un bas-bleu. Ni la Femme-du-Peintre (il en sort...) Mais elle pourrait être une manière d'enfant : celle avec qui l'on n'a pas honte de jouer. Ou d'animal : celle que l'on n'a pas honte de caresser. Elle serait son occasion de flâner. Un paysage. L'audace de se mettre nu. La complice de secrets simples et terribles. L'attente impatiente de la prochaine saison. Le rire et l'essoufflement de la fin de la course. (Il y a quelques heures, rue du Dragon : un vide se creuse dans le ventre de Burgonde.) Tout cela qui n'a rien à voir avec les trois toiles disposées dans le soleil mais qui les contient, ou qui est contenu par elles, ce que Burgonde, ce matin, se sent capable d'expliquer à merveille.

*<br>**

C'est le 22 mars qu'eut lieu chez le baron Buchs le happening organisé par Baby Demos et Ludovic à la gloire de Niemand.
« Organiser un happening ? Non-sens et contresens, avait déclaré Niemand. Triple erreur : de traduction, de conception et sur le personnage. *Un happening arrive* : on ne lui fixe pas de rendez-vous. Il éclate. Il brise portes et fenêtres. Je refuse de participer au contresens. Je m'en vais et *cela arrivera* le jour dit. Le jour dit : concession aux marchands de rigolade... »
Sur quoi le peintre gagna Saint-Moritz où il avait ses habitudes au chalet Schramm. Il y participa à quelques matches de hockey, mais un escogriffe canadien, qui ne devinait pas son âge sous l'armure et le casque, l'ayant un peu trop secoué – « erreur sur le personnage » ? – Niemand ne se consacra plus, sur la terrasse du chalet, qu'à des séances de bronzage intégral, disposant des réflecteurs et de petits miroirs paraboliques afin de hâler plus vite les morceaux de peau auxquels le soleil n'avait pas accès. Entourée de talus de neige, encombrée de plaques de métal éblouissantes et sonores, la terrasse devint un lieu infernal où les domestiques du chalet – des Grisonnes aux beaux mollets – refusèrent bientôt de s'aventurer. Freddy Schramm dut téléphoner de Bâle, puis de Paris, pour rétablir

l'harmonie entre le peintre et la maisonnée effarouchée. Une équipe de *Millionnaire* – deux New-Yorkaises aux fortes dents et des photographes italiens installés au Palace – alléchée par des échos entendus à la Chesa Veglia, fit le siège du chalet Rosatsch. Niemand, bon tacticien, céda le troisième jour et les journalistes débarquèrent. La plus âgée des deux femmes s'allongea, un entonnoir sous le menton, pendant que sa compagne faisait discourir Niemand dans son anglais approximatif et râpeux. Le photographe et son assistant dansèrent leur ballet autour d'un Niemand à la peau recuite, les yeux réduits à deux fentes moqueuses : il était le seul à rester sans lunettes noires au cœur de l'éblouissement. Au deuxième verre, sous ce feu, tout le monde fut ivre, sauf le peintre : il buvait du thé glacé que ses visiteurs prirent pour un whisky particulièrement meurtrier. On lui demanda de poser nu pour quelques photos, et les deux Américaines devinrent extraordinairement professionnelles. La plus âgée, dont le cou et le menton étaient à point, avait interrompu son bain de soleil et fumait cigarette sur cigarette. Le photographe, profitant de la nervosité générale, s'écarta et, son appareil braqué selon un angle inusité dans le portrait, travailla au zoom, faisant taire son assistant qui gloussait. « Je ne peux et ne veux rien dire », répondait Niemand à toutes les questions sur son travail actuel.

– Des projets pour les États-Unis ?
– Non. Trop de puritanisme. Trop de nationalisme.
– Votre opinion sur les peintres américains ?
– Académiques.
Etc.

Une serviette-éponge à la main dont il couvrait à demi sa toison et son sexe, debout dans la lumière de midi, avec son visage froncé de vieux guide, ses réponses gutturales et laconiques, Niemand se demandait jusqu'où aller. Il laissa une question en suspens et considéra un instant ses interlocuteurs : les deux femmes avaient le sang au visage ; le photographe brillait comme un paludéen. Seul le gamin qui lui servait d'assistant – profil de renard, bouche mince – refusait d'être dupe. Niemand se sentit pour lui un élan de sympathie. Il aperçut aussi, derrière une fenêtre, la bouille scandalisée de la belle Norma. La comédie avait assez duré. Il alla jusqu'à la grande fumeuse : elle était à demi assise sur la sortie de bain écarlate que Niemand ramassa. Il vit, quand il se pencha, l'Américaine s'humecter les lèvres. Il enfila le peignoir, l'air grave et soudain excédé. « Venez le 22 chez le baron Buchs, à Paris, onze heures le soir, sans caméra, » proposa-t-il. Puis, grand seigneur : « Je procéderai à une peinture en public. Venez ! »

La retraite de l'équipe s'effectua dans une certaine confusion bien que chacun prodiguât les airs blasés.

Niemand, malgré le peignoir et les pieds nus, qui faisaient paraître courte sa taille, dominait la situation. Il avait appris depuis longtemps à imposer aux autres le sentiment qu'ils étaient, *eux* – avec leurs vêtements, leurs principes, leur sérieux –, dans leur tort.

« En sport, disait-il, aucune tactique ne vaut le contrepied : l'autre tombe, tu marques le point et tu fais rigoler le public ». Il regagna sa chambre. Quand il croisa Norma dans l'escalier il la toisa avec sévérité. Un quart d'heure plus tard, en tenue de ski, il se fit conduire par le chauffeur à Chantarella où il prit le funiculaire de Corviglia, et là le téléphérique du Piz Nair. Il jeta un coup d'œil dégoûté sur les skieurs attablés devant des canettes vides et du gras de jambon. Il renonça à déjeuner, boucla ses fixations et ses lanières et bascula vers la pente, là où le départ était le plus abrupt. Il skiait avec prudence et brutalité. Il enchaîna descentes et remontées jusqu'à la fin de l'après-midi. Alors il plongea vers la station, déjà entrée dans l'ombre. Un peu avant Chantarella il quitta la piste et, entre les maisons et les mélèzes, prit un raccourci acrobatique qui le mena en deux minutes au chalet Rosatsch.

Sur les conseils de Baby Demos, le baron Buchs renonça à faire graver des invitations. Il renonça même à inviter quiconque autrement que de vive voix, dans un murmure, en précisant qu'on ne serait pas plus de trente, en suppliant qu'on n'ébruitât pas l'affaire et en ayant l'air de regretter, à peine était-elle formulée, cette allusion à des élégances vertigineuses, cette promesse chuchotée.

Un dispositif fut monté au bord du bassin, dans le jardin d'hiver, qui parut mystérieux au plombier et au menuisier habitués pourtant aux caprices buchsiens. Sur un châssis fut tendue de la cellophane, de façon à composer une paroi transparente qui ressemblât aux autres parois de l'énorme serre 1900, gloire du baron. Une petite estrade fut dressée, sur laquelle on braqua des projecteurs dissimulés entre les feuilles des aréquiers et des raphias. Un plan incliné, légèrement incurvé pour former une rigole centrale, permettait de faire s'écouler dans le bassin, entre les nénuphars, le ruissellement sur quoi l'on refusa de fournir aux artisans des explications. Deux bouquets de feuillages pennés et palmés et des pénombres savamment calculées empêcheraient, la nuit tombée, de distinguer le faux vitrage des vrais. Ludo lui-même régla l'étroit faisceau lumineux des spots. Sa façon de procéder n'était pas sans rappeler celle du photographe italien de Saint-Moritz, mais qui s'en serait avisé ?

Baby, vêtue d'un pantalon de soie parme et d'un justaucorps de Pucci (« Je suis bien la dernière femme à s'habiller chez ce pauvre Emilio... »), mâchait de temps en temps la même phrase inquiète : « Nous jouons une grosse partie, tu sais, petit... » Entre Ludo et elle une sorte de paix semblait s'être installée. Plus associés et moins amants : on le devinait à des mots précis, à des airs de connivence marchande qui avaient remplacé les fureurs rentrées de leurs premiers temps.

Levi-Monzi vint inspecter les travaux finis. Il avait été invité parfois chez Buchs mais ne lui avait jamais rien vendu. Il le considérait donc avec un mélange de déférence et de suspicion qui lui faisait cet œil rapide, neutre, pendant qu'on le guidait vers le jardin d'hiver. Des surréalistes... Des trucs belges de tout repos... Delvaux, bien sûr, qui évoquait toujours pour Giorgio quelque voyage organisé, le train de plaisir de l'onirisme... « Bon, bon ! » Il aperçut au fond d'un salon une toile qui lui dilata l'œil : un Tytgat. « Ah, c'est vrai, Anvers ! » Ce Buchs était peut-être plus savoureux qu'il ne l'avait imaginé. Soudain Levi-Monzi s'arrêta. « Ah, là, chapeau ! » Entre les appartements et le jardin d'hiver une sorte de sas avait été aménagé, vaste cube sans fenêtre, au sol de marbre sombre, ouvert d'un côté sur un salon de boiseries, de l'autre sur la luxuriance de jungle de la serre. Le cube était vide, murs et plafonds nus, mais cinq personnages de métal – trois femmes squelettiques, grandeur nature, une obèse monstrueuse et une sorte d'oiseau géant courbé dans une salutation obséquieuse – paraissaient s'avancer à la rencontre de Levi-Monzi. Son œil, automatiquement, procéda aux attributions : Giacometti, Richier, Reinhoud... Cuivre et bronze étaient à peine plus clairs que le marbre du dallage. On ne voyait pas d'où tombait, sur ces rêveuses têtes de cadavres, la lumière de lune qui les animait.

Au moment où le maître d'hôtel, mécontent de n'être pas suivi, se retournait vers Levi-Monzi, entra Baby. Entra et glapit. « Sublime, non ? » Elle avait tellement l'air, elle aussi, d'un oiseau, qu'on s'attendait à ce qu'elle battît des ailes et se perchât sur l'épaule décharnée d'une statue.

– Il va « tenir », à côté de ça, Niemand ?

De la serre arriva la voix nerveuse de Ludo, à laquelle la chaleur semblait avoir rendu de l'accent :

– Ne t'inquiète pas, on va faire se promener entre les mémés des guitaristes flamenco. Dans la pénombre, seulement les spots, et la musique, tu vois ça ?

Baby remonta une mèche noire tombée de sa huppe et ouvrit le bec :

– Il se croit à la radio ou chez les scouts, Ludo, avec ses guitaristes. Moi je fourrerais là, dans le noir, un simple quatuor vocal. Le genre Deller Consort, des voix de haute-contre... Je connais, à Vicence, une petite formation...

– Ah non ! Pas tes castrats, Baby... Tu les consommes à toutes les sauces ! C'est malsain, ce goût. Tu ne trouves pas, Giorgio ?

On l'entraîna pour lui expliquer enfin, à mi-voix à cause du pépiniériste et du maître d'hôtel, ce qui allait se passer la nuit de l'équinoxe.

– Tu n'as rien vu de récent, de Niemand ? Non, eh bien imagine des paysages à la Tanguy, ou certains fonds de Dali, mais vides, *la Tentation de saint Antoine*, sans la vision, sans les éléphants, vu ? Et là-dessus des coulures à la Jenkins, mais indécises, aléatoires. Des irisations. Une sorte de décomposition chimique de la peinture, quelque chose de sournois, d'inquiétant. Et en même temps des giclures, des éclaboussures, des crachats, du mépris, de la provocation à l'état pur. Est-ce que je m'explique bien ?

– Ouais...

– Mais la trouvaille, l'invention simple, idéalement subversive, c'est le procédé employé. Niemand travaille méticuleusement en atelier ses « sujets » (des paysages, si l'on peut dire), mais il procède à leur mise en question *en public*. Et comment procède-t-il ? Avec quel instrument, quel médium ? Je te le donne en mille. Avec sa queue, mon petit Giorgio ! Oui, de la peinture à la pine, de l'arrosage. Car bien entendu il ne va pas se tremper la trompe dans la peinture à l'huile, le pauvre ! Il se contente d'*attaquer* ses paysages de la façon que je t'ai dite. Il leur pisse dessus. Le geste de la Dérision Absolue. Le refus de l'Art, dans sa nudité. (Car, bien sûr, Niemand sera à poil.) Tu connais la formule des voyous : « Je te pisse à la raie », qui est l'expression du parfait dédain. Une façon de nier l'autre, son honneur, sa virilité, etc. Niemand, lui, nie la peinture. Et je reprends le mot : il l'*attaque*, comme un acide attaque la matière. Il garde le secret sur les couleurs mais le principe est facile à comprendre : il peint *basique*, et il pisse *acide*. L'effet tournesol. De sorte que non seulement son jet d'urine marque la toile, l'éclabousse, y dessine des ruissellements, mais encore il la corrode, il la ronge, il fait tourner la peinture, il la fait cailler, il provoque – c'est le cas de le dire ! – une sorte de débâcle dans la matière de la chose peinte. Ainsi le processus de destruction sera complet : premièrement, peinture aussi subtile et savante que possible, et même classique. Deuxièmement, exhibitionnisme et provocation ; arrosage symbolique ; sabotage de l'Œuvre d'Art. Troisièmement, lente action corrosive, brûlure interne, désagrégation. Enfin, quatrièmement, métamorphose : ce n'est en effet qu'après plusieurs heures, après séchage, etc., que l'action chimique s'épuisera et que renaîtra, comme le phénix du feu, ce qu'on peut considérer comme une nouvelle œuvre surgie de l'ancienne par le mystère de la dérision. Une anti-œuvre, pour parler à la mode, née de la seule volonté de détruire. Tu connais la formule de Niemand : « Il y a des conservateurs de musée ; je propose la création d'un corps de destructeurs. Et je suis candidat au poste le plus prestigieux : destructeur en chef des musées nationaux... »

Ludo et Baby, peut-être un peu plus anxieux qu'échauffés, guettaient sa réaction. L'arrivée d'un domestique avec un plateau chargé de verres et de bouteilles dispensa Levi-Monzi de répondre. Son verre à la main, il s'écarta et considéra le jardin d'hiver – bouillonnements superposés de végétation tropicale : à ras de terre, à hauteur d'homme et sous la verrière sombre. Sol de céramique verte que l'on s'étonnait de ne pas voir orné de frises fleuries comme les salles de bain Belle Époque. Quelques oiseaux bariolés voletaient en liberté. « Ils ne s'aventurent jamais dans les salons ? Ils ne chient jamais sur les soies brochées ? » Par ce détour, la songerie de Levi-Monzi fut ramenée à son propre appartement – un rez-de-chaussée de la rue Montalivet ouvert sur une Terpsichore moussue et douze mètres carrés de gazon. Il y avait toujours vécu seul, c'est-à-dire que c'était un lieu invivable, débordant de meubles inutiles et d'objets qu'il aimait. Giorgio n'ouvrait pas volontiers sa porte. Il invitait au restaurant et, disait-on, faisait lui-même son ménage. Il y avait beau temps qu'on ne se demandait plus ce qu'il cachait rue Montalivet : éphèbes, vices, solitude ? Peut-être cachait-il simplement ses goûts véritables, et à quel point il détestait l'art dont il vivait depuis vingt-cinq ans.

Il soupira et fit quelques pas jusqu'au bord du bassin. Le

cocktail de pisse de peintre et d'acrylique allait en ficher un coup aux nymphéas. Et les poissons ? On voyait leur ballet rapide et Giorgio les imagina, au matin du 23 mars, le ventre en l'air à la surface, anéantis par les poisons violents de l'avant-garde... « Il est encore temps de retirer mes billes. Ils s'y attendent plus ou moins. Chaque seconde de silence m'enfonce dans le refus. Me décider, vite ! »

Il pensa à la galerie, où l'on ne se bousculait plus les soirs de vernissage, à la presse qui parfois le boudait, à sa secrétaire qui prenait de l'âge. Il pensa aussi à ce petit bronze italien qu'il convoitait – on le lui avait mis de côté : « Rien ne presse, cher ami ! » – et aux soirées sereines qu'il passait chez lui, calfeutré, rêvant de trouver à la télévision une de ses émissions préférées : championnats d'athlétisme sur les stades à l'horizon banlieusard, catch à quatre entre gorilles et malfrats. Il se composa le visage. Quand il se retourna (moins d'une minute s'était écoulée), il avait repris l'air sceptique et pointu qu'on lui connaissait.

– Quand Lili de Vertubœuf tirait à coups de fusil sur des vessies de couleur, pour les faire éclater au-dessus de sa toile, en somme, c'était la même démarche. Mais le fusil exprimait chez elle une nostalgie du pénis, non ? Alors que notre Niemand, fort bien pourvu à ce qu'on dit...

– Il est monté comme un âne, précisa sobrement Baby Demos.

– ... bien pourvu, donc, Niemand annule la distance entre le fantasme et l'acte. Il...

– Tu vois que tu t'y mets vite, remarqua Ludo, goguenard.

Les deux hommes se faisaient face. Une espèce de perroquet vola grotesquement. La tension, soudain, monta, si sensible que le pépiniériste qui finissait de disposer des arbres nains japonais arrêta son geste, leva les sourcils. « Attention, pensa Levi-Monzi, tout ne passe pas. On se croit – et l'on croit les autres – d'un cynisme à digérer des pierres, et puis non, la bête se rebiffe... »

Baby Demos se souvint qu'elle était femme et que son destin était d'attendrir la viande des guerriers. Elle alla au plus urgent : elle prit le bras de Ludo, que l'allusion aux avantages de Niemand avait blessé, bien que Baby n'eût parlé que par ouï-dire, et remarqua :

– Giorgio a plus d'humour que toute la profession réunie. S'il fait ce numéro-là devant les critiques, le triomphe est assuré. Tu as raison, Giorgio : il faut toujours leur fournir des éléments

d'explication. Un « dossier ». Taper sur les clous. Et surtout être sérieux. Si j'ai bien compris le système Niemand, le sérieux, c'est ce qu'il appelle « la rigolade ». C'est ça ? Les deux hommes sourirent, heureux de s'en tirer à bon compte. Tranquillisée, Baby conclut :
– Nous nous tairons – moi, en tout cas, je me tairai ! – et tu leur expliqueras le happening. C'est gagné d'avance...
– Dieu t'entende, Baby.

Pour soupirer cette réplique, qui lui ressemblait si peu, Levi-Monzi eut l'air à la fois d'un très vieux juif, d'un très vieil Italien et d'un marchand de tableaux proche de la retraite, ce qui était une triple façon de ne plus croire à rien. Ludo, dépité, pensa qu'ils avaient, Baby et lui, fait un marché de dupes.

On ne peut pas dire que Rose espionne son père. Elle excelle même à l'attitude contraire : elle ne le voit pas. Observer, guetter, épier, elle ignore ce que cela veut dire et c'est par facilité qu'on emploie ces verbes à son propos. Elle sait, simplement. Elle sait et elle juge. En revanche, Burgonde, lui, ne cesse pas de regarder Rose et de quêter son regard. Il voudrait la fixer, l'asseoir un moment devant lui et la forcer à un tête-à-tête. Ils vivent à deux au Cafard et jamais, semble-t-il à Burgonde, ils ne sont réellement face à face. Il ne voit Rose que de profil ou de trois quarts. Profil perdu, fille perdue. Pauline dispose leurs deux couverts sur un coin de la table ; c'est Rose qui l'a convaincue de faire ainsi ; son père est obligé de tourner la tête vers elle qui regarde devant soi ; cette géométrie lui convient. Elle exprime le rapport extraordinairement tendu, compliqué, qu'elle a imposé à Burgonde et qu'elle s'impose à elle-même bien qu'il la rende malheureuse. « Ce n'est pas de ma faute, constate-t-elle, je suis une chieuse. » Une chieuse aussi au lycée, en amitié, jusque dans le travail : cherchant la petite bête, essayant de prendre ses professeurs en défaut, de sorte que, bonne élève, elle n'est pas aimée.

Quand on lui pose des questions indiscrètes :
– Gabrielle ? Je l'avais à la bonne.
– Pourquoi ?
– Elle m'avait amadouée. Et puis, elle était de fondation. Vous vous rendez compte : sept ans ! Même maman l'aimait bien, je crois, de loin.

Depuis le retour de Burgonde, en octobre, Rose sent une

présence. C'est le vide, le silence, mais vide et silence sont tissus de signes. Rose sait qu'il y a un aimant quelque part puisque la limaille-Burgonde frémit, se déplace, dessine un secret. Qu'appelle-t-elle la « limaille-Burgonde » ? Ses prudences, ses ruses, les précautions avec lesquelles il lui parle de choses anodines, ses airs entêtés, ses gentillesses soudaines. A chaque bonté de son père — cadeau, tendresse — Rose devine, par-dessous, une cachotterie. Les bontés constituent la partie émergée de l'iceberg paternel, mais ce qui compte, c'est l'immergé. Alors, Rose plonge, Rose fouille. Elle est devenue une terrible ouvreuse de tiroirs. Elle lit les lettres et les carnets, flaire les chandails, détaille les photos de groupe. Elle suppute la durée des trajets, repère les temps morts, les retards inexplicables. Mais elle a beau prendre mille précautions, elle laisse toujours une infime trace de son passage, elle glisse toujours dans ses questions une maladresse. Ou le fait-elle exprès ? Peut-être veut-elle exercer sur son père une pression, le forcer à prendre conscience de sa présence à elle, de sa curiosité, de ses enquêtes — de sa peine ? Et Burgonde en effet découvre tout cela. Tiroirs mal refermés, enveloppes déplacées : un chat hâtif et malheureux est encore venu hanter son désordre. Il est presque content quand il constate que Rose lui a emprunté un foulard ou un pull-over, parce qu'il peut alors protester et n'est plus obligé de feindre l'aveuglement. Il imagine Rose, attentive aux bruits importuns, et à n'être pas surprise, les fesses serrées dans son jean, si frêle, les joues trop roses, en train de lire des papiers auxquels elle ne comprend rien, de chercher à quoi correspondent les rares numéros de téléphone découverts dans le carnet aux pages éternellement vierges. Burgonde voudrait la guérir de ce chagrin coléreux, inutile, la détourner de lui et de sa vie et la rendre à la sienne, à ses impatiences, à ses appétits, à ce bouillonnement en elle qui est peut-être, après tout, responsable de la confusion où il la voit. Mais le secret de parler à cette furieuse petite sourde ?

« Elle est la chasseuse, je suis son gibier. » Mais à formuler ainsi les choses Burgonde les aggrave.

Il ne faut pourtant pas, contrairement à ce qu'il avait craint, imaginer une guerre. Leur vie commune abonde en trêves charmantes et en jeux. Burgonde sait rompre l'enchaînement des aigreurs, des silences. Il n'est pas assez bon père pour souffrir du désarroi de Rose : il n'est donc pas toujours malhabile. Il la fait rire. Il la flatte. Il lui arrive de prendre des risques.

*Burgonde* (contemplant Rose). – Au fond, c'est fou ce que je t'aime.

*Rose* – Tu m'aimes pourquoi ?

*Burgonde* – Parce que tu es mince, garçonnière et secrète.

*Rose* – Garçonnière... Tu parles d'un compliment ! Tu sais comment ils m'ont surnommée, au lycée ?

*Burgonde* –...

*Rose* – « Sous-développée »... Tu vois pourquoi ? A cause des piqûres de moustique, comme dit ce salaud de Frédéric.

*Burgonde* – Dans un an tu voûteras le dos et tu marcheras dans les rues à petits pas, les bras croisés, pour faire oublier l'opulente poitrine qui te sera poussée. Attitude qui suppose, autant que tu le saches tout de suite, le port d'une jupe, de talons bottier et d'un sac en bandoulière. Un rang de perles – très petites, les perles – pourra apparaître au col du chandail.

*Rose* – C'est ça que tu attends, hein, avoue ! La cruche, modèle Passy. « La Rose de Bagatelle ». Droit de respirer, défense de cueillir.

*Burgonde* – Très joli, « la Rose de Bagatelle » !

*Rose* – Sérieusement, tu crois que je cesserai un jour d'avoir l'air d'un garçon ? Tu sais que je suis une fausse maigre ? Ma nature et mon destin, c'est la pouffe. La Baba. Le boudin. Tu verras ! Tu me laisseras seule quelques jours de trop, je m'ennuierai, je me consolerai avec des calissons et des chocolats liégeois et, à ton retour, tu trouveras un épouvantail. J'aurai sauté sans transition de l'androgyne à l'hippopotame...

*Burgonde* – D'où tiens-tu ces mots savants ? Viens ici, mon androgyne...

Et ainsi de suite. Bien entendu, dès qu'il porte la main sur elle (il lui flatte les hanches), Burgonde sent la petite se raidir. Barque, elle tire sur ses amarres ; chien fou, sur sa laisse. Et aussitôt il sent en lui la lassitude. Lui aussi rêve de haute mer. Lui aussi s'ennuie à la niche. Si elle savait ! Mais elle sait ; tous leurs tâtonnements viennent de là. Et voilà qu'ils se retrouvent aux aguets, méfiants, à la fois trop proches et séparés par ces gouffres profonds que creusent la paternité, la tendresse maladroite et tous leurs renoncements.

Les jeunes femmes d'aujourd'hui disent à leur amant marié : « Alors, ta bonne femme, elle en est où ? » Victoire – le hasard l'a jusqu'ici gardée de ces rivalités sordides qu'à dix-huit ans on se jure de ne jamais tolérer – découvre une autre sorte de compétition. Tout à fait inédite, car folklore et littérature ne l'y ont pas préparée. Elle dit à Burgonde (elle ignore que sa voix réinvente exactement les inflexions de l'amoureuse dépitée) : « Alors, ta gosse, toujours soupçonneuse ? » A Burgonde, ces coups de griffe font mal. « Ta gosse... » Il trouve injuste que Victoire souffre à cause de Rose, Rose à cause de Victoire. Elles poussent et fleurissent, selon lui, sur le même versant du monde. Chez toutes deux il apprécie les excès, la parole nette, le sens de l'absolu : l'enfance, en somme, ou ses restes. Et chez toutes deux il aime les sentir prêtes à mettre les pouces, à écornifler l'absolu. La façon dont le flou (c'est-à-dire la maturité) s'empare du paysage précis et impitoyable d'une adolescence, comble en lui un goût qu'il redécouvre chaque jour plus intense. Mais tout cela est trop équivoque pour être sans dommage expliqué aux intéressées. Vis-à-vis de Rose, le silence s'impose pour des raisons absurdes mais universellement admises. Quant à Victoire, toujours prête à s'écarter – et qu'il aime pour cette menace qu'elle suspend au-dessus d'eux – elle veut bien poser des questions sur Rose mais elle refuse d'écouter les réponses. Les amants (voir les Auteurs du Boulevard) passent le temps de leur amour à combiner des rendez-vous et à échanger des confidences sur ceux qu'ils trompent. Victoire flaire là une tentation particulièrement répugnante. Elle se met à l'abri. Burgonde se garde bien, de son côté, d'insinuer que Thérèse et Rose appartiennent à la même catégorie, sont en quelque sorte *symétriques* par rapport à leur aventure. Il ne dit jamais : « Nos filles... » Il pressent que cette comparaison déchaînerait l'orage. En revanche il se permet de parler librement de Frédéric : parce qu'il vit plus à l'écart de Burgonde, parce qu'il est un homme, Victoire tolère sa présence dans la conversation. Elle tresse même autour de lui des coquetteries : « Il doit être rudement séduisant, Frédéric. Qu'arrivera-t-il si je le rencontre par hasard, sans savoir qui il est ? » Etc. Ces fadaises font partie du plaisir d'être à deux et de bavarder, avant ou après ces grandes parties d'impudeur que Victoire et Burgonde jouent et gagnent presque chaque jour, à des heures où les gens raisonnables travaillent et où Rose se morfond au lycée Molière. Les journées sont ainsi divisées pour Burgonde en périodes à peu près égales : le matin, solitude et silence au Pataud, où il s'enferme le plus tôt possible, et peinture si le cœur lui en dit ; à midi il retrouve Victoire rue du Dragon et l'emmène déjeuner. Victoire, quand il la serre de trop près, lui dit en riant : « Jamais à jeun. » Ils mangent peu, boivent sérieusement. Le vin alanguit Victoire. « Ah non ! Ne me dis pas que tu as des rendez-vous. Tu as rendez-vous avec moi, mon salaud !» Ils s'aiment dans la dure lumière de l'après-midi d'hiver, pendant que de la rue étroite, où des livreurs coltinent des caisses avec la lenteur calculée qui allume les altercations, montent des cris dans le froid sonore. Une bouteille est toujours posée, avec des verres, sur le tapis que Burgonde a apporté pour ne pas se geler les pieds. Il est chaque jour étonné de voir Victoire boire autant. «Je tiens l'alcool, dit-elle. – De qui ?» lui demande Burgonde. Elle lui tape alors dessus avec ce qui lui tombe sous la main : oreiller, livres, magazines. Elle y met une belle énergie et chaque pugilat dégénère comme il convient. L'ombre peu à peu envahit la chambre. Burgonde pense à l'oisiveté du capitaine, aux heures qu'il devait passer à remâcher ses amertumes et attendre qu'une thrombose inopinée mît fin aux méfaits de la Grande Zorah. Lui aussi devait boire sec et se vautrer l'après-midi. Burgonde imagine, rage, s'apaise, imagine encore et se verse un verre pour se calmer. « C'est en baisant pour passer le temps qu'elle y a pris goût ?» Chaque image, chaque mot, choisis pour faire mal, lui jettent le sang dans les artères : sa tête s'embrume, son sexe se réveille. Il plonge les yeux fermés dans les cheveux de Victoire, au chaud de son cou. Contre les images il n'y a de salut que dans les vieux gestes et dans l'invention de nouveaux, dans la surprise de constater que Victoire les accepte, les encourage. Il l'aimerait moins, Victoire, sans ces images maudites qui l'enfièvrent et le raniment. Il l'aimerait moins sans la fureur qu'il éprouve à mesurer la dépendance où déjà elle le tient, car sans cesse la fureur se change en tendresse, et la tendresse en désir, et le plaisir en gratitude, de sorte qu'il ne reste trace, quand Victoire allume la lampe au châle rouge, d'aucun des sentiments qui ont bousculé Burgonde depuis deux heures. Rien que le bonheur. Victoire lui prend la tête entre ses mains avec une fausse rudesse et le regarde dans les yeux. Ses yeux à elle sont d'un or presque rouge – à cause de la lampe – et disent des choses étonnées et brûlantes. « C'est du bonheur, ça, mon salaud. Tu le sais, au moins ?» Burgonde le sait, oui, et il pense qu'il n'y a pour le bonheur ni lendemains à espérer ni prix à payer. Hasard pur et pure injustice. Rien à justifier, rien à expliquer.

Quand il se retrouve dans la rue, sous le crachin ou les pincements du froid, qu'il marche entre les visages renfrognés et gris, il évacue de lui les souvenirs. Il fait le vide. Il passe voir des gens, il entre dans des galeries, des cafés, pour échanger avec des indifférents des phrases indifférentes. Tout est bien. Il entend au centre de lui son cœur battre sur un rythme de cœur de champion au repos, lent, majestueux. Il se sent un peu plus grand, un peu plus fort et dans les yeux de ses interlocuteurs il mesure cette croissance, cette régénération ; on dirait qu'elles leur sont sensibles ; quelque chose doit en passer sur son visage et dans ses gestes. Quand Victoire ranime son désir d'une longue caresse, en riant, sait-elle qu'elle donne plus qu'elle ne prend ? « Tu m'as ressuscité », lui dit-il. « Pas de politesse, lui répond-elle, tu deviens phraseur. »

Il rentre au Cafard une demi-heure avant le dîner, enfile un chandail, monte dans sa chambre rendre visite à Rose ; un disque tourne, des chaussettes, des livres, des copies, une botte, une raquette de ping-pong, des photos, un chemisier (sale), une bouteille d'Evian, des tasses (sales) encombrent la moquette et obligent à marcher précautionneusement. « Ah, c'est toi ? » Rose baisse le son de l'électrophone, donne un coup de tête à son père (baiser vespéral) et attend. Attend quoi ? Burgonde voudrait lui raconter Victoire. Mais, s'il la racontait, il cesserait de l'aimer. Est-ce possible ? Victoire pourrait-elle devenir une Léa ? Une Gabrielle ?

Cette évidence commence à se faire jour en lui : hors le secret, point de plaisir ; hors le plaisir, point de bonheur. « A quoi penses-tu ? » demande Rose. Question extraordinaire. Faut-il qu'il ait l'air absent !

*Burgonde* – Tu veux la vraie réponse ou l'officielle ?
*Rose* – Cette question ! La vraie, tiens...
*Burgonde* – Je pensais que nous avons chacun bien des choses à dire à l'autre, et bien des choses à dire, tout court, mais que par embarras, par raideur, nous ne les dirons pas.

La petite penchée sur sa table, feint d'y mettre de l'ordre (de l'ordre, elle !), ce qui la dispense de se tourner vers son père. Puis, de sa voix la mieux posée, et dans un sourire :

*Rose* – Et la réponse officielle, c'est quoi ?
*Burgonde* – C'est qu'il règne un sacré bordel, chez toi, mon bonhomme, et qu'il faudrait me ranger tout ça. Au trot !

Tout est ainsi rentré dans l'ordre et Pauline, au bas de l'escalier, peut les appeler en les menaçant d'un soufflé retombé, d'une viande brûlée, d'une soupe froide, au choix. C'est le troisième moment de la journée - ciel traversé de nuages, équilibre instable, marche sur des œufs. Le quatrième, si Burgonde ne va pas rejoindre Victoire, sera le sommeil sans fond ni rivage, sans peur ni rêve où, chaque soir, il coule désormais.

Frédéric passe chaque année trois mois aux États-Unis, chez sa mère, et il parle un anglais nonchalant, liquide, qui a toujours épaté ses professeurs et lui a valu son bachot. Il a cherché à pousser son avantage dans une de ces sorbonnes numérotées que son père n'arrive jamais à localiser, mais il a vite renoncé. Les passions qui agitent les étudiants français ne le passionnent pas. Il se trouve vieux pour son âge. Quel âge ? Burgonde est toujours obligé, pour savoir l'âge de ses enfants, de remonter à leur date de naissance. Frédéric : 1948. Il vient donc d'avoir vingt ans en cette fin d'hiver. Il navigue langoureusement dans les coulisses du cinéma où son anglais, comme il dit en souriant, l'air de s'excuser, « lui ouvre des portes ».

– J'espère être *coach* sur le film d'Antonini (ou de Sutherland, ou de Kowalovski). Le tournage aura lieu en juillet au Portugal (ou à Bornéo, ou au Maroc)...

Burgonde soupire. Depuis que le père Lepoux, un soir de Saint-Sylvestre, lui a fait remarquer la prolifération cancéreuse de « sur » dans la langue française, il ne supporte plus les voyageurs de commerce qui travaillent sur Châteauroux ni les copains de son fils qui le mettent sur un coup. Il va se risquer à le dire, mais à quoi bon ? Il y a trop longtemps qu'il a déposé le fardeau ; il n'a plus envie de le recharger sur ses épaules. Frédéric l'aime et il aime Frédéric : cette évidence, si douce, lui suffit.

Les soirs, comme aujourd'hui, où sans donner d'explications Frédéric vient dîner, retrouve sa chambre et décide d'y passer la nuit, Burgonde annule au dernier moment, s'il en a, ses engagements. Ils ne se disent pas grand-chose, mais il est heureux. Il respire dans l'air de la maison ce vieux parfum de garçon – vestes de sport ou chandails trop chauds dans lesquels on sue, cuir des *boots,* gauloise – et il surveille Rose du coin de l'œil. La présence de son frère la contraint à composer son personnage, celui destiné à l'édification de Frédéric n'étant pas le même que celui, plus altier, destiné à son père. Frédéric, goguenard, demande :

– Ça s'agite, à Molière ? A Nanterre, ça va péter.

– Tu y es allé ?

– Oui, c'est marrant.

On ne lui tirera rien de plus : les éclats l'embêtent. Il est à l'aise, son verre à la main, installé dans le vieux canapé du Cafard comme dans sa peau, comme dans sa vie, idéalement léger et tendre. Il se lève, fait le chat de meuble en meuble, d'objet en objet, cherche un livre dans la bibliothèque : Burgonde le regarde bouger. La solidité, les cheveux hirsutes viennent de lui ; la grâce, le côté flexible et languide viennent de Léa. Elle lui a donné aussi, comme à Rose, cette aisance des adolescents d'Amérique, leurs habitudes de luxueux vagabonds.

Imperceptiblement, depuis quelques minutes, comme à l'écran d'un récepteur de télévision qui se dérègle, l'image de la soirée parfaite s'est brouillée. Les gestes hésitent, les silences durent un instant de trop. Burgonde sait que Rose, vrai baromètre, va dire : « Bon, moi je monte travailler », et il restera seul avec Frédéric. Et voilà qu'il redoute ce tête-à-tête. Autant l'avouer, ce soir Frédéric et lui n'ont rien à partager. Que la tendresse : parfois c'est un peu court. Tous les petits agacements ressentis depuis l'arrivée du garçon, tus, rentrés, accumulés, font maintenant comme un gros bourrelet, un faux pli de la vie. Si lourd, soudain, ce ressentiment, si disproportionné qu'il n'est pas question de vider l'abcès. On peut dire à son gamin, même grandelet : « Garde ta veste pour le dîner », ou : « Es-tu sûr qu'à Nanterre ce soit seulement *marrant ?* », ou encore : « Ne te sers pas de crème au caramel avec la cuiller que tu viens de lécher », – mais on ne peut pas, tout à trac, le prier de durcir ses os, d'activer son pas et d'aller s'acheter à la chapelle du coin un supplément d'âme. A la chapelle ou à l'idéologie. Pourquoi Burgonde a-t-il pensé « idéologie » ? Il se fiche des idées et il était plutôt satisfait que son fils parût échapper à leur contagion. Mais d'un coup, ce soir, pendant le dîner, la mollesse de Frédéric l'a accablé. « *Coach* sur le film d'Antonini... Mon œil ! Il sera deuxième assistant de Dubois-Durand ; le tournage du film aura lieu en Berry ; mon Frédéric beurrera des sandwiches et il sautera une minette mini-jupée qui aura donné des frissons à toutes les braguettes de La Châtre. » Il le préférerait, Frédéric, affamé de chimères, croisé, fervent consommateur de grands mots. « Ah, je ne vais quand même pas me mettre à caresser ma jeunesse ! » Pourtant, de sa jeunesse, remontent des souvenirs qu'il voudrait jeter à la tête de Frédéric. Ou lui offrir, humblement. A quoi peut ressembler une vie dont on n'a jamais rêvé de faire un destin ? Que l'on n'a jamais voulu bouleverser, agrandir ?

Avec le terrible respect humain des pères devant leurs enfants, des adultes devant les mômes, on dirait que Burgonde cherche une façon discrète de desserrer le col de sa chemise. On l'étrangle, ce soir. Mais qui ? Quoi ? Frédéric a enfin senti quelque chose, comme une lointaine odeur de fumée, l'été, signale un incendie de forêt.

– Quand sauras-tu la réponse ?

– Quelle réponse ?

– Pour ce film. Antonini...

– Oh, dans deux, trois semaines...

– Ou jamais !

La voix de Burgonde a claqué. Frédéric, outré, lève les sourcils. On le sent au bord d'une réplique brutale, trop brutale. Les nonchalants mesurent mal leurs coups. Mais il secoue la tête, sourit, secoue encore la tête, se lève. Le danger est passé. Burgonde constate : « Il ne va même pas me rentrer dedans... » Puis, tout de suite après : « Que s'est-il passé ? La soirée était si douce, si facile. Qu'est-ce qu'il me prend de tout gâcher ? » Car, automatisme, il s'accuse. C'est plus confortable que de pousser Frédéric à un éclat.

Frédéric parle maintenant d'une voix accommodante :

– Écoute, papa, tu ne peux rien me reprocher. Depuis six mois, je me débrouille.

« Pardi, pense Burgonde, avec les mandats de Léa. » Il ne lui vient pas à l'idée que Frédéric pourrait ne pas parler d'argent : « Je me débrouille... » Pouah !

– Les séries de photos pour Vayssière, Letourneur, et même Kasabawa, je te les dois, c'est entendu. Mais enfin je les ai faites, tirées, on les a acceptées, utilisées. Je t'ai même *remercié !* Où est mon péché ? Quelle prouesse devrais-je tenter ? Tu vendais tes toiles, toi, à vingt ans ?

Voilà. Sur la fin du monologue la voix a monté, le visage s'est crispé et le gosse n'a pas pu retenir les huit mots qui, il le sait, vont démolir son père. Il les regrette déjà. (Mais il est assez content de les avoir lâchés. A cause d'eux il se sent important.) Debout, col ouvert, les mains dans les poches, il baisse le nez pour ne pas voir le visage de Burgonde. On entend des échos de Verdi qui, par la cage de l'escalier, ruissellent de la chambre de Rose.

Burgonde, dans son fauteuil, est resté parfaitement immobile. Sourd, insensible, immobile. Une souche. La moustache paysanne et le regard vide. Aux attaques, il a toujours réagi ainsi. Au dedans de lui, sans hésitation ni nuance, il donne raison à Frédéric. Là aussi, c'est sa manière : l'adversaire est toujours dans le vrai. Burgonde est doué de génie pour percevoir les points forts des autres, approuver leurs arguments, comptabiliser leurs points gagnants. De quel droit exige-t-il de Frédéric un style de vie qu'il ne lui a pas appris à préférer à tout ? Il y aurait bien cette réponse, la seule dont les éléments s'organisent au fond de la stupeur de Burgonde : « A vingt ans, je voulais devenir un peintre. Je ne pensais pas à *me débrouiller*. » Mélo. Juste mais insupportablement mélo. Suis-je devenu un grand peintre ? Seule question sérieuse, que le petit a la bonté de ne pas poser. Pour combien de temps encore ? Elle est déjà dans sa tête, elle sera demain sur ses lèvres. « Mon seul capital, en face de lui, pense Burgonde, c'est une somme de travail. Toutes ces années d'acharnement, les errements, la panique avant les vernissages, la débâcle, en moi, cette chiasse de la volonté qui me vidait parfois. La fureur quand je lisais les critiques. Tout ce chemin parcouru, si long, et si longtemps seul, et demain plus seul encore, cette sensation d'en revenir perpétuellement à zéro. Je suis méritant, voilà, c'est le mot. Dit-on cela à un garçon de vingt ans ? Sisyphe n'est pas un héros de bande dessinée. »

Des minutes ont passé. C'est long, des minutes. Là-haut, Verdi a cédé la place à Dieu sait quelle insinuante et râpeuse musique que Burgonde et Frédéric subissent comme les coups de langue d'un chat. Frédéric a recouvré son calme. Il s'en veut. Oui, il s'en veut, mais quel geste, quelle parole sauraient le dire à son père ? Alors il ne fait rien, il attend. Dans n'importe quelle autre famille, quelques violences verbales, de bons gros mots dégouttant d'ironie et de rancune débloqueraient la machine. Eux en sont incapables. Ils se font de grandes faces tragiques et ils attendent, avec ce poison au fond d'eux, qui les rongera.

Enfin Burgonde s'ébroue. Voix calme.

– Tu couches ici ?

– Oui, je crois. Je vais donner d'abord un coup de main à Rose pour ses maths. Elle m'a demandé...

– Moi je vais marcher jusqu'à l'atelier. J'ai besoin d'air.

Coup de tête ; front du bélier ; odeur chaude et drue des cheveux ; bruit de baiser dans le vide : le rite classique, surgi de l'enfance. Tous deux s'y prêtent sans se sourire. Burgonde enroule autour de son cou une longue écharpe de Rose et ouvre la porte sur ses vieilles amies, la nuit et la solitude.

Il distingue en arrivant au Pataud une tache claire dans la vaste boîte aux lettres. Il déchire l'emballage ; c'est un cahier soigneusement relié, où sont collées toutes les coupures de presse le concernant pour les deux dernières années. Aucune lettre ne l'accompagne. « Gabrielle ! » Burgonde l'imagine, ayant laissé sa voiture assez loin, venue à pied jusqu'ici, et s'assurant d'un coup d'œil qu'il est absent avant d'aller glisser le colis dans la boîte. Il n'aime pas cette visite furtive, cette posture un peu humiliée qu'elle a cru devoir adopter. Mais sans doute se trompe-t-il ? Il se peut que Gabrielle n'ait écrit aucun mot, justement parce qu'elle pensait rencontrer Burgonde et lui parler. Aussitôt l'idée de cette visite inopinée l'agace. Va-t-elle le relancer ? « Elle ne venait jamais, *avant*. Elle ne va pas maintenant me tomber dessus à l'improviste ! »

Son injustice l'amuse. Il ouvre le gros dossier. Il a l'habitude. Gabrielle en a constitué et relié toute une série ; celui-ci est le huitième, en maroquin noir, funèbre et luxueux. « Qui va relier ma renommée, désormais ? » Burgonde est ému, donc il raille. La première fois que Gabrielle avait mis de l'ordre dans le fouillis des articles et des photos et lui avait offert le premier volume, Burgonde s'était écrié : « J'ai mon *book*, maintenant, comme les minettes ! – Les minettes... Pourquoi ? »

Burgonde avait eu pour compagne épisodique une Autrichienne trois quarts mannequin, un quart entretenue, qui coltinait toujours un sac bourré de perruques, de trousses de maquillage et d'un album de ses meilleures photos : « Tu ne peux pas travailler sans ton *book*, comprends-tu ? » Quand elle venait le voir, Burgonde commençait par feuilleter l'album : les métamorphoses de Lotte – austère ou dénudée, simplette ou fastueuse – avaient peut-être sur lui un pouvoir aphrodisiaque. Rien de tel à craindre avec le Burgonde cru 1966-67 que Gabrielle, en forme de testament, lui a légué cet après-midi. Il ouvre le volume, lit ici ou là un paragraphe :

*Les stridences savamment modulées, les zébrures d'une sorte d'orage intériorisé traversent désormais les ciels longtemps silencieux et vides de Burgonde. Vides de Dieu, vides de l'homme. Et ce ne sont pas les cris d'aujourd'hui, enfin osés par un artiste en pleine possession des moyens de sa colère, qui évoqueront pour nous on ne sait quel agenouillement, quelle supplication que veulent y voir certains...*

« Certains », « vides de Dieu » : c'est pour Mauriac, probablement. Une pierre dans son jardin. Dommage. On n'a pas jardiné beaucoup de plates-bandes aux alentours de mon travail. En général c'est plutôt macadam et pierraille. Mauriac, lui, au moins, avait ouvert les portes et les fenêtres. Et puis, sa malice... Les allusions aux vitraux des années 50, la flambée de l'art sacré, la grande expo romaine de l'Année sainte... C'est le rappel de cela qui les a défrisés. La tête de Vayssière : « Mauriac !... Oh la la ! » De l'eau bénite dans sa piscine ? Ça lui brûlait la peau.

*Burgonde tourne en rond. Il bâtit son œuvre comme le maçon monte un mur, pierre sur pierre, alors qu'il n'y a d'art aujourd'hui que de la rupture, de la destruction, de l'autodafé. La belle muraille de Burgonde, cela s'appelle une prison. Au mieux : une forteresse, un camp retranché. A l'intérieur, les privilégiés et les nostalgiques. Dehors, l'innombrable foule des exploités et des révoltés, sur qui passent les exhortations à la lutte lancées par les quelques artistes conscients de ce temps. Mais on n'a pas vu M. Burgonde à Cuba, dans la grande exaltation collective de la Fête créatrice... Sans doute était-il en villégiature chez l'un ou l'autre de ses collectionneurs, soupant entre un ministre fricard et quelque cosmopolite usager des comptes à numéro, au goût exquis, n'en doutons pas !*

Burgonde se réconcilie peu à peu avec le monde. « Soupant chez l'un ou l'autre de ses collectionneurs »... Ce n'est pas si mal vu. Ah, les sacrés lapins ! Et celle-là ? Il dit « celle-là » parce que la notule sent furieusement le sexe :

*A deux pas de la Croisette, à la galerie Fidélio, qui nous avait habitués à mieux, les élucubrations abstraites, grandiloquentes et... mal peintes de Burgonde. M. Burgonde est un peintre chéri de l'intelligentsia parisienne, des conservateurs dans le vent et des services du fumeux Malraux. Nous qui avons l'âme simple et avouons préférer la belle, la vraie peinture aux laborieuses variations « métaphysiques » d'un Burgonde (sur lesquelles s'est extasié le tartuffe Mauriac, ce qui ne nous surprend guère !), nous le disons tout net aux amateurs : épargnez-vous le détour par la galerie Fidélio !*

Burgonde ne l'avait pas lue, celle-là. La petite note lui fait à la fois l'effet d'une gorgée de digestif dévalant le gosier et celui d'une limace escaladant sa main. Au moins Gabrielle a-t-elle été loyale : au début de sa tâche, elle voulait, sans autre forme de procès, déchirer tous les articles cruels et toutes les photos ratées. Ses albums seraient devenus des plaquettes. Rien de roboratif comme la méchanceté. Alors que la louange gratte plus qu'elle ne flatte : toujours maladroite, ou tiède, ou la voix mal placée. Quand il lit une critique où on le complimente, Burgonde a l'impression d'être obligeamment caressé par une dame qu'il ne désire pas. Heureusement les commentaires vraiment magistraux, abondants, considérables – les « articles de fond » – personne ne les lit. Même pas l'artiste. Cette énorme tartine, par exemple, parue dans *l'Œil vivant* vers 1955 (elle se trouve dans un autre des albums, sur l'étagère), dont on lui a toujours dit que c'était l'étude la plus approfondie menée sur son travail, Burgonde n'en a jamais terminé la lecture. Ni indifférence, ni forfanterie. Une espèce de pudeur ? Ou mieux : de l'agacement. Il se le demande une fois de plus ce soir en feuilletant son tome VIII, ensommeillé au point que la blessure infligée tout à l'heure par Frédéric ne saigne plus. Son feu s'apaise. Paroles de ceux qu'on aime, formules des articles : puisque la même indifférence finira par recouvrir tout cela, pourquoi souffrir ?

Dans la demi-brume de sa fatigue – ce soir il la cultive parce qu'elle agit comme une anesthésie, elle estompe le souvenir du déplaisant dîner – Burgonde s'oblige à se lever. Il joue avec les rhéostats jusqu'à ce que la lumière lui convienne, ni veillée mortuaire, ni plateau de télévision. Étrangement – mais il a l'habitude de tirer parti des infortunes – les mots qui lui ont fait du mal agissent aussi à la façon d'un excitant. Il se les répète sur un air assez guilleret. Non pas tout à fait les mots de Frédéric, car cette allusion à ses vingt ans l'embête – c'est une bénédiction que d'être sorti de la jeunesse ; s'il fallait encore l'évoquer ! – mais la réplique imaginaire qu'il aurait dû lancer, et surtout la question qu'en lui cette réplique a suscitée : *Suis-je devenu un grand peintre ?* Il la fredonne, la remâche, la grogne, la bougonne jusqu'à en épointer la cruauté. C'est l'ironie qui l'intéresse. L'ironie d'un titre, une question narquoise, malicieuse. « Suis-je devenu un grand peintre ? » Ernst aurait pu s'offrir un titre comme ça, on l'imagine bien entre *l'Europe après la pluie* et *Petite Fistule lacrymale*. Aujourd'hui qu'en ferait-il ? Un oiseau en cage.

Burgonde a disposé sur la table les bouteilles d'encre de Chine, l'eau, les pots où se dressent les pinceaux. Il exécute très vite deux ou trois dessins, aux traits de plume bientôt adoucis d'eau : un petit bonhomme bedonnant, à tête d'éléphant ou de rhinocéros, apparaît à chaque esquisse, dont Burgonde lave la silhouette, comme s'il voulait noyer son aspect grotesque et féroce. Quand le lavis trouve son équilibre, l'Ubu n'est plus qu'une allusion. Toujours très vite Burgonde couvre deux autres feuilles de même format. Il a maintenant, étalées devant lui, cinq grandes encres humides qui gondolent en séchant. Il rapproche de lui les deux meilleures et, avant qu'elles ne soient tout à fait sèches, il pose quelques touches de couleur, un jaune, puis un rose lilas : à peine le pinceau est-il entré en contact avec le papier mouillé, celui-ci boit l'encre de couleur avec une avidité dont Burgonde ne se lasse pas. Par capillarité le rose et le jaune pénètrent dans le gris du lavis, l'éveillent, l'animent. On pense à un phénomène vivant, à un cœur envoyant un unique flot de sang. Puis très vite artérioles et veinules se sclérosent ; la métamorphose ralentit, s'épuise ; le lavis se fixe.

Burgonde prend du champ. Il ne faut pas encore redresser les feuilles. Il les voit donc mal, étalées qu'elles sont sur la haute table. Il rince les pinceaux, ferme les bouteilles. Il bâille. Tout cela, qui semble s'être déroulé si rapidement, a duré deux bonnes heures et minuit est passé depuis longtemps. Burgonde va un moment dans le cabinet de toilette aménagé sous la loggia. Bruits d'eau, raclements de gorge. Il réapparaît vêtu d'un survêtement serré aux chevilles et aux poignets. Maintenant les lavis peuvent être manipulés sans risque. Il retourne les deux meilleurs et, au dos de chacun, écrit : *« Suis-je devenu un grand peintre ? »*, date : *« 10 mars 1968 »*, et signe. Puis il ajoute un I et un II, donnant le numéro I à son préféré. « Nous sommes le 11 mars, à vrai dire... » Mais c'est bien le 10 que Frédéric a levé sur lui ces yeux durs et désemparés.

Burgonde s'étire, met les rhéostats à zéro, ouvre la fenêtre, va s'allonger sur le divan noir et roule autour de lui la vieille couverture. Un instant, les autres formules qui ont navigué en lui depuis deux ou trois heures refont surface : « Stridences savamment modulées », « peintre chéri de l'intelligentsia parisienne », et son rire se distend en un ultime bâillement, si vaste qu'il lui semble être le trou par où il va tomber dans le sommeil. Une pensée a encore le temps de traverser sa conscience : « Burgonde, faisant mentir prévisions et probabilités, va s'endormir heureux ». Sur la table, cinq gnomes sarcastiques posent à la nuit une question inutile.

*<br>**

Quelques illusions sont tombées de Victoire au long de ces cinq mois d'automne et d'hiver. Pourtant, si on l'interroge, elle affirme être heureuse. Mais qui l'interroge ? Sûrement pas Burgonde : il n'aime pas les questions qui collent au cœur comme le papier des caramels fait aux doigts. Flavienne ? C'est une femme à silences ; on ne sait jamais si elle est discrète ou indifférente. Lucienne, bien sûr, avec le naturel des familles et de la province, piétine les délicatesses. « J'élève Thérèse, mon petit ! » Cela lui donne le droit, quand le Dr Roux est monté s'allonger, de pousser ses curiosités, à la façon dont un médecin ausculte : « Et là, ça fait mal ? »

Non, ça ne fait pas mal. Victoire accepte que Lucienne rôde autour d'elle mais elle détourne son attention : oui, Burgonde est un homme « libre » ; non, elle ne connaît pas ses enfants.

– Et Hubert ?

– C'est drôle de t'entendre l'appeler Hubert. Vous vous êtes bien entendus, hein ?

– Là n'est pas la question. L'as-tu revu ?

– Oui.

– Alors ?

– Il voudrait voir Thérèse tout le temps...

– C'est normal. Et quoi d'autre ?

– M'épouser. C'est normal aussi, selon toi ?

Lucienne ouvre la bouche et considère cet être extraordinaire, sa sœur, partagée, impudique, avec une espèce d'admiration désolée. Victoire rit, l'embrasse et lui brouille les idées. Il n'empêche : les questions que pose Lucienne sont les bonnes. Elle ruse avec elles mais il faudra bien finir par répondre.

Hubert est venu la voir à trois reprises. Elle a caché ces visites à Burgonde et détesté son omission. Il est glacial, Hubert. Il exige Victoire comme dans un procès on revendique un champ, un mur. Puis cinq minutes plus tard il redevient correct, ou lyrique, ou téméraire, ou pitoyable : il dispose de toute une panoplie d'uniformes. Victoire pense au Pataud, où elle a fini par se glisser, où elle a passé des heures blottie dans la couverture kaki, enveloppée dans le silence de Burgonde, les odeurs, cette étrange épaisseur de l'air qu'elle ne soupçonnait pas. Comment deux hommes à ce point différents peuvent-ils l'aimer ? L'un d'eux se trompe sûrement, mais lequel ? Pour l'instant Hubert lui paraît s'être infiniment éloigné. Il use de mots qu'elle n'entend plus. « Comment ai-je pu... » Là, elle s'impose silence : on ne désavoue pas ses tendresses, c'est indigne. Mais elle répond avec plus d'emportement encore à l'emportement de Burgonde. Pour lui elle se voudrait intrépide, hardie. Elle rêve de braver des règles que désormais Hubert incarne. Leur plaisir a parfois ce goût du défi, qui lui est venu. C'est Hubert, l'ordre, désormais. Toutes les références et les nostalgies du hors-la-loi de 1962 et 1963, quand elle l'a aimé – car elle l'a aimé ! – paraîtraient cocasses à Burgonde. « Il m'est sympathique, ton demi-solde », lui a-t-il dit. Légèrement. Burgonde, sa gravité est ailleurs, son poids est ailleurs. A ses yeux les manigances et les haines d'Hubert sont de l'enfantillage. Il regarde un horizon que ne soupçonne pas Hubert, qui croit aux écrivains (il y croit *contre* Fléaux), mais ignore l'existence des peintres. Victoire, elle, la découvre. Elle s'avance avec circonspection à la rencontre de Burgonde. Elle voudrait être sûre de ne pas se forcer un peu. Elle est allée parfois voir Levi-Monzi et s'est prise d'affection pour lui. Elle le fait parler. Il parle bien, sans croire à rien mais en respectant tout. Sans doute a-t-il dit à Burgonde un mot de leurs rencontres : c'est tout de suite après elles que Victoire, sans savoir comment, s'est retrouvée un jour au Pataud. Elle y est revenue deux fois. Burgonde, qui ne peut pas être enfermé quelque part avec Victoire, fût-ce dans une voiture, sans la désirer, le lui dire, le lui prouver, se comporte dans son atelier tout autrement. Il y est distant, narquois. « Il y est *vieux* », pense-t-elle, et cette pensée l'émeut. Mais il n'a pas insisté pour qu'elle revînt ; elle se l'est tenu pour dit. Tout se passe comme si Burgonde voulait continuer à croire Victoire étrangère à son travail. Ou peut-être, simplement, la présence de quelqu'un dans son dos le dérange-t-elle ? Toujours est-il qu'entre Hubert qui prend sa tête d'abbé justicier, Lucienne qui soupire, Burgonde qui selon les heures l'écarte ou la couche sur tous les divans, Victoire a trouvé l'hiver maussade. Où suis-je, moi, dans tout cela ? Elle se le demande. Elle a renoncé à jouer, aux éditions Veilloz, les secrétaires fantômes ; elle a remercié Flavienne et s'est retrouvée sans emploi ni salaire. Cette oisiveté convient à Burgonde qui peut voir Victoire à ses heures, passer l'après-midi chez elle à chiffonner ses robes, boire, rire, guetter la tombée du soir, écouter les bruits qui montent de la rue, auxquels il tend l'oreille comme s'il en attendait un message.

« Tu ne t'ennuies pas, toutes ces heures ? » lui demande-t-elle quelquefois. Il paraît surpris : « Ma vie est pleine comme un œuf. » Le travail, le jeu de cache-cache avec Rose, la rue du Dragon. Il ne comprend pas que Victoire parle d'ennui par détresse. Ce sont ses propres heures vides qu'elle essaie de dire à Burgonde. Elle a presque sauté au cou d'Hubert la dernière fois qu'il est venu. Alors elle a « revu des gens », comme le lui conseillait Burgonde. Après quoi il l'a accablée de soupçons. « On me propose quelque chose », lui a-t-elle dit. Il a approuvé, distraitement. Elle s'est retrouvée rue François-I$^{er}$, dans la salle de rédaction futuriste d'une station de radio, ahurie par le rythme incohérent des choses, entourée de garçons qu'Hubert eût appelés des voyous. Elle s'est sentie très jeune, soudain, et consciente de son corps comme elle ne l'avait plus été depuis ses dix-neuf ans. Elle a changé de coiffure. Au bout de dix jours elle était acclimatée. Elle tutoyait beaucoup, avec autorité, en secouant ses nouveaux cheveux. Un soir Burgonde est venu la chercher. Il paraissait massif et poilu dans le décor d'acier et de moquettes rousses. Victoire a ressenti, imperceptible, une gêne : elle avait tort de tout mélanger. A sa surprise elle a constaté que Burgonde serrait quatre ou cinq mains et qu'on le traitait avec une déférence familière. Dans le couloir il l'a prise par les épaules : « Ma folle ! » a-t-il dit. Pour une fois, il avait tout compris. C'est deux jours plus tard qu'appelée par Lucienne elle a dû partir pour Uzès. A son retour, on n'a plus reparlé de la rue François-I$^{er}$. Le printemps était venu et Victoire était satisfaite de sa peau déjà brûlée : elle avait passé des heures au jardin à écouter son beau-frère lui parler du temps qui passe et de la mort.

Lucienne ne lui avait plus fait de reproches, même à mots couverts : au contraire elle redoutait que Victoire ne lui reprît Thérèse. Elle s'occupait d'elle avec une étrange passion. Puisque les Meyrisch étaient en froid avec Victoire – elle avait « trompé » Hubert, c'est-à-dire la vraie France, etc. – elle ne leur confiait presque plus la petite et lui consacrait tout le temps qu'elle ne donnait pas à son mari. Mais Gilbert paraissait ne plus avoir tellement besoin d'elle. Il retardait le plus possible son départ pour le Mont-Dore. « Tu sais, dit-il à Victoire dans un moment où ils étaient seuls, c'est étrange de soigner des gens en meilleur état que soi. On a l'impression de faire du zèle, de manifester un altruisme intempestif... » Victoire l'écoutait, les yeux fermés, allongée sur un transatlantique qu'elle avait disposé dans le seul coin de la terrasse que le soleil ne quittât jamais. Gilbert avait tiré son fauteuil vers l'ombre, de sorte qu'ils étaient un peu éloignés l'un de l'autre et que le ton de Gilbert, un ton de confidence, de discrétion, s'accordait mal à sa voix forte. Il avait envie de lui confier un secret, mais comment l'aider ? Il la regardait avec une avidité tranquille, comme revenu de tout. « Je n'avais jamais pensé à Gilbert comme à un homme... »

– Tu devrais demander à Couviniol (c'était le pharmacien) sa nouvelle huile à bronzer. Il la fabrique lui-même et on vient lui en acheter d'Avignon ! Bergamote, huile d'olive et je ne sais quoi...

– Je croyais la bergamote dangereuse ?

– Oh, dangereuse ! Si tu es belle...

Il avait dit cela avec un geste de la main et un sourire d'indifférence. Victoire se souvint du visage fatigué de Lucienne, des rides nouvelles surgies des deux côtés de ses lèvres, de la tendresse un peu éperdue dont elle entourait Thérèse. Elle eut froid et abaissa sa jupe sur ses jambes.

– Je vais remonter à Paris, je crois, dit-elle sans avoir mûri sa phrase ni sa décision.

– On t'attend, là-bas ?

– Tu le sais bien !

– Pourquoi n'est-il pas venu avec toi ? Nous l'avons eu, un soir, ici. Tu le savais ? Il a passé déjà des mois à Uzès, dans cette maison que les Schramm ont restaurée. Il y possède toujours un atelier ? Alors...

Victoire pensa qu'en effet la vie était plus simple qu'elle ne le croyait, ou que Burgonde ne la voulait. Elle plaida sans y croire :

– C'est un peu difficile pour lui. Ce passage d'une vie à l'autre...

– D'une femme à une autre ? D'une autre femme à toi ? En quoi est-ce « difficile »... ?

Il avait prononcé le mot avec une âpreté dédaigneuse. Il parut réfléchir un moment et continua, la voix plus basse, obligeant Victoire à se tourner vers lui pour saisir ses mots :

– Il doit être homme à se moquer des chuchotements, du qu'en-dira-t'on. Je me trompe ? Et toi aussi, je pense, tu t'en fiches. Je suis fier de toi, tu sais. Oh, bien sûr, Lucienne... C'est son rôle, du moins elle le croit. Elle était revenue toute tourneboulée de Paris, tu te rappelles, quand tu faisais les quatre cents coups. Alors elle se croyait obligée... Mais de moins en moins. C'était une responsabilité, comprends-tu, de t'élever. Je ne me suis jamais occupé beaucoup de toi : le travail ; cette vie coupée entre les deux cabinets ; et puis j'étais nonchalant. Au moins, me semble-t-il, nous t'avons appris à être libre. Ne va pas croire que ce soit tout à fait le hasard ! Je te voulais telle que tu es devenue. Lucienne, elle... Comment dire ? La mort de votre père, elle l'a vécue, à vingt ans, dans des conditions abominables qu'elle ne t'a jamais tout à fait racontées, et c'était mieux ainsi. Elle en est restée blessée pour toujours, et inquiète, apeurée. Là-dessus, sa stérilité. Elle a cru que je ne la lui pardonnerais pas. C'était mal me connaître ! Il n'empêche, ta présence a été une bénédiction. Quand tu es devenue une adolescente Lucienne a vécu des scrupules incroyables ! Elle rêvait pour toi...

Le Dr Roux eut un petit rire triste et regarda Victoire, très vite, à la dérobée :

– ... Elle te rêvait moitié nonne, moitié putain. Elle était romanesque, quoi !

– J'ai comblé assez bien ses vœux, non ?

Le Dr Roux parut surpris que Victoire fût douée de la parole. Il regretta aussitôt son monologue.

– N'exagérons rien, ma petite Victoire, n'exagérons rien.

Il se leva, les yeux perdus sur l'ondulation de garrigue qui apparaissait entre les arbres au-dessus du parc du Duché.

– Je ne partirai retrouver mes asthmatiques et mes éternueurs que le 20 ou le 25 mai. Tâche de nous l'amener avant mon départ, ton peintre. Il va bigrement m'intimider, maintenant ! mais je trouverai bien deux ou trois choses à lui dire. Nous irons voir Lepoux ensemble, je crois qu'ils s'apprécient.

Il se tourna vers Victoire avant de s'éloigner :

– C'est égal, tu es une drôle de gosse. Je les comprends, ces types, ces hommes. Mais tout cela est allé si vite. Hier, tu te rappelles ? nous faisions ces courses à Chamonix, nos grandes descentes de la Flégère et de la Croix-de-Lognan... Le jour où tu voulais t'attacher les chevilles avec une lanière pour être sûre de skier parallèle ! C'était hier. Et me voilà à compter mes pas, la main droite toujours à palper l'épaule gauche, et à te parler, à toi – à toi ! – de « tes hommes » comme si rien n'était plus naturel...

Il s'éloignait, la main droite, en effet, perdue dans un geste devenu familier, il se retourna, le visage rajeuni :

– Et *c'est naturel !* C'est ce que depuis dix minutes j'essaie de te faire comprendre, empoté que je suis.

Guitares et chanteurs se turent.

Le 22 mars 1968, à onze heures du soir, dans la serre du baron Buchs plongée dans la demi-obscurité et le complet silence, on entendit voler lourdement un ara, troublé par l'interruption des bavardages et de la musique, puis on distingua, dans l'ombre, les faisceaux lumineux à peine visibles qui convergeaient vers l'estrade vide. Il y eut un flottement, une nervosité, un imperceptible frisson d'inquiétude : Buchs avait juré de faire oublier ce soir le fameux anniversaire sadien célébré une nuit de 1959 chez Joyce Mansour. Quelques-uns parmi ses invités avaient participé au rituel sadien, aidé à se dresser le fameux braquemart, et ils considéraient avec scepticisme la mise en scène du jardin d'hiver. Des femmes crièrent quand Niemand, à la façon d'un acrobate sautant à travers un cerceau tendu de papier, pulvérisa la fausse verrière de cellophane et de bois et apparut, nu, solennel, la peau sombre et huileuse, les paupières baissées, s'avança lourdement et s'immobilisa au lieu précis où son ventre se trouva en pleine lumière. Les yeux toujours fermés, il plaça lentement ses mains, paumes retournées vers les spectateurs, des deux côtés de son sexe, dans un geste d'offrande qui délimitait exactement la zone la plus intensément éclairée.

C'est alors – clapotis, mouvements furtifs – que l'on perçut la présence dans le bassin de trois ou quatre nageurs qui se déplaçaient avec lenteur. Des filles, espéra-t-on, mais nues ou vêtues de maillots couleur de chair ? On ne le distinguait pas. Leurs gestes indolents – un ralenti de cinéma – imposaient aux spectateurs leur rythme, leur silence : on ne se bouscula pas pour mieux voir. Un mainate, quelque part dans les plus hautes palmes, lança trois fois un mot rauque – du flamand ? – qui libéra quelques rires. Mais le silence retomba vite. Niemand gardait les yeux clos. Tant qu'elles n'eurent pas tendu la première toile sous la lumière, sous le ventre de Niemand et à environ un mètre de lui, on ne comprit pas ce qu'accomplissaient dans l'ombre les baigneuses fantômes. (Les yeux s'accoutumant, il s'agissait décidément de très jeunes femmes.) Alors on tendit le cou, on s'avança jusqu'au bord du bassin au risque d'y glisser. Seuls une dizaine d'invités, les mieux placés, virent Niemand décalotter son gland à demi, viser le paysage bleuâtre étendu à ses pieds – canyon sous la lune ? chaos de sérac ? – et le balayer d'un jet ferme, décisif, dont on se demanda par quel prodige de la nature ou de la volonté il parvenait à le libérer et à l'arrêter avec cette spectaculaire soudaineté. Puis l'équilibre des éclairages bascula. Le ventre du peintre fut laissé dans une relative pénombre cependant que la peinture, elle, concentrait lumière et regards. On la vit insensiblement jaunir, pâlir, en même temps que des sillons liquides s'y creusaient, à la fois entraînés par l'inclinaison de la toile et freinés par quelque résistance de la matière. Là où la peinture avait été seulement éclaboussée surgissaient peu à peu des taches, des points, comme sur un tissu aspergé d'acide ou sur un mur criblé d'éclats par une explosion. On entendait le bruit d'une fontaine presque tarie, d'une fuite colmatée. Une voix murmura : « Pauvres filles... » Mais personne n'eut le temps de rire car à cet instant un déclic fut entendu et les projecteurs s'éteignirent. Il y eut un brouhaha, des exclamations confuses, sans que personne se mît vraiment à parler. Quand la lumière revint une très grande toile avait remplacé le canyon bleu, et Niemand avait levé les paupières. On le vit parcourir des yeux l'espèce de cercle tantrique, ou d'œil cyclopéen, rouge, noir et or, étalé à ses pieds, hésiter, diriger successivement son membre vers un coin de la peinture, un autre, contracter soudain son ventre dont jouèrent les muscles, puis pisser à trois reprises, puissamment, joyeusement, non plus avec l'hiératique solennité de la miction précédente mais avec un sorte d'ardeur comique, triviale, comme pissent à Munich les buveurs de bière, ou les gars éméchés d'une ducasse, à plusieurs, derrière les baraques et les tentes. Plus fragile ou sensible que la première, la peinture éclata littéralement sous les jets. Aux points d'impact on vit réapparaître la toile vierge. Du bout du pied Niemand fit comprendre aux naïades qu'elles devaient pivoter la toile, et encore, et encore, de sorte que les coulures et les giclures prirent l'apparence d'un tourbillon. Puis il y eut un instant d'immobilité. Alors, luisant de sueur et d'huile mêlées, Niemand poussa un rire énorme, un gueulement de rire, léonin, gargantuesque, qui fut le signal auquel, dans l'antichambre aux monstres de bronze, les guitaristes et les chanteurs andalous produisirent d'un coup leur musique la plus rauque, laquelle à son tour parut commander la nuit totale qui se fit. Chacun, peur de tomber, nervosité, crispa sa main sur le bras du voisin. On protesta. On alluma des briquets. On craqua des allumettes. Mais la lumière revint et six maîtres d'hôtel s'avancèrent, surgis de sous les palmes, des verres d'alcool offerts sur des plateaux. Niemand, ses toiles et ses baigneuses avaient disparu. « Il a dû chercher son inspiration dans la contrex, parole ! » C'était Louvigny-Furange, la voix tonnante. D'un seul coup les conversations et les rires furent à leur paroxysme. Baby Demos, vêtue de noir, embijoutée de jais, les yeux implorants, paraissait porter le deuil de son triomphe. Ludo réapparut, quelque chose de marchand et d'artisanal dans sa démarche et son embarras : c'était lui, à coup sûr, qui s'était « occupé des éclairages ». Seul Levi-Monzi paraissait vraiment à son aise : il était en scène depuis si longtemps... On apprit avec stupeur que Niemand ne reviendrait pas. Ce départ, cette absence, ç'avait été la veille le coup de génie de Giorgio. « J'ai payé ma cotisation au club, non ? » avait-il murmuré. Cette nuit, son air blasé faisait merveille. « Il est déjà sur la route de Saint-Moritz... » répétait-il à qui lui posait des questions. Plus tard, quand on eut dressé des tables et que le souper eut été servi, les naïades vêtues de robes blanches, cheveux dénoués à la Lorelei, apportèrent les deux toiles, puis cinq ou six autres inédites, et les disposèrent sur des chevalets extraits de l'insondable pénombre du jardin. On se leva. Un verre et un cigare à la main, les hommes s'approchaient. Chacun retenait une envie de renifler. On croyait voir des narines frémir. « Tu ne trouves pas que ça cogne ? Il me semble me retrouver dans les pissoirs du collège... Vieux souvenir ! » Décidément, le duc renâclait.

– Tu as eu tort de le mettre sur la liste, murmura Ludo à l'oreille de Baby.

– Lui ? Mais non, il faut toujours un grand idiot de plein air, un amateur de clebs et de jardins : il donne l'échelle.

Levi-Monzi prit le duc par le bras :

– Doudou, je vous en mets une de côté ?

Louvigny-Furange, l'air étonné et farceur, toisa le marchand du haut de son mètre quatre-vingt-dix :

– Il faut ?

– Bien sûr qu'il faut !

– Si c'est vous qui le dites... J'accrocherai ça à Baillancourt, dans le billard, et je raconterai la soirée à mes amis. J'aurai un de ces succès ! Sans compter que ça amusera Yvonne. Elle va être furieuse d'avoir raté ça. Mais une jument qui met bas, c'est sacré, non ? Comment s'appelle-t-il, votre olibrius ?

Victoire promit à Thérèse de revenir très vite et ce n'était pas, pour une fois, une ritournelle d'adulte, ce que petite fille elle appelait déjà : « Faire du bruit avec la bouche. » Oui, elle allait revenir. Elle embrassa Gilbert plus gravement que d'habitude et resta songeuse une partie de la route entre Uzès et Avignon. A Remoulins, comme le feu rouge les avait arrêtées, Lucienne remarqua :

– Il m'inquiète, Gilbert.

– Pourquoi ne vendez-vous pas le cabinet du Mont-Dore ?

Aucune des deux sœurs ne répondit à l'autre et le silence s'installa. C'était bien ainsi ; elles se comprenaient. A quoi bon parler d'argent, et surtout de ce cœur imprévisible, exténué ? « Le gros muscle a eu son content », disait parfois le Dr Roux, souriant, en faisant ce geste dont il se moquait lui-même. « Quand même, pensait Lucienne, comme c'est étroit, une vie ! Comme il y tient peu de choses, peu de gens... »

La voiture abordait les premières maisons des Angles, où la route passe de la garrigue à la pouillerie banlieusarde. Le cœur de Lucienne, ici, se serrait toujours. Ces villas, ces pavillons entourés de grilles – chaque fois qu'elle allait en Avignon il en avait poussé de nouveaux – lui faisaient le même effet qu'un arbre malade, un chien qui vieillit.

Victoire sentait sourdre de sa sœur une tristesse qu'aucune confidence ne dissiperait. Elle se repliait sur l'impatience et le bonheur qui depuis deux jours l'occupaient. « Comme c'est vaste, une vie, devait-elle penser. Que de saisons, que de surprises ! » L'encombrement du pont sur le Rhône les trouva ainsi, muettes et prudentes. Victoire dit brusquement :

– Tu n'oublieras pas de donner à Thérèse son lactéol...

Lucienne se tourna vers elle.

– Toi, au moins, tu ne changeras jamais !

C'est dans le train, en feuilletant les cinq ou six journaux que selon l'usage des familles Lucienne lui avait achetés pour le voyage, que Victoire découvrit l'interview de Niemand. Elle occupait une page entière, illustrée d'une photo du Manneken Pis et d'une madone préraphaélite détrempée et mise à mal par quelque pluie d'orage. Là-dessous, une légende acidulée.

Le « chapeau » qui surmontait le texte n'était pas non plus indulgent :

*Grenouille helvète qui se voudrait aussi grosse qu'un bœuf américain, grimpeur montparno qui rêve d'accomplir le voyage de la Coupole à Cadaquès mais n'a pas eu la chance, comme Mathieu, de servir un temps sous Dali, Willy Niemand, bon graphiste zurichois saisi par la débauche des temps, vient de franchir un degré de plus dans son escalade de l'esbroufe. Tous les goûts sont dans la nature et toutes les libertés dans la peinture. Aussi sommes-nous allés – à Saint-Moritz, rien de moins ! – poser dix questions à Niemand, le créateur qui, insatisfait d'avoir naguère composé quelques-unes des belles affiches de notre époque – rappelez-vous ses trouvailles pour Swissair et Nestlé – s'est voulu le Manneken Pis de l'art moderne. L'homme ne manque ni de culot ni de verve. Reste à savoir si verve et culot font un talent. Jugez-en.*

Victoire réfléchit. Elle essaie de juger tout cela selon les critères et la sensibilité de Burgonde. Dix fois, quand elle s'indignait du ton de certaines critiques, il l'a détrompée : « Le silence est la seule catastrophe. Caricatures, injures, coups bas : tout est bon à certaines carrières ». De toute évidence, celle de Niemand est de ces carrières-là. Donc, ce fiel et cette ironie, c'est « bon ». En Victoire, quelque chose – l'éducation ? la fierté ? – se rebrousse. Elle se rappelle un mot qui l'avait surprise, dans une lettre de Burgonde : « Nous n'exerçons pas des métiers honorables. » Est-ce là ce qu'il voulait dire ? Elle regarde autour d'elle : un couple dans la soixantaine et une anguleuse personne, couleur poussière et feuille morte. On sent la lavande. On lit *l'Aurore* et Simone de Beauvoir. Du pareil au même. La Dame ouvre parfois son sac à main, en extrait un mouchoir, y souffle, le roule en boule, l'enfouit, fait claquer le fermoir. Le Monsieur annote un dossier. La Demoiselle lève un regard trouble et réfléchit. Les mots de Mme de Beauvoir coulent en elle goutte à goutte. « Les voilà, les gens honorables. C'est eux, j'imagine, ou leurs semblables, qui un beau jour ont fait sauter les boutons de la braguette de Niemand. J'aimerais le connaître, Niemand. Et puis non. Sans doute m'exaspérerait-il : un faiseur, Burgonde dit : une brute. Mais il le dit avec amitié ».

## DIX QUESTIONS A NIEMAND

*Question. – Willy Niemand, vos attitudes et trouvailles successives, depuis une dizaine d'années, ne pourraient-elles pas passer pour une entreprise délibérée de provocation, et rien de plus ? Certains vous reprochent ce qu'ils nomment une inflation de...*

Niemand. – Galopante. On dit toujours : « inflation galopante ». Dites-le aussi. Ne me privez pas de la galopade, de la cavalcade s'il vous plaît ! J'ai toujours rêvé de transformer les expositions en tournois. Je serais un des chevaliers, et l'autre, sous son heaume baissé, serait le Critique d'Art. Tous les critiques d'art, l'un après l'autre, affrontés en combat singulier, sur qui je me jetterais au *galop*. Vous aimeriez ?

*Q. – L'image est séduisante et conforme à votre personnage, mais vous ne m'avez pas répondu...*

Niemand. – Si un salaud veut démystifier, par exemple, l'image glorieuse et flatteuse de l'Écrivain, il dira de lui : « Il n'a rien *pondu* depuis longtemps » ; ou il le traitera de « pisseur de copie ». Eh bien, il ne faut pas attendre que les salauds s'en prennent à nous. Nous devons prendre les devants. En me transformant en pisseur de peinture j'interdis aux salauds de m'injurier. L'injure, c'est entre moi et moi : un suicide, c'est-à-dire l'arme absolue contre les assassins.

*Q. – Vous entendez « salauds » dans le sens sartrien ?*

Niemand. *– ...?* (Mimique d'indifférence, haussement des épaules.)

*Q. – A vrai dire, et pour entrer dans votre jeu, vous ne pissez pas vos peintures ; il serait plus juste de dire que vous les métamorphosez en les compissant. Ce n'est pas la même chose.*

Niemand (riant). – Vous avez raison ! L'idéal serait évidemment de chier son œuvre ou de la vomir, bref : de l'extraire du tréfonds de notre corps par un de ses orifices naturels. On ne l'a tenté que timidement. Vous connaissez la « merde d'artiste » de Manzoni ? Mais elle était vieille, desséchée, mise en boîte et sans odeur. Quant à *l'eat art* de Spoerri, s'il s'agit bien de mangeaille « dégueulasse », il ne s'agit nullement de dégueulis. Nuance. Pusillanime, tout ça ! La mangeaille, avant l'ingestion c'est noble, c'est sacré : le « pain quotidien », la Cène, etc. Mais après un séjour d'une heure ou deux dans l'estomac la plus noble mangeaille devient quoi ? Vomissure. De l'Art ? Pourquoi pas... Mais rassurez-vous : ce n'est pas la voie que j'ai choisie et je ne compte pas gerber devant le Tout-Paris.

*Q. – N'y a-t-il pas dans votre mise en scène une composante sexuelle ? Chacun a pu remarquer que vous êtes un superbe athlète et votre exhibition...*

Niemand. – Je pense sincèrement que l'académie du pisseur, à supposer qu'elle soit à votre goût, n'apporte pas grand-chose à l'acte de peindre. Je dirai même : au contraire. Imaginez le pisseur difforme, bossu, quasimodesque, couvert de poils, déjeté... La célébration publique y gagnerait en force et en horreur. Elle prendrait tout son sens. Et mieux encore si l'artiste appartenait au sexe féminin et, nue, de préférence laide et d'âge canonique, s'accroupissait au-dessus d'une peinture. Une peinture que l'on peut rêver très délicate, brossée avec du sentiment, de la poésie et représentant quelque scène édifiante.

Voilà pour les compliments décernés, si j'ai bien compris, à mon anatomie.

Quant à la « composante sexuelle », je me reprocherais plutôt de l'avoir assourdie, atténuée. A mes yeux elle est évidente et nécessaire. Il faudrait baiser l'œuvre. Et, la baisant en public, faire de son accomplissement une sorte d'orgasme collectif. Je ne vous en dis pas plus : dans cet ordre de choses les combinaisons et extrapolations sont innombrables et à la portée de l'imagination la plus timorée.

*Q. – Le choix du lieu où s'est produit votre happening, les invités conviés - sans parler de vos diverses déclarations - peuvent donner à penser que vous êtes non seulement hostile à l'idéologie progressiste qui anime la plupart des artistes, mais carrément réactionnaire. Qu'avez-vous à répondre ?*

*Niemand.* – Les artistes sont subversifs et révolutionnaires tant que la Révolution est chimérique, hors de portée. Une fois la Révolution accomplie, ils deviennent pompiers et académiques. Tous les arts séditieux sont des arts bourgeois. Inutile, n'est-ce pas, de vous inviter à visiter les musées soviétiques et assimilés ? Tenant à la sédition, je défends la société bourgeoise qui à la fois la sécrète et la tolère. Si j'étais *sérieusement* révolutionnaire, je serais pompier, afin de m'entraîner à devenir un artiste honoré, primé, décoré dans une société nouvelle. Ai-je répondu à votre question ?

*Q. – Au-delà de mes espérances ! Je conclurai par une question pratique. Comment le public et les collectionneurs accueillent-ils vos « pissements » ?*

*Niemand.* – Le public, je n'en sais rien. Il n'en sait rien non plus : il est illusoire d'espérer intéresser « le Public » à nos travaux. Il les ignore et c'est bien ainsi. Quant aux collectionneurs, c'est l'affaire de ma galerie, la galerie Falkenberg, dont j'espère qu'elle fera beaucoup de dupes et gagnera beaucoup d'argent.

*Q. – Est-il exact que l'ambassadeur du Japon ait acheté chez le baron Buchs une de vos toiles « encore fumante » ?*

*Niemand.* – Il y avait le soir du 22 mars, chez le baron Buchs, des ambassadeurs et des Japonais, mais j'ignore si ces deux qualités se sont trouvées réunies chez un de mes acheteurs.

*Q. – Savez-vous que le « 22 mars » sert à désigner un mouvement étudiant révolutionnaire qui s'est défini et affirmé ce jour-là à Nanterre ?*

*Niemand.* – Je ne vois pas de quoi vous voulez parler. Il s'est produit le 22 mars un ébranlement notable et – si je puis dire –

j'en étais l'épicentre. Je ne m'intéresse pas à ce qui se passe à la périphérie, dans les marges. Le temps ne retient jamais les agitations accessoires.

Q. – *Willy Niemand, nous vous remercions.*


Victoire allume une cigarette – c'est un compartiment « non fumeur » : trois regards la fusillent, mais trois respects humains, bien que soulevés par la houle d'une insondable indignation, s'imposent silence. On ronge son frein. « Combien de temps tiendront-ils ? » se demande Victoire. Elle déploie le journal et, les yeux mi-clos à cause de la fumée, elle découpe la page Niemand, la plie et la glisse dans son sac, dont elle aussi fait claquer le fermoir. Elle croit voir passer une nuance de sympathie dans l'œil de la Dame. Alors, pour saisir sa chance, elle se lève, demande à trois reprises pardon avec modestie et gagne le couloir. A peine est-elle sortie que Monsieur se lève et abaisse la vitre ; les cheveux volent, le journal déchiré se soulève sur la banquette ; la fenêtre est précipitamment refermée.

Victoire, qui sourit aux collines du Beaujolais, voit le reflet de l'homme au dossier ramasser le journal froissé et, avant de le replier, y jeter un coup d'œil. Le coup d'œil, sans se retourner, elle l'imagine : d'un huissier sur une mendiante ; d'un ferrailleur sur une fleur séchée. Comment fait-elle – elle s'avise de cette constante de sa vie – pour avoir toujours partie liée avec les moutons noirs ? Hubert et ses comploteurs ; l'homme des bois noctambule ; maintenant les peintres : pourquoi n'est-elle aimée que par des réfractaires ou des paumés ? Non, ce ne sont pas les mots adéquats. Elle devrait dire : des hommes sans prudence, de ceux que les occupants du compartiment toiseraient avec envie ou pitié, comment savoir ? mais à coup sûr en *étrangers.* Elle a mis du temps à comprendre que Burgonde et ses amis sont de la famille des indociles. Un moment, leurs grosses voitures, leur vie braillarde l'ont trompée ; elle ne voyait que ça, et leurs solitudes, ces horaires d'employés modèles ou de moines. Même l'argent, quand ils en ont, n'est pas l'argent des bourgeois. Ils en usent autrement, le placent mal, le brûlent. Hubert aussi disposait d'argent, aux jolis jours : c'était celui de la haine et des braquages ; Constantin, celui de la chansonnette et du poker. « Ah, je ne suis pas une personne convenable... » Une part d'elle souffre toujours d'essuyer certains regards – *de n'être pas honorable.* Mais une autre, sa préférée, a appris à rire.

– Vous êtes bien gaie, mademoiselle !

Le contrôleur n'a pu s'empêcher de le lui dire, avec une œillade veloutée. Il a étrange allure, le contrôleur. Ses cheveux surabondants font sous la casquette, sur la nuque, un gros bourrelet. On s'est trompé dans la distribution de l'opérette. L'anar est déguisé en cheminot. Les journaux doivent être dans le vrai : la France bouge. C'est ce qu'est en train de siffler l'homme au dossier quand elle regagne sa place. « Des gamins ! Des énergumènes... » Il la dévisage. Notarial, peut-être chrétien, mais secrètement allumé, l'œil hésite, se mouille, durcit. Des lunettes le couvrent ; le journal se déploie.

Victoire pense à Burgonde qui l'attendra tout à l'heure à la gare et, pour la première fois, elle se sent revenir vers lui d'un élan sans contrainte ni méfiance.

Quand les étudiants des Beaux-Arts demandèrent à Niemand de composer une affiche « révolutionnaire », il refusa : « Je ne suis pas une dame d'œuvres ; il y a déjà assez de monde dans votre ouvroir. »

Ludo rapporta cette fière réponse à Burgonde qui demanda :

– Qui la lui a soufflée ? *Ouvroir, dame d'œuvres :* ce ne sont pas des mots de son vocabulaire...

– Et vous, qu'avez-vous répondu ?

– On ne m'a rien demandé.

– C'est toute la différence...

Ludo, depuis que la révolution était en marche, voussoyait à nouveau Burgonde et le traitait, sinon de haut, au moins de loin. Ce ne devait pas être, entre avril et juin, sa seule métamorphose. Sa façon de se vêtir, province et constipée avant Baby, était devenue parfaite. Il chercha à la renouveler sans commettre de faute de goût. Mais à quelle autorité se référer ? Le refus de Niemand de retrouver son ancien métier d'affichiste ne l'embarrassa qu'un jour. Dès le lendemain, heureusement, le Suisse se laissa entraîner par une bande de compatriotes journalistes, des braves à trois poils prêts à donner au plus farouche « katangais » des leçons de guérilla. Niemand brûla deux ou trois voitures. Où ? Impossible de le dire avec précision, des témoins l'ayant aperçu rue des Beaux-Arts, d'autres au coin de la rue d'Ulm et de la rue Lhomond. On prit des photos, à tout hasard, mais les pellicules disparurent.

Victoire et Burgonde s'étaient laissé gagner de vitesse par

l'agitation. « C'est notre printemps », disait Victoire. Elle était revenue d'Uzès épanouie, offerte. Ils fuyaient Paris pour un oui ou un non. Peut-être, à leur façon, subissaient-ils la contagion de la grande fièvre ? Ces groupes partout arrêtés, la parlote générale, les petits vieux qui vous prenaient aux revers et vous postillonnaient leur vie au visage : Victoire était au comble de la curiosité. Vers cinq heures elle entraînait Burgonde hors du studio de la rue du Dragon et ils s'en allaient au hasard. « On marche au canon », disait-elle. Au vrai, ils marchaient plutôt à la grenade. Sur le quartier flottait une odeur âcre et, à proximité des cars de CRS et de policiers, des parfums de cuir et de colère. La boiterie de Burgonde n'était pas toujours une protection suffisante contre le déferlement des charges et des sauve-qui-peut, les coups, toute cette étrange haine qui éclatait et s'apaisait selon un rythme imprévisible. Ils remontaient rue du Dragon et ils s'aimaient.

Les Letourneur avaient proposé de prendre Rose chez eux, à Barbizon. Comme elle se consumait pour l'aîné des enfants Letourneur, un musicien séraphique, elle avait accepté. Frédéric, trois appareils autour du cou, jouait sur les barricades les Werther de *Paris-Match*. Il téléphonait chaque matin à son père : « Tout ça se terminera par des bouquins et des albums, tu verras ! Ce sera mon heure. J'ai déjà vendu six photos à un truc de Lausanne, *l'Illustré*, tu connais ? »

Baby Demos organisa un dîner chez Gaston Buchs et invita Burgonde. « Amène qui tu veux, bien sûr ! » A cette suggestion l'on mesurait combien les mœurs avaient le tournis. Burgonde la prit au mot et amena Victoire. Rétive, Victoire. « Je deviens fou, moi aussi : je me mets à tout mélanger... » Burgonde sentait son tort mais il avait envie de révéler à ses vieux complices un visage neuf, une vie fraîche, comme on déploie un drapeau. L'apparition de Victoire passa pour un sacrifice du peintre au souffle libérateur. « Vous êtes étudiante ? » lui demanda-t-on. Elle sourit mystérieusement : « Non, mère de famille. » Levi-Monzi, en l'embrassant, rassura les indécis. Personne ne comprit pourquoi Ludo la tutoyait. A dix heures on décida de se rendre à la Sorbonne. « Il faudra garer assez loin », conseilla Baby, en femme d'expérience. On se casa comme on put dans la Bentley de Gaston et la Mercedes d'Antonini. Vitres baissées, on respirait le soir de mai, les parfums d'arbres et d'émeute.

Quand la petite troupe arriva au Quartier latin, chacun prit conscience de n'être pas aux couleurs des circonstances : les robes, le ton. D'un joli geste, double et coulé, Baby fit glisser les diamants de ses oreilles et les enferma dans sa pochette du soir. Elle regarda autour d'elle. Ludo, nerveux, retirait sa cravate et la pliait dans une poche. Victoire avait beaucoup bu ; elle se serrait contre Burgonde. Ils entrèrent dans la Sorbonne par les grandes portes de la rue des Ecoles. Une foule tranquille et gaie déambulait ; cela tenait du salon de l'Auto et d'un entracte à l'Opéra. Les murs couverts de slogans, les sols crasseux, l'allure poubelle des lieux, seuls, étaient excitants – et quelques préhistoriques loubards qui laissaient derrière eux un sillage de frissons et d'odeurs. On aperçut des amis : un commissaire-priseur, des sportifs, Marguerite Duras, des éditeurs, des banquiers. Les premiers baisemains passèrent dans l'effervescence de tout et de tous. Devant l'une des portes, des filles tenaient aux quatre coins un drapeau rouge dans lequel on jetait des pièces, de petits billets. Burgonde s'arrêta, émerveillé : « Ils font la quête ! » Hortense Schramm, la fille de Flavienne, vêtue en Gitane, des anneaux aux oreilles, le bras passé sous celui d'une quinquagénaire impérieuse, laissa tomber au passage un billet de cent francs. « Dix mille balles ! Eh ben... » Victoire se retourna sur l'homme qui avait ainsi murmuré son étonnement : un grison du quartier, concierge ou retraité, son chien en laisse. Elle fit deux pas de côté pour éviter Hortense et sa compagne, qu'elle venait de reconnaître : une tragédienne considérable et vieillissante. Elle serra le bras de Burgonde.

– On file ?

– Comme ça ?

– Bien sûr, *comme ça !*

Une demi-heure plus tard, après un crochet par le studio, ils roulaient sur l'autoroute du Sud déserte, radio hurlante, l'aiguille caressant les deux cents du compteur. Ils furent à Barbizon en vingt minutes. L'auberge de la Haute-Brioude était lugubre. Un obèse en bonne fortune, le souffle court, finissait de souper en face d'une muette. On entendait, dans l'office, les voix excitées des radios-reporters et des échos d'explosions. On leur donna une chambre qui sentait l'humidité et le péché. Burgonde, à cause de la forêt proche, qu'il aimait tant, pensa que Victoire et lui s'enfonçaient au plus touffu de leur bonheur. « Touffu », c'est le mot qui lui vint. Il avait souvent fait des randonnées en forêt à partir d'ici : visites aux Letourneur, hâtives aventures de ses trente ans, journées de silence avec Gabrielle. Ses meilleurs souvenirs. Un instant, la superposition de trop d'époques et de visages l'importuna. Victoire se déshabillait tranquillement dans la pénombre. Burgonde ouvrit toute grande la fenêtre. L'écho des radios, assourdi, leur parvenait encore. Il vit dans le jardin se déplacer le point rouge d'une cigarette. Ses yeux s'accoutumant, il distingua du ciel le moutonnement de la forêt, et dans le ciel les étoiles. « Victoire est-elle heureuse ? Heureuse comme je le suis ce soir ? » Mieux valait ne pas parler. Il se retourna vers la chambre, ses odeurs de week-end clandestin, la tache claire du lit.

Le lendemain Burgonde alla jusqu'à la Gavotte, la maison de Letourneur, sans prévenir de son arrivée. Il ne trouva pas grand-monde : Rose était partie monter en forêt avec le pianiste à visage d'ange, Letourneur faire des courses à Fontainebleau, les petits on ne savait pas où. Tania était seule. « Vous êtes fous, à Paris », dit-elle. Elle versa à Burgonde une tasse de café sans lui poser de questions.
– Tu déjeuneras avec nous ?
Il ne savait pas, décontenancé. Qu'était-il venu faire ici ? Il demanda s'il pouvait voir l'atelier de Letourneur. Tania lui désigna la porte d'un geste. Elle s'approcha de Burgonde :
– Rose ne va pas aimer ça, mon vieux : tu sens la fille...
Elle apaisa de la main le mouvement de Burgonde.
– Mais non, tu ne sens pas la cocotte, idiot ! Je veux dire tes yeux, ta tête... T'es-tu regardé ?
Et, comme Burgonde hésitait :
– File et reviens à midi. Je dirai que tu as téléphoné pour annoncer ta visite. Tu seras seul, j'imagine ? Ne hausse pas les épaules – on sait vivre...
Burgonde retrouva Victoire toute hérissée.
– Je me sens poule, ici. Tu m'emmènes ?
Burgonde sentit ses yeux rapetisser.
– Tu fais tes petits yeux, remarqua Victoire, c'est mauvais signe. La redoutable Rose a été désagréable ?
– La redoutable Rose n'était pas là.
– Bon ! En l'attendant, emmène-moi marcher en forêt.
Dès qu'ils furent dans la rue – ils n'avaient que deux cents pas à faire pour se perdre sous les arbres – une peur écœurante submergea Burgonde. Comment n'y avait-il pas pensé ? Sûr, ils allaient tomber sur Rose et Cyrille. Il imaginait la rencontre : Rose juchée sur son cheval, toisant Victoire, ajustant deux ou trois insolences et jetant un grand alezan de pied ferme au galop. Une scène de cinéma : sa spécialité. Il ne voulait pas imposer ça à Victoire. Quelle idée, aussi, d'être venu

ici. Les forêts ne manquent pas, ni les auberges. Il marchait d'une allure oblique et pressée. « Ma parole, je serre les fesses ! » Il ne pensait qu'à étrécir son dos, gommer sa silhouette. « La fuite du boiteux, gravure galante ! »
– Tu n'es pas bien ? Tu préfères renoncer à la promenade ? Victoire, du coin de l'œil, l'observait.

Enfin ils eurent franchi la lisière de la forêt et dépassé cette zone râpée, trop propre, où la colonnade des pins n'offrait aucune sécurité. Une espèce de gorge s'ouvrit entre des rochers, feuillue et malaisée.
– Tu te choisis un chemin impossible !

Il guettait de l'oreille des pas de chevaux, de l'œil une croupe luisante. Et ce sable qui étouffait tous les bruits et rendait la marche exténuante ! Bientôt Victoire en eut assez de faire les frais de la conversation ; elle se tut. Burgonde se détestait. « Pourquoi suis-je lâche ? Et, si je le suis, pourquoi en outre être bête ? Il ne fallait pas me mettre dans cette situation... »

La chaleur montait, des taons harcelaient Burgonde. La matinée tournait à la débâcle. Victoire ne lâcha prise qu'à l'extrême limite de sa patience. Elle parla de sa voix la plus posée :

– Peux-tu me déposer à Fontainebleau, ou à n'importe quelle gare où je trouverai un train pour Paris ?

Burgonde continua un moment de marcher en silence, écartant de la main les branches, les taons, les questions importunes. Énorme et vaine, la colère montait en lui. S'il ne parvenait pas à l'apaiser il allait hurler d'irrémédiables bêtises. Quel poison les attaquait, quel acide ? Dans toutes les occasions où il avait risqué une rencontre entre les différents acteurs de sa vie, il s'en était repenti. Le dîner d'hier, une maladresse. Et ce matin la seule proximité de Rose et des Letourneur le précipitait dans cette angoisse.

– Eh ! mon type, tu m'entends ?

« Mon type » : c'était un mot de douceur. Il y eut en Burgonde une bouffée de gratitude. Mais la mauvaiseté l'emporta.

– Les trains sont en grève, tu as oublié ?

– Alors ramène-moi à Paris.

– J'ai promis...

– Tu te fous des Letourneur. Tu te fous de Rose. Ramène-moi et viens passer si tu veux un mois à Barbizon. Tout seul. Mais ramène-moi.

Ils étaient face à face, dressés, crêtés. Pourtant Burgonde percevait sous la colère de Victoire sa tendresse, intacte. Comment faisait-elle ? Elle avait beau trembler de colère, rien d'irré-

médiable ne viendrait d'elle. Burgonde se sut désarmé, démuni. Il montra à Victoire les paumes de ses mains. En lui une voix battait à grands coups : « Sauve-toi, sauve-toi ! » Il ferma les yeux. Il ne voulait pas que Victoire pût rien lire de lui. Quand le tumulte se fut apaisé, il dit :
– Tu as raison, rentrons. Barbizon était une mauvaise idée.

Il ne lui fallut qu'un instant pour payer, donner leur sac au chasseur. Victoire était restée dans la voiture à fumer. Burgonde s'obligea à conduire lentement tout au long de la grande rue : surtout n'avoir pas l'air inquiet, ni de fuir.

Quand ils se retrouvèrent sur l'autoroute – en sens inverse roulaient des voitures chargées jusqu'au toit : les familles prévoyantes quittaient donc Paris ? – Burgonde se souvint d'autres matins semblables à celui-ci, autrefois. Sourdes querelles, campagne et désœuvrement, profil d'une personne que l'on désapprend en hâte d'aimer. « C'était bon à vingt-cinq ans, mais aujourd'hui ! » L'amour de Victoire a rendu Burgonde aux oisivetés et aux niaiseries de sa jeunesse. « De quoi ai-je l'air ? » Il se reprend : « Là n'est pas la question. Ou alors... Exemples divers : de quoi ai-je l'air, debout dans la pénombre, amoureux érigé, quand tombe mon pantalon sur mes chaussures ? De quoi ai-je l'air – poids, poils, et cette lourde mémoire – à froisser sous ma moustache la peau d'une gamine ? De quoi ai-je l'air au plus noir de la nuit, l'âme à nu, le corps vide et repu ? Bestialité, passion : des privilèges, une injustice, qui doivent être vécus insolemment, en aveugle, sans se demander « de quoi l'on a l'air ». De quoi a-t-il l'air, le gagneur d'argent ? De quoi, le peintre acharné à ses tripatouillages de couleurs ? Le romancier, à ses manigances de mots et d'inventions ? Soixante-quinze kilos de viande humaine occupés à traquer le mot juste. Est-ce sérieux ? Pas de miroir ! pas d'imagination ! Les cantonniers, les souillons, les innocents, les pauvresses vivent les mêmes passions que moi, exactement les mêmes, sans pudeur ni hontes. Pourquoi pas moi ? »
Victoire pose la main sur son genou et sourit.
– Tu dois traverser des pensées épatantes : tu parles tout seul, tu plisses le front et tu prends des airs vainqueurs. Peut-on savoir ?
– On peut savoir : je me traite de con.
– Enfin lucide !

*
**

329

Levi-Monzi a condamné les trois fenêtres qui donnent sur le trottoir où le tas d'ordures, depuis dix jours que dure la grève des éboueurs, atteint deux bons mètres. On parvient chez lui en se faufilant entre l'immeuble et ce parapet de sacs crevés, cageots, cartons d'où coulent du marc de café et des coquilles d'œufs, sans parler des odeurs de melon. « C'est curieux, constate Victoire, par beau temps les ordures sentent toujours le melon. »

Il règne dans le rez-de-chaussée une demi-lumière. On dirait un retour de voyage ou le lendemain d'une mort. Les lampes du salon sont allumées, et sur les ampoules Giorgio a posé ces petits cercles d'amiante que les Anglais imbibent de parfum : quand on franchit le seuil, on passe directement de la poubelle au harem.

– C'est l'Orient, chez vous !...

– Il faut dire que ça chlingue furieusement, complète Burgonde, la narine palpitante.

– Les rats sont bien de votre avis. Ils détestent tellement mon « mélange » de Florys qu'ils ont renoncé à hanter le jardin comme tous ces derniers jours : ils vont directement de la cave au trottoir, où ils se gobergent. Le soir, de mon lit, je les entends trotter, ronger, mastiquer, discuter...

– Discuter ?

– Je tiens ma fenêtre fermée. Tant pis pour l'hygiène.

En manches de chemise, rieur, épanoui, Giorgio les accueille comme un naufragé ferait ses sauveteurs. Il les embrasse.

– A part les odeurs et les gaspards, quelle vie, mes amis ! D'abord ce collectionneur tombé du ciel, qui a exigé de m'acheter sur-le-champ un Burgonde et deux Rosengart. *Cash* et en liquide ! Tu imagines ? J'ai là pour toi un joli petit paquet : c'est la raison pour laquelle je t'ai demandé de passer. Le bourgeois panique et que fait-il ? Il achète du Burgonde ! Te voilà valeur refuge, mon vieux. Mais – pardonne-moi ! – cela n'est rien. Le plus beau, c'est le discours. Le verbe vengeur et libéré. Le Prodigieux Piapia. Je rêve de journées de quarante-huit heures pour galoper d'un atelier à l'autre, du syndicat aux Beaux-Arts, de la Coupole à la galerie, de la galerie à celles de Carrier ou Liftmann... Je cueille les fleurs de rhétorique révolutionnaire et j'en fais des bouquets, des couronnes géantes que je cours jeter sur le cercueil du vieil homme. Car il est mort, le vieil homme, et je le porte en terre vingt fois par jour. Tel que vous me voyez, mes petits, j'ai vingt ans, et si je n'ai pas fait cinquante fois mon autocritique je ne l'ai pas faite une. Je me renie, je me piétine, je me crache dessus, je repars de rien. J'y mets un tel cœur que Lepoux et la Demos ont du mal à m'emboîter le pas. Tu me connais ? J'ai commencé par être abasourdi et plutôt réticent. Je me suis terré ici et j'ai écouté mes disques. Mais quand j'ai compris à quel déballage on assistait j'y suis allé ! Ah, misère, j'aurais pu rater ça ! J'aurais pu rater ces aveux de crocodiles, ces fulminations, ces excommunications, ces sacrilèges exquis, cette énorme blague ! A la galerie, ça ne désemplit pas : c'est un *collectif*. Il y a des *prises de parole*. La Demos, Ludo et moi nous avons dix fois déjà renoncé à notre « mainmise sur la création des artistes ». Nous avons passé la main, déchiré symboliquement les contrats, érigé Falkenberg S.A. en « atelier révolutionnaire de création », décidé de distribuer les sous des peintres qui se vendent à ceux qui ne se vendent pas, payé du papier pour les affiches de la Sorbonne (hélas, c'est Maeght qui finira par les éditer...), envoyé des adresses et pétitions à Cohn-Bendit, aux Panthères Noires de Watts, aux Cubains, aux Viets, aux Tchèques, écrit des horreurs à Malraux, et j'en passe ! Les rats de ma cave et de mon trottoir sont des anges de tolérance et d'abstinence à côté de ce que nous sommes devenus...

Hilare, rajeuni de trente ans, Levi-Monzi se roule dans son numéro, guette Burgonde du coin de l'œil, s'étrangle, trépigne.

— Les peintres, mon coco, sont les plus fabuleux mystificateurs jamais mis sur terre. Les plus répugnants et cocasses charognards. Il faut les voir dépecer les froussards et les terroriser, jouer les juges, exécuter les sentences, faire les bolcheviks et les importants... Ah, quelle leçon ! Je pourrais vivre encore cinquante ans, je n'oublierais pas ce que m'ont appris ces dix jours. J'ignore comment tout cela va finir, mais je sais que jamais plus ne sortiront de ma mémoire certaines répliques entendues, certaines vacheries, certaines pétoches, certaines combines. Tu connais : « Il faut savoir s'arracher un bras... » Nous allons vivre désormais parmi les manchots ! J'étais sceptique, tu le sais, Burgonde. Eh bien je comprends désormais Niemand : la rigolade ou le cynisme.

Un peu débordé, les joues tirées par le sourire trop longtemps arboré, Burgonde s'accroche au seul nom qui passe.

— Il en est où, Niemand ?

— Reparti chez lui, j'imagine. Sur le Wallensee, à la Jungfrau, ou dans son *Bunker*. Il en connaît un bout, Niemand, à ce jeu-là. Il possède l'arme absolue : le dédain. Formidable, ça, le dédain ! Il faudra s'en souvenir, demain, quand tous les foutriquets de critique auront cessé de se prendre pour Breton, quand le dernier notulier de *l'Œil vivant* aura ôté le chapeau à plumes de Fouquier-Tinville. Il faudra les manger à la sauce inventée par eux, ces demi-sel, ces veaux. A la ravigote ! On sent que Levi-Monzi pourrait continuer longtemps sur ce ton. A-t-il eu peur ? Est-il déçu ? Marie-Laure de Noailles à l'Odéon, Hortense Schramm jetant son obole dans le drapeau rouge, la baronne Buchs garant sa Ferrari dans une ruelle et venant à pied à l'émeute (« C'est moins monotone que le Bois ») : il y avait de quoi donner de l'humeur à un philosophe. Mais il en rajoute. Burgonde considère Giorgio comme ferait un homme sobre l'ivrogne exalté qui ne sait plus se taire. « Me regarde-t-on souvent ainsi ? » Et Victoire ? Victoire est songeuse : elle se demande où se trouve Hubert et ce qu'il pense. Ce qui rôde à la Sorbonne et à l'Odéon doit lui faire horreur, mais les coups portés au régime, la peur de ses notables, ne peuvent que le combler. Se promène-t-il, l'allure boutonnée et les cheveux ras, dans les rues salopées, les odeurs de gaz et de peinture cramée ? Une fois n'est pas coutume : ce serait amusant de l'entendre commenter les événements. Mais peut-être est-il simplement furieux et jaloux : ces mômes sont autrement efficaces que ses généraux, ses paras, ses plastiqueurs et ses concerts de casseroles d'il y a six ou sept ans. « Quelle leçon ! » dirait Giorgio.

– Tout t'amuse, toi !

Elle souriait donc ? Assis sur des bergères, ils vérifient des liasses de billets de cent francs. Cela va faire une bosse provocante sur la fesse de Burgonde.

– Si vous pouviez vous voir en train de compter vos sous !
« Le Peintre et le Marchand » : belle allégorie.

– Ne te moque pas. A votre place je sais bien ce que je ferais. Pas question de déposer ça à la banque. Tâche de faire le plein, Burgonde, et filez. Va t'enfermer n'importe où, sans radio ni téléphone, et peins ! Tu entends ? Travaille ! Ici la bêtise est contagieuse. Que les adversaires du Vieux essaient de ramasser le pouvoir, c'est leur affaire. A chacun son métier. Mais ce que j'ai vu et entendu depuis huit jours, la logorrhée, la poltronnerie, ces contorsions devant les idées du jour ou du lendemain, non ! c'est trop laid. Allez-vous-en !

L'idée de Levi-Monzi, sinon son analyse de la situation, leur parut bonne. Un coup de fil à Zurich, où se trouvait Flavienne, (« Sais-tu que nous avons eu notre barricade ? As-tu rencontré Hortense ? Elle m'a paru bien exaltée. ») rassura Burgonde : on ne lui en voulait pas et l'hôtel Maussane était toujours à sa disposition. Victoire avertit sa sœur ; Burgonde laissa une bonne somme à Pauline et à Frédéric. Maintenant, la hâte de partir le bousculait. Il négocia vingt litres d'essence dans un garage en sous-sol : le génie du marché noir revenait vite aux Français. Rue Raffet aussi, chats et rats se disputaient, la nuit, des détritus de plus en plus puants. Cette odeur peu à peu paraissait recouvrir la ville et poussait Burgonde à la fuite. Il pensait à Niemand : s'en était-il allé, comme l'affirmait Levi-Monzi, ou était-il resté pour jouer à la guerre, comme le jurait Ludo ?

Quand ils se mirent en route, se demandant s'ils iraient plus loin que les cent cinquante kilomètres que garantissait l'essence contenue dans le réservoir, Burgonde ressentit un pincement de regret. Encore une fête à côté de laquelle il était passé. Adolescent, il feignait déjà le sommeil quand les autres allaient danser. Il écoutait de sa chambre l'écho des disques, les rires des filles. Il demeurait longtemps dans le noir, misérable, à l'affût, essayant de s'exalter sur une flatteuse image de lui-même. « Je n'ai guère changé... » Victoire, que ce départ exauçait, était très belle. Ils avaient pris la nationale 7. La banlieue dépassée, avec ses calicots tendus au-dessus des portes d'usine et ses ordures là aussi entassées, ils ne traversèrent que des faubourgs et des villages assoupis. Aucune fièvre n'avait brûlé ici. De quel songe sortaient-ils ? A Pontchartrain ils s'arrêtèrent devant une pompe : « Le plein ? » demanda une jeune fille. A ses pieds, un chien-loup mendiait la caresse, ventre au soleil.

— Passe embrasser Rose, suggéra Victoire. Je ferai une balade en forêt.

Ils repartirent à petite vitesse, le toit ouvert sur le ciel où roulaient des nuages. Un ciel pour peinture naïve.

— Ils ont de la chance, les Naïfs !

— Réflexion politique ou esthétique ?

A Barbizon régnait une activité anormale pour un mardi de mai. Beaucoup de fenêtres ouvertes, de femmes en robe claire. Etait-il possible qu'ils se fussent disputés, ici même, huit jours auparavant ?

— Tu m'emmènes à Uzès ?

Rose, langoureuse et hâlée, lui posa la question sans y croire. Letourneur avait pris Burgonde à part :

— Ta Rosinette, elle tourne beaucoup autour du garçon. Ce que je t'en dis...

Burgonde, enthousiaste comme un chien à la laisse, fit des tours de pelouse avec sa fille :

– Toi et le beau Cyrille, doucement, hein ?

Elle sursauta :

– Tu me prends pour une putain ?

– Comme tu y vas ! Tout de suite les grands mots...

Ulcérée et satisfaite, Rose s'éloignait. Elle était en train de devenir belle, la petite Rose. Burgonde alla traîner du côté des anciennes écuries : Letourneur y avait aménagé des refuges pour les enfants, loin de l'atelier. Burgonde poussa une porte : poutres barbouillées de noir, un piano, des tas de coussins, un candélabre dégoulinant de cire fondue – c'était le repaire du musicien.

« Est-ce ici que la petite Rose croira devenir une dame ? » Il considéra pensivement les coussins sales, les cendriers pleins. Il découvrit Cyrille, dans la pénombre, quand il l'entendit toussoter. L'inspiration le saisit aussitôt. Il eut avec le garçon – comme on dit, il l'avait vu naître – une « conversation d'hommes ».

– Je te la confie, mon petit vieux...

Embêté, Cyrille hochait la tête et il se laissa secouer virilement la main. Sur quoi, la conscience pressée d'être en paix, Burgonde fit ses adieux, embrassa Rose et rejoignit Victoire qui buvait du thé dans le jardin de la Haute-Brioude.

– Le père est apaisé ?

– Apaisé ? La petite joue avec le feu et...

– Et tu n'arrives pas à t'en émouvoir. C'est ça ?

Burgonde coupa court en riant. Mais en pestant contre son thé brûlant – il n'aimait pas le thé – il pensa qu'il était très difficile d'être à la fois un faux et un vrai adulte, un amant et un père, un généreux et un égoïste. En somme : un homme ouvert et un homme fermé. Depuis Victoire, il avait décidé de se refermer sur son secret. Tant pis si le reste de la vie, autour de lui, dépérissait.

– Soyons féroces, dit-il.

Victoire leva les sourcils, étonnée, puis acquiesça :

– Pourquoi pas ? Soyons féroces. Mais ne te trompe pas de victime !

Burgonde pensa que la petite Rose serait la victime. L'était peut-être déjà. Non pas à cause de ce garçon blond qui la chiffonnait sur des coussins poussiéreux – après tout, les scènes d'amour bénéficient rarement d'un décor sublime – mais parce qu'elle lui avait paru si seule au sein de la tribu Letourneur. Et si digne, à sa façon ! Léa, dont les lettres d'Amérique n'arrivaient plus et qui ne téléphonait pas ; Frédéric à la foire ; lui qui passait en hâte, si visiblement « en bonne fortune » (style Levi-Monzi) que les Letourneur l'aidaient à mentir, par générosité, et que Rose avait des discrétions de couventine. « Mais non, scrupuleux idiot ! Elle n'est occupée que du beau Cyrille et elle attendait patiemment ton départ. Elle a pris le large, Rose, et tu en es soulagé. Ne t'invente pas des remords. – Le large, à quinze ans ? »

Ils rejoignent l'autoroute du Sud à Nemours. Chacun d'eux, prudent, trouve à dire les paroles légères qui écartent le sujet interdit. Victoire se demande à quoi ressemble sa petite ennemie inconnue. Les photos ne l'ont guère renseignée. Comme dit son père : « Elle est très journalière. » Victoire se rappelle ses quinze ans avec incrédulité : sur quels coussins, avec quel ange aux mains chaudes... « Mais non ! A quinze ans, j'étais innocente comme une tartelette. Je ne me laissais pas caresser comme ça. » Burgonde invente-t-il ? A la génération des parents aveugles a succédé celle des extra-lucides ; ils voient le loup avant qu'il ne soit sorti du bois. De toute façon Burgonde ne peut plus rien pour Rose. Quand le comprendra-t-il ? Elle est entrée dans son âge ingrat et fiévreux, qui n'est pas celui qu'on croit – l'affreuse adolescence – mais cet interminable moment où l'on est déjà femme, mais sans pouvoir ni jugement. Où l'on sent en soi tellement plus de violence que dans les fragiles garçons que l'on a pour compagnons. Où l'on a faim, une faim énorme ! au milieu de tous ces petits appétits... « Ah, si je pouvais lui parler, moi, à la Rose... »

Mais, raisonnable, Victoire repousse cette pensée tout au fond d'elle et se prépare à savourer un nouvel épisode de sa propre aventure. Ce dédoublement est une acquisition récente : elle se regarde vivre et tire du spectacle un sentiment de profonde sagesse.

Le plaisir des amants de fraîche date, non pas le plus relevé mais le plus apprécié, consiste en un cocktail de cachotterie, de parade et de réticence. Pour Uzès, Victoire et Burgonde sont une nouveauté. On les attend à diverses épreuves. Vont-ils ruser, mentir, s'exhiber ? Les bonnes âmes évoquent pieusement la figure de Gabrielle, qu'on trouvait pourtant fière l'été dernier. Le clan Meyrisch, fidèle au Soldat Perdu, n'est pas loin de considérer Victoire comme une grue. En jeune mère, passe encore, mais si elle s'*affiche* avec son peintre... Donc, on les guette. Discrets, ils seront jugés hypocrites. Naturels ? Du mauvais goût. Tout va se jouer selon la géographie particulière de la petite ville et de leur situation. Rue du Collège, chez les Roux, Lucienne et Gilbert accueilleraient volontiers Burgonde : c'est lui qui est réticent. A Saint-Trinit, chez les Meyrisch, un des fils a annoncé la couleur : « S'il vient, ce mec, je lâche les chiens ». Façon de parler puisque les chiens ne sont jamais attachés, et de surcroît rhumatisants. Au mas Louvigne, personne : Etienne et Louisette tournent autour de la maison de la Radio derrière des banderoles.

Reste l'hôtel Maussane, où Burgonde n'est pas revenu depuis septembre dernier et où flottent l'ombre, le souvenir, les habitudes et le parfum de Gabrielle. Mais Victoire se fiche de Gabrielle : un nom sans visage. Burgonde a trouvé des feuilles mortes dans l'atelier, un carreau cassé, et le cadavre desséché d'une hirondelle. Présage ? Il aère et balaie. La perspective le terrorise, de se remettre à peindre dans ce cube blanc – les murs, déjà, s'écaillent – et dans l'odeur de mort. Il appelle Victoire à l'aide. Vite, qu'elle vienne, qu'elle s'installe ici avec lui, chasse les fantômes, efface le temps ! C'est oublier Thérèse. Thérèse qui parle de son père, le réclame, s'étonne, fait des mots d'enfant en forme de sentences morales. Lucienne en est toute retournée. Non pas Victoire, qui s'est durci la peau. Elle rudoie tendrement sa fille, à l'étonnement des Roux, et l'amène dès le second jour à l'hôtel Maussane : la cour enfermée dans ses hauts murs, le bassin, l'immense cage d'escalier fascinent la petite. « C'est un vrai château ? » Hélas, créneaux et mâchicoulis lui manquent. Elle se baigne dans le bassin où nagent des poissons. Victoire, rêveuse, la regarde, si frêle, si noire. Elle se rappelle la terrasse brûlante où Hubert dévorait les livres écrits par ses adversaires et s'étonnait de les aimer. Elle n'y tient plus :

– Tu te rappelles Goult, la bonne femme qui avait reçu pour toi après ton vernissage à l'Abbaye ?

– La Tigresse ? Tu la connais ?

– Te rappelles-tu la terrasse, en contrebas, sous le jardin de... de la Tigresse ?

Burgonde plisse le nez et le front. Un souvenir d'ivresse et de solitude. Une rumeur de fête et de nuit. Il entend le brouhaha.

Il se revoit, debout, penché sur le mur bas, et au-dessous ce type attablé dans l'obscurité, comme à un bureau, les insectes autour de la lampe, et à quelques pas de lui une jeune femme allongée. Il regarde Victoire :

– Mais alors les yeux clairs, la personne allongée...

Victoire rit, rassurée. Elle craignait, en parlant, de déchaîner des orages.

– Quand je les ai levés vers toi, mes « yeux clairs », tu t'es reculé comme si un scorpion t'avait piqué...

Burgonde complète en silence : « Et le type assis, ce dos tourné, ce dos idéalement absent et furieux, c'était le mystérieux Hubert. Eh bien, je fais des progrès dans ma connaissance de toi, ma fille. »

Victoire, ses yeux pailletés de moquerie et plissés – ses yeux du rire, inimitables – paraît ravie de sa révélation. Plus trace d'anxiété. La voilà bien sûre d'elle, tout à coup. Ah, elle a manipulé ces explosifs de main de maître, enveloppé tous ses souvenirs contradictoires dans un seul sourire. Elle ne se rend pas compte qu'elle vient, pour la première fois, de sacrifier à la pire imprudence, qui consiste à raconter un homme à un autre, une vie ancienne à la nouvelle. Tentation répandue, acharnée comme une gale, vertige de faire et de se faire mal, vulgarité sournoise et grisante. Non, pas elle ! Que lui arrive-t-il ? Burgonde la contemple, désolé. Il s'est donné pour règle de ne poser aucune question ; encore faut-il que Victoire ne lui jette pas à la tête les réponses ! Et l'inquiétude délicieuse, insidieuse : s'il se prenait à les aimer, les réponses... A aimer attiser son imagination et sa jalousie à des images vraies, indiscutables – comme à partir de maintenant celle de la terrasse dans la nuit. Ce soir, demain, la main et les ongles glissant irrésistiblement à la démangeaison, va-t-il tenter d'entrer plus avant dans le passé de Victoire ? De proche en proche, un ricanement, une hypothèse, rien ne va plus vite. Elle lui a donné une clé, il va vouloir saccager toute la maison.

Inconsciente, Victoire enveloppe Thérèse dans une sortie de bain, l'embrasse, la rhabille, joue avec elle. Ne voit-elle pas la face grise de Burgonde, sa bouche mauvaise ?

Ou bien les voit-elle et fait-elle confiance aux recettes d'une très vieille et ignoble cuisine ? Inquiet, l'imagination qui fermente, un peu de sel excitant ses plaies, Burgonde l'aime mieux et elle le sait. Quant à elle, elle aime sentir cette supplication noire et rageuse qu'allume en lui la jalousie. Elle l'apaise d'un mot, la ranime d'un autre. Tranquille, Burgonde s'ennuie, s'enfonce, s'épaissit. Un pieu, que Victoire voudrait parfois tailler. Bien sûr, rien de tout cela n'est clair en elle ni en lui. Ou, s'ils le formulent, ils pensent que c'est par jeu. Ils ne croient pas si bien dire. Chacun tente à sa façon d'apprivoiser des sentiments qui le troublent. « Victoire et son cinéma rétrospectif, bouffonne Burgonde. Les vraies allumeuses se donnent en spectacle ; toi, tu te donnes en évocations. La mémoire qui brûle, tu me réduiras en cendres ». Victoire : « Si tu vois mon œil friser et mollir, hop ! tu files. Alors, je regarde ailleurs et j'évoque le beau capitaine ou les fripons de chez Castel. La Jeanne d'Arc de Bab el-Oued, la paumée des nuits parisiennes : moi, la petite Longrupt, de La Bresse (Vosges) ! Qui ose rire ? Mais ça marche. Tu n'es pas dupe mais ça te tourneboule. Tu me jettes très bien en travers des divans quand tu es tourneboulé. De mieux en mieux. Ce n'est pas vrai ? »

Si, c'est vrai. Burgonde hoche la tête et s'émerveille que leur amour soit si gai. Ces accrochages, parfois cruels, se jouent sur fond de tendresse. Sur fond d'ivresse aussi. Burgonde, à Uzès, est retombé à l'alcool avec son fatalisme moqueur. Les Roux, chez qui il a fini par prendre ses habitudes, n'en croient pas leurs yeux. « Ton ami se suicide, a dit tristement Gilbert à Victoire. Et toi, tu joues ta petite musique d'accompagnement... » Que répondre ? Que leur paix et parfois leur plaisir sont à ce prix ? Victoire s'est tue. Gilbert est malade, le libraire Lepoux est malade, la France est malade ; Victoire se sent des envies de brutalité. Que Burgonde redevienne un peu soudard ne lui déplaît pas. Rue du Collège, trop de porcelaine ; la vie est fragile, essoufflée. Quand Burgonde vient, à mi-voix : « Vite, vite ! Emmène-moi, bouscule-moi... » Le Dr Roux a des regards de chien esseulé. Lucienne est parfaite. Thérèse occupe une place immense et dérisoire. Victoire s'enfuit.

Elle n'aime guère l'hôtel Maussane. Non pas que le fantôme de Gabrielle y soit indiscret mais, en y amenant Thérèse, on dirait qu'elle a alourdi l'air qu'on respire dans la grande maison. Elle comprend le besoin qu'a Burgonde de pénombre. Tout le monde peut les imaginer à l'hôtel Maussane : on les regarde y entrer, on les regarde en sortir, on les salue avec cette cordialité que Victoire commence à trouver appuyée. Et justement elle n'éprouve, elle, aucun plaisir à s'afficher, comme Bruno Meyrisch était prêt à le lui reprocher. « Studios luxueux ; repas à toute heure ». « Monsieur et Madame n'ont pas de bagage ? » Elle a encore, après un an, la phrase dans l'oreille.

Elle avait relevé la tête et donné à ses yeux l'éclat qui fait taire loufiats et chaisières. Il n'empêche : un vilain souvenir. Parfois renaît sur ses lèvres la phrase qui lui avait échappé à Barbizon : « Je me sens poule, ici... » Alors ils commencent à mener cette drôle de sarabande à travers le pays. C'est la fin de juin. On ne voit sur les routes que la Mercedes blanche de poussière. Ils passent le Rhône et vont dans le Luberon, au Ventoux ; ils descendent jusqu'à la mer, en Camargue ; ils remontent vers les Cévennes ; ils écument tout ce que la région compte d'auberges à étoiles, de châteaux convertis en hôtelleries, de relais gastronomiques, de « ranches » où se louent chambres discrètes et chevaux maigres. Quand ils l'osent et quand le lieu n'est pas trop sordide ni trop complice, à trois heures – le sorbet fond dans les coupes et les maîtres d'hôtel lèvent les yeux au ciel, livides et moroses – ils demandent une chambre avec une discrétion excessive ou, au contraire, des rires bravaches. Le gigondas glacé leur bout dans la tête et, sous les regards, ils montent l'escalier, leur dignité titubante. Ils s'aiment en hâte, hoquets de rire, phrases chaudes et canailles, dans des chambres aux volets clos où tournent les mouches. « Le maquignon et la serveuse... » Qui murmure cela ? Qui prête aux maquignons et aux serveuses ces mœurs de bois-sans-soif, ces impudeurs ? Ils écoutent les maisons vivre de leur vie de l'après-midi : coulisses du théâtre. On oublie leur présence ; on plaisante sous leur fenêtre. Parfois une voix impose silence aux bavards et l'on n'entend plus qu'un jet d'eau tournant, des pas de chevaux, des couteaux qu'on aiguise, une radio obstinée. La chaleur qui paraissait inépuisable commence à baisser. Ils prennent d'interminables douches et redescendent – regards, sillage de silence, pourboires – à l'heure où les garçons dressent les tables pour le dîner.

Certains jours la comédie excède leur force ; d'autres, l'hôtel est complet, ou bien l'on refuse de leur louer une chambre « pour se reposer un moment ». Alors commencent, dans la lumière métallique du début d'après-midi, d'étranges errances obsédées. Le désir bat aux mains et au ventre de Burgonde, exacerbé par l'alcool, la rebuffade qu'il vient d'essuyer, le vide de cette campagne où nul bosquet ne leur offre abri. Rocaille et garrigue. On les croirait fuyards, et qu'un œil omniprésent les traque. Burgonde, le visage hanté, accélère, freine, fait demi-tour, traverse en trombe des villages, son envie de Victoire, énorme, indiscrète, assise entre eux dans la voiture comme un témoin qui leur imposerait silence. Victoire sourit. D'un geste, elle joue avec le corps de Burgonde, l'attise, l'apaise, l'exaspère. Elle aime ces moments de comique et de déraison. Ils sont la folie qui poivre leur sagesse. Ils lui confirment son empire sur Burgonde. Ils lui rendent Burgonde – comment dire ? – *sympathique*. Il est enfin, et pour elle seule, elle en jurerait, un personnage que nul ne soupçonne, enfantin, obstiné, si innocemment livré à son attente du plaisir qu'il semble à Victoire qu'elle ne le perdra jamais, puisqu'il n'aura jamais épuisé cette hantise qu'il a d'elle, cette faim. Dans ces heures-là elle chasse de lui – sans avoir besoin de le vouloir – toute autre pensée qu'elle, encore elle. Ses enfants, son âge, sa vie plus ou moins démâtée, la peinture, l'argent, la réputation : rien ne résiste à cette course de son désir. Victoire ne soupçonnait pas qu'un homme – un demi-siècle d'homme, ce dur morceau de chair et de mémoire – puisse redevenir cette petite brute au front buté, animale, sans respect humain ni prudence. Burgonde arrête parfois la voiture au bord de la route et colle la main de Victoire à son ventre. Il se glisse sous elle et la force à le chevaucher. Ils risquent dix fois la sale histoire – à tout le moins la confusion, les rires. Une étoile protège Burgonde. Dans ces campagnes désertiques il gare la voiture là où les familles font halte pour se dégourdir les jambes, admirer le paysage. Il se met à raffoler des éminences, des hauts lieux qu'un symbole prometteur signale sur les cartes. De là on commande les routes, on voit venir les gêneurs. « Les gens ont tort de se cacher, dit-il en riant. Si l'on est chassé des accueillantes auberges ce n'est pas derrière les haies qu'on doit baiser, c'est au plein vent des sommets et des points de vue... » Il a dit « baiser ». Il répète « baiser ». Il laisse glisser le mot de sa bouche comme sans y prendre garde. En vérité il le suce, le roule entre ses lèvres en surveillant Victoire du coin de l'œil. Le mot est bon comme la chose. Il l'annonce, la promet, la chauffe, la prolonge. Il fait partie de leurs déambulations, de leur perpétuel fou rire, de leur acharnement à boire et à s'aimer. Le langage abrupt de Victoire – elle le tient du capitaine, les cavaliers et les gardes-chasse étant les derniers Français à parler une langue un peu parfumée – a libéré Burgonde de ses politesses. Le gros argot des Beaux-Arts ne lui a jamais convenu. Avant Victoire il parlait « bourgeois. » En quelques mois il lui a chipé ses tournures, sa brièveté. Elle aime parler. Elle use de toutes les formules que le hasard lui a apprises : celles d'Hubert, savoureuses et sèches, mais celles aussi de la mode et de la nuit, faciles, vaguement crapuleuses, qu'elle tient de sa période Constantin. Elles excitent Burgonde, qui les repère, les hait, mais bientôt les emprunte. Au fur et à mesure qu'il parle avec les mots de Victoire, il lui semble se rapprocher d'elle, coller à elle dans une sorte d'enlacement d'avant et d'après l'amour. Ces mots sont les seuls dans lesquels il puisse couler certains délicats sacrilèges qu'il évoque à mi-voix, qu'il savoure comme autant d'étreintes anticipées.

C'est une de ces belles maisons, jadis situées à une lieue de la ville, que cernent aujourd'hui les hangars et les stations-service. Le parc de celle-ci a été mutilé : trois allées de platanes sont sectionnées par des routes où grondent les camions. La grille franchie, intacte – mais une pancarte la défigure : « Château-hôtel de la Légère » – on s'enfonce dans un parc râpé et pauvre. De la terrasse, où sont disposées des tables, on devine l'incessant passage, au loin, des voitures. La façade a bien un air de famille avec celle de l'hôtel Maussane, comme le prétend M. Lepoux, grand fouilleur d'archives, et davantage encore le vestibule, la montée d'escalier. La rampe de fer forgé reproduit celle de la maison d'Uzès. Burgonde en éprouve un sentiment d'irréalité. Ils ont eu tort d'être curieux et de venir. Une perse criarde aux murs du petit salon, des meubles faux : où se trouve-t-il ?

– C'est pour manger ? Ou ces messieur-dame désirent voir les chambres ?

On sert à déjeuner dans une salle voûtée où se répercutent les voix. C'est plein d'hommes et ils parlent d'argent. Les accents sonnent, et les rires, tout au long du repas. Victoire, abasourdie, laisse l'approximatif sommelier remplir son verre de rosé glacé. Depuis longtemps Burgonde est, sinon ivre, du moins goguenard et indécis. Cette trahison prétentieuse de la belle maison de la rue Maussane, ce travestissement, le troublent.

La menace d'un orage noircit et gronde à l'horizon des vignes. Des guêpes se posent sur les cuillers sales. Victoire hâte le départ : il lui semble que jamais Burgonde ne sortira de l'engourdissement où il s'enfonce. Elle lui prend des mains une liasse de billets, va payer, se passe de l'eau sur le visage. Quand elle revient et s'arrête sur le seuil de la salle, vingt paires d'yeux l'accueillent. Elle voit des oreilles rouges, des visages luisants. Elle entend à la fois le vacarme et le silence que creuse sa présence. Burgonde se lève enfin, la rejoint.

Dehors, l'impitoyable crissement les attend. Une chaleur massive, sèche, et l'étouffoir de la voiture, pourtant garée à l'ombre. Burgonde manœuvre lourdement, se trompe, et les voilà embarqués sur un mauvais chemin : ils longent des communs, une ferme. Ils ne voient qu'au dernier instant un chien allongé dans la poussière. Victoire a tendu le bras, donné le coup de volant en même temps que Burgonde qui lui jette un regard amusé. La route étrécit, devient un chemin à l'ombre de grands cyprès malades. Au-delà des cyprès, rien que la plaine vide où l'horizon tremble. On a arraché des vignes et les ceps se dessèchent sur le bas-côté. Burgonde a les yeux presque fermés, réduits à une fente attentive, tout son visage immobilisé dans une grimace qui lui sculpte des rides inattendues. Il ressemble à une photo très ancienne, pense Victoire. Ou bien, avec son air paysan, ses joues plissées, sa fatigue, à ce modèle de l'ancien combattant que la famille Longrupt a autrefois pratiqué et honoré. Victoire a connu de ces visages dans son enfance, qui lui sautent à la mémoire dans la fournaise de trois heures. Mais déjà la réalité reprend ses droits, et le décor, le craquètement obsédant des cigales, la touffeur qui serre les tempes et le front. Victoire voudrait implorer pitié, mais où aller ? Comment sortir de cette prison de lumière et de feu ?

Ils roulent vers une maison à l'abandon. A l'abandon ? Elles le paraissent toutes. Ils tournent autour d'elle, arrêtent la voiture dans un étroit rectangle d'ombre. Des tonneaux, une charrette aux bras levés, couleur de poussière, minéralisés sous le soleil. Portes et fenêtres ont été arrachées. Burgonde et Victoire pénètrent dans ce qui fut peut-être un salon : au-dessus du trou béant du foyer on devine les restes d'une guirlande, un ovale brisé. Des fissures lézardent les murs ; l'escalier aux marches obliques vibre sous leurs pas. A l'étage on a entassé du foin dans les petites chambres plâtrées de rose, dont l'une, par quel miracle, possède encore sa cheminée. Ils se taisent. L'endroit est d'une modestie et d'une fragilité qui serrent le cœur.

Victoire, à peine a-t-elle senti que quatre murs la protègent, s'est jetée dans les bras de Burgonde avec un emportement dont frissonnent le plancher vermoulu, la cloison mince. Comme si la vieille maison vivait à travers leurs gestes, les prolongeait, s'en emparait. Ils la sentent trembler, ou le croient, mais c'est leurs corps qui tremblent, comme font les amoureux, dans un simulacre de peur et de froid, non pas la première fois qu'ils se serrent l'un l'autre, mais à l'instant où ils savent – leurs corps l'ont su avant eux – qu'ils vont, cette fois, laisser la vague les submerger. Alors ils ne retiennent plus ce tremblement d'impatience ou d'anxiété. Ils s'y abandonnent, chacun fier de sentir l'autre aussi troublé qu'il l'est, aussi avide. De sorte qu'ils entrent dans le plaisir avec toutes les apparences de l'effroi, et tirent de ce contraste un grand bonheur.

Burgonde a appuyé Victoire contre le mur. Que font ses mains ? La portent-elles, la déshabillent-elles ? Il la serre contre lui, il serre ce tremblement contre son tremblement, puis il l'éloigne. Il regarde le visage à la bouche entrouverte. Chacun d'eux écarte, arrache un morceau de velours ou de linge pour s'emparer de ce qu'il lui faut de chair nue. L'état de grâce des mains, si violentes, et qui ne font aucun mal. L'invention des gestes. L'équilibre instable et brutal des deux corps qui s'unissent dans un cri, se fouillent, se heurtent. Burgonde entend chaque coup de ses reins retentir dans le mur, dans la chambre, dans toute la maison sonore et sèche qui amplifie leur plaisir, cogne et bat à l'unisson de ce double gueulement qu'ils poussent – c'est à celui qui braillera le plus fort – et l'on doit les entendre de toute la vigne alentour, de la Légère, de la route où ronflent les camions-citernes écarlates. Ils gueulent pour que la terre entière accoure et les trouve là, debout contre le mur de plâtre rose, ahanant, troussés, pantalon béant, les fesses à l'air, suants et superbes.

La tête de l'un reposant, les yeux fermés, sur l'épaule de l'autre, ils restent immobiles pendant que leur suffocation s'apaise. Le battement décroît aux oreilles de Burgonde et réintègre les limites de son corps : le cœur, le ventre. Il ouvre les yeux sur le plâtre du mur où sont gravés des dates, des prénoms allemands. La pensée le traverse, de tous ceux qui sont venus ici s'aimer, de ceux qui viendront, dont peut-être dans un instant les pas vont retentir, et les voix. Mais pour un moment encore le torrent est plus puissant que la digue et mieux vaut refermer les yeux. Les gens, c'est la nuit qu'ils s'aiment. Minutes et minutes de paix. L'odeur de leurs deux corps, épaisse comme l'air et comme le parfum du foin, bouge entre eux au moindre de leurs mouvements. Burgonde prend dans ses mains la tête de Victoire et pose ses lèvres sur les tempes, sur le front, sur l'arête du nez, sur les lèvres inexplicablement fraîches. Ils s'écartent l'un de l'autre, sans gêne, les yeux moqueurs, et se rajustent à gestes lents et précis. Puis ils se laissent glisser sur le sol, se retournent, s'adossent au mur et, main dans la main, face à la fenêtre pleine du ciel blanc et de la stridulation des insectes, ils laissent le silence prendre soin d'eux. Au bout d'un très long temps, comme Victoire lève la main de Burgonde pour la regarder – le frottement du mur l'a écorchée – elle constate que la montre, elle aussi, a été éraflée. De l'ongle elle frotte les traces de plâtres, mais c'est inutile : le cadran restera rayé. Alors elle porte le poignet de Burgonde à sa bouche et embrasse sur le verre la marque – comme d'un diamant – que le plaisir y a imprimée.

**∗∗**

« Il a l'air d'un noceur qui croise le diable au petit matin », pense Burgonde.

Si fier d'habitude de sa peau et de son solide visage romain, Ludo est livide, flapi. Il parle à la façon d'un disque.

– Comment es-tu venu ?

– En voiture, comme toi ! Tu n'as pas remarqué que les encombrements ont recommencé ? On a rendu leur essence aux bagnoleurs français et pfut ! Ils se sont esbignés...

– Toi aussi tu t'es esbigné.

– Tu ne crois pas si bien dire... Moi aussi.

– La Révolution est finie ?

Ils se sont rencontrés place du Duché, là où un brocanteur étale ses bassinoires et ses tabourets sur la chaussée. Des touristes – ils sont revenus ? – attendent l'heure de la première visite devant la porte grise. Burgonde – hirsute, tanné – se sent énorme à côté de Ludo, et un peu *déplacé*. Comme s'il avait oublié de porter le deuil de quelqu'un de proche.

– Les pépés reprennent du poil de la bête. Vigoureux trottine dans l'ombre de Pompidou et voit le maroquin poindre à l'horizon. La vie a repris son cours, quoi ! Comme si tu ne le savais pas. C'est ce que tu attendais, hein ? Eh bien, tu as eu raison. Ça te profite : tu es superbe.

Ils s'observent sans passion, fatigués tous deux à l'idée de jouer leurs rôles. Burgonde, qui se moque des désillusions de Ludovic, ne va pas triompher. Ni le consoler ! Alors on ouvre le robinet d'eau tiède : « Tu n'as pas trouvé ton père trop fatigué ? – Victoire est descendue chez sa sœur ? » Un fort courant d'antipathie passe entre eux, qui les étonne eux-mêmes. Sans doute, dans toute la France, des gens sont-ils en train de vivre la même expérience : ces semaines débridées ont « creusé un fossé », comme on va dire. Burgonde n'aime ni les triomphes ni les fossés. Au fond de lui un farceur sommeille, et ce farceur s'ennuie. Il voudrait, même avec Ludo, reparler de choses sérieuses. De Victoire, par exemple, ou de peinture. Mais Ludo a connu Victoire il y a si longtemps ! Sans doute l'a-t-il poursuivie, ici même, à la sortie du cinéma, à quinze ans ? Il l'a

embrassée un soir ou l'autre devant la porte de la rue du Collège. Le visage de noyée sous la gueule romaine ? « Je n'y avais jamais pensé... » Quant à la peinture, contre toutes ses habitudes, Ludo n'en parle pas le premier, ne demande pas à passer à l'atelier. Non, une fois déjà : à Paris, il y a quelques semaines. Mais à ce moment-là il se prenait pour un bolchevik, et Burgonde était le social-traître. Allons, n'y revenons pas. « Peut-être ne suis-je plus, ne serai-je plus jamais un peintre pour Ludovic Lepoux ? Emberlificotés comme ils sont tous dans leur phraséologie, comment vont-ils s'en sortir ? »
– Il t'aime bien. Tes visites lui font plaisir.

Ludo parle de son père. Plus que jamais on croirait que sa voix – elle dit des choses sensées et courtoises – a été enregistrée il y a très longtemps. Les sillons du disque sont aplatis. Burgonde se secoue. Une torpeur pèse sur lui depuis quelques instants. Une part de lui implore toujours l'amitié, l'oubli des malentendus – mais une autre juge durement Ludo et ses comédies. Incertain, il n'écoute plus et son regard se perd : les hauts murs du Duché, l'oriflamme de la bonne Mme de Crussol qui flotte à la plus haute tour. « Allons, cette fois la Bastille n'est pas tombée... »

Il prend congé de Ludo et, à peine lui a-t-il serré la main et tourné le dos, il pense que l'hostilité du garçon ne désarmera plus. Pourquoi se faire un ennemi de plus ? « En ai-je tant ? » Non, mais de moins en moins d'amis à en juger par le silence autour de lui, ce calme qu'il prétend aimer, qu'il aime, mais qui le stérilise peu à peu. Les grèves n'expliquent pas tout : le téléphone fonctionne à peu près, lui. « Une lampe débranchée, pense-t-il. Je ne m'allume plus. J'ai fui leurs parlotes, leurs enfantillages, mais suis-je sûr de savoir pourquoi ? Peut-être ai-je eu peur qu'ils ne fassent passer en moi un courant trop fort. Peur de griller mes ampoules et de faire sauter mes plombs. Ah ! vertu des métaphores ! »

Au lieu de retourner directement à son atelier, Burgonde dépasse l'hôtel Maussane, rejoint le Portalet, le pavillon Racine. « ...*des nuits plus belles que vos jours* »... Rose lui a téléphoné ce matin : voilà presque un mois qu'elle est à Barbizon.
– Ils m'ont assez vue, les Letourneur !
– D'où m'appelles-tu ?
– De la poste. Pourquoi ? Tu n'as pas une petite place pour moi, à Uzès ?

Un désarroi presque comique l'a paralysé. Rose ici, où elle ne connaît personne, que fera-t-elle ? Puis, honnête, il traduit : elle me dévorera, elle me rendra Victoire inaccessible.

Burgonde ressent comme une insupportable tyrannie le désir que manifeste sa fille de le rejoindre. Il la croyait déjà hors de portée. Ce qui signifie : assez éloignée de lui pour qu'il n'ait plus à redouter de surprises venant d'elle. Comment dit-on dans les familles ? « Tirée d'affaire » : c'est cela. Faire et élever des enfants, c'est donc les mettre en si fâcheuse posture ? S'en sortent-ils, on se frotte les mains et l'on se hâte d'agrandir l'espace entre eux et soi. Les vaches à qui l'on a retiré leur veau passent des nuits, au pré, à meugler. Les mères, rarement. Quant aux hommes... Il faut à Burgonde cette faim de Victoire, cette envie qu'il a de la toucher, de lui parler à toute heure, pour mesurer à quel point l'encombre tout ce qui n'est pas elle. Sur Frédéric et Rose, les années ont passé comme une brume, ils se sont estompés. Léa, les bonnes, les amis, et même la généreuse Gabrielle l'ont protégé de ses enfants. « Protégé » : quel mot mal placé. Aucun autre ne conviendrait. Au fond, il a toujours pensé qu'un créateur ne devrait pas avoir d'enfants. Ils exigent du temps, de l'attention, des sentiments : autant de volé au travail. Mais, sans s'arrêter à la contradiction, il a envié ses confrères couverts de famille, avec leurs épouses en robe de toile que les gosses escaladent comme des chiots une chienne. Cela allait avec les maisons en désordre, les pelouses jamais tondues, le bœuf gros sel, le rouge de Cahors, la « belle pâte ». Chez eux les mômes faisaient partie du capital et du talent. « Tout ce qui rentre fait ventre. » De ces hommes qui aiment les jours de pluie à l'égal des jours de soleil, et les cris, la morve, les jeux. Bien sûr, il est possible que tout ce théâtre ne soit que mensonge, bon gros cœur contre mauvaise fortune. Les hommes se mentent si bien ! Comme si la tribu prouvait la virilité ; comme si faire une œuvre était une partie de bras-de-fer. Ou, si ça l'est, Jacob et l'Ange, à la bonne heure ! Mais Jacob contre M. Prudhomme...

Il croise dans le parc des filles effrontées, de jeunes mères. Il hésite à reconnaître celle-ci, qui sourit et vient vers lui :

– Ah, monsieur Burgonde ! Mon mari devait passer vous voir. Mme Schramm lui a téléphoné, elle voudrait qu'il répare cette fuite au toit de l'atelier... Mais il a peur de vous déranger !

L'hôtel Maussane inhabitable ? En un clin d'œil Burgonde voit le parti qu'il peut tirer de cet ennui. L'argument. L'alibi à opposer à Rose. Où ira-t-il, lui ? Peu importe, il y a des hôtels. Où travailler ? Eh bien il se racontera aussi des histoires à soi-même. Il feindra d'être fâché du contretemps. L'artiste contrarié dans son flux créateur. Ils courront les routes sans remords.

A la jeune mère qui, étonnée, le regarde en silence, il affirme avec la réticence convenable qu'il ne veut pour rien au monde retarder les travaux et que son mari peut venir.

– Dès demain ?

– Dès demain.

Sur quoi il retourne à l'hôtel Maussane, où, puisqu'il va devoir abandonner l'atelier quelques jours, il entreprend de transporter les toiles et les dessins en cours dans la maison, rassemble son matériel, étend dessus un grand carré de plastique comme on mettait, naguère, le salon sous des housses à la veille des vacances. Entre Victoire. Elle a la clé de la grande porte et il lui arrive, quand la musique lui apprend que Burgonde travaille, de s'arrêter dans la cour, de s'y asseoir et de rester là une heure à lire sans se faire remarquer.

Ce matin le silence l'a incitée à monter jusqu'à l'atelier, et ces toiles aperçues au passage, posées contre le mur du vestibule. Que se passe-t-il ? Elle a un mouvement de recul quand elle voit le plastique tendu, la salle vide. Et quand Burgonde lui a donné les explications nécessaires elle continue d'éprouver un malaise : elle a eu, un instant, l'impression de surprendre un départ à la cloche de bois, et l'impression se dissipe mal. N'est-ce pas ainsi que Burgonde, il y a moins d'un an, est parti d'ici ? Il ne lui a jamais raconté la façon dont il avait décampé mais elle l'imagine. Il n'est pas homme à s'expliquer *avant*. Quand il est allongé près d'elle, quand il la presse – elle rit elle-même de la complaisance qu'elle met à hâter ses entreprises – Victoire est convaincue de le tenir. Elle pense « tenir », qui est un mot de fille, avec humour et étonnement. Mais dès qu'elle se retrouve seule, c'est-à-dire étourdie par le bavardage de Thérèse, de Lucienne, de Gilbert et de ces inconnus qui traversent leur maison et toujours l'appellent « Victoire », l'ont connue enfant, et toujours la regardent avec curiosité – alors il lui semble au contraire qu'elle ne reverra jamais Burgonde. Que demain, quand elle arrivera rue Maussane, la tanière sera vide. Les passionnés font les plus rapides filochards, pense-t-elle. Elle déduit cette loi de l'expérience contraire, qu'elle a faite : le capitaine était un glaçon taciturne, mais la solidité même. Elle se rappelle une drôle de phrase qu'il lui avait dite un jour où la vie était grise : « Le lierre ne fleurit pas. » Botaniquement faux, psychologiquement commode, avait-elle pensé, maussade. Victoire n'y peut rien : l'instant de surprise où elle a cru Burgonde parti a déposé en elle un ferment de poison.

Ludovic ne sait plus où il en est. Son père le devine et, une fois n'est pas coutume, ne l'accable pas de ces réflexions biaisées dont il a le secret, qui font mouche par des carambolages imprévisibles. Il se tait d'ailleurs de plus en plus, M. Lepoux. Au dire des médecins, il s'est bien remis. Il vit. Pour ce faire il absorbe douze médicaments par jour, s'oblige parfois à marcher une heure et, surtout, ne s'intéresse plus à l'avenir. Cette indifférence, conforme à sa nature, ne lui demande pas d'efforts. La marche, en revanche, l'accable. Il lui faut selon la saison suer ou frissonner, être frôlé par les voitures, croiser des étrangers de mauvais air, être salué par des raseurs, parfois leur parler. Pendant vingt ans il n'est pas allé plus loin que le bureau de poste, et des paquets plein les bras, qui lui épargnaient les poignées de main. Cette langueur lui a durci les artères.

Depuis son infarctus, survenu au moment où Ludo arrivait d'Amérique (« Ta sollicitude a failli me tuer : quelle leçon ! »), M. Lepoux voit son fils plus souvent. Doit-il ces visites à l'affection, ou au plaisir qu'éprouve Ludo à révéler peu à peu, à Uzès et à son père, l'étendue et la qualité de sa réussite ? Oh, discrètement ! Ludo ne commet plus de fautes de goût. Il n'étale pas ces signes de raffinement auxquels son père est sensible mais qui se prêtent mal à la montre. Ludo doit à des aventures dont M. Lepoux n'est pas dupe, et à des personnes qu'il ne connaît pas, une métamorphose qui, vaguement, le flatte. Il s'en défend, ironise, mais comment ignorer l'aisance accrue de Ludovic, la prudence qu'il a apprise, la courtoisie coupante qu'il pratique désormais ? « Comme il est allé vite ! » M. Lepoux n'en est que plus désolé de le retrouver déconfit. C'était à prévoir. Toutes ces semaines d'agitation, que M. Lepoux a vécues à l'affût de la radio et de la télévision, Ludovic lui a téléphoné presque chaque matin. On eût dit qu'il cherchait conseil ou excuse. « Il s'est placé au noir de la cible, pensait M. Lepoux. Quand ce sera aux autres de tirer... » Puis il réfléchissait : « Il est vrai que personne ne tire. »

Peut-être eût-il préféré s'être trompé, avoir été naïf, pusillanime, et que Ludovic triomphât. Il s'en contrefiche, désormais, que tel vocabulaire, telle politique, telle esthétique règnent ou ne règnent pas. Attention ! il a encore oublié les trois gélules roses et vertes à prendre avant le repas. Ludovic a promis de déjeuner avec lui. Il l'attend. Il ouvre fenêtres et portes, rêve, flaire chaque pièce en plissant le nez : surtout, pas d'odeurs de vieux ni d'airs négligés. « J'ai la chance de souffrir d'une maladie *propre*... » Il a beaucoup pensé à cela dans les jours de 1966 qui ont suivi son attaque, au privilège que c'était, dont il était résolu à tirer bénéfice. Après avoir poussé le cardiologue dans ses retranchements il avait un peu déchanté. Mais enfin l'impression générale est restée, et la résolution de « tomber comme un chêne », lui qui s'est senti si peu chêne au long de sa vie ! Que faut-il faire pour être sûr de tomber comme un chêne ? Peut-être est-on en train de pourrir à cœur ? Ces questions le tarabustent dans les moments de silence où il glisse et qui font dire à ses visiteurs : « Vous ne trouvez pas qu'il baisse ? » A sa façon, il fait retraite. Il pense à une bonne mort, selon la luxueuse formule des confesseurs d'autrefois. Mais il n'attribue pas à cette résolution le même sens qu'eux. Il arrive les yeux ouverts à cette lente et longue étape de son voyage, encore attentif – mais seulement à soi. Allongé dans sa baignoire il regarde parfois son corps : « Je sais maintenant par où tu me trahiras. » Il voudrait expliquer aux autres – aux autres ? non : à Ludovic – quelle qualité prennent le détachement et la peur dans cette lumière d'octobre, comment la vie s'assourdit. Rien ne pèse plus le même poids. Il y a allégement des scrupules, des impatiences, du sommeil. Allégement et effritement. Vieux mur, vieux squelette. Mais en revanche les gestes deviennent pesants, et les souvenirs, et les présences. Par tous les moyens M. Lepoux lutte (ou croit lutter) contre l'égoïsme des malades et des vieillards, mais il n'est pas dupe : « Je ne fais que le nommer autrement... »

Il observe Ludovic mais il n'est plus traversé, comme autrefois, par ces ironies qui le déchiraient. Il lui arrivait de devoir se détourner de son fils pour mâcher à voix basse les mots féroces qui, jetés à haute voix, eussent tout brisé entre lui et Ludo. Il se souvient avec effroi de ces cris silencieux. Ils lui paraissent parfois résumer et contenir tout ce qu'il a connu de la paternité. Mais tout de suite après, un geste de Ludo, un sourire, le désarmaient. Il le trouvait beau. Il avait envie de provoquer ses confidences, peut-être pour l'enfermer dans ce

349

rôle de joli gosse hâbleur et avide. Un rôle qui lui faisait horreur mais le troublait.

Le trouble, aujourd'hui, est plus profond, comme l'est chez Ludovic le désarroi. De l'avoir prévu n'arrange rien. Depuis deux ou trois années son fils joue avec des cartes que M. Lepoux ne connaît pas. « Biseautées », est-il tenté de dire, comme autrefois, à voix basse et en détournant la tête. Mais voici que Ludovic frappe et entre, habitue ses yeux à la pénombre, traverse la pièce, se penche sur lui, pose les lèvres quelque part dans ses cheveux – sa bonne odeur, toujours, quand il se penche – et le scepticisme de M. Lepoux reflue en lui. Il suit Ludo du regard. Il lui désigne d'un geste le pot de thé glacé qu'il a préparé, où flottent des rondelles de citron et d'orange. Le monde extérieur s'estompe, s'amenuise : seules comptent ces deux heures qui commencent, le déjeuner avec Ludovic, le bavardage dont M. Lepoux est résolu à tirer le maximum de bonheur.

– Je viens de croiser Burgonde, dit Ludo, le visage froncé. Il pète le feu.

L'expression ne convient pas et il le sait. Il boit deux ou trois gorgées de thé et rectifie :

– Il avait l'air heureux... Hâlé, poilu et heureux.

– La petite Victoire ?

– Elle n'est plus si petite, tu sais. Que pense-t-on d'elle, ici ?

M. Lepoux rit en posant sur la table les plats froids préparés du matin : un poisson poché, une jardinière en salade.

– On plaint les Roux, bien sûr, mais à mi-voix. Pense donc : on a vu la photo de la petite dans les journaux ! Tu connais le pays. Ils la regardent désormais comme ils regardent les politiciens, les coureurs cyclistes. Mais dis-moi...

Il se retourne vers son fils : « Que font-ils ensemble ? » puis très vite :

– Ce ne doit pas être facile, pour lui, la peinture... Il se barricade, il se bouche les oreilles, mais il a l'air d'un homme assiégé.

– Tu as vu ce qu'il fait ?

– Il m'a invité à entrer, l'autre jour, sous prétexte de me montrer les travaux effectués par Flavienne Schramm dans l'hôtel. Je les connais ! Il n'avait envie que de me montrer l'atelier. Ah, c'est difficile ! Je ne sais pas comment vous faites, tous. C'est... c'est harassant... humiliant, presque, ces visites.

– Pour qui ?

– Tu le sais bien. Pour le visiteur. On se sent si flagorneur, ou si *sec*. C'est cela, l'impression de sécher à un examen.

– Tu as été recalé ?

M. Lepoux verse – impression de risquer sa vie – une goutte d'huile sur son poisson bouilli, qu'il tripote du bout de sa fourchette. Il voudrait répondre juste. Autrefois, Ludo disait des bêtises. Aujourd'hui il parle avec cette terrible et ravageuse brièveté...

– Il m'a montré une série de dessins et de lavis représentant des grotesques, des bossus cérémonieux, des personnages à têtes de chien ou de chat, etc. Il m'a dit que ce sont là des choses dépassées. « Une petite crise », c'est son expression. Il m'a semblé qu'il veut revenir à ses grands paysages plats, vides, où le ciel mange tout. Enfin... je dis « paysages » mais ce n'en est pas vraiment. Je dis « grands », mais il y a surtout de petits formats. Je les trouve beaux et je n'ai pas eu de mal à le lui montrer. Mais peut-être est-ce un peu... mécanique, non ?

Ludo ne se jette pas impétueusement dans la réponse, comme son père redoutait qu'il fît. Il réfléchit et, la voix neutre :

– Difficile, en ce moment, de porter un jugement de valeur. La façon qu'a Burgonde de s'obstiner, de se boucher les oreilles comme tu dis, c'est quand même très respectable.

– Respectable ? Diable ! C'est une façon de le mettre au rancart ? Ou il vous intimide ?

– « Vous », qui est-ce ?

– Tu le sais bien aussi ! Vous, vous cassez, vous aimez penser et parler à tombeau ouvert. Burgonde, lui, essaie de durer. Quand la tempête sera finie, que restera-t-il des instigateurs et des profiteurs de la tempête, des souffleurs de vent ? Peut-être les peintres comme lui surnageront-ils. C'est ça, être respectable ?

– Même toi, qui es si sage, tu sais que la création ne fait jamais marche arrière. Après Kafka, après Beckett, qui voudrait revenir à... à Boylesve ou à La Varende ?

M. Lepoux sourit, la bouche en coin. Il regarde Ludo manger le fromage dont on le prive, lui.

– Alors, pour toi, Burgonde c'est Boylesve ? Vous le vendez, pourtant, chez Falkenberg ? Non, attends, laisse-moi te répondre ! Il faudrait être sûr que vos peintures préférées – je lis vos catalogues, tu sais ! et les préfaces... et les bonnes revues... – être sûr, donc, que vos peintres sont bien Kafka et Beckett. Il faudrait être sûr que Beckett vaille Kafka et que Beckett-et-Kafka, dans ce petit jeu, puissent être rangés au même étage que

Monet ou Braque... Enfin il faudrait admettre, ne t'en déplaise, que l'art effectue parfois de surprenants demi-tours ! Prends tel ou tel des critiques dont tu écoutes et sollicites les avis. Que survienne la révolution qu'il appelle sûrement de ses vœux, et tu le verras adorer, par exemple, le réalisme qu'il brûlait. Idéologie, prudence, efficacité : tous les arguments lui seront bons. Demain l'on ressuscitera les esthétiques décriées aujourd'hui : la consommation et la spéculation le veulent. L'hyperréalisme des Américains, par rapport à Seurat ou à Turner, c'est incroyablement rétrograde, oui ou non ? L'idée d'un progrès indéfini de la peinture, d'un « sens de l'Histoire » en peinture, ne résiste pas à une heure de réflexion, mon petit Ludovic.

Le « petit Ludovic », attentif, pèle une pomme qu'il ne pense pas à manger. « Il m'écoute, ma parole ! » M. Lepoux en est stupéfait. Il y a quatre ou cinq ans qu'il retourne ces arguments, qu'il essaie successivement d'avoir raison et de donner raison à Ludovic, de comprendre ce qu'il appelle, selon les jours, son « cheminement » ou son « plongeon ». Va-t-il enfin obtenir de lui une discussion, des réponses ? Jusqu'à présent, Ludo avait recours à cette forme surprenante de l'argument d'autorité que pratiquent les très jeunes gens et tous les chimériques : l'argument d'espérance – ou l'affirmation que le monde change, qu'il a déjà changé : malheur et silence aux sceptiques ! Aujourd'hui, Ludo écoute et il a l'air, lui aussi, de chercher ses mots :

– ... Car on arrive sur un champ de bataille encombré. Les installés tiennent pour l'Humanisme et contre la Barbarie - mais ils ont été les barbares d'autres humanistes il y a trente ou quarante ans. Les arrivants, que veulent-ils ? Etre reconnus, puissants, glorieux. Tout se ramène d'abord à un monotone pousse-toi-de-là-que-je-m'y-mette. Oui, monotone, parce qu'il recommence perpétuellement. Et comme il serait fastidieux (et difficile) de battre les vieux sur leur terrain, on le balaie, on brûle tout, on nie les vieux, on les annule. On se réunit, on constitue des « collectifs », des écoles, exactement comme les loubards font des bandes, les pillards des rezzou, les ambitieux des complots. Pour les gens ordinaires, la prise du pouvoir est une activité de groupe, qu'il s'agisse des rues de banlieue ou de Montparnasse. Bien sûr, il y a aussi les gens extraordinaires, ceux pour qui la Grande Aventure est solitaire. Ce sont les plus passionnants. Qui, aujourd'hui ? Dubuffet... Balthus... Bacon... Il n'y a pas foule. Remarque : à peine un ordinaire est-il parvenu à la notoriété, il n'a rien de plus pressé que d'oublier les camarades et de se métamorphoser en solitaire. Il disparaît, joue les ermites et les muets. S'il parvient à passer pour un sanglier, un vieux lion ombrageux, il grimpe d'un coup trois barreaux de l'échelle et se fraye la voie vers la postérité. M. Lepoux, avec les gestes silencieux et efficaces des célibataires, confectionne le café. Deux cafetières : du vrai pour Ludo, du faux pour lui. Son fils s'est levé et l'a suivi dans la cuisine dont toujours l'ordre l'émerveille. Il parle sans hâte, cherchant à être loyal :

– ... Je suis arrivé là-dedans, j'avais combien ? vingt-sept, vingt-huit ans. A cet âge-là, si on lie son sort à des célébrités – et c'est le plus facile, crois-moi ! elles se laissent caresser – on se retrouve veuf avant les premiers cheveux gris. Gardien de musée et de cimetière. C'est un jeu, comprends-tu, une partie, et l'on n'a pas le choix : il faut rejoindre le camp de ses contemporains. Toute autre attitude serait... antinaturelle. A long terme, suicidaire. On se retrouve, je dirai : fatalement, du côté des vieux et des célèbres, mais ce sont – ce seront nos amis, nos conscrits en somme ! Il suffit de batailler avec eux et de laisser le temps couler.

Il boit sa seconde tasse de café. Ils se sont assis derrière la maison, sous la treille, et les abeilles patrouillent autour d'eux. Accoudé à la table de pierre, Ludovic paraît vouloir convaincre un conseil d'administration.

– ... Quand on est en bande, le moyen de gouverner, c'est la surenchère, le rire. C'est à qui épatera les autres, gueulera le plus fort, provoquera le plus radicalement. Ils sont un peu benêts, tu sais, les peintres. On ne fait pas de la dentelle. Après quoi arrivent les malins, qui savent parler, qui savent écrire : s'ils ne veulent pas être débordés sur leur gauche ils sont bien obligés de faire la théorie de l'agitation. Ils font bon poids, et un pas de plus est franchi. Personne ne veut avoir l'air timide ; personne ne veut être lâché en route ; donc tout le monde suit. Les commentateurs, les bavardeurs, les marchands – et en fin de compte les consommateurs. Personne n'y croit tout à fait ; chacun se dit : « Non, cette fois ça ne va pas prendre... » mais qui oserait parler clair ? Car derrière tout cela n'oublie pas l'argument historique, sans réplique : allez-vous ressembler aux philistins qui... Alors, silence ! Enfin, dernière notation : tout cela est plutôt amusant. Il est plus facile de défendre avec véhémence et gravité un art *marrant*. Les musées ennuient tellement tout ce monde-là, penses-y... Les musées nous ennuient *tous* tellement !

Il insiste sur certains mots, les détache, les module. « Charmeur de serpents ! » pense son père, de nouveau méfiant. « Ceux qu'il nomme les solitaires, les sangliers, n'ont pas besoin, eux, du petit air de flûte ni de cette pauvre raison : restons entre copains du même âge... Ne désertons pas notre cour de récréation... » Ludo, comme s'il l'avait deviné :

– Toutes ces semaines, au milieu d'un pathos dont tu ne peux pas te faire idée...

– Oh si !

– ... j'ai essayé d'imaginer ce que pensaient, ce que faisaient les absents. Balthus, par exemple, dans son palais romain, entouré de valets, de princesses et de silence...

– Il peignait, peut-être ?

– A supposer que ce charivari ne l'ait pas troublé, qu'il ne se soit posé aucune question, oui, tu as raison, sans doute peignait-il...

– Et Burgonde, là-dedans ?

Ludo réfléchit. Il ne veut ni lâcher un ami, ni faire de peine à son père. Ils ont partie liée, les papas, soudain, dans sa tête. Attaquer l'un, c'est blesser l'autre. Il pèse donc ses mots :

– On a beaucoup dit, et de beaucoup de gens, ces dernières semaines, qu'ils prenaient le train en marche. Eh bien, Burgonde me fait l'effet, lui, d'avoir sauté du train en marche. Ou peut-être s'était-il éclipsé déjà depuis un moment, discrètement ? Il n'est plus là, en tout cas. Personne n'a songé à le racoler, ni à l'accabler : on n'a simplement pas pensé à lui.

– Il le sait ?

– Bien sûr.

– La roue ne tournera pas ?

Ludovic hausse les épaules. Il y a dix jours, dans l'élan et le remous, il aurait allégrement privé Burgonde d'avenir. Ici, aujourd'hui, dans le petit jardin que dominent la tour de l'Horloge et celle des Ducs, sous le lent bourdonnement qui fait aux fleurs comme un parfum de bruit, assis en face de son père au visage blanc, tout vacille. A moins que tout ne reprenne équilibre ? Ce grand type, sur la place du Duché, ce matin, l'air à la fois d'un invalide et d'un viveur comblé, quel rapport avait-il avec « Burgonde », peintre honoré mais à la cote indécise, aimé à Grenoble mais inconnu à New York, intelligent, vif mais coléreux, dont on avait discuté des heures, au moment de l'augmentation de capital de Falkenberg S.A., pour savoir s'il fallait le soutenir, le tolérer, l'abandonner, le relancer. Et rien n'avait été décidé. On ne l'avait même pas tenu au courant. A quoi bon ? Seule comptait pour lui son amourette. Levi-Monzi, dont le rôle aurait été de défendre Burgonde, s'était montré hésitant, ergoteur. « En fin de compte, c'est moi qui l'ai le mieux soutenu ! » Et c'est vrai. Il a manqué de cruauté ou d'ingratitude. Et déjà il s'en félicite. Le voici de nouveau curieux de Burgonde. Il se demande comment le peintre va rebondir, ou couler, ou « durer » : son père a des mots féroces. Ludo se sent aussi curieux de Victoire. Elle mène une vie inattendue, Victoire. Deux ou trois années durant elle n'avait été, d'un été ou d'un Noël à l'autre, entre deux rencontres de vacances, qu'une de ces enfants que les jeunes hommes surveillent du coin de l'œil : « Elle sera bientôt consommable. Quand ? Il faudrait voir cela d'un peu près... » Un jour ils s'aperçoivent qu'un inconnu a été plus rapide qu'eux : la petite est entrée en apprentissage. Elle est douée, leur dit-on, elle apprend vite, qui l'eût cru ? Ils oublient seulement, ces amateurs paresseux, que la vie des très jeunes femmes commence quand elles l'ont décidé, non au gré des convoitises plus ou moins engourdies.

– Tu te rappelles ce qu'écrit Chateaubriand à propos de son Congrès de Vérone ?

– Bien sûr que non !

– Il constate qu'après dix ou douze années, plus personne ne se souvient des parlotes qui se tenaient autour de la table de Metternich, mais qu'aucun voyageur n'entendra jamais l'alouette, à Vérone, sans se rappeler Shakespeare...« Qu'est-ce donc que les choses de la terre ? » Et il fait cet admirable appel des morts, une des pages vraiment poignantes des *Mémoires*, où d'habitude c'est plutôt la musique et le drapé qui nous touchent.

Ludo sourit. Il retrouve son père.

– Sens de l'intermède Chateaubriand ?

– Je ne t'en fais jamais grâce, reconnais-le...

– A mes précédents séjours tu citais plutôt *la Vie de Rancé*.

– Même leçon ! Tout ce que tu me dis de la peinture (et qui ne vaut pas que pour elle, je le crains) me fait peur pour vous. Parce que moi... La vraie Histoire, ce sont les créateurs qui l'ont toujours faite : l'alouette de *Roméo et Juliette*, et non le congrès que croyait manœuvrer mon pauvre vicomte. Mais votre art *marrant* – je te cite ! – quelle Histoire fera-t-il ? Quel honneur, quelle grandeur ? De grands mots ? Préfères-tu les gros mots dans lesquels vous venez tous de barboter ? Des mots soufflés, vides, ces pets d'anarchie que vous avez lâchés en abondance et dont il ne reste rien, que l'odeur, qui vous barbouille le cœur.

Telle est la conversation qu'a Ludovic Lepoux, retour de sa campagne parisienne, avec son père, cardiaque et sceptique, un dimanche de la seconde quinzaine de juin 1968, dans une maison de la rue Pelisserie, à Uzès. D'autres la suivront, sur les mêmes thèmes, ou voisins. Parfois Ludo abondera dans le sens de M. Lepoux qui n'en reviendra pas. D'autres fois il retrouvera les aigreurs et les illusions qui découragent depuis longtemps la verve de son père. Ils parleront encore de Burgonde, et de Victoire, et des Meyrisch – leurs espoirs sont retombés –, et des Schramm – qui viennent d'arriver, toute opulence déployée, mais n'invitent qu'avec discrétion les rescapés du Grand Soir. Ils parleront du cœur du Dr Roux qui ne vaut guère mieux, dit-on, que celui de M. Lepoux ; des Louvigne qui se sont terrés dans leurs murs, colère en écharpe et dans l'attente de ce qu'ils nomment la « répression ». Ils parleront des longs serpents de voitures venues de Belgique, de Hollande, d'Allemagne, de Suisse, du Danemark, qui ondulent de nouveau sur les routes de Provence et du Languedoc depuis que l'on est rassuré, chez les peuplades septentrionales, sur la tranquillité gauloise. Et les jours passeront. Et Ludo se dira, avec de moins en moins d'amertume : « C'est un été comme les autres... » Il se surprendra même à faire des projets.

*
**

Burgonde n'a pas eu besoin de chercher asile à l'hôtel : Etienne et Louisette, arrivés de Paris, lui ont offert l'hospitalité au mas Louvigne. Ils ont aussi invité Rose, de sorte que Burgonde, pris en tenaille, a téléphoné à sa fille qu'il l'attendait. Elle a paru déçue : « Chez des gens ?... » Les travaux à l'hôtel Maussane et le respect dû au travail ont imposé silence à ses récriminations. Pour combien de temps ?

Les Louvigne sont en deuil. Ce couple tranquille, affamé de bon chic et d'amis flatteurs, a été métamorphosé pendant quinze jours en duo furieux. On les a vus dans les meetings ; on a entendu Louisette prendre la parole dans des discussions où sa voix de sensuelle, avec des accents faubouriens et moqueurs, faisait merveille. Ils ont usé leurs semelles dans l'interminable défilé autour de la maison de la Radio, manifestation charmante où venaient, en voisins, les subversifs d'Auteuil désireux de témoigner aux grévistes leur soutien et de saluer les amis. Un peu lente, il est vrai, et d'un tracé monotone, la promenade était saine, bien que gênée par le rabâchage des slogans.

Étienne et Louisette n'occupant aucun poste fixe – il est réalisateur ; elle est son assistante – il était difficile de les sanctionner. Ce que sachant, afin d'échapper à la honte de n'être pas des victimes, ils se sont réfugiés dans leur garrigue où ils évoquent, avec un vague ténébreux, leur « action », ses « retombées », et la rancune du Pouvoir. Leurs enfants sont là aussi : une fille de quatorze ans qui a milité dans les « comités d'action lycéenne » et un adolescent muet, buté, au poil ras, dont Burgonde croit deviner le rêve : être *facho* à Assas. Ambition qu'il tait, pour l'heure, dans cette famille où le vent ne souffle pas selon ses convictions. « J'espère, pense Burgonde, que Rose ne va pas tomber de Cyrille en Patrice. » (C'est le prénom de l'austère tondu.) Pas un instant il n'a imaginé que sa fille avait envie de lui, de le voir, de sa présence. Si elle vient, c'est que sa passion pour le fils Letourneur a sombré dans une de ces tempêtes adolescentes incompréhensibles aux adultes. Il le lui glissera d'ailleurs à l'oreille, à la gare d'Avignon, dans l'instant de leurs retrouvailles : une maladresse qui paralysera la petite pour huit jours.

Leur affaire commence donc mal. Il n'a tiré de Rose, dans la voiture, entre le pont du Rhône et le mas Louvigne, que de sibyllines allusions à la tribu Letourneur, au mutisme et aux colères du peintre (Burgonde, qui le connaît depuis vingt-cinq ans, le croyait disert et pacifique), aux langueurs de son épouse et aux déplorables habitudes diététiques qui règnent à Barbizon. A l'en croire, quelque chose de funeste et d'invisible a marqué ces quatre semaines.

– Tu avais pourtant l'air satisfaite quand je suis passé te voir. Le beau Cyrille...

Rose tourne vers Burgonde un visage de madone, exténué et lumineux sous la coiffure hérissée, gigantesque, qui a stupéfié son père sur le quai de la gare. (Mais il n'a pas pipé mot.)

– Cyrille ? Tu ne peux pas savoir ce qu'il est faux et vicieux. Le dernier mot ouvre des abîmes au bord desquels hésite un moment Burgonde avant de décider qu'il n'y plongera pas.

– Le mot n'est pas un peu fort ?

– Si je te racontais...

Burgonde frémit à l'idée que Rose, en effet, serait capable de lui raconter les vices de Cyrille aussi volontiers que les trépignements de son père et les plats de nouilles maison.

Il choisit de détourner la conversation :

– Tu ne trouves pas intéressant que Letourneur, qui peint des nouilles depuis dix ans, en mange aussi à chaque repas ?

La madone siffle entre ses dents :

– On est câlins entre confrères !

Burgonde éclate de rire : Rose l'ignore, elle a parlé avec les mots mêmes et sur le ton que Victoire aurait pu employer. Face à face, que feraient-elles ? La tentation s'insinue en lui de risquer l'expérience.

– C'est comment, ta vie, ici ?

Rose va-t-elle lui poser des questions sur « sa vie » toutes les fois que le traversera la pensée de Victoire ?

– Jusqu'à présent, laborieux. Mais chez les Louvigne la discipline se relâche : pas d'atelier, donc pas de travail.

– C'est vrai que le fils Louvigne est nazi ?

– Qui t'a dit ça ?

– Cyrille. Il le connaît depuis longtemps. Il n'a pas fait un film sur toi et sur Letourneur, Louvigne ?

Burgonde hoche la tête.

– Si, en 64 ou 65. Quant au fils, il m'a paru être un nazi circonspect et boudeur. Il doit être terrorisé par le reste de la famille, où l'on est furieusement progressiste.

– Eh bien ! Tu dois te sentir comme un poisson dans l'eau... Ils ne durent pas trop longtemps, j'espère, ces travaux.

– Encore trois ou quatre jours. Dimanche nous rentrons rue Maussane.

Il a dit « nous ». La jeune personne afro-virginale surgie du Mistral ne sait pas qu'elle vient, grâce à sa gaieté, de remporter une victoire. Elle y a d'autant plus de mérite qu'elle n'est pas près de digérer l'allusion à Cyrille. Cyrille qui lui a labouré le cœur. Mais on peut être à la fois ulcérée et folâtre. C'est même l'intérêt d'avoir seize ans, et de jouir d'un étonnant statut de liberté, que de pouvoir vivre ces excitantes contradictions.

Burgonde, qui avait déjà accepté pour Rose l'invitation des Louvigne – « Elle sera mieux ici, avec les enfants, le bassin... » –, s'est entendu proposer à sa fille, comme une évidence, cette cohabitation dans l'hôtel Maussane qui lui fait peur à l'avance. C'est une coque vide, un monument historique, bref : le contraire d'une maison. On verra bien. Mieux vaut que Rose elle-même choisisse de préférer le mas Louvigne à la présence de son père.


– Évidemment, ça ne vaut pas les fastes de la Vernède !

Louisette tapote l'oreiller, guette la réponse. La chambre d'amis qu'elle a offerte à Burgonde est superbe. Louisette le sait et en est fière. Alors pourquoi cette comédie, ces mots pour rien ? Rêve-t-elle de la Vernède, d'y être réinvitée ? « On arrangera cela », se promet Burgonde. Les inconséquences l'amusent ; l'amertume, beaucoup moins. Il n'aime pas celle des Louvigne et voudrait l'apaiser. Ils sont comme des gens à qui le silence, après trop de tumulte, brise les nerfs. Ils ressassent leurs folles semaines comme on agace une croûte. Toujours leur rêve : saigner. L'autre rêve, d'être élégants, vient par le travers du premier et le dérange. Serait-ce bien considéré, à la Vernède, d'être désormais « sur la liste noire » ? (Louisette est fort contente de cette expression-là, tout juste surgie dans son vocabulaire.) Elle demande :

– Des gens comme les Schramm, quelle est leur position sur les événements ?

Burgonde tombe du ciel, croit rêver, regarde Louisette. Pense-t-elle réellement... Alors, de son ton le plus patient :

– Les Schramm, tu le sais, sont des banquiers helvético-américains. Lui est fils, petit-fils, arrière-petit-fils de grands riches bâlois. Ils touchent à des affaires multiples, enchevêtrées, dont nous n'avons guère idée toi ni moi. Tu n'espères quand même pas qu'ils sont des séditieux ? Encore moins des hurluberlus. Les « événements » les ont navrés, Louisette. Navrés, exaspérés, et en fin de compte les ont fait rigoler, si tu veux savoir. Du moins je le présume car je ne les ai pas vus depuis trois mois. Je ne vis pas entre leur peau et leur chemise, quoi que tu penses !

– Tu habites une de leurs maisons...

– Je suis une de leurs bonnes œuvres, c'est vrai. L'artiste à qui l'on prête le « studio », comme dit Fred. Et non contents de m'héberger, ils m'achèteront ensuite une des toiles peintes entre leurs murs : je serai leur obligé de A jusqu'à Z. Et j'espère quand même être un peu leur ami.

– Évidemment, tu penses comme eux : tu ne les déranges pas.

Burgonde se jure de ne pas élever la voix. Très doucement :

– Tu crois *vraiment*, Louisette, que mes pensées, mes opinions, mes préoccupations sont identiques à celles des Schramm ? Tu le crois ?

Etienne surgit, insensible à l'électricité qui circule dans la chambre. Il est tiraillé comme toujours entre dix soucis différents.

– On peut entrer ? Ah, tu es là ! As-tu vu les enfants ? Pendant que j'y pense : il faudrait faire réviser la filtration du bassin...

La piscine a été rétrogradée récemment au rang de bassin.

S'ils en étaient conscients, les Louvigne – ils raffolent des mots à la mode – diraient qu'une analyse sémantique s'impose.

– ... Elle est devenue rudement jolie, ta Rose. Tu ne nous avais pas annoncé ça. Vous parliez des Schramm ? Il paraît qu'ils s'apprêtent à racheter une des maisons de la place aux Herbes. Oui, encore une ! Ils la restaureraient et y aménageraient d'autres ateliers comme le tien. Tu étais au courant ? Enfin, c'est ce qui se dit à Uzès. A propos d'Uzès, leur festival a du plomb dans l'aile... Évidemment le ministère va couper la subvention. Avec les opinions de la petite Rougier... Mais où sont donc passés les gosses ? Tu supportes ça, toi, cette impression de plomberie qui fuit ? En vacances j'ai l'impression de passer mon temps à réparer la famille. Tu vois ce que je veux dire ? Il est vrai que toi...

Burgonde retient le « Quoi, moi ? » qui lui brûle les lèvres. Il est facile de s'entendre avec Etienne ; il ne faut pas gâcher cette commodité. C'est Louisette la pasionaria. C'est à Louisette qu'on voit ces rides équivoques : ont-elles été creusées par le rire – elle était si drôle, naguère – ou par cette récente avidité qui la dévore ?

Un seul appareil de téléphone au mas Louvigne. Il est placé au cœur de la maison et décourage les confidences. Peut-être, en tirant sur le fil... De quoi aurait-il l'air ? Discrète mais implacable, Rose surveille Burgonde. Le téléphone sonne-t-il ? Elle est là. Le courrier ? Elle le distribue à chacun. Sous couvert d'être serviable elle s'est placée en quelques heures au centre de tout et observe. La petite excitée des CAL, qui se nomme Colette, ou Paulette, peu importe, est sans intérêt. Lèvres et fesses minces, serrées sur leurs secrets différents et également ineptes. Patrice – Rose ne le voit décidément qu'en casque de motard et une barre de fer à la main – l'occupe davantage. Avec ses airs de séminariste ou d'aspirant, sa voix jugulaire, il appartient pour Rose à une espèce un peu fabuleuse. Elle décrit ses cercles autour de lui, petit rapace aux regards doux qui inquiète le garçon. Ses maîtres ne l'ont pas préparé à cette épreuve. Qui sont ses maîtres ? Nietzsche, Georges Sorel, le colonel Argoud et Lewis Mumford-Brach. Mumford-Brach, dont les disciples ne sont pas légion, a réussi l'intéressant syncrétisme de la morale samouraï, de l'austérité des messieurs de Port-Royal, des arts martiaux et de ce qui reste « valable » chez ce bon vieux Baden-Powell. « Baderne-Powell » comme dit Patrice, grisé d'irrespect. Il voudrait faire lire Mumford-Brach à Rose : deux petits essais très denses parus aux éditions Condor et absolument introuvables. Mais Rose préfère se caresser longuement, les mains enduites de Bergasol, anéantie au bord du bassin sous le soleil de midi. Patrice est maigre, presque pâle. Ses clavicules, horizontales, sont comme le portemanteau où il paraît toute la journée suspendu, debout à deux mètres de Rose, héroïque et incertain. Elle le regarde en dessous, feignant de dormir. Il est plutôt beau à sa façon. Rose se dit qu'au temps de la jeunesse de son père, tous les garçons portaient les cheveux courts, des shorts : ça devait bien valoir ces fausses filles à barbe, flexibles, avachies. Puis – les yeux fermés cette fois, et le visage dans son coude – elle dissèque cette expression : Au temps de la jeunesse de mon père. C'était quand ? Non pas les dates, qui vont sans dire, mais l'extrême pointe poussée par la « jeunesse » dans la vie de Burgonde : jusqu'à trente-huit, quarante ans ? Au-delà ? Ces chiffres donnent à Rose des vapeurs.

Son père a rencontré Gabrielle il y a... disons huit ans. Il était donc déjà vieux. Tout cela est trop dégoûtant. Quant à ce qui occupe sa vie en ce moment... Car il y a quelqu'un, elle en est sûre. Elle avait ri un jour en entendant Pauline bavarder avec l'épicière de la rue Raffet. Elles parlaient d'une cuisinière de leurs amies : « Oh, je ne m'en fais pas pour elle, elle a quelqu'un ». Rose réinvente la formule au bénéfice de son père, mais contrairement à Pauline elle s'inquiète, elle. Elle se ronge. Elle voudrait situer l'ennemie, prendre sa mesure et prendre des mesures. Cette soif de savoir explique seule sa gentillesse envers Patrice. Par lui, qui est du pays, Rose en peu de jours va pénétrer partout, connaître tous les adolescents fréquentables à dix kilomètres à la ronde. Elle sait que la réponse à ses questions se trouve là, toute proche. Burgonde a des airs de gros chat blotti à deux pas du trou des souris. Il n'est pas homme à malmener son confort. Patrice a trouvé pour Rose une Mobylette, dont Burgonde lui a aussitôt interdit l'usage. L'interdiction a été levée au bout de quatre heures d'une infernale bouderie à quoi nul père, nulle famille n'eussent résisté. La liberté de Rose est devenue exquise et, autant dire, totale. D'autres garçons se joignent bientôt à Patrice. Les semaines écoulées, qu'ils se prétendent rouges ou réactionnaires, ont donné à tous ces adolescents un vertige de parlote et de bougeotte. Le monde est à eux ; on leur a volé le monde : c'est la même chose. Ils roulent d'une demeure à l'autre, boivent des coca sur les places de village, écoutent des disques, se baignent, dansent – mais surtout ils parlent. Peu à peu, sur les lieux et les vieux, Rose apprend tout. Il y a là, derrière les portes et les murs, des diplomates en congé, des médecins en vacances, des bibliophiles, de dédaigneux huguenots, des journalistes, l'abominable Vigoureux, un romancier, des industriels. Et un peu à l'écart, hors de la portée des jeunes gens – mais ils les aperçoivent chez leurs parents – les couples de messieurs, les peaux parcheminées, tous les irréguliers vis-à-vis de qui les jeunes gens se sentent en porte à faux, ce pour quoi ils ne les trouvent pas plus sympathiques que les piliers de l'ordre. Au vrai, les irréguliers leur font peur. S'ils se disent rebelles, révoltés, comme le veut la saison, ils sentent confusément que ces élégants et perçants messieurs sont allés plus loin qu'eux dans la rébellion. S'ils se veulent, à la Patrice, les Nouveaux Croisés, les défenseurs de l'Occident des ex-colonels, ils ont peur d'ils ne savent trop quelle contamination. Alors ils ricanent, ils raillent. Ce sont pourtant deux Anglais vieillissants, araignées de luxe tapies, comme au centre de leur toile, au fond d'un mas et d'un jardin irréels, qui mettront bientôt Rose sur la piste. Ils sont cancaniers ces gens-là.

Il a suffi de trois jours pour que Burgonde se sente pris dans un réseau d'enquêtes, d'arrivées surprises, de bavardages, de gentillesses tendues comme des arcs. Quand il a réintégré l'hôtel Maussane, Rose ne l'a pas suivi. Il en a d'abord été soulagé. Mais il a vite compris que, Rose absente, il ne pouvait ni la surveiller ni déjouer ses ruses. Il s'est retrouvé sans défense. Rose ignore les horaires et néglige sauvagement toute délicatesse : a-t-elle besoin d'avertir son père avant de passer l'embrasser ? Elle surgit donc n'importe quand, impétueuse, féline, tapageuse, gentille, selon le rôle qui la tente dans l'instant. On entend les cyclomoteurs gronder dans la ruelle.

Parfois Rose arrive, se jette dans la cuisine et confectionne des jus de fruits pour huit fripons vautrés dans les fauteuils du vestibule. Parfois elle a « oublié quelque chose » et traverse toutes les pièces de la maison, en tempête, dans un simulacre gênant de descente de police. Quand elle vient voir Burgonde, Victoire change maintenant de visage, tend l'oreille, exaspérée et humiliée. Une fois, elle n'a dû qu'à un hasard de ne pas se trouver nez à nez avec Rose : elle était dans l'atelier et s'y est calfeutrée. Le lieu reste à peu près inviolable, surtout si sa bande accompagne la petite, qui n'oserait pas la mener à l'assaut de la grande pièce blanche. Burgonde a fait une sortie pour disperser l'assaillant. Sa brutalité a étonné sa fille, qui l'a défié en silence. Ils étaient dans la cour, face à face, pendant que les copains de Rose les observaient. Son jean délavé, sa chemise blanche, la coiffure afro devenue simple tête de loup qui la fait ne ressembler à personne, le visage aigu et flamboyant – belle, soudain ! – Rose bravait Burgonde. Eût-elle fait dix pas et grimpé dix marches, elle *savait* qu'elle fût tombée sur ce fantôme qu'elle traquait. Enfin ! Burgonde n'en croyait pas ses yeux. « Comment me suis-je fourré dans ce guêpier ? »

La petite a rompu. Le duel est provisoirement interrompu. A son avantage, Rose en est convaincue. Elle ne se trompe pas : c'est ce jour-là que Victoire annonce à Burgonde qu'elle ne remettra pas les pieds « dans cette foutue baraque ». Penaud, furieux, Burgonde répond avec tous les mots qu'il ne faudrait pas. Un festival de minuscules sottises. En trois minutes, de réplique en silence, ils se retrouvent l'un contre l'autre montés, cabrés. Burgonde est stupéfait :

– Mais, Victoire, qu'est-ce qu'il nous arrive ?

– Ta gosse veut ma peau. Voilà ce qu'il nous arrive.

Elle s'en va très vite, rasant les murs, surveillant du coin de l'œil les vélomoteurs : « Une mémé qui a peur pour son sac à main ! » Elle passe devant la terrasse du Colibri où Rose et ses amis, affalés, boivent des jus de tomate. Personne ne voit personne : Victoire n'imagine pas Rose en vierge de café trônant au milieu de cinq ou six coqs ; et comment Rose, l'apercevant, verrait-elle en Victoire, si proche d'elle à ses yeux, vêtue comme elle et – nous le savons – parlant comme elle, la complice de son père, l'adversaire qu'elle s'est juré de débusquer ?

Victoire rentre donc rue du Collège beaucoup plus tôt que d'habitude. Lucienne lui voit l'œil trouble, les gestes brusques et, terrible fourmi familiale, cherche aussitôt à se rendre utile. Victoire, que crispe cette sollicitude, invente une visite à faire aux Meyrisch.

– Aux Meyrisch ?

– Tu me prêtes la deux-chevaux ?

Aujourd'hui ce sont les Meyrisch, demain les Schramm, et d'autres « amis de toujours », négligés en effet depuis toujours, que Victoire exhumera les uns après les autres, se découvrant des obligations, acceptant des pique-niques, des cocktails, tout ce qu'elle déteste. Lucienne ne pose pas de questions. On rencontre Burgonde avec Rose dans les rues, dans l'unique restaurant d'Uzès : Lucienne s'enfonce dans les portes cochères pour les éviter ; elle en est « vexée » ; elle finit par le lâcher à sa sœur.

– Vexée, pourquoi ? C'est quand même sa fille.
Mais Victoire se sent de plus en plus souvent dans la peau d'une maîtresse complaisante. Et l'impérieuse Rose, qu'elle n'a toujours pas vue mais que la rumeur publique décrit comme une démone, se métamorphose en une manière d'épouse, la légitime de Burgonde, Madame La-Loi-et-l'Ordre. C'est quand même trop bête ! Et Victoire, à son tour, demande : « Comment en sommes-nous arrivés là ? »

Avec le mois d'août, les étrangers sont revenus aussi nombreux que les autres années. Les hôtels sont pleins chaque soir et l'on fait grise mine aux voyageurs de l'après-midi. Une ou deux fois l'on a rembarré Burgonde. Victoire s'obstine à ne plus venir rue Maussane. Burgonde lui demande pourquoi elle passe tant d'heures à voir des raseurs. Elle sourit. On rôde autour d'elle. Comme on rôde autour de Rose. Toutes deux sont chaque jour plus téméraires. Burgonde va de l'une à l'autre, chien de garde, mentant à Rose pour réduire Victoire au néant, à Victoire pour ne pas paraître donner à Rose la place exorbitante qu'elle a conquise.

Un soir, enfin, Victoire a accepté de revenir à l'hôtel Maussane. Ils ont dîné de gâteaux et de champagne. L'orage menace depuis l'après-midi, gronde au loin. L'électricité est tombée en panne. Burgonde boit Victoire comme s'il venait de traverser un désert. Il a disposé partout des bougies et la soirée, déjà étouffante, le devient plus encore. Alors il jette par la cage de l'escalier une couverture de fourrure, l'étale à même les dalles du vestibule, ouvre la porte sur la cour et le bassin dont le robinet oublié simule convenablement le gargouillis d'une fontaine. Le courant d'air incline la flamme des chandeliers. Victoire a renoncé à la chemise de Burgonde qu'elle enfile toujours quand elle est nue. Elle a cherché dans l'atelier l'électrophone et l'a posé sur le sol. La panne finira bien. Ils sont allongés et regardent, sur les murs, bouger l'arabesque d'ombre que fait la ferronnerie de l'escalier.

– C'est une soirée revanche, dit Victoire.
– Nous avons subi une défaite ?
C'est à cet instant, exactement, que cogne le marteau de la porte d'entrée. Ils sont couchés sur la fausse peau d'ours, à dix pas de la porte : le piège. Le piège parfait. « Ta fille a une clé ? » Il répond en secouant la tête. Victoire regarde la porte, dans l'ombre :
– Alors, qui ? Il est minuit...
Tout cela à peine murmuré. Le marteau retentit une nouvelle

fois, heurté avec impatience. « C'est elle, bien sûr... » Et à peine l'a-t-il dit qu'une colère glaciale saisit Burgonde. Il frissonne, se lève, entoure ses reins d'un chiffon – « Elle veut nous voir ? Elle va nous voir ! » – et, sa boiterie étrangement silencieuse parce qu'il a les pieds nus, marche vers la porte en criant :
– Voilà, je viens...
Il manœuvre la lourde serrure sans penser à rien qu'à sa colère. Que va-t-il dire, faire ? Il compte pour l'inspirer sur la mince silhouette, les yeux provocants ou moqueurs. Il tire d'un coup la porte : il y a là un gros homme au visage hilare qui se fige. En une seconde il a vu ce grand moustachu à poil dans son châle indien, le dallage de marbre où dansent les reflets de bougies qui lui paraissent innombrables. Il ouvre la bouche démesurément. Il en sort enfin un peu d'accent belge et des paroles vagues. Un nom sonore et inconnu. Un bégaiement. Des excuses. Burgonde, muet, rigole. Enfin il repousse la porte, presque à regret, et se retourne vers Victoire, vers les grands candélabres et les bouteilles sur le damier noir et blanc du sol, les disques...
– On dirait un échiquier, remarque-t-il, ou un film hongrois de 1935, à cause de la peau d'ours...
– Viens ! dit Victoire.
Burgonde, debout – à cet instant Victoire comprend combien il est ivre : s'il a ouvert la porte avec tant de décision c'est qu'il était assez ivre pour voler, pour marcher sur les eaux – Burgonde, donc, la regarde avec cette fixité qu'elle connaît bien. Il lui paraît très haut, très lointain. Un peu grotesque, aussi, drapé dans son indienne d'où émergent ses épaules et ses jambes nues (sur l'une d'elles Victoire aperçoit la longue cicatrice...).
– Le Commandeur était un vacancier wallon. Je ne me jetterai pas encore cette nuit dans les flammes.
Victoire ne rit pas. « Viens ! » répète-t-elle. Elle veut obliger Burgonde à rejeter son châle, à s'allonger. Ils n'ont fait que frôler le drame, la grande explication qu'elle espérait. Elle tend le bras vers le champagne tiédi. La comédie peut continuer.
A cet instant toutes les lumières d'un coup se rallument et ils clignent des yeux, se voient comme ils sont. Sur l'électrophone recommence à tourner le disque, d'où monte une musique grêle. L'orage, enfin, éclate et des gouttes de pluie s'écrasent jusqu'à leurs pieds.

*
**

Dans la même nuit moite et noire, où vacille seulement la flamme des bougies, ceux que leurs voisins nomment « les Anglais » – cent vingt-cinq ans à eux deux mais on ignore qui est l'aîné, qui le cadet, tant ils sont fanatiquement jeunes – surveillent le subtil déroulement de leur dîner. Ils en sont assez satisfaits. Deux filles pour quatre garçons : ce n'est pas payer trop cher la présence chez eux, pour la première fois à cette heure et avec un peu d'alcool dans le ventre, des jeunes fauves qu'ils s'essaient à apprivoiser. Ils leur parlent de désordre, de départ, d'Orient, de prisons et de liberté, de la saveur des mots interdits. Les filles se taisent. Elles comptent pour du beurre. Elles fument, agacées et flattées d'être là : puisqu'elles se sentent coupables ce doit être une bonne soirée. Elles regardent leurs quatre garçons – elles connaissent leurs lèvres hâtives, leur bavardage véhément. Elles les regardent se délier, s'assouplir, s'installer avec gratitude dans la belle image d'eux-mêmes que leurs hôtes peu à peu dessinent, enjolivent. Ah, ils s'y entendent à tenir le miroir ! Elles assistent (elles le sentent) à une métamorphose qu'elles feraient mieux d'ignorer. Le spectacle – mais c'est à peine un spectacle, seulement une douceur entêtante, une connivence moqueuse, pressante – n'est pas donné pour elles. Il les fascine, pourtant. « Chapeau ! pense Rose, ils sont forts... » Elle aime la léthargie où elle glisse. Du coin de l'œil elle observe Patrice : son visage ordinairement têtu s'est ouvert. Le plus rouge et rôti des Anglais lui parle de très près. Les garnisons du nord de l'Inde. Les régiments élégants. Le polo. Malte. Les littératures sacrées. L'autre – le maigre aux cheveux blancs – s'est approché de Rose et remplit son verre. Il la croit nerveuse parce qu'il voit ses jambes bouger. Il ne faudrait pas que cette petite gourde se lève maintenant et donne le signal du départ. Surtout pas. Ronald a commencé son numéro britannique. Bientôt surgiront dans le murmure général les noms magiques, les noms dorés qui lui portent si souvent chance, Forster, Waugh, Isherwood, mais que diront-ils à ces jeunes sauvages ? La petite regarde drôlement le joli tondu. Jalouse ? Pauvre Ronald ! Il faut mener de drôles de batailles. Aucun des trois autres garçons pendus aux lèvres de Ronald ne plaît à Tom. Si, l'aîné, ce loup brun aux yeux verts, avec sa mèche savante, ses belles mains. Il conduisait la voiture où se trouvaient les filles. L'autre, là-bas, la blonde, ne l'a pas quitté de la soirée et voilà qu'elle s'accroche à lui, lui tripote le genou. Il fait semblant de ne pas s'en apercevoir, l'oreille et le profil tendus vers Ronald. « Ma parole, il va leur réciter *les Nourritures terrestres* ! Les vieilles recettes... » Tom cherche le regard vert du Loup, le trouve, insiste, et à peine l'autre semble-t-il céder, il fait passer de la raillerie sur son visage. Ils résistent mal à la raillerie. Peur de paraître sots. Mais ce Loup-là connaît le pouvoir de sa beauté ; il ne cille pas ; une espèce de dédain passe même dans les yeux verts. Tom referme ses traits, éteint son visage comme un gentleman replierait son parapluie. Il sent sur lui l'attention de Rose. Que lui veut-elle ? Un coup d'œil au miroir, dans la pénombre où tremblent les bougies, lui montre, sous la tache blanche de ses cheveux, l'ossature nette, les orbites creusées. Ah ! les pannes de courant devraient durer éternellement...

– Nous ne vous embêtons pas, tous les six ?

C'est la petite Rose. Elle a surpris le coup d'œil au miroir. Elle est là, à le guetter, gênante comme un feu trop proche. Tom se guinde, se dresse, hausse son cou hors du foulard, darde sur Rose une courtoisie meurtrière. « C'est marrant, pense-t-elle, il a l'air d'un serpent mécontent, mais aussi d'un vieux monsieur qui boutonne son veston... »

– Nous sommes très heureux de bavarder avec des jeunes gens de votre génération, une génération que nous connaissons mal, de vous interroger, de vous écouter...

– Oh, je sais bien que je ne dis rien ! Mais vous non plus vous ne parlez guère. C'est votre ami qui fait tout.

– Eh bien, parlons, ma chère ! Donnez-moi par exemple des nouvelles de votre père...

– Vous le connaissez ?

– Nous nous rencontrons ici et là. Nous avons de lui (geste vague vers le plafond) une très jolie aquarelle. Travaille-t-il ? Est-il plus heureux à Uzès cet été que l'an dernier ? Cette... ce départ précipité nous avait tous désolés. Et quand nous avons appris, ensuite, que la merveilleuse Gabrielle, que nous aimions tant... Enfin, on ne parle plus du passé. L'essentiel... j'imagine qu'un homme comme lui, un artiste, un chercheur, a besoin de renouvellement, de présences... comment dire ? plus fraîches...

Tom considère Rose avec une infinie bonté. Il parle bas, pour elle seule. Il laisse tomber ses mots goutte à goutte. Rose s'aperçoit soudain qu'elle est toute mouillée. Toute pénétrée de cet accent chic, de cette voix aux bégaiements soigneusement cultivés. Qu'est-elle en train de lui dire, la voix ? « C'est entendu, le petit oiseau est hypnotisé, mais quand même... Que me veut-il, ce type ? »

– ... nous sommes sûrs qu'elle lui apporte beaucoup. Ces rencontres sont si mystérieuses. Un couple, n'est-ce pas ? Oh, vous

ne savez pas encore ! Elle, nous l'avons vue grandir, changer...
C'est amusant d'imaginer... En somme elle est à peu près de
votre génération, n'est-ce pas ?

Quand enfin les autres se lèvent et que se produit le brouhaha du départ – la lumière est revenue et Ronald court d'une
lampe à l'autre, qu'il éteint avec de petits cris indignés – Rose a
bien écouté, elle a bien absorbé, jusqu'au dernier rire, jusqu'à la
dernière insinuation, jusqu'au dernier « n'est-ce pas », tout ce
que Tom s'est résolu à lui distiller à l'oreille quand il a compris
qu'elle n'en savait rien. La voilà fixée, Rose. « Le petit soldat
boucle son ceinturon », pense Tom qui l'observe gaiement.
Ronald a le front brillant et cette mauvaise ride des soirs où il a
trop bu, trop parlé, trop charmé sans parvenir à ses fins. Il va
encore être méchant comme un oursin. Le joli tondu a la tête à
l'envers, mais il s'en va. La petite Burgonde prend des airs de
noyée. Tant pis, petite ! Il faut apprendre à nager avant de se
jeter dans le grand bain. Le Loup aux yeux verts traverse le
salon, prend Rose par les épaules, la pousse dans la porte, la
guide dans le noir vers la voiture où il l'installe. Il va s'asseoir
au volant. Au moment de démarrer :

– Nous n'avons pas dit au revoir...
– Non, nous n'avons pas dit au revoir.
– Et Sylvie ?
– Sylvie se débrouillera.
Le Loup, inquiet, jette un coup d'œil vers le profil bleu.
– Tu n'as pas envie de chialer, au moins ?
– Chialer ? Tu me prends pour qui...

C'est le lendemain que Rose exprima le désir de rejoindre sa
mère, comme chaque été, à Long Island. Elle souhaitait seulement partir un peu plus tôt que d'habitude.

– Immédiatement ?
– S'il y a un avion...
Oui, il y en avait un. Un vol Nice-New York sur lequel
Burgonde trouva une place. Il téléphona à Victoire pour lui
annoncer son absence : il conduirait Rose à Nice, coucherait
là-bas et serait de retour le lendemain. Victoire parut étonnée :
– Elle déserte, ma petite ennemie ?
– Non, Victoire ! C'est moi... j'ai pensé...
– C'est toi qui la fiches dehors ?
Rose assise à sa droite, tranquille et douce, Burgonde prit la
route sans avoir compris pourquoi il avait fait ce mensonge, ni
pourquoi Victoire ne l'avait pas cru.

# V

# LES AGONIES

Ce ne fut d'abord qu'un article, paru dans *Instant* et repris dans *Coin-Coin* (ou le contraire), que seuls remarquèrent les gens avertis.

*Quelques collectionneurs doivent aux oukases du snobisme et de la spéculation de posséder des peintures de Niemand, dont on sait qu'il a installé son atelier dans une vespasienne. Doivent-ils vendre en hâte ou accroître leur magot ? On murmure en effet, entre New York et la Californie, qu'un magazine aux audaces soigneusement feutrées (femmes nues dépliables, mamelles éléphantesques et plaisanteries de table d'hôte), s'apprêterait à « sortir » sur le peintre un reportage véritablement scan-da-leux. Si embarrassant, souffle-t-on, qu'il serait mieux à sa place dans quelque foire du sexe, style Copenhague, que dans un magazine devenu, avec les années, une Institution du pudique dévergondage américain. On parle d'interdiction, de procès... Niemand, interrogé dans sa somptueuse demeure provençale, s'est contenté de répondre qu'il ne s'était jamais livré à des activités contre nature ni – vertu plus grande à ses yeux – à la mauvaise peinture. « Je ne connais d'art obscène que celui pratiqué par quelques rapins de votre académie des Beaux-Arts, a-t-il répondu à un journaliste de l'AFP. Quant à ce reportage, je ne me sens aucune curiosité de le lire. »*

*Affaire à suivre. En attendant, la galerie Falkenberg songe à ajouter un zéro au prix – libellé bien entendu en dollars – des peintures de Niemand. Comme disait un critique d'art espiègle : « Ils ne se sentent plus pisser... » Ces insolences, que quelques marchands de tableaux et leur entourage de gogos ont tout fait pour déclencher, ils feignent maintenant de s'en offusquer ! On croyait, avec les exhibitions (très privées) de Niemand, qui firent, au printemps 68, palpiter son petit public de perruches endiamantées, avoir touché le fond d'une certaine bassesse publicitaire. Il semble qu'il n'en était rien et que le plus amer de la coupe reste à avaler. Bon appétit, messieurs les niais !*

Un écho dans *le Figaro*, plus subtil, donna aux lettrés quelque lumière sur la sorte d'escalade à quoi s'était prêté Niemand.

*Willy Niemand, dont on connaît l'anatomie avantageuse, le langage rocailleux et la finishing touch à nulle autre pareille dont il embellit des peintures d'ailleurs honorables, se serait livré aux Etats-Unis à des séances de « travail public » autrement plus... suggestives que celle organisée naguère dans les salons du baron B. On parle à mi-voix d'un reportage à scandale, actuellement sous presse, et même d'un film qu'aurait mis en scène le peintre-cinéaste Holloway, émule d'Andy Warhol et coqueluche des lofts de Manhattan. Qu'en est-il au juste ?*

*Willy Niemand, soucieux de parfaire son français, se serait plongé dans les bons auteurs et aurait découvert dans la Jument Verte, de Marcel Aymé, un personnage de peintre qui l'aurait fasciné. On se souviendra que cet artiste, las de peindre à l'eau, à l'huile ou à l'essence, usait d'un « médium » tiré, si l'on ose dire, du plus profond de sa personne, et que cet élixir donnait, sur la toile, à l'œil de la jument, une « vie » incomparable... On se souviendra aussi de la savoureuse épitaphe du peintre : « Il mourut à trente ans, épuisé par une œuvre déjà considérable... »*

*Nous ne souhaitons pas à Willy Niemand un sort aussi tragique. Même si, réfugié dans sa tour d'ivoire méridionale en forme d'abri antiatomique, il a redécouvert que la création était... un plaisir solitaire. Parions que l'habile homme, en Barnum averti, saura se ménager !*

Depuis le reportage fait à Saint-Moritz l'hiver 68, les journalistes de *Millionnaire* guettaient Niemand. Certaines des photos prises sur la terrasse du chalet Schramm, jugées impubliables, avaient excité l'imagination du *staff* new-yorkais. On n'avait pas pardonné aux deux collaboratrices invitées par Niemand à la soirée du 22 mars, d'avoir préféré un ballet londonien à la séance du jardin d'hiver, dont les récits, plus extravagants les uns que les autres, avaient circulé pendant quinze jours. Il avait presque fallu une révolution pour voler la vedette à Niemand chez les gens qui savent vivre. Finalement, les gaz lacrymogènes et la logorrhée universelle ayant étouffé l'éclat du happening, il restait à pousser le peintre à quelque trouvaille nouvelle. « Et cette fois, nous serons là ! » L'absence des journalistes, le 22 mars, avait été une audace de Baby Demos, soigneusement calculée. Trop peut-être. Quelques images auraient ajouté du vécu à l'anecdote.

Un des garçons les plus doués de *Millionnaire*, approximatif prince napolitain mais authentique beau parleur, fut envoyé en mission auprès de Niemand. Il le rencontra à Acapulco, le poursuivit dans les Grisons, alla lui rendre visite dans son *Bunker* de Saint-Rémy. C'est là qu'il fit la conquête du peintre. A la question de Niemand : « Comment la trouves-tu, ma maison ? » (et, bien sûr, poser cette question était déjà une erreur, mais Adriano intimidait le Suisse), la réponse fut : « Je trouve l'architecture un peu frivole, non ? » A partir de ce mot-là, Niemand ne jura plus que par Adriano. L'Italo-Américain lui amena des collectionneurs plus rusés que le plus rusé des marchands, un industriel à profil d'aigle à qui il servait de rabatteur, des femmes très belles, lasses, longues, auxquelles Niemand trouvait peu de morale.

On ne sut jamais comment le projet était né entre les deux hommes, ni s'il était de Niemand ou d'Adriano. « Le prince de Mulberry Street » – ainsi le baptisa Levi-Monzi – avait emprunté à une héroïne de Morand une jolie formule : « L'amour est devenu si ennuyeux qu'il faut se mettre à plusieurs pour le faire. » Ce principe transformait parfois Adriano en berger de surprenants troupeaux dans les maisons de campagne de ses amis. Ce sont là des circonstances où les paris sont vite tenus et les photographies, vite prises. Toujours est-il que le dossier du reportage d'Adriano alla bientôt compléter celui de Saint-Moritz. Habilement légendées et rapprochées, les photos faisaient merveille. Dans les bureaux de Madison Avenue on tint un conseil de rédaction spécial. Les timorés croyaient le « matériel » inutilisable. Le grand patron, un jeune homme fluet qui avait toutes les peines du monde à préserver son extrême pâleur en passant tant de jours dans des villégiatures éternellement ensoleillées, était d'avis de frapper un grand coup.

– On se met nu sur la scène des théâtres, le tabou sur les poils est levé depuis deux ans dans les magazines danois et japonais : nous ne pouvons plus rester à la traîne. C'est notre prépondérance qui est en jeu. Si le reportage Niemand passe, nous reprenons le *leadership* pour cinq ans...

– Et s'il ne passe pas ?

– Mettons-le dans l'édition internationale. Nous serons saisis à la douane espagnole, peut-être interdits en Italie... Ce sera l'abcès de fixation. Vous pousserez la publicité à Londres, à Paris, et en Suisse, bien sûr ! C'est jouable.

Adriano avait eu l'idée de suggérer un court métrage à Holloway. Il la vendit à *Millionnaire*, où l'on décida de produire le film. « Il y a deux ans, expliqua gravement Holloway, que je pensais à filmer en plan fixe une masturbation. Mais il est impossible de faire avec ça un film d'une durée suffisante, commercialement exploitable. Et la répétition, même poussée jusqu'à la prouesse physiologique, n'apporte pas grand-chose du point de vue du cinéma. L'entreprise de Niemand est infiniment plus féconde. Vous en jugerez. J'ai travaillé dans l'esprit des chaînes culturelles et éducatives. Je compte sur l'audience des ciné-clubs, des universités, etc. »

Un compagnon d'Adriano, fauve de la même ménagerie, mari de stars successives et ordonnateur de pompes mondaines, se chargea de diffuser le film en France dans une pénombre propice aux chuchotements. Les studios privés ne l'étant pas assez à son gré, il convainquit ceux de ses amis qui – sous-sol parisien, salon à transformation, grenier dans les Yvelines – possédaient une salle de projection, d'y organiser des présentations du film de Holloway. L'onomatopée de bande dessinée qui titrait le film n'étant pas prononçable en français, elle fut remplacée par un titre classique : *l'Ejaculateur*. Il eut le succès des idées simples. On sut, d'un coup, de quoi il s'agissait, même sans avoir consulté l'article de *Millionnaire*, il est vrai moins explicite que le film. « Que voulez-vous, répétaient Adriano et son ami à qui leur posait des questions, on ne garde jamais une arme à la main sans finir par tirer...

Niemand reçut à Saint-Rémy la visite de deux inspecteurs venus de Paris, habillés trop chaudement et embarrassés. Vigoureux tenait enfin son portefeuille et il venait d'entreprendre la modernisation des salons du ministère. Flavienne et Levi-Monzi avaient été consultés : leur devait-on la suggestion de « refaire un petit bureau dans les jaunes », autour de deux grandes toiles de Niemand ? Les inspecteurs n'en menaient pas large. Niemand, impassible, nia tout. Il obligea l'aîné des policiers, un chauve, à expliquer avec des détails ce dont on le soupçonnait. En ce début de juillet le pays était superbe. Les visiteurs clignaient des yeux dans l'éblouissement de la terrasse et s'essuyaient le front.

– Je vous comprends mal, disait Niemand. Vous employez des circonlocutions... Parlez net ! Avez-vous vu ce film ?

Ils ne l'avaient pas vu.

– Et ce magazine au titre idiot ?

Le chauve le sortit d'une serviette de cuir, mouilla son index pour chercher la page, bredouilla. En même temps ses petits yeux scrutaient le peintre sans bonté. Niemand le sentit : il ne fallait pas jouer les souris avec ce chat-là. Il regarda de loin le journal. Sa récente presbytie lui donnait du dédain. Il embourgeoisa sa mine et sa voix.

– Qui de sérieux me reconnaîtrait dans cette silhouette ? Et dans l'activité à quoi ce monsieur semble se livrer ? Détails scabreux, mais bien flous... Quant au décor...

Niemand, d'un geste, montra les baies où le reflet du ciel virait au gris, la piscine immobile :

– Chez moi, c'est ici.

Il tapa du doigt sur une page du magazine avec une brutalité qui cabossa le papier.

– Ces deux photos-là, seules, sont authentiques. Elles ont été prises en Suisse chez M. Schramm. Vous connaissez ? Un bain de soleil... Je suis nu, oui. Ici aussi, l'été, toujours nu ! Seuls les petits bourgeois... Bon ! Vous n'aimez pas le soleil ?

Ce n'est pas une conversation facile. Le chauve a tombé la veste et recouvré sa pugnacité. Il se fait la tête d'un homme dont on dit : « Les protections, lui... » En extrême douceur, Niemand lâche Adriano et son ami. Il dirige toute l'attention sur Ludo, la galerie, Baby Demos : après tout, c'est leur rôle. Niemand veut circonscrire le scandale sans en perdre le bénéfice. Cette fois, dans l'euphorie du score que vient de réussir Pompidou, les agités ne démoliront pas le château de cartes. Un homme qui regarde la peinture, Pompidou, qui la caresse de ses beaux yeux sombres, inégaux, l'un vigilant et l'autre matois sous le sourcil noir. Niemand se le rappelle, un dimanche, à Louveciennes, chez les Lazareff. Hélène les avait entraînés, le Premier ministre et lui, jusque dans sa chambre : elle voulait leur montrer un petit Nicolas de Staël qu'elle était fière d'avoir acheté très tôt et sans doute (elle ne le disait pas) à bon marché. Pompidou était resté un moment près de la fenêtre à examiner la toile, la tête penchée et un œil clos à cause de la fumée de sa cigarette, disant des choses mesurées, prudentes, attentif au silence de Niemand. « Il apprendra l'audace. Il aime bien Vigoureux, et Vigoureux a du culot pour toute une République. » Il ne faut pas le mettre dans un mauvais cas, Vigoureux. Niemand est décidé à se taire. Aujourd'hui, il a nié. Il sentait l'aigre fumet du flic et tentait de se boucher le nez, mal à l'aise. Il faut se méfier d'un homme en train de cuire à l'étuvée dans son nylon. Mais, désormais, bouche cousue. Laisser s'apaiser les vagues. Ne rien donner à entendre, ne pas sourire. Falkenberg exploitera ses silences. Combien César a-t-il compressé de bagnoles ? Très peu, probablement. Mais quelle réclame ! « A eux de jouer. »

Niemand est allé se doucher. Il n'a pas envie d'un bain, ni de plonger ; il lui semble que l'air autour de la piscine sent encore le fauve. Il se savonne la tête, se fait pleurer, se fait rire. Le destin d'une blague... Il ne racontera jamais à personne la soirée de Nassau, cette fille, et le drôle de jeu d'Adriano, ses mots enjôleurs, la mise en scène ! C'est lui qui avait tout combiné – l'atelier, les toiles à demi peintes – et qui avait recruté la fille. Une pute, bien sûr. Quel dommage ! Des nuits et des nuits Niemand a rêvé d'elle. Et encore à New York, après son retour. Il se réveillait, le cœur fou, pour entendre glapir les sirènes dans les rues. D'où sortait-elle ? Haïti, la Guadeloupe ? Elle parlait un français cérémonieux et cochon. Un procédé, un raffinement professionnel ? Allons bon ! Il ne peut pas l'évoquer, maintenant encore, sans... Il sort de la douche, hilare et vaniteux. Un peu triste, aussi. Triste ? Une fille comme ça on ne devrait jamais la laisser filer, jamais plus la quitter, pute ou pas, saine ou non. Suspecte ? Adriano lui avait mis ça dans la tête, *après*. « Je ne serai jamais qu'un petit puritain de Wallenstadt, un fils de pasteur ! » Adriano, le lendemain, avait prétendu ignorer son nom, son adresse. C'était peut-être vrai. Niemand avait marché toute la nuit suivante dans les rues où rôdaient de grands nègres aux mains desquels il croyait voir briller des couteaux. Il était assommé de rhum et de mauvais whisky.

La veille, déjà, la fille avait confectionné du punch au lait, crémeux, épais. Il y en avait un peu qui coulait sur ses lèvres quand elle avait bu. Ses yeux riaient. C'est ainsi qu'elle devait affoler les touristes américains des palaces, dans leurs chambres où le concierge la faisait monter. Combien ? Cent... deux cents dollars ? Il s'était brûlé la tête pendant huit jours à ces imaginations. Les lèvres lisses, mauves, la crème de punch à leurs commissures – si vous voyez ce que je veux dire. Elle avait de ces gestes... Qui les lui avait appris ? Science de bordel, ou l'instinct ? la race ? Adriano lui avait-il expliqué son idée, ou la fille l'avait-elle devinée, comme ça, entre deux rires ? Ça ou autre chose, pour elle... Elle en avait vu d'autres. Ah, Niemand ! Jamais plus... Toutes les femmes lui seront pour un bout de temps caricatures, chiennes roses, harpies aux mains rapaces, à la salive épaisse. (Il se le dit sans y croire tout à fait.) Voilà, tout s'apaise. Niemand, sa serviette nouée autour des reins, sort de la chambre où de la buée s'est posée sur les vitres. Il ouvre tout, respire. Le soir va tomber. On vendra pendant deux ou trois ans des *Ejaculations*, comme si... Même question : combien ? Vingt mille, trente mille dollars ? A Ludo de juger. Niemand hausse les épaules : « C'est à vous dégoûter d'être pute... » Nier. Mais nier quoi ? Elle s'appelait Ludivine – où était-elle allée chercher ça ! Un nom de guerre ? Il est vrai qu'aux Antilles, les noms ! Elle était presque grave et soudain elle se déchaînait. Elle trouvait comique la grande toile rousse, pelage désert, arizona de songe, voyage immobile, qu'elle barbouillait en riant, dans des parfums d'huile, de poivre, de fleurs, pendant qu'Adriano et les autres bousculaient les pinceaux, posaient de nouvelles bandes sur le lecteur, dansaient peut-être, ou *regardaient*, et que Niemand s'entendait supplier : « Tu recommenceras ? Tu promets de recommencer ?... » Et Ludivine agaçait sa poitrine de la pointe des ongles.

L'année 1969 passe pour Victoire dans une nervosité vague. Vite ? Lentement ? Elle ne saurait dire. Elle prend des trains ; elle est souvent sur les routes. Des amis de Constantin lui ont proposé un travail et elle l'a accepté. Sans en parler à Burgonde. Qui n'a pas compris ce silence. Qui ne comprend pas que Victoire revoie « la bande Constantin ». Le naturel des femmes : il ne l'a jamais accepté. Il lui semblerait normal que le passé de Victoire fût enfoui en elle, annulé. *Passé sous silence.* Au contraire, toujours, elles parlent. Un homme dans leur vie, et qu'elles évoquent : on ne les voit plus que les jambes en l'air. L'ignorent-elles ? Non. Elles aiment. Ça doit leur tenir chaud, une fourrure d'images, une assurance contre les hivers du cœur, ses mortes-saisons. Hubert, Constantin, il ne venait pas à l'esprit de Victoire de faire comme s'ils n'avaient pas existé. « Un jour, moi aussi, prévoit Burgonde, je serai un épisode dans son histoire. Elle parlera de moi avec estime, sérieux... » Hubert, passe encore : il est le père de Thérèse. Traduction honorable de la vraie pensée de Burgonde, qui est : « Hubert est quelqu'un de convenable. Mais l'autre... » Il y a des hommes qu'on ne met pas volontiers dans le lit de la femme qu'on aime. Même rétrospectivement. Et la composante principale de ce vilain sentiment n'est pas charnelle, elle est sociale, avouons-le. Le capitaine : soit. Le chanteur : non ! « Si j'étais un franc-tireur, songe Burgonde, j'aurais la réaction inverse : c'est l'hurluberlu de Saint-Cyr qui me dérangerait, et le marginal qui me rassurerait. »

Quand Victoire lui a parlé de ce travail, Burgonde a cru à une velléité qui passerait comme les précédentes. A regret, d'ailleurs. Il se répète deux ou trois mesures de violoncelle du père Barrès qui lui trottent dans la tête : « Quand une jeune femme sent le vide de son cœur et de ses mains... » Le cœur, on sait que Burgonde ne s'en plaint pas. Mais les mains ? Il a donc approuvé la décision de Victoire. « Je suis broc », dit-elle. Pour l'instant elle apprend les ficelles du métier, son argot, son nonchaloir et ses levers au petit matin. « Luce et Adrien » : elle ne jure plus que par eux. Ils emmènent Victoire dans les ventes et chez les brocanteurs de province, à Drouot, et dans ces foires d'antiquaires qui se multiplient à travers la France. Parfois, c'est Luce, parfois Adrien. Quand Victoire s'en va deux ou trois jours avec ce grand garçon goguenard, Burgonde s'assombrit. Des questions ? Oui, il s'en pose, mais pas trop. Le soir il passe souvent chercher Victoire dans l'entrepôt de la rue Bréa, vers sept heures, au moment du whisky que les trois « associés » boivent dans une manière de salon aménagé entre des paravents, avec des fauteuils dépareillés. Des gens passent, la plupart moins âgés que Burgonde, indolents. Une vie douce. Ils possèdent des chiens à longs poils, des breaks encombrés de couvertures, de cordes, de « pieuvres » multicolores, et un langage rapide. Burgonde trouve place dans ce petit monde-là. Adrien lui a même fait vendre une toile et ils sont allés tous quatre fêter la vente au Véfour. « Il vient, ce soir, ton mec ? » demande-t-on gentiment à Victoire. Les jours passent comme un long mois d'octobre, ni chauds, ni froids. Ou comme la lecture quand on en est au milieu d'un roman : il arrive que Victoire, au bas d'une page, s'aperçoive qu'elle vient de laisser courir ses yeux sans rien retenir du texte. Elle revient en arrière. Où a-t-elle décroché ? Heureusement il y a les nuits – qui sont plutôt des heures diurnes volées à l'enchaînement des choses, ou l'immobilité des fins de semaine, chez des gens, à la campagne – instants intenses, hagards, que Victoire et Burgonde traversent dans le même étonnement, la même gratitude, et qui scellent leur alliance.

A la mi-septembre Rose revint des Etats-Unis très changée. Reçue en juin à son bachot, elle était partie rejoindre sa mère avant de connaître le résultat. Burgonde le lui avait téléphoné un après-midi, sans calculer très bien le décalage horaire : il avait eu à l'appareil une endormie, une muette. Il l'avait secouée. C'était bien la peine d'apporter une bonne nouvelle et d'avoir des mots tendres plein la bouche. Ou bien dormait-elle encore à midi ?

Comment l'avait-elle passé, d'ailleurs, son examen ? Un mystère, avec le printemps qu'ils avaient vécu, Burgonde et elle. Jamais Rose n'avait été aussi hargneuse. Tout lui était arme et argument pour lutter contre l'insaisissable présence de Victoire. Elle ne s'enfermait dans sa chambre qu'après s'être assurée que Burgonde avait décommandé ses rendez-vous, gâché sa soirée. Quand il rentrait tard ou, bravant l'orage, partait rejoindre Victoire, il était sûr de ne pas trouver Rose au retour. Il regardait l'heure : une heure, deux heures du matin, et il s'asseyait dans le salon, un journal déployé sur les genoux, dont il lisait les pages de sport et les petites annonces, l'œil rougi. « Sologne. 6 000 m² arborisés. Belle ppté 8 pièces, cheminée + poutres + combles aménageables. A saisir cause urgence. » « Houlgate, prox. golf, manoir anglo-normand, colombages, standing, pelouse, cuisine Francona. Une unité, à débattre. Curieux s'abst. » Parfois Rose le retrouvait endormi sur le canapé.

– Ne me demande pas où j'étais, je t'en prie, papa !

Puis, à regret : « Je travaillais chez Paule. » Ou chez Patricia : toutes les absences de Rose depuis six mois se nommaient Paule ou Patricia. Deux grande gamines hostiles et parfaites qui saluaient Burgonde en cérémonie.

– Si tu crois que c'est drôle, cette maison vide ! Et puis je ne peux pas travailler seule, tu le sais bien.

Cette guerre avait épuisé Burgonde tout au long des neuf mois de la « terminale ». Il avait honte, parfois, en face de Victoire, de paraître tout céder à Rose. Il cachait alors la vraie cause de ses retours hâtifs, de ses dérobades, quitte à laisser Victoire en imaginer d'autres qui la blessaient davantage. Il arrivait qu'elle lui fît le visage anguleux et fuyant d'une jalouse, alors que la veille Burgonde avait passé une de plus de ces soirées mornes, tendues, à quoi l'acculait Rose. Il eût fallu s'expliquer mais Burgonde manquait d'élan pour les explications. Quand il disait « Rose », devant Victoire, il se sentait dans la peau d'un maquereau parlant de la dame mûre et riche qu'il ne saurait quitter. Il essayait de faire bon visage : « C'est une question de temps... » Aussitôt la pauvreté de cet apaisement l'accablait. Luce et Adrien passeraient encore la soirée avec Victoire. Ils l'emmenaient dans des boîtes où des hommes lui parlaient bas, remplissaient son verre. L'amertume de Burgonde et sa faiblesse étaient telles, certains soirs, que la rupture lui paraissait une solution plus élégante, un moindre mal. Aux vacances du mardi gras, comme Rose passait la semaine dans la famille de Patricia, Burgonde emmena Victoire à la montagne. Un appartement vide, prêté, qu'ils avaient préféré au chalet plein d'amis où ils étaient invités. L'idée était mauvaise. Il neigea jour après jour et les remonte-pentes cessèrent l'un après l'autre de fonctionner.

Après dix chutes, trempés, perdus dans la brume, le courage leur manqua. La jambe folle de Burgonde lui faisait mal à en crier, mais, à la traîner dans la neige fraîche on ne voyait pas qu'il boitait, ce dont il ressentait du plaisir. L'appartement de la Résidence 3000 était meublé de métal, de verre fumé, de nylon frisé, façon mouton. Aucun livre n'encombrait les rayons de la bibliothèque. Le nez rouge et l'air orphelin, Victoire se glissa au lit. Elle grelottait. Burgonde redescendit de la loggia dans la pièce de séjour où l'ombre gagnait. Dehors, le tourbillon des flocons ; en lui, le tourbillon d'une colère soudaine, irrépressible. Que foutait-il dans ce décor galetteux et misérable ? A qui s'en prendre ? Là-haut Victoire n'avait pas allumé la lampe de chevet. Remonter auprès d'elle ? Un vertige l'en détournait. Il se sentait, envers la terre entière, tremblant de la vaine colère des faibles. Il se chercha une raison de n'être pas à bout d'espérance et n'en trouva aucune. Quatre jours, quatre pleines journées étaient encore à vivre ici, ainsi, à regarder changer le visage de Victoire et se fermer, une à une, les issues du piège.

La nuit venant, s'il ne voulait pas laisser s'éterniser le malaise il devait se forcer à faire un geste simple. Peut-être désamorcerait-il la bombe ? Burgonde alluma toutes les lampes. Décourageons le diable. Victoire se taisait – immobile ou assoupie ? Il laissa passer encore un moment avant de monter la voir. Il la trouva souriante, mais son regard faisait pitié. Il essaya, non pas de penser à elle – ce qui eût été confortable – mais de penser à sa place, d'imaginer ce qui se passait à l'intérieur d'elle. Sa solitude, son innocence : jeune femme à la dérive dans cet « appartement témoin » pour publicité immobilière, compagne du boiteux farouche à qui ses bûches et le froid avaient inspiré une grande fureur, mère d'une petite fille dont elle connaissait mieux la « voix de téléphone » que la vraie, personne fière à qui le sort réservait tant d'affronts. « Comme elle vaut mieux que moi ! » En mal de mortifications, Burgonde pouvait être charmant. Il le fut, ce qui rajeunit Victoire de dix-huit mois. Elle passa par-dessus la tête de son homme le lourd chandail, la chemise de laine. Quand à son tour il frissonna elle entreprit de le réchauffer. Ce fut une soirée tour à tour plus heureuse et plus violente qu'ils n'auraient osé l'espérer. Un moment vint où Victoire écarta d'elle le torse chaud et le visage égaré. Elle regarda Burgonde ainsi, de trop près, les yeux brillants et qu'un strabisme, après l'amour, rapprochait parfois : « Toi, salaud ! si tu es aussi heureux dans les bras d'une autre, je te tue... »

Burgonde fit effort pour éteindre en lui la vanité que pareille phrase allume dans tous les hommes. Il se força à l'humilité, seul cadeau qu'il pût offrir à Victoire. « Quelle autre femme ? Quel autre bonheur ? »

Elle le regardait toujours. « En quoi, se demanda-t-il, en quoi l'ai-je mérité ? » Puis ceci, qu'il s'entendit murmurer :

– Quoi qu'il arrive je ne te quitterai pas pour une autre femme. Et si je suis tout à fait honnête : quoi qu'il arrive, je ne te quitterai pas. Tu partiras peut-être mais moi, non, je ne te quitterai pas. On dirait une chanson.

Elle le fixait avec l'intensité dansante et lumineuse que lui donnait le plaisir.

– C'est un engagement ?

– Oui, un engagement.

Sa gravité le surprit lui-même. Ils retournèrent à leurs caresses. Dehors on voyait les sapins, sur lesquels étaient braqués les projecteurs de la Résidence 3000, secouer leur neige comme un animal chasse les mouches. Ils naviguèrent ainsi jusqu'au cœur de la nuit, d'autant plus savoureuse que les rafales s'aggravaient. Le lendemain, le paysage était enfoncé dans l'épaisseur du silence et du blanc au point que la vie parut s'arrêter. Leur séjour se termina dans la torpeur. Ils rentrèrent à Paris au rythme d'encombrements immenses : la fin des vacances et quelques avalanches avaient bloqué les routes. On voyait, dans les voitures immobiles, somnoler des enfants, fumer des femmes. Burgonde déposa Victoire rue du Dragon à deux heures du matin. Elle partait le lendemain – tout à l'heure – pour un marché de la brocante, à Toulouse ou à Montauban.

Trois jours plus tard, comme elle devait être rentrée dans la soirée, Burgonde eut l'idée, à la sortie d'un dîner, de faire à Victoire la surprise d'une visite. Il était un peu plus de minuit quand il frappa à sa porte, qui s'ouvrit presque aussitôt : un homme maigre, jeune, regardait Burgonde en haussant les sourcils.

– Victoire...

– Elle sera là dans un moment, je pense. Je l'attends.

Ils se tenaient tous les deux immobiles. L'inconnu était en bras de chemise, manches relevées. Presque imperceptible, son sourire suffisait à occuper le silence.

« Excusez-moi », murmura Burgonde, avec un sourire lui aussi. Puis il fit demi-tour et dévala l'escalier. « A l'oreille, pensa-t-il, j'ai un pas de jeune homme. » Mais sa démarche s'alourdit pour traverser la cour. Il buta sur les pavés. Dans la rue il ouvrit la bouche pour emmagasiner de l'air ou *jouer* l'éclat de rire qu'il se sentait le besoin d'extraire de lui. Il marchait vite. Il entra au Village, où le barman lui dit : « Mademoiselle n'est pas là... » Il ressortit, traversa la place Copeau et entra au Saint-Claude. Il commanda une bière. La sarabande s'apaisait. Des images se levaient, s'enchaînaient, logiques. « Hubert, évidemment... » Les cheveux courts, le silence, la chemise quasi militaire : c'est le capitaine qui lui avait ouvert la porte. Et alors ? Burgonde réfléchissait très vite. Victoire était à Toulouse : ils s'étaient parlé la veille encore au téléphone ; ils avaient déploré ce dîner qui empêcherait Burgonde d'aller à la gare. « Ne t'inquiète pas, Luce sera là. » Burgonde survolait les circonstances, les horaires, les lieux à la façon dont un phare balaie le paysage. Il faisait surgir des détails et les isolait, des reliefs insoupçonnés. « Il possède une clé ? » Ou bien connaissait-il sa cachette ? Il avait donc ses habitudes. « Mais non, c'est *moi* qui ai des habitudes, qui viens à n'importe quelle heure. La vie de Victoire est limpide et je... »

Il paya et sortit. Dans le taxi qui le ramenait une animation le tint pendant tout le trajet assis au bord de la banquette. Il changea d'avis et se fit conduire au Pataud : si Victoire l'appelait, elle ne l'appellerait que là. Il alluma le feu, se déshabilla et attendit. Vers trois heures il se coucha : le téléphone n'avait pas sonné.

Victoire et lui avaient prévu de déjeuner ensemble. Le rendez-vous était fixé depuis leur retour de la montagne : à la Closerie des Lilas. Vers onze heures Burgonde prit une forte canne et partit à pied. Il était calme, et non plus excité comme la veille, ni incrédule. Simplement, depuis l'instant de son réveil, il n'avait pensé qu'à Victoire et à l'homme dans l'encadrement de la porte.

Etait-ce de la jalousie, cette pensée collée à lui comme du métal par un aimant ? Peu importait l'explication que lui donnerait Victoire. Elle pèserait moins en lui que le quart d'heure au comptoir du Saint-Claude, l'attente au Pataud, la nuit pleine de soubresauts et de rêves. Elle pèserait moins que le soulagement qu'il éprouvait. Ainsi, les choses allaient finir, se défaire dans cette vulgarité tranquille ? Il n'existait donc pas d'exception à la règle ? Il avait été plusieurs fois le trompeur, cette fois il était le trompé : tout était bien. « Nous n'aurons pas eu à être sublimes longtemps. Reposons-nous. La vie est minuscule. » Bien sûr, il eût été inconscient s'il n'eût pas perçu « au fond de lui » (ou en surface ?) ce malsain plaisir qu'il ressentait à imaginer le retour de Victoire, ses traits tirés par le voyage (comme par un sale amour d'adieux et de suie), le type ouvrant la porte, leurs mots, leurs gestes. Oui mais voici : il n'avait aucune idée de leurs mots ni de leurs gestes. Il lui était arrivé de se brûler aux souvenirs anciens de Victoire, à son passé – dont faisait partie le capitaine – parce que ce passé avait un contenu, une réalité, alors que la présence d'Hubert rue du Dragon n'en avait aucune. Intuition qui n'entraînait pas Burgonde jusqu'à l'indulgence. Déjà, pour lui, Victoire était perdue. Elle l'avait été dès qu'il avait senti sa jambe lui peser en traversant la cour. Il s'était dit, butant sur un pavé : « Plus jamais je ne me ferai mal à la patte dans cette fichue cour... »

Victoire ne lui parla de rien. Elle l'observait, au début de leur déjeuner, avec curiosité. Burgonde n'était pas « lui-même ». Au vrai, il s'émerveillait : « Si l'autre type lui a parlé, comme elle est forte ! S'il n'a rien dit, c'est lui qui l'est. A moins qu'il ne souffre, lui aussi, pourquoi pas ? S'il n'était pas qui je crois. S'il était, dans l'existence de Victoire, un nouveau venu ? Eperdu comme il m'est arrivé de l'être. Que faisait-il là ? Je l'ignore. Les explications honorables... C'était une de mes règles de vie, autrefois : Quand vous avez le choix, pour éclairer un mystère, entre plusieurs explications, choisissez toujours la plus honorable. »

C'est le moment où jamais. Ce garçon, mettons-nous à sa place, il avait vu surgir un type, passé minuit, avec des airs de proprio, de petit chef... Peut-être maintenant se rongeait-il ? Peut-être découvrait-il lui aussi que Victoire n'était pas aussi simple qu'il la croyait. Une femme, vous la prenez pour du linge blanc, repassé de frais. Mais si vous la dépliez...

– Adrien rêve d'une boutique, tu sais ? Nous la garderions à tour de rôle. On lui a parlé de quelque chose rue de Verneuil. Ça ne te semble pas trop chic pour le genre de ce que nous vendons ?

Il ne lui parla que le lendemain, rue du Dragon où il venait la chercher. Elle ouvrit des yeux froids.

– Le salaud ! Il va me payer ça. Il ne m'a rien dit.

– Le salaud ?

– Hubert, bien sûr. Qui as-tu cru voir ?

– Je ne suis pas supposé savoir qu'Hubert passe ses nuits chez toi.

– Oui, *ses* nuits, pas les miennes figure-toi. Il est à vau-l'eau. Son père est en train de mourir et ils ne se reverront pas. Olga téléphone chaque soir. Il m'a demandé s'il pouvait venir dormir quelques jours rue du Dragon en mon absence.

– Il était là quand nous sommes rentrés de Savoie ?

– Mais non ! Qu'est-ce que tu vas chercher...

Elle n'avait pas mis de conviction dans sa voix. Tout cela paraissait l'ennuyer : la sournoiserie d'Hubert plus encore que la jalousie de Burgonde. Elle réfléchit un moment, un verre à la main, puis :

– Tu sais, Hubert, c'est le père de Thérèse. Il est mon premier type. Il m'a... Il m'a faite ce que je suis. Je ne peux pas le considérer comme un ennemi ni comme une erreur. Tu comprends ça ? On-efface-et-on-recommence, ce n'est pas mon genre.

Burgonde était écœuré. Il n'eut plus envie que de marcher dans la rue, d'entrer dans un restaurant et de commander des plats lourds. Une passion de compromis le rendait impatient.

– Quand il m'a ouvert la porte...

Il se leva brusquement. A quoi bon ?

– Tu n'as pas faim ?

Ils descendirent l'escalier en silence. « Mon premier type ». Que fait-on avec un premier type, à une heure du matin, quand on arrive de Toulouse et qu'il n'y a qu'un lit dans l'appartement ? Burgonde avait envie de rire. Il ne poserait pas la question. Il avait assez vécu ; il savait qu'il ne faut jamais poser les questions auxquelles les réponses seraient vagues. Un homme et une femme, la nuit, quand la mémoire les enveloppe de son obscurité, cela ne se raconte pas avec des oui ni avec des non. Il savait aussi que silence et doute sont plus faciles à vivre que les réponses imprudemment sollicitées.

Ils mangèrent des escalopes et des pâtes chez l'Italien de la rue des Canettes. L'incident était clos. Burgonde ressentait ce que doit ressentir un homme surpris à pleurer, ou à injurier une femme dans la rue : ses gestes étaient cotonneux ; ses paroles, blanches. Il les entendait couler de lui. Il suivait sur le visage de Victoire l'éclosion et le cheminement de pensées désobligeantes dont il ne se formalisait pas. « Elle se sent indulgente, chaude, maternelle. Elle prend barre sur moi comme jamais ? Eh bien, roulons-nous dans la soumission ! » Il se découvrait si vulnérable : même en cas d'urgence, même pour sauver l'idée qu'il se faisait de lui-même il ne serait plus capable de ne pas aimer Victoire. Il éprouvait de la volupté à se laisser subjuguer. Il pensa : « A être le vaincu de cette Victoire... » Le chianti était frais, encore heureux !


Mais tout cela – le ski dans le brouillard et la soupe, Hubert en bras de chemise dans l'encadrement d'une porte – date de la fin de l'hiver et du printemps 1969. C'est en septembre, exactement le 17, que Rose arriva de New York, bouffie, la voix et la moue tyranniques. Burgonde l'attendait au bout des couloirs de la douane : il n'en crut pas ses yeux. D'autres adolescents reviennent de leurs vacances avec des coups de soleil ; Rose paraissait avoir pris des coups de rage et de dédain. Elle en avait le corps et le visage soufflés, gonflés de fureurs rentrées et contradictoires. Elle était drapée dans d'informes linges, d'amples chandails. Ses cheveux étaient tirés mais ses traits flous : une vapeur estompait leur expression ancienne. Quand Burgonde l'embrassa il fut surpris par la densité nouvelle de ce corps qu'il avait connu enfantin, par la carrure de Rose, sa force. Tout le temps qu'il se préparait à venir la chercher, et encore sur l'autoroute entre Paris et Orly, avaient roulé en lui des tendresses, des prévenances. Il allait la traiter en vraie grande personne, établir entre eux les rites et les complicités qu'on dit exister, élégamment équivoques, entre pères et filles. Equivoque : c'était excellent, ça, et Burgonde serait un père en or. Hélas, quand Rose fut là, l'or se transmua en plomb. « Me voilà un père de plomb, inerte, gris.» La petite, profil lourd, contemplait en silence tous ces ennemis personnels : humains d'Europe, habitants des pavillons de banlieue, bagnoleurs français dans leurs caisses cabossées et rageuses. Silencieux lui aussi, Burgonde vit se projeter devant eux un nouvel hiver consacré aux guets-apens. Il se rappela l'été 68, à Uzès, quand Rose patrouillait sur sa Mobylette, entourée d'une escouade de séducteurs aux yeux narquois. Et l'état où cette traque avait mis Victoire ! Les mois qui suivirent – ceux de la terminale – avaient paru presque légers à côté de l'espionnage estival : le lycée replongeait chaque année Rose dans les impuissances et les niaiseries de son âge. Mais cette fois, c'était fini.

Burgonde, comme tous les adultes embarrassés, alla au plus bête : il parla à Rose de ses études. Aussitôt elle montra les crocs. Ce n'est pas une façon de parler : Burgonde lui vit, de côté, les canines, que découvrait une grimace amère.

– Mais enfin, tu éprouves bien une envie ? Tu as des goûts ?

– La danse classique, mais j'ai l'air d'un pain de quatre livres, et la gloire des virtuoses internationaux, mais je ne sais pas taper *Au clair de la lune*. Pas de chance. Je ne possède pas les moyens de mes rêves : c'est comme ça qu'on dit ?

Ce soir-là, Victoire dîna une fois de plus avec Luce-et-Adrien. Après quoi Luce l'emmena au Batavia, un sous-sol où les dames jouaient à Berlin 1925 avec un zèle suspect. Burgonde et elle étaient rentrés d'Uzès depuis moins d'une semaine. Victoire avait habité l'hôtel Maussane, pour la première fois, pendant les quinze jours que Thérèse était allée passer chez son père : une gosse de six ans dans le Paris du mois d'août et les odeurs de crottin. « C'est trop triste... » répétait Lucienne. Thérèse était revenue enthousiaste : Hubert l'avait mise en selle sur un poney.

– Il est à moi ?

– Oui, puisque tu le montes chaque jour.

– Mais quand je ne serai plus là ? Je pourrai l'emmener ?

« Il va la déformer, à son âge ! lui arquer les jambes. Tu devrais intervenir.» Victoire avait échappé aux pleurnicheries de Lucienne en s'installant chez Burgonde. Elle s'était plutôt ennuyée : les mondanités vespérales l'embêtaient et elle savait mal user ces longues heures où elle restait seule, Burgonde enfermé dans l'atelier. Aujourd'hui, de retour, elle comprenait que ces heures vides avaient été heureuses. Les après-midi étouffants, les moustiques d'eau à la surface du bassin, la rumeur des rues, les criailleries des voisins qui se répondaient de cour en cour, c'était le film du bonheur maintenant que Victoire avait retrouvé rue du Dragon l'odeur de cheminée froide, et à l'entrepôt, les yeux bleuis, noircis, argentés de Luce, qui se maquillait de plus en plus à la folle et se trouvait trop à son aise au Batavia, au Riz-Pain-Sel, à l'Ange bleu.

Alors commença, entre Rose et son père, un nouvel épisode de leur interminable affrontement. A l'amertume et aux ricanements dont la petite enveloppait ses projets, on aura compris qu'elle s'apprêtait à commencer des études de sciences humaines. Ou d'anglais. L'année passa sans que Burgonde, au juste, le sût. Rose alla dans les cafés, mangea des pizzas, but du café au lait, lut Boris Vian, se mit à fumer, utilisa des mots nouveaux – des mots de gros calibre, dont elle chargeait sa bouche avant de refermer sur eux ses lèvres, hermétiques et dures comme une culasse. Elle usa d'un déodorant inefficace, puis cessa d'en user. Elle déploya des trésors d'imagination pour s'enlaidir, dans le même temps où l'envie des garçons la poignait. Quand elle était tombée amoureuse du fils Letourneur, au printemps 68, ou l'été qui avait suivi, avec tous ces frôlements autour d'elle, Burgonde avait cru à l'orage et à la métamorphose. Il s'était reproché de ne pas s'en soucier davantage ni poser de questions. Il s'était contenté d'écrire à Léa une lettre pleine d'allusions, d'humour, de libéralisme, de sagesse désabusée, etc. Sans doute s'était-il complètement trompé. Rose, à cette époque, se desséchait de solitude. Paule, Patricia : ces amitiés exclusives et guerrières avaient été le dernier rempart qu'élevait Rose entre elle et les garçons, elle et son désir. Patricia et Paule envolées, ou jetées à leur tour aux bras et au lit des hommes, Rose avait fait sa soumission. Pieds nus et la corde au cou elle était sortie de sa forteresse, avait choisi un compagnon et s'était constituée prisonnière.

Cette reddition triomphante supposait le secret. Telle est la règle en la matière. Mais le silence fait perdre son goût à la faute. Rose se consumait donc du désir de mettre la terre entière au courant de sa métamorphose et des maux délicieux et divers qui l'accompagnaient. Comment faire ? Burgonde fuyait tête-à-tête, explications, confidences. Et Rose savait vers quoi, vers qui il fuyait. Non content de refuser ses secrets à elle, Burgonde s'enfonçait béatement dans les siens. Avec sa science de vieux, ses faux airs, ses airs de ne pas y toucher – sans rien dire de cette tolérance autour de lui, aussi écœurante que le fric, et qui payait, comme fait le fric, de la liberté – Burgonde fermait les yeux et profitait des yeux fermés des autres. Ni vu, ni connu. Mais il ne voulait pas non plus voir ni connaître. Rose avait l'impression de partager la maison et les repas d'un aveugle. Charmant, au reste, l'aveugle. Elle se mit à le harceler. Burgonde fut lent à comprendre. Il prit les tentatives de Rose pour des incongruités. Il les mit sur le compte de son âge et de l'effervescence qu'il provoque. Et quand il commença de comprendre il feignit encore l'aveuglement – afin de prolonger sa paix.

Partout traînaient, sur n'importe quel meuble et jusque sur le sol, des lettres écrites par Rose et inachevées, ou d'autres, toujours signées de sigles ou de sobriquets mystérieux, à elle adressées. Burgonde, les premières fois, les replia, les glissa dans leur enveloppe, les posa sur le bureau de Rose, ou les lui remit en conseillant davantage d'ordre. Les portes claquèrent. Alors, les fois suivantes, il jeta un coup d'œil sur ces salades de points d'exclamation et de suspension. Il découvrit des confidences crues, des secrets, des audaces, tout cela – dans les lettres écrites par Rose en tout cas – étalé avec une innocence scabreuse qui l'ahurit. Enfin l'évidence le frappa : Rose, en désespoir d'aveux et d'échanges, l'*informait*. Rose lui parlait, s'adressait à lui par provocations interposées, feintes étourderies. Rose lui criait à sa façon ce qu'elle ne parvenait pas à lui dire. Au lieu d'être ému, Burgonde se raidit. Il ricana. Un matin, comme il allait chez le photographe chercher des diapositives de ses peintures, Rose lui confia un ticket et lui demanda – sourire tendre – de retirer en même temps ses développements qui devaient être prêts. « Avant de les payer, vérifie s'ils sont bons ! » Dans le magasin, Burgonde ouvrit la pochette et regarda les photos : la moitié d'entre elles, plutôt médiocres, représentaient Rose et un garçon aussi nus que le cadrage permettait d'en juger, dans un désordre d'oreillers et de draps. Les joues chaudes – le type derrière le comptoir rigolait-il, oui ou non ? – Burgonde paya, sortit et alla s'installer au bar de l'hôtel Lutétia, distant de cent mètres. Là, assis à l'écart, il reprit les photos une à une, honteux de ses yeux attentifs, de ses doigts dont il voyait les empreintes se marquer sur le satiné des clichés. L'enfantine lourdeur de Rose ; la bouche au sourire tordu du garçon, comme d'un, en classe, qui chahute et n'est pas mécontent de lui : des mômes, des potaches un peu embêtés par la réussite de leur blague, mais farauds.

Des mômes ? Regarde mieux. Et rappelle-toi. L'hiver de la drôle de guerre, cette petite que tu appelais le Renoir (et ça l'agaçait, la gosse, ce masculin, sans compter que chacun sait cela : les filles de Renoir ont les joues rouges et sont grassouillettes). Etait-elle tellement plus âgée que Rose ? Trois mois ? Six ? Tu crevais de peur : on parlait encore de « détournement de mineure », il y a trente ans. Il est vrai que tu avais la peau tendre, à l'époque, toi aussi. L'impudeur du Renoir, l'as-tu oubliée ? Ce sont des diablesses à cet âge. Tu la traitais aussi de « succube » et à tout hasard elle baissait la tête en levant les yeux, ce qui lui seyait, bien qu'elle n'aimât pas le mot, il faisait sale, mais tu le lui glissais toujours dans des circonstances, des positions... Les photos, vous auriez pu inventer ça, elle et toi, cet hiver-là. Ne dit-on pas que c'est classique, entre amants ? Alors, aujourd'hui, ne tremblote pas. Le barman t'observe.

Au Cafard, Burgonde posa l'enveloppe jaune contenant les photos sur le bureau de Rose et prétexta pour ce soir-là un dîner. Il ne voulait pas se retrouver seul en face de sa fille. Il eût fallu s'expliquer, et que dire ? Elle lui faisait pitié, mais la tendresse ne suivait pas ; il se sentait devant elle engourdi d'embarras et de froid. A partir de là, loin de s'apaiser la guérilla s'intensifia. A chaque provocation ou maladresse de Rose, Burgonde sentait s'enlacer en lui colère et compassion. Quand leur flux se retirait, la curiosité les remplaçait : « Que va-t-elle encore inventer ? » Adepte acharnée du tour de clé, Rose se mit à laisser toutes les portes entrouvertes. Sa réserve, si farouche qu'on en riait, se changea en impudeur et sournoiserie : il eût fallu que Burgonde marchât les yeux fermés dans les couloirs pour ne pas apercevoir Rose, plusieurs fois le jour, à demi nue. Elle inventa vingt façons d'imposer à la maisonnée la familiarité de son corps, de son linge, une brutalité nouvelle de son langage et de ses gestes, des sous-entendus et des fautes de goût auxquels son extrême jeunesse prêtait un caractère vaguement révoltant. Pauline, elle non plus, n'osait rien dire. Elle croisait le regard de Burgonde et y cherchait un conseil. Burgonde se fermait, se taisait, s'assourdissait. Oui, c'est cela, à la fois il feignait de ne rien voir ni entendre et il se faisait gris, invisible.

Ce malaise que traversait Rose, et la parade qu'elle inventait pour en guérir, étaient d'autant plus troublants qu'ils affectaient un personnage désarmé. La fille de l'été 68, insolente, installée dans sa beauté du diable, eût affolé n'importe quel homme – à commencer par son père – si elle eût fait le quart de ce qu'osait la Rose ingrate et molle d'aujourd'hui. Sur ses traits, jusque dans son langage et ses gestes on pouvait suivre désormais la bataille entre la révolte et le doute. Elle prononçait des mots de femme, des mots de liberté, mais l'on ne pensait, en l'écoutant, qu'à son désespoir. Ce désespoir des êtres très jeunes, insondable, inexplicable, qui bouillonne au fond d'eux et perce parfois en paroles brutales, crises de larmes, courroux, malaises de peau. Burgonde aurait voulu prendre Rose dans ses bras, la consoler comme une enfant, mais en même temps il n'avait aucune envie de cette étreinte, ni de prodiguer des consolations.

Il ne parlait plus de Rose à Victoire. Du moins le croyait-il. Rose était en lui comme une zone de silence et de vide. Une empreinte en creux. Il la contournait. Victoire savait quelle place occupait Rose au soin que mettait Burgonde à feindre de l'oublier, à nier son existence.

Cette détresse si banale, si profonde, Victoire eût voulu en faciliter l'aveu à Burgonde. Puis, comme devant les malades on pense à son propre corps, elle se demandait : « Thérèse, elle aussi, me déclarera-t-elle un jour la guerre ?... » La question la faisait rire. Thérèse vint passer les vacances de Pâques à Paris. Quand Victoire l'annonça à Burgonde elle vit son visage changer.

– Elle sera avec toi rue du Dragon ?

– Où veux-tu... ?

Victoire mit un moment à admettre que la présence de la petite fille pût déranger Burgonde à ce point. Elle chercha des explications. Elle ne pensa pas tout de suite à la seule bonne : que Burgonde ne pouvait pas se priver de ces deux heures qu'il passait chez elle, chaque jour, au début de l'après-midi. La date des vacances scolaires approchait. Victoire débaucha l'artisan qui travaillait sur un chantier d'Adrien et lui donna, toute affaire cessante, les deux pièces de la rue du Dragon à repeindre. Forte de cet alibi – ensuite, l'« odeur de peinture » ferait l'affaire – elle téléphona à Hubert pour lui demander d'accueillir Thérèse au manège ; elle dénicha en un tournemain une cousine Longrupt, étudiante désargentée, qui accepta de passer deux semaines chez le capitaine afin de garder Thérèse. Elle était mignonne, la cousine, et Victoire se demanda si Hubert lui apprendrait sa façon sérieuse et disciplinée de faire l'amour. Demi-sourire. Pincement au cœur. Au cœur ? Hubert, abasourdi, laissait des silences s'éterniser au téléphone. Burgonde, lui, ne reparla de rien. Il paraissait avoir oublié ce projet. Il s'habituait mal à buter sur le capitaine à chaque détour de la conversation. Quant au peintre, rue du Dragon, il le trouva presque aussi dérangeant que l'eût été Thérèse. Les meubles étaient entassés loin des murs, sous un drap. Burgonde resta planté sur le seuil, dépité. Victoire le tira par la main à l'intérieur d'une pièce – le peintre travaillait dans l'autre – et ferma la porte. Elle avait soulevé un coin de la bâche de protection et posé la bouteille, la glace et les verres sur la moquette. Elle s'assit en tailleur, prépara les whiskies et tendit le sien à Burgonde. Ils entendaient le type, de l'autre côté de la cloison, déplacer son échelle, siffler un tango. Il leur semblait aussi percevoir à travers le mur comme les caresses liquides du pinceau. Burgonde but trop vite et se versa un second verre. Il parlait flou et avait du mal à répondre à Victoire qui connaissait bien cet air patient, buté. Elle ne fut pas trop étonnée quand Burgonde l'attira vers lui. Elle se laissa embrasser. Ils étaient assis tous deux par terre dans l'odeur de laque et la lumière brutale : les rideaux avaient été retirés de la fenêtre. Ils devinaient la présence du peintre à des bruits confus, à ses pas étouffés par les bâches, à ce silence – quand il s'arrêta de siffler – comme s'il tendait, lui aussi, l'oreille vers eux. Parce qu'ils étaient tous deux habillés, et à cause de la lumière froide, les gestes de Burgonde avaient quelque chose de licencieux et d'obstiné qui ne lui ressemblait pas. Victoire, les yeux ouverts, le regarda en plissant le front. Il ne la rudoya qu'un instant car tout de suite elle le laissa faire. Le type traîna son échafaudage, parla tout seul, se mit à chanter. Il vint même rôder un instant dans le couloir. Victoire crut l'entendre souffler derrière la porte comme fait un chien à qui l'on interdit l'entrée d'une pièce. Elle se sentait sèche et froide, avec la tête qui brûlait. La chose dura très peu, haletante, maladroite. Victoire alluma tout de suite une cigarette, se releva et, debout à contre-jour, de la fumée autour de la tête, elle se rajusta sans pudeur. Elle paraissait défier Burgonde, tristement. D'ailleurs ne souriait-elle pas ? Elle souriait presque toujours. Elle jeta sur Burgonde, sur son pantalon ouvert et ce morceau de peau blanche entre les linges, le châle qu'elle avait préparé pour sortir. Elle alluma une seconde cigarette, se pencha et la glissa entre les lèvres de l'homme. Dans ce mouvement elle fut un instant très proche de lui et Burgonde, d'un regard, crut entrevoir une autre Victoire, plus nue, aux traits marqués. « Dans dix ans, pensa-t-il. Dans dix ans elle aura ce visage... »

Il se releva lourdement. Quand il voulut aller jusqu'au cabinet de toilette Victoire l'arrêta d'une phrase :

– L'échafaudage bloque la porte...

C'étaient leurs premiers mots depuis un quart d'heure. Burgonde se tourna vers le mur pour se reboutonner. Il ramassa le châle, en secoua la poussière et, comme ils s'apprêtaient à sortir, le posa sur les épaules de Victoire qui s'en enveloppa. Quand elle sentit sur sa nuque, inattendu, ce contact tiède et un peu gluant, comme d'une éclaboussure, ou d'une chiure d'oiseau, elle ne put s'empêcher de frissonner. Un frisson qui la secoua tout entière. Mais dans la pénombre de l'entrée, avec le peintre qui leur souhaitait bon appétit, Burgonde ne remarqua rien. Ils trouvèrent dans la rue la première chaleur, déjà lourde d'odeurs de légumes et de gaz d'échappement. « Pourquoi diable ai-je pris ce châle ? » dit Victoire. Elle l'oublia, au restaurant, sur la banquette, et ne rebroussa pas chemin quand, la main de Burgonde emprisonnant son épaule, elle s'aperçut de son oubli.

Souvent Burgonde s'exerçait à vieillir. Il souffrait du décalage qu'il lui semblait percevoir entre son âge réel et celui qu'il croyait paraître. Quand il marchait dans la rue, entrait dans un magasin, s'asseyait à une table il était sûr – sûr avec chaque fibre de sa chair, chaque fragilité de son caractère – qu'un jeune homme longiligne et sauvage marchait, saluait, s'asseyait. S'il se taisait si volontiers en société, c'est qu'il trouvait naturel qu'un garçon inexpérimenté (et passablement timide) se tînt « à sa place ». S'il prenait la parole il était toujours surpris que se fît aussitôt un silence d'attention. Il lui fallait la rencontre de son reflet dans son miroir, ou les égards indifférents d'un interlocuteur de vingt ans, pour accepter, mais avec incrédulité, l'évidence de son aspect et de son âge. Il enviait les gens sûrs de leur fait, habitués à occuper surface et volume. En cas de besoin il était capable de cruauté, de vitesse, de colère, de traîtrise, mais la pesanteur lui répugnait. « Votre œil de peintre », lui disait-on. Au vrai, il se tenait à l'écart et observait, non pas en peintre, mais en adolescent craintif. Parfois il se taisait si longtemps que ses mots, lorsque enfin il parlait, lui paraissaient embourbés encore dans la bouillie originelle, antérieure à tout langage, à toute pensée. Les rares fois où il avait accepté de participer à un colloque il s'était enfui avant que ne vînt le moment d'ouvrir la bouche.

La gêne que provoquaient ses silences, il n'en était pas conscient. Ou s'il l'était il se mettait à discourir hors de propos, comme le jeune homme qu'il croyait être. Les regards qui se posaient alors sur lui le faisaient bredouiller : il avait brusquement l'air d'un gamin, en effet. Un gamin gris, à rides profondes. Il jurait qu'on ne l'y reprendrait plus.

Tout ce printemps de 1970 il prit l'habitude de regarder Rose. Cela avait commencé, le 17 septembre de l'année précédente, par son profil, dans la voiture entre Orly et Paris. Il dut se contenter longtemps du profil : Rose n'offrait pas volontiers son visage. Burgonde essayait de comprendre comment la petite avait fait pour se fermer à ce point, se rendre illisible. Ce n'était pas seulement de l'hostilité, ni le dédain sans cause des adolescents ; c'était une version renouvelée de son propre mutisme, sous lequel Burgonde reconnaissait ses fureurs rentrées, sa gaucherie. Fasciné, il observait Rose, son menton devenu plus pesant, ses yeux que voilait une buée, son teint pâli, ses lèvres gercées, serrées. « Je m'abîme dans la contemplation de ma fille... » Le double sens du mot ne le trompait pas : il lui semblait que ce regard gâchait quelque chose, en lui-même comme en Rose.

De Rose il passa à Victoire. Plus vive, elle se tournait vers lui en secouant ses cheveux. On eût dit qu'elle faisait apparaître à volonté l'or qui pailletait ses yeux, comme on allume une lampe.

– Tu as l'air de me juger, disait-elle.

– Je t'apprends, répondait Burgonde. Je fais provision de toi.

– Tu comptes me lâcher, mon salaud ?

Et hop, elle allumait ses yeux.

Burgonde commença à accumuler des dizaines et des dizaines de visages. Il se disait à soi-même « Visages », à défaut d'autre mot. « Portraits » n'eût pas convenu puisqu'il ne cherchait à attraper aucune ressemblance. S'il partait du profil de Rose il arrivait immanquablement à un dessin qui pouvait passer pour une évocation de Victoire : Victoire dans le sommeil, Victoire dans le soleil, Victoire dans le plaisir – mais jamais Victoire aux yeux ouverts. Jamais ses yeux allumés. Allumés-allumeurs. Chaque tentative finissait par ressembler aux précédentes : un profil obstiné associé à une face de noyée. Une sorte de dessin composite à vocation documentaire, anthropométrique ; une femme aux yeux clos, face et profil. Mais la face appartenait à l'une et le profil, à l'autre. Deux nez, trois paupières baissées, le même flou des cheveux. Seule nuance : la bouche de Rose était serrée alors qu'entre les lèvres de Victoire passait un souffle, ou un soupir, ou un nom, ou aussi bien un refus... Burgonde varia la taille, les procédés. Il passa du crayon à l'encre, puis au fusain. Il composa des dessins de plus en plus grands. Des Janus Bifrons — mais il ne pouvait pas imaginer deux profils opposés. Il lui fallait, entre les deux visages, ces quatre-vingt-dix degrés. Ni le face-à-face de l'amour, ni le parallélisme du compagnonnage, ni le dos-à-dos de l'indifférence : seul cet angle droit le satisfaisait. Il eût pu joindre chaque élément du profil à l'élément correspondant de la face par un pointillé. Il devenait l'archiviste ou l'architecte de son obsession. Jamais, depuis les interminables exercices de l'Ecole devant les plâtres, il n'avait plus exploré le visage humain. Comme à presque tous les peintres de son âge, une pudeur — ou la mode ? — lui avait interdit le portrait, l'imitation, la ressemblance. Même en famille il n'avait jamais risqué de croquis de Léa, de Rose, de Frédéric. Il avait peu à peu rompu tous ses liens avec le dessin. Il avait désappris de dessiner sans être conscient que l'époque seule, et non sa volonté, lui imposait cette mutilation. Il se réveillait aujourd'hui comme un amputé après l'opération qui lui a coûté un bras. Il enrageait de sentir ses dessins lui résister, se dérober. « Quand ai-je dessiné un visage pour la dernière fois ?» La vérité creva soudain ses digues : il se revit, sortant de la clinique où son père était mort dans la nuit, montant dans le taxi qui avait amené une famille en larmes et errant de rue en rue à la recherche d'une papeterie, à l'ahurissement du chauffeur. Il avait fait empaqueter soigneusement ses achats, tout à la honte qu'on le vît regagner le mouroir de la clinique avec un carnet à spirales et des crayons. Il avait fait trois dessins de son père : le visage, deux fois, et la main droite posée sur le drap. Ses propres mains étaient glacées et il avait comparé, il s'en souvenait, l'élasticité de leur peau à celle des mains de son père, et les taches brunes qui les maculaient à celles, plus larges, plus sombres, dont il lui semblait qu'elles avaient de tout temps marqué les mains maigres, tendineuses et légèrement tremblantes de « Monsieur Burgonde ».

Il mit la réserve du Pataud sens dessus dessous pour retrouver ces trois dessins. Il faillit ne pas ouvrir cette grande enveloppe jaune simplement signalée par une date : « 15 septembre 1958 ». Il déchira l'enveloppe et punaisa deux des trois dessins — les visages — au-dessus de sa table. On ne dessine jamais, parce qu'on ne la voit jamais, la face des morts. La vie est verticale, et on la regarde les yeux dans les yeux ; la mort est un profil allongé, aux chairs affaissées, et sans regard. C'est pourquoi nous fascinent les moulages pris sur le visage des cadavres : nous les tenons et retournons entre nos mains ; nous contemplons l'image interdite des morts. La dimension sacrée, magique, du vieux rêve des peintres cubistes de voir les objets dans leur totalité. Connaître la totalité d'un mort ? Il y faudrait plus qu'un survol, qu'une acrobatie. Il faudrait flairer la putréfaction déjà commencée des viscères, savoir à quel rythme et selon quelle chimie va s'avarier cette masse de chair qui a cessé de palpiter et de souffrir. Et tout cela, malgré l'inertie apparente du cadavre – qui appelle d'illusoires comparaisons avec le marbre ! –, est en vérité indiscernable grouillement, préfiguration du proche pullulement, de cette convulsion sourde de la terre que l'on imagine, malgré ciment, bois, plomb, infiltrée jusqu'au capiton satiné du cercueil, humide, grasse, et collaborant à la pourriture de la matière humaine.

– C'est cela ! C'est cela !

La main de Burgonde, maintenant, allait moins vite que sa vision. Des images frémissaient en lui, se superposaient, s'enchevêtraient, qu'il s'efforçait d'ordonner. Non pas de reproduire – c'eût été impossible – mais de capter pour en nourrir ces dessins qui paraissaient n'être, qui n'étaient que le visage usé d'un très vieil homme au nez proéminent, aux joues creuses, dont les orbites contenaient des yeux sans pupille, iris ni cristallin, des yeux blancs, aveugles et sereins. Le difficile, c'était de dessiner d'un trait ferme, sans lyrisme ni excès d'aucune sorte, et d'être pourtant fidèle à ce désordre de sentiments, de souvenirs et de paniques qui le traversaient. Burgonde essaya de faire en lui comme autour de lui le vide, pour mieux laisser éclater le vacarme. Il s'aperçut à peine qu'il était passé du fusain au lavis, par besoin, sans doute, d'un mouvement de la main plus rapide et silencieux. Le soleil, en tournant, était venu se poser sur son travail sans qu'il pensât à baisser le store. Il mouillait si abondamment son dessin que le papier cloquait : la peau du vieil homme bourgeonnait d'une misère supplémentaire. « Douze ans ! Comment ai-je pu... » Il voulait dire : comment ai-je pu, tout au long de ces douze années, oublier que ce visage m'habitait ? Comment n'ai-je pas été hanté, de jour comme de nuit, par ce visage aux paupières soudées ? Les trois dessins enfermés dans l'enveloppe ; l'enveloppe enfermée dans un carton ; le carton enfermé dans le cagibi du Pataud : que de soins ! Au visage il ajouta une onde de cheveux – mais ce n'était pas Rose. Il desserra les lèvres – mais aucun souffle ne sortit d'elles. Alors il sut qu'il ne pourrait rien apprendre du visage qu'il essayait de recomposer s'il en acceptait l'immobilité et le sommeil. Mort, son père avait cessé de lui faire peur et mal. Le souvenir qu'il avait cherché à oublier – images trois fois enfermées – était celui de la souffrance : râles, odeurs, suffocations – et cette abominable colique, en lui, cette débandade de ses forces, cette torsion de ses tripes. La mort ? Non : l'agonie et les échos de l'agonie. Il avait souhaité, appelé la mort. Il l'avait bénie quand enfin elle avait frappé, parce qu'elle le délivrait de sa pitié et de sa peur. Mais aujourd'hui ce n'était pas la délivrance qu'il voulait peindre, mais la captivité ; le tête-à-tête avec l'insoutenable promesse.

Quand le téléphone sonna et qu'il décrocha, répondit – c'était Victoire – il était hagard. Il ne parvint pas à discipliner tout à fait sa voix. Il devina l'étonnement de Victoire mais ne fit rien pour le dissiper. Il écoutait, au bout du fil, la voix légère, les mots de tous les jours : « Tu es loin ? Tu as l'air loin. Où es-tu ? » Les absents ont toujours tort.

Quand il eut raccroché il fut incapable de reprendre son travail. Il mit de l'ordre sur la table, reboucha les flacons, fixa les fusains. « Quelque chose de cassé... » Il répéta plusieurs fois les quatre mêmes mots, sans savoir au juste ce qu'ils voulaient dire. Où qu'il fût monté, il en était retombé aussi vite et se retrouvait appauvri, dérouté. La douzaine de visages posés ou suspendus autour de lui le troublaient. Il ne voyait plus en eux la certitude fugitive qu'il avait échoué à saisir, mais son échec, rien que son échec. Il eut envie de rire : « Je ne suis pas près d'être *visagiste*, se dit-il. Paysagiste, peut-être, mais visagiste, non. Décidément non. »

Il sortit et marcha un moment afin de dissiper l'excitation qui l'échauffait quand son travail avait été intense. Il lui fallait fatiguer cette légère fièvre dans l'anonymat de la ville. Le même périmètre, toujours – Raffet, Poussin, Beauséjour – parcouru d'une boiterie rêveuse ou obstinée. Ensuite seulement il pourrait faire la conversation ou retourner à sa solitude. Il choisit, cette fois, la solitude et il retrouva le Pataud sans trop d'anxiété. Rose ne dînait pas à la maison. Burgonde prévint Pauline qu'il rentrerait tard et, comme un soldat regagne son poste de guet, il enfila sa blouse, alluma les spots. Il connaissait cette démangeaison de retoucher son travail : s'il n'en profitait pas tout de suite elle s'apaiserait, et avec elle toute chance de pousser plus loin l'aventure. Il essaya donc de retourner à l'état d'attention d'où l'appel de Victoire l'avait tiré. Il n'en attendait aucun miracle, mais c'était le seuil à franchir, une sorte de sas d'où il entrerait sans étouffement dans le travail. Il ferma les yeux, les rouvrit, les ferma encore, attendant d'être saisi par ce glissement de plus en plus rapide qui était son état de grâce. S'il y parvenait il s'entendrait bientôt nommer, au fur et à mesure de ses gestes, chacun de leurs objectifs, sans doute comme viennent les mots à un écrivain qui les parle, pesamment, en même temps qu'il les trace, afin qu'un double soc laboure le silence de la page.

Mais rien ne rompit le silence.

Burgonde regarda sa montre : il était dix heures du soir. Depuis plus de deux heures il était assis sur le haut tabouret, occupant ses mains à des gestes infimes, à peine conscients. Sentinelle sans arme ni ennemis. Il se leva, ankylosé. Il pensa aux deux ou trois heures qui le séparaient encore du sommeil. Il forma le numéro de Victoire et laissa longtemps la sonnerie retentir dans l'appartement désert.


Burgonde est ainsi fait que ses plaies ne cicatrisent jamais complètement. Un suintement, une douleur sourde : ses bobos durent et s'enveniment. Mai et juin passent dans une hâte sans cause. Victoire s'en va, revient, évoque avec trop de feu des choses et des gens qui n'intéressent pas Burgonde. Rose tourne autour de lui, de plus en plus proche : gentillesses concentriques, silences calculés, sourires. De plus en plus de sourires. Quand Burgonde est seul il surveille au fond de soi une présence. Les gens vous disent, en guidant votre index vers un morceau de leur corps : « J'ai une grosseur, là, tu ne la sens pas ? » La *grosseur* de Burgonde, c'est le soupçon – pas même : l'hypothèse selon laquelle Victoire ne serait pas ce qu'elle paraît être. Moins une pensée que le cheminement imperceptible d'un mal peut-être imaginaire, peut-être latent, qui un jour éclatera. Quand Victoire est là, la santé règne. Elle rit, elle fait briller ses yeux, elle retire son jean avec ce drôle de déhanchement, le même, probablement, qu'avaient les femmes adultères 1900 pour s'extraire en hâte de leur corset. Elle apparaît alors presque nue, avec des chaussettes bleues ou rouges, les seins à peine plus pâles que le ventre et les épaules. Elle entre dans le plaisir comme dans un jeu ; elle en sort comme d'un jeu, essoufflée, le sang aux joues. Le soir, quand il se retrouve seul, les souvenirs de bonheur fermentent en lui et empoisonnent Burgonde. Sa joie tourne ; on dirait du lait, des fruits par temps d'orage. Il n'allume qu'une lampe du salon et il reste longtemps, dans la pénombre, à écouter les bruits de la maison, à battre des narines aux odeurs de viande ou de poireau. Quand Rose arrive elle dit : « Toi, tu as besoin de lumière et de conversation ! » et elle installe dans le Cafard son désordre ; elle monte et descend l'escalier, pieds nus, en frappant du talon. Pourtant ses gestes ont gagné du moelleux. C'est presque indiscernable, un nuage et son ombre passant sur la campagne, des instants où l'attention de Rose se relâche, où sa main se pose sur le bras de son père. S'en aperçoit-il ? Il est si enfoncé en lui-même que peut-être il ne remarque rien. Il est plus à l'aise avec Rose qu'il y a six mois – c'est tout. Il se départit peu à peu de cette vigilance à quoi elle le contraignait. Il l'observe moins et ne sent pas, rivé à lui, le regard de Rose qui à son tour l'observe. Quand Victoire n'est pas à Paris, ils vont au cinéma, à la dernière séance, au Mayfair ou au Ranelagh, d'où ils reviennent à pied par les rues du quartier. Ainsi c'est à Rose, un soir, que Burgonde annonce le titre qu'il donnera à la série de ses dessins et de ses peintures en cours : les *Agonies*. C'est Rose qui lui demande s'il a toujours titré ses expositions. Ils sont avenue Mozart, il est minuit et des parfums du début d'été viennent de l'ouest, du Bois. Burgonde dresse la liste de ces titres – *la Forêt d'Orient, Déserts, les Ciels, Egyptiennes* – et au fur et à mesure qu'il remonte le temps il a plus de mal à les expliquer, ces mots choisis pour leur sonorité, leur or, leurs brumes, les résonances qu'ils éveillaient. Un serrement de cœur surprend Burgonde quand il arrive aux jours d'avant Rose, à l'époque où Léa, le visage couvert de taches de rousseur, attendait la naissance de Frédéric dans un jardin où tremblait le soleil, et le père de Burgonde venait les voir, il arrivait sans prévenir, il embrassait sa bru, posait le doigt sur le front, les joues de Léa et disait en riant : « Vous aussi ! » Puis il désignait son propre front, ses mains : c'est ce jour-là qu'il leur avait appris l'expression « fleurs de cimetière ». Burgonde pense qu'elle ferait un beau titre, elle aussi. Mais Levi-Monzi le traiterait de fou.

– A quoi penses-tu ?
– Aux titres. Il paraît qu'il les faut un peu « commerciaux »...
– Eh bien, les tiens, on fait mieux !
Silence. Odeurs des tilleuls. Double bruit de pas : bancal pour Burgonde, un peu trop garçonnier pour Rose. Puis la voix de Rose, moqueuse :

– C'est vraiment à tes titres que tu pensais ?

Burgonde hésite. Il pourrait sourire dans le noir – sa voix en serait changée – et se dérober. Mais non, tant pis, il se risque à répondre (et dans cet élan d'honnêteté il triche encore puisqu'il ne dit pas à quoi véritablement il pensait : à la lente mort de la peau humaine, à son père, à Léa, aux miroirs...).

– Tu as raison. Je pensais au décalage entre nos intentions et nos œuvres. Pour être précis : entre la peinture que je rêve de peindre et celle que je découvre quand je l'ai terminée.

– Il doit quand même y avoir de bonnes surprises ?

– Non, jamais.

La réponse est tombée, cruelle, froide. Mais cruelle pour qui ? Burgonde devine la crispation de Rose et son embarras. Elle ne sollicitait aucune confidence, ni cet aveu de faiblesse. Il faudrait reprendre les mots, comme des cartes, et jouer le coup autrement. Mais Burgonde laisse retomber le silence. Il en veut à Rose, et ce ressentiment est absurde, d'avoir provoqué sa maladresse. Ils remontent maintenant la rue de l'Yvette. Vite, la maison, le baiser du soir, la solitude. Ils se séparent gauchement et Burgonde referme la porte de sa chambre, s'y adosse, réfléchit. Il cherche autour de lui, comme on cherche un objet égaré, une raison d'espérer, d'attendre. Attendre quoi ? Victoire est quelque part du côté de Vierzon : une maison à visiter, une « succession ». Avec Adrien. Frédéric n'a pas écrit depuis deux mois. L'été est là, odeurs et chaleur, nuits courtes. Au Pataud règnent la lumière verte du tilleul, les parfums verts d'anciens feux. Continuer : il faut continuer. S'acharner. Avoir peint une centaine de ces visages aux yeux morts pour en choisir trente – les « meilleurs »... Les meilleurs cadavres ? Les meilleurs cauchemars ? Les râles les plus pathétiques, les respirations les plus sifflantes du vieil homme en perdition dans la chambre aux odeurs sucrées d'urine. Où Victoire dort-elle cette nuit ? Quel hôtel de Bourges ou de Vierzon ? Elle aura regagné sa chambre après le dernier verre bu dans un bar de chêne rustique, avec le shaker, les petits drapeaux, les fauteuils club, les voyageurs de commerce, et dans un coin l'inévitable couple irrégulier, une divorcée aux paupières bistre. Adrien ? Adrien et Victoire, et des regards qui traînent sur eux, des supputations, l'histoire qu'on leur invente, le léger baiser qu'ils échangent sur le seuil d'une chambre dans un couloir à la moquette fatiguée. Des raisons d'espérer ?

Un bruit furtif, un pas : Rose est dans l'escalier et Burgonde, un instant, croit qu'elle va frapper à la porte et le rejoindre.

Mais non, le glissement s'éloigne. Peut-être Victoire a-t-elle téléphoné ? Pauline, le soir, prétend ne pas entendre la sonnerie. Ecoute-t-elle, Victoire, comme fait Burgonde, des pas dans un couloir et imagine-t-elle qu'on va frapper à sa porte ? S'est-elle, comme lui, allongée sur son lit sans se dévêtir ? Pourquoi n'est-elle pas ici, ou lui là-bas, à Vierzon, à Bourges, dans la même nuit tiède où croît et décroît parfois le bruit d'une conversation, au rythme d'un retour tardif, d'une intrigue, d'une scène chuchotée ? Des rires ? Des phrases ? Des présences, en tout cas, d'insolentes et sournoises présences qui pénètrent la solitude d'un homme allongé dans sa chambre, et qui rêve. Chaque passage de lumière prend place dans son rêve, devient signal, appel, éclat de soleil saisi dans le mouvement d'une vitre. Murmures d'amoureux enlacés sur le trottoir, bribes de confidences, les voix elles aussi deviennent des épisodes d'un songe, irréelles et réelles, que Burgonde chasse mais qui reviennent, insistantes. Que disent-elles ? A qui appartiennent-elles ? Peut-être à Victoire. N'est-ce pas Victoire, cette jeune femme allongée dans une chambre inconnue – il faudrait voir ses yeux pour être sûr qu'elle est Victoire, mais le visage reste dans l'ombre – qui se tourne vers lui avec ce mouvement d'encolure qu'on voit aux chevaux, aux chiens, ce long ploiement si gracieux qui agrandit les yeux et chavire le cœur – les yeux de Victoire, le cœur de Burgonde – et lui dit : « Puisque tu n'es pas ici... Pourquoi n'es-tu pas ici ?... » Alors Burgonde voit dans l'ombre un homme au visage aussi sombre et flou que celui de Victoire – oui, Victoire, puisque c'est bien sa voix – un homme au corps blanc, musculeux, comme d'un terrassier qui creuserait le sol d'une grotte, ou d'un maître nageur condamné à la lumière glauque d'une piscine, et cet homme est nu, appuyé sur ses bras tendus, dressé au-dessus de Victoire, et de l'ombre où se trouve son visage une voix s'élève, non pas une voix mais des mots, inscrits dans une bulle comme aux héros des bandes dessinées, des mots que Burgonde épelle syllabe après syllabe, chaque syllabe claire, évidente, et pourtant le mot ainsi formé n'est qu'une onomatopée barbare à laquelle il est impossible de trouver un sens. Mais le mouvement de l'homme sur Victoire s'accélère, s'amplifie – ruades, poussées brutales, coups de reins auxquels répondent les contorsions du corps de Victoire, qui donnerait tous les signes de la jouissance la plus impudique, n'étaient ce cou tordu, ce visage détourné. Burgonde n'a jamais vu Victoire jouir ainsi, de loin, comme à travers une vitre ou dans un jeu de miroirs. « Est-ce moi ? » se demande-t-il. Mais l'épais torse blanc où roulent les muscles n'est pas le sien, il le sait, malgré les pulsions qui ébranlent ses hanches, malgré cette insurrection de ses humeurs qu'il sent gronder à la racine de son corps, cette impatience de volcan, perceptible même au plus noir de son sommeil, au plus confus de son rêve, cette lave, en lui, cette fusion, en lui, et non dans la brute sans visage enfoncée dans Victoire ouverte, éventrée, désarticulée, qui hurle maintenant un long cri muet répété autant de fois que Burgonde sent éclater le feu, jaillir le foutre dont la crème chaude coule sur lui, souille son linge, dans la colère incrédule du réveil et le silence de la maison.

Un peu plus tard il se lève sans allumer la lampe et, debout, retire ses vêtements, son linge poisseux. Il les laisse tomber sur le sol. A tâtons il se dirige vers la salle de bain et, toujours dans l'obscurité, ouvre des robinets, se glisse sous la douche. Il y reste longtemps, visage levé dans le jet presque froid, ses deux mains frottant interminablement le savon sur son ventre, ses cuisses, malmenant son sexe rabougri. Sa tête est claire, ses pensées précises. Victoire ne doit rentrer que le surlendemain et Burgonde ne prend pas la décision, il la trouve installée en lui : il partira demain. Où ? Ce n'est pas le plus important. Peut-être reviendra-t-il bientôt ; peut-être restera-t-il absent tout l'été. Uzès ? Il sait déjà qu'il ne retournera plus là-bas. Uzès appartient à Victoire. Victoire qu'il a profanée, roulée dans la bestialité du rêve. Victoire qui n'a pas pu, où qu'elle soit, ne pas le voir, fût-ce dans un rêve en quelque sorte parallèle au sien, complémentaire du sien, du fond duquel elle l'appelait à son secours et le regardait.

Une part de lui raisonne et cherche à le disculper. Ne dormait-il pas, sa main n'était-elle pas abandonnée quelque part sur le couvre-lit ? Mais on n'est pas innocent de ses rêves. Burgonde pense-t-il être étranger aux songes qui le traversent quand il peint, lorsqu'il essaie de les capter au passage ? Et comment comparer au feu un peu de cendre chaude... Une force en lui a voulu souiller Victoire, et cette force a régné, seule, sur ces minutes de mauvais sommeil. Au mieux il s'agit d'un signe, des coups que frappe le destin quand la pièce est sur le point de s'achever – mais personne ne veut les entendre ; seuls comptent les trois coups du régisseur, le brigadier haut levé, la solennité dérisoire des commencements. Burgonde se hâte vers le dénouement. Plusieurs fois il a pensé qu'il lui serait plus facile de perdre Victoire que de la mériter. Aujourd'hui le choix s'impose à lui, qu'il aurait dû faire déjà la nuit où, sur le

seuil de la rue du Dragon, il a vu surgir Hubert. Du navrement qui l'accablait, enfant, après chaque masturbation, et dont il reconnaît en lui l'amertume, l'assèchement, une colère monte. Contre Victoire, actrice involontaire de ces fours successifs ; contre lui, qui a donné la réplique avec une soumission inacceptable. Mais la délivrance est à portée de main. Jouet qu'on brise. Bagnole en panne qu'on bazarde. Enfin le vide, le neuf ! A sept heures il est debout. Il annonce à Rose, au-dessus du thé et de la confiture, son départ :
– Tu viens avec moi ?
– A Uzès ?
Elle le lui a demandé sans lever le nez de sa tasse.
– Non, quelque part en montagne. J'ai envie de montagne. Si tu veux, je pars en éclaireur et tu me rejoins dans quelques jours, après ton oral. Tu dois bien passer un oral ?
Tout s'organise avec une aisance inespérée. Il frémit d'impatience.
– Il n'y aura personne, que nous ?
– Personne.
Ce n'est qu'à la discrétion avec laquelle Rose beurre son pain et baisse les paupières que Burgonde se demande s'il ne vient pas de se faire prendre au piège. Mais c'est une question vague, légère ; elle le traverse et se dissipe sans avoir eu le temps de le troubler.

Quand Levi-Monzi annonça qu'il comptait rendre visite à Burgonde dans son alpage suisse, ses associés haussèrent les épaules. On entendit bouger les colliers de Baby, ses bracelets. Dès qu'un sentiment vif l'habitait, elle vibrait et tintait à la façon du gréement des voiliers quand le vent souffle sur un port. Pourtant ce fut Ludovic qui, une fin d'après-midi, apparut au col des Cerniats.
– Je voulais avertir mais les bureaux de poste étaient déjà fermés. Avez-vous même le téléphone, dans ce désert ?
Oui, il y avait le téléphone. C'était un chalet d'alpage couvert de tavillons gris, aux ouvertures rares, adossé si étroitement au flanc ensoleillé du col que la neige, en hiver, devait l'ensevelir complètement.
En chemise de fil et chaussures basses, Ludo frissonna. Il regardait où il posait les pieds. Rose l'observait sans gentillesse.

– Rassurez-vous, il n'y a pas de bouses de vache. Ce n'est pas une étable, ici, c'est l'ermitage d'un sage.

– Où est le sage ?

– Où sont les sages à la mode : en Orient. Ou au Désert. Avec une énorme Land Rover, des réserves d'herbe et une compagne libérée.

Ludo jeta vers Rose un regard oblique. « Toi, ma fille, tu parles avec les phrases de ton père. Et tu as le cul trop large pour la ramener. » Il se tut et fit l'aumône d'un sourire. Son charme ne jouait pas sur les filles très jeunes. Il avait beau l'avoir dix fois constaté, cette inefficacité le désolait. Il lui cherchait des excuses : « Elle me prend pour un copain de Victoire... Les amis de mon ennemie sont mes ennemis. La barbe ! Que suis-je venu foutre dans ce refuge ? » Il prit dans la voiture un chandail dont il s'enveloppa. Rose, hérissée, le guettait.

– Enfilez-le. Le soir tombe.

Burgonde réapparaissait, des verres serrés entre trois doigts et des bouteilles sous le bras. Il prépara les whiskies, en silence, sur la table au bois aussi gris que le toit de la maison. Ludo considéra les murs énormes, la prairie rase alentour où avaient roulé des rochers, les sapins épuisés par l'altitude.

– Comment as-tu trouvé ça ?

– Le hasard. Un farfelu qui a retapé la bâtisse – il a dû la racheter à l'armée ou à la commune – et qui la loue quand il s'en va au diable, à Kaboul ou à Ceylan. Tu vas voir, c'est superbe ! Le gars souffre de nostalgie mystique et de quelques autres maux moins avouables... C'est le genre chapelle et bordel, gothique et peaux d'ours. Je me suis fait un bel atelier.

Ludo hocha la tête. Le lieu lui coupait le souffle : sa violence de haute montagne et cette dégringolade de plus en plus embrumée, jusqu'au lac, quinze cents mètres plus bas, où le couchant commençait à badigeonner des choses pourpres et théâtrales. Ah, ce n'était pas sa tasse de thé ! Il tâtonna :

– J'espère que tu as du génie, dans cet opéra ?

– Un peu, un peu...

Planté sur un fond de ciel et de rocs, ses pieds dans des brodequins, tanné, le poil prospère, Burgonde pesait plus lourd qu'à Paris. Ludo prit son parti de l'aventure : « Vous avez un lit pour moi ? » Rose s'empara de sa valise et, soudain affable, l'entraîna :

– Venez ! On va vous trouver non seulement un lit mais de quoi marcher. Et un gros « poulove » comme ils disent ici.

La maison sentait le mélèze, la croûte au fromage et l'encens.

Burgonde n'avait pas exagéré : l'œil rencontrait partout des peaux de vache et de chèvre, des points de vue vertigineux, des dessins tantriques, des recoins d'ombre.

– Vous aimez ?

Rose paraissait anxieuse de connaître son avis. Ludo toucha de la main le plafond et hocha la tête :

– Cela fait combien de semaines que vous êtes ici ? Vous ne vous ennuyez pas ?

– Le plus bel été de ma vie !

– Ton père travaille ?

Il avait tutoyé Rose sans réfléchir. Elle ne s'en aperçut même pas.

– Beaucoup. Il vous montrera.

La soirée fut lente et heureuse. Rose et son père marchaient sur des chaussettes de laine épaisse, dans le silence. Burgonde remettait sans cesse du bois dans le feu. Le visage leur cuisait. Aux bruits, on devinait que Rose préparait le dîner. Ludo profita de son absence.

– Et Victoire ?

Burgonde fit un geste des mains qui pouvait signifier n'importe quoi mais n'encourageait pas aux questions. Son visage, au nom de Victoire, était resté ouvert et amical. Rose revint, posa sur la table, qu'entourait une banquette ronde, le pain, le vin et un plat fumant. Ludo avait faim. Ils mangèrent en parlant peu, échangeant des sourires, pénétrés chacun d'un plaisir différent mais savoureux. Ils se séparèrent tôt après avoir regardé un moment les étoiles, et, sur le lac, le reflet d'une lune encore invisible. « Demain on s'occupera des beaux-arts », dit Burgonde. Sur quoi il bâilla, éparpilla les braises, embrassa Rose et alla se coucher.

Depuis cinq minutes que Burgonde disposait devant lui dessins et lavis, Ludo n'avait rien dit. C'est long, cinq minutes, quand on visite un atelier. Mais nulle gêne n'était apparue entre les deux hommes. Les dessins que Burgonde sortait un à un des cartons et qu'il fixait au bois des parois ne pouvaient pas susciter de gêne, non plus que des commentaires esthétiques, ces formules passe-partout que les deux hommes s'estimaient assez pour éviter.

– Ton père ?

L'évidence s'était imposée à Ludo dans l'instant où il avait pensé à M. Lepoux, méconnaissable, amaigri par la diète, tel qu'il l'avait trouvé à son retour de New York et soigné, les semaines qui avaient suivi. Le soir, quand son père s'assoupissait et qu'il éteignait la lampe à son chevet pour le laisser reposer, Ludovic avait souvent imaginé une autre veillée, et ce que deviendrait le profil déjà trop aigu, osseux, férocement évocateur. Il avait lutté, dans la chambre de la rue Pelisserie, pour écarter les images qui l'assaillaient et dans lesquelles il flairait un apitoiement sur soi-même. Mais Burgonde, lui, n'avait pas eu à refuser la peur ni le présage : il s'était simplement souvenu.

– Tu portais cela dans la tête depuis quand ?

– Il est mort en 58.

A quoi bon envelopper de mots ce que tous deux savaient, qu'il ne s'agissait pas là de « peinture » mais d'une lame de fond, un de ces sanglots secs, irrépressibles, qui étranglent soudain un adulte, le submergent et le laissent anéanti, enfantin, au bord de sa solitude. Tout ainsi s'expliquait : le départ, cette maison entourée de gouffres et de brumes, et même la sérénité de Burgonde, que Ludo avait sentie la veille et qui l'avait troublé.

Tous les dessins étaient datés et numérotés. Ludo s'approcha et jeta un coup d'œil : Burgonde en avait accumulé sans doute plus de cent. Que dire ? Quelle phrase de marchand ? Il s'entendit murmurer :

– La noyée de la Seine...

– Tu y as pensé, toi aussi ? Tu te rappelles, *Aurélien*... Et comment Bérénice casse le plâtre. C'est bien elle ? C'est bien Bérénice qui laisse tomber le masque de l'Inconnue de la Seine ?

– Oui, quand elle vient à l'improviste chez Aurélien, cette nuit de Noël où il est en train de faire la noce...

A nouveau la pensée de Victoire passa entre eux dans un silence. Du moins le sembla-t-il à Burgonde, qui se souvenait de la nuit d'avril, et de son rêve. Il commença à ramasser les dessins et à les classer. Comme un défi, il lança à Ludovic :

– J'ai un titre pour l'expo. *Les Agonies*. Qu'en penses-tu ?

– Comme si tu ne le devinais pas !

Tous deux sourirent. C'était décidément la concorde universelle. Ludo, assis, voyait disparaître un à un les dessins dans les cartons, et c'était comme si l'on eût disloqué peu à peu le portrait composite d'un inconnu : regards vides, joues exsangues, bouches entrouvertes sur des puanteurs secrètes, profils d'oiseau prédateur. Il dit :

– Ce sont tes plus beaux dessins, les plus beaux que tu feras jamais, tu le sais ?

Ludo passa trois jours aux Cerniats, hâlant, marchant avec Rose, fumant avec Burgonde au-dessus du col d'où montaient les sonnailles des troupeaux. Il oubliait de donner ses coups de téléphone, dormait dix heures. Il ne retourna pas dans la pièce-atelier et s'en alla sans avoir fait de promesse ni fixé de date. Mais avant de s'asseoir dans sa voiture – le moteur toussait et mit longtemps à partir – il embrassa Burgonde, trois fois, comme font les paysans et les héros de Pierre Benoit.

Les semaines de l'été passent sans que se fissure le beau bloc compact que forment les jours. Burgonde a cessé de contraindre ses paroles et ses attitudes. Rose, délivrée du maléfice qui la tenait prisonnière (c'est ainsi que parlerait Burgonde s'il avait quelqu'un à qui parler), est redevenue elle-même. Burgonde pense « elle-même » : il veut dire l'enfant rieuse et discrète de naguère, qu'il ne redoutait pas. De toute évidence Rose mène le jeu ; la paix est revenue entre eux parce qu'elle l'a voulue ; et cet été, il eût été en son pouvoir de le gâcher ou de l'interdire. Instruite, d'instinct, de l'étendue de son triomphe, Rose ne surveille plus son père. Elle ne regarde pas les enveloppes du courrier et ne répond au téléphone que si Burgonde le lui demande. Rien ne paraît occuper sa tête. On dirait qu'elle a échangé le vide où s'enfonce son père contre un vide de même qualité et de même profondeur. D'abord incrédule, Burgonde l'a observée et s'est posé des questions. Mais il n'a jamais su résister à la facilité d'être indifférent – ce qu'il appelle : « faire confiance ». Il accepte donc la bonne grâce de sa fille comme il prenait son parti de sa mauvaiseté trois mois auparavant. Il n'avait plus été à ce point immergé dans son travail depuis l'été de Brouage. Mais à Brouage – il y a douze ans de cela ! – il se sentait coupable certains soirs. Il voyait les yeux de Léa pâlir, se perdre. Elle fumait trop. Burgonde détestait sa joie – et que Léa fût incapable de la partager – mais le lendemain il s'enfermait à nouveau et regardait le soleil, à l'aube, monter dans le ciel. Cet été tout est différent. L'âge et la fatigue lui pèsent, et plus lourdement à mesure qu'il s'enfonce dans l'aventure de cet immense et multiforme portrait d'un mort. Il sent s'installer en lui la maladie de son père, son propre souffle lui manquer, sa bouche se crisper. Sans ce mimétisme, il céderait à la tentation de se lever et de partir en montagne. Car il n'a jamais eu autant envie de grimper, d'oublier son infirmité, et quand il sort de l'atelier il dilate sa poitrine, il arrache sa chemise et marche, le torse au vent et au soleil. Il vit chaque jour l'agonie et la résurrection, sans pudeur, avec une passion qu'il ne se connaissait plus. Rose ? Rose est une voix, un silence, une compagne du soir devant le feu. Elle n'exige rien de lui et paraît comblée. Burgonde jette un coup d'œil sur les livres qu'elle pose partout, qu'elle oublie dehors, dans l'herbe et qu'il ramasse, humides, sans lui faire de reproches. La seule tristesse de Rose est de n'avoir pas passé encore son permis de conduire. Elle n'a eu ses dix-huit ans qu'au début de juillet. Tous les deux ou trois jours Françoise Bugnon, une femme-sculpteur qui habite cette ferme au creux du col, à côté de l'auberge, téléphone et passe prendre Rose qu'elle emmène à Montreux ou à Vevey faire les courses. Rose bourre un sac à dos d'achats disparates, de journaux, de chocolat et elle passe à la poste prendre le courrier. Une ou deux fois Françoise a laissé à Rose le temps de se baigner à la piscine du casino. Mais elle est remontée de mauvaise humeur ces soirs-là, et le lendemain elle s'est habillée trop chaudement, comme pour cacher sa peau. D'autres jours au contraire elle traîne des heures en maillot et s'endort au soleil derrière la maison. Le soir elle a une veine gonflée au milieu du front et les épaules en feu. Elle vient vers son père, un flacon de lait solaire à la main, l'autre retenant une serviette sur sa poitrine. Elle paraît souffrir quand la patte de Burgonde – il a des cals depuis qu'il fend du bois derrière le chalet – la frictionne, le plus doucement possible, pourtant. Elle fait le dos rond pour faciliter le massage. Burgonde lui voit, dans ce mouvement, des seins pâles, un peu pendants, et il bande, en parlant de choses et d'autres d'une voix neutre. Ce sont les seules circonstances où réapparaît la Rose de l'hiver et du printemps. Le reste du temps elle est flexible, rapide, volontiers muette, facile à vivre à n'y pas croire. Elle a vite renoncé à chercher « de la musique sans parlotes » sur la modulation de fréquence. Un silence béni règne dans la maison grise, tassée, que certains jours enveloppe la brume. Burgonde, ces jours-là, s'angoisse. Il se sent pénétré de l'ennui qu'il redoute pour Rose. « Elle ne va pas tenir le coup... » Que ferait-il s'ils devaient quitter les Cerniats ? Heureusement le vent balaie le col et disperse assez de nuages pour que surgissent quelques sapins, la dent de Jambette, le tour du

Locle, et l'on ressent alors une impression de délivrance et de gratitude.

Burgonde pense à Victoire cent fois par jour. Manière de dire : il ne les compte pas, ces surgissements de Victoire, ses rires, qu'il croit entendre, ses façons de parler, qu'il emprunte (et son regard, aussitôt...) ni tous ces moments où dans l'atelier il se retourne, sûr qu'elle se tient sur le seuil, serrée dans son jean blanc, et qu'elle va secouer ses cheveux.

Cette présence rêvée n'a rien à voir avec un quelconque regret, une envie de revoir l'absente, etc. Burgonde n'a pas une seule fois écrit à Victoire, ni téléphoné. Depuis la lettre qu'il a déposée rue du Dragon, le lendemain de « la nuit de Bourges », silence. Double silence. Victoire occupe tout l'espace de ses pensées, ce flou si vaste où il flotte quand il travaille, et bien sûr, autant qu'il puisse le matin en juger, l'espace de ses nuits et de ses rêves. Pourtant Burgonde ne remet pas en cause les décisions – départ, solitude – qu'il a prises sans y être contraint. Il est satisfait d'être seul, délivré du tourment d'aimer Victoire. Il est satisfait aussi de se sentir toujours affamé d'elle, d'une faim totale, immobile, qu'il ne songe pas aux autres moyens de rassasier. Il interrompt parfois son travail et descend jusqu'à la route. Il s'arrête devant le panneau – « Col des Cerniats, altitude 1 720 mètres » – et constate qu'il a choisi un emplacement symbolique. Le voilà suspendu entre deux pentes, deux vies possibles, sur la ligne de partage de ses eaux secrètes. Combien de temps tiendra-t-il dans cet équilibre ? Vers laquelle des deux pentes basculera-t-il ? Question et équilibre, obscurément, sont associés à son travail, partagé lui-même entre passé et présent, entre un fantôme et lui, entre vie et non-vie, dans cet instant qu'il tente de fixer où un souffle s'épuise avant de se dissoudre dans les rafales du temps. La mort est passée il y a dix années sur Georges Burgonde comme le vent passe sur le col et dissipe la brume. « Il y a encore quelques mois, j'aurais passé cet été à peindre le col, ses matins éclatants, ses heures d'étouffement et de gris. J'aurais essayé de faire entrer dans mes peintures le moment fugace où le courant d'air ouvre le nuage, mon vertige entre ces deux dégringolades possibles, tentantes, les silences et la présence de Rose, la présence des troupeaux, le parfum des feux. C'était cela, mon « projet » : faire tenir la totalité d'un petit morceau du monde dans ma toile. *Ils* avaient raison. Une peinture réussie n'était pas à mes yeux de la couleur organisée sur une toile selon ma décision – j'ai frôlé cela, mais je m'en suis méfié – c'était un piège où prendre un moment du monde. Un moment de moi-dans-le-monde. Aïe !... »

Il clopine au bord de la route. Il n'a pas pris de canne et, debout déjà depuis plusieurs heures, il peine à marcher dans les cailloux du bas-côté. Les voitures des derniers vacanciers venus goûter à l'auberge du col descendent vers la Gruyère et le frôlent. Des têtes d'enfants et de chiens se tournent vers lui. L'air fraîchit. Burgonde oblique et remonte vers le chalet à travers les prés, butant sur les taupinières, escaladant ces terrasses abruptes que découpe le piétinement des troupeaux dans la pente. Victoire, ici, comment serait-elle ? Thérèse aurait peur des vaches, du saint-bernard de l'auberge qui aime les petits-beurre mais déteste les enfants qui les lui offrent, et il faudrait se gendarmer, à midi, pour qu'elle porte son chapeau de piqué blanc. « Comment m'appellerait-elle ? » Pourquoi la vie n'est-elle pas simple, unie : il y suffirait d'une question, d'une réponse ! Rose qui repartirait en guerre, Frédéric qui ferait son drôle de sourire à bouche fermée, et même la petite Thérèse qui ne saurait pas comment l'appeler, ne sont pas des explications suffisantes à la paralysie de Burgonde. Il n'a jamais pu associer le bonheur à l'ordre, encore moins le plaisir au bonheur. Le bonheur, c'est ici et maintenant, cette faction au bord d'une route, cette maison de nulle part posée entre deux paysages. Des murmures. Des ressassements. Victoire, c'est un rire et un cri. Leurs cris, ce raffut formidable et impudique de leur plaisir : quel rapport cela a-t-il avec la musiquette de la vie ? Burgonde n'y a pas droit. Une fête volée, cachée, bon, passe encore. A condition de la payer cher. En remords, en mensonges. Mais la grande lumière de midi n'est pas pour lui. Il regarde furtivement, parfois, cette rayure sur son bracelet-montre et il se rappelle le mur salpêtré, la maison qui battait comme un cœur. Sa mémoire tourne autour de ce souvenir, incrédule. L'autre jour, Rose, qui n'a jamais l'heure, lui a emprunté sa montre. « Elle ira se laver les mains, ou à la piscine, et elle l'oubliera ; ainsi tout sera effacé. » Le soir, en dégrafant le bracelet, Rose lui a dit : « Elle est chouette, tu ne me l'offriras pas ? C'est un cadeau de qui ? »

Bien sûr, c'est autour des souvenirs de son corps que rôdent toutes ces pensées de Burgonde consacrées à Victoire, saturées de Victoire, si constantes, si nombreuses que ce ne sont plus des bribes du passé, mais un film permanent, très long, dont parfois les images s'estompent mais qui continue de défiler à l'arrière-plan de la conscience. Certains matins les images se font pressantes au point que Burgonde se rappelle son adolescence : « Quand on est obsédé, on se branle mon garçon ! » La phrase d'un « grand », au collège, en 34 ou 35, et sa tête hilare : « Tu as besoin d'un coup de main ?... » Chaste, Burgonde, tous ces mois. Parfois passent sur le sentier, devant l'atelier, des marcheuses aux mollets nus. Des Allemandes, pense-t-il, de grandes filles au chandail noué sur les hanches, un peu de sueur leur brillant au-dessus des lèvres. L'une, l'autre jour, lui a demandé un verre d'eau. Elle était seule. Rose était descendue à Montreux. Burgonde a cherché un verre, une carafe fraîche, et quand il est revenu la fille était entrée dans la pénombre de la salle. Des mouches et des guêpes bourdonnaient. La visiteuse est repartie sans dire merci, un sourire au visage.

– Pourquoi ne veux-tu jamais descendre avec moi ? Tu me laisserais conduire, en bas, sur la route du bord du lac... Tu connais Vevey ?

Burgonde n'a consenti à faire qu'une promenade, mais immense. Elle les a conduits jusqu'à Glion en quatre heures. Il serrait les dents et Rose le regardait marcher avec inquiétude. Il avait tenu à prendre des chemins impossibles, des raccourcis prétendait-il ; parfois il hésitait entre deux directions, faisait demi-tour, à croire qu'il cherchait quelque chose. Quand même pas ce chalet le long duquel il est passé si lentement, dévisageant la famille installée sur la terrasse ? On les a salués gentiment, comme on le fait ici. Après cela Burgonde a paru se désintéresser de l'itinéraire. « Suivons la pente... » répétait-il. A Glion ils se sont arrêtés à la pâtisserie Stefen, où ils ont englouti une assiette de gâteaux en attendant le taxi appelé par téléphone, une Mercedes, dont le chauffeur était bavard : boîtes, ponts – la leçon de mécanique a duré tout le temps de la montée. Il a accepté de boire un verre avant de redescendre. Burgonde était exalté et triste. « Vous aimez vos aises, vous, au moins... » répétait l'homme en contemplant le paysage comme s'il leur eût appartenu. Burgonde perdait patience. Après le départ du taxi il s'est enfermé dans la pièce-atelier mais le soir tombait et il en est vite ressorti. Désemparé, pourquoi ? Rose n'aime pas le voir boire. Elle lui a pourtant préparé un second whisky, le lui a porté et s'est assise en face de lui. « Plaider le faux pour savoir le vrai... » : elle aime cette expression qu'elle n'a comprise que tard. Elle se glisse dans la peau de Machiavel et demande :

– Tu as l'air heureux, ici. Tu peux expliquer pourquoi ?

Burgonde la trouve bien courageuse, sa Rosinette, d'oser se

jeter à l'eau. Que cherche-t-elle à lui dire ou à lui faire dire ? Une question directe n'est guère dans leurs usages. Il n'en cherche que plus honnêtement à répondre :

– Heureux ? Je pourrais mettre ça sur ton compte. Ce serait aimable et ce ne serait pas faux. Ne proteste pas ! Mais la réponse est plus compliquée. Elle se trouve dans l'atelier où, soit dit sans t'offenser, tu ne pénètres pas souvent. Du moins c'est ce que j'aime à croire : l'explication par le travail ; le travail-béquille qui rééquilibre l'éternel boiteux (sans jouer sur les mots...) Tu vois ?

Rose le regarde parler. L'écoute-t-elle ?

– Je me sens plus proche de moi – du travail que je veux faire – que je ne l'ai été depuis longtemps. D'où mon immobilité, qui t'étonne : il ne faut pas faire s'envoler l'oiseau. D'où, aussi, cette impression de paix, que je suis heureux de te donner. Réponse claire ?

Après le 20 août, l'été traversa deux ou trois orages à grand spectacle et fut soudain de l'histoire ancienne. Le teint de Rose devint maussade ; elle descendit plus souvent au bord du lac. Elle postait des enveloppes épaisses. Burgonde avait l'impression de toucher la rive après avoir franchi à la nage un fleuve trop large pour ses forces. Une lettre arriva, timbrée de Nîmes : l'écriture de Victoire. « Je rentrerai à Paris le 15 septembre. Et toi ? » C'était tout. C'était beaucoup. C'était de la braise encore rouge.

Dans l'instant où il lisait les trois lignes de Victoire il sut qu'il n'attendait que cela : un signe d'elle, et la revoir. Sa joie fut profonde, étouffante. Mais en même temps qu'il se roulait dans cette joie il pensait à la façon de la cacher à Rose. Le mensonge fut en lui en même temps que la joie et occupa autant de place qu'elle. Rose se douterait-elle de quelque chose ? La voilà qui grimpait le sentier : elle était allée emprunter des œufs à l'auberge. Burgonde composa son visage. Avait-elle vu la lettre ? Le courrier, que par exception le facteur avait apporté, était resté en vrac sur la table toute la matinée sans que Burgonde sortît de l'atelier. Il soupira : la paix tirait à sa fin.

Burgonde ne saura jamais ce que fut, vécue par elle, l'éclipse de Victoire. Il ne se posera et ne lui posera aucune question. Près de quatre mois ont passé, la détresse ou la colère qu'on peut imaginer à Victoire d'avoir été ainsi traitée – mais Burgonde n'imagine rien. Il a toujours fermé les yeux à ce qui le gênait. La peinture a bon dos : la création, ces métiers d'aventure, les nerfs à fleur de peau, et les artistes ! gens de sac et de corde, grands écorchés dont vous n'attendez quand même pas qu'ils se conduisent autrement qu'en mufles ? Parce qu'on barbouille de la toile on est dispensé d'élever ses enfants et de placer son argent. Morale qui a toujours fâché Burgonde mais dont il use à l'occasion. Bourgeois – il s'en vante assez ! – mais faisandé, avachi. Ferme seulement dans la dérobade. Et alors là, il faut voir : intransigeant, héroïque. Victoire a compris tout cela, qui peut-être lui froisse le cœur, mais qu'elle met comme tout le monde sur le compte de ces délires froids où s'enfoncent, à ce qu'on dit, les créateurs. (Elle a appris à se servir, pour la bonne cause, de ce mot en forme d'absolution.) Elle n'a rien fait pour imposer à Burgonde un tête-à-tête, une conversation. Sans doute l'eût-elle repris en moins d'une heure. Deux ou trois gestes qu'elle sait, et de la gaieté, le tour était joué. Mais elle répugne à jouer de sa tendresse. Ce n'est pas un instrument. Ce début de juin où Luce lui caressait la main, où Adrien se retrouvait toujours seul avec elle dans les couloirs, sur les trottoirs, elle s'est sentie tout engourdie de fierté. Luce lui a dit un jour : « Engourdie, toi ? Non, gourde, tout simplement. » Mais à sa façon Burgonde n'était-il pas idiot lui aussi, et Victoire aimait cette imbécillité de leur amour. Son amour à elle, en tout cas, n'était pas *malin*. Elle était tombée dans tous les pièges. Mais cette innocence se retournait en sa faveur : elle n'avait pas tarabusté Burgonde, elle ne l'avait pas humilié en l'obligeant à plaider un dossier vide, à avouer son désir, et voilà qu'au premier signe il revenait à elle. Inchangé, capricieux, passionnément prudent. Elle ne redoutait aucune curiosité ; elle savait qu'il n'en manifesterait pas. Il n'était pas de ces hommes – les froids, les vaniteux – qui traquent la femme, la cernent de soupçons, de questions, vérifient ses horaires, ne tolèrent aucun bijou ni aucune robe réputés être des épaves du passé, exigent des confidences, imposent des comparaisons, acculent au mensonge la femme qu'ils aiment et triomphent quand ils ont fini de saccager un amour qui enfin tombe d'eux, fruit pourri, peau morte. Burgonde, par tous ses comportements, clamait : « Je ne veux pas le savoir ! » « Ton côté sous-chef de bureau », lui disait Victoire, ses jours d'audace.

Le Dr Roux a cédé son cabinet du Mont-Dore et il feint le soulagement. D'un coup, la vie rue du Collège paraît s'être assourdie, rapetissée. Lucienne porte maintenant des chaussures plates et « donne beaucoup d'elle-même » à des charités municipales qui assomment Victoire. « Comme c'est étrange, pense-t-elle, Lucienne cesse de s'occuper de son mari au moment où il a le plus besoin d'elle. Que signifient cette agitation, ces bons sentiments ? » Victoire, elle, ne s'agite pas. Elle mène à bien la reconquête de Thérèse, corrige son accent et, puisque son père l'a « mise à cheval », elle l'emmène chaque jour dans un ranch de Saint-Quentin-la-Poterie où les barbes de location sont moins misérables qu'ailleurs. On donne un poney à Thérèse, et à elle une assez jolie jument de douze ans à qui la petite apporte du sucre et des carottes. Victoire intimide les cow-boys de Saint-Quentin parce qu'elle parle le langage des manèges et porte une bombe et des gants. Par cette chaleur !

Elles montent, Thérèse et elle, à sept heures du matin, quand un peu de fraîcheur de l'aube traîne encore sur la garrigue. Ensuite la journée paraît longue. Le beau-frère laisse de la graisse lui empâter la taille. « C'est idiot, et ton cœur ? » Il n'y pense que trop, à son cœur. Il l'écoute, il l'imagine, il lui tient furtivement compagnie. Bientôt Victoire comprend le secret de sa sœur et la cause de ses multiples dévouements : Lucienne a peur. La maison de la rue du Collège, toute lenteur et gentillesse, en vérité pue la mort. Les gourmandises de Gilbert, ses patiences de chat, le goût de débâcle du mot « retraite » et son aigre odeur de vieillesse : la mort, toujours la mort, dans le soleil et l'insolent accent qui règnent sur la ville. Gilbert regarde Thérèse de loin. L'enfance n'est plus son affaire. La vie n'est plus son affaire. Il ne pose presque plus de questions à Victoire, qui pourtant passe des heures avec lui au jardin. Les gens sont ennuyeux avec leurs malheurs, ces existences en dents de scie, pleines de ruptures, les changements de décor et de distribution. Pourquoi Victoire n'a-t-elle pas épousé son peintre ou son cavalier ? Elle eût emmené Thérèse et le silence – le vrai silence – fût revenu dans la maison. Le Dr Roux n'est plus d'humeur à s'extasier sur des mots d'enfant ni à expliquer le monde. Lucienne, peut-être ? Lucienne a une forte santé, une voix rugueuse, elle vous regarde en face et dit la vérité. Elle multiplie même cette vertu : « Les quatre vérités. » En général il s'agit de les cracher à quelqu'un, avec un possessif : *ses* quatre vérités. « Quelles sont les miennes ? Elle ne me les a jamais dites. Nous ne sommes pas allés jusqu'au bout de notre épreuve, cette stérilité qui a tant meurtri Lucienne. Des traitements, oui, des trucs, des espoirs – presque des neuvaines et des pèlerinages ! – mais jamais les ultimes analyses. Moi, un médecin ! J'ai laissé Lucienne rancir dans ses remords alors que peut-être j'étais le coupable. Une intuition m'a toujours soufflé que c'était moi le sec, le pauvre. Comme dit le jardinier : « Que voulez-vous, docteur, j'ai le foutre fluide... » Avais-je le « foutre fluide », moi aussi ? Pourquoi pas, et quelle importance aujourd'hui. Tout cela va finir. Tout cela n'avait aucun sens et va finir. »

Le soir Victoire a accepté les invitations, les sorties, sans choisir. Sa seule prudence : toujours refuser qu'on vienne la chercher, et se rendre chez les gens au volant de sa propre voiture. Elle évite ainsi cette glu d'après minuit : les hommes qui vous disent « je vous accompagne ? », et le moment où ils arrêtent le moteur, où la nuit saute sur vous par la vitre ouverte, avec l'odeur des pins, parfois le vent. « La sauvage Victoire » : c'est la formule qui court les dîners, d'Avignon à Nîmes. Et parfois : « Une allumeuse ». Burgonde aussi le dit, ce doit être un peu vrai. Elle aime frôler les mains, les visages. Elle voudrait, pour son confort, être sûre que ce type avec qui on la voit beaucoup n'aime que les garçons. Savoir pourquoi il l'assiège ainsi. Il se nomme Fabrice ; est-ce assez joli ? Jamais un geste déplacé – enfin, presque jamais. Victoire ne parle de Burgonde à personne. On lui a posé des questions : Flavienne, Ludo, M. Lepoux, et bien sûr Lucienne. Elle leur a répondu avec naturel, avec amitié, comme on met de côté des provisions pour l'hiver. C'est la comparaison qui lui est venue et dont elle a ri. Elle avait raison : l'hiver approche et Burgonde est revenu.

Levi-Monzi a passé quelques jours du mois d'août à la Vernède et il a mené Victoire à Romanin, chez Niemand. Pauvre Giorgio. Avec ses complets tête-de-nègre en tissu brillant, sa myopie tendre, il est de plus en plus désarmé. Il s'est emmitouflé dans la santé de Victoire comme si elle devait le protéger contre les radiations qu'émet, craint-il, Niemand. Un Niemand songeur, brutal, qui n'a pas semblé reconnaître Victoire ni comprendre qui elle était. Au fait, qui est-elle ? « La veuve Burgonde », a-t-elle soufflé en riant à Giorgio, qui en a été chagriné. D'avoir plaisanté – et cette plaisanterie-là – lui a fait un bien inimaginable. Elle s'est même baignée, chez Niemand, pendant que Giorgio, son veston sur le bras, le nez chaussé de lunettes de *maffioso*, faisait les cent pas dans la grotte du *Bunker*. Au retour, dans la voiture, encouragé par la bonne mine de la « veuve Burgonde », il a évoqué, avec des tortillements de pucelle, la visite de Ludo à la maison des Cerniats.

– Ludo ne m'a rien dit, ne peut s'empêcher de remarquer Victoire.

– Il était embarrassé. Mets-toi à sa place. Burgonde a travaillé comme un dingue, paraît-il. Des dessins « obsessionnels », c'est le mot de Ludovic. Très beaux, d'ailleurs, là n'est pas la question. Mais malsains, suicidaires. (Je cite toujours.) Il veut appeler cela *les Agonies*. Pas question pour la galerie de les exposer. Dans l'intérêt même de Burgonde. Enfin, tu connais la formule... Il n'en sait encore rien.

« Comme la vie est faite ! songe Victoire. Je suis éloignée de Burgonde, vidée, balayée, je ne sais même pas si je le reverrai, et pour la première fois on vient me parler de son travail. Presque me demander conseil. *Les Agonies ?* D'où cela sort-il ? »

Burgonde ne lui a jamais rien dit qui pût fournir là-dessus une indication. Il est vrai que ces confidences-là... Victoire, au passage, a épinglé les mots qui lui sont bénéfiques, « obsessionnels », « comme un dingue » – et bien sûr la présence de Rose. C'était donc elle ! Son cœur s'offre un petit galop à l'idée d'un Burgonde hirsute, acharné au travail et cloîtré par sa fille. Le destin est miséricordieux. Quant au refus de la galerie, qu'elle est la première à connaître, elle n'en devine pas la signification. Depuis des mois Burgonde se moquait de « Falkenberg ». Non pas de Giorgio, bien sûr, mais de « Foutriquet et Foutriquette », dont elle n'imagine pas que le jugement puisse tourmenter Burgonde. Signe qu'elle n'a pas appris grand-chose en trois années. Giorgio, lui, sait que la décision de Falkenberg sera ressentie par le peintre comme un attentat. Une tentative d'assassinat professionnel, et peut-être la première d'une série. Le milieu où vivent les peintres ne brille pas par le courage. Un coup bas, un outrage et ce peut être la curée. Silence embarrassé des grandes galeries, critiques devenant aveugles et muets, tableaux anciens glissés à la sauvette dans des ventes publiques sans que personne soit là pour échauffer les enchères et soutenir la cote. Giorgio voyait au fond de son inquiétude se dérouler ce film en accéléré quand il a parlé à Victoire. Laquelle n'a rien compris. « Peut-être est-elle une oie, après tout. » Les épouses et les maîtresses ne sont à ses yeux que des modèles particulièrement hystériques de secrétaires, même lorsqu'elles possèdent des jambes longues et de la cervelle. L'âme de Victoire ne l'intéresse pas ; seule compte la honte qu'il éprouve à collaborer au complot, lui, l'ami de Burgonde. A contrecœur, mais qu'est-ce que cela change ? Deux voix contre une, Ludovic et Baby lui imposent ce qu'ils veulent. Il détient des parts ; eux, ont du caractère et du sans-gêne ; il finit toujours par s'incliner. Il a espéré, il y a six moix, qu'un scandale Niemand allait éclater, qui jetterait bas quelques impostures. Sans compter les éclats de rire ! Ludo s'est terré pendant huit jours et Baby était à New York. Rien ne s'est passé, sinon que l'on a doublé le prix des Niemand. Ludo est redevenu volubile. Levi-Monzi a été lâche le jour où il a accepté d'entrer dans la composition de ce miroton où, pourtant, il voyait nager les bas morceaux dans la sauce douteuse. Depuis lors, il va de nausée en nausée. En somme, un bon placement. Mis au courant, d'une phrase, pendant que Victoire se baignait, Niemand a laissé tomber du bout des lèvres : « Vous le lâchez ? Vous êtes de beaux salauds... » Inclus dans le « vous », Giorgio s'est tu derrière ses lunettes de gangster. Il l'avait cherché.


Parfait cornard, Burgonde sera le dernier à connaître son sort. Il vit dans l'euphorie ses retrouvailles avec Victoire, qui ne lui dit rien. Le doute qui avait germé en elle tout au long de l'été, et dont une aventure l'eût probablement guérie – mais la guérison eût été, à ses yeux, payée trop cher en honneur, en orgueil – Burgonde le pulvérise, l'anéantit. Il désire et prend Victoire avec une allégresse insatiable. Un homme qui vous touche, vous caresse, vous bouscule à tout bout de champ, on a beau en sourire, quelle médecine ! Victoire avait presque oublié la faim que Burgonde a toujours eue d'elle et que ses quatre mois de solitude – elle a décidé qu'il était resté solitaire – ont exaspérée. Elle se laisse vivre. Elle est un abricot mûr dans un compotier, une sultane, une personne vertueuse à qui la vertu règle d'un coup ses arriérés. Rose attend la rentrée universitaire auprès de sa mère à Long Island ; Thérèse, que Lucienne a supplié Victoire de lui laisser à Uzès, est rentrée en classe ; Luce et Adrien sont aux Baléares. Des coups de vent, dans les rues de Paris, soulèvent les feuilles. Les femmes retiennent leur jupe de la main et jettent des regards hardis, non pas aux hommes sur les trottoirs, mais aux bottes dans les vitrines : on ne pourra pas porter autre chose que des bottes cet hiver. Victoire a retrouvé cette façon de marcher, l'épaule gauche encastrée entre la poitrine de Burgonde et son bras, hanche contre hanche, ses pieds un peu à l'écart, accotée à lui de telle sorte qu'elle tomberait si Burgonde faisait brusquement un pas de côté. Jamais elle n'a pu se promener ainsi avec le capitaine, qui se croyait toujours plus ou moins dans une ville de garnison à l'heure où les soldats ont quartier libre. On ne rend pas son salut à un homme de troupe en enlaçant une femme. Burgonde, personne ne le salue. Ou si des gens le reconnaissent, qui n'ont pas la discrétion de se détourner et cherchent son regard, ils ne le trouvent pas. Victoire et lui se sont remis à boire à l'excès, avec l'impunité du bonheur. Leur ivresse se dissipe en longs après-midi rue du Dragon, rideaux tirés. Avec derrière lui quatre mois de travail et cent dessins – cent dix-sept exactement, il les a comptés et numérotés – Burgonde se sent innocent, allégé. Il a droit à cette joie dont il se goinfre. A l'alcool aussi, qui donne de la vitesse aux images et aux mots.

Au Pataud, il a agrafé aux murs autant qu'il a pu tenir des dessins des *Agonies :* une soixantaine. Tout ce qui les a précédés – toiles anciennes, lavis du printemps – est rangé dans la réserve. Burgonde a passé des heures, seul, à faire le point au milieu de cette marée étale d'images, son petit océan personnel aux tempêtes maintenant apaisées. Les aléas de sa navigation lui sont revenus à l'esprit, coups de tabac, veilles. Et finalement le voilà au port. Ce n'a pas été une navigation comparable aux précédentes malgré ses phases successives d'enthousiasme, de tâtonnements, de rage, de découragement – qu'il a toujours connues, et de plus en plus aiguës, les vagues plus creusées, avec les années, plus écumantes. Cette fois il s'est battu contre un fantôme. Il sait désormais que le combat de Jacob avec l'Ange n'est pas une bagarre. Le mot trompe sur le sens de la longue nuit incertaine. Il y a de l'enlacement, comme une tendresse forcenée, une fureur intime dans cet affrontement inégal. On n'est jamais le vainqueur de l'ange, ni sa victime : il faut simplement finir par l'aimer et se laisser aimer de lui. Aujourd'hui Burgonde ose évoquer l'interminable crépuscule de son père. Il ne comprend toujours pas le sens de l'épreuve, ni quel rôle jouent dans l'équilibre du monde ces agonies à la fois bestiales et discrètes que la médecine administre dans le silence des hôpitaux. Rachat – mais de quelle faute ? Prière – mais à quel dieu, puisque son père ne croyait en aucun ? L'interrogation de Burgonde n'est pas épuisée mais il accepte mieux, lui semble-t-il, le mystère de cette entrée dans la nuit. Il ne pense plus « descente aux enfers » ; il essaie au contraire de concevoir une lente accoutumance au silence. Retourner à rien, comme on est venu de rien. Peu à peu deviner, approcher, accepter, désirer cette fusion dans le flux du temps. Offrir sa vie à la Mort, sa mort à la Vie, dans un assentiment absolu à l'ordre du monde. Peut-être les agonisants que nous supposons absents, privés déjà de conscience, sont-ils occupés à cette formidable transaction avec le néant ? Notre présence et nos reniflements les dérangent dans la discussion la plus importante de leur existence. « Taisez-vous, au chevet des mourants, disent les médecins, on ne sait jamais... » Il faudrait leur faire entendre – entendent-ils ? – une musique, une qualité plus subtile et généreuse de silence. Un silence prêt à se diluer dans le silence originel, d'où tout vient, où tout retourne. Nos sanglots sont obscènes.

Burgonde se le répète, surpris de se découvrir libéré de ce qu'il a appelé pendant des années son « chagrin », ses « remords », du temps qu'il acceptait le langage des condoléances et des familles. Des remords ? De n'avoir pas su interdire à la mort l'entrée de la chambre de son père ? De n'avoir pas été là, à l'aube, au moment où un spasme, un hoquet, un soupir, un cri – Dieu sait – a marqué l'invisible passage ?

Il a crevé l'abcès, cette fois. Il a dégorgé, pressé hors de lui le pus. Toutes ses peurs et ses superstitions sont là, aux murs, noir sur blanc, prisonnières des dessins que, s'il excepte Ludo, personne encore n'a vus, et qu'il hésite à montrer, comme s'il voulait prolonger son intimité avec eux, de même qu'il avait tenu – moitié par la force des choses, moitié par choix – à veiller seul son père, longtemps, sans pieuses présences ni café noir.

Un soir, pourtant, il amène Victoire au Pataud. « Le voilà, mon été ! » semble-t-il dire au fur et à mesure qu'il allume les spots. Il complète l'explication : « La mort de mon père, il y a douze ans, tu comprends ? » Comment ne comprendrait-elle pas ? Burgonde voit soudain les dessins avec les yeux de Victoire : des rictus, des yeux vides ou fous, de la peau déjà mitée, desquamée comme après un mois de cercueil, effilochée sur l'os comme une vieille soie sur un meuble fracassé. Les mains : des serres, des griffes recroquevillées, aux ongles jaunes et tordus que l'on n'a plus pris le soin de couper. Squelettes à peine vêtus de lambeaux de vie. Restes de chair entamée par la voracité impatiente de la mort. Voilà, il a dessiné cela, qu'il regarde Victoire regarder – accablé. Il s'éveille de son rêve. Il surveille sur le visage de Victoire chaque sentiment qui l'anime, la surprise, l'embarras, le dégoût, et cette espèce de pitié tendre qu'il ne voudrait pas qu'elle exprimât.

Son aveuglement durant, il se trompe sur ce qui roule dans la tête de Victoire. Dès qu'elle est entrée dans l'atelier et que Burgonde a allumé les lampes, elle a compris quelle aventure il venait de vivre, ce qu'elle signifiait, et ce qu'allait signifier le refus de la galerie. Allant d'un dessin à l'autre, tournant sur elle-même pour échapper aux regards de Burgonde, elle s'est remémoré les paroles de Giorgio et les a comprises. Refuser cela, ne pas reconnaître dans ces dessins la plus étrange et la plus grave aventure de Burgonde, essayer de l'en détourner, lui expliquer qu'il *se ferait du tort* en les montrant : autant lui dire qu'il est coupable d'exister. D'un coup, Victoire voit clair. Elle les entend d'ici ! Personne en 1970 ne dessine plus comme ça. Le thème est malsain, il fera peur. Burgonde devrait penser à sa situation, qui est à la fois enviable et précaire, à sa cote, qui est incertaine. Ces dessins ne sont pas vendables et il faut oser le dire, voir les choses en face. Ce mot – vendable – ne viendra qu'assorti de commentaires précautionneux, poudré de sucre. Il éclatera avec une brutalité de bon aloi, loyauté d'amis, rudesse nécessaire, etc. Oui, elle croit les entendre. Il faut absolument amortir le coup et ne pas laisser Burgonde se livrer à eux sans défense. Ils vont le massacrer.

Victoire, les mains moites, allume une cigarette. Elle sent, posé sur elle, l'étonnement de Burgonde. Elle a honte, bien sûr, de s'être tue, mais pouvait-elle savoir ? Ses torts, elle s'en occupera plus tard. Pour l'instant elle réfléchit le plus vite possible. A terme, les choses s'arrangeront. Huit galeries sur dix sont prêtes à exposer Burgonde. Il lui suffira de les solliciter. Et même cela pourra se faire élégamment : un intermédiaire, des amis. Mais le mal est ailleurs. Burgonde, trahi *maintenant* par son marchand, verra dans cette trahison une sentence sans appel. Il se trouve à la fois à un sommet et à un défaut de son œuvre – même elle, Victoire, peut le sentir – et ceux qui l'abandonnent à cette étape le poignardent. Il ne s'y attend pas, il est désarmé. Il a repris confiance et jamais Victoire ne l'avait vu aussi sûr de soi. Ils vont lui ouvrir une trappe sous les pieds.

Alors, elle se décide à parler. Elle commence : « Tu vas m'en vouloir... » Puis elle renonce aux circonlocutions. Elle lui rapporte les phrases que Levi-Monzi a prononcées dans la voiture, mot pour mot. Burgonde la laisse aller jusqu'au bout et pose une seule question :

– Quand, tout cela ?

– Vers le 25 août, en Provence. Il y a six semaines.

Burgonde paraît réfléchir, se lève, éteint une à une les lampes, ferme la fenêtre et se tourne vers Victoire : « Tu n'as pas faim ? L'heure du dîner est en train de passer. »

Il s'est mis à pleuvoir et ils marchent vers la voiture en relevant leur col.

Dans les heures qui suivirent, Burgonde reprit l'initiative avec une violence et une rapidité qui stupéfièrent Victoire. Lui en voulait-il ? Il n'en montra rien ; son ressentiment était neutralisé peut-être par une gratitude inattendue ; en lui parlant, même tard, Victoire lui avait donné une chance de contre-attaquer. Il ne vit que cette chance, qu'il mit à profit en vieux duelliste. Mme Lequercy, sexagénaire anguleuse qui « avait » Piaubert, parfois Estève, et un joli stock, disait-on, de Wols et de Dubuffet, fut invitée à venir au Pataud où elle arriva, émoustillée, avec le soleil de midi sur l'impasse et ses odeurs de frichti.

– Le Foutriquet et la Foutriquette, je les ai assez vus, dit Burgonde, sobrement.

Mme Lequercy – elle avait réfléchi dans le taxi – devina sans trop de peine qui désignaient les sobriquets. Elle entra dans l'atelier avec cette hâte bougonne de l'amateur ouvrant la porte d'une maison qu'il convoite. Moins d'une heure plus tard, après avoir lu deux ou trois lettres que Burgonde avait tenu à lui montrer, et téléphoné à son avocat, elle s'était ralliée aux projets du peintre. Un pourcentage et une date furent fixés. Mme Lequercy était satisfaite et essoufflée. On ne lui avait jamais présenté Burgonde sous ce jour. Elle le trouva froid, mais furieux. « Un violent », pensa-t-elle voluptueusement en laissant une dernière fois traîner son œil sur les dessins. Elle avait eu en face d'eux des silences très convenables. Elle murmura, debout sur le seuil (et elle eut l'air de se blottir dans le mot) : « Je suis très fière... » Elle partit, haute et instable sur les pavés de l'impasse, sans que Burgonde eût pensé à lui appeler une voiture. « Quel ours ! » murmura-t-elle dans le ravissement.

Au lieu de déjeuner, Burgonde écrivit au trio de la galerie Falkenberg une lettre dont chaque terme fut pesé. Il rappelait que son contrat concernait les seules peintures, non les dessins, même si les termes en avaient été élargis ou oubliés. On lui devait de l'argent depuis 1968. Aucun avenant n'avait été signé lors de l'association de Levi-Monzi avec Ludo et Baby. Bref, le contrat était criblé de coups de canif, autant dire nul. Il risqua une allusion à la visite de Ludo en Suisse et à son silence, une autre aux « orientations nouvelles » de la galerie, mais il gomma beaucoup : pas d'amertume, pas d'humour. C'était des phrases d'aide-comptable. Quand il les trouva assez plates et précises, il recopia la lettre et alla la poster, en recommandé, rue Poussin. Au retour il ouvrit sur la table son carnet d'adresses et passa une série de coups de téléphone. Quatre de ses correspondants étaient absents mais il put en joindre treize autres : peintres amis, peintres ennemis, collectionneurs et cinq journalistes. Aux absents il écrivit des billets qu'il retourna rue Poussin jeter à la boîte. Quand il rentra au Pataud il était neuf heures moins le quart, la nuit était tombée et Burgonde se versa le premier whisky de la journée. Vingt-trois heures s'étaient écoulées depuis l'aveu de Victoire, et huit depuis l'arrivée d'Hilda Lequercy impasse Blaise-Pataud. Quoi que fissent demain Foutriquet et Foutriquette (Giorgio se tiendrait tranquille), ils trouveraient sous eux un terrain miné, pilonné par les soins de Burgonde. En un jour il venait de mettre fin à vingt-quatre années de collaboration et d'amitié. Il avait dit, à chacun de ses interlocuteurs de l'après-midi, des choses vraies, mais différentes. A chacun sa nuance, sa perfidie ou sa confidence particulières. Il retrouva quelques vilains secrets qu'il ne savait même pas avoir conservés dans la mémoire, les peigna au goût du jour et les distilla au détour de ses bavardages. Jamais, sans doute, Burgonde n'avait agi avec cette détermination, cette volonté de nuire. Par une ironie des choses, Ludo et Baby, cibles faciles, auraient moins à souffrir de Burgonde que Giorgio, qu'il aimait. Les coups portés à Levi-Monzi impressionnaient davantage dans la mesure où l'on savait l'amitié de Burgonde pour lui. « Faut-il qu'il ait caché son jeu ! » pensèrent les bien intentionnés. Les autres se dirent : « Un gredin, soit, mais Burgonde devait-il attendre un quart de siècle pour le découvrir ? »

Dans les jours qui suivirent, Ludovic et Levi-Monzi prirent la mesure des fureurs de Burgonde. Partout où ils s'aventuraient – petites phrases dans une conversation, information négligente lâchée au téléphone – le peintre les avait précédés et il avait suggéré son point de vue. Giorgio se tut et Ludovic mentit avec chaleur, rondeur : il avait enfin découvert les vertus de l'humanité. Ici et là on feignit de le croire puisqu'il détenait plus de pouvoir que Burgonde. Le bateau, même avec de la gîte, inspire plus de confiance que le naufragé. Levi-Monzi se renseigna discrètement : Hilda Lequercy n'avait pas résisté à la gloriole d'annoncer des projets en principe secrets. « C'est sûr ? » demandait partout Ludovic. Dès qu'il fut convaincu que Burgonde avait « signé avec Hilda », il répondit à sa lettre. Une réponse qu'il ne prit pas la peine de faire lire à Giorgio avant de l'envoyer ; ainsi son associé payait-il sa tiédeur et était-il invité à réfléchir sur la fragilité de son statut. Ludo, dans le genre cafard, fit presque aussi bien que Burgonde. Sans revenir jamais sur le principe de la rupture, admise comme allant de soi, il écrasa le peintre sous les regrets, les étonnements, les compliments, et même une dose raisonnable d'espérances « pour l'avenir ». Un transporteur mandé en hâte apporta au Pataud, une heure après que le coursier de la galerie eut déposé la lettre, une quinzaine de toiles et de dessins restés en dépôt rue Jacques-Callot. Ainsi était écarté le risque de la vente publique et d'affreuses palabres : on ne sait jamais, au juste, avec les années, à qui appartiennent les œuvres empoussiérées dans les réserves d'une galerie. Ce fut la seule élégance de ces six jours de bataille. Burgonde détruisit, sans trop réfléchir, les deux tiers des peintures récupérées, lut en ricanant la lettre à en-tête Falkenberg et la classa. Il se souvint de la première conversation qu'il avait eue avec Ludovic Lepoux, huit ans auparavant, au bal de la Vernède. Les loups finissent toujours par se servir de leurs dents. En somme, Ludovic s'était montré plutôt patient.

Burgonde tria les dessins des *Agonies* et en porta lui-même soixante chez Hilda Lequercy. « Faites encadrer ceux que vous aurez choisis. Je vous fais confiance. » A son retour il rangea les dessins restants dans des cartons et n'en garda qu'un au mur du Pataud. Le seul, à bien y réfléchir, dont le regard n'était pas tout à fait vide. Un souvenir de regard. Burgonde tira un fauteuil de toile devant le mur, s'assit et essaya d'entrer dans son propre dessin. Pour la dernière fois, pensa-t-il, car il était temps de sortir de ce cimetière. Il avait l'impression de se retrouver, les pieds dans la boue, au-dessus de la fosse béante. « Pauvre vieux ! » Sa voix retentit de façon déplaisante dans l'atelier vide. Il la posa mieux et dit : « La plus belle tape de ma vie ! Celle que j'ai ramassée à New York n'était rien à côté de ça... » Le ton était faux, la voix rauque. Il recommença jusqu'à ce que sa diction lui parût naturelle. « Celle que j'ai ramassée à New York... »

Il n'avait pas vu Victoire depuis trois jours.

Victoire est surprise quand Olga Fléaux sonne à la porte de la rue du Dragon. Elle ne l'a pas revue depuis plus de trois années. Elle garde de sa dernière visite au manège un souvenir de pluie et de chaleur (elle avait sans doute le sang aux oreilles) et une image : Olga parlait avec Hubert pendant qu'elle, à la fenêtre, regardait le taxi à la carrosserie brillante. Une DS d'allure très ministérielle que les Fléaux louaient à la demi-journée, par économie, les voitures de grande remise dans lesquelles l'écrivain s'était longtemps fait transporter, un plaid sur les genoux, n'étant plus dans ses moyens. Victoire frissonne à se rappeler cet après-midi mouillé, le visage inquisiteur d'Olga. Olga qui avait tout deviné et paraissait dire : « Alors, pas encore partie ?» Ensuite Victoire n'avait plus reçu que trois ou quatre coups de téléphone ; l'accent d'Olga Fléaux s'aggravait ou s'atténuait selon ses sentiments. Elle devenait incompréhensible à partir d'un certain seuil d'embarras. Victoire la contemple, incrédule. Olga, c'est sa préhistoire. Cette présence, ce parfum dans la minuscule entrée n'annoncent rien de bon.

– Le père d'Hubert est en train de mourir. Le savez-vous ?

Non, Victoire ne le savait pas. Ou plutôt si, elle avait pris conscience de ces silences, autour d'elle, par lesquels on laisse entendre à Paris qu'un vivant s'éloigne. Elle n'a posé aucune question, à Hubert moins qu'à quiconque. Tout cela a disparu de son horizon. Elle ne pense qu'avec un instant de retard à faire entrer Olga, qui d'un regard circulaire pèse Victoire, sa vie, ses choix, et les trouve légers. Le regard s'arrête à la grande toile de Burgonde accrochée au-dessus du canapé. A part elle, les murs sont nus. Le silence s'installe. On dirait qu'Olga s'arrache avec peine à la peinture ; quand elle se retourne son visage a changé. Elle soupire. Peut-être pense-t-elle que Victoire est plus proche d'elle que d'Hubert, et plus proche qu'Hubert n'est d'elle. Les chevaux, l'Algérie : du chinois. Pourquoi faut-il que le destin l'ait faite, elle, Olga, la dépositaire de secrets qui ne l'intéressent pas ? En pleine lumière, Victoire la découvre vieillie, épuisée et se sent vers elle un élan. Olga le décourage sans un geste, sans un mot : les sentiments se succèdent sur ses traits sans plus aucune précaution qui les masque. En ce moment elle pense : « Restez tranquille. Ne soyez pas molle. Je ne le supporterais pas. »

– Thérèse va bien ?

Puis, sans transition :

– Il va mourir sans avoir revu Hubert. Voulez-vous venir un moment, vous ?

Elle n'a pas l'air de tenir à un assentiment, ni même à une réponse. Victoire pense qu'Olga n'a eu l'idée de cette visite que pour échapper pendant deux heures à l'horreur d'une clinique. Elle demande :

– Où est-il ?

– Dans sa chambre. Où voulez-vous... ? Enfin, vous avez raison, l'hôpital me l'a rendu il y a trois jours. C'est ainsi qu'ils disent. Vous viendrez ?

Victoire promet sa visite pour le lendemain, à trois heures. Que répondre d'autre ? Elle trouve qu'on ne l'épargne guère. Quels comptes Olga pense-t-elle équilibrer en lui imposant le spectacle d'un mourant ? Cette rencontre est irréelle. « J'ai porté dans mon ventre la petite-fille de cet homme, jusqu'à nouvel ordre sa seule descendance, et il n'a jamais exprimé le désir de me voir, fût-ce une heure, ni Thérèse. De quel droit vais-je le regarder mourir ? Devrais-je refuser ? » Mais elle a pitié d'Olga, de ses yeux trop pâles bordés de rouge ; et surtout elle est fatiguée à l'avance de ce qu'il faudrait dire, de ce poids à soulever dont elle espérait s'être débarrassée, de ces mots, encore des mots... Depuis dix jours ils tournent de nouveau autour d'elle et de Burgonde, si vains, un peu plus vidés de leur sens à chaque conversation. Elle ira demain rue Sarrette pour la première et la dernière fois.

Olga reboutonne son manteau. Elle ne s'est pas assise. Devant la *Forêt* de Burgonde elle remarque, comme si la phrase lui échappait :

– C'est un vrai peintre. Savez-vous que Fléaux l'admirait ?

Elle a un geste de la main, hésite à embrasser Victoire, y renonce, se détourne et marche vers la porte. « Admirait » : elle a parlé au passé.


Le lendemain, quand elle arriva rue Sarrette, Victoire y trouva quelques badauds et trois photographes sur le trottoir : Valentin Fléaux était mort à onze heures. Il eût fallu écouter la radio pour le savoir. Une voiture noire s'arrêta, d'où descendit un personnage endeuillé et officiel. Deux agents de faction donnaient du volume au petit groupe des curieux. Les gens posaient à mi-voix des questions et faisaient des têtes étonnées. « Je file », pensa Victoire. A cet instant une main se posa sur son épaule : c'était Hubert, qui arrivait à pied, le visage blanc. « Olga m'a dit que tu venais. Entre avec moi. »

Dans le vestibule de la maison un type en noir derrière un registre leur tendit un stylo. Hubert le toisa, regarda les murs, se retourna vers Victoire :

– Presque dix ans... Bon Dieu !

Victoire trouva Olga beaucoup mieux que la veille. Elle était maquillée avec soin et portait, avec une jupe et des bas noirs, une blouse blanche serrée au cou. Elle embrassa Victoire et Hubert et ils entrèrent tous les trois dans le bureau. Le corps de Valentin Fléaux était allongé sur un lit étroit, entre les deux fenêtres qu'Olga désigna :

– J'ai ouvert les fenêtres, j'ai eu raison ?

Trois hommes se trouvaient dans la pièce, dont l'endeuillé aperçu à son arrivé, également effarouchés, sous leurs airs graves, par le soleil, le ciel, le mouvement des branches et des oiseaux dans le vent. Olga ne paraissait pas les avoir vus, ni leurs grimaces de hiboux à midi.

Victoire s'était attendue à devoir dominer un mouvement de recul. Dans l'escalier elle s'était même dit : « Ma présence est choquante et absurde. Je refuserai de voir le cadavre. » A son étonnement, elle avait pénétré sans appréhension dans le grand bureau, animée par une curiosité qui était bien le dernier sentiment qu'elle eût imaginé. « Cadavre » était un mot inadapté à ce visage fin, serein, encore sillonné de rides minuscules que la mort n'avait pas eu le temps d'effacer. La ressemblance entre Hubert et son père, que les photos ne lui avaient pas révélée, parut à Victoire presque indécente. Les yeux lui manquaient – elle comprit soudain les dessins de Burgonde – pour traquer une autre ressemblance, plus lointaine, avec Thérèse. « La vie abonde en péripéties », se disait Victoire : ce mort lui était presque familier. Elle se sentait en face de lui calme et attentive. Hubert, au contraire, lui parut dense et tendu comme elle ne l'avait jamais vu. Il était fait d'une substance nouvelle, plus lourde, opaque. Victoire n'attendit pas qu'il sortît de sa pétrification pour quitter la pièce. Olga la suivit. Des gens montaient l'escalier, chuchotants et l'œil fouineur. L'un d'eux baisa la main d'Olga, comme dans un salon. Un autre s'emberlificota dans des phrases. Victoire, sans se demander si elle avait tort ou raison d'agir ainsi, profita de ce que le fâcheux accaparait Olga pour s'esquiver. En bas de l'escalier, l'homme au stylo la regarda avec rancune. Une dame descendait de voiture ; elle jeta un coup d'œil à la maison comme on jauge un restaurant inconnu et, avant de se diriger vers la porte, confia au chauffeur la laisse de son chien, chose fragile et grise qui fit penser Victoire à Flavienne. Le soleil avait disparu. « Ils en parleront ce soir à la télé », dit une voix.

Victoire partit vers Saint-Pierre-de-Montrouge. Elle pensait à ce que la disparition de Valentin Fléaux allait changer à la vie d'Hubert. Peut-on se sentir l'orphelin de sa haine ? Il s'était appuyé à elle comme un mur à son contrefort. Etrange qu'il fût venu si vite. Sans doute dès l'appel d'Olga. Avait-il attendu un autre appel, un signe ultime de son père ? Olga, sans doute, l'avait espéré, peut-être suggéré, sûrement en vain. Fléaux et son fils étaient comme un mécanisme rouillé depuis trop longtemps.

Fléaux n'était pas riche. Pourtant cette maison, les tableaux que Victoire avait aperçus, les meubles majestueux formaient un décor sans commune mesure avec le logement du « capitaine ». Olga était généreuse, elle voudrait peut-être faire un beau geste, changer la vie d'Hubert. Victoire perçut là une menace : la sorte d'insécurité que l'on éprouve à se découvrir de nouveaux voisins qui considèrent les murs et les arbres d'un air de trop grand appétit. Oui, cette mort risquait de chambouler les compromis dont tout le monde s'accommodait. Hubert installé, réhabilité, avec un train de maison et de la paix dans la conscience, ne se laisserait peut-être plus priver de sa fille aussi facilement ? Victoire, pour la garder, devrait la mériter, c'est-à-dire lui sacrifier son nomadisme. Sa qualité de « mère célibataire » ne suffirait peut-être pas à la protéger des bontés d'Hubert. Elle se rappela Pâques, et comment Burgonde n'avait pas supporté l'idée que Thérèse vînt vivre huit jours auprès d'elle. Hubert, lui, eût volé la petite pour l'avoir avec soi. Comment croire que la vie n'allait pas rebondir ?

Le soir, comme l'avaient prévu les badauds, les journaux télévisés évoquèrent Fléaux et retracèrent sa vie. Victoire s'attendait à un flash de vingt secondes : ce fut une débauche d'émissions spéciales, confidences des contemporains, documents, photos anciennes. Hubert ne fut nullement oublié, non plus que « les événements d'Algérie qui avaient gravement séparé les deux hommes ». Victoire croyait rêver. Elle se rappelait leurs cachettes, la peur des dénonciations, la haine et la mort qui avaient rôdé autour d'eux – et voilà que ce passé sordide entrait dans l'information, presque dans l'histoire. Fléaux, que la pénombre avait estompé ces dernières années, qui ne publiait plus, que l'on ne fêtait plus, resurgissait en pleine lumière, accompagné de ces nécrologies soigneuses et abondamment illustrées que le cancer laisse aux journalistes le temps de peaufiner. Sa mort, survenant après celle du Général, prenait un sens plus riche, en quelque sorte symbolique. C'était le départ du féal après celui de son suzerain, le poète suivant son protecteur dans la tombe. Sur ces thèmes-là, on brodait de la dentelle.

Victoire avait raconté à Burgonde la démarche d'Olga, la veille, et aujourd'hui sa visite rue Sarrette, qu'il avait approuvée. Ils regardèrent donc ensemble les informations, ce qui fit surgir entre eux l'ombre du capitaine avec plus d'indiscrétion encore qu'au printemps. Précisément, il cessait d'être une ombre, Hubert Fléaux. Il redevenait un personnage opaque, encombrant, portant un nom célèbre – plus célèbre qu'on ne le pensait – avec ses opinions (qui cessaient d'être criminelles), ses droits, demain ses revendications. Burgonde, pour des raisons différentes, ressentait le même malaise qu'avait subi Victoire l'après-midi. Il écoutait les personnalités gaullistes et poétiques pérorer sur fond de bibliothèque : résistants, littérateurs, anciens ministres – les éternels rhapsodes. Victoire pensait à Hubert et Burgonde la devinait, la comprenait. Plus vieux qu'elle, il savait que la vie s'écroule par pans entiers, qu'elle change selon les brutalités d'une espèce de géologie, et non pas comme coule un ruisselet. Victoire regardait le petit écran et pensait, comiquement : « En somme, c'est le grand-papa de ma fille... »

Elle se laissa rire, se leva, secoua ses cheveux et éteignit le récepteur. « Eh bien, nous avons une vedette dans la famille », dit-elle. « Vedette » : pour Burgonde c'était un mot d'une autre génération que la sienne, et en même temps qu'il le remarquait il se dit que le capitaine en eût été, bien que son cadet, aussi agacé que lui. Il commençait à devenir encombrant, le capitaine, il allait falloir l'évacuer, mais comment ? De façon encore obscure, Burgonde sentait que la mort de Valentin Fléaux les remettait à égalité, face à Victoire, Hubert et lui.

Ils ne purent s'empêcher, les jours suivants, d'évoquer Fléaux. C'est dire que Burgonde parla presque seul : Victoire n'aurait eu que le nom d'Hubert à la bouche si elle avait pris la parole. Elle la laissa donc à Burgonde, qui discourut sur le silence et la gloire. C'était un beau canevas. Il tissait sa tapisserie à tout petits points pour ne pas choquer Victoire, que le profil du mort faisait rêver. Burgonde avait été stupéfié par le soudain éclat dont la mort revêtait Fléaux. La conjonction de plusieurs circonstances avait réussi l'événement, comme une recette aux proportions hasardeuses peut réussir un plat. Du gaullisme (on parlait de « fidélité inébranlable »), l'éloignement et l'humeur grincheuse (et bien sûr les journalistes disaient « solitude hautaine »), les textes rares, anciens, peu lus : on ne voyait pas comment le soufflé avait monté. Et pourtant ! Il n'était pas jusqu'à la querelle entre Fléaux et son fils qui ne collaborât à la légende en train de naître. Ce capitaine tourné comploteur, et qui n'avait pas revu son père vivant, on braquait sur lui le projecteur. Il devenait le survivant d'un couple cornélien, bien fait pour rassurer la France de 1970 : les deux factions qui l'avaient déchirée s'y trouvaient noblement réconciliées. On vit paraître une photo d'Hubert debout aux pieds du mort, pétrifié comme Victoire l'avait vu. On ne précisait pas que le photographe avait reçu quelques coups de poing et n'avait sauvé sa pellicule que de justesse. On alla même débusquer le fils Fléaux au manège. Soucieux de « couper leurs ailes aux canards » – Victoire reconnaissait son style – le capitaine avait accepté de recevoir les journalistes et de leur parler. Il s'était bien entendu laissé piéger. Ses formules péremptoires, ses photos – botté, la bouche ouverte et une cravache brandie –, ses souvenirs d'enfance, ses nostalgies OAS : une bouillie affreuse qui dégoulina de deux ou trois magazines. « Pauvre Hubert ! » soupirait Victoire. Burgonde ricanait sous cape. Une semaine passa, et tout fut oublié. Victoire fut étonnée, rencontrant le capitaine pour régler une affaire de pension, de le trouver excédé et fulminant alors que plus personne ne pensait à lui. Il avait trop de nerfs pour sortir indemne de ces tourmentes. Il prit huit jours de congé qu'il alla passer près d'Uzès. C'était la première fois qu'il s'y risquait : Victoire n'avait pas tort de s'alarmer.

Le vernissage chez Hilda Lequercy était fixé au début de décembre. Burgonde voyait sans excès de pessimisme la date approcher. A peine remarqua-t-il que la légère écume qui précédait ses expositions – interviews, visites à l'atelier, rendez-vous de télévision, etc. – moussait moins qu'à l'ordinaire. Rose était rentrée d'East Hampton depuis dix jours et sa présence suffisait à occuper Burgonde. Autant elle lui avait été rendue somnolente et enflée l'automne précédent, autant cette année elle était apparue intense, vibrante, élancée. Pour le coup, elle l'intimidait. Le corps de Rose, sous les chandails et les jeans, paraissait mobile, onctueux. Burgonde, fort de l'été qu'ils avaient passé aux Cerniats, tenta de mettre leurs rapports sur un pied de complicité qui l'arrangeât. Il rêvait de parler de Victoire, d'organiser une rencontre. Il avait besoin de simplifier sa vie. Mais Rose avait des larmes aux yeux trois fois par jour et ses phrases claquaient. Etrangement, dans ces semaines où l'on eût trouvé naturel de dire qu'elle était « devenue tout à fait femme », ou quelque autre formule usuelle, elle avait de plus en plus l'air d'une enfant. Quand elle téléphona, un soir, au Pataud, et annonça à son père qu'il ne fallait pas l'attendre, qu'elle ne rentrerait pas cette nuit, ni la suivante, ni aucune autre, il fut traversé d'un éclair de fureur et de chagrin qui le laissa stupide. Il bégaya quelques mots impérieux et raccrocha, étouffant d'un énorme sentiment d'injustice. Il dut compter sur ses doigts pour vérifier l'âge de Rose et renoncer à appeler le commissariat. Peut-être s'apprêtait-elle à lui dire d'où elle l'appelait quand il avait raccroché ? Peut-être n'avait-il eu ce geste que pour pouvoir penser et dire qu'il ignorait où elle se trouvait ? Mais non, il avait écrasé sa main sur la fourche de l'appareil parce qu'il entendait sa voix trembler : il avait eu honte. Des heures durant il essaya de s'habituer à l'absence de Rose, à l'idée de son départ, d'en comprendre les raisons. Un garçon, un homme ? Cela allait sans dire et Burgonde acceptait cette présence inconnue. A l'occasion il avait facilité la métamorphose de sa fille. Une absence, un mot dit comme au hasard, une question qu'il s'abstenait de poser, une discrétion nouvelle et calculée : peu à peu il avait défriché le terrain entre Rose et sa vie de grande personne. Pour le reste il s'en était remis à Léa et à Gabrielle. Il était un père froid, indécis – sûrement pas un père abusif ni jaloux. Pourquoi, dès lors, le blessait-elle ?

Il monta jusqu'à la chambre de Rose. Elle était partie sans rien emporter. Autant qu'il pouvait en juger tous ses vêtements étaient là, et ses livres, ses photos, dans la salle de bain les flacons et les brosses, toutes ces traces d'intimité sur lesquelles Burgonde ne portait pas la main. Quelle colère ou quelle asphyxie avait provoqué pareille hâte ? Burgonde cherchait un indice, une explication, il ne trouvait rien. Il ouvrait les placards, les tiroirs d'où montaient cette présence, ce souvenir de Rose encore partagés entre les odeurs garçonnières de l'enfance et le parfum de fruit d'une eau de toilette rapportée d'Amérique. La chambre était immobile, morte. On l'eût crue inhabitée depuis un an. « Elle va revenir, pensait Burgonde, figé dans ce silence, elle y sera bien obligée, on ne s'évanouit pas ainsi. On quitte en tempête ceux qu'on a cessé d'aimer, mais on n'abandonne pas ses disques et ses chandails. » Burgonde ne croyait pas aux faits divers. Il n'imaginait pas Rose victime de quelque mystère. Trop tendue, la corde avait cassé, voilà tout. La passion, ses ravages, un amour interdit ou impossible : il voulait bien se les figurer, encore que la petite Rose continuât de lui paraître d'un modèle et d'une cylindrée bien faibles pour ces courses épuisantes, mais il ne parvenait pas à s'expliquer la hâte cruelle du départ. « L'avais-je à ce point lassée de moi ? » Il ne lui venait pas à l'esprit que, peut-être, Rose n'eût pas un instant pensé à lui. Elle avait appareillé et il était resté, lui, sur le rivage. Il s'était cru proche d'elle, ces mois de l'été, parce qu'elle battait des omelettes et marchait à ses côtés dans la forêt. Sans doute avait-elle déjà glissé loin de lui et guettait-elle l'occasion de son départ. Il n'avait rien compris. Il se considérait comme un père pour rire. Tendre, susceptible, mais fabriqué. Il découvrait que ses enfants eux aussi avaient joué des rôles. Rose venait de changer de théâtre. S'était-il assez plaint – mais bouche cousue, à la bourgeoise – des mornes soirées du Cafard, des conversations compassées, de ces solitudes cadenassées, parallèles, imperméables l'une à l'autre ! Il était toujours, à l'entendre, la victime de ces lourdeurs de la vie – jamais leur cause ni leur remède. Frédéric leur avait vite échappé et Rose ne faisait que suivre son exemple. Que pensait-elle, la Rosinette, enfermée dans sa chambre, quand Burgonde la jugeait endormie et partait rejoindre Victoire ? Il avait été un égoïste de la plus grise espèce : celle qui se lamente et accuse.

Il décommanda Victoire et passa la soirée rue Raffet, guettant un appel. Il était dans la peau d'un plaqué. Ou d'un malade. Il l'avait assez redouté, le creux de la panique, le blanc d'avant la vérité, quand le médecin va vous annoncer le résultat de l'analyse, cet instant où le courant cesse de passer avant l'éclair de la peur. Un accident, une femme qui vous quitte, la haine d'un homme révélée par hasard et qu'on ne pourra plus jamais désarmer : étapes du même mal, apprentissages de l'irrémédiable. Rose annonçant son départ lui avait porté un coup de même nature. En plus doux, bien sûr. Un père ne crève pas de n'être plus aimé. Ce n'est jamais que rentrer dans l'ordre, passé les calembredaines de l'enfance. Dit-on assez de bêtises sur le sujet ! Burgonde n'avait jamais été le dernier à choquer les bonnes gens par ses paradoxes : il prétendait ne pas raffoler de ses enfants ; il n'avait jamais pensé que la réciproque pût être vraie. Eh bien voilà, il était instruit et la bergère avait répondu au berger. Par téléphone. D'une petite voix sans timbre, sans humour, sans réplique. Une assez pauvre voix, à bien l'écouter. Sur quoi Burgonde s'apitoyait. Que faisait Rose à cette heure ? Pleine de bon sens une voix répondait : elle s'envoie en l'air avec un vigoureux inconnu. Mais la misère des mots laissait en lui une cicatrice. De qui ricanait-il ainsi ? Il devait faire effort pour se rappeler le vrai personnage : Rose, sa fille Rose, et non l'exaspérante pharaonne revenue le mois dernier des Etats-Unis, non plus que la léthargique ennemie avec qui il avait cohabité rue Raffet tout l'hiver. La vraie Rose, qui ne ressemblait ni à Léa ni à lui ; qui à dix ans ravalait ses larmes avec un courage d'héroïne antique, qui cet été arpentait les forêts à ses côtés et battait le soir des omelettes (voir plus haut), une bouteille de vin rouge posée entre eux sur la table.

Il radote. Il a même un moment soupçonné Léa, Betty, leur entourage, ce qu'il en devine à travers les souvenirs de ses visites à East Hampton : les coiffures frisées, ces regards curieux et ardents qui ne s'attendrissent que loin de la moustache des hommes. « Qui a-t-elle rencontré, là-bas ? Sous la coupe de qui est-elle tombée ? » Mais vite la fatigue l'arrête, et le réflexe de se moquer. « Sous la coupe de qui... » : Prud-homme, maintenant ? Il éteint la lampe, quitte la chambre de Rose dont il ferme soigneusement la porte derrière lui, comme si elle y fût endormie et qu'il craignît de l'éveiller.

Le jour où Victoire pénètre pour la première fois dans la maison de la rue Raffet, elle connaît Burgonde depuis trente-neuf mois. Elle a fait le calcul en venant. Elle est passée par le Pataud, d'où ils arrivent à pied, parcourant pour la première fois côte à côte ces trois cents mètres interdits qui mènent Burgonde d'une de ses vies à l'autre. C'est triste, la rue Raffet. Deux ou trois pavillons promis à la pioche, des jardins où s'étirent les chats, des gens d'âge qui naviguent à petits pas entre les crottes, et un immeuble rose. Le Cafard, c'est au-delà de l'immeuble rose et de l'épicerie, un de ces hôtels bâtis vers 1925 et habités par des gens aux noms doubles. Doubles noms, doubles rideaux aux fenêtres, et le silence, surtout le silence. Les jardins se trouvent sur le derrière, insoupçonnables, humides. On entend aboyer des chiens.

Il est midi et nulle lumière ne perce le gris bronchiteux qui couvre la ville. Victoire sent le froid jusqu'à l'os. Elle trouve l'épreuve sévère. Burgonde est-il conscient de la lui imposer ? Depuis dix jours que Rose est partie, il n'a reçu d'elle aucune nouvelle. Il s'est d'abord replié sur ce chagrin qui l'avait envahi, puis il a pris son parti d'en rire. Le rire, pense Victoire, ne vaut guère mieux que le chagrin : tous deux paraissent forcés.

Burgonde s'efface pour laisser entrer Victoire. La maison sent le veuvage et le poireau. Pauline apparaît par une autre porte, un cabas à la main, salue Victoire sans lever sur elle les yeux et demande : « Vous déjeunez ici ? Il y a des poireaux en vinaigrette. » Victoire secoue la tête, suppliante. Burgonde jure qu'ils « ont un déjeuner » et fuit vers les étages. Victoire le suit et s'aperçoit qu'elle n'a jamais eu la curiosité ni l'imagination du décor où vivent les Burgonde. Elle s'en fichait et continue de s'en ficher, soucieuse seulement de ne pas tourmenter son compagnon à quelques heures du vernissage – il a lieu ce soir – et d'accomplir le plus vite possible ce rite auquel il a l'air de tenir. Il pousse des portes, nomme des pièces, attire parfois l'attention sur une peinture, (aucune n'est de lui), avec la hâte distraite de celui qui expédie une corvée. Le mystère s'épaissit. « La chambre de Rose » est des plus classiques ; un peu plus garçonnière, peut-être, que prévu. Les yeux fermés, Victoire pourrait réciter la liste des volumes de la Pléiade et des livres de poche alignés sur les rayons, celle des disques empilés par terre.

– Elle range mal ses disques, ta fille.

Victoire reste plantée là, comme Burgonde l'autre jour, attendant qu'il donne le signal du départ. Elle est tout occupée de deux personnages qu'il ne soupçonne pas : elle il y a huit ans ; Thérèse dans dix ans. La chambre lui semble être celle d'une jeune fille composite, multiple, inusable, dont à l'avance et rétrospectivement les états d'âme l'ennuient. Elle veut bien comprendre la désolation de Burgonde, le désarroi qu'il éprouve à se retrouver seul dans cette maison où l'on cuit des poireaux, mais il ne faut pas exagérer. Une complaisance entraînant l'autre, il se couche dans toutes les occasions de souffrir. Aura-t-elle encore la force de le tirer hors de là ? Comme elle était légère cet été, et vive, et sollicitée, et brune ! « Une voyageuse solitaire est une diablesse » : la voilà de nouveau appariée, pâle et patiente. Burgonde l'exaspère et l'émeut. « Viens », dit-elle, et elle l'entraîne dans l'escalier. Au mur sont accrochées des choses modestes – forcément, un escalier ! – gravures de César et de Bellmer, lithos d'Estève et de Letourneur. L'indifférence serre les tempes de Victoire comme une migraine. Un instant, là-haut, elle a espéré que Burgonde allait la pousser sur le lit de Rose et la trousser. Rien de tel qu'une profanation pour guérir l'homme de ses alanguissements. Mais Burgonde semble momifié. Tout ce jour Victoire le guide, le réchauffe, le prépare à la soirée qu'elle sent qu'il redoute. Il est amputé, à la galerie Lequercy, d'habitudes que Victoire n'a presque pas partagées mais dont elle devine le manque à son engourdissement, tout comme Burgonde, au fur et à mesure de la liturgie du vernissage, comprend, à d'imperceptibles signes, qu'une guerre lui a été déclarée. Il y a des absences, des coups de téléphone d'excuses – il exige d'Hilda qu'elle débranche l'appareil –, des présences hâtives, évasives, des effarements bien joués, des frissons qu'on lui jette en guise de compliments, en phrases coulées, roucoulées, et qu'il reçoit comme autant d'injures faites à la mémoire de son père. Tous ces gens bouffent leur casse-croûte sur le coin d'une tombe. Comme toujours on étouffe et de la buée couvre la vitrine. Les vernissages, c'est cette buée, cette étuve d'où montent piaillements et flatteries. Enormes, les flatteries. Burgonde voit tourner dans un flou de bain turc les barbes, les yeux froids, les yeux fiévreux, les bouches pleines de dents. Il se rappelle New York, Lew Dupont, et il a peur : n'est-il pas à New York ? Et n'est-ce pas, là-bas, qui de loin le couve, Gabrielle ou Léa ? Tiens, Léa n'a pas envoyé la feuille de points rouges. Les traditions se perdent. Levi-Monzi est venu, lui, fidèle. Fidèle à quoi ? A qui ? Du coin de l'œil Hilda surveille Burgonde et se dit : « Attention ! ma brute se décompose... » Avec une autorité inattendue elle intime à Victoire le conseil d'arracher son verre à Burgonde et de veiller à ce qu'il n'en trouve pas un autre. Les mains libres, le peintre s'accroche à l'avant-bras ou aux épaules de ses interlocuteurs. Il leur dit : « Rose ? Vous la connaissez, Rose... Elle s'est fait la malle il y a dix jours. Façon de parler, d'ailleurs, parce qu'elle est partie sans valise. Vous auriez attendu ça, vous ? » Letourneur s'est approché de Burgonde. Il lui donne une espèce d'accolade et, le tenant serré dans ses immenses bras, lui parle à

l'oreille. Puis, sans le lâcher, il s'écarte et le regarde avec une profondeur pleine d'intentions. On dirait un curé, un sacré chieur de curé. Burgonde se dégage et cherche Victoire des yeux. Elle bavarde avec Giorgio. Il va vers elle en crevant au passage des effusions, en écartant des visages quêteurs, avides. Il n'a besoin de rien lui dire : Victoire à son tour fraye un chemin vers la porte et il la suit, paupières baissées. Dehors, il fait un froid à tomber de congestion. Vingt pas plus loin, dans la rue Christine, un café est ouvert dont les quelques clients, tête levée vers un récepteur de télévision, ne font pas attention à l'entrée de Burgonde et de Victoire qui vont s'asseoir dans un recoin. Où ils sont, ils ne voient pas l'écran. On leur apporte du café. La voix du journaliste – c'est l'heure des informations – les enveloppe d'une présence familière et les dispense de parler. Burgonde s'aperçoit que depuis cinq heures il a attendu l'apparition de Rose dans la porte. Elle serait entrée, la peau rouge de froid, et de loin lui aurait fait un clin d'œil parce qu'il aurait été en train de parler à un Critique d'Art ou à une Collectionneuse Bien Connue. Il l'aurait néanmoins attirée à lui et aurait murmuré, selon leurs usages : « Voilà ma Rose rosie par le vent... »
Ils restent là longtemps, Victoire et lui, tassés sur la banquette, pendant que le café se vide et que sans doute Hilda les cherche, ou feint de les chercher, plutôt soulagée que son peintre se soit esbigné, sûre qu'elle est de l'ivresse de Burgonde et des imprudences qu'il n'eût pas manqué de commettre. Ainsi tout le monde est content. L'aiguille des minutes, sur le cadran de l'horloge placée au-dessus de la porte, fait ses petits sauts avec une résolution que Burgonde ne se lasse pas d'apprécier. Victoire boit son troisième café, décourage par son air vague les regards fervents du garçon et se dit qu'elle a tort, qu'elle ne dormira pas cette nuit et qu'il lui faudra reprendre chaque terme d'un examen de conscience de moins en moins bienveillant.

Une cabale, c'est trop dire, mais rien ne se passe comme il faudrait. Dans les journaux, par exemple : les photos attendues en couleurs virent au noir ; les articles sont retardés de jour en jour et oubliés au marbre ; l'événement s'amenuise, se dissout. Victoire, fascinée, découvre comment le sort produit un échec et elle tente d'en démonter le mécanisme.
Burgonde se désintéresse de l'exposition. « J'ai remis ma

432

copie. Alors quoi ?» Il n'est allé qu'une fois à la galerie où Hilda, frémissante, résistait à lui tourner le dos. Rose a écrit à son père pour lui souhaiter bonne chance, un petit mot pincé, décoré de deux fautes d'orthographe. L'enveloppe portait le timbre de Versailles. Une ville qui rendait l'affaire à ses modestes dimensions.

Victoire voudrait comprendre. Le sort de tant de force dépensée, d'espérances et d'imprudences investies, peut donc dépendre de quelques commentaires écrits ou non, publiés ou non, et du caprice de dix acheteurs ? Elle touche du doigt ce qu'elle ne mesurait pas : la précarité d'une réputation. Elle ne peut s'interdire de penser : « Un peintre, ce n'est donc rien... » Elle le pense sans méchanceté mais avec un grand étonnement. Elle a rencontré Burgonde à un moment de sa carrière – et bien sûr le mot dégoûte Victoire ; elle préfère « aventure ». Va donc pour : à un moment de son aventure où tout semblait aller de soi, sécurité, sérénité. Malgré ses grognements elle lui croyait une grâce. Le vernis ne s'est écaillé que peu à peu. Les grognements, revenons-y. Victoire s'est d'abord irritée des airs de diva que prennent les artistes : leurs nerfs, l'indifférence avec laquelle ils se détournent du travail des autres, toute cette chaleur bon enfant qui recouvre une férocité de loup. Elle commence enfin à comprendre. On traque les loups, on les chasse, on les oublie – et ils ont peur.

Deux points rouges. A en croire Giorgio, en vingt ans Burgonde n'avait jamais connu ça. « Vos collectionneurs se défilent ! » La voix à la fois sourde et sifflante d'Hilda fait plus de mal à Victoire qu'à Burgonde. A partir de la troisième semaine la galerie sent le sépulcre. N'était l'absence d'odeurs de soupe, on s'y croirait au Cafard. Quel apprentissage, pour Victoire ! Les journaux que l'on ouvre sans montrer sa nervosité ; la rubrique des arts où d'un coup d'œil on vérifie « qu'il n'y a encore rien. » Burgonde s'amuse de la déconvenue de Victoire, de sa fureur. Il a le naturel courageux. Comment fait-il ? Lui aussi s'intéresse à la genèse des choses. Il suit le cheminement des influences, la trajectoire des coups fourrés, avec la science d'un rhumatisant repérant en lui les trajets de la douleur. Foutriquet et Foutriquette savent leur métier ! Burgonde pourrait décrire leurs moues, leurs mimiques, l'art des silences navrés. Ils avaient commencé à lui cogner dessus à la fin de l'été – ils sont condamnés à l'achever. Seul l'échec des *Agonies* justifiera leur politique et, comme dit Ludovic, « les options nouvelles de la galerie Falkenberg ». Au reste, de quoi pourrait-on les accuser ? Ils ne font rien, ils se taisent. Mais à la façon dont les marieuses d'autrefois s'y prenaient pour déconsidérer un mauvais parti. « Il y a des véroles dans mes antécédents, et des faillis », constate gaiement Burgonde. Gaiement ? Il n'est plus à la mode, s'il l'a jamais été, voilà tout. Non pas qu'il soit resté immobile pendant que bougeaient les lourds fourgons de l'Art Moderne, mais il s'est déplacé à contresens du trafic, dans une direction où personne ne l'attendait, où personne ne va. C'est ainsi qu'on se retrouve seul.

L'article d'Aragon, dans ces conditions, a la forte saveur d'un printemps en hiver. Il occupe toute une page des *Lettres françaises* et ménage, en son centre, une « réserve » où se trouve reproduit le plus cruel des dessins de l'exposition. Celui qu'Hilda ne voulait même pas faire photographier. C'est le premier texte que publie Aragon depuis la mort d'Elsa : on comprend ce qu'il a vu et ce qui l'a touché dans les dessins de Burgonde. Il pose sur eux sa musique de mots comme en d'autres circonstances des musiciens font à ses poèmes : il renverse les rôles.

Quand Victoire a téléphoné à Burgonde pour lui signaler l'article, il est allé, dans les deux minutes, jusqu'à la librairie de la rue du Docteur-Blanche acheter le journal. Bien quinze ans qu'il n'avait pas fait ça ! Il l'a lu debout sur le trottoir, avec des bonds dans la poitrine, et en même temps cette crispation, parce que deux ombres passaient, deux morts, sur le texte et sur lui qui le lisait. Au Cafard, assis sur trois marches de l'escalier – l'attitude d'autrefois, retrouvée –, il a repris sa lecture ligne à ligne. Il avait raison depuis trois semaines de prendre à la légère grimaces et soupirs puisque ce texte est venu, qu'il existe, et qu'il le réconcilie avec lui-même.

Il commence en fanfare feutrée, comme à l'accoutumée : « *Ça leur fait peur, on dirait, l'agonie...* » La voix est là-dessous, gouailleuse et métallique, que Burgonde reconnaît sans la connaître vraiment. Il l'a peu vu, Aragon. Une dizaine de fois, il y a plus de vingt ans, à l'époque de la Maison de la Pensée française installée dans un hôtel de la rue Gabriel, à deux pas des jardins de l'Elysée, sur les raouts de laquelle régnait un Aragon aux costumes aussi clairs que ses yeux. Une cour l'entourait, en cercles diligents, vigilants, que Burgonde avait rarement fendus. « Tu vois, petit... » La voix se couvrait, grondait pendant que l'œil, voyageur, surveillait les gens, se veloutant pour les uns, bloquant les autres dans leur progression vers lui. A l'époque, peut-être à cause de Matisse et de Braque, on pouvait planter aux *Lettres françaises* autant de crucifix qu'on voulait. C'était encore les lendemains de la Résistance, l'union nationale. Des copains de Burgonde étaient devenus communistes tout naturellement, parce que c'était aussi évident pour ces bonnes natures que d'aimer le soleil, les enfants. Puis ils avaient déchanté ; ils étaient devenus hargneux. Burgonde, qui n'avait jamais été de leur chapelle, en avait eu assez de se faire donner des leçons d'anticommunisme par les défroqués. Il avait pris le large. Mais de loin en loin il voyait toujours Aragon ; ils se tutoyaient ; ils parlaient d'autre chose. Elsa avait successivement accueilli Léa et Gabrielle avec la même gentillesse questionneuse : elle était l'amie des femmes.

Les fusées de Cuba, de Gaulle : il était arrivé que les gros titres leur empoisonnassent la conversation. Dans ces périodes-là, ils espaçaient.

Et puis, ce matin, cet immense coup de chapeau, ce poème en son honneur ! Burgonde se retrouve jeune homme prêtant l'oreille aux arabesques du prince : « Tu vois, petit... » Et tant pis si ces messieurs-dames Falkenberg distillent à leurs fidèles des commentaires goguenards. Le coco, le stalinien : ils réussiront encore à faire de cet air de flûte un grincement. Il est vrai qu'au point où en est Burgonde !

Le solo de flûte a provoqué quelques visites tardives à la galerie, un regain d'attention, et presque autant de sarcasmes que de compliments. On rappelle chez les beaux esprits que le même Aragon a loué il n'y a pas si longtemps les coléoptères et les sauterelles de Buffet. On raille, et chaque raillerie blesse Burgonde et l'étonne. A quoi bon le montrer ? Il s'enferme dans l'atelier, regarde les dessins des *Agonies* restés dans les cartons et s'interroge sur le malentendu. Qu'ils fassent peur, comme l'a dit Aragon, il le conçoit ; mais qu'ils invitent à la moquerie, comment l'accepter ?

Victoire, pour qui Aragon fut le diable – mais l'avait-elle lu avant de trouver à l'hôtel Maussane *Aurélien* et *la Semaine sainte* ? – ne comprend pas tout à fait la joie de Burgonde, la façon qu'il a de sucer l'article des *Lettres françaises* comme un bonbon qu'on fait durer. Elle voit dans tout cela des degrés, des quantités – non pas une qualité différente. Elle se réjouit parce que Burgonde est sorti de sa torpeur. Troisième point rouge.


Burgonde a écrit à Aragon, qui lui a aussitôt téléphoné. Aux obsèques d'Elsa, Burgonde était resté entre les curieux massés sur le trottoir du boulevard Poissonnière, à l'écart de l'enclos où des gens assis écoutaient parler Marchais, Barrault, Neruda, leurs paroles emportées au tohu-bohu de la ville. Il n'avait pas cherché à saluer Aragon, enfoncé dans cette absence courtoise que les médicaments appropriés offrent comme une grâce. Il ne l'a donc pas revu depuis longtemps. Quand Aragon l'invite à venir passer une soirée au Moulin il accepte sans hésiter. « Cette petite, tu nous l'amènes ?... » Il a dit « nous », comme autrefois. Au long de la route où Burgonde s'égare – Bièvres, le Christ de Saclay, le plateau où le vent plaque de l'eau et de la boue sur le pare-brise – Victoire et lui ne se parlent guère.

Un feu brûle dans la cheminée de la bibliothèque. Debout, Aragon dit d'étranges choses. Il y a peu de semaines qu'on a transféré le cercueil d'Elsa du cimetière de Saint-Rémy à ce caveau creusé dans le parc du Moulin. Des gens sont venus, les officiels du Parti dans leur caravane de DS noires – comme de ministres ou de monarques en visite. Ils ont piétiné la boue des allées par une journée aussi pourrie que celle-ci. Ensuite ils ont laissé Aragon seul. Lili était déjà repartie pour Moscou. Il faut imaginer cela, dans le soir venu : le Moulin au seuil de l'hiver, sous le balancement des arbres, refermé comme un piège de souvenirs autour d'un homme. Et cet homme debout qui parle. Le vent cogne aux fenêtres.

Burgonde n'ose pas regarder Victoire. Cette visite est son initiation. Comment entrera-t-elle dans ces confidences, dans l'ivresse volubile de la solitude ? Burgonde souhaite qu'elle écoute mal. L'oubli seul peut ensevelir certaines minutes où l'on a vu un homme s'entrouvrir. Il marche, maintenant, de long en large, il parle de son travail, il dit qu'il n'a plus rien écrit – « rien, tu entends ? pas une ligne » – depuis la mort d'Elsa. (Que fait-il de cette chronique à cause de laquelle Burgonde est venu ?) Puis un peu plus tard il propose de lire une nouvelle qu'il dit avoir terminée la veille. La voilà. Il lit comme il a toujours fait, impérieux, très Odéon d'avant guerre, avec des sifflements et des sous-entendus, des accélérations excédées, les coups d'œil vers le miroir ou les auditeurs, une emphase mélodieuse et agacée. Burgonde se rappelle quelques lectures semblables dans les arrière-salles de café, il y a vingt ans : rien n'a changé. Le récit parle d'un souvenir d'enfance, de sensualité dans la lourdeur d'anciens étés.

A peine la lecture terminée, sans transition, Aragon constate que les V. ne sont pas arrivés. Les V. : un critique d'art de l'ultime couvée surréaliste et la princesse italienne que l'on appelle sa femme, bien qu'il ne l'ait pas tout à fait épousée. Il y a peu d'années, V. vomissait Aragon. Tour à tour boudeur, chagrin, révulsé, il quittait les salons où entrait l'abominable couple. Mais depuis lors Breton est mort et, le grand chat endormi, ses souris se sont remises à danser : V. est devenu l'intime ami d'Aragon. Burgonde, qui ne l'aime pas (l'autre le lui rend bien), n'est pas mécontent de le rencontrer ce soir ici : le flagrant délit.

On va se mettre à table « pour les faire venir ». Burgonde, qui ne sait plus boire à jeun, n'en est pas mécontent, non plus que d'échapper au silence dans quoi la lecture a sombré. Date-t-il de la veille, ce texte, ou de très longtemps ? Et s'il est ancien pourquoi Aragon l'a-t-il aujourd'hui exhumé, relu, corrigé peut-être, dans la désolation et la pluie ? Qu'ont à voir les orages de l'adolescence et du désir avec les confidences de tout à l'heure ? Et avec le pèlerinage des *apparatchiks* vêtus de sombre, il y a quinze jours, que l'écrivain ne semble pas avoir digéré ?

La table est dressée dans la cuisine du Moulin, une salle de ferme embellie des carreaux de Delft dont Elsa avait décoré les murs. La gardienne reste debout dans la pénombre, derrière les chaises, et son attitude accentue le côté paysan de la scène. Elle n'apparaît dans le cône de lumière de la suspension que pour présenter des plats lourds, épicés, ou desservir les assiettes sales. Aragon, avec une gentillesse un peu exaltée, ouvre des bouteilles, bouscule les carafes, emplit les verres dans le décousu d'un bavardage de hasard. Quand le téléphone sonne et qu'il se lève pour aller répondre, dans le coin, sous l'escalier, Burgonde n'échange avec Victoire aucune parole : il reste plongé dans l'irréalité de la lecture de tout à l'heure et de ce dîner chaotique, qu'aggrave chaque nouvelle rasade de vodka.

A écouter la moitié des répliques ils devinent que les V. sont en panne au bord d'une route.

– Noyé ? Qu'est-ce qui est noyé ? Ah, le moteur !

Aragon crie et rit. Puis soudain :

– Prenez un taxi ! Quoi ?

Nouveau silence, avant la dernière réplique, jetée sur un ton royal :

– Aucune importance, je vous l'offre ! et faites vite !

Enfin la lumière des phares joue sur les arbres et le mur. Aragon se lève et marche vers la porte en sortant de sa poche une liasse de billets. Les V., hirsutes, mouillés, doivent avoir tué le temps au bar du bistrot d'où ils ont téléphoné, car rien ne leur paraît plus normal que l'abondance des victuailles, des bouteilles, et ce flou luisant des visages. Burgonde et V. se serrent la main sans se regarder. Après quoi chacun s'assoit et la soirée prend un nouveau départ. Parfois Aragon ouvre le réfrigérateur qui occupe un coin de la salle et chacun peut voir, dans la lumière bleue, des bouteilles de toutes sortes. Il en prend une, l'ouvre, verse à boire. Burgonde a posé la main sur l'épaule de Victoire pour la rassurer. Dans l'ivresse, les propos prennent une importance excessive, cocasse, mais aussitôt des rires les diluent, et de plus en plus la table évoque une nature morte en folie.

Il n'est pas loin de minuit quand Aragon demande, la voix étrangement pressante, qui veut « aller voir Elsa » ?

La porte ouverte, on voit que la pluie a cessé et que le ciel, changeant et lavé, est traversé de nuages rapides. Des rafales secouent les arbres. Dans le coffre de la voiture Burgonde trouve des peaux de mouton et il enfile l'une, enveloppe dans l'autre Victoire, sortie elle aussi, et qui frissonne. Ils attendent dans le froid, serrés l'un contre l'autre, regardant par les fenêtres les V. s'habiller, lever les yeux, remuer les lèvres, rire : Aragon est sans doute apparu en haut du petit escalier. Quand il sort, il est revêtu d'un long manteau de fourrure. Ours ou loup ? Celui-là même, dit-il, que portent les généraux soviétiques. Il entre dans un appentis où il décroche deux lanternes comme on n'en voit plus que dans les films historiques. Il les allume en tremblant, tend l'une à V., garde l'autre, et tout le monde sort derrière lui dans le vent.

A cet instant la scène s'immobilise. Victoire serre trop fort la main de Burgonde. Si elle a bu avec les autres, elle a froid et veille à tenir sa bouche fermée pour empêcher ses dents de claquer. Si elle n'a pas bu, elle se sent distancée et tout ce théâtre – elle pense sans doute : ce cinéma – doit l'exténuer. Le visage éclairé par-dessous, plus émacié que jamais, hagard, résolu, Aragon décide qu'il serait dommage de monter directement à la tombe d'Elsa ; il faut « faire la promenade du bief, qu'elle aimait tant ». Il titube un instant et son fanal fait remuer des ombres sur le mur du moulin où se dessèche l'ampélopsis, puis il s'ébranle, suivi des deux jeunes femmes, de Burgonde et de V., qui ferme la marche, le second falot à la main.

Plus tard, quand il y repensa, il sembla à Burgonde que leur déambulation avait duré très longtemps. Le froid les avait dégrisés. Ils se taisaient, frissonnants, veillant à ne pas glisser dans la boue. Ils avaient laissé à main droite le petit bois et la colline qui sont devant la maison et ils longeaient un bras de rivière. Le sol était pentu, traître. Agitées par la marche, les lanternes projetaient dans les arbres, très hauts en cet endroit, des éclairages mouvants dont les rafales accentuaient l'étrangeté. Tout se déroulait dans le bruissement du vent, de l'eau proche, des branches frottées les unes aux autres, qui emportait leurs rares paroles. Il leur sembla qu'Aragon, quelques pas devant eux, éprouvait des difficultés à garder son équilibre. On le voyait tanguer, déraper. Victoire et Mme V., sans s'être consultées, le rejoignirent et lui prirent chacune un bras sous le prétexte de se sentir, elles, mieux assurées sur leurs jambes. Aragon soudain s'arrêta et, se retournant vers les deux hommes, demanda s'ils ne remarquaient rien. Il insista :

– Voyons, nous sommes au début de décembre et en forêt, et rien ne vous frappe ?

Il posa alors sa lanterne sur le sol pour mieux l'éclairer et raconta qu'il se levait très tôt, chaque matin, et qu'il balayait les chemins par où monter vers la tombe d'Elsa. « L'autre jour, quand ils sont venus, *mes camarades* !... (voix sifflante, faux bégaiement dédaigneux)... j'avais travaillé dès l'aube. Jusqu'à leur arrivée ! On n'aurait pas pu trouver sur le sol une seule feuille, en novembre ! Toutes les allées balayées, ratissées, jusqu'à Elsa... »

Il leva sa lanterne comme pour percer l'obscurité le plus loin possible, dans le mouvement fou des taillis et des branches, puis les deux femmes lui reprirent le bras et tout le monde se remit en marche. Il y eut aussi ce moment où Aragon tomba. Ses pieds touchaient presque l'eau du bief dont on entendait clapoter la masse noire. Il y eut encore d'autres haltes, des phrases que Burgonde a oubliées, des essoufflements, et toujours ce remuement des arbres et du ciel, ces formes surgies de la nuit, semblables à celles qui terrorisaient Cosette.

Le chemin fit un coude et commença à escalader la colline. Des parfums d'humus et de conifères l'emportèrent sur l'odeur morte de l'eau. Ils arrivèrent à une clairière où avait été aménagée la tombe : une pierre nue, presque carrée, sur la gauche de laquelle était gravés le nom d'Elsa, et deux dates. De l'autre côté, le seul nom d'Aragon.

Mme V. trouva les gestes qu'il fallait. Elle posa les deux lanternes à même la dalle – côté Aragon – et entreprit de sortir de leur emballage des fleurs que l'on n'avait même pas remarqué qu'elle portait. Le papier crissait, l'obscurité compliquait tout, et les doigts engourdis. « N'y a-t-il pas un vase ? » murmura-t-elle. Elle en trouva un au pied d'un arbre. Aragon ne bougeait pas. A l'aide d'un sécateur – d'où sortait-il ? – elle égalisa posément les tiges et composa un bouquet. Le claquement sec des lames découpait le silence en petites attentes insupportables. Burgonde sentait Victoire trembler continûment contre son flanc. On eût dit un animal terrorisé. Mme V. s'essuya les mains et rejoignit Aragon, maintenant apaisé. Sa houppelande était couverte de boue. Le vent avait baissé et la nuit entrait dans un moment de repos. La voix de Victoire rompit le charme : « Il fait si froid, disait-elle, pouvons-nous rentrer ? »

Ils se remirent en route et, silencieux, regagnèrent le moulin en quelques minutes.

*
**

Victoire elle aussi, plus tard, se remémorera chaque détail de la soirée au Moulin pour en percer le secret. Mais elle ne parviendra jamais à s'intéresser vraiment aux mouvements qui agitaient ses acteurs, ni même au célèbre comédien qu'elle voyait pour la première fois. En revanche, elle se rappellera, et avec une intensité sur laquelle les mois passeront sans l'assourdir, ce malaise en elle, cette peur de se ridiculiser en perdant connaissance, qui ne devaient rien à l'alcool ni au froid. Là-haut, devant la pierre où étaient posées les deux lanternes et sous laquelle reposait une femme qu'elle n'avait pas connue – mais elle copiait son attitude sur le recueillement des autres – Victoire a pris conscience, comme fait sans doute un animal, d'une présence en elle, d'un danger avec lequel désormais il allait lui falloir compter. Elle sentait, dans Burgonde à qui elle s'accrochait (« comme une nana ! » rageait-elle), cet étonnement un peu craintif qu'il ne voulait pas montrer. Elle tremblait, elle ne pouvait pas s'empêcher de trembler et elle avait honte parce que sûrement Burgonde la croyait ivre et avait peur qu'elle ne dégueulât au pied de la tombe. Elle s'était fait violence pour demander qu'on voulût bien rentrer. A la chaleur elle s'était sentie mieux, à croire que le malaise avait été imaginaire. Elle avait même accepté une dernière gorgée de vodka « pour la route ».

Ils avaient peu parlé pendant le retour. Sur le plateau de Saclay il y avait de la lune et le vent giflait toujours la voiture. Entre eux, nulle hostilité, mais un immense étonnement les habitait, fourmillant de questions, et ils se rendaient compte que leurs questions n'étaient pas exactement les mêmes. En chacun d'eux la soirée avait déposé ses doutes, ses germes, ses refus, ses pourquoi, et il était encore trop tôt pour explorer tout cela. Serait-il jamais temps ? Burgonde avait considéré le prince-évêque aux yeux gris qui les accueillait, tel qu'en lui-même, puis tout au long de la soirée l'homme qu'il devenait, l'inconnu qu'une drogue ou une fièvre semblait avoir transporté hors de son personnage pour en composer un nouveau, imprévisible, un peu effrayant. « Voilà, se disait-il, un des créateurs que j'admire le plus, un grand écrivain, l'homme, au surplus, qui a le mieux regardé ces dessins auxquels pour une fois j'ai la faiblesse de tenir, *et je n'y comprends plus rien.* Ce que devient le survivant d'un couple que la mort défait, ce que devient un artiste quand il est sur l'âge et que de nouvelles règles doivent se substituer aux anciennes : ce sont des leçons dont je suis avide, que je devrais entendre, et je n'ai rien ressenti ce soir que de l'effroi, de la gêne, une espèce d'affection désolée et de plus en plus lointaine. Il a soufflé sur la soirée, comme on dit, un vent de folie, et toute ma substance, toute ma réflexion récusent et refusent la folie. Je veux apprendre à vieillir. Apprendre à piloter mon travail vers le silence et la paix. Qu'ai-je à faire du dérèglement ?... »

Et Victoire, à l'écoute de son propre corps, se disait : « Si la vie doit dériver vers ce fracas, je préfère mon silence. » Elle voulait dire, sans doute, les vies exceptionnelles, celles dont le bruit emplit le siècle, et auxquelles plus ou moins consciemment tous les créateurs rêvent de se conformer. La retraite de Valentin Fléaux, administrée avec un soin méticuleux, un orgueil si bien bridé, avait éclaté, trois heures après sa mort, en une fanfare qu'il paraissait avoir composée et mise en scène. Ce veuvage théâtral d'Aragon, la démesure de ses provocations et de ses gestes − le texte lu et la façon de le lire ; les feuilles mortes une à une ramassées − rejoignent dans la stupeur de Victoire la mésaventure posthume de son « beau-père ». Même retournement d'un homme, même métamorphose, les secrets devenant publics, l'intime et le caché de la vie exhibés soudain dans l'impudeur du chagrin ou de la gloire. En Victoire chemine aussi une autre comparaison, avec les dessins de Burgonde, cette série des *Agonies* qu'elle trouve belle, bien sûr, et bouleversante, mais dont elle ne peut pas ne pas sentir l'impudeur, qu'il faut bien que le peintre ait acceptée, *jouée,* comme on dit d'un escroc qu'il joue la franchise, d'un fourbe qu'il joue la loyauté. « Pas étonnant, pense-t-elle sans précautions excessives, qu'Aragon ait aimé les *Agonies* : Burgonde s'y donne en spectacle. Il franchit la frontière : le moment où un homme accepte de se retourner la peau pour devenir œuvre lui-même. Les branlettes de Niemand sont-elles d'une autre nature ? Foutre ou larmes, où est la différence ? Ah, les drôles de gens ! »

Les jours reprennent leur cours sans que Victoire et Burgonde se soient expliqués. Au reste, rien à expliquer. Les outrances de la soirée au Moulin n'ont pas marqué en eux la même empreinte.

L'hiver est fait d'un grand nombre de matins sales où l'on se demande pourquoi vivre. Burgonde en est hanté. Les retrouvailles avec Victoire, l'exposition, la nécessité de paraître sarcastique et féroce l'ont un moment tendu. Maintenant, ses flèches tirées, il redevient flasque et gris. Il cherche Victoire des yeux et du cœur. Il la regarde et l'écoute parler – un meuble à expertiser, un notaire à séduire – et il s'étonne : elle aime donc ça ? Ça : vivre ; l'hiver ; maintenir son corps dans la position verticale ; connaître l'horaire des trains et l'air des chansons. « Je suis une pierre à ton cou », constate-t-il. Elle ne dit pas non. Elle ne dit presque jamais non. Elle se contente de rire. Par exemple quand Burgonde veut l'entraîner rue Raffet : « C'est pour amortir Pauline ? demande-t-elle. Elle te ruine en poireaux ? » Elle est allée deux fois passer une semaine à Uzès et Burgonde l'a accompagnée. Un sculpteur anglais habite maintenant l'hôtel Maussane ; on entend de la rue des bruits de meule, des martèlements. Burgonde s'est installé à Nîmes, à l'Imperator. Il pleuvait. Couché dans sa chambre, il a lu les journaux qu'il avait envoyé le chasseur lui acheter. Victoire est venue dîner. Elle montrait des yeux plus cernés que s'ils avaient passé deux heures au lit au lieu de descendre au restaurant, qui sent la brandade et les reproches. Burgonde est éperdu : puisqu'il ne trouvera pas en lui la force de donner le fameux coup de talon, celui qui permet au noyé récalcitrant de remonter à la surface, qui le sauvera ? Victoire pose deux doigts sur son verre quand il veut le lui remplir. Malade ? Elle le regarde en souriant, comme faisaient autrefois les dames à travers le tulle d'une voilette. Elle est floue, pense Burgonde, « tramée » : une de ces comédiennes vieillissantes, à l'écran, de qui un opérateur miséricordieux sauve l'apparence. Il tend la main vers elle, fait le geste d'écarter quelque chose : « Tu es une dame à voilette, ce soir. »

Son index dessine les cernes, distraitement. Les yeux de chat, quand ils ne brillent pas, posent une énigme. Après la brandade, les escargots : des puanteurs gastronomiques tournent alentour. Victoire pâlit encore. Une de ses vieilles colères broie la poitrine de Burgonde et lui blanchit les doigts. « Tu n'as pas le ballon au moins ! » Il a jeté les mots avec la grossièreté joueuse que les hommes de son âge ont apprise dès avant leurs vingt ans. (Et leur visage traqué, alors, l'imploration dans leurs yeux, sous l'air bravache !)

– Tu me vois en train de te faire un bébé ?

Orientaux, oblongs, les yeux de chat se sont étrécis. Victoire, on le sait, les fait briller à volonté. Elle se moque :

– Déçu par son fils, trahi par sa fille, Burgonde déclare la guerre aux mômes... T'inquiète pas, tu gagnes à tous les coups.

Burgonde, de l'ongle de son pouce, brise en deux des miettes de pain. Il ne regarde pas Victoire. « C'est derrière moi, murmure-t-il, loin derrière moi... »

On lui apporte du flan au caramel, qu'il débite à coups de cuiller rageurs. Des gens se lèvent, dont les vêtements sentent l'ail comme une bouche. On entend la pluie et le vent rôder sur le jardin déplumé. Victoire parle de Lucienne, de son beau-frère : « Lui aussi va mourir... » dit-elle avec douceur.

Victoire marchait dans les rues, de plus en plus souvent, sans autre raison que d'entendre le bruit de ses pas et de répéter des phrases obstinées et simples. Ses pas composaient une musique pour ses phrases. Au départ de ses promenades elle espérait toujours parvenir à faire le tour d'une question, comme on fait le tour d'un pâté de maisons, d'un village. Elle espérait penser. Mais elle ne pensait pas. Elle écoutait ses talons qui frappaient l'asphalte, des paroles qui volaient autour d'elle. Elle se contraignait à l'effort de penser, comme Hubert lui avait appris à ramener sur l'obstacle son cheval quand il avait dérobé. Mais elle ne franchissait jamais l'obstacle : elle formulait en quelques mots son souci, puis elle scandait indéfiniment la formule, au rythme de sa marche, longtemps. Son nez rougissait ; ses joues devenaient froides ; mais elle n'arrivait à rien de mieux que ces mot répétés : « A quoi bon parler ? » Ou bien : « Comme des mouches... Comme des mouches... »

Car elle marchait entourée de morts. Ou de vieillards : c'était devenu la même chose. A Uzès elle avait regardé « décliner » –

formule Lucienne – M. Lepoux, et plus proche d'elle son beau-frère, qu'elle s'étonnait de voir survivre. Survivre à quoi ? Avait-il été secrètement malade ? Sa lassitude baignait dans le mystère et l'exaspération. Lucienne faisait sa tête « J'ai-pris-mon-parti-de-l'irrémédiable ». Peut-être haïssait-elle cet homme qui lui avait laissé le ventre sec ? Valentin Fléaux, Elsa : c'est à ceux-là, qui étaient tombés, que s'adressent les trois syllabes qu'elle piétine aujourd'hui : « Comme des mouches... » Elle pique une colère contre les lâcheurs et leur indiscrétion : ils s'imposent à elle avec une insistance d'outre-tombe. Fléaux, profil de médaille et peau d'albâtre ; Elsa sous sa pierre ; le père de Burgonde en effigie. Morts, ils ont envahi Victoire et campent en elle. Elle regarde autour d'elle : à quoi servent tous ces vivants s'ils ne chassent pas les morts ? A Uzès elle est restée des heures à côté de Gilbert, son fauteuil contre le transatlantique de Gilbert. Si elle l'eût osé, elle lui eût pris la main pour faire couler en lui un peu de sa force. Elle l'écoutait dire de petites choses exsangues. Elle l'écoutait avec tant de ferveur qu'elle aurait pu remettre en mouvement son sang, irriguer ce visage blanc-bleu, un peu soufflé, qu'il tendait comme fait son drapeau un soldat qui veut se rendre.

Thérèse elle-même criait moins fort, riait moins souvent que naguère. Rue du Collège, c'est une maison où l'on met un doigt sur les lèvres, où les portes ne claquent plus. Thérèse ? « Je dois l'emmener », se répète Victoire. Mais bientôt elle s'aperçoit qu'elle ne fait que marcher sous les marronniers en martelant sa résolution sur quatre pas, sur quatre temps. Elle se cogne la tête contre un mur : Thérèse, Rose – les petites filles sont les ennemies de son amour. Elles ne peuvent rien contre la mort mais elles détruisent l'amour. Elles la laissent seule, Victoire, se battre contre la mort.

On ne saura jamais à quelle profondeur en elle s'est nouée la volonté. Mais est-ce de volonté qu'il s'agit ? Ne suffit-il pas à une femme de suivre sa pente pour se retrouver en train de couver son œuf ? C'est affaire de paresse et de gourmandise des viscères. On laisse une moitié de son corps manger l'autre, grossir, occuper bientôt cette énorme place. Alors on a les paupières rouges et l'on regarde l'homme avec défi. Bien sûr Victoire ne se prend pas pour une dactylo ; elle possède une sorte d'entraînement à l'héroïsme ; mais les grands sentiments n'annulent pas les petits : tout le temps qu'elle dissimule son secret elle en a honte, elle a conscience de trahir Burgonde qui ne se doute de rien. Incrédule, elle l'examine : il va finir par deviner ; un homme n'est pas aveugle à ce point. Le soir où il caresse du bout du doigt les cernes sous ses yeux, Victoire se dit : « Nous y sommes », et elle se sent soulagée, plus dactylo qu'elle ne veut bien le croire. Aussi (elle avait beau s'y attendre) la phrase la gifle-t-elle, et l'air goguenard, ce mouvement des lèvres, presque une grimace, qu'a Burgonde pour cracher sa question. C'était comme ça, autrefois, les hommes et les femmes ? Les calculs, les jours que l'on comptait sur les doigts, l'homme en alerte qui levait les sourcils, faisait la gueule en regardant du côté de la porte, flairait le sang. Se faire poisser en 1971 avec dans le ventre le tortillon miracle, le ressort de soupape en cuivre premier choix – faut-il être gourde. Gourde ou décidée ? Ce qui ramène Victoire à la question initiale. Elle a sans doute voulu s'imposer cette épreuve, et rêvé de l'imposer à Burgonde, et rêvé – plus follement encore – qu'il l'affronterait avec allégresse. Lui, dont elle a vu l'œil durcir à l'apparition d'un enfant sur qui s'extasiait la compagnie ; lui qui caresse tous les chiens et chats à sa portée mais serre les poings aux seuls noms de Rose et de Frédéric ; a-t-elle cru qu'il aurait l'intuition de la chère cuisine de ses entrailles et la bénirait ? Ou a-t-elle voulu le pousser à une bassesse qu'elle ne lui pardonnerait pas ?

C'est chose faite. Le soir de Nîmes elle a marché sous la pluie vers sa voiture, accompagnée par le chasseur qui brandissait au-dessus d'elle un parapluie aux tranches multicolores. Thérèse, bon prétexte ! Victoire eût été incapable de monter dans sa chambre avec Burgonde et de lui ouvrir les jambes. Elle a enchaîné les virages de la route des garrigues en se demandant où trouver sans délai les cinq mille francs salvateurs. On lui avait parlé de ce tarif-là, pratiqué à Paris. Inutile de faire le voyage de Londres ou de Hollande. Adrien ? Elle n'aime pas l'idée de lui devoir de la gratitude. Sa sœur ? Ce serait cruel. Elle pense un instant, férocement, à Hubert. En fin de compte le hasard fera bien les choses : une commission tombée du ciel, due sur une laque de Dunand et que Luce, ses instincts en éveil et l'œil mouillé, lui régla sans se faire prier. Tout est terminé le 2 février. Elle a refusé le taxi que voulait appeler la secrétaire et elle s'est éloignée à pied de cette villa du quartier Monceau où elle venait de passer deux jours. Pour Burgonde elle a inventé une succession à expertiser en Lorraine. Il a accepté avec une indifférence suspecte l'impossibilité de la joindre par téléphone. Luce, mise dans le secret, a dit : « Oh, ce sont des gens incroyables !» Que soupçonne-t-il, Burgonde ? Il est lisse et glissant comme un notaire de riches. Le prochain retour de Frédéric, apparemment lassé des Amériques, occupe toutes ses angoisses. Le soir ils se sont retrouvés pour dîner au Village, comme naguère. Malgré les conseils Victoire a bu et se sent chavirer. Elle a mal. Pendant le dîner la tentation de tout raconter l'a torturée. « Frédéric... – Je m'en tape de Frédéric !» Elle a envie de hurler. Elle s'est levée, a souri au barman et s'est enfermée aux toilettes. Paupières baissées, tout habillée, assise sur le siège blanc, elle laisse passer les minutes. « Le salaud... Le salaud...» Le médecin de la villa ressemblait à Burgonde, en plus jeune. « Mademoiselle...» La vieille dame assise derrière sa soucoupe regarde d'un œil gêné le ventre de Victoire : une tache rouge sur le jean blanc. A-t-on idée de porter un jean blanc en février !

– Je vais vous prêter une veste de laine. Si, si ! Elle est très longue... Vous me la rapporterez demain. Je vous connais bien, allez !

« J'avais froid...» Burgonde la voit revenir emmitouflée dans une casaque boutonnée de bas en haut. « C'est vrai que tu as l'air...» Il la regarde, peut-être alarmé, peut-être impatienté.

– Ne fais pas attention. Histoires de bonne femme...

Elle éprouve, à mentir si près de la vérité, une excitation, un trouble. « Sers-moi à boire.» L'avantage de ces mots-là – histoires de bonne femme – c'est qu'ils lui permettront tout à l'heure de rentrer seule. Elle étouffe, maintenant, et déboutonne la veste d'où montent des parfums de modestie et de citronnelle. Quand ils se lèvent, c'est miracle que Burgonde n'aperçoive pas le sang qui s'est étalé sur le pantalon blanc, au renflement du pubis. « Je me vide, ou quoi ?» Rue du Dragon, Burgonde ne se fait pas trop prier pour prendre congé sur le pas de la porte cochère. Il embrasse Victoire avec une indiscrétion de potache. Elle le repousse en mesurant son geste, attentive à ne pas l'étonner, à ne pas provoquer de questions, de prières. C'est la première fois en plus de trois ans qu'elle le repousse. « Je ne suis pas une mémé-à-migraine », disait-elle. Elle devine, dans l'ombre, la curiosité du regard qui la scrute, presque aussi sensible que la nervosité des mains à ses épaules, la dureté du sexe. Elle sourit. Mais sourire dans la nuit, c'est comme de fumer dans le noir : le goût s'y perd. « Enquiquineuse... Tu pardonnes ?» Enfin, Burgonde s'en va. Victoire pleure, adossée à la porte refermée. Elle était à quelques instants de lâcher.

Huit semaines durant, elle épuise toutes les ressources de sa comédie. Elle a dû inventer une affaire de gynécologie. Burgonde est si ignorant de la physiologie des femmes, et il a si peur de la maladie, qu'il pose peu de questions. Il se contente de rôder autour de Victoire, affligé d'un désir perpétuel. Il pousse contre elle un ventre tentateur, lui fait l'hommage de ses érections, lui caresse les seins, lui embrasse l'oreille. Le satyre et la pucelle. Elle fuit les lieux clos, la voiture arrêtée, les chambres, les projets de week-end. Heureusement, Frédéric habite à nouveau rue Raffet et occupe son père. Victoire, certains après-midi – l'heure des rideaux tirés rue du Dragon –, se sent perdre pied. Elle ne comprend plus rien aux mouvements qui la déchirent. Elle déteste le désir de Burgonde presque autant que son aveuglement. Jamais il n'a été aussi tendre. Il la croit souffrante et il l'enveloppe d'une inépuisable supplication. Il est patient. Il tire la langue. Par instants Victoire méprise cette convoitise de collégien. « Fais-toi une pute ! » lui jette-t-elle. Il la regarde : en cet instant elle est égarée, impénétrable. Alors des soupçons le traversent. Un autre homme ? Hubert réapparu, ou l'autre, le voyou ? Mais la vie de Victoire est transparente. Elle ne voyage plus – le verglas sur les routes, un stock excessif à écouler rue Bréa – et passe avec Burgonde toutes les soirées. Elle l'aime. Chacun de ses regards le dit, et sa façon de mollir en sa présence, de l'écouter, de se lover sur le canapé du Pataud. Mais, l'approche-t-il, elle se dérobe.

Burgonde hésite plusieurs semaines à comprendre. Comprendre, c'est beaucoup dire. Il trouve installée en lui, un beau matin, la certitude qu'il a perdu Victoire, et il ignore pourquoi. Elle a mis deux mois à le faire tomber d'elle. Elle a usé d'un poison lent, elle l'a asphyxié peu à peu. Il reste incrédule. Il n'éprouve ni rancune ni curiosité. Il n'a jamais donné tout à fait assez ; aujourd'hui on lui reprend tout ; la loi de ces féroces charités lui échappe. Il n'a rien compris aux maladies de ventre dont Victoire prétend souffrir, et même il pense qu'elle lui a menti. Qu'elle a inventé cela comme les coquettes vous disent, à minuit, qu'elles sont indisposées : « Mon pauvre chéri, ces jours-ci... » Victoire s'est voulue impure, interdite. Et en même temps vertigineusement féconde, c'est-à-dire plus interdite encore. Elle a dit : « Deux mois. » Par acquit de conscience Burgonde constate que les deux mois sont écoulés. Victoire ne le nie pas et promet de somptueuses épousailles. Pour quand ? Bientôt. Ce soir ? Non, demain. Justement Frédéric est à Barbizon et Pauline en Bretagne.

– Je peux venir rue Raffet ?

– Rue Raffet ? C'est toi qui veux venir rue Raffet ?

A grand-peine il donne au Cafard un air de fête, comme un célibataire fait brûler dans son foutoir de la bougie parfumée. Il débouche une bouteille de cheval-blanc. Il a la tête chaude et les mains froides. Quel examen s'apprête-t-il à passer ? Victoire arrive tard, couverte d'ours et de sourires. Burgonde jurerait qu'elle s'est maquillée. Elle ! Ils boivent avec une gaieté méthodique et cérémonieuse. Victoire a exigé de rester dans le salon, où brûle un feu, devant lequel elle se déshabille. On entend dans les couloirs béquiller le Commandeur et crépiter l'enfer. Burgonde voudrait supplier Victoire d'interrompre chacun de ses gestes et de reprendre son vrai visage. Avec la serviette de leur dîner il lui essuie doucement le front, les joues. Des traînées d'ocre maculent bientôt la serviette. Au fur et à mesure qu'il la frotte, sa peau rougit, mais peut-être est-ce la chaleur du feu ? Victoire a des larmes au bord des yeux. Quelque chose d'irrévocable va se passer, Burgonde le sait, mais il ignore quoi, et le secret de l'arrêter, à supposer qu'il ne soit pas trop tard. L'imminence de la catastrophe le paralyse. Victoire le déshabille à son tour, sans hâte, mais elle jette ses vêtements loin autour d'eux, de sorte que le salon, quand elle le contemple, avec les assiettes sales, les bouteilles, du linge épars, les coussins écrasés devant la cheminée, donne une impression de noce furtive et de pagaille. Satisfaite, Victoire se retourne vers Burgonde. Ils s'aiment dans la dure lumière des cinq lampes et des deux appliques. Les bûches s'écroulent, la cheminée fume. Avec une impudeur précise Victoire sollicite ces caresses dont Burgonde sait qu'elles lui répugnent. Elle les exige. Elle les nomme. Elle fait les mouvements qu'il faut. Elle s'applique. Une détresse jamais ressentie lève en Burgonde des nausées et lui ferme les yeux. Victoire, elle, ouvre les siens et regarde en souriant le visage de l'homme. Un peu plus tard, il ne lui faut pas cinq minutes, pendant que Burgonde s'est enfermé dans la salle de bain où il se rince la bouche, pour se rhabiller, descendre l'escalier, retrouver son manteau, sortir. Burgonde entend claquer la porte de la rue dont les fers forgés et les vitres vibrent longtemps. Il est debout devant le lavabo et le miroir, nu, le sexe rouge et flétri, la moustache mouillée. Il entrouvre la fenêtre et prend trois ou quatre inspirations. Ainsi, c'était cela ?

Hormis ces mots qui désignent des trous du corps et toute la mécanique humide du plaisir, Victoire et lui ne se sont rien dit depuis une heure. Le silence : Burgonde le sent autour de lui palpiter, comme si le bruit de la porte claquée ne finissait pas de propager ses ondes. Il enfile un peignoir et descend lentement l'escalier. Plus rien ne presse. Il ne sera pas surpris, demain, d'apprendre de la bouche de Luce le départ de Victoire, ni qu'elle n'a pas laissé d'adresse, ni qu'elle a résilié il y a déjà trois semaines le bail de la rue du Dragon.

# VI

## DANS LA MAIN DE L'ANGE

*Frédéric Burgonde*
*52 rue Raffet, Paris XVIᵉ*
*à*
*Marie-Claire Hautefeuille*
*c/o M. et Mme Louis d'Hours,*
*Washington*

*Paris, 10 février 1971*

Mon riz clair, Marie-Claire, ma Chinoise,
Il va falloir t'y faire : promesse tenue. Quel cliché, l'ultime
soupir de Dulles Airport ! Ton air Je-sais-quels-Cochons-sont-
les-Hommes, ton air résigné au silence, deux cents ans de soumission bourgeoise et provinciale, je m'donne et j'te perds, etc.
Tu as cru ça ? J'ai touché terre depuis quinze heures – en plein
décalage horaire, qui est un décalage-horreur, car tout ici me
fait peur et mal et je ne comprends pas comment j'ai pu partir,
te laisser là-bas. Oui, c'est ça : entre ici et là-bas il y a un
décalage. Mes mots, tu entends ? Nos gestes, tu te souviens ?

Mon père était à Orly malgré l'heure matinale, le brouillard,
le froid, la tempête – efforts d'une Nature courtoise pour se
mettre au diapason de mes sentiments. La brosse à habit qui lui
(à mon père) sert de moustache a blanchi en six mois. Gêne et
affection. Bougonnements virils. La Mercedes brinquebale de
plus en plus et sent le tabac froid. Mégots blonds dans le cen-
drier, donc femme blonde dans la vie du père, puisqu'il ne
fume plus. Nous verrons cela. A peine étions-nous sur l'autoroute qu'il m'a annoncé que la Rose s'est taillée le 20 novembre
avec un type. Je comprends les silences de la demoiselle. Qui,

*où ? Mystères. En somme, je tombe bien : une de perdue, un de retrouvé ; un clou chasse l'autre, etc. Désinvolte mais sonné, le père. Il en parle à côté. J'aime bien cette expression. Non pas dans son sens snobinard, mais pour exprimer la gêne, le décalage justement : l'artiste est à côté de ses pompes, quoi ! Première découverte de notre période Sévigné, mon petit riz clair : j'aime t'écrire. Ça tombe bien, comme mon retour. Parce qu'il va falloir ramer (cf. les rames de papier : ah ! ah !) pour 1° te convaincre de ma bonne foi amoureuse, 2° t'éveiller de la torpeur d'Hoursienne, 3° t'arracher aux séducteurs locaux, voisins siffleurs, propriétaires de cabriolets, attachés faussement détachés, étudiants athlétiques : tous mes rivaux, dont j'ai pu mesurer la pugnacité au crépitement des coups de téléphone sabbatiques (ou saturdiens : comment dire ?...) à l'heure où tes (dis) semblables américaines se tordent le cheveu aux bigoudis. Ne leur cède rien, aux rivaux. La forteresse Hautefeuille est désormais au pouvoir d'un tyran. Le tyran écume de la rage d'être loin de toi mais ses yeux se ferment, il demande grâce.*

*Frédéric.*

*Paris, le 13 février 1971*

Ma Chinoise,
*J'ai exécuté les calculs : si nous nous répondons, au sens classique, c'est-à-dire si chacun de nous attend une lettre de l'autre avant d'écrire à son tour, au rythme des postes – sans oublier les grèves et les fêtes chômées – nous échangerons trois lettres par mois, dans la meilleure des hypothèses. Je t'écrirai donc selon le principe «feu à volonté». Mon problème, comme dans un abordage, est de te lancer tant de grappins, tant de cordes et de filins que ta frégate ne puisse plus s'écarter de la mienne. Je te raconterai la vie ici, les gens, les choses, en désordre, sans trop réfléchir – parce que si je réfléchissais, si je pensais trop à tes vingt ans, aux six mille kilomètres, au fric à gagner, j'aurais un joli cafard.*
*A propos de Cafard – je t'ai expliqué ? – tu ne peux pas savoir combien je l'ai trouvé sinistre. Ma sœur Rose n'est pas une mélodieuse tourterelle – plutôt un roquet ou une oursonne – mais de son temps la maison vivait encore. Ce n'était plus la splendeur de la Belle Gabrielle – je t'ai expliqué aussi – mais enfin, on respirait. J'ai retrouvé une nécropole. La vieille Pauline dépérit et parle de retraite. Mon père vacille de la chambre*

au salon, du Cafard au Pataud, en perpétuelle perte d'équilibre. Je me demande après quoi il boite. Avec moi, charmant. Emouvant, même. Mais il a perdu son point d'ancrage. J'ai eu l'explication de ce titre qui m'avait étonné : les Agonies, c'est cent têtes de mort. Pas d'autres mots. Le mort : mon grand-père. J'imagine (comment lui parler de ça ?) que mon père a crayonné quelques dessins du vieux monsieur en 1958. On ne m'avait pas laissé le voir : à dix ans... Mais, à partir du cadavre, il a extrapolé, si j'ose dire. Avant : l'agonie. Après : la décomposition. Il a passé des mois à fermenter là-dedans. Si c'était ça, le « travail » au chalet d'alpage, l'été dernier, on peut comprendre Rose de s'être tirée. L'artiste m'a invité dans son atelier. Ce que c'est que de vieillir ! D'abord bredouillant, abominablement embêté. Puis je me suis jeté à l'eau. Grands mots et airs supérieurs. J'ai parlé de mon haut. Quel bide ! Je n'ai même pas pensé à regarder le Pataud, où je me rappelais être entré une fois depuis mon âge de raison. Ah, les Burgonde... Si je me trouve un jour en position de... Tu me vois venir ? A l'occasion, fais-moi faire un voyage dans la famille Hautefeuille, à laquelle j'attribue des vertus morales. Je voudrais respirer leur parfum. A titre documentaire.

Pauline est maigre et le téléphone sonne peu. J'ai repris ma chambre de môme, moitié par économie, moitié par gentillesse : l'artiste me fend le cœur. Ne nous attendrissons pas : à peine ai-je constaté l'état piteux du muscle en question que Burgonde l'aîné, appelé par une voix blonde (voir première lettre), me laisse tomber tous les soirs. Il rentre à une heure, plus ou moins solide sur sa jambe. (T'ai-je avoué que mon père est ivrogne ? Oui, sans doute, un soir où moi-même... L'hérédité.) Le vrai, c'est qu'il est triste. D'une tristesse contagieuse, courtoise, épaisse comme du béton. Quel couvercle à soulever ! Je ne t'embêterais pas avec la famille si elle n'était pas si lourde.

Je te parlerai de nous quand, à la place de chaque problème – l'ignoble mot ! – j'aurai installé une solution.

Il est dix heures du matin et tu es au plus noir de ta nuit. A moins que la lune n'arrange les choses à sa façon. Une façon que je connais et dont le souvenir m'occupe la tête.

Bonsoir, l'endormie.

Frédéric.

*Marie-Claire,*
*En hâte, nouvelles brèves :*
*1° Paris-Match m'a peut-être acheté deux photos.*
*2° Le jules de Rose est un facho, d'un an mon aîné, commis de librairie au Quartier et ancien de Cornell !*
*3° Je crois avoir aperçu la femme aux mégots blonds réglant son pas sur celui de mon père rue du Sabot. Impossible de les dépasser au pas de course pour la contempler de face. De dos (elle l'a mince), elle secoue ses cheveux et sa dégaine est intrépide.*
*4° Au rythme où je fais de l'or il me faudrait quinze mois (à condition de ne pas manger), pour payer les billets d'avion, aller te chercher et nous installer dans un studio d'un quartier modeste. Il va falloir imaginer des expédients plus expéditifs.*
*5° Une décade de réflexion permet de l'affirmer sans craindre les démentis : je t'aime...*
*... et comme l'écrivait des tranchées de 14-18 son épouse à l'Agonisant (lettres retrouvées en fouillant de vieilles valises) : je t'embrasse comme je t'aime.*

*F.*

*P.S. A propos de lettres, les tiennes sont majestueusement lentes. Je te suggère d'en confier une ou deux au jeune baron pour voir si la Valise les acheminera plus vite que les Postes. Tu y as droit, j'espère ?*

*Ma Chinoise,*
*T'entendre : quelle joie féroce, gourmande, énorme ! De quelques appels transatlantiques de ma mère (d'elle, toujours. A nous on disait : « Le téléphone ? Tu n'as qu'à écrire plus régulièrement ! ») je gardais le souvenir du Tu-vas-bien ? – Oui-et-toi-tu-vas-bien ? Le cauchemar ! Mais là... Ta respiration, tes murmures : je suis sûr d'avoir réussi à te chatouiller l'oreille. Et le coup de chance : tu étais seule, n'est-ce pas ? Sûrement, puisque c'était ta vraie voix. Il faut dire que j'avais combiné savamment les horaires. Mon père est en Provence, à Nîmes, je ne sais pas trop ce qu'il y fait. Il me téléphone sans rime ni raison, comme un vieil époux à sa moitié. Loin de lui – ou lui loin de moi – je souffle. Il y a un an ou deux j'avais l'impres-*

*sion de l'exaspérer ; aujourd'hui il me supporte ; mieux : il me cherche, et c'est moi qui aurais tendance à me défiler. Entre lui et moi tout s'est retourné. Ce nouveau rapport me gêne. Et pas seulement ça, mais tout ce qui se passe ici, à quoi je ne comprends rien. Affreux de le dire, mais il me semble habiter sa maison après la mort de mon père. Surtout quand il est absent, comme ces jours-ci. C'est commode pour t'appeler au téléphone mais pour le reste, cette église déserte, ces cierges éteints, et Pauline dans son rôle de chaisière... Autre impression : refroidissement de la planète ; lente avancée des glaces vers le continent Burgonde ; mammouths congelés et autres friandises emballées sous vide. Je suis presque heureux que tu ne voies pas cela. Non, j'exagère ! Mais si tu étais à Paris je ne te laisserais pas franchir la porte du Cafard ; j'aurais trop peur que tu n'y attrapes un rhume.*

*Travail-et-fric : de tous les côtés des promesses, toujours des promesses. Je bricole. Photos d'atelier, peintures et sculptures : le vieux filon s'est appauvri. Les places sont prises par des gens qui possèdent un matériel de millionnaires. Et puis, honte à le dire, même dans ce petit milieu-là, le nom « Burgonde » perd de sa magie. On me fait attendre, revenir, marronner, tirer les sonnettes.*

*Christian (Letourneur) en mal de générosité m'a emmené déjeuner chez l'Italien de la rue des Canettes – je te montrerai – où j'ai aperçu de face la Dame Blonde. Dès qu'il a reconnu mon père, Christian m'a entraîné ailleurs. On a des principes ! Tout bien examiné, la dame est plutôt châtain. Vague surprise, vague gêne, vague à l'âme, vague tout ce que tu veux : la Dame n'est pas une dame. Je la crois ma cadette (mais je suis myope). Consulté, Christian m'a dit : 24, 25 ans... La très jeune belle-mère, quoi ! J'ai de la bile dans la bouche. C'est idiot ? Oui, mais je suis idiot. Myope et idiot. Letourneur se tapait sur les cuisses et il a fini ma tête de veau-vinaigrette. Tu vois le genre : Burgonde, sacré lapin ! etc.*

*Ce n'est pas que je considère mon père comme intouchable mais je ne vois pas quel rapport établir entre ces blagues de carabin et le monsieur fragile, un peu fêlé, que je regarde vivre depuis trois semaines comme je ne l'avais jamais vu. Je suis dans l'expectative. Mais, en même temps, nul désir d'être mis dans quelque confidence que ce soit. (Style pion : pardon. J'aurais mieux réussi rue d'Ulm que dans la photographie...) Tout cela pour te dire que j'ai hâte de quitter à mon tour le capharnaüm. Et quand je m'en irai j'aurai honte de ma désertion. Un*

studio comme celui où la petite Rose et son chancelier Hitler m'ont reçu hier soir en grande pompe coûte six cents francs par mois. A supposer que le diable se laisse tirer la queue je (nous) pourrais (pourrions) en faire autant. Mais je veux faire mieux. Nouille à la colle et vie à la colle, l'un entraînant l'autre, assassinent la tendresse. C'est un des rares enseignements de mon père (un de ses monologues vespéraux d'autrefois, quand j'étais « vautré » dans le canapé) que j'aie retenus. Il avait raison, le bougre. Je découvre aujourd'hui que j'ai vécu ces récentes années avec le sentiment d'une sécurité derrière moi. Au pied du mur, soit, mais un matelas dans le dos. Par exemple nous étions riches, cela allait sans dire. Surtout, ne jamais prononcer le mot peccamineux ! Eh bien c'était une illusion. A dix symptômes, je le flaire. La six-cylindres mentait, et le petit hôtel, et la bohème chic, et le nom qui faisait tiquer les profs, et les photos dans les journaux – tout mentait. Ma mère a repris ses billes et mon père n'était que désinvolte. Poliakov achetait une Rolls et des chevaux, Pirandelli une forteresse dans le Sarladais : ils étaient fous. Et plus fous encore ceux (comme mon père) qui n'achetaient rien. Aujourd'hui, l'argent occupe, en creux, par les silences, une place de plus en plus vaste dans les conversations. C'est une odeur, un vide, des places inoccupées à table, les têtes qui ont changé : cette nouvelle galerie où la dernière expo a été un flop. Je ne suis pas déloyal : je le tiens de mon père. De sorte que la confortable intuition selon laquelle, le moment venu, je verrais tomber du ciel un toit, et sous le toit de la moquette, s'est éloignée à des distances sidérales. Je te l'écris pour être tout à fait honnête. « Je n'accepterai jamais leur aide. » Soit, c'est élégant à formuler, mais je puis bien te le confier au conditionnel passé : je n'aurais pas craché sur un deux-pièces-jardin. Il paraît que Burgonde est un peintre antédiluvien et que le démiurge dans le vent se branle devant des parterres de duchesses. Révérence parler, ma Chinoise. Je vois mal papa dans cet exercice et les deux-pièces-jardin sont hors de prix.
Je t'embrasse.

F.

Paris, 9 mars 1971

Mon Rire Clair,
Ne te laisse pas esclavager par ton baron. D'Hours est gentil

*mais le chemin des guillotines est pavé de gentils patrons. Je ne te ferai pas l'injure de la « fille au père » et autres astuces du même tonneau, mais défends-toi. Même contre le diplomate-d'avenir-ami-de-la-famille. Même contre les chères têtes blondes. Elles me donnent envie de mordre, les têtes blondes. Tu dois trouver le temps de suivre tes cours. Je vais te dire : tout ça, les gens bien, les nanies au rabais, les « ma-chérie », c'est faisans et compagnie. Gifle le baron et fais-toi rapatrier. Tu es majeure dans treize mois et onze jours, on s'en tirera toujours. Rose a fugué à dix-huit ans et les gendarmes ne s'en sont pas mêlés. Tu me diras que chez les Hautefeuille... Oui, je sais, vous n'êtes pas des tziganes, vous, mais quand même ! Tout ça me rend furieux, excuse-moi. Ici commence un printemps dégueulasse, je veux dire superbe, et il me porte sur les nerfs.*

*Je t'embrasse.*

F.

*Paris, 15 mars 1971*

*Ma Chinoise,*
*Le stage à Oméga-Presse commence médiocrement. Je fais le pied-de-grue sur les marches de l'Elysée le mercredi matin (Demande pourquoi au baron, il connaît.) A l'heure du déjeuner j'emprunte à un copain son chien, un setter, et avec mon père nous l'emmenons galoper au Bois. Longues conversations grognées et mélancoliques. De jour en jour nous nous aimons davantage, tous les trois, le setter, le père et moi. Nous marchons ; il pleut des vérités premières ; et même de petits secrets sournois au détour des phrases. Peut-être se consume-t-il de passion, le père ? Il brûle de me parler de quelqu'un ; je brûle de lui parler de toi ; et le vent frisquet de mars attise ces beaux feux.*
*Tes lettres sont molles, ma Chinoise. Décousues, molles et tièdes. Un petit coup de passion ne serait pas de refus.*
*A la bonne tienne.*

F.

*Paris, 23 mars 1971*

*Ma Chinoise,*
*C'était couru : nous nous écrivons à contretemps. Des*

*joueurs de tennis qui taperaient sur deux balles à la fois. Mes smashes croisent tes lobs quelque part au-dessus de l'Atlantique : comment faire une partie dans ces conditions-là ? J'ai dit « partie » et non « match », l'idée d'une bataille me faisant horreur. Formons équipe, ne nous battons pas. Tu vois où m'entraîne la comparaison ! Je parle curé, dirait mon père. Tu caresses, je griffe (ou le contraire), et chacun s'en va dans un coin lécher ses égratignures, convaincu de l'injustice de l'autre. Pouce !*

*J'ai en ce moment à domicile le spectacle d'un homme qui prend des coups (du moins je l'imagine) : c'est insupportable. Quels coups ? Venus de qui ? Il y a dix ans, une Dame Blanche suivait partout le célèbre Fausto Coppi. On disait qu'elle était sa fatalité, son ange néfaste. Il a fini par mourir d'une indigestion. La dame blanche (blonde en jean blanc) de mon père a l'air bonne fille. Je l'ai vue trois secondes, le temps de faire demi-tour, quand ma tête a émergé de l'escalier, chez le maestro-spaghetti, mais les trois secondes ont suffi : la personne est d'un bon matériau. Tu dois comprendre ça, toi que l'on aime en un regard, et tu connais cette vieille expression : elle traînait tous les cœurs après soi. C'est celle qui convient. Je vous imagine, elle et toi, encombrées d'une traîne, d'une guirlande de cœurs. Ah, ma Chinoise, le monde appartient aux blondes ! Toi tu es une blonde aux yeux bridés, une Asiatique du nord, la cousine des félins et des aventurières hongroises. Ce qui ne préjuge en rien les yeux circonflexes, genre chien de chasse ou Premier ministre britannique, qui en disent long sur un cœur fidèle. Mais la dame en question est plutôt de ton côté, celui des chats. Nuançons : un chat-chien. Je me comprends.*

*Voilà ce que je devrais dire à mon père. Si j'osais, quelle libération pour lui et pour moi ! Mais je ne sais pas m'y prendre. Il va de moins en moins souvent à son atelier, et de moins en moins longtemps. Travaille-t-il ? Autre tabou. Je le soupçonne de ne s'enfermer au Pataud que pour y recevoir tranquillement des appels téléphoniques.*

*Si je te parle d'abondance de ma vie, ce n'est pas pour t'enfoncer peu à peu en elle, ni parce qu'elle est ce que j'ai de plus intime à partager, mais pour conjurer les menaces qu'elle contient. Entre moi et l'homme qu'est devenu mon père je ne sens aucune différence de nature. A peine une différence d'intensité, de degré. Ce qu'on nomme l'âge ? Mais ce n'est alors qu'un glissement, une aggravation insensible, et je me demande de quel mal ? Je me demande à quel moment mon père en a perçu l'atteinte ? L'autre jour, quand il était assis en face de la Dame Blonde, je n'ai pas vu son visage : à cet instant-là, qui était-il ? Tu vois, je ne pose aucune question choquante ; je ne mets pas mes comédiens au lit pour pimenter le psychodrame. Je cherche seulement à entrer dans la peau de ce vieil homme – de cet homme sans âge – à qui les regards et les miroirs me disent que je ressemble. « Vieil homme » ferait rire les vrais vieux, qui ont, paraît-il, pour le moins, septante ans. Mais je n'y puis rien si mon père est devenu cette version grise et épuisée de lui-même. La métamorphose s'est faite très vite, d'une de mes absences à l'autre. Il me semble même qu'elle continue sous mes yeux.*

*Tu me demandes des nouvelles d'Oméga. Elles sont vite données : labo infect ; choix systématique des plus mauvaises photos ; « climat social » épais et froid. « Glauque », comme ils disent ici. Pas de vieux os à faire dans cette boîte. Mes copains rêvent d'entrer à la télé, de partir pour San Francisco ou de réaliser un film vachement cruel. « Tu vois, Coco, la dérision absolue, le ras-le-bol, et dire enfin la vérité sur ce pays de merde... » Etc. Besoin d'un dessin ? Le président conduit sa Porsche avec une cigarette plantée de biais dans une bouche de style louis-philippe. De style, pas d'époque. Un copain de mon père, devenu secrétaire d'Etat à quelque chose, fait redécorer les salons XVIIIᵉ de son ministère en art cinétique. Un magazine danois (ou hollandais, j'ai oublié) publie les mesures de l'organe de M. Niemand au repos et en état de transe créatrice. Et si je sais lire, ici et là, entre les lignes, quelques collectionneurs avisés commencent à liquider les merveilles accumulées depuis quinze ans. Des Burgonde sont passés la semaine dernière à Galliera en vente publique et ont fait des clous. Non, je ne radote pas ! Je te donne « des nouvelles d'Oméga ». Mais dans un premier temps j'élargis le champ ; après quoi je zoome sur tel détail savoureux. Et je te prie de ne pas considérer que le pinceau (est-on plus délicat ?) de Niemand en est un !*

*Je t'aime.*

F.

Paris, le 7 avril 1971

*Ma Chinoise,*
*J'ai aimé notre téléphone. Tu sais comment il s'est déroulé ?*
*A trois heures je me suis rendu à la poste de Barbizon (je*

*passais quelques jours chez les Letourneur) et là, devant trois*
*rentières éblouies, j'ai demandé l'Amérique. « Monsieur Jean,*
*le monsieur il demande l'Amérique... » Consulté, le receveur a*
*béni l'entreprise et compulsé les tarifs. La porte de la cabine*
*encore béante, j'ai crié très fort, afin d'édifier mon public : « Je*
*suis bien chez le baron d'Hours ? »*
*Je suis ressorti de la cabine auréolé de prestige.*
*Le retour à Paris fut moins glorieux. Un cyclone est passé sur*
*mon père et l'a ravagé. Je l'ai retrouvé sinistré à cent pour cent.*
*Je tourne autour de lui, guettant l'occasion – qu'il ne me donne*
*pas – d'être bon. Il est courtois, attentif, d'une douceur de pluie*
*bretonne. Il me voit sans doute à travers du brouillard. Bien*
*entendu je le déteste. Je déteste sa faiblesse, sa longanimité*
*(regarde le dico), ses mines de grand invalide qu'accentue*
*encore la claudication. Il perçoit mon exaspération, comme il*
*perçoit tout, et me la pardonne. Il n'est plus jamais « pris » au*
*dîner, ce qui me fournit une explication possible de l'ouragan.*
*C'est le cyclone White Lady, ou je n'y connais rien. Retourner*
*à Barbizon ? L'agence Oméga n'a pas de succursale en forêt. Je*
*suis rivé ici, face à mon éclopé, prisonnier de ma tendresse*
*pour lui.*

La fin de cette lettre du 7 avril 1971, comme toutes celles qui
lui succèdent, entretient Marie-Claire Hautefeuille de sujets
étrangers à l'histoire de Burgonde. Il est possible que Marie-
Claire ait reproché à Frédéric de consacrer à son père une place
excessive dans leur correspondance. Marie-Claire, jeune fille
tourangelle placée au pair dans la famille du baron d'Hours,
deuxième conseiller à l'ambassade de France à Washington, a
rencontré Frédéric à l'automne 1970 en Virginie. Les détails de
cette rencontre et l'intrigue qui s'en est suivie importent peu ici.
Marie-Claire est amoureuse de Frédéric et Frédéric l'aime. C'est
la seconde fois que Marie-Claire (dix-neuf ans) est amoureuse ;
c'est la première fois que Frédéric aime. Il est rentré en France
résolu à y trouver du travail, de l'argent, un logement, et à ne
retourner aux Etats-Unis qu'en situation de proposer à Marie-
Claire le meilleur et le pire. La jeune fille s'effarouche vite. Non
pas en madone calculatrice : elle a couché avec Frédéric volontiers, un samedi où ses employeurs l'avaient laissée seule dans
la maison de Georgetown, et elle a mis ensuite dans leurs
étreintes, charmantes mais furtives, un empressement et une
santé qui chamboulent le garçon lorsqu'il les évoque. Mais

Marie-Claire se fait, du bonheur, des hommes, de l'ordre et du désordre, une idée méfiante et grandiose qui l'incline mal aux décisions. Elle a l'air d'un sloughi mais elle pense en fourmi. Naturellement, Frédéric ne voit pas la fourmi. Il lance des cailloux, des balles de caoutchouc, des mots multicolores et il s'étonne qu'un animal aussi vif et joueur que Marie-Claire n'aille pas en gambadant les chercher. Il jette au loin son amour et il a envie de crier : « Rapporte ! » Mais la jeune fille est de ces chiens qui mordillent interminablement leur os et le cachent sous un coussin. En bref, Frédéric est très jeune alors que Marie-Claire, quand elle se regarde dans les miroirs, distingue une personne à venir, un halo de promesses, une sorte d'instantané de son futur, à quoi elle est résolue à ressembler. Elle n'est pas étonnée que toutes les photos prises d'elle par Frédéric soient floues : il ne regarde qu'elle, ce qu'elle est, au lieu de chercher à voir ce qu'elle veut être.

C'est pour le plaisir de crayonner un profil de jeune fille qu'est esquissé ici un personnage qui n'aura pas le temps de conquérir grande place. Seuls devraient nous occuper l'agacement et la curiosité avec lesquelles Mlle Hautefeuille explore, de lettre en lettre, cette famille Burgonde dispersée, morose, fantomatique, dont Léa, aperçue au mois d'octobre, lui avait proposé une image plus flatteuse. Marie-Claire a consulté des livres d'art et des encyclopédies que possèdent les d'Hours et, satisfaite d'y trouver trace de Burgonde, elle n'a pas été enchantée par les reproductions de ses peintures. (Elle en a dénombré trois.) La conversation, mise sur le sujet un soir que les d'Hours recevaient un parloteur (formule maison) de l'Alliance française, ne lui a rien appris de marquant. Le deuxième conseiller tient les abstraits pour des imposteurs et le parloteur ne s'intéressait qu'à la « cote ». Celle de Burgonde, à l'en croire, est flatteuse. Tout ce qu'écrit Frédéric contredit hélas cette appréciation, prononcée par le parloteur avec les bruits de bouche d'un qui a des tunnels dans les dents, où se font des appels d'air. Marie-Claire, pour se lever, prétexte une migraine, et le soin qu'elle doit prendre du petit dernier. Elle s'enferme dans la chambre couleur mandarine où Frédéric... Quel dommage qu'il ne soit pas, Frédéric, le fils d'un préfet de région ; ou d'un professeur agrégé de cardiologie. Et lui-même ? Lui, elle l'aime vagabond. Elle l'aime bien. Elle l'aime tellement ! Elle aime le goût de cachotterie qu'il a donné à tous les autres garçons. Elle aime ses lettres. Plus elle ergote, plus elle lui en reproche tel ou tel paragraphe, plus elle les aime. Dans dix ans il écrira des romans et son drôle de nom (pourquoi pas Hun ou Wisigoth ?) passera des encyclopédies d'art à celles de littérature. Marie-Claire porte des chemises de nuit américaines, en coton blanc, avec des abricots, des lapins et des œufs de Pâques sur les seins. Elle attendra que Frédéric revienne et l'emmène. Ce n'est pas elle qui le rejoindra : éteindre la lumière est une chose ; la fierté en est une autre.

Frédéric est un garçon de 1971, c'est-à-dire qu'il ressemble à n'importe quel garçon de vingt ou de cent ans avant lui. Il pense à Marie-Claire comme à ces vases de valeur que l'on déplace à deux mains mais qu'une fatalité menace. Les vases de valeur sont les premiers à tomber et à se casser. Marie-Claire est aussi un bouquet, une truite sous un rocher, une nonne voilée et encouventée par force et malice. Toutes ces images visitent Frédéric à l'improviste et donnent de la saveur à des jours gris. Il jubile, mais il ravale sa jubilation afin de ne pas offusquer son père. Il est surpris de constater qu'une petite partie de l'énorme égoïsme des jeunes gens a cédé en lui à une espèce d'amitié, et dans cette amitié il considère son père.

Sous ce regard, Burgonde se rassemble et fait bonne figure. Mais dans le temps même et le mouvement de son effort, il reste indifférent à l'opinion de Frédéric. En quelques jours son sommeil s'est effiloché en cauchemars, fragmenté en sursauts, en chutes, en lentes patiences. Partir ? Ce serait renoncer à la chance de recevoir un signe de Victoire. Il a faim d'elle, de son ventre. Il a faim des inventions de son corps. Il a traversé les dix semaines de l'été précédent sans femme ni désir. Aujourd'hui, la pensée de Victoire est comme une main qui le rudoie. Ses insomnies sont autant d'attentes dérisoires : quand il croit s'approcher du plaisir c'est que le sommeil l'a saisi. Il ne dure qu'un instant et des ricanements réveillent Burgonde, érigé, suant, Victoire soudain devenue une anonyme pute à bouche rouge.

Il continue de recevoir des coups de téléphone, de se rendre à des rendez-vous. Il a surpris une conversation ; parlait-on de lui ? « Il couve quelque chose... » Le mot lui convient. Il couve, oui, l'œuf pourri de ce vieil amour. Il croyait, enfant, que les bébés morts-nés sont des charognes, de la viande verdâtre que la femme expulse et qui pue. L'autre soir il a vécu une naissance de cette sorte. La position même qu'a prise Victoire, tendant son sexe aux baisers de Burgonde, était celle d'une femme qui enfante. Elle expulsait d'elle l'amour de Burgonde et elle l'a abandonné, elle n'a pas voulu jeter les yeux sur lui. La porte de la rue a claqué et Burgonde est resté seul à bercer le petit cadavre. Humide, son pyjama lui colle au cou. Le jour blanchit les fenêtres et la pâte nocturne peu à peu reprend consistance, durcit. La vie l'attend. Non. La vie ne l'attend plus. Elle a fait son plein, la vie. Elle n'a plus besoin de ce passager exténué. Les jours passent ainsi, qui sont des jours du printemps 1971. On voit embellir les humains et les soirées s'allonger. Rose rend parfois visite à Burgonde. Bientôt le garçon l'accompagne, Benoît, un maigre à la peau blanche, qui croit aux idées. Les siennes parlent de forêts germaniques et du dieu Wotan, qu'il voit casqué en motard, visière fumée. Aux Etats-Unis où il était parti apprendre le journalisme, il a suivi des cours sur les totalitarismes et appris le mépris des nègres. Il veille à ne pas laisser de graisse sur ses os. En face de lui Burgonde se sent la peau noire et les cheveux crépus. Aux murs, il faut le reconnaître, s'étale l'art dégénéré. *Les Agonies* ont trouvé grâce aux yeux de Benoît : il a parlé d'Arno Breker, sentencieusement. Burgonde ne le jette pas dehors puisque Rose ne le quitte pas des yeux ni de la main, qu'elle pose sur son épaule, sur sa cuisse. Frédéric a pitié de son père et se tait. Il appelle Rose « pauvre conne », mais c'est peut-être une expression affectueuse.

Deux ou trois de ces soirs où Rose, Frédéric et Benoît étaient réunis dans le salon du Cafard, Burgonde a pris du recul et les a observés. Il a revu les soirées d'il y a trois ans, Rose et Frédéric assis dans le même éclairage, l'un avachi, l'autre frémissante d'une inépuisable hostilité. Le temps a passé sur ses enfants comme un souffle et les a moins changés que lui-même. Cette sévérité dans l'œil de Rose, elle y était déjà, inemployée, éperdue, comme d'un chien cherchant sa laisse et son maître. La gentillesse et les élans de Frédéric ne se sont pas démentis, même s'il a assourdi ses véhémences. La vie a coulé selon sa pente, loin de Burgonde qui ne se passionne plus pour elle. Il a vécu quatre années en Victoire comme dans un pays. Un exil, la solitude exaltée de l'exil, les bonheurs minuscules et intenses de l'exil. Pays sans frontières ni lois. Tout était permis. C'était l'anarchie douce, la désertion, la grasse matinée de sa vie. Et ce soir le voilà revenu dans le salon brun et blond où jabotent les gosses. Leur prisonnier. « Enfants, qu'y a-t-il de commun entre vous et moi ? » La parabole du mauvais père ou de l'homme prodigue. Oui, quoi de commun ? Rose n'appartient pas à la même espèce que Victoire. Burgonde l'imagine accomplissant les acrobaties de l'amour, réinventant une à une ses hardiesses, ses adorables saletés, s'enfonçant à son tour dans les terres interdites et convaincue d'en être la première exploratrice, ou la plus intrépide – mais elle ne sera jamais de la race de Victoire. Elle et Benoît, penchés sur le chaudron et touillant leur philtre : ah, grand bien leur fasse !

– Tu as vu, papa, la lettre de maman posée sur le plateau de l'entrée ? J'ai reconnu l'écriture.

Œil incertain, geste de la main.

– Tu ne l'ouvres pas ?

Benoît juge sévèrement cette – comment dire ? maison ? famille ? – où les enfants signalent au père indifférent les manifestations épistolaires de leur mère. Frédéric pense à peu près dans les mêmes termes à ce qu'inspirerait la scène à sainte Marie-Claire, patronne des familles tourangelles. Burgonde devine toutes ces pensées – ô visages transparents ! – et s'en moque. Les mots de Léa, tracés de son écriture trotte-menu, increvable, une écriture à abattre des kilomètres de confidences ou de douloureuse discrétion, les mots de Léa n'ont rien à lui apprendre. Ses dernières lettres vibraient sourdement, comme fait la terre avant éruptions et tremblements. Il a toujours fallu des heures à Léa pour se décider à agir ou à parler. Rose se lève, donneuse de leçons. D'un geste Burgonde l'arrête. Benoît sent l'air chauffer et s'alourdir. Est-ce cela, l'*électricité* bourgeoise qui, dans les romans, lui procurait ces décharges et picotements qu'il détestait ? Frédéric parle des photos pourries que son agence vend à des journaux pourris. Silences. Bâillements. Miroirs. « Demain je me ferai couper les cheveux. » Benoît pense à des stades, à des feux, à des expéditions punitives, à des chiens-loups, aux veinules bleues sur les seins des filles, au carré des fusillés du cimetière de Thiais, à demander une augmentation. Rose le regarde et le trouve beau. Frédéric propose que l'on aille dîner chez le chinois de la rue Bois-le-Vent. Non, chez un japonais, il vient de s'en ouvrir un près du George-V, on y mange du poisson cru, comme à New York.

– Comme au Japon, plutôt...

– Toi, la pisseuse, pas de remarques.

Pisseuse ? Benoît se dit qu'il devrait intervenir. Ce salon est débilitant. Burgonde va chercher son chéquier : il n'a pas assez d'argent sur lui et ce sera un coup de trois cents francs. Il aime de moins en moins dépenser son argent. Il a l'impression de saigner.

Frédéric Burgonde
à Marie-Claire Hautefeuille

Paris, 11 juin 1971

Marie-Claire chérie,
Rien de grave, mais une cascade de petites emmerdes. Je vais t'expliquer. Mais avant tout : l'ETE. Bien sûr, si tu le peux – en d'autres termes si le baron accepte de casquer – il vaut mieux que tu viennes en France. Je passe sur la Joie de Ta Famille (mais quand même...) pour n'insister que sur les agréments. Que faire aux States avec les trois sous économisés par moi depuis mon retour ? Les parents se font tirer l'oreille, tu verras ci-dessous pourquoi, et pourquoi je ne veux (peux) rien leur demander. Habiter chez ma mère ? Tu supporteras mal. Jouer les hippies ? Merci ! Reste la France, où dix maisons nous attendent, et tous les lieux, personnes, souvenirs, projets à te présenter. J'imagine qu'une fois tribut payé à tes parents ils te laisseront les rênes longues ? Réponds-moi vite.

Maintenant, les événements.

Je résume : ma mère, à qui – si je comprends bien - appartient toujours le Cafard, a décidé de le vendre. Une prairie et douze érables à acheter à East Hampton. Le Cafard, ex-« domicile conjugal », avait été attribué lors du divorce à mon père parce qu'il avait « notre garde ». Seigneur !

L'intention, probablement annoncée dans une lettre qui a traîné deux jours sur une commode, a jeté mon père dans l'exaltation. Colère ? Tristesse ? Que non pas ! Une sorte de hâte, une transe, une surexcitation – je ne sais pas comment nommer l'état où il se trouve depuis une semaine. Agents immobiliers, notaire, comtesses de la Petite Annonce se sont succédé rue Raffet en tourbillon. Le Figaro propose chaque matin le pauvre capharnaüm en abréviations alléchantes et mensongères. Pauline renifle tout le jour. Il y a des mères chrétiennes qui poussent les portes des toualettes, des Libanais, des intermédiaires qui agissent pour le compte d'autres intermédiaires, des femmes capiteuses et entretenues, des industriels de la Mayenne. Pauline ne renifle pas : elle sanglote entre deux coups de sonnette. Mon père ne lui laisse pas – ni à moi ! – le soin de recevoir les gens. Il se démène, parle, parle, monte, redescend, vante le chauffage et la plomberie. Pour un peu il hisserait les amateurs sur le toit. Quand un verdâtre Oriental lui a demandé s'il vendait aussi les meubles, je l'ai vu hésiter. L'autre, sur sa

*lancée, a glissé vers moi un regard de velours : je l'intéressais,*
*visiblement. J'ai eu envie de souffler un prix à mon père. Cela*
*aurait réglé nos problèmes de l'été. « Pendant que tu y es, vends*
*la voiture, lui ai-je dit. – Ah, tu y avais pensé, toi aussi ? »*
*m'a-t-il répondu. Un couple plus civilisé l'a reconnu : « Vous*
*êtes... » Oui, il était. Là-dessus ils se sont extasiés sur tout ce*
*dont nos murs sont couverts. Pour le coup, j'ai cru qu'il allait*
*leur faire un prix global. Il est saisi d'une rage de liquidation.*
*Je te vois venir et, à moi aussi, l'interprétation brûle la plume.*
*J'essaie d'y résister. Il y a quelque chose d'affreux dans cet*
*homme fatigué, cassé, qui collabore au bouleversement de sa*
*vie, le hâte, l'amplifie. C'est idiot mais je n'ose pas lui poser de*
*questions. « Ta mère me laisse l'atelier, a-t-il grogné hier. Un*
*vieil accord entre nous... » J'ai demandé ce qu'il en était à son*
*ancien marchand, un Italien. Il m'a dit : « Le Pataud ? Ton*
*père l'a acheté et payé il y a plus de vingt ans. C'est la galerie, à*
*l'époque, qui s'en était occupée. » Je n'y comprends plus rien.*
*Nos histoires t'embêtent ? Mais si tu voyais cette pétaudière !*
*Le soir il flotte dans la maison un parfum composite, une*
*addition de parfums. Car les visiteurs ont une odeur, même les*
*hommes. Mon père a commencé de décrocher les toiles des*
*murs. Tout le jour, entre les invasions, il classe, trie, lit, déchire.*
*Les gens sont surpris par ce feu – en juin ! – dans la cheminée*
*du salon : « C'est humide ? » Non : Burgonde brûle son passé.*
*Où va-t-il aller ? Et où vais-je, moi, aller ? Consulté avec d'infi-*
*nies précautions, mon père m'a regardé, l'œil rigolard : « On*
*s'installe au Pataud, non ? » En d'autres termes il me pousse*
*dehors. Pas grave : à dix-huit ans j'habitais déjà loin de la*
*maison. Et si je suis revenu m'installer ici... Ne nous attendris-*
*sons pas ! Méchamment, j'ai demandé : « Et Pauline, dans tout*
*ça ? » Eh bien, ma Chinoise, j'ai vu alors une chose tout à fait*
*inattendue et intéressante : j'ai vu mon père pleurer.*

    *Les chiens et les vieilles servantes, dans la famille, sont tou-*
*jours traités avec considération.*

    *Je t'embrasse.*

*F.*

*Paris, 19 juin 1971*

    *Ma Chinoise,*
    *Afin que tu informes tes parents et saches où tu vas, voici la*
*liste (succincte) des gens qui se proposent de nous accueillir cet*

été et de nous traiter avec la discrétion requise par les Hautefeuille et par ton bon genre.

1° *Les Letourneur, à Barbizon. Artistes, mais propriétaires.
Des tas d'enfants. Ma seconde famille.*

2° *Les Louvigne, à Uzès. Vieux amis de mes parents, principes libéraux, gens de télévision blessés aux combats de 1968 et
amputés de quelques espérances. Evacués sur l'arrière. Révi-
sions déchirantes.*

3° *Joël Giraudeau, énarque. Sa mère est née ; son père
académicien : des gens chez qui l'on peut accepter une chambre
d'ami.*

4° *Huet, dit « le Vicieux », voyou. (Passe-le sous silence. Il
habite une bergerie et nous couchera dans le même lit.)*

*Ici la valse des voyeurs continue. Les millions volent et les
messieurs mâchonnent leur cigare, de sorte que le salon pue
quand on y a parlé d'argent.*

*Connais-tu, mademoiselle Hautefeuille, l'élégante formule
des militaires : « C'est du trente-trois au jus » ?*

*Elle signifie, si tu sais compter, que je t'attends.*

F.

Paris, *29 juin 1971*

Ma Chinoise,

*C'est fait ! En moins de trois semaines, temps record disent
les hommes de l'art, la maison de la rue Raffet a été bazardée
pour huit cent cinquante mille francs. Cela doit faire assez de
dollars pour négocier quelques érables. Les acheteurs proposaient à mon père un délai : il l'a refusé. La promesse de vente
n'était pas encore signée qu'il emballait déjà ses livres. Il s'est
interrompu pour aller chez le notaire, en chandail, entre deux
caisses. Un antiquaire est venu, qui a proposé des prix tels que
mon père a paru s'éveiller. Le filou a été chassé. Bahuts et
fauteuils seront entreposés à Barbizon, dans les communs de la
maison Letourneur (voir précédente lettre), où ils attendront le
bon plaisir de Rose et le mien. Te voilà avertie ! Tout cela se
passe avec une furia que tu ne peux pas deviner. Une malédiction s'est abattue sur le capharnaüm. Le sort de Pauline –
retraite en Bretagne -- a été réglé en dix minutes, généreusement
si j'en juge par son comportement : ses yeux sont secs et elle se
laisse gagner par la fièvre paternelle. J'avais accepté un reportage sur la côte marocaine : les « Nouvelles Vacances »... Col-*

liers de fleurs et animation culturelle ; Cléopâtre et Mata-Hari réincarnées dans des secrétaires bilingues. *Je suis rentré pour trouver la maison vide. Vidée, sonore, des ampoules au bout des fils et un lit de camp dans ma chambre. Je suis allé à l'atelier où mon père, ivre, dormait sur le fameux canapé noir.* Ici, ma Chinoise, il convient d'interrompre la relation de mes comédies domestiques.

*Je te fais la confidente de choses* ordinaires *(et même un peu humiliantes) qu'il est d'usage de taire. Je le fais parce que je n'imagine pas de te cacher quoi que ce soit. Que mon père se soit soûlé la gueule ce* jour-là *(avant-hier) et endormi dans son atelier, je trouve ça normal. Et plutôt respectable. Je n'échangerais pas ce monsieur harassé, avec du noir aux ongles et des cals aux mains, qui ronflait dans la chaleur du Pataud, contre le modèle paternel le plus perfectionné, muni de tous les gadgets moraux et mondains qui font prime sur le marché du père. Me comprends-tu ? Ce sont des évidences, mais difficiles à formuler. J'ai enfin compris ma chance de ne pas posséder un père honorable. (« Quand cesserez-vous de souligner, de fourrer vos phrases de guillemets, Burgonde ? On ne chatouille pas la langue française : on l'écrit !») Je ne fais pas allusion à la peinture, à ces drôles d'activités, baptisées aujourd'hui marginales, que mènent les gens de « notre milieu » (tant pis !) mais à l'innocence de mon père, à cette impression qu'il donne d'être désarmé. La société regorge de quinquagénaires importants et costauds. Lui, il se gomme au fur et à mesure qu'il vit, comme ces fuyards de cinéma qui, à reculons, brouillent leurs traces en balayant derrière eux le sable avec une branche. Depuis trois semaines il n'a rien fait que s'effacer. Il ne s'aime pas. Existe-t-il plus belle raison d'aimer un homme ?*

*J'ai transporté mes vêtements au Pataud et me suis installé dans l'étouffoir de la loggia : mon père y avait fait monter un divan. Il y avait des draps, un oreiller, une bouteille d'eau posée par terre, et sur la bouteille ma timbale d'enfant. Il avait tout prévu. Il m'attendait. A sept heures il s'est éveillé et nous avons bu au passé. Une égale horreur des restaurants d'Auteuil nous a retenus au Pataud, où nous avons cuit des œufs dans ce que les amazones de l'immobilier nomment la cuisinette. Ensuite la soirée m'a duré. Nous manquions d'espace. Autour de nous se dressaient des espèces de mâts totémiques que mon père a confectionnés je ne sais quand, faits de rebuts, de bouts de ferrailles, de jouets cassés. J'ai compris pourquoi, dans ses rangements, il mettait de côté les déchets avec tant de soin. Il aurait fallu lui parler de ces sculptures mais je n'ai pas su comment m'y prendre, ni comment les nommer. Elles étaient là dans la pénombre, faux sorciers avec leurs blases en bouchon de carafe et des zizis énormes, oscillants, faits de ressorts à boudin. Belles sentinelles pour notre veillée. Une des plus brèves nuits de l'année. On entendait dans un jardin de la villa Montmorency les bruits d'une fête, du caquetage, du luxe, des femmes qui riaient – et nous étions là tous les deux, muets, parfaitement misérables.*

*Si tu comprends cela, ma belle, tu sauras tout de moi et nous vivrons dans la lucidité et l'estime réciproque. C'est le bonheur que je nous souhaite. Ah, j'oubliais : 8, impasse Blaise Pataud – 75 Paris XVIe.*

*Je resterai ici jusqu'à ton arrivée : il n'y a pas de petites économies. Viens vite !*

F.

\*\*\*

Rose et Frédéric se souviendront de l'été 71 comme du plus beau de leur jeunesse. Les jours durent vingt heures ; les nuits, plus longtemps encore, et aucun nuage ne traverse les ciels d'Europe. Les Hautefeuille sont d'authentiques bourgeois français. Comme tels, ils ferment les yeux avec la frénétique résolution de ne pas être dérangés. Leur fille sillonne donc sans entrave les routes, et redécouvre Frédéric, qu'elle avait plus ou moins perdu de vue, enseveli qu'il était sous le fatras de ses lettres. L'instinct de Marie-Claire la détourne de Burgonde et elle entraîne Frédéric loin de lui. Benoît a fait engager Rose sur un chantier où, pour la gamelle et le toit, des jeunes gens restaurent une ruine cistercienne. On se déchire aux ronciers et aux cailloux mais l'âme y trouve son compte, qui vole au secours de l'Occident Chrétien. Le soir, autour du feu, pendant que parlent des types aux yeux clairs, le profil de Rose fait merveille.

Il n'est pas facile de téléphoner, en France, l'été, sous le septennat de M. Pompidou. Chez les amis on se sent indiscret. Dans les bureaux de poste des hordes assiègent les guichets pour obtenir Namur et Manchester. C'est pourquoi Burgonde reçoit si peu de nouvelles : une lettre de Frédéric ; rien de Rose. La dispersion de l'été cumule ses effets avec ceux du déménagement et de six mois de sauvagerie. Le Pataud est une île. L'une

469

après l'autre les boutiques ont baissé leur rideau. La boulangère est au Népal, le beurre-œufs-fromage à Ceylan. On ne voit plus traîner rue Poussin et boulevard Beauséjour que les bâtardes des concierges, leurs pis au ras du goudron. Les chiens de race aggravent leurs névroses dans les chenils de la banlieue Ouest. Cinq ou six fois Burgonde a formé des numéros, presque au hasard. Aux eaux, Giorgio. En Turquie, Flavienne. Les autres, bon vent ! Inébranlables, les Letourneur sont à Barbizon. « Viens, je te montrerai des trucs qui t'intéresseront... Et puis tu verras ton gamin ; il vient d'arriver avec sa copine.» Ni gamin, ni copine : Burgonde se le tient pour dit et se prépare à la traversée du désert. On lui livre in extremis du vin blanc, de la bière, de l'ananas en boîte et tout un stock de ces fromages dont l'épicier paraît heureux de se débarrasser. Chaque jour de nouvelles fenêtres restent fermées, le silence s'appesantit. Burgonde doit être prudent : l'équilibre est fragile, entre satisfaction et panique. S'il veut tenir, il doit porter le défi aux extrêmes. Il renonce donc à téléphoner à quiconque, à ouvrir le matin la boîte aux lettres, à quitter Auteuil pour Saint-Germain ou Montparnasse, où il croiserait des solitaires de son espèce. Cela signifierait parler, s'expliquer, et s'il commençait où s'arrêterait-il ? Il se sent dans la peau d'un coupable que torture l'envie de « se mettre à table ». Personne ne le traque et il se sait pourtant suivi, regardé. Cette sensation le tient en alerte. Vingt fois le jour il imagine Victoire l'observant et il agit en fonction de cet espionnage, soucieux de rester digne de son omniprésente compagne. Pas un instant il ne cherche à deviner où se trouve Victoire ni ce qu'elle fait : elle n'existe que pour lui. Elle l'entoure, elle l'écoute et le voit. Son regard rit ou noircit selon que Burgonde agit bien ou mal, avec légèreté ou maladresse.

La première erreur – il va la réparer sans tarder – a consisté à faire du Pataud un garde-meubles, un substitut au Cafard, en y accumulant des objets qu'il aurait dû détruire. L'atelier était une cellule ; il ressemble à une boutique de brocante. Alors, dans la tranquillité où le laisse l'absence de Frédéric, Burgonde recommence le tri et l'élimination des choses. Il dit les « choses », en faisant la moue sur l'informe mot qui recouvre tout ce qu'on nomme souvenirs, habitudes, tremblotements de cœur. A grand-peine il convoque une dame d'œuvres qui accepte, sans le remercier, d'emporter deux panières de vêtements et des cartons de vaisselle. On ne dit plus les « pauvres », remarque Burgonde. La dame – humide mais inodore – dit les « immigrés ».

Le temps se couvre et la dame dit aussi : « L'orage menace ! » Emporté par le mouvement Burgonde trouve rive droite une galerie ouverte et négocie une dizaine de petites choses, aquarelles, gravures, dessins. Il marchande âprement : pas question d'escroquer les collègues. « Mais pourquoi vendez-vous, monsieur Burgonde ? » Le bruit de sa déconfiture va se propager à une vitesse redoublée. Une semaine passe à ce dégraissage. Les soirées ne sont pas faciles à vivre. Un vendredi, vers huit heures, dans la grisaille dorée de l'interminable crépuscule, Burgonde part pour la chasse au cœur. Les étrangères ont vingt ans ; les épouses bafouées sont ailleurs, les pieds dans l'eau : ville d'esseulés et de dragueurs. Burgonde est sans malice ni expérience. Il va s'accouder aux bars de deux ou trois hôtels. Il y a des miroirs, dans les bars, où se regardent entre deux goulots de bouteille les messieurs dans sa situation. Ce qu'ils voient donne de l'héroïsme à leur entreprise. « Je n'ai qu'à payer... »

Le temps passe, les corps se font rares. Burgonde change de quartier, claque la portière de sa voiture, pleurniche, se tâte – il est entier – et s'assied dans une brasserie de la rue de Vaugirard où il engloutit un bœuf en gelée. Le soir baigne dans des odeurs d'oignon et de bière. Il est si intimement collé à la banquette que, s'il se levait, le pantalon y resterait. Burgonde n'avait pas remarqué, là, cette fille apeurée à qui parle le garçon. Un malin, le garçon : debout au sommet du triangle, il a tôt fait d'installer une conversation à trois, qu'il laisse durer, le temps pour Burgonde de mener l'affaire à bonne fin. La façon dont au départ il empoche les cinquante francs de pourboire renseigne Burgonde : « Je suis un niais, et la fille est une pute. » Mais non, sur le trottoir la petite tremble d'énervement, et de la peur justement de passer pour une grue. L'âge de Burgonde, sa canne, la voiture, la douceur font excellent effet. Elle est vendeuse et arrive de Montmorillon. Pas de vacances : elle est trop jeune dans la boîte. Il faut encore deux heures à Burgonde pour l'emballer, des alcools sucrés, et une patience de confesseur. Au lit, elle prend feu. Elle s'appelle Henriette. Elle l'a emmené chez elle, rue Lecourbe, sans méfiance ; elle a fait chauffer du café. Rire ? Il est bien temps. Burgonde se détourne au moins de la bouche ouverte. Elle est béante de partout, Henriette. Il ne suffirait pas de lui fermer les lèvres pour l'empêcher d'exprimer d'elle la gratitude. Elle en ruisselle. Elle en gémit, supplie, halète, à la stupéfaction de Burgonde dont ni les prouesses ni les sensations ne justifient un tel déferlement.

Enfin la bête s'abat, blessée à mort par son modeste chasseur.

Burgonde détache et écarte un à un ses membres. Ce n'est plus une étreinte, c'est un nœud. Une jambe reste prisonnière. Au prix d'une contorsion son buste trouve un bout de drap frais, son visage sort du halo de la lampe. Une haine calme, puissante, bat en lui. Il surveille Henriette, qui souffle et palpite, épouvanté à la perspective d'un retour de sa compagne à la conscience. Il observe le studio, repère ses vêtements et calcule : il n'a aucune chance de s'en aller à la sauvette. Attendre, peut-être ? Il se contraint à l'immobilité, déjeté, les yeux ouverts, des spasmes lui frisant la peau. Une pendulette, au chevet, indique trois heures. La respiration de la femme enfin s'approfondit. Elle se retourne. Foie de porc à l'étal ou accidentée sur la voie publique. Burgonde retrouve l'usage de sa jambe engourdie, rampe au bas du lit, ramasse ses habits. Nu, sur le palier, il fait ses comptes : manquent les chaussettes et la canne. Il les abandonne, s'habille et boitille quatre étages, la plante de son pied faisant ventouse au fond de la chaussure.

Sans qu'il soit nécessaire d'établir une relation de cause à effet, c'est le lendemain de l'épisode Henriette que Burgonde retrouva les vieux élancements, la hantise de s'asseoir et l'habitude de téléphoner au Dr Kalbfuss, devenu au long des années une manière d'ami. Certaine caresse frénétique d'Henriette, sûre qu'elle paraissait être de révéler des paradis à Burgonde, n'était peut-être pas étrangère au délabrement que constata Kalbfuss, désenchanté. Jamais le Greco n'avait été aussi maigre ni aussi jaune. Burgonde lui avait offert une litho qu'il avait accrochée derrière son dos, entre deux volcans napolitains. « Vous semblez fatigué », ne put s'empêcher de remarquer Burgonde.
– Fatigué ?
Kalbfuss, qui ne s'adossait jamais, se laissa glisser au fond de son fauteuil.
– Vous voulez dire que je suis en train de crever ! Vous m'avez regardé ? Voilà quarante ans que j'examine et flaire des culs, monsieur Burgonde. Je mourrai face à un cul, comme le peintre à son chevalet.
Il se leva, désigna la porte de la salle d'examen d'un geste presque doux.
– Il existe une jeune Mme Kalbfuss, voyez-vous. Plus si jeune, à vrai dire. Elle vit beaucoup dans le Midi. Elle a des besoins, des habitudes... Installez-vous, vous connaissez la rou-

tine. On n'y pense pas, hein, aux épouses, quand on est à quatre pattes comme vous l'êtes. Elles existent, mon cher. Pas marié, vous, je crois ? Enfin, de l'histoire ancienne. Les soirées deviennent longues... Détendez-vous !

Burgonde, reins creusés, chercha une diversion.

– Et votre chien ? demanda-t-il. Un cocker ; il avait du goût pour moi...

– Il aurait vingt ans, monsieur Burgonde ! Vous n'avez pas la notion du temps, dirait-on.

Non, Burgonde n'avait pas la notion des dates, des âges, ni cette pudeur qui fait se tenir les gens à leur place. Victoire l'en avait guéri. Les jours qui suivirent la consultation furent plus vivables. La douleur était un point de fixation. Elle lui tenait la laisse courte : autour d'elle il tournait sagement, buvant peu, lisant. Il pensa même à travailler mais c'était trop demander à soi-même. Il reçut un coup de téléphone de Niemand qui l'invitait à Romanin. Encore une énigme. Il refusa et Niemand n'insista pas. Les premiers jours de grande chaleur, le Pataud, avec ses inépuisables réserves d'humidité et de pénombre, résista. Puis l'aquarium devint étuve. Burgonde se coinçait une compresse dans la raie des fesses et ne quittait pas de la journée une sortie de bain en tissu-éponge. Son odeur lui montait par instants aux narines et il l'aimait. Après tout, il n'est pas certain que le récit esquissé ci-dessus, de la nuit avec Henriette, fût tout à fait fidèle. Burgonde en gardait un souvenir horrifié. Mais il avait bu tant de saletés, entre le traminer de la brasserie et le café réchauffé par Henriette – et plus il buvait plus il croyait sentir l'ivresse de l'inconnue, et sa proche reddition –, qu'il ne savait plus au juste comment s'était déroulée la scène d'amour de la rue Lecourbe. Un soupçon lui vint : n'avait-il pas tenté, cette nuit-là, de mettre l'inconnue dans toutes les postures qu'avait prises Victoire le soir de sa dernière visite rue Raffet ? N'avait-il pas essayé de substituer, au souvenir qu'il conservait de Victoire, une caricature qui le rendît à jamais hideux, répugnant ?


Frédéric, le 1ᵉʳ septembre, était revenu habiter le Pataud. Marie-Claire et lui étaient allés directement de l'île de Ré à Orly, où ils avaient passé leur dernière nuit à l'hôtel Hilton. Une idée de Frédéric. Ils s'étaient arrêtés en Touraine : Marie-Claire avait fui de chambre en chambre Mme Hautefeuille, qui jouait avec ses perles en retenant sur ses lèvres des choses profondes et, sur ses paupières, des larmes.

« Je vais rater mon avion », répétait Marie-Claire. Mme Hautefeuille ignorait que les vols vers New York ne décollent pas en fin de journée. Elle avait accepté que sa fille passât chez des gens un mois avec un garçon, mais cette ultime nuit à l'hôtel l'eût accablée. A Tours on tondait la prairie pour la seconde fois de l'été et Frédéric éternuait toutes les trois minutes. « Demain, pensait-il, demain à midi... » Mme Hautefeuille regardait éternuer Frédéric en se disant : « Pourvu qu'il ne lui fasse pas un enfant ! » M. Hautefeuille, qui avait honte d'avoir été tolérant, et hâte d'être débarrassé de sa honte, répétait : « Ce n'est pas pour vous presser, les enfants... »

Au Hilton, Frédéric n'osa pas faire monter un souper dans la chambre : il se trouvait *trop jeune*. Et puis il lui restait à peine deux cents francs. Tout américaine qu'elle fût, la chambre n'évoquait pas vraiment les Etats-Unis. On se sentait terriblement à Orly. Ils firent l'amour avec les douceurs requises. Ils traînaient les pieds dans les feuilles mortes et Marie-Claire pleura. Frédéric l'entendait renifler dans le noir. Lui aussi reniflait, mais à cause du rhume des foins. Leur au revoir, devant les guichets de la police, fut très convenable. De loin, Frédéric regarda Marie-Claire faire la queue, pousser son sac du pied, sourire en tendant son passeport : elle avait les hanches si minces. Il fut transpercé de tendresse, de peur, de colère, de désespoir. La deux-chevaux eut du mal à démarrer : depuis Tours elle donnait des signes de faiblesse. Il se laissa secouer par ses hoquets jusqu'au Pataud comme s'il ne les eût pas remarqués. Sur le périphérique on lui montrait le poing, on ricanait en le dépassant. Frédéric trouva son père en train de laver, au jet, la verrière de l'atelier. Ils s'embrassèrent comme au mauvais vieux temps : coup de tête et bécots dans le vide. Aucune question. Burgonde voyait Frédéric si déconfit qu'il imagina une dispute. D'un mot, en lui tournant le dos, Frédéric le détrompa. Il raconta même, sourire rentré, l'étape tourangelle et les perles de Mme Hautefeuille, ses foulards Hermès. Burgonde se sentit frissonner de bonheur. Frédéric heureux, Frédéric moqueur, Frédéric revenu vers lui : la vie reprenait consistance et goût.

Burgonde, les jours suivants, regarda son fils faire avec application tous les gestes et les singeries que sont supposés faire les vivants : téléphoner, écrire des noms et des numéros sur son calepin, sortir en regardant l'heure à son poignet. Il comprenait bien que des affaires d'argent justifiaient pareille activité. Mais il ne proposa rien à Frédéric. Outre qu'il était lui-même à court, il craignait de déranger l'équilibre précaire de leurs rapports. Il laissa, à tout hasard, traîner des paquets de cigarettes, quelques billets. Il emprunta la deux-chevaux et fit le plein.

Après que huit jours eurent passé, Frédéric retrouva meilleure figure et invita son père à dîner. Burgonde accepta. Il s'aperçut que depuis le retour de son fils il avait traversé les journées et les nuits avec une facilité oubliée depuis six mois : il dormait quelques heures, rôdait moins du côté des chevalets et des toiles blanches. C'était étrange que le retour à l'équilibre lui fût signalé par le renoncement au travail. Puisque Frédéric paraissait vouloir rester, Burgonde prit les mesures nécessaires. Il alla négocier la location d'une chambre dans le petit hôtel qui dominait le jardin du Pataud, qu'habitait une vieille dame solitaire. Frédéric accepta l'arrangement sans le commenter. Son père tenait-il à lui offrir « son entrée séparée » – suprême câlinerie des bourgeois à leurs grands enfants ? Il se félicita d'une organisation qui le dispenserait d'écouter les soubresauts nocturnes de Burgonde et, dès qu'il s'assoupissait, ses ronflements. Peu à peu revenaient à Paris les gens susceptibles de lui donner du travail et Frédéric reprit courage. M. Hautefeuille vint voir son agent de change et invita Frédéric à déjeuner à l'hôtel Lotti « où je descends toujours ».

– Cette idée de Marie-Claire de gagner sa vie, je l'approuve, et les d'Hours sont charmants, mais la séparation, la distance... Moi qui la voyais médecin !

« La vie est-elle si plate ? » se demandait Frédéric en regardant M. Hautefeuille chipoter. Pour faire contraste il dévora son châteaubriand et retrouva son père avec soulagement : son œil narquois, sa paupière fatiguée. Les poches bleues, aux joues de Burgonde, étaient gonflées comme on les voit aux cardiaques. Pincement. « J'ai mal au cœur de mon père », ricana Frédéric. Il regarda mieux et découvrit que Burgonde avait grossi. Il buvait moins mais engouffrait d'énormes plats. Ils allaient dîner dans des restaurants de la rue George-Sand, de la rue Poussin, du boulevard Exelmans où Frédéric, en silence, attendait que son père eût fini de se bourrer. Moins un ogre qu'une veuve boulimique : il engloutissait des compotes, des gâteaux. Bientôt les soirées au restaurant s'espacèrent : elles coûtaient trop cher.

Au mois de novembre la vente du Cafard fut conclue et le notaire annonça à Burgonde que Léa, en vertu d'une clause oubliée qu'elle avait à cœur (ce fut l'expression de Me Nadaud) d'honorer, lui faisait virer vingt pour cent du prix, soit une somme de cent cinquante mille francs. Burgonde calcula que Frédéric et lui pourraient vivre une année là-dessus en donnant même trois sous à Rose, sans qu'il fût obligé, lui, de peindre. Tout lui paraissait pour l'instant raisonnable, acceptable – sauf de se remettre au travail. Un chanteur aphone n'eût pas été plus impuissant que ne se sentait Burgonde. Avec l'automne étaient réapparus la Lequercy, sans rancune, et même Giorgio, qui l'avaient incité « à s'y remettre ». Le départ de Victoire et la vente du Cafard leur paraissaient des contretemps de même nature, de ces gênes passagères mais finalement fécondes dont un artiste tire bénéfice. « Pense à ton dernier été, dit Giorgio, tu es au meilleur de ta forme ! »

Disant cela, il considérait la peau grise de Burgonde, sa panse gonflée qu'étranglait la ceinture, et il se remémorait ces murmures à propos des derniers mois du peintre : les ennuis de santé, les journées passées sans sortir, en robe de chambre. On l'avait aperçu. On l'avait vu si étrange qu'on n'avait pas osé sonner. Qui ? Peu importait, des amis, des présences affectueuses et chuchotantes.

– Tu me montres ce que tu as fait récemment ?

– Il n'y a rien à montrer. Rien.

– Burgonde ! Ces affaires de galerie n'ont rien à voir avec notre amitié...

Burgonde leva sur Giorgio des yeux perplexes. Personne ne comprenait donc ? Seul Frédéric, toutes ces semaines, avait fait preuve de délicatesse. Burgonde voulait dire par là que son fils ne le bousculait pas. « Il est à la coule... » On eût dit que Frédéric s'y connaissait en angoisses et ratages. Il parlait à son père de Marie-Claire (moins qu'il ne parlait de Burgonde dans ses lettres à la jeune fille), de sorte que bientôt Burgonde, bien qu'il l'eût aperçue, prêta à Marie-Claire des traits de Victoire. La confusion ne tirait pas à conséquence. Frédéric, on l'a vu, connaissait l'existence de Victoire, et même son visage. Il enregistra sa disparition à cette grande place vide dans les journées de son père. Il veilla à ne jamais paraître trop heureux, même quand il avait reçu une bonne lettre ou une pige inespérée. De jour en jour il apprenait à être plus diplomate. S'il lui arrivait d'apercevoir son père dans une certaine épicerie de la rue La Fontaine, il passait au large. Bientôt Burgonde renonça à faire livrer ses achats et il les rapporta à l'atelier dans un « sac de cabine » acheté en 1966 chez Abercrombie & Fitch et destiné à de plus élégants usages. Il craignait que le livreur n'arrivât à un moment où Frédéric se trouverait au Pataud. Il prit l'habitude de dissimuler une partie des réserves qu'il constituait : biscuits hollandais, confitures, amandes salées, raisins de Corinthe. Quand il savait Frédéric absent pour plusieurs heures il piochait dans son stock. Sur le fauteuil pliant où s'asseyaient naguère les visiteurs à qui il montrait des toiles, il s'installait, une assiette ou une boîte sur les genoux, et là, le regard vague, il bâfrait. Moins il avait faim, plus de plaisir il prenait à se gaver. Il lui semblait entendre en soi le glougloutement pressé d'une bouteille qui se remplit. Le soir il feignait de n'avoir envie de rien, il faisait la petite bouche.

Au fur et à mesure que le temps passait, chacun d'eux prenait ses aises, améliorait tel ou tel détail de la vie quotidienne. Burgonde, un marteau à la main, plantait quantité de clous. Il aimait de plus en plus avoir à sa portée tout ce dont il avait besoin. Le Pataud ressembla bientôt à une cabine de bateau, à une cagna de la guerre des tranchées. Bâtie en bois, la maison se prêtait, avec son enchevêtrement de poutres, à la manie qui avait saisi Burgonde. Ce fut le règne de la punaise, de la semence, du piton. Chaque soir quand il rentrait Frédéric découvrait un nouvel objet suspendu. Les placards se vidaient au profit des murs. Bientôt, les longues tiges de métal accrochées à un rail fixé autour du plafond, qui avaient servi à présenter les toiles, servirent à suspendre des musettes, des vêtements, des cuillers de bois, des livres dans la reliure desquels Burgonde avait passé une ficelle. Cela dura les mois de décembre et de janvier. Fasciné, Frédéric assistait à la métamorphose de l'atelier. Certains obsédés de bricolage transforment ainsi leur garage, au fond de jardins, en banlieue. Ils ont aussi, eux, des bergers belges à la chaîne, qui aboient. Levi-Monzi, venu à l'improviste, plissa le front de surprise. Burgonde le pria avec fermeté de vouloir bien téléphoner avant de passer impasse Pataud. Ce fut dit sans insolence. Une douceur avait gagné Burgonde et le baignait ; à moins qu'elle ne parût sourdre de lui et se répandre. La seule fois où débarqua Rose – seule, ô miracle ! – son père ne répondit à aucun de ses sarcasmes. Rose posait le doigt avec précaution sur les clous : « Le Pataud souffre d'une éruption ? » Elle avait les yeux trop brillants. « Tu

chiales ? » demanda Frédéric. Elle claqua la porte sans dire au
revoir. Frédéric en conçut un remords, qu'il chassa vite. Burgonde ne lui dit rien : il paraissait n'avoir pas remarqué le
départ de sa fille.

*
**

Paris, 12 janvier 1972

Claire-Marie
*Dix-septième lettre de la seconde série. Oui, j'occupe toujours
la « chambre verte » de Mlle Lanceleau-Dulac, où continuent
de flotter des parfums conjugués de Diorissimo, de vertu et de
III<sup>e</sup> République. Pourquoi la République ? A cause de ce portrait d'une dame par Chastel-Gouraud (« Un talent autrement
plus pulpeux que celui de votre Vuillard, monsieur Frédéric !... ») que j'ai supplié la demoiselle de ne pas retirer du mur.
Pourquoi mon Vuillard ? Pourquoi monsieur Frédéric ? Mystères. Diorissimo, tu connais. Reste ma vertu. La défiance de la
propriétaire suffirait à la garantir. Oui, je sais, tu me diras
qu'on peut honorer les demoiselles à (leur) domicile et que le
système glandulaire de l'homme jeune s'accommode mal de la
chasteté. Le mien ne s'en trouve pas trop souffrir.
Je suis gai ce soir (je t'écris sous le pulpeux Chastel-Gouraud) parce que les reportages se multiplient. Une demi-douzaine d'éditeurs utilisent mes services et je suis en passe de
devenir un must des vernissages. J'ai eu tort de refuser les
cocktails et les bals : la chasse à la gueule (tu sais, dans Vogue :
Mme Cyprien Louffe, en robe de Givenchy, entre la princesse
Frankenstein et le baron de Beaujolais-Cahors) est un sport
juteux. Tu y traques des lippes, des ptoses de la paupière et de
l'abdomen que tu ne rencontrerais jamais ailleurs. Le gibier
mondain ne sort pas de ses réserves. Et quels buffets ! Bref, la
finance va. J'invite de temps en temps le père à dîner. Je n'y ai
guère de mérite, il a moins d'appétit. Je le soupçonne de boire
en Suisse ou de dévorer des « choco-BN ». (Tu te rappelles ?...)
Il a remplacé les Proust, au-dessus de son lit, par des boîtes de
biscuits. Mais non je ne suis pas idiot. C'est notre vie qui l'est :
la nôtre, à six mille kilomètres l'un de l'autre ; celle de mon
père avec moi, qui, moitié ascèse, moitié goinfrerie, glisse doucement à la cloche. Nous mettons des bouts de ficelle dans des
boîtes, confectionnons des œufs au plat que nous mangeons sur
nos genoux, ne décrochons pas le téléphone quand il sonne. Je*

me demande pourquoi il (le père) se rase encore. As-tu lu le roman de Montherlant que j'avais dérobé dans la bibliothèque de ton père et glissé dans ta valise ? Prémonition. Notre vie ressemble de plus en plus à celle des Célibataires. Tu sais, la scène où M. de Coantré « prit un sucre et s'en fit du bien » : c'est mon père quand je le surprends dans le coin-cuisine, sous l'escalier, en train de se passer des douceurs.

Je me souviendrai de cet hiver 71-72 comme d'un songe. C'est du moins ce que j'imagine pour aider le temps à passer. Ma vie est auprès de toi. Je suis un bateau dont on aurait hissé la voile sans détacher les amarres. Mon père me perce le cœur ou me le lève – selon les heures. Je n'aime pas avoir pitié de lui. Si tous ces sentiments contradictoires pouvaient se résoudre en tendresse ! De gros mots me roulent dans la tête, que je m'interdis de murmurer, d'écrire, même de penser. J'attends. Quelque chose va (nous) arriver et la vie, rebondir. Les Burgonde père et fils ne joueront pas toujours les hobereaux dans la débine. Je te rejoindrai et j'abandonnerai l'artiste à son atelier hérissé de crochets X. Forcément l'épisode se terminera ainsi. Rose, elle, nous a déjà oubliés. Et j'oublierai à mon tour la rue Raffet, le Pataud et son habitant. Tu comprends que cette fatalité me fasse horreur ? Mais j'ai hâte qu'elle s'accomplisse.

Je te promets que nous serons réunis avant le prochain été. En foi de quoi, je t'embrasse comme nous fîmes, le 19 août dernier, quelque part entre Tulle et Cahors...

Frédéric.


Paris, 27 janvier 1972

Ma Chinoise,
J'étais seul l'autre soir au Pataud, ou presque seul : le chat de Mlle Lanceleau-Dulac avait sauté le mur et se plaisait en ma compagnie. Coup de sonnette. C'est rarissime dans notre ermitage. Je vais jusqu'à la grille et « distingue dans l'ombre un homme dans la trentaine » (ça te va ou préfères-tu mes effets de style ?) Il me dévisage. Erreur ? Non. Burgonde ? Son fils. Ahurissement extrême du visiteur, que je fais entrer tant il paraissait convenable. Plutôt la quarantaine, mais le cheveu si ras, le ton rogue si gamin... Il regarde autour de lui, visiblement secoué par le spectacle de la grotte. Enfin il daigne expliquer à ma patience : 1° qu'il se nomme Hubert Fléaux, 2° qu'il ne connaît pas mon père mais souhaite le rencontrer, afin de 3° lui deman-

der l'adresse de Victoire Longrupt. Ici, arrêtons-nous. Fléaux ? Avez-vous un rapport avec... ? Le temps qu'il trouve les mots discourtois et excédés qui lui paraissent s'imposer pour répondre (affirmativement) à une question sans doute mille fois entendue, je fais marcher ma tête à toute allure. L'air agressif et emprunté du type, sa visite fortuite, le fait – surprenant – qu'il me parle à moi et non à mon père, enfin ce nom féminin : tout sent le secret. Les secrets ne puent pas – ils embaument. Je réponds vague et godiche. Il s'énerve :
– Mais vous connaissez Victoire ?
– Bien peu.
N'est-ce pas génial, « bien peu » ? Fléaux junior s'en est contenté. Il a haussé les épaules et il a accepté le divan noir, et d'ouvrir son manteau, et un verre de whisky. Je ne quittais pas ses yeux des miens en lui parlant : le procédé a paru lui plaire. Ne sachant pas au juste ce que je savais, il en a lâché assez pour me mettre sur la voie ; cinq minutes plus tard j'avais tout compris. Victoire – mais tu l'avais deviné, avoue ! – c'est la Dame Blonde ; lui, Fléaux junior, est quelque chose comme son ancien mari, ou amant, en tout cas le père de leur petite fille. Quant au mien, qui occupait une place plus récente dans la chronologie sentimentale de ladite Victoire, il était supposé avoir de ses nouvelles et les communiquer, dans un esprit de coopération, à ce papa déboussolé. En somme, je me trouvais pris par hasard et en tiers dans la démarche constitutive du Club des Anciens de Victoire.
J'ai expliqué à Fléaux junior, le plus discrètement possible, qu'à mon avis mon père s'était lui aussi éloigné de Victoire – ou plutôt, elle de lui – mais que seul il était à même de le lui confirmer.
« Vous êtes un drôle de garçon », m'a dit le visiteur. Puis il a ajouté en se levant : « Je vous laisse. »
« Je devais justement sortir », ai-je grogné (je mentais) de telle sorte que je me suis retrouvé dans l'impasse avec lui. N'importe qui d'autre aurait dit : « Ma voiture est ici. Puis-je vous avancer ? » Lui a dit : « Je vais par là. Vous m'accompagnez un bout de chemin ? »
Nous avons – presque en silence – traversé le chemin de fer de ceinture et les maréchaux, contourné le champ de courses et piqué à travers le Bois. Les phares nous aveuglaient et les putes, qu'inquiétaient ces piétons, s'écartaient de nous. « Vous ne saviez rien de Victoire, n'est-ce pas ? » J'en convins. Encore deux cents mètres de silence et il entreprit de me raconter sa

480

*vie, celle de Victoire et, accessoirement, une sorte de reflet de la mienne. C'était épatant. Je me sentais trembler d'excitation. Je trouvais ce type parfait, marchant avec régularité, parlant avec familiarité, et je ne cessais de me poser LA question : « Papa la lui a-t-il levée, cette Victoire ? » Le monde est étrangement fait. Nous sommes arrivés, du côté de la porte de Madrid, devant des bâtiments de briques et des odeurs de crottin : Fléaux junior est écuyer. Il avait oublié de me le dire. On passe entre des balles de paille, des portes d'écuries et l'on monte chez lui par un escalier triste. Chez lui : un mélange de couvertures marocaines (lui), de toiles de Jouy (Victoire), et partout un grand bordel d'embauchoirs à bottes, livres, bouteilles (« un autre ? »), paperasses. Surprises : deux ou trois « jolis meubles » (genre Hautefeuille) et aux murs des tableaux bon chic : un Chirico et un Vieira da Silva. Au-dessus des boxes et des canassons, tu te rends compte !*

*J'en suis là. J'ai mis vingt minutes à trouver à Neuilly un taxi. J'étais un peu gris et au retour, lâchement, je n'ai rien dit à mon père.*

*Je dois déjeuner la semaine prochaine avec l'écuyer. En cachette, toujours. Tu me trouves complètement taré, malsain, déloyal, ou non ? Est-ce le fils en moi, ou la concierge, qui veut savoir ? La suite au prochain courrier.*

. . . . . . . . . . . . . . . . . . . . . . . . . . . . . . . . . . . . . . . . . . . . . .

Éperdu de tendresse, éperdu de lâcheté, éperdu d'indifférence : le cœur de Burgonde, abondant et mol, ne lui inspire plus pour son fils que des sentiments extrêmes. Même ses rétentions sont passionnelles. Frédéric se cache de lui pour voir le capitaine ; Burgonde se cache de Frédéric pour dessiner son visage. Ses premiers dessins depuis le retour des Cerniats ; sanguine, fusain et craie blanche sur canson gris ; tout ce qu'il y a de classique. Il déchire les plus mal venus, auxquels il reproche des brutalités, des simplifications. Il parvient bientôt à ce qu'il cherche : des pastiches, le style XVIII<sup>e</sup>, des esquisses qu'on croirait sorties du cabinet de M. de Lagoy, gentilhomme et amateur. Frédéric possède une tête d'il y a deux cents ans : les courbes complaisantes, quelque chose de trop malin, les traits d'un valet de comédie, un Figaro sans révolution. La jeunesse, peut-être, simplement ? Une gouaille irrémédiablement française. La maladie et la mort, seules, donnent de la gravité à ces visages-là. Pendant quelques jours Burgonde traque la ressemblance – cette ombre qu'il croit voir passer du souvenir de son père à ses propres traits, et d'eux à ceux de Frédéric, comme d'un nuage sur trois collines d'un même paysage. Mais à peine l'a-t-il formulée, cette comparaison l'entraîne à traiter son dessin autrement, à allonger Frédéric. Il a dessiné son père ainsi, pendant des mois : allongé. « Sur son lit de mort. » Alors Burgonde ruse. La petite mort pour conjurer la grande, le plaisir au lieu de l'agonie. Le voit-elle ainsi, Marie-Claire, après l'amour : lèvres gonflées, paupières closes sur ces fureurs et ces étonnements qu'aucune Marie-Claire, jamais, ne soupçonnera ? Croit-elle qu'il dort et le regarde-t-elle dormir ? Ou appartient-elle à la catégorie des femmes qui se laissent contempler par l'homme ? Et voici Frédéric redressé, l'œil ouvert, penché sur Marie-Claire assoupie. Burgonde donne au cou de la puissance, aux salières et aux clavicules un creux, une netteté qu'elles n'ont peut-être pas, mais qui embellit le torse incliné. Son cœur bat plus vite. Le corps des jeunes hommes, si économe, si précis, l'a toujours bouleversé. Les modèles d'il y a trente ans, souvent des portefaix, mais parfois de jolis garçons dont on voyait, après le visage, rougir la nuque et la poitrine aux plaisanteries de l'atelier, ou frissonner les reins sous le délicieux outrage. Il en a retrouvé certains : celui-ci devenu danseur et amuseur, reçu chez les riches ; celui-là, animateur de jeux télévisés. Le destin d'un corps ! Plus passionnant que l'*itinéraire* des âmes, à tout prendre. Peu à peu Burgonde retrouve son aisance, les gestes anciens, inoubliés, la vitesse et le bonheur de la main qui lui firent, à seize ans, souhaiter d'être peintre, comme d'être champion d'un sport que l'on pourra pratiquer toute sa vie : pinceaux attachés aux mains rhumatisantes, petite voiture poussée devant le chevalet, papiers collés de Matisse – légende dorée, mélodrame de Margot. Mais il a honte et il se hâte de ranger papiers et matériel quand approche l'heure du retour de Frédéric. Pourquoi ? Il s'enfonce dans sa comédie du peintre asséché, abstinent. Tant d'années il s'est rendu – ah, la belle expression ! – chaque matin à son atelier. Mais sa défaite était interminable malgré ces redditions quotidiennes. Est-elle enfin consommée ? Quel repos, en lui, quel silence. « Je vais travailler. » Comment l'obscénité du propos – ou son insignifiance, et alors pourquoi tout ce barouf ? – ne l'a-t-elle pas plus tôt éclairé ? Qui lui disait (une grosse bouche faisant un sourire fin) : « L'inspiration vient aux écrivains par le derrière et aux peintres par les pieds » ?

Burgonde fixe et classe ses dessins, avant de les glisser dans le carton, avec le même soin que toujours. La *ressemblance* !

Comme il eût ri, il y a quinze ans, au nez de quinconque fût venu lui parler de la ressemblance. C'était un mot de la même famille que « paysage », « pâte », « artiste ». Tout plutôt que de les mériter. Il a brouillé les cartes, c'était facile. Entre l'adolescent si habile de ses yeux et de ses mains, et le peintre Burgonde dans sa quarantaine turbulente, triomphante, (« *Our roaring forties...* » lui avait dit Fathergood), quelle filiation, quel rapport ? Aujourd'hui, par-dessus un quart de siècle de confusion, il pourrait renouer avec le jeune homme qu'il fut. Ils se comprendraient. Ils se ressembleraient. A ceci près que Burgonde ne possède plus le talent que manifestait le jeune homme. Ni son innocence.

Frédéric rentre, comme presque chaque jour, un moment avant l'heure du dîner. Burgonde éprouve à l'attendre, à prévoir leur soirée, à faire des achats, à préparer les bouteilles, les verres et la glace, plus de plaisir, et d'une substance plus savoureuse, qu'il n'en ressentit jamais à attendre une femme ou à regagner une maison. Puisque Victoire n'est plus – seule expression conforme à son absence et à son silence – Burgonde préfère Frédéric et le Pataud à toutes les vies possibles. Au reste, « toutes les vies », il ne faut rien exagérer. Le choix est limité. Le destin ne tient plus tous les articles. Les Schramm ont téléphoné deux ou trois fois et se sont lassés. Giorgio parle souvent de cette maison de famille en indivision, à Livourne, et de son fameux jardin : des jeux d'eau, des statues. Le bruit court que la galerie Falkenberg serait mise en vente : Baby Demos préfère investir à Londres ou en Californie ; Rose aussi, la Rosinette, pense à la Californie : son Benoît y compte des amis dans des vallons sauvages, des ranches isolés où règnent des prédicateurs, des réformateurs, des motocyclistes, des gens qui vous connaissent le Népal ou les rives du Gange mieux que moi le bois de Boulogne. Elle porte, Rose, des jupes gitanes, des bottillons à boutons, des caracos en valenciennes défraîchie qui la font informe, vague, comme une grosse qui tenterait de noyer ses graisses. Elle a une moue de plus en plus impérieuse et oppose à tout des silences, à la Benoît. On se demande pourquoi elle vient encore passer des soirées au Pataud, se taire en fumant, ses yeux fusillant quiconque ose plaisanter. En général, l'audacieux, c'est Frédéric. Il est redevenu gai. « Il doit gagner un peu d'argent, pense Burgonde. Quand il en aura assez il ira rejoindre en Amérique sa Chinoise, comme il dit. De sorte que ses airs de bonheur annoncent ma solitude. N'en faisons pas une tragédie. Ce n'est pas la fin d'un monde. Ce n'est même pas le crépuscule d'un homme. Il y a dans le crépuscule quelque chose de cosmique et de cafardeux qui me convient mal. Jamais je n'ai vu plus clair ni réfléchi plus calmement. Quelle est l'expression ? Je demande à bénéficier d'une *retraite anticipée*. Le mot vous choque ? Préférons-lui une *année sabbatique*. Chasteté et paternité sont les pivots de ma réflexion et les mamelles de mon nouveau régime. Combien de temps Frédéric tiendra-t-il encore ? Dans deux mois les hirondelles vont se rassembler, aux bords du Nil ou en Casamance. Je ne chercherai pas à le retenir. Il a déjà tort de la laisser si longtemps esseulée, sa Chinoise. Aurais-je, moi, à vingt-quatre ans, passé sans broncher des mois loin... loin de qui ? N'ai-je pas laissé partir Victoire sans la poursuivre ? Il est vrai qu'un monsieur boiteux et nu courant dans la nuit rue Raffet – qu'auraient pensé les passants ? Nous sommes de la même eau, Frédéric et moi : lente, et qui ne bouillonne qu'au bas des chutes. »

Flavienne est venue à l'improviste, ce qui ne lui ressemble pas. Elle était en tenue du matin – bottes, manteau de daim – et moins fragile qu'à l'ordinaire. Sans doute avait-elle prié le chauffeur de l'attendre un peu plus loin ; elle brillait de tous ses cuirs et paraissait si duveteuse, si parfumée dans la boue et le crachin, tandis qu'elle cherchait où poser ses pas entre les pavés disjoints. Effarouchée, elle n'a pénétré que de deux mètres dans l'atelier.

– Je ne vous voyais pas installé ainsi, a-t-elle dit.

– Mon fils Frédéric vit ici avec moi.

Ce n'était pas une réponse. Mais avait-elle posé une question ? Ses yeux riaient peut-être en étudiant le système complexe des clous, des ficelles et les zigzags des paravents.

– Vous êtes notre ami, Burgonde, et vous venez quand vous en aurez envie.

Soulagée qu'on ne la retînt pas, elle était partie à reculons, disant adieu d'un geste de la main tant elle avait peu envie de toucher Burgonde. Elle avait toujours redouté les contagions. Elle attendit d'avoir tourné le coin de l'impasse pour risquer ce vague air d'étonnement, ce mouvement des lèvres qui, chez elle, passaient pour un éclat de rire.

Quand elle rencontra Giorgio elle s'isola un instant avec lui et s'écria : « Vous y êtes allé ? C'est incroyable... » Au front soucieux de Levi-Monzi elle comprit qu'elle se trompait de registre. Elle hésitait toujours à être grave. Mais ces gens à qui Freddy peu à peu l'avait habituée prenaient le deuil pour trois fois rien. Elle se le tint pour dit et, toute la fin de l'hiver, elle composa des phrases sur l'épreuve *mystérieuse* que semblait traverser Burgonde. Empruntée à Giorgio, la formule creusait un silence et épuisait le sujet.

Frédéric ne se douta jamais que son père, le jour où Hubert Fléaux était venu à l'atelier, l'avait aperçu et, au lieu d'entrer, s'était tapi un peu plus haut dans l'impasse pour attendre que le visiteur s'en allât. Il était dans l'ombre depuis dix minutes, entouré du frôlement des chats et redoutant des phares intempestifs, quand Frédéric et l'homme étaient sortis. Il avait reconnu la voix du capitaine, entendue parfois au téléphone, plus vite que son visage entrevu par la porte entrebâillée de la rue du Dragon, une nuit de printemps. D'où sortait-il, celui-là ? Quantité de tracas pouvaient découler d'une imprudence et Burgonde se félicita de sa sauvagerie. Quand Frédéric rentra, à neuf heures, il s'attendait à ce que le garçon lui mentît, ce qu'il fit. Il l'aida à faire tenir debout la fable qu'il racontait et se sentit pour lui un surcroît de tendresse. Par la suite, à des fléchissements dans la voix de Frédéric, à la loyauté excessive de son regard, il repéra de probables rencontres avec le capitaine. Il ne s'offusqua pas de l'espèce d'amitié qu'il imaginait. Il ne doutait pas qu'en parlant il n'eût délivré Frédéric, qui fût devenu intarissable. De la bouillie. Ce développement inattendu, décida-t-il, ne le concernait plus.

*Noville-les-Allues, 14 mars 1972*

*Ma Chinoise,*
*Oui, la neige ! Hubert m'a demandé de l'accompagner ici (station à demi chantier, à demi projet) pour faire des photos : pub, lancement, promotion immobilière, etc. Il s'était peu expliqué à Paris. Hier soir, après deux jours passés à me les geler (les pieds) avant qu'une bonne âme d'architecte ne m'offre ses vieilles bottes, Fléaux junior s'est mis à table. En bref : sa belle-mère lui a laissé la « jouissance immédiate » (je cite, je cite...) de la maison de Valentin Fléaux et de tout ce qu'elle contenait. Il a retiré des murs et de la bibliothèque trois ou quatre trucs et refilé tout le reste à un commissaire-priseur. Ah, ces vieilles haines de famille ! Vente très courue. Les livres ont fait des prix superbes et le petit hôtel de la rue Sarrette (« ancienne demeure d'un célèbre écrivain »...) a trouvé preneur autrement mieux que notre pauvre Cafard. Devenu riche, le soldat perdu plaque son manège et investit dans une affaire de*

*chalets : luxe discret entre les mélèzes, des copropriétaires qui seront vos amis... Ranimées par le fric, de vieilles amitiés refont surface autour d'Hubert : un colonel, des pieds-noirs, le président de son club hippique, etc. D'où le reportage, et ces bottes à mes pieds. Hier soir, donc, Hubert m'a proposé de m'associer à l'affaire. (Tu as bien lu : ASSOCIER.) Seule condition : venir vivre ici. Altitude deux mille mètres, cent habitants, bientôt mille lits, des chalets pyramidaux, un altiport en construction, des feux de bois. Sans vouloir faire pression sur vous, mademoiselle, l'endroit est sublime. Comme me dit le Fils du Poète : « C'est un choix... » Puis-je te demander de le faire par retour du courrier ?*

*Je t'embrasse.*

*Frédéric.*

*P.S. 1 : Mes fonctions, vagues encore, seront évidemment considérables.*

*P.S. 2 : Au cas où tu ne l'aurais pas remarqué, cette lettre est la demande en mariage la plus classique, donc honorable, qu'ait reçue une fille Hautefeuille depuis que des dévergondées se sont coupé les cheveux en 1919.*


Hubert a dû batailler pour imposer Frédéric, mais ses partenaires ont fini par « lui faire une fleur ». N'apporte-t-il pas six millions de bon argent frais ? Et son nom, par lui tellement détesté ! semble plaire à tout le monde : curieux, clients, banquiers, fonctionnaires de la préfecture. On a observé Frédéric deux jours avant « de donner le feu vert ». (« Une fleur », « le feu vert » : c'est à l'obligation où il se trouve d'écouter ce langage qu'Hubert comprend que sa vie a vraiment changé.) Frédéric a belle allure sur des skis et son nom (à lui aussi !) « dit vaguement quelque chose » au grand mou à qui chacun donne du président. Affaire conclue.

La sécheresse de Fléaux, qu'enveloppe désormais l'opulence, fera merveille dans les affaires. « Un homme efficace, pense le président, c'est un homme dont la présence et le style surprennent. Ainsi moi... » Il se secoue. La grandeur du paysage le dérange et lui fait honte. Il professe que l'argent doit se gagner dans des lieux sordides et cachés, sans nul rapport avec les privilèges qu'il offre. Il regarde Hubert marcher, rire, cligner des yeux dans le soleil. Douze ans de moins que son âge. Fermé sur ses secrets.

Hubert, depuis quelques mois, éprouve en effet des difficultés à se retrouver dans le lacis de soi-même. Un avocat l'a convaincu que Victoire, « mère célibataire », n'aurait aucune peine à conserver la garde de Thérèse qu'il n'a fait, lui, que reconnaître. Rien entre eux, d'ailleurs, n'est affaire de juges ni d'avocats. Même si Victoire, depuis dix mois, met leur tendresse à rude épreuve. De quoi vit-elle, et auprès de qui ? Lucienne se tait avec une discrétion effrénée. Rien ne l'arrête quand elle chute dans un puits de silence. Elle laisse Hubert venir à Uzès autant qu'il le veut, entraîner Thérèse, lui faire rater l'école, l'emmener à cheval dans la garrigue. En juin, l'histoire de la « première communion privée » a été fertile en découvertes : que Thérèse devenait maniérée, que Lucienne était pieuse et que les ironies d'Hubert la rebroussaient. Il a emmené tout le monde déjeuner à Nîmes, mais Thérèse boudait, son hostie en travers de la gorge, et le Dr Roux semblait tendre l'oreille à des grondements intérieurs qu'il était seul à percevoir. L'ombre de Victoire voletait pesamment au-dessus de la table. Tout ce qu'Hubert avait envie de dire lui était interdit, d'un coup d'œil, par Lucienne qui désignait Thérèse du menton. Elle avait changé, Thérèse.

Tout au long de l'hiver 71-72 Hubert découvrit qu'elle lui manquait peu. L'argent lui tenait lieu de compagnie. Les démarches qu'il dut entreprendre, les inventaires, les rendez-vous chez le notaire, la vente : tout cela, qu'il méprisait, le souleva et l'emporta loin de ses obsessions anciennes.

Il était émerveillé que des choses triviales fussent capables de prendre la place de choses nobles et sentimentales. Il avait vécu des heures affreuses, perché sur son grand alezan immobile au milieu du manège, à gueuler des conseils pour ces mannequins désarticulés, ces pommettes rouges. Et les retours, le soir, dans l'appartement ! Il graissait le P.38 trouvé près de Tlemcen sur le cadavre d'un fell'. Maintenant qu'il ne s'agissait plus que d'un purgatoire, son enfer devenait supportable. Le manège : ses chers chevaux ; le logement : sa retraite de moine-soldat. Il s'offrit trois ou quatre fois des dîners coûteux, du homard, du gros-plant. Il ne lui manquait qu'un compagnon. C'est le vide que Frédéric vint combler, à partir de cette promenade nocturne dans le Bois dont Hubert conservait un souvenir ambigu. Il n'avait rien attendu de sa visite à Burgonde, et il s'était senti délivré de ne l'avoir pas trouvé. Frédéric lui avait inspiré une sympathie râpeuse et garçonnière qui lui manquait depuis l'Algérie. « Je viens de toucher un petit aspirant qui n'a pas l'air trop voyou... » A révéler au garçon les amours de son père, il prenait un plaisir sur lequel mieux valait ne pas s'étendre. Entre les deux absents et eux, qui écartaient les putes et les travestis dans la lumière jaune des phares, une musique passait, des liens se tissaient, la fête un peu crapuleuse des hommes, qui leur donne envie de nuit et d'alcool. Hubert parlait du temps où Victoire l'aimait, et Frédéric des belles années de Burgonde, comme font des retraités de leurs campagnes. Une gaieté brutale commençait d'irriguer ces histoires, dans laquelle ils baptisèrent leur amitié.

C'est le début d'avril. L'année remonte sa pente. Quand Frédéric revient du village savoyard où il fait des photos – second voyage : explications embrouillées –, ses récits de neige paraissent incongrus. Burgonde le soupçonne d'être allé rejoindre une fille. Le règne de Marie-Claire serait-il fini ? La question s'insinue en Burgonde à son insu. Réponse indifférente. Il observe de loin Frédéric : sang plus vif sous la peau ; euphorie sous les silences. Oui, une fille, rien de plus. Au moins cela lui donnet-il bon teint. Rose, son Benoît ne la guérit pas de sa mine de papier mâché. Altière, mais pâlotte. Avide, elle vibrait, elle brillait. Repue – cette main toujours posée sur la cuisse de Benoît, ces yeux qui disent merci – elle s'est éteinte et les pores de sa peau sont engorgés : elle bourgeonne. Elle et Benoît sont assis en face de Burgonde et remuent les lèvres avec animation. Le garçon lui jette des regards anxieux, glacés. Californie, bourses, expérience, *charter,* été : Burgonde voudrait s'arracher à ce ciment qui durcit, bouche ses oreilles, crispe ses doigts, et reprendre pied dans la conversation. Un nom – Léa – résonne un instant dans sa tête où le coton, aussitôt, l'étouffe. « Pourquoi ne m'achèvent-ils pas sans m'accabler d'explications ? La victime est consentante. Gagnons du temps. Allons bon ! On va me sucer la pomme, maintenant... » Rose s'est levée. Ses yeux bleus grossissent, pleins de curiosité et de reproches. Elle évite la moustache de son père mais pose un instant la main sur son épaule. Si lourde, la main. Frédéric arrive, actif lui aussi, pressé. Ils ont tous des horaires, des passions, des envies urgentes, des illusions pleines de saveur. Qui prétendait que le passage des trains fait rêver les bergères et les insomniaques ? Burgonde n'appartient plus à aucune des catégories que les com-

mencements excitent. Il écoute ces phrases qui lui parlent d'ailleurs et de demain. Soudain c'est sa propre voix qu'il entend :
– J'ai vendu la Mercedes...
Surprise, ironie, soulagement : le silence exprime tout ce qu'on veut. Frédéric : « Qu'est-ce que tu vas prendre à la place ? » Voilà qu'il parle comme un garagiste.
– Tu me prêteras bien ta deux-chevaux ? Mais ce n'est pas ce que je voulais dire. Puisque vous êtes réunis... Vous savez que Léa (il a toujours dit « votre mère » ; quel seuil franchit-il ?) m'a laissé... Enfin, pour vos projets – vous avez bien des projets ?
Hochements de têtes, sourires pâles.
– ... je vais donner à chacun de vous trente mille francs. Pas le Pérou, bien sûr, mais...
Geste pour désigner le Pataud-brocante, les ficelles, le ciel insolemment printanier derrière la verrière insolemment sale.
– ... les temps du Pérou sont révolus.

Un soir, quand ils ont été seuls et qu'a été bue la bouteille de brouilly, Frédéric a demandé :
– Pourquoi nous donnes-tu cet argent ? Rien ne t'y oblige et en ce moment...
Burgonde s'est imposé une voix suave, un visage bonasse.
– Ce ne sont pas les vaches grasses, c'est ce que tu veux me dire ? Eh bien, mettons qu'*en ce moment* l'opulence des ruminants ne soit pas ma préoccupation majeure. Vu ? Je me fais plaisir.
Frédéric a senti sous le sourire un imprévisible durcissement. Soudain l'envie de parler l'a démangé. Le mensonge par omission où il s'enfonce depuis trois semaines lui pèse. A l'avance il a honte de la façon dont il va arracher les bandelettes, et chaque jour qui passe rendra la vérité plus blessante. Malgré le grognement de tout à l'heure – il a parlé comme un chien soulève la babine sur ses crocs – Burgonde est sans défense. Frédéric s'en émeut, mais sans doute se décide-t-il à parler parce qu'il devine son père hors d'état de mordre. Il attaque par la face la plus abrupte.
– Tu sais, j'ai fait la connaissance d'Hubert Fléaux...
– Je sais.
La construction de Frédéric, d'un souffle, est mise bas. Il dit : « Ah ? » et cherche des mots frais. Il ne les trouve pas et mâchonne une explication brutale, entortillée et surtout som-

maire. Il fume en regardant ses pieds et en se maudissant de regarder ses pieds.

– Tu t'en vas quand ? Tu vivras où ?

– Là-haut, bien sûr.

– Marie-Claire ?

– Elle revient le 1er juillet.

– Elle t'épouse ?

– Pourquoi dis-tu... ?

– Ne te crête pas ! Je voulais dire : vous mettez-vous à la colle, comme il semble que ce soit l'intention de Rose et de son Siegfried, ou vous mariez-vous ?

– Mon vieux père me pousse au mariage ?

– Oui. Et à faire sans tarder un gosse à Marie-Claire. C'est excellent, l'altitude.

Burgonde s'est levé ; il empile les assiettes sales avec une humilité dévastatrice. Frédéric, déconcerté, ne pense pas à l'aider. Il reste assis, de la brume dans la tête, heureux de s'en tirer à bon compte. Si l'on n'a pas parlé ce soir de Victoire, on n'en parlera jamais. N'est-ce pas mieux ainsi ?

Une spirale hisse Burgonde vers des sensations flatteuses de solitude et de sagesse. Mais une autre le tire vers les gouffres. Lame de fond, stupeurs vertigineuses : c'est donc ainsi que procède le destin ? En général la vie s'effrite autour des gens à la façon dont tombent les cheveux : ils s'en aperçoivent à peine. Mais depuis une année Burgonde est en état de perpétuelle alerte. Il se regarde recevoir des coups. Des comparaisons lui traversent l'esprit et donnent à ses traits cet air d'absence. L'autre jour, pendant que Frédéric lui racontait son amitié avec Fléaux, fabuleux carambolage dont il a feint de n'être pas étonné, il se disait : « Je suis un œuf dont la petite cuiller vient de briser la coque ; maintenant elle va me fouiller, me touiller ; il va me boire », et pendant que Frédéric se félicitait de ce que tout se fût si bien passé, son père croyait le voir déglutir. « Il m'avale, il se nourrit de moi. Je n'aurais pas dû garder un seul de ces fichus millions. J'aurais dû tout vendre, puis tout distribuer. Je suis encore trop gras, s'ils s'acharnent à me dévorer. »

Ce souci de peser de moins en moins lourd, d'occuper sur terre un espace plus réduit, change tous les comportements de Burgonde, raréfie et restreint ses gestes. Il lui arrive de marcher la nuit loin de son territoire : sur les quais, par exemple, dans les ruelles enchevêtrées entre la Seine et Maubert. Il y espère des rencontres. Il envie l'art des clochards de rassembler tous leurs biens dans une voiture d'enfant, deux ou trois musettes, et de les disposer à portée de main, joignant à une misère spectaculaire les simulacres du confort. Autour d'eux la pluie, le froid, la nuit pleine de couteaux, mais à leurs pieds un feu de cageots, un chien la corde au cou, les bouteilles, la gamelle, un nid pouilleux, la minuscule veilleuse de la vie. Burgonde engage sans peine la conversation. Parce qu'il boite, on ne se défie pas de lui. Du moins explique-t-il ainsi la courtoisie de ses interlocuteurs. Deux ou trois fois on lui a fait place, on lui a offert du vin. Il paraissait si distrait qu'il ne choquait pas. Il était seulement attentif : « Comment font-ils ? »

Oh, bien sûr, il ne faudrait pas demander au peintre où se sont produites ces rencontres. Peut-être sont-elles imaginaires. On ne trouve plus au printemps 1972 de clochards à ce point *ressemblants* : landau en ruine, besaces, et cette bouteille qu'il faudrait baptiser kil, ou litron, pour convaincre les sceptiques que n'a pas charmés ce petit feu allumé sous un pont entre deux pavés. Seules sont vraies les virées nocturnes, et la boiterie. Au début des soirées Burgonde la sent à peine, il l'oublie. Les heures passant, la gêne devient douleur, et bientôt lancinante. Il l'apaise en se déhanchant, en clopinant de plus en plus profond. Son visage grimace. Il se pose parfois n'importe où, histoire de reprendre contenance, sur un parapet, sur trois marches. C'est au cours de ces haltes qu'il s'est mis à rêvasser. « Clochard » ne vient-il pas de « clocher », qui signifie boiter ? Il pense aussi à ce cauchemar qu'il faisait vers ses trente ans : il était couché et voyait les parois de sa chambre se rapprocher. Bientôt son lit, bousculé, se trouvait occuper le seul espace disponible et commençait à craquer. Les craquements ne réveillaient pas un Burgonde suant et terrorisé, mais un garçon aux anges, heureux de se voir débarrassé des meubles, compagne, pantoufles, vide-poche et autres impedimenta que le rétrécissement de la pièce avait anéantis. Enfin la niche, l'igloo. Le ventre maternel ? Mais comment donc ! Qui se priverait de si parfaite explication ? Dissipé au long des années, le fantasme avait repris du service depuis l'emménagement au Pataud. Les dialogues platoniciens avec les épaves des quais collaboraient à son illustration.

*Ma Chinoise,*
*Tu as raison, rien n'est facile, mais je suis doué depuis un*
*moment de pouvoirs surnaturels.* Chaque obstacle est avalé –
*dirait Fléaux junior – avec une aisance déconcertante. Bloquée*
*et avare depuis cinq ou six ans, la vie est enfin mobile, prodi-*
*gue. Elle offre les solutions en même temps qu'elle pose les*
*problèmes...*

(Frédéric a commencé d'écrire cette lettre alors que son père
était absent de l'atelier ; un appel téléphonique l'ayant obligé à
sortir, il l'a oubliée sur la table d'architecte où Burgonde, à son
retour, l'a aperçue, touchée, enfin lue, convaincu que l'on n'oublie jamais une lettre par inadvertance, mais que cet oubli constitue la façon la plus simple, c'est-à-dire hypocrite et directe, de
faire parvenir un message, sinon à son destinataire, du moins à
la personne la plus intéressée.

Il convient donc, s'il se peut, de lire cette lettre de Frédéric à
Marie-Claire – ni plus ni moins révélatrice qu'une autre – avec
les yeux de Burgonde. Sans oublier quels coups elle lui porte, ni
quelles informations elle lui fournit, *en fraude.* Habitué à la
vivacité de Frédéric il a, par exemple, tiqué sur « aisance
déconcertante », et sur ces balancements : avare/prodigue, blo-
quée/mobile. « Ment-il déjà, s'est-il demandé, pour écrire
comme un potard ? » Il a continué, sourcils levés.)

*Le « président » s'est montré généreux et je pourrai partir*
*début juin. Je passerai chez ma mère quelques jours et j'essaie-*
*rai d'emprunter une des deux voitures pour te rejoindre à Was-*
*hington.* Trouve-moi une chambre.
*Je distille tout cela à mon père goutte à goutte. J'ai l'impres-*
*sion de verser du poison dans ces whiskies qu'il prépare dès*
*mon arrivée à l'atelier. Non pas qu'il boive tellement. Il s'est*
*acheté une conduite. Il maigrit, se dessèche, tout en continuant*
*à se gaver de sucreries.*
*Je t'ai dit comment il avait pris nos projets. Depuis, il a*
*peaufiné son attitude. Dans sa conversation tu es ma « fian-*
*cée », et Fléaux le « capitaine ». Aucune allusion, jamais, n'a*
*été faite aux raisons qu'il a de connaître Fléaux. Victoire devait*
*(pourquoi cet imparfait ?) doit être une fameuse personne pour*
*avoir ainsi matraqué, et successivement, Fléaux et mon père.*
*Nul doute que nous finirons par tomber sur elle. Elle arrivera*

*un beau matin à Noville, sa fille Thérèse à la main, qui criera :*
*« Papa !» en courant vers Fléaux pendant que je glisserai mon*
*nom à Mme Longrupt pour la voir « pâlir et reprendre à*
*grand-peine ses esprits »...*
*Il n'est pas d'usage, chez les fils de bientôt vingt-cinq ans, de*
*se soucier à l'excès des états d'âme de leurs géniteurs. Ceux de*
*Léa, par exemple, me laissent de glace. Il est vrai qu'elle est la*
*robustesse faite femme : tu en jugeras. Mais l'artiste peintre, lui,*
*m'inquiète. Tous ses boulons se desserrent. Chacun de ses silen-*
*ces, chacune de ses répliques sifflantes, à leur façon, crient au*
*secours. Je me sens dans la peau d'un salaud. Hélas ! Mon rôle*
*n'est pas de le materner comme je fais – et comme il fait pour*
*moi – depuis un an. Mais comment ne pas voir que mon père*
*vit de ce compagnonnage que les circonstances et ton existence*
*ont rendu possible ? Je vais couper demain, entre lui et moi,*
*des liens autrement plus étroits et forts que ceux d'il y a sept*
*ans, quand Gabrielle était là, Rose une môme, et que je ne*
*rêvais que de « chambre de bonne». J'ai l'impression affreuse*
*de filer des coups à un bonhomme qui ne se défend pas et qui*
*me regarde. C'est ça : mon père me regarde. A tout moment, si*
*je me retourne, je trouve ses yeux posés sur moi. Si tu savais*
*comme j'attends le jour du départ ! Je m'imagine, au volant de*
*la Buick couleur de pistache, franchissant le Potomac et remon-*
*tant vers Wesley Heights et vers toi : quand ce moment arrivera,*
*crève toute la terre si je ne pense pas qu'à te serrer dans mes*
*bras !*

*Frédéric.*


Quand il eut fait cracher à Frédéric la date de son départ,
Burgonde fut pris de hâte et de fièvre. Il vérifia dix fois l'horaire de l'avion, la validité du visa. Il commença le tri entre les
affaires de son fils et les siennes, vidant des tiroirs, en bourrant
d'autres, libérant quelques-uns des clous, à la façon d'un héritier pressé qui liquide les souvenirs du moribond sans attendre
son dernier soupir. Frédéric, médusé, le regardait faire.
Quand fut terminée la comédie des *rangements* commença
celle de la discrétion. Burgonde s'effaça, s'éclipsa. Il passait des
heures loin du Pataud comme si sa présence eût soumis Frédéric à une pression indécente. Il ne parla plus de Marie-Claire,
ni, à plus forte raison, de Fléaux. Il paraissait avoir si peur que
la conversation glissât à des sujets dangereux qu'il en comblait

les trous de confidences calculées, de questions auxquelles il était seul à pouvoir donner une réponse :

– Je ne suis devenu peintre que par hasard. Une pente d'époque... Hélas ce ne fut pas la seule : l'abstraction en était une autre. Une poltronnerie. J'ai eu peur de m'aventurer là où personne n'allait plus. J'ai joué à court terme, ce qui est bien le plus sot calcul pour un peintre. J'ai mis plus de vingt ans à voir clignoter les voyants lumineux... On peut toujours savoir à quel moment on fait fausse route, à condition d'être attentif, de rester à l'écoute de soi. Une intuition, un malaise : signes qu'il faut s'arrêter et réfléchir. Mais le tintamarre est si rassurant, et les caresses, et la phraséologie, et l'argent ! J'ai été leur jouet...

Depuis peu il avait arraché quelques clous, bouché les trous, badigeonné le mur et ressorti deux de ses toiles et un dessin : un *Ciel,* une *Forêt* et un profil des *Agonies.* Il les désignait du menton à Frédéric : « Mon dossier est mince... »


Les derniers jours – qui étaient ces trois semaines de juin où Paris se jette aux fêtes – Burgonde ne décrocha plus le téléphone, peur d'entendre la voix du capitaine. Il aida Frédéric à boucler sa valise, lui fourra des dollars dans la poche et le conduisit à Orly dans la deux-chevaux. Il était porté par cette légèreté qu'offrent à ceux qu'ils devraient accabler les deuils et les ruptures. Frédéric embrassé, Burgonde fila et, au lieu de rentrer à Paris, roula jusqu'à la forêt de Fontainebleau. A Barbizon il trouva le fantôme de Victoire entre les arbres, aux tables des restaurants, à la porté de la Haute-Brioude : « Je me sens poule, ici... »

Burgonde s'arrêta sur le trottoir de la grand-rue et resta planté là, absent. C'était l'heure du déjeuner, il ne gênait personne. Les vêtements que portait ce jour-là Victoire ; la moue qu'elle avait eue, elle si rarement boudeuse, pour pousser des lèvres ce mot – poule – qui n'était pas dans ses habitudes ; le ton sur lequel elle avait demandé qu'il la conduisît à une gare : la journée vieille de quatre années l'habitait, chacun de ses épisodes saturé de détails, étouffant. Il ne bougeait pas afin de ne pas effaroucher la mémoire. Deux heures plus tard, dans ce moment de l'après-midi d'été où la lumière se fait plus tolérante, il émergea de l'escalier du parking Saint-Germain et s'arrêta encore, les yeux à la hauteur des roues, des jambes, des chiens. On se disputait toujours, rue du Dragon, dans les parfums de salon de coiffure et de fruits mûrs. Il monta jusqu'au quatrième étage ; le rouge sombre dont Victoire avait peint sa porte n'avait pas été gratté. Burgonde guetta un bruit, une présence. Il aurait juré que derrière la porte une immobilité et une angoisse pareilles aux siennes penchaient vers le sien un visage au souffle court.

Les jours suivants il se rendit au musée d'Art moderne, au Jeu de Paume, à Marmottan. Dans chaque lieu il prit garde de ne pas atteindre le seuil au-delà duquel il n'aurait plus éprouvé que nausée et colère. Il essaya d'effleurer de son regard les peintures qu'il était venu voir : les *Cathédrales de Rouen,* des jardins, deux ou trois Vuillard, deux ou trois Vallotton. Seule une approche presque hypocrite, légère, pouvait empêcher la rencontre avec chaque toile de devenir collision ou défi. Ce qu'il voulait ressentir devait rester allusif : un bonheur écourté, un souvenir ranimé mais aussitôt pâli. A aucun moment il ne sentit le spasme redouté lui tordre le ventre, cette douleur dont il n'avait jamais su si c'était la crampe des vendeuses qu'épuise la station debout, ou la protestation viscérale, le cri de haine de son corps soumis à l'humiliation de contempler l'entassement des œuvres, l'orgueil des œuvres achevées. Cet anneau fermé, soudé, qui le repoussait.

Il revint aux toiles les plus familières, Renoir, Sisley, à leurs jardins de banlieue et il pensa : « C'était mon pays... »

Quand il sortit du musée Marmottan et se retrouva au Ranelagh, où sonnaient les grelots des ânes, il constata, dans un grand calme, que le temps allongé devant lui était vide. Rose s'en était allée la veille, laissant dans le vague la date de son retour et le lieu de sa destination. Sur la table d'architecte, Frédéric avait laissé en partant sa clé du Pataud. Il l'avait posée là sans rien dire, furtivement. Burgonde ne souffre pas. Il pense : « Je me suis bien battu. » Il pense aussi : « Je vais m'enfoncer dans une paix profonde. » Mais aussitôt il rit : cette phrase-là n'est pas de lui. Ce n'est qu'une des formules qui depuis quelques mois le traversent, et qu'il peut indifféremment choisir d'épingler ou de laisser s'évanouir. Il est devenu le lieu de passage de jugements et d'espérances qui ne lui appartiennent pas. Il est un boulevard fréquenté, une musique sur laquelle viennent se poser des mots. « Victoire m'a tué... » Parce qu'il a parlé à haute voix un petit âne bat des oreilles et le maître des ânes, à tout hasard, salue Burgonde : sans doute le grand-père d'un petit client ?

495

Il hésite. Le Bois ? Les rues ? Il remonte vers la chaussée de la Muette. Dans quelques jours le carrefour sera déserté ; les magasins fermeront. Pour l'instant de belles jeunes femmes traversent l'avenue Mozart, que Burgonde suit des yeux. Il se repose un moment sur ce banc placé près de la station de taxis, en face de la pharmacie. C'est là, dans un paysage mal fait pour les tempêtes, que la décharge le foudroie. Electricité noire et glaciale. Il regardait s'avancer vers lui cette jeune femme et, à l'instant où elle a secoué ses cheveux, où ses yeux, au loin, ont brillé comme sous l'effet de la gaieté, sa ressemblance avec Victoire a déchiré Burgonde, et l'a déchiré dans le même éclair le « jamais plus » qu'il repoussait depuis tant de mois. Jamais plus Victoire. Jamais plus Victoire nue ni Victoire aux yeux clos. Jamais plus le parfum de l'ombre, ni le halètement à son oreille, ni la langue insolente, ni les doigts savants. Jamais plus l'étouffant secret mal gardé, la vie cachée régnant sur la vie ouverte, le secret faisant la loi à l'ordre. Burgonde a abattu toutes ses cartes. Frédéric, Rose : leur opinion sur lui est faite ; son pouvoir sur eux est fini. Jamais plus leur enfance, ni les cris, ni les chaussettes en boule dans un coin des chambres, ni le déchaînement du jazz. Tout cela tient dans la brutalité d'un coup et dans sa vitesse. Burgonde a touché de sa main mouillée un fil où passe du courant. Il s'accroche au banc dans la position, exactement, où s'accrocherait un homme dont le cœur se casse. Dans l'état, exactement, où serait un homme qui entend en lui s'ouvrir la fuite immonde et jaillir le gros bouillon de la vie. Il pense seulement : « Tenir. » Si je tiens une minute, deux, je referai surface. A-t-il mal ? Pas le loisir d'en juger. Il compte machinalement les secondes, les yeux perdus vers le boulevard Beauséjour qui descend – très loin de lui – vers la sécurité du canapé noir et le droit de pleurer.


Une minute passa. Puis deux, trois. Les minutes firent un quart d'heure et Burgonde marcha vers l'atelier à petits pas. Les quarts d'heure finirent le jour, grignotèrent la nuit. Des lettres arrivèrent impasse Pataud, que Burgonde n'ouvrit pas. Des sonneries, des appels, des aboiements retentirent et les heures firent une journée, puis une autre. La digue, peu à peu, montait. Les jours firent des mois et l'on revit Burgonde baiser des mains, rire à des anecdotes. Divers événements se produisirent ; certains dont il eut connaissance ; d'autres non. M. Lepoux mourut et, la succession de son père à peine réglée, Ludovic partit pour Los Angeles. Quelques semaines plus tard Gilbert Roux, que l'enterrement de son vieil ami, sous un orage, avait bouleversé, tomba alors qu'il arrosait la pelouse. Lucienne, à sa surprise, dut rendre Thérèse à Victoire, qui trouvait que la rue du Collège sentait la mort.

Les mois firent une année, bientôt deux. Burgonde s'était remis à dessiner pour la meilleure raison du monde : il n'avait plus rien à vendre, et plus un sou. Il exposa dans des galeries modestes, provinciales, où des notables le traitaient avec une déférence un peu méfiante. On parla d'une crise. Les notables lurent les journaux et trouvèrent excessif le prix que demandait Burgonde pour ses dessins. Mais ils étaient si *classiques !* On continua de faire des efforts, à La Rochelle, à Strasbourg, pour soutenir cet artiste revenu à de beaux sentiments. Les années passèrent à une allure généreuse.

Giorgio, avisé, *réalisa* avant l'effondrement des cotes ces toiles qu'il avait toujours répugné à accrocher à ses murs. Il acheta un mazet à Cabris, où l'accompagna le valet-chauffeur vietnamien qui s'attacha à lui, et où il rencontra Olga Fléaux, qui décidément préférait le soleil à tout et avait vendu le moulin de Bois-Boudant. Ils se flairèrent, tous deux, à la façon de vieux chiens circonspects. Quand ils se furent reconnus ils découvrirent – Hubert, Victoire – qu'ils en avaient des choses à se dire !

Rose quitta Benoît quelque part du côté de Chicago et épousa à Ottawa un violoniste québécois. Léa et Betty montèrent à East Hampton un élevage de chiens labrador. Les Schramm devinrent de grands utilisateurs de Concorde. Niemand fut élu à l'académie des Beaux-Arts à titre de membre étranger et sa réception fut, au printemps 1976, l'événement auquel *Vogue* consacra le plus abondant reportage de son numéro. Marie-Claire, devenue élégante – son mari n'était-il pas, disait-on à Chambéry, en train de faire une petite fortune ? –, rêva sur ces photos, ces visages, ces noms derrière lesquels elle croyait voir passer des ombres, entendre des échos. Mais Frédéric répugnait à répondre à ses questions. Il allait encore de loin en loin, quand ses affaires l'amenaient à Paris, passer une soirée chez son père. Il était presque toujours seul : « Les enfants... » Un soir qu'il était épuisé – « Tu sais, l'argent, il faut le gagner... » – il posa une question à Burgonde :

– Nous n'avons plus eu beaucoup d'occasions de parler, mais explique-moi : ta vie, qu'est-elle devenue ? Je n'y comprends rien.

– Les minutes ont fait des jours, les jours ont fait des mois, les mois ont fait des années...
– C'est tout ?
Burgonde se leva pour débarrasser la table. Il murmura :
– Gabrielle est devenue antiquaire à Fontvieille, près du moulin de Daudet. Le savais-tu ?


Chaque soir, vers cinq heures, Burgonde sortait. Sa jambe raccourcie avait entraîné une coxalgie. Il marchait de plus en plus mal et il s'était remis à grossir. Il allait cahin-caha jusqu'à la porte d'Auteuil. Les jours de soleil et de courage il poussait le long du champ de courses jusqu'à l'orée du Bois. Mais il appréhendait le retour. Il faisait ses achats en revenant, pour n'avoir pas à porter longtemps son cabas. Chez les commerçants on le servait sans le faire attendre : on l'avait surnommé « le boiteux de la rue Poussin », mais comment l'eût-il su ?

Après la visite de Frédéric et ses questions, il mit plusieurs jours à se libérer de l'angoisse qu'elles avaient déposée en lui. Il usait toujours de la même méthode : demeurer immobile afin de ne pas remuer, avec l'eau, la vase. Il longeait les grilles de la villa Montmorency quand une voiture s'arrêta devant lui, de laquelle sortit Vigoureux, couperosé et cordial. « Vous vous souvenez ?... » Il ne lâchait pas la main du peintre et s'attendrissait.

– Savez-vous que j'ai acheté plusieurs de vos dessins récents ?
– On me l'a dit.
– Je me console de n'être plus ministre ! Vous verrez, je possède quelques jolies choses. Viendrez-vous à la maison ?

La nuit tombait, empêchant Vigoureux de voir Burgonde grimacer de fatigue. Quand le peintre s'appuya à la voiture il ne vit dans le geste qu'une familiarité charmante.

– Alors, c'est promis, vous viendrez ? Vous savez, vos derniers dessins... Je me disais : « Il doit être heureux... »
– C'est vrai.
Vigoureux scruta Burgonde avec une immense bonne volonté qui ressemblait à de la suspicion.
– Mais ça n'explique pas tout. On sent autre chose.
– Sans doute, quand je les ai dessinés, étais-je dans la main de l'ange.
– « Dans la main de l'ange » ?
– C'est un proverbe espagnol, je crois.

Impatients, des automobilistes jetaient des appels de phares. Vigoureux se glissa derrière son volant. Il fit un geste de la main, un sourire, et la voiture démarra. Burgonde resta seul. Quand les impatients furent passés il se dirigea vers la boucherie.

*1974-1981*

*Achevé d'imprimer en septembre 1981*
*sur presse CAMERON*
*dans les ateliers de la S.E.P.C.*
*à Saint-Amand-Montrond (Cher)*
*pour le compte des éditions Grasset*
*61, rue des Saints-Pères, 75006 Paris*

Nᵒ d'Édition : 5623. Nᵒ d'Impression : 1607 / 965
Dépôt légal : 3ᵉ trimestre 1981.
*Imprimé en France*
ISBN-2-246-24881-7 broché
2-246-24880-9 luxe